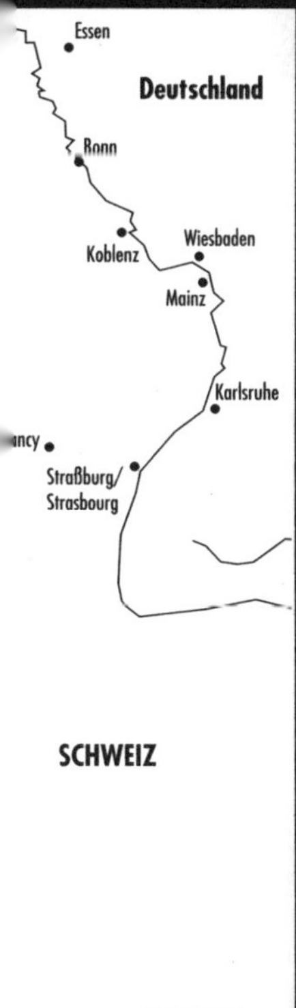

ATLANS REISEN

Atlan

DIE LETZTEN MASKEN

Perry Rhodan

Atlan

DIE LETZTEN MASKEN

von

Hanns Kneifel

MOEWIG

Redaktion: Klaus N. Frick
Titelillustration: Rüdiger W. Wick
Druck und Bindung: Ebner Ulm
Printed in Germany 1998
ISBN 3-8118-1512-1

Vorwort

Mit dem dreizehnten, unwiderruflich letzten Kapitel der ANNALEN wird der Arkonide Atlan seine Erzählungen aus der langen Geschichte der Menschheit beenden. Die Berichte des Einsamen der Zeit enthalten für den Chronisten und die Leser einige entscheidende Überraschungen. Die ursprüngliche Beschreibung der Zeitabenteuer ist zu lesen gewesen in den beiden letzten Dritteln des Atlan-Zeitabenteuer-Taschenbuches Nummer 325, *Das Buch der Kriege,* aus dem Jahr 1990; im Taschenbuch Nummer 330, *Die Höhlen der Zukunft,* von 1990; im Taschenbuch Nummer 332, *Im Zentrum des Feuersturms*, aus dem Jahr 1990 sowie im Taschenbuch Nummer 337, *Palast der Legenden,* von 1991 und einer gekürzten, bearbeiteten Version der Short-Story *»Die Armaggedon-Maschine«* von H. G. Ewers aus dem Perry Rhodan-Jubiläumsband Nummer 6 von 1985. Ausschnitte des Taschenbuches Nummer 353, *Die letzte Maske,* gehören ebenso zu diesen Zeitabenteuern wie einige erklärende Passagen aus dem Perry Rhodan-Heftroman Nummer 50, *Der Einsame der Zeit,* aus dem bemerkenswerten Jahr 1961.

Lordadmiral Atlan, der Prätendent des NEI, des Neuen Einsteinschen Imperiums, holt Anfang des Jahres 3562 n.Chr., nachdem Erde und Mond auf der Flucht vor den Laren des Hetos der Sieben durch den Kobold-Sonnentransmitter verschwunden sind und irgendwo, für Laren und Menschen gleichermaßen unerreichbar, im Mahlstrom der Sterne treiben, noch einmal tief Luft. Er erzählt von seinen letzten Abenteuern auf der Erde, seinem letzten Kampf mit dem Raumschiff-Besitzer Nonfarmale. Atlan weiß noch nicht, daß der Fremde ebenso wie Alessandro di Cagliostro und Magister Michael de Notre Dame oder Nostradamus dem Sternenvolk der Cynos angehört. Es sind Para-Modulatoren, die jedes denkbare Wesen als paraphysikalische Spiegelbilder darzustellen vermögen. Sie warten auf Larsaf III auf die Ankunft des Schwarmes, dessen Beherrschung sie erst 3443 n. Chr. wiedererlangen.

Der gesundete Arkonide berichtet von der Zeit zwischen 1798 und 2040, von seinem ersten flüchtigen und endgültigen, entscheidenden Kontakt mit Perry Rhodan. Zum erstenmal erfahren die gebannten Zuhörer von Atlans faszinierenden Erlebnissen in der Parallelwelt Miracle, die am anderen Ende eines Strukturtunnels der Erde existiert; hier münden Atlans ferne Vergangenheit, Gegenwart und Zukunft ineinander.

Der 13bändige Zyklus von Atlans Zeitabenteuern besteht nicht nur aus insgesamt 54 sogenannten, in zwei Abschnitten getrennt publizierten Einzelabenteuern. Eine bestimmte nostalgische Anhänglichkeit des Autors an den Text der oftmals mehr als zwanzig Jahre alten Erzählungen darf durchaus unterstellt werden. Darüber hinaus gehören zur neuen Ausgabe eine kleine Flut aus Rahmenhandlungstexten, kürzeren und längeren Nebengeschichten, notwendig gewordener »Stilkritik«-Bearbeitung des Verfassers, etlicher Zufügungen; der zusammengeführte Text mußte in ein zeitlich korrektes Netzwerk eingegliedert werden.

Atlans Freunde sind ebenso wie der getreue Hochleistungsrobot Rico und seine drei positronischen Meisterwerke kritisch und überaus genau mit Zahlen und Zuordnungen. Ohne die oftmals aufopfernde Hilfe von Rhodan- und Atlan-*aficionados* hätte ich es nie geschafft, den Überblick über Atlans Zeitabenteuer wiederzugewinnen, zu behalten und wieder logisch zu verknoten. Mein tiefer, ehrlicher Dank gehört Rainer Castor für die Strukturen der Zeittafeln (dahinter steckt u.a. ein unglaublich reichhaltiger positronischer Rhodan/Atlan-Fundus), mündliche und schriftliche Ratschläge bei Tag und tief in die Nacht hinein und ebenso Lektor Klaus N. Frick für das augen-, laune- und geduldschädigende Lektorieren von rund 10.000 Originalseiten der 13 neuen Hardcover-Manuskripte. Heiko Langhans danke ich für die Entwürfe des *parahistorischen Szenarios* und der *prognostischen Lücke,* dem Meister der Titelbilder, Rüdiger W. Wick, und last but not least Wolfram Winkler aus Mönchengladbach für buchstäblich kaum mehr zählbare phantastische Anregungen, Ideen und Gestalten (sowie meinen Freunden, die mich auf dies und jenes gravierend Fehlerhafte aufmerksam machten):

Alle Fehler des 13bändigen Zyklus habe allein ich zu verantworten.

Nicht jeder Autor hat Professor Dr. Dr. Cyr Aescunnars Hilfsmittel und Erfahrung. Und das Fehlen von Karten, Vorwort und Autorennamen des ersten Bandes liegt an einer verstehenswerten positronischen Fehlfunktion Rastatter Robots. Was soll's? Freuen wir uns alle, daß der Zyklus fast völlig pannen- und druckfehlerfrei sich gerundet hat und mit diesem Band abgeschlossen wird. Freuen wir uns ebenso, daß die Reihe der ATLAN-Bücher mit *neuen* Romanen fortgesetzt wird. Dazu mehr am Ende dieses Buches. Jetzt erst einmal viel Lesevergnügen, Freunde des arkonidischen Kristallprinzen!

Hanns Kneifel

Prolog

Grelle Mittagssonne strahlte, durch die Glasfronten kaum gebrochen, in Cyrs Arbeitszimmer. In nahezu ehrfürchtigem Schweigen betrachteten Oemchèn Orb und Professor Dr. Cyr Aescunnar den ersten fertigen Band der ANNALEN DER MENSCHHEIT. Die Druckerei und Binderei der Chmorl-Universität Sol City, Gäa, Provcon-Faust/Dunkelwolke, hatten zwölf Exemplare in der würdevollen, technisch längst überholten Form eines großen, dicken Buches mit Leinen-Leder-Einband gefertigt; die aktuellen Versionen in hoher Auflage existierten als Computerspeicherblöcke, Lesewürfel, Datenchips oder LibroCubes. Das blaue Leinen und das dunkle Leder bildeten einen unübersehbaren Gegensatz zu der weißen Platte von Cyrs Arbeitstisch. Er hatte mit beiden Unterarmen die Bestandteile des üblichen Chaos seines Arbeitsplatzes in einem Halbkreis auseinander- und zusammengeschoben, und da lag nun, wie ein einzigartiges Exponat, der erste Band!

»Beeindruckend!« sagten Cyr und Oemchèn gleichzeitig, dann brachen sie in befreiendes Gelächter aus.

»Etliche Dinge trafen, zufällig, zusammen; zur rechten Zeit«, erklärte Cyr leise. »Der Auftrag, ein verbindliches, vorläufig endgültiges Geschichtsbild Terras und der Menschheit zu schaffen, erging an die Universität vor einigen Jahren. Seit dieser Zeit werden die besten und präzisesten Geschichtsdaten, mehrfach überprüft und – bis zum letzten Stand des Wissens vor der Zäsur durch Kobold – komplettiert, verifiziert und mit den neuesten Bildern und Holographien ausgestattet, zusammengefügt. Korrekturen, die sich seit August des vergangenen Jahres durch Atlans Erzählungen ergaben, sind an den richtigen Stellen eingearbeitet und textlich abgesetzt: Das waren meine Studenten, zahlreiche andere Mitarbeiter, die Reproduktionstechniker, Setzer, Lektoren, Korrektoren, Designer und Hersteller, Lexikografen et cetera.«

»Also das ultimative Opus, das die letzten Wahrheiten enthält?« fragte Cyrs Lebensgefährtin vorsichtig. Sie lehnte über ihm, stützte sich auf seinen Oberarmen ab und streichelte seinen Nacken. Cyr zuckte leicht mit den Schultern.

»Ein klares *Jein,* Schätzchen.« Er blätterte nachdenklich im Buch: Die Bindung knisterte. Bilder, Diagramme und Karten waren, dem Stand der Technik entsprechend, gestochen farbig und schwach dreidimensional; die Chips und LibroCubes lieferten hingegen prächtige Hologramme. »Nicht nur Atlans Erkenntnisse, seine Korrekturen, der Umstand, daß es Lemurer lange vor Neandertalern und Cro-Magnons gab und so fort, die Wahrheit über kosmische Besucher, ES, die zahlreichen Unidentifizierbaren Fliegenden Objekte und Alien-Subjekte – über Atlantis und alles, wovon wir seit sechs Monaten hören, das alles ergänzt die konventionellen Texte. Sie sind länger und meist ebenso wahr; schließlich waren die irdischen Historiker keine Legastheniker.«

»Dieses Wort hast du gebraucht, Liebster«, sagte Oemchèn lachend. »Darf ich das Impressum lesen?«

»Gern. Hier.« Der Text umfaßte die ganze nicht paginierte vierte Seite: Copyright Chmorl-Universität, 1. Februar 3562 sowie ... es folgte die Aufzählung von numerierten, alphabetisch geordnet siebenunddreißig »klassischen« Geschichtswerken und deren Verfassern und Übersetzern; beeindruckt flüsterte Oemchèn:

»Sogar Edward Gibbons *Verfall und Untergang des Römischen Reiches!* Die klassische Version aus dem Jahr 2003!«

»Danach hat sich niemand mehr an eine Übersetzung oder Bearbeitung gewagt.« Cyr lachte und las die Namen der Setzer, Designer, Hersteller und deren Firmen. »Mit den vielen Erklärungen Gibbons, dem sogenannten *Apparat,* sind Generationen von Studenten geschunden worden. Unter anderem ich. Gibbon, durchsetzt mit Zitaten, Erklärungen und Hinweisen Atlans! Wer erlebte den fiesen Nero, diskutierte mit Seneca und lebt noch heute?«

»Nur einer. Ein Arkonide! Dort – Atlan lebt sichtlich.«

»Er tändelt zu Scarrons Zufriedenheit mit ihr in der aufregenden Gegenwart«, sagte Cyr. »Mit Scarron selbst und nicht mit den schönen Damen, auf die sie *in effigie* oder *in absenzia* eifersüchtig war.«

»Wo war sie eifersüchtig?«

»In deren leicht erklärbarer Abwesenheit. Für sie ist die Welt wieder in Ordnung, was ich verstehen kann.« Cyrs Zeigefinger fuhr entlang der vielen Schriftzeilen; er las die Namen der besten Fachleute, der teuersten Firmen, dann folgten die Hinweise auf Sekundärliteratur: »Mit freundlicher Genehmigung von ...« USO-Historisches Korps, Redaktion der ENZYCLOPAEDIA TERRANIA, USO-Geheimakten, Administrations-Fundus, verschiedene Verlage, die Atlans Abenteuer ausschnittweise publiziert hatten, und so fort, wieder die eigene Universität und, nach vielen anderen wichtigen Zeilen schließlich: *Idee, Konzeption, Überwachung und Kompilation: Professor Dr. hist ... Dr. phil. Cyr Abaelard Aescunnar.*

»Du Abaelard. Ich Heloïse!« murmelte Oemchèn. »Wir glücklich, wenn alles vorbei. In Atlans Jahr 2040, ja?«

»Plus eine Woche, bis hier das halbe Raumschiffscockpit abmontiert und weggebracht worden ist und wieder sozusagen normale Zustände herrschen«, sagte Cyr, deutete auf seine Geräte und schloß feierlich das Buch, das kaum weniger wuchtig als Starko/Riv-Lenks AUFSTIEG UND FALL DES ARKONIDISCHEN IMPERIUMS war. »Atlan hat gemeint, im Mai seine Amtsgeschäfte wiederaufnehmen zu wollen. Ich werde dich ob deiner halbjährigen Geduld mit Gäa-Rosen überschütten.«

»Das mindeste, was ich erwarte, Prof. Ich mach' ein paar Sandwiches, ja? – Atlan trocknet sich ab, umarmt Scarron, geht in den Wohn-Erzähl-Raum; gleich bekommst du wieder etwas zu hören.«

Er nickte und verfolgte Atlans Bewegungen auf der holographischen Projektion, schaltete den Voiceprinter und langsam nacheinander sämtliche Aufzeichnungsgeräte ein und lehnte sich abwartend zurück. Abgesehen von geschichtlich relevanten Berichten erwartete Cyr Mitteilungen über die Ophir-Universität (Chavasse hatte wieder einmal recht gehabt!), die LARSAF ZWEI zu DREI, die von Major Amparo Abdelkamyr geschilderten Auswirkungen der Strukturrisse im Weltall, im Zeitablauf, in Atlans Verstand und in der fast zwei Jahrtausende zurückliegenden Wirklichkeit, in der Atlan unabdingbar gefangen war. Aescunnar drückte einen Knopf und sprach eine seiner vielen Gedankennotizen.

Am 11. Februar, kurz nach seinem Mittagsschlaf, ging Atlan barfuß, mit ruhigen Schritten, zu seinem Spezialsessel, schaltete die Geräte ein und lockerte den Knoten seines bodenlangen, burnusartigen Morgenmantels. Er schien tatsächlich wieder völlig hergestellt zu sein, denn sein fast bronzefarbenes, kantig-schmales Gesicht verzog sich zu einem sarkastischen Lächeln. Seine Stimme war klar und scharf wie eine Schwertklinge in kaltem Quellwasser.

»Professor«, sagte er und grüßte mit halb erhobener Hand in die Linsen und Mikrophone. »Ich habe vieles zu erzählen. In den wenigen Nächten, seit ich aus dem verwünschten Krankenhaus draußen bin, hatte ich Träume, Visionen, sah seltsame Bilder. Der Roboter Lilith, der wie Rico ein Eigenleben zu entwickeln begann und jede noch so kleine Geste der unvergeßlichen Amoustrella studierte, dabei auf positronisch-makabre Weise ›schöner‹ und lebensechter wurde, auf gespenstische Weise überzeugender als ›menschliche Frau‹. Lilith Magistra Delaud! Napoleon; als Männer-Freund und Kulturbeflissener mit grandioser Geste ein liebenswerter Kamerad, als französischer Caesar eine völkermordende Katastrophe! Geduld! Kapitän der Zeiten, so nennt mich Amou; Steuermann der Jahrzehnte! Ich bin ein armer arkonidischer Wicht, der für ES die Drecksarbeit macht und dabei versucht, auf würdevolle Art zu überleben. Bitter, bitter!

Ich werde von ihnen allen, den echten und falschen Helden, erzählen müssen – und weiß längst nicht genau, was ich erzählen werde. Daß viele Personen, von denen ich sprechen werde, gestorben sind, ist kein Beweis dafür, daß sie gelebt haben. Die Welt schien sich schneller zu drehen, und eigentlich sollte ich mich nicht mehr des Tiefstschlafes bedienen. Ich hasse synoptische Schilderungen, auch und gerade wenn ich Zuhörer wäre! Beginne ich Sie zu verwirren, Professor Aescunnar?«

Cyr machte eine indifferente Geste und setzte, erschreckt, zu einer unverbindlichen Antwort an; der Arkonide würde ihn nicht hören und wenn, nicht mehr verstehen. Atlan befand sich auf den letzten Millimetern auf dem Weg zum Erzählzwang.

»Die Kirche definierte einst zwei Formen der Ignoranz: überwindbare und unüberwindliche. Unüberwindlich ist sie dann, wenn eine Person gewissen Formen des Wissens nicht ausgesetzt ist – die überwindbare Ignoranz ist gewollt, aber nicht von mir. Ich nehme in allen folgenden Erzählungen die *unüberwindliche* Form in Anspruch; ich weiß es nicht anders, nicht besser. Besonders wird dieses Darstellungsmuster – meine Visionen, meine Träume! – zutage treten in der beginnenden Bifurkation, wo die wahre Geschichte am Scheideweg steht. – Ach! Ich würde Sie gern vor geläufiger Kryptographie bewahren, aber ich kann's nicht anders. Wußten Sie, daß man schon um 1700 Pferde nach Australien verschiffte? Und daß Odins Raben Hasser und Trug eine Flügelspannweite von 120 Zentimetern hatten? Und daß Sheherezade die Erfinderin des sogenannten *Cliffhangers* war? Ich spüre, Cyr, daß ich nicht mehr ausweichen kann – stören Sie sich beim Aufzeichnen nicht an meiner nach innen gewendeten Sprechweise ...«

Langsam bewegte sich die modifizierte SERT-Haube. Atlans Stimme wurde flacher, leiser; er sagte: »Einige sinnschärfende Chmorl-Bruchstücke könnten Undeutliches klären und Kryptisches verständlicher machen helfen, aber ... später; bald.«

Er holte tief Luft, und das goldfarben schimmernde Gerät senkte sich an langem Hydraulikarm lautlos und langsam über Atlans Kopf und Schultern und schluckte das Glimmen des Zellaktivators auf seiner Brust, im schmalen Spalt, den der Mantel offenließ. Atlan begann:

Napoleone Buonaparte oder Napoleon Bonaparte, dem Blutrache-Eiland Corsu entstammend, kleinwüchsig, brennend vor Ehrgeiz, schon seitlich-jenseits des kalten Grates jener Schneide persönlichen Schicksals, auf der selbst Alexander der Große nur wenige Parasangen weit hatte balancieren können, gab die Befehle. Geschwaderadmiral Viscount Horatio Nelson hatte geschrieben: *England espects every man to do his duty!*, und Napoleon meinte, nicht weniger herostratisch: *Haben zwei Männer immer wieder die gleichen Ansichten, so ist einer von ihnen überflüssig. Ich bin es nicht!*

Seine Truppen marschierten unaufhaltsam nach Süden. Viele Soldaten stürzten sich in den Nil-Seitenarm und fanden einen gewünschten, aber qualvollen Tod. Eine überaus seltsame Verwirrung ihres Verstandes, meinte Napoleon; Haß auf den fremden Strom führte zu derlei Exzessen. Alle achtundvierzig Stunden wechselten wir den Lagerplatz; ich erfuhr nach jedem Chen-Nub – dieses uralte Schrittmaß der Rômet bedeutete je 450 Meter – andere Erinnerungen an die glücklichen Jahre in Tameri, dem Hapiland. Bei jeder Marschpause nutzten die Männer die Gelegenheit zu einem Bad im schmalen Rinnsal. Schließlich hielt Napoleon eine seiner vielen anfeuernden, mitreißenden Ansprachen.

»Soldaten!« rief er.

Seine Stimme war weittragend und deutlich wie die eines römischen Senators. »Der Nil beginnt bald zu steigen. Jetzt entspricht sein Anblick nur wenig seinem Ruhm. Dann werden alle Erzählungen wahr. Bald wächst Getreide, und wir werden die Handmühlen drehen und gutes Brot backen können.«

Ich war sicher, daß ich richtig verstanden hatte. Die Soldaten murrten; ihre Unzufriedenheit war deutlich zu spüren.

»Dieses nackte, eintönige und traurige Land, in dem wir so beschwerlich marschieren, wird bald von Pflanzen bedeckt sein. Der Nil wird aussehen wie der Po, an dem wir gesiegt haben.«

Dadurch sollte wohl der erste Hinweis erfolgen, daß sich Napoleon auf einen langen Aufenthalt einrichtete. Auch am legendenhaften Nilufer wuchsen Pflanzen nicht wesentlich schneller als in Frankreich.

Weiter! Auf das Ende des Nildeltas zu! Am neunzehnten Juli war das Heer nur noch zwölftausend Meter von Kairo entfernt. Durch das Spektiv erkannten Napoleon und seine Anführer bereits die Pyramiden. Die Tatsachen über das Steigen des Flusses, die steinernen Bauwerke und die Stellung der Mamelucken kannte Napoleon von mir; ich war zu seinem persönlichen Berater aufgerückt. Murad Bey hatte den weithin laut hörbaren Ausspruch riskiert, am Fuß der Pyramiden, die von seinen Vorfahren erbaut worden waren – was abermals nicht stimmte –, würden die Franzosen ihr Grab finden. Entsprachen Prunkwaffen und Kleidung ihrer Tüchtigkeit, siegten zwangsläufig seine Krieger mit ihren vierzig Geschützen.

Begeistert schrien die Soldaten: »Da sind sie! Die Türme der Stadt! Vierhundert sollen es sein.«

Schon um neun Uhr morgens sahen wir die Schlachtreihen und die Stellung der Verteidiger vor den Pyramiden des Chufu-Cheops, des Chaef-Rê-Chefren und des Menkaurâ-Mykerinos, die Soldaten zählten die vierhundert Minarette von Kairo und erkannten die Ausdehnung der Stadt jenseits der beiden Nilarme.

»Zwölfhundert Männer, schätze ich«, sagte Napoleon und deutete auf die Reiter des Zentrums und des linken Flügels.

Ich fügte hinzu: »Jeder von ihnen hat drei bis vier Männer bei sich, die ihnen Waffen reichen und erfrischende Getränke.«

Der gesamte Nil war voller Schiffe. Auf der rechten Seite des Flusses hatte sich nahezu die gesamte Bevölkerung der Stadt versammelt und wartete auf die Schlacht.

»Wir bleiben außerhalb der Reichweite ihrer Geschütze«, entschied Napoleon und schien seinen Schlachtplan bereits entworfen zu haben. Ich zweifelte nicht einen Atemzug lang daran, daß er weitaus besser war als der Murad Beys. Seit Tagen hatten Meldereiter, Gerüchte, meine Hinweise, einzelne Fellachen und die Geländeunterschiede diesen Augenblick vorbereitet. Die Spannung entlud sich in einem endlosen gellenden Geschrei der französischen Soldaten.

Napoleon befahl: »Wir greifen die Mitte an! Vorbereiten, Männer! Unsere Karrees zusammenstellen.«

Der rechte Flügel des Mameluckenheers wartete am linken Ufer hinter den Wällen des Lagers, aus dem die Kanonen drohten. Amoustrella und ich hatten Napoleons Umgebung längst verlassen und warteten am höchstmöglichen Punkt, den unsere Pferde erreichen konnten.

Mehr als dreizehntausend Meter weit hatten sich die Verteidiger auseinandergezogen. Die Masten der Schiffe wirkten tatsächlich wie ein kleiner Wald. Langsam formierte sich Napoleons Heer; es entstand kaum Unordnung. Die Männer bewegten sich außerhalb der geschätzten Reichweite der Feldschlangen.

Staub und Sand bildeten Vorhänge, Schleier und Wirbel. Unaufhörlich wechselten Pferde, Waffen und Männer ihre Positionen. Sonnenlicht blitzte zehntausendfach aus allen Richtungen, von Metall reflektiert. Ganz links, unmittelbar neben den Pyramiden, warteten schätzungsweise achttausend Beduinen in den Sätteln ihrer unruhigen Pferde. Noch war nicht ein Schuß gefallen.

»Es wird wieder ein Gemetzel«, sagte ich und stieg aus dem Sattel. Aus dem Wassersack goß ich etwas in einen großen Ledernapf, wusch Augen und Nüstern der Pferde und ließ sie saufen. »Die Vierecke der Infanterie stiften bereits Verwirrung bei den anderen.«

»Ein Anblick, der selbst mich ängstigt, Atlan«, sagte Amou. Offensichtlich dachte Murad Bey, die Franzosen würden sich wild auf seine Truppen stürzen. Aber die menschliche Maschinerie des Heeres handelte mit bewährter Gesetzmäßigkeit. Dicht aneinandergedrängt marschierten die Soldaten, die Gewehre im Anschlag, die Bajonette bereit. Meldereiter sprengten hin und her. Atemlos schien jeder einzelne Mann auf den Beginn des Tötens zu warten.

Murad Beys Reiter galoppierten an. Sie kamen auf die Vierecke zu, ließen ihre Säbel und Lanzen wirbeln. Die Gewehre der Mamelucken feuerten, aus den Läufen der Pistolen, von denen jeder Reiter ein ganzes Sortiment trug, zuckten Feuerstrahlen, unsichtbar im Sonnenlicht. Rauch wallte auf und zog träge davon. Die Franzosen warteten kaltblütig, bis die Turbanträger nahe genug heran waren, dann erwiderten sie, im Gleichschritt vordringend, das Feuer. Die Pferde waren leicht zu treffen, leichter als die Männer in hinderlichen weiten Hosen.

Der große Kampf weitete sich aus. Einzelne Schüsse lösten sich in dem Geräuschorkan auf: Geschrei und die dröhnenden Schritte vieler Tausender, die trommelnden Pferdehufe und die trillernden Schreie der Nomadenreiter, das sinnlose Donnern der Geschütze, das aufgeregte Geschrei der Kairo-Bewohner und die Kommandos der Offiziere – alles wurde zu einem dröhnenden, rasselnden, klirrenden Dauergeräusch, das über den flachen Teil der Landschaft schallte und sich an den felsigen Wänden brach. Die gewaltige Feuerkraft der Karrees, die sich nach mehreren Seiten richtete, warf jeden Angriff der Reiter unter gräßlichen Opfern zurück.

Die kostbaren Pistolen wirbelten in den Sand, die prunkvollen Gewehre steckten wie Pfähle im trockenen Schlamm. Zwischen den wenigen Palmen funkelten die gekrümmten Schwerter. Eine dicke Schicht Rauch legte sich dicht über den Boden und trieb, dünner werdend, auf die Schiffe zu. Stundenlang erfolgte Angriff auf Angriff, und stets blieben die Franzosen, bei jedem ihrer sinnvollen, meist überraschenden Manöver, außerhalb der Kanonen des Gegners. Die Reiter rissen schließlich ihre Pferde herum und flüchteten.

»Wieder siegt der Korse«, sagte Amoustrella. »Und die Männer im Lager? Schlafen sie?«

Die Gruppen der Reiter suchten zwischen den Leichen, den herumirrenden Pferden und den monolithischen Formationen des Gegners den einzig möglichen Weg zu finden. Sie ritten auf den Nil zu und stürzten sich in die trägen Wellen. Ich schätzte, daß einige tausend Reiter mitsamt den Pferden ertranken; kaum einer erreichte das Ufer Kairos. Ein Schiff begann zu brennen – war das Feuer vorsätzlich gelegt worden?

Die Fußsoldaten enterten die Kähne und versuchten rudernd, ihr Leben zu retten. Das Feuer griff von einem Schiff auf das andere über. Ich hatte beobachten können, daß unzählige Mamelucken ihren wertvollsten Besitz auf die Schiffe geladen hatten. Eine Information besagte, daß auch der Staatsschatz des Landes auf den Schiffen gelagert war. Ein Schiff, dessen Planken barsten, sank, unzählige andere brannten mit einer gewaltigen Menge grauen, weißen und schwarzen Rauches.

Ich stieß ein halb verzweifeltes Gelächter aus.

»Das Gold der Pharaonen ist auch dabei. Es versinkt im Nilschlamm. Es ist nicht zu fassen.«

»Wenn es Monsieur le Général erfährt, wird er tobsüchtig.«

»Ich habe nicht vor, einen solchen Anfall mitzuerleben.« Ich hielt mich am Sattelhorn fest. »Selbst die Wachtruppen vor der Stadt flüchten jetzt.«

»Eine Massenflucht. Die Panik steckt alle an.«

Wie die Besinnungslosen rannten und ritten die Männer am jenseitigen Ufer des Nils davon. Ich nickte Amoustrella zu. Wir hatten genug gesehen. Daß Napoleon im prachtvollen Haus von Murad Bey sein Quartier aufschlagen würde, hatte er uns versprochen.

»Wohin können sie fliehen?« fragte Amou, während ich mich in den Sattel schwang.

Ich deutete nach Osten. »Da ihre Schiffe verbrennen, zugleich mit ihrer goldenen Habe, bleibt ihnen nur der Weg, den einst Moses genommen hat. Zur Halbinsel des Sinai.«

»Und die Eingeborenen werden die Häuser der Mamelucken plündern«, meinte Amou. Ich nickte und berührte die Flanken des Hengstes mit den Sporen.

»Das ist immer so, wenn der Verlierer feststeht.«

Später erfuhren wir, daß zunächst der Besitz des Bey hinter den Wällen und Verschanzungen am Fluß geplündert wurde – von den Franzosen. Als die Männer herausfanden, und diese Botschaft sprach sich fast so schnell herum wie die Befehle der Offiziere im Kampf, daß die Verteidiger oft ihr Geld in Brusttaschen aufbewahrten, wurde das gesamte Schlachtfeld systematisch abgesucht. Die Beute war beträchtlich, selbst im Schilf und im flachen Wasser suchte und fand man Leichen. Die Waffen waren schon kleine Vermögen, und Napoleon ließ die kostbaren Teppiche des Bey in die Zelte legen.

Als er erfahren mußte, daß tatsächlich unschätzbare Werte an silbernen und goldenen Gegenständen aller Art, an Geschmeide und Juwelen und, ohne Zweifel, auch der Staatsschatz im Nil versunken waren, tobte er stundenlang. Schon in der Nacht wurden er, seine Generäle und die Mannschaften abgelenkt. Kairo begann zu brennen:

In den Teilen der Stadt, in denen die Besatzer gewohnt hatten, ging ein Haus nach dem anderen in Flammen auf. Große rote Zungen leckten zum Himmel, Rauch trieb vor den aufragenden Minaretten und den Resten pharaonischer Tempel. Die armen Bewohner Kairos plünderten die verlassenen Häuser der ehemaligen Landesherren. In ihrer Wut zündeten sie auch die Kasernen der Mamelucken an. Die Feuer brannten grell; das gelbrote Flackern erreichte auch die Landschaft am Nil.

1.

Die düsteren Lichtstreifen spiegelten sich auf einer grauschwarzen Masse, deren Flanken naß zu sein schienen. Große sichelförmige Flügel reckten sich in die Höhe, das Gefieder gab rasselnde und scharrende Laute von sich. Tropfen aus fauligem Sumpfschlamm spritzten stinkend nach allen Richtungen. Das große Tier, das bis zum Bauch im Schlamm stand, war von Tausenden riesiger Stechmücken umschwirrt. Als wieder ein Funkenschauer in die Höhe stob und die Umgebung beleuchtete, sich in einem breiten Streifen Helligkeit im Nil spiegelte, war der langgezogene Kopf der Bestie zu sehen. Die Kiefer zermalmten mit funkelnden Zähnen den Unterschenkel eines Toten. Klauen und Krallen, blutbesudelt und schlammbedeckt, zerfetzten einen anderen Soldaten. Der Flugsaurier fraß und schlang ohne Hast. Gestank breitete sich aus, die Augen des Tieres schienen zu glimmen.

Nonfarmale saß mit untergeschlagenen Beinen auf der Rückenlehne des Sattels, schien gelangweilt zu warten und schaute sich um. Der Brand und die nackten, ausgeplünderten Leichen, die im Fluß trieben, erfüllten ihn offensichtlich nur mit geringem Interesse. Nonfarmale hielt eine kopfgroße Kugel in der Hand und sog von Zeit zu Zeit an einem dicken Halm, der sich jedesmal, wenn seine Zähne dem Mundstück näher kamen, fortkrümmte. Schmatzend, gurgelnd und schlürfend verschlang der Drache die Leichenteile. Das Schilf schwankte, die Papyrusstengel raschelten leise, als sich der Saurier aus dem Schilfstreifen aufs Land schob.

Über den Pyramiden schwebte der Mond. Nonfarmale drückte die Kugel zusammen, bis sie zur Größe einer Feige schrumpfte, und schob sie in eine Tasche der rüstungsartigen Uniform. Sein Gesicht trug einen zufriedenen, fast heiteren Ausdruck. Er schob den Helm und das aufblitzende Visier über seinen Kopf und rammte dem Saurier die Sporen in die Seiten.

Mit schriller Stimme schrie er Kommandos. Schwerfällig setzte sich der Saurier in Bewegung, begann zu rennen, schwankte hin und her. Sand wirbelte auf und mischte sich mit dem fetten Rauch, als die großen Fledermausflügel die Luft peitschten. In einer Anzahl von Sprüngen, mit fauchenden und zischenden Schlägen der Schwingen, kam der Saurier vom Boden. Er flog in einem flachen Winkel auf die Dünen zu, geriet in ganzer Länge in den Bereich des Mondlichts und schwebte in die Richtung auf Kairo.

In diesem Augenblick erhaschten die Linsen einer Spionsonde den ersten Blick auf Nonfarmale im Sattel des furchterregenden Reittiers. Blut und Schlamm an der panzerartigen Haut der Flugechse färbten sich im Mondlicht und wirkten wie eine Schicht aus hellem Gold. In den Rauchschwaden über der Stadt verschwanden Drache und Reiter.

Napoleon und seine Offiziere waren gekleidet wie die Mamelucken, und mir wurde deutlich, daß sie es wegen der Männer aus Kairo und anderen Städten taten. Die Soldaten nannten ihren Anführer »Sultan al Kabir«. Gelehrte und Wissenschaftler waren ausgeschwärmt und stürzten sich, von mir auf mögliche Fundorte hingewiesen, auf die Zeugen einer der schönsten Kulturen des Barbarenplaneten. Besonders der fünfzigjährige Dominique-Vivant Denon, ein Graveur, Porträtist und Diplomat in Petersburg und Sizilien, beschrieb bald die Ruinen in Bildern und Unterschriften.

»Zwei Schwierigkeiten«, erklärte Napoleon den Männern um Scheich As Sherkawi, den Obersten Gelehrten Kairos, »verhindern, daß ich und mein Heer zum Islam übertreten. Die Beschneidung und das Verbot, Wein zu trinken.«

Einige meiner Ratschläge waren von ihm und seinen Leuten beherzigt worden. Die Franzosen fanden ein gutes Verhältnis zu den Ägyptern und halfen ihnen dort, wo die Mamelucken sie nur ausgebeutet hatten – mit Ratschlägen für die Verwaltung und eben dadurch, daß sie ehrfurchtsvoll mit den Altertümern umgingen.

»Warum dies, Al Kabir?«

»Von Kindheit an sind meine Soldaten an den Wein gewöhnt. Sie könnten ohne ihn nicht kämpfen. Ich will aber bei euch in Kairo und in anderen Städten Rekruten anwerben.«

Ein Heer, das auf Kamelen ritt, meinte Monsieur le Général, würde in eineinhalb Monaten nach Babylon vorstoßen können. Al Kabir, der Große, schien jeden Fehler, den Alexander gemacht hatte, nachvollziehen zu wollen.

»Bürger General«, wagte ich einen Einwand, den Napoleon mit blitzenden Augen, großen Gesten und ebensolchem Unwillen zur Kenntnis nahm. »Mit ägyptischen Bauernsöhnen werden Sie den Indus nicht erobern. Fraglich ist, ob sie sich anwerben lassen, und wenn sie kämpfen sollen, laufen sie davon. Disziplin ist ihnen ein unbekannter Begriff, Mut fehlt völlig.«

»Ich kaufe fünfzehntausend schwarze Sklaven am Oberlauf des Nils!« rief er.

Ich winkte ab. »Ihr kennt nicht einmal das Gelände in südlicher Richtung.«

»Bald marschieren wir dorthin!« sagte er mit schneidend scharfer Stimme. »Der Zeitplan, den ich in Paris ausgearbeitet habe, ist bereits angeglichen.«

Ich vollführte eine zweifelnde Geste, hielt mich aber angesichts der vielen Besucher zurück.

»Bis zum Ende des zweiten Drittels, nächstes Jahr, muß Ägypten vollständig erobert sein. Wir werden bekommen, was ich brauche: Kamele, Pferde, Männer, Verpflegung und Waffen.«

Ich schwieg. Bei nächster Gelegenheit würde ich versuchen, den General von der unvorstellbaren Größe des Problems zu überzeugen. Die Zeiten eines Alexander waren endgültig vorbei. 2700 Kilometer von Toulon, sechseinhalbtausend Kilometer von Malabar in Indien entfernt – es wäre derselbe Wahnsinn, als ob er den Zaren in Moskau angreifen wollte!

Meine Unruhe nahm zu. Es schien, als hätten sich Riancors Berechnungen teilweise als falsch erwiesen, als würde auch meine Kenntnis der Bewohner dieser barbarischen Welt lückenhafter werden anstatt besser. Napoleon war entschlossen, doppelt soviel zu riskieren, wie er leisten konnte. Ich zuckte mit den Achseln und wartete, während Bonaparte in der dekorativen Schar seiner Offiziere gegenüber den Abordnungen der Ägypter über seine Pläne sprach.

Ob trotz meiner Denkanstöße, meiner eindringlichen Beratung und der unzweifelhaft vorhandenen hohen Intelligenz des Korsen das »Große Reich« jemals verwirklicht werden konnte, wurde von Tag zu Tag fraglicher.

Die Beduinen, von denen auch die Soldaten des südwärts marschierenden Heeresteils unter General Desaix häufig in tödliche Gefahr gebracht wurden, machten um unser Lager einen großen Bogen. Ein kreisförmig ausgestrahltes Psychofeld versetzte sie beim Näherkommen in unergründliche Furcht.

Ich saß bequem im Sattel, das Tier unter mir trabte ohne Zügelhilfen über den hartgebackenen, geriffelten Sand. Die Bewohner der Stadt und des Umlands warteten wie Napoleons Soldaten auf die Nilüberschwemmung. Als ich vom Kamm der nächsten Düne aus den grünen Kreis des Lagers erkannte – diesmal standen unsere Zelte in einer winzigen Oase zwischen Palmen, deren Wedel vertrocknet waren und wie Stroh raschelten –, sah ich Amoustrella. Sie winkte mit einem Schal.

»Es scheint wichtig zu sein. Galopp, mein Freund«, sagte ich, packte die Zügel und stob in einem schnellen, trommelnden Galopp zum Lager. Wäre es um meine eigene Sicherheit gegangen, hätte mich Boog oder Riancor direkt gewarnt. Ich sprang aus dem Sattel. Die Farbe des Sonnenuntergangs überflutete Dünen, Palmen und Zelte. In der Ferne glühten die Minarette der Stadt.

»Es gibt Schwierigkeiten?« Ich ließ mich von Amou in die dämmrige Kühle des Zeltinnern ziehen.

»Nicht für uns. Für deinen machtbesessenen Freund«, sagte sie mit hintergründigem Lächeln.

Aus unsichtbaren Lautsprechern hörte ich die Stimme Riancors. »Im Moment sieht es so aus, als würde Konteradmiral Horatio Nelson der Flotte Bonapartes ernsthafte Schwierigkeiten bereiten können. Du solltest die Bilder abrufen, Atlan.«

Ich wußte, daß der einarmige Viscount von Sardegna aus die französische Flotte suchte. Ich klappte den Deckel einer lederbezogenen Truhe auf, aktivierte den Bildschirm und sah, was die Spionsonden auffingen. Die Flotte Nelsons hatte die Franzosen entdeckt: Sie waren nicht in den Hafen eingelaufen, sondern lagen vor Alexandria auf Reede. Admiral Brueys wußte offensichtlich noch nicht, daß Bonaparte vor Kairo gesiegt hatte; vermutlich mißtraute er auch der Wassertiefe in Alexandrias Hafen. Er wartete anscheinend auf die traurigen Reste der napoleonischen Armee.

Über zwölf Linienschiffe verfügte der Engländer. Ich zählte bei den Franzosen vier Stück mehr. In Sichtweite der Stadt Abukir, in einer Bucht, lagen sie mit langen und ungedeckten Flanken. Viele Seeleute schienen an Land zu sein, denn es dauerte qualvoll lange, bis die Franzosen begriffen, daß Nelson trotz der einbrechenden Dunkelheit den Angriff signalisierte und rücksichtslos das Feuer eröffnete.

»Es sieht böse aus«, sagte ich leise und zeigte Amou die einzelnen Manöver. »Es wird ein Kampf, der die Schiffe auf geringste Entfernung aneinander heranbringt.«

»Eine ungemütliche Abendunterhaltung«, stellte Boog fest. Amoustrella sah schweigend zu, wie Nelsons Linienschiffe ihre vernichtenden Breitseiten abfeuerten und sich im Gegensatz zu den Franzosen ungehindert durch das Wasser der Bucht schoben. Der Kampf erreichte schon nach kurzer Zeit den ersten wütenden Höhepunkt; schweigend sahen wir zu, wie die Engländer die Flotte des Korsen dezimierten.

»Wenn er noch immer entschlossen ist, den Marsch nach Indien zu wagen«, begann Amoustrella, und ich beendete den Satz: »... wird er auf jeden Fall reiten und marschieren müssen. Wenn ihm der Morgen graut, ist seine Flotte eine Ansammlung von Wracks.«

Dunkelheit und dichter Rauch bedeckten die Bucht von Abukir. Zwischen den gewaltigen Schwaden der Pulvergase sahen wir bald nicht mehr als die langen Feuerzungen aus den Mündungen der Schiffsgeschütze und die Fontänen, die zwischen den Schiffen senkrecht in die Luft aufsprangen und im Mondlicht eine schaurige Schönheit zeigten. Die Wellen waren mit Trümmern übersät, zwischen denen Tote, Verwundete und Ertrinkende schwammen.

Kurz vor Mitternacht flog das Flaggschiff der französischen Armada, die L'ORIENT, in einer Kette grauenhafter Explosionen auseinander. Für mich war undenkbar, daß auch nur ein einziger Seemann überlebt hatte. Zwei Schiffe aus dem östlichen Teil des brennenden, sinkenden Schiffsverbands hatten ankerauf gehen und sich vom Inferno der Niederlage lösen können. Ich nahm an, Villeneuves Flaggschiff sei unter ihnen. Sie flüchteten in einer Anzahl von verwirrenden Segelmanövern, aber sie schienen wirklich die einzigen Schiffe zu sein, die heil die Bucht verlassen konnten.

Riancor meldete: »Brueys ist tot. Nelson wurde schwer am Kopf verwundet. Napoleons Heer ist abgeschnitten, auf verlorenem Posten.«

»Sein Heer wird verzweifeln«, sagte ich leise und betrachtete die letzten Bilder der völligen Niederlage. »Die Herrschaft Frankreichs über das Mittelmeer scheint vorbei zu sein.«

Ich lehnte mich zurück. Die politischen Folgen dieses englischen Sieges würden sich erst später zeigen. Ich fing einen langen Blick Amoustrellas auf und sagte leise: »Es steht fest. Unsere Tage sind gezählt. Wir werden Ägypten und Napoleon bald verlassen.«

»Welches Ziel?« fragte Boog. Ich brauchte nicht lange zu überlegen.

»Zurück in die Höhle unter dem Wasser«, bestimmte ich. »Mir fehlen Informationen und Ausrüstung. Überdies kenne ich Nelson kaum. Er scheint ein besserer Taktiker zu sein als Bonaparte.«

»Das wird die Zeit zeigen«, sagte Amoustrella.

Von der Höhe der Pyramiden aus wirkte das Niltal wie ein riesiger See. Bäume und Dämme ragten aus der schlammigen Flut, aus Straßen waren Kanäle geworden, Gärten und Wiesen versanken. Unzählige Boote mit dreieckigen Segeln fuhren auf der grauschlammigen Fläche. Die Hufe der Pferde knirschten im Sand. Wir waren allein, einen Büchsenschuß hinter uns ritt Napoleons Wache.

»Ich werde niemals ganz begreifen«, sagte ich, »was Sie, Bürger General, an den Indus treibt. Es wäre besser, wenn Sie sich auf Frankreich konzentrieren würden, auf den Kontinent, auf sichere Grenzen und ungehinderten Handel. Warum gegen England kämpfen? Warum nicht mit England handeln, die Insel zwingen, sich gegenüber allen Handlungen Frankreichs friedlich zu verhalten? Sie werden niemals den Indus erreichen, Citoyen.«

»Ich weiß, daß Sie den Weg dorthin kennen, Bürger ... Scheich Atlan«, sagte er. Die Nachricht vom Verlust der Flotte hatte ihn in tiefe Verzweiflung gestürzt. Er war sehr nachdenklich geworden. »Bevor England nicht unterworfen ist, wird Frankreich keine Ruhe haben. Das wissen Sie ebensogut wie ich.«

»Meine Ratschläge haben Ihnen bisher geholfen«, sagte ich. »Bekämpft die Engländer meinetwegen im Kanal. Aber nicht im hintersten Indien.«

»Das Direktorium bindet mir die Hände, Scheich.«

»Es wird die Schwesterrepubliken, die Sie erkämpft haben, wieder verlieren und daran zerbrechen. Nelson wird jede französische Flotte bekämpfen.«

»Handelskrieg.«

»Helden oder Abenteurer«, sagte ich. »Sie sollten mehr Einsicht in das Mögliche und Unmögliche haben, mon Général. Wir werden uns wieder begegnen; beide reisen wir viel, aus unterschiedlichen Gründen.«

»Ich bin sicher, Scheich, und ich werde gern von Ihrer Klugheit wieder Gebrauch machen. Sie haben meine Männer begeistert, die sich um die Kultur der Pharaonen kümmern. Nur Kühnheit und Stärke der Waffen werden helfen, denn die Uneinigkeit der Machthaber in Paris ist die Wurzel des großen Übels. Ich werde auf dem Marsch nach Indien den Sultan der Türken vernichten.«

»Ich werde zu gegebener Zeit hören, wie groß Glück und Zufall waren«, sagte ich und grüßte zum Abschied. »Daran, daß Sie ein militärisches Genie sind, habe ich keinen Zweifel.«

Als ich davonritt, schaute er mir lange nach. Einen Tag später war unser Lager abgebrochen; die Pferde weideten am Waldrand von Beauvallon.

Der Schatten des großen Baumes mit der papierdünn abblätternden Rinde lag auf dem Sand. Kühler, auflandiger Wind ließ die Blätter rascheln und wirbelte Staub unter den Sohlen auf. Wir standen vor der schmalen Brücke und betrachteten unser unberührtes südliches Paradies.

»Wenn ich Riancors Hinweise richtig interpretiere, steht ein längerer Flug bevor«, sagte Boog. Inzwischen glich er wieder einem Europäer, dessen Haut sonnengebräunt und voller Sommersprossen war. »Ich bereite Hangar und LARSAF vor.«

»In Ordnung«, sagte ich. »Ich starte weder heute noch morgen. Laß dir Zeit!«

»Während Napoleon versucht, Ägypten zu erobern, baden wir am Strand. Eine verrückte Welt«, stellte Amoustrella fest. Wir hatten nicht lange gebraucht, bis alle Systeme des Samuraidörfchens wieder arbeiteten. Die Vorräte reichten für ein Jahr oder länger. Jeden Abend würde ich, wenn nötig, die letzten Informationen über die Veränderungen im kriegerisch brodelnden Europa und wohl auch Daten über das nächste Auftauchen Nonfarmales einholen können.

»Die Regeln dieser Welt bestimme nicht ich«, brummte ich ärgerlich und nahm Amoustrellas Hand. Ohne Eile gingen wir über die Kieswege zum Haus, das wir zuletzt bewohnt hatten.

»Entführst du mich bei deinem Flug zu den Sternen, Atlan?«

Ich schüttelte entschieden den Kopf. »Zu gefährlich, Amou. Ich beabsichtige, das Gestirn der Diana zu besuchen. Den Mond«, sagte ich. »Dieser Versuch ist nur der erste von vielen.«

»Ich warte und werde dich wie einen Stern am Himmel suchen.« Amoustrella lachte und zog mich ins Haus. Es war unzweckmäßig, Nelson besuchen zu wollen, denn der Einarmige, den man gerade zum Baron von Nil und Burnham ernannt hatte, der ein Geschenk von zehntausend Pfund kassiert hatte, erholte sich von der schweren Kopfverletzung.

»Dort suche ich allerdings nicht nach Nonfarmale.«

Riancor und Boog bereiteten das kleine Raumschiff vor. Amoustrella und ich hatten nicht mehr zu tun, als das Leben weit abseits aller Zivilisation, fern von sinnlosen Kriegen der Barbaren, zu genießen. Frankreich oder England: Napoleon würde es auch nicht gelingen, die Welt zu einigen; trotz der Überlegenheit englischer Technik und Naturwissenschaft schwebte mein Schiff nach Arkon noch in unerreichbarer Ferne.

»Vergiß wenigstens hier, in diesen Tagen, den Seelenfresser!« bat Amou und streichelte meinen Nacken. »Es gibt Angenehmeres zu tun und zu überlegen.«

Ich wußte, daß ich wieder aufbrechen und nach ihm jagen würde, wenn er sich zeigte. Also spätestens während der nächsten großen Schlacht, die Napoleon schlug. Ich fühlte, wie ich wieder zur Ruhe kam; Brandung und weite Spaziergänge taten ihre Wirkung. Während ich über das Schicksal des Planeten nachdachte, testeten wir die Systeme des Schiffes und ließen die LARSAF ZWEI:DREI vor den Hangar rollen. Ich hob die Schultern und betrachtete das elegante, einem exotischen Vogel ähnliche Schiffchen, das auf dem filigranen Fahrgestell stand und in der Morgensonne blitzte.

»Auf zum Mond«, murmelte ich. »Ich riskiere ja nur mein Leben.«

Im kühlen Hangar halfen mir Riancor und Amir Darcy in den Überlebensanzug. Wieder war ich mit einem Dutzend nur scheinbar überflüssiger Systeme ausgerüstet. Alle Teile waren entweder an meinem Anzug oder an dem Pilotensessel befestigt. Ich streckte mich aus, klinkte die Gurte ein und bewegte prüfend Finger und Arme.

»Alle Kommunikationssysteme arbeiten einwandfrei«, sagte Riancors Stimme. Boog wartete, bis sich das Schott geschlossen hatte. Ein Leuchtfeld nach dem anderen erhellte sich, blinkte und brannte dann in klarer Farbe.

»Start frei!«

Ich führte die einzelnen Schaltungen aus. Vor mir sah ich auf den Schirmen die Gesichter Amoustrellas und Riancors. Die LARSAF schwebte in die Höhe, drehte sich, richtete die vogelschnabelähnliche Nase auf die bleiche Sichel des Mondes, dann zog ich den Höhenregler und schob den Geschwindigkeitsregler langsam vor.

»Der Kometensegler ist unterwegs«, sagte ich. »Es wird ein paar Stunden dauern. Wir bleiben in Verbindung.«

»Viel Glück, Liebster«, flüsterte Amou. Die LARSAF schwebte schräg in den Morgenhimmel. Die Geschwindigkeit nahm zu, die Andruckabsorber summten, der Kopf lag an den gepolsterten Lautsprechern. Ich schraubte mich in einer Spirale höher über die Insel, stieß in dünnere Luftschichten vor und bemerkte die Änderung des Lichtes, der Farben vor den Luken. Der Autopilot erwachte mit scharfem Klicken und korrigierte die Flugbahn, während die LARSAF schneller wurde. Von links schob sich der Mond ins Bild.

Ich kontrollierte jeden Schalter, jede Anzeige, Uhr oder Regler. Bis hinein in den letzten Winkel des Schiffes arbeitete jedes Element mit geradezu beängstigender Zuverlässigkeit. Die LARSAF wurde von Sekunde zu Sekunde schneller; jetzt stieß ich in die Schwärze des Weltalls vor.

Die Maschinen summten, die Kraft des Antriebs schleuderte die LARSAF dem Gestirn entgegen. Krater und stauberfüllte Ebenen, *maria,* Meere, genannt, wurden deutlicher. Einzelne Erhebungen zeichneten sich scharf gegen die Schwärze ab. Ich steuerte, nachdem ich den Autopiloten ausgeschaltet hatte, eine Anzahl von Manövern, die von Mal zu Mal riskanter wurden. Das Schiff gehorchte mir, als wäre es ein Teil meines Körpers. Mehrmals dachte ich daran, einen Transitionssprung zu programmieren, aber ich hatte Amoustrella und mir versprochen, dieses Risiko nicht einzugehen.

»Ausgezeichnet!« murmelte ich. Das Raumschiff hatte eine halbe Ewigkeit überstanden, nicht mehr zählbare Reparaturen, eine Bruchlandung und eine weitere Reihe von Ergänzungen und Reparaturen. Trotzdem wurde ich die Unruhe nicht los, dieses Gefühl, etwas vergessen zu haben oder auf ein Ereignis, das überraschend auftrat, nicht vorbereitet zu sein.

In weitem Bogen und mit fünf Prozent der Höchstgeschwindigkeit umkreiste ich den Mond, steuerte ins All hinaus und ließ die Triebwerke dreißig Minuten unter Höchstbelastung arbeiten. Dann änderte ich die Richtung und visierte den Planeten an.

»Perfekt, Riancor«, sagte ich. »Ich glaube, wir könnten weitere und längere Flüge wagen.«

»Die Wahrscheinlichkeit des vollständigen Funktionierens war sehr hoch«, sagte Riancor. »Schließlich wurde jedes Teil jahrelang untersucht und unter Belastung geprüft.«

»Ich schalte den Autopiloten ein und bin auf Landekurs.«

»Der Wein ist bereit, Kometensegler.« Amoustrella zeigte ein Lächeln der Erleichterung.

Es dauerte eine Stunde, bis die LARSAF mit ausgefahrenen Landeklappen auf dem Antigravpolster schräg herabsank, über der weißen Brandung einschwebte und zwischen riesigen Bäumen auf die offenen Hangartore zudriftete. Ich setzte sie behutsam auf und rollte halb in den Schatten des Hügels hinein, löste die Gurte, desaktivierte einige Dutzend Schalter und ließ die Schleuse aufzischen. Das heiße Metall stank säuerlich, als ich die Metallsprossen hinunterkletterte und den Helm öffnete.

Ich legte meinen Arm um Amous Schultern und sagte zu Riancor: »Der Gedanke, mit der LARSAF nach Arkon zu fliegen, ist keine schiere Utopie mehr.«

Während Amoustrella und ich, mit notwendigen Unterbrechungen, die heißen Annehmlichkeiten von Yodoyas Inselchen genossen, handelten Rico, Boog und Lilith selbständig und jagten mit drei Gleitern in Frankreich umher. Die Spionsonden hatten viele Männer und wenige Frauen herausgesucht – welch ein Aufwand an Logistik! –, und sie wurden bei Nacht und Nebel entführt und über unser

Transmittersystem zur Ophir-Universität transportiert. Dort warteten Vorräte an Korn (der Technologie des Mahlens, Aufbewahrens und Backens wegen), Fleisch (Zerteilen, Verwerten, Kühlen und Verarbeiten, mit und ohne Gewürze) und Malz (Bier nach dem deutschen sogenannten Reinheitsgebot) auf sie – und die begehrenswerte Lilith, von der jede Einzelheit (mit Ricos Unterstützung und derjenigen der Zentralen Positronik der Kuppel) mit verblüffender Sicherheit dazu verwendet wurde, die Barbaren auszubilden und ihnen die Scheu vor phantastischen Überlegungen und deren technischer Ausführung zu nehmen. Die Zeiten, als Männer wie Giordano Bruno auf dem Scheiterhaufen verbrannten, schienen endgültig vorbei zu sein – meine wenigen Beobachtungen zeigten, daß nahezu jede wissenschaftliche Erkenntnis von der Bevölkerung des Planeten gierig aufgesogen wurde. Es ließ sich gut an.

Bleibe skeptisch, Arkonide, sagte der Logiksektor.

Ich blieb skeptisch; eine winzige Würzung der Hoffnung mischte sich in meine Überlegungen.

Napoleon hangelte sich, was seine Tagesbefehle betraf, von einem großartigen Satz zum nächsten. Nun zitierte er Charles de Secondat Montesquieu: »Wer wünscht, daß man ihn fürchte, erreicht nur, daß man ihn haßt.«

Seine Soldaten haßten ihn nicht; es schien eher, daß sie ihn liebten. Jedenfalls gehorchten sie ihm. Zwischen Ende Mai und Anfang Juni 1799 marschierte ein großer Teil des Heeres von Akko die Mittelmeerküste entlang auf Abukir zu. Der General hatte den alexandrinischen Traum ausgeträumt und mußte sich den Truppen des Sultans stellen. Al Kabir hatte viel von seiner Größe eingebüßt, aber immerhin verbreitete er in Ägypten Kultur, Zivilisation und medizinische Erkenntnisse mitsamt der Sprache seines Landes. Bei Abukir sammelte sich ein weiteres türkisches Heer und wartete auf die Männer der abgeschnittenen Truppe.

Meine Ellbogen lagen schwer auf der Tischplatte. Der Wein, den ich in der rechten Hand hielt, roch wie der späte Herbst Beauvallons. Vor mir, auf dem größten Bildschirm des Hauses, breitete sich die Küstenlandschaft nahe Alexandria aus. Sand, Dünen, Strandhafer und einzelne weiße Blöcke in phantastischen Windschlifformen, rauschende, niedrige Brandungswellen und kreischende Möwen bildeten eine Szenerie der Einsamkeit. Im Landesinnern wuchsen dunkle Gewitterwolken in die Höhe; strahlendes Sonnenlicht lag auf den Wellen. Hinter einem Wäldchen, das von kreideweißen Steinsäulen flankiert wurde, die schräg aus dem Boden ragten, erkannte ich schneeweiße Menhire mit Phantasiegesichtern.

Die Uferlandschaft erstreckte sich abseits der Bucht von Abukir, nördlich und westlich von Alexandria, in einem Gebiet, in dem die Sonde nicht einmal die Spuren von Tieren entdeckt hatte. Über den Strand rasten nebeneinander drei winzige Sandwirbel und klatschten ins Wasser. Ich drehte meinen Kopf, als ich Amous Schritte hörte.

»Ich werde nicht mehr versuchen, die Gefahren zu verkleinern«, sagte sie. »Aber ich wünschte, du würdest hierbleiben. Nach allem, was ich weiß, wirst du mit äußerster Vorsicht kämpfen.«

Hüter der Menschheit, Paladin der Erde, schoß es mir durch den Sinn. Die tödlichen Gefahren blieben mir, aber bisher waren mir die tieferen Schönheiten und die Befriedigung eines Sieges versagt geblieben.

»Du weißt, was dich erwartet – mehr oder weniger«, flüsterte Amoustrella. Eigentlich konnte ich mit dem Leben eines Ausgesetzten auf dem Barbarenplaneten mehr als zufrieden sein. Besonders seit dem Zusammentreffen mit Amou. Ich atmete tief durch, leerte den Weinpokal und stand auf. Aber ich konnte meinen Blick nicht von dem Bild des Strandes lösen. Ich sah eine der vielen Landschaften des Planeten.

Ein Monitor lieferte die unveränderte Ansicht des Mittelmeerstrandes. Ich zog mich bedächtig um und ließ mir von Boog helfen.

»Sämtliche Ausrüstungsbestandteile sind mehrmals gründlich getestet«, sagte der Robot. »Denn wenn man in die falsche Richtung rennt, ist es sinnlos, die Geschwindigkeit zu erhöhen.«

Rico langte zum Armaturenbrett und drückte eine Taste. »Ich habe das Ziel programmiert. Auf dem Flug kannst du schlafen, Atlan. Ich werde die Übersicht nicht verlieren.«

Ich startete den Gleiter. Nach einem langen Flug senkte sich der Gleiter in einem perfekten Landekreis zwischen dem Strand und den Dünen; ich steuerte ihn in den Sichtschutz einer Reihe der weißen Monolithen. Bevor ich ausstieg, aktivierte ich mein eigenes Deflektorfeld und bewegte mich in einer Spirale von meinem Lagerplatz fort. Ich wußte, daß zwei Spionsonden über diesem Gebiet kreisten, die beide Armeen und hauptsächlich mich beobachteten.

»Riancor?« flüsterte ich nach einer Weile. Ich saß auf einem Säulenfragment und lehnte mich gegen den Stein, der die Wärme des Tages ausströmte. »Gib mir einen kurzen Lagebericht! Wo ich bin, kannst du gleich selbst sehen.«

Vor den Sternen zog, schwach schimmernd, eine kopfgroße Kugel vorbei, als ich das Feld ausschaltete. Die Heere bereiteten sich auf das Aufeinandertreffen vor.

Während ich zuhörte, ging ich langsam den Strand entlang nach Westen, dann wieder zurück. Ich war völlig allein. Die Spannung war tief in mir; wieder einmal versuchte ich, den Seelensauger zu stellen und gegen ihn zu kämpfen. Ich erwartete ihn selbst jetzt, mitten in der Dunkelheit. Ich blieb im offenen Gleiter sitzen, packte Essen aus und goß Calvados in einen Becher.

Mondlicht glitt an den Flanken der Maschine herunter. Ich streckte die Beine ins Freie und scharrte mit den Absätzen im feuchten Sand. Grillen vollführten hinter den Dünen ihr nächtliches Zirpkonzert. Ich schlief unruhig und war vor dem ersten Sonnenstrahl wach.

Schonungslos und mit kalter Grelle zeigten die Sonnenstrahlen jede Einzelheit. Zuerst hatte ich undeutliche Schatten im Innern des gekrümmten Tunnels wahrgenommen, jetzt schwebte Nahith Nonfarmale auf seinem stinkenden Untier aus seiner Welt heraus.

Er hätte mich auch nicht gesehen, wenn ich die Deflektoren nicht eingeschaltet hätte. Der Saurier schlug mit den Schwingen und hob seinen Reiter, der statt der Maske mit dem Visier eine Kopfbedeckung trug, die jener der napoleonischen Offiziere täuschend ähnlich sah. Auf dem schmalen Gesicht lag ein kaltes

Lächeln, und das schlohweiße Haar war sorgfältig in Löckchen gedreht. Sonnenstrahlen brachen sich ganz vage an dem kugelförmigen Schutzfeld, als Nonfarmale über mich hinwegsegelte und ich den Gestank der Riesenechse in die Nase bekam. Ich schaute ihnen eine halbe Minute lang nach, dann schob ich mich in den Gleiter und verriegelte die Tür.

Einen Atemzug später schwebte die zweite schwere Maschine an mir vorbei. Im Licht der Instrumentenbeleuchtung erkannte ich Rico. Seine Stimme sagte aus meinen Gegenlautsprechern:

»Warte hier, Atlan! Ich bin perfekt ausgerüstet und berichte später – vielleicht gelingt es mir, in dieser Jenseitswelt ein Raumschiff zu entdecken. Ich gehe, ebenso wie du, kein Risiko ein. Warte auf jeden Fall hier!«

Ich war verblüfft und reagierte zu spat. Rico dirigierte seine Maschine langsam in die Öffnung und folgte der Krümmung des Tunnels; er verschwand. Ich zuckte mit den Achseln, öffnete den Gleiter und stieg aus. Ich hatte Zeit genug, darüber nachzudenken, was den Roboter bewogen haben mochte, an meiner Stelle in Nonfarmales Welt einzudringen; wahrscheinlich hatte er eine hohe Wahrscheinlichkeit dafür errechnet, weitaus schneller und sachorientierter zu sein als ich.

Ricos Bericht: Eine pulsierende Öffnung. Ich nahm wechselnde Farben wahr: ein düsteres Rot, schwefliges Gelb und tiefe Schwärze. Die positronische Auswertung besagte, daß mich keine idyllische Jenseitswelt erwartete. Ich flog weiter und versuchte die mystische Landschaft zu berechnen, an deren scheußlichstem Punkt der Todfeind wohnte. Mitten in einer Wolke schob sich der Gleiter in die andere Welt hinein. Ich schaltete das Aufzeichnungsgerät ein.

Die Eindrücke summierten sich zur Verwirrung, dann setzte ich mühsam und unter vielen Berechnungen ein Bild zusammen. Unten blieb unten, oben vermischten sich viele Geiser zu einer brodelnden Wolkendecke. Tausend Meter unter dem Gleiter breitete sich eine weite Fläche aus, die entfernt einer Flußmündung glich, die starken Gezeitenunterschieden unterworfen war. Inseln und Gräben, weite Flächen aus Gewächsen, treibende, entlaubte Gewächse, die wie die Knochen von Riesensauriern aussahen, Schlamm und Schlick, Sand und Felsen. Und jede einzelne Farbe strahlte etwas aus, das krankmachend war. Vielleicht hatte die Sonne oder eine der Sonnen über diesem Alptraum ein anderes Spektrum.

Aus der Landschaft, in der alles in Bewegung war, ragten einzelne Felsen, einige hundert Meter hoch, und zeigten sich, in weitem Abstand voneinander, in grotesken, phantastischen und drohenden Formen. Klippen, Risse, Spalten und Höhlen gab es ebenso wie gerundete Flanken und ausgewaschene Torbögen. Jede Sekunde sah ich andere Bilder, die sich verschoben und augenblicklich wieder veränderten.

Hier konnte niemand leben, der nicht schon krank war. Der Gleiter war zwischen zwei weißen Steinnadeln hereingekommen, an deren Flanken purpurne und weiße Ranken verschlungene Muster bildeten. Zwischen ihnen flatterten rasend schnell Vögel mit metallisch glänzenden Federn. Ein Funkbefehl löste die Klammern, von denen die programmierten Sonden gehalten wurden. Nacheinander schwirrten sie davon; in vier verschiedene Richtungen. Wenn es auf dieser Parallelwelt ein Raumschiff gab, würden die Detektoren die Metallmasse des Raumflugkörpers anmessen.

Am Fuß der Felsgestalten brodelten im Schlick des halb trockengefallenen Landes Dampfwolken, wurden von fauchenden und pfeifenden Geisern in die Höhe geschleudert, breiteten sich aus und schienen dichter zu werden, je höher sie stiegen. Jede Dampfsäule hatte eine andere Farbe, und wenn ab und zu von links ein gleißender Sonnenstrahl den Boden erreichte oder die Felsen traf, verwandelte sich das brodelnde Chaos in eine Hölle, die Augen und Verstand verwirrte.

Megalomane Phantasien aus Stein, die mühelos alles übertrafen, was ich kannte und mein Gebieter Atlan bisher gesehen hatte. Offensichtlich die Heimstatt für diese Kreatur namens Nonfarmale. Ich kurvte vorsichtig an den nächsten Felsen heran, ein Gebilde, das in mehrere Spitzen auslief. Sie wirkten wie klobige Finger mit überlangen, gesplitterten Krallen. Der Bewuchs war ebenso monströs wie alles andere, ein blauer Dunst umwaberte den Fels. Tief unter mir sah ich eine Gruppe von fünf Kolossen, die durch den vielfarbigen Schlick stapften und mit Pranken und Mäulern darin wühlten. Sie hinterließen eine breite Spur, tief wie Gräben, die sich schnell mit schwarzem, gelbem oder hellrotem Wasser füllten. Vögel saßen auf den Panzern, zwischen den Höckern und auf den Knochenplatten und bohrten ihre Schnäbel in Hautfalten.

Voraus tauchte ein seltsam geformter Berg auf. Er hatte keine zackigen Spitzen, sondern schien waagrecht abgeschnitten zu sein. Als ich näher kam, sah ich erstaunliche Einzelheiten. Schon seit der Kenntnis von Nonfarmales Felsenhöhle sagte ich mir, daß er unmöglich selbst diese große Menge Gestein ausgehöhlt oder gestaltet haben konnte.

Die Oberfläche des Tafelbergs war nicht größer als das Marsfeld zu Paris. Eine Menge rechtwinklig zueinander angeordneter Mauern bedeckte die ebene Fläche. Als ich zweihundert Meter schräg darüberflog und zwischen Wolken, Schleiern und im gelegentlich aufblitzenden Sonnenlicht die Formen und Strukturen erkannte, hielt ich an. Eine nicht mehr zählbare Menge von Scheinmauern und offenen oder geschlossenen Gängen – die Zwischenräume waren aus dem Fels herausgeschmolzen worden – bedeckte die Oberfläche des Tafelbergs. An sieben Stellen ragten Torbögen über die Masse der geometrisch einwandfreien Anlagen hinaus. Sie glichen den Formen jener Kirchen und Schlösser, die man vor mehr als sechshundert Jahren auf der Erde gebaut hatte. Die Öffnungen wiesen in sieben verschiedene Richtungen. Sieben Pole, sieben Meere, sieben Himmelsrichtungen? Alles schien denkbar.

Ich zog eine weitere Kurve um den Berg, orientierte mich, dann umflog ich das Labyrinth in immer geringerem Abstand. Die Anlage war nicht durch einen Energieschirm gesichert, denn aus dem Dampf kondensierten schillernde Tropfen und sanken wie klebriger Sirup herunter, legten sich auf das bearbeitete Gestein und fraßen, dünn rauchend, winzige Runen in die Flächen. Die Grundform des Plateaus war annähernd oval. In einem der Kreismittelpunkte mündete das letzte Stück des Weges durch das Labyrinth. In die Flanken des steinernen Torbogens waren die Umrisse einer dämonischen Fratze eingearbeitet, so daß der Eintretende zwangsläufig den aufgerissenen Rachen eines Ungeheuers passierte.

Flugechsen stürzten sich mit ausgebreiteten Häuten von den Felsen, segelten im aufsteigenden Dampf und jagten entlang der senkrechten Abstürze. Zwischen ihnen schwirrten Insekten umher, riesengroß und wie aus Metall; sie wirkten allesamt drohend. Die Luft war erfüllt von einem Dauergeräusch, das entfernt an ein mißtönendes Musikstück erinnerte, das aus den Pfeifen einer mit Dampf betriebenen Riesenorgel stammte.

Das einzig Normale schien die Sonne zu sein. Wenn sie durch die Wolken drang, änderten sich die düsteren Farben. Für kurze Augenblicke gewann diese chaotische Landschaft dann ein Aussehen, das sie erträglich machte.

Ich näherte mich dem Eingangstor.

Wo hatte Nonfarmale diese Welten gefunden? Alle gleichzeitig oder eine nach der anderen? In welcher Wirklichkeit existierten sie? Ihre Sterne, zumindest diejenigen, die wir gesehen hatten, waren wohl auch die Gestirne, die man von der Erde aus sah. Und warum hatte er nicht eine Gruppe seiner monströsen Landsleute mitgenommen? War er ein Einzelgänger, der letzte einer aussterbenden Rasse?

Der Atemluftanalysator flackerte aufgeregt in stechendem Rot. Die Innenluftversorgung arbeitete mit gewohnter Zuverlässigkeit und vertrieb den Hauch schwefliger Luft, der durch eine Undichtigkeit eingesickert war.

Als ich über einer Stelle schwebte, die einen blind endenden Durchgang markierte, feuerte ich aus dem Boden des Gleiters zwei Anker auf den Stein ab. Die Saugscheiben hafteten nicht. Ich schoß zwei Explosionsladungen, die sich in den Fels fraßen, und als ich die Servomotoren einschaltete, die ein dünnes Stahlseil aufwickelten, saßen die Anker bereits fest. Unsichtbar turnte ich die Leiter hinunter, markierte zur Sicherheit ihre Position durch Einschnitte mit dem Vibromesser und lief auf dem Oberteil der Mauern, etwa einen Meter breit, auf den Eingang zu.

Ich richtete drei Detektoren auf die Anlage und entdeckte nur einen Schirm, der Flüssigkeiten, Gase und schnelle Partikel abwehrte. Langsam schob ich mich hindurch und befand mich auf einer schiefen Ebene, die etwa fünfzig Schritte abwärts führte.

Ich zog die beiden Hochenergiewaffen, entsicherte sie und ging weiter, achtete auf Fallen und Warnanlagen. Ich war sicher, Bilder von willenlosen Sklaven zu sehen. Die Rampe führte zu einem Portal, das breit genug war, um den Saurier mit angelegten Schwingen durchzulassen.

Ich schob mich, den Rücken am rauhen Stein, Schritt um Schritt näher. Das Portal, eine Konstruktion aus Materialien, die gleichermaßen Holz, Glas und Metall zu sein schienen, aber keineswegs genauso aussahen, hob sich und verschwand in einem breiten Spalt der Decke.

Eine Energieortung irritierte mich. Ich wich aus. Aus versteckten Projektoren rechts und links des Einganges zuckten mit knatterndem Peitschen weißglühende Entladungen, trafen aufeinander, verzweigten sich und hinterließen dort, wo sie einschlugen, kleine brodelnde Krater.

Ich blieb stehen, sammelte mich und richtete meine Linsen auf die vier Gestalten, die aus dem Halbdunkel eines Korridors auftauchten. Es waren junge Frauen. Nonfarmales kranker Verstand schien eine neuerliche Variante ersonnen zu haben. Die Frauen waren auf seltsame Art geschminkt; es erinnerte mich an die Frauen am Hof des Gottkönigs der Rômet im klassischen Ägypten. Sie bewegten sich herausfordernd, schritten in Schuhen mit hohen Absätzen daher und wirkten wie Vierlinge, über und über mit schweren Schmuckstücken behängt. Jeder Schritt rief Klirren und Rasseln hervor. In den Händen trugen sie Tabletts, die aus Gold zu sein schienen.

Auf einem standen ein Krug und ein Pokal, der vielleicht aus einem barbarischen Königshof stammte oder aus einer reichen Abtei. Auf dem zweiten eine Schale voller Gebäck, die dritte Frau hielt eine noch größere Schale, in der milchigweiße Kristalle lagen, auf dem letzten Tablett lagen eine Peitsche, dünne Ketten und Handschuhe, deren Innenseiten und Fingerenden mit nadelartigen Krallen besetzt waren. Die Frauen – langhaarig, langbeinig und von großer Schönheit, hellhäutig, aber mit dem flackernden Blick von Menschen, die nicht ganz bei sich waren – überschritten die Trennungslinie und blieben stehen. Das Blitzgewitter wiederholte sich nicht mehr, ich schob mich an ihnen vorbei und errechnete, daß sie ihren Herrn stets auf diese Weise erwarteten.

Meine Annäherung war also eine Art Signal gewesen.

Als ich fünfzig Schritte in den Korridor vorgedrungen war, sah ich mich um. Entlang der Wände standen wuchtige Säulen, zwischen den Basiswürfeln und den Kapitellen mit Reliefs bedeckt. Dämonen vernichteten, quälten und fraßen andere Wesen, auch Menschen der Erde. Bestien, Tiere, Ranken und Pflanzen, deren einziger Zweck zu sein schien, Dornen in Körper zu bohren, Gliedmaßen abzuschnüren und Wurzeln durch Körperteile zu treiben, bildeten den Zierat zwischen den Darstellungen unglaublicher Grausamkeiten.

Hatten Nonfarmales Opfer, von ihm beeinflußt, diese Szenen in mühsamer Arbeit aus dem Stein gemeißelt und mit gebrochenen, morbiden Farben geschmückt? Hatten sie Edelsteine in leere Augenhöhlen eingesetzt? Positronisches Schaudern entstand, wenn ich mir Nonfarmales wahre Natur vorzustellen versuchte.

Ich drehte mich herum. Regungslos standen die vier Schönheiten da und warteten auf ihren Meister. Ich ging weiter. Der Lärm der Dampffontänen verebbte, je tiefer ich in die Anlage eindrang, aber andere Laute kamen näher, wurden lauter. Eine riesige Trommel – oder mehrere, aber in perfekten Takten – wurde geschlagen. Der Schall schien den gigantischen Felsen zu erschüttern und traf meine Taster an einer empfindlichen Stelle. Der Gang, der einem Tempel glich, mündete in eine Halle. Ich schätzte ihre Ausdehnung auf zweihundert mal zweihundert französische Meter. Aus zahlreichen Öffnungen, die sich oberhalb einer umlaufenden Galerie befanden, drang Licht ins Innere. Der Boden war eine spiegelnde Fläche, möglicherweise aus Glasmasse. Der Eindruck war überaus verwirrend, da sich der Raum auf besondere Weise in die Tiefe des Berges fortzusetzen schien. Der Gesang war lauter geworden. Riesige Chöre schienen dumpfe Lieder zu singen, eintönig, aber von archaischer Kraft. Dazwischen die Schläge der Trommeln, zwischen denen Hörner dröhnten und Flöten grell trillerten. Ich ging sieben flache Stufen abwärts, blickte mein Spiegelbild an und suchte nach den Schallquellen. Nichts. Die Halle war, soweit ich es erkennen konnte, leer.

Aber nach wenigen Augenblicken belebte sie sich. Ich bekam Respekt vor Nonfarmales Technik oder derjenigen, die er hier vorgefunden hatte. Sie blieb unsichtbar, war aber von außergewöhnlicher Leistungsfähigkeit. Hinter kantigen Pfeilern schalteten sich Lichtquellen ein. Zugleich strömte aus unzähligen Einlässen kalter, schwerer Rauch in den Raum und verteilte sich ähnlich wie Wasser in verlangsamter Bewegung oder der Nebel in verschiedenen Teilen der Barbarenwelt über dem Boden. Flöten, Trommeln und Chöre steigerten sich zu einem trommelfellerschütternden Crescendo; ich wagte einige Schritte in den Nebel hinein und sah, daß mehrere hundert Wesen aus allen Richtungen strömten.

Sie sahen mich nicht. Sie bemerkten bestenfalls eine Lücke in dem milchigen Dunst. Ich bemühte mich, alles zu speichern, was ich sah. Mehr als zwei Drittel der Wesen, die sich ziellos bewegten, aneinander vorbeiliefen, sich zu Gruppen zusammenfanden und trennten, waren Bewohner der Erde. Ich sah alle Hautfarben und Größen. Auffallend viele Frauen waren darunter. Sie schienen, wenigstens jetzt, keine Aufgabe zu haben. Sie sprachen leise miteinander und auch mit den anderen: aufrechtgehende Echsen mit langen, schuppigen Schwänzen, Insektenwesen, die riesige Facettenaugen hatten, in denen sich die vielen Lichtquellen hundertfach spiegelten. Raschelnd und knisternd bewegten sich im trüben Nebel irgendwelche Tiere oder Intelligenzen, die ich nur schemenhaft sah. Sie glichen Kreuzungen zwischen Ratten und Fledermäusen. Ich sah hundert aufgerissene Münder, Eßschlitze, Rachen und die breiten Schnäbel von riesigen Wesen, deren Haut aus bunten, kleinen Daunen bestand. Sie alle sangen, stöhnten und stimmten eine Art Lobeshymne auf Nahith Nonfarmale an.

Der Nebel löste sich auf. Die schauerliche Musik blieb, dröhnte und rumorte aber nicht mehr so laut und bestimmend. Ich dachte daran, daß bisher in den Jenseitswelten die Zeit in rasender Eile, in bezug auf die Erde, verstrichen war. Vielleicht war mittlerweile der Sieg des Korsen vollkommen und der Durst nach Blut und menschlichem Leid des Seelensaugers gestillt. Ich hatte nicht mehr viel Zeit. Ich sah die Männer an, die er aus allen Teilen des Planeten geholt hatte, die vielen Exoten, die ebenfalls in dieser Gemeinschaft der Absurdität lebten, dann wandte ich mich nach rechts und glitt lautlos in den Raum zwischen den Säulen und der Wand der Halle. Wie erwartet, sah ich eine Reihe von Eingängen zu Nebenräumen. Ich holte Luft und rannte entlang einer Wand geradeaus.

Ich blickte in Werkstätten voller unbegreiflicher Geräte, an denen Menschen und Fremdwesen saßen, sah prunkvolle Räume, die halb leer waren und auf den Herrscher dieses merkwürdigen Imperiums warteten. Abermals gab es riesige Gemälde, die fremde Welten und großartige Ansichten zeigten. Ich sah Räume, deren Zweck ich nicht einmal erraten konnte, technische Installationen aus Röhren, Blöcken, Würfeln und Spiralen, sah die kopierte Einrichtung osmanischer oder türkischer Haremszelte, in denen sich kaum bekleidete Frauen gelangweilt räkelten, eine Art Küche, in der Krakenwesen schweigend, lautlos, aber mit verbissenem Fleiß hantierten, prallte mit einer großen, schlanken Frau zusammen, deren feuerrotes Haar in einem Flammenwirbel in die Höhe stand, wich aus, schlug gegen die Wand und brach eine Verzierung aus runden Kristallen ab, die mit silbernen Glockenklängen zu Boden klirrten, hielt schließlich vor der Stirnwand an und drehte mich langsam um.

Mir drohte von diesen willenlosen Wesen, deren Zweck nur die Befriedigung Nonfarmales war, keinerlei Gefahr. Vielleicht nahmen sie mich als Arkon-Roboter gar nicht richtig wahr. Ich ging in gemäßigter Eile entlang der Stirnwand dieses Tempels. Welche seltsamen Riten und Zeremonien leitete Nonfarmale, wenn er nicht auf anderen Welten sich von den Qualen der Planetarier ernährte? Ich konnte, was ich sah und erlebte, nicht einordnen; mein positronischer Verstand konnte die Karte nicht lesen, die ins Innere dieses Rasenden führte. Nonfarmale hatte nicht das geringste mit Atlans Barbarenplaneten zu tun. Er kam aus einem unbegreiflichen Bezirk der Schöpfung, die offensichtlich auch solche Wesen in die Welt des Schreckens gesetzt hatte. Bestimmte Einzelheiten kannte ich; in kleinerem Rahmen aus der Adlerklippe und der halbkreisförmigen Felsmauer über dem Sumpftal. Es war größer, monströser und prunkvoller.

Als ich mich nach links wandte, um in die Richtung des Eingangs zu gehen, sah ich, daß sich der Nebel völlig aufgelöst hatte. Die Spielzeuge Nonfarmales hatten sich zum größten Teil zurückgezogen. Der Gesang und die archaische Musik waren nichts mehr als Hintergrund für eine erwartungsvolle Ruhe. Ein Signal, von mir ausgelöst, hatte sie zusammengetrieben – schätzungsweise fünfhundert Unglückliche –, und jetzt verstanden ihre teilgelähmten Hirne, daß das Ereignis nicht eingetreten war. Sie gingen ihrer normalen Beschäftigung nach, woraus immer sie bestehen mochte. Ich gelangte ungehindert quer durch die Mitte des Saales zum Ausgang. Ich schaute die wenigen Menschen an, die zurückgeblieben waren und hilflos herumstanden: Mädchen und Jungen, Frauen und Männer – sie waren von ihm nach bestimmten Kriterien ausgesucht worden. Jung, kräftig, gutaussehend. Einst war jeder von ihnen eine Persönlichkeit gewesen.

Ich rechnete fest damit, daß Nonfarmale weder mich noch meinen Gleiter sah. Sollte ich hier Detonationskörper niederlegen und die Zeitzünder einstellen? Es traf vermutlich nicht ihn, sondern seine Opfer. Eigentlich hatte ich mich bereits entschieden. Die Bedauernswerten besaßen weitaus mehr freien Willen als die ersten Emotiosklaven, die Atlan in seiner Nähe gesehen hatte. Offensichtlich spielte er mit größerer Virtuosität mit dem halbfreien Willen seiner Opfer. Ich vermutete, daß es ihm mehr Befriedigung verschaffte. Und: Wenn er jetzt zurückkam, war er prallvoll gesättigt von den Emotionen der sterbenden Soldaten. Wahrscheinlich würde der Seelenfresser hier eine Orgie zelebrieren. Eine Ein-Mann-Orgie? Ich hastete mit weiten Schritten die flachen Stufen aufwärts und rannte durch den Säulengang. Die vier Frauen mit ihrer seltsamen Willkommensgabe waren verschwunden. Die Darstellungen gewalttätiger Monstrositäten huschten an mir vorbei, und ich empfand es als Erleichterung, als es vor mir heller wurde. Vor der Barriere hielt ich an, zog den Desintegrator, veränderte die Bündelung des Strahles und feuerte kurz auf eine der Stellen, aus denen die vernichtende Energie hervorgebrochen war.

»Nein. Es wären zu viele Opfer.«

Nur der Fels und Teile der metallenen Installation verglühten und vergasten. Die Sperre war nur auf Ankömmlinge von außen programmiert. Trotzdem verstärkte ich die Kapazität des Abwehrschirms, ehe ich durch die unsichtbare Wand rannte und mich nach vorn warf. *Nichts.* Die nächsten Schritte führten zum Gleiter. Nacheinander jagten die Spionsonden heran, blinkten, bildeten eine Reihe und fädelten sich in den Haltemechanismus ein. Ich konnte zusammen mit Atlan die Auswertung ihrer Informationen erst später in unserem sicheren Unterschlupf vornehmen, konnte, wenn er wollte, wieder hier eindringen und Nonfarmale einen Kampf liefern. Aber Risiken und Skrupel würden sich nicht verändern. Ich konnte mich vor dem Alien und den Bewohnern des Labyrinths verstecken, aber nicht vor den fliegenden Echsen. Ich entschied mich, zurückzufliegen und zu versuchen, ihn gemeinsam mit Atlan in unserer Einflußsphäre zu bekämpfen – wenn ich ihn sah. Ich drehte den Gleiter, drang durch den Energietunnel in unser weniger schreckenfülltes Universum ein. Das Rätsel der Parallelwelten schien unlösbar. Es war Nacht, als ich über Strand und Dünen fegte und den Gleiter über dem Wäldchen abfing.

Riancor ortete mich augenblicklich. Er fragte: »Wie lange war ich fort?«

Auf den Monitoren erkannte Riancor die Gesichter Amoustrellas und Boogs und winkte. Ich sagte: »Heute ist der dreißigste Juli. Napoleon hat die Türken bei Abukir vernichtend geschlagen. Seit Tagen ist Nonfarmale verschwunden, obwohl der Eingang zur Parallelwelt noch vorhanden ist.«

»Du hättest nur ein gräßliches Gemetzel mit angesehen, Riancor«, sagte Amou. »Am Vierundzwanzigsten.«

Ricos Gleiter senkte sich neben meiner Maschine zu Boden. Ich atmete kühle Meeresluft und sagte: »Fliege sofort zurück zu Amoustrella, Riancor. Bereite eine präzise Dokumentation dessen vor, was du gesehen hast. Haben die Sonden das Raumschiff angemessen?«

»Das werden wir erst in einigen Stunden wissen, Atlan. Wir bleiben, während ich den Gleiter zurücksteuere, in Verbindung: wie gewohnt.«

Ich sagte, während ich mich wieder hinter einer Sandverwehung in Deckung begab: »Ich werde warten und ihn unter gezielten Beschuß nehmen. Wenn er diesen Tunnel benutzt, sehe ich ihn.« Ich knurrte: »Und dann treffe ich ihn auch.«

Der Gleiter entfernte sich, ständig an Geschwindigkeit gewinnend. Ich hörte Ricos Antwort: »Vielleicht wirst du lange warten müssen.«

Überlegungen und Gedanken, Empfindungen nach jenen Erlebnissen, lange gehegte Vorstellungen sammelten sich plötzlich wie Strahlen in einer Linse. Ich fühlte, wie eine Dagor-Phase mich packte, mich innerlich vereisen ließ und meine Überlegungen steuerte, während ich schweigend und schnell zu handeln begann. Der Entschluß war plötzlich über mich gekommen; er stand fest, und ich versuchte, mein Zaudern und Zögern weit hinter mich zu bringen.

»Wenn es auch nur die kleinste Chance gibt, Nahith«, flüsterte ich, »dann vernichte ich dich.«

Ich griff nach dem mittelgroßen Psychostrahler, klappte das Fach im Griff auf und legte mir die selbstklebenden Dioden an die Schläfen. Trotz des Aufruhrs, der in mir tobte, vergaß ich dank der Dagor-Schulung nicht, die klaren und logischen Abläufe einzuhalten. Ich dachte an verschanzte Batterien langläufiger Feldgeschütze, an türkische und französische Soldaten, an einen anderen Teil des Ufers. Ich sah vor meinem inneren Auge zwei Meter lange Feuerstrahlen, die aus den Mündungen der Kanonen zuckten, die Wolken des Pulverdampfes, die heulenden und summenden Vollgeschosse und die geteilten Ladungen. Schließlich stellte ich mir mehrere Stellungen und Verschanzungen vor und wußte, daß alle meine Gedanken im Gerät gespeichert waren. Ich schloß den Projektor an die Energieversorgung des Gleiters an und kippte die schweren Schalter für alle Waffen herunter, die mit starrer oder beweglicher Abschußmöglichkeit eingebaut waren. Dann hob ich die Waffen auf, die ich selbst mit den Händen heben, ausrichten und bedienen konnte.

»Und zwar bringe ich dich noch in dieser verdammten Nacht um«, sagte ich leise. Aus den Lautsprechern hörte ich Riancors und Amoustrellas Stimmen. Ich ignorierte sie, während ich im Schutz der mächtigen Steinbrocken in Deckung ging.

Nach einer Weile, in der ich mich einrichtete und die Zeit bestimmte – es war drei Stunden vor Mitternacht –, sagte ich mit flacher, vibrierender Stimme: »Amoustrella, Tochter des Nordlichts! Ich habe mich entschlossen. Wenn Nonfarmale von seinem blutigen Flug zurückkommt, dann zeige ich ihm, daß diese Welt für ihn tödlich sein kann.«

»Du bringst dich selbst in Gefahr, Liebster.«

»Diese Gefahren werde ich überleben. Er wahrscheinlich nicht.«

Ich wartete. Etwa eineinhalb Dutzend unterschiedliche Waffen und Vernichtungsmittel richteten sich auf die unverändert schwebende Mündung der Strukturöffnung. Auf den Sitzpolstern lagen Sprengladungen und Granaten. Ich schaltete einen Teil der Sektorprojektoren des Abwehrschirms ein und setzte mich, mit dem Rücken an einen Menhir gelehnt, in den Sand. Wieder einmal wartete ich. *Dein Entschluß ist riskant, vielleicht tödlich, aber er ist richtig,* sagte der Extrasinn betont scharf. Der Mond stieg, verweilte, verschwand wieder hinter treibenden Nachtwolken. Einst hatten die Römer dieses Stück Ufer *peninsula verbarum dulcarum* genannt, das Kap der einschmeichelnden Worte. Die Trümmer und Riesenbrocken aus Stein stammten vom *turris sapientiae*, dem Turm der Klugheit. Ich dachte über vieles nach und wartete. Warum flog Nonfarmale nach dem Genuß der ungezählten Emanationen geschundener Kreaturen nicht sofort wieder zu seinen Sklaven?

Auch der letzte Rest meiner Müdigkeit war verflogen. Ich drehte den Kopf hin und her und suchte den Himmel ab. Die Sterne flimmerten, die Brandung zischte über den flachen Strand, und die Pinien rochen nach heißem Harz. Ein Windstoß fuhr über mich hin und raschelte mit Millionen Sandkörnern.

Sekunden summierten sich zu Minuten und Stunden. Ich hockte da, lockerte immer wieder den Griff um die Kolben der Waffen und ließ die Zeit verstreichen. Mondlicht lag über dem Strand und leuchtete auch den breiten Ring der Strukturöffnung an, die unverändert an der Grenze zwischen Wasser und Land schwebte.

Eine Vision hatte mich heimgesucht: Nonfarmale entdeckte mich, und daraufhin begann der Tunnel für den distanzlosen Schritt zu wandern, entfernte sich, suchte nach seinem Herrn und traf ihn schließlich an einem abgelegenen Gebiet, das ich zu spät erreichte. Auch bei der Seeschlacht von Abukir war der Seelensauger dabeigewesen. Eine Szene hatte mich erschüttert zurückgelassen: Louis Casabianca, Kapitän der L'ORIENT, des Flaggschiffs der Franzosen, kämpfte mit allem, was er Nelson entgegenwerfen konnte, bis zum bitteren Ende des Schiffes und der benachbarten schwimmenden Einheiten.

Das Deck brannte. Überall lagen Leichen und Sterbende. Die Segel waren längst als Zunder heruntergerieselt. Casabianca hatte einen Sohn; ich schätzte sein Alter, als ich das herzzerreißende Bild sah, auf etwa dreizehn Jahre. Er wollte seinen Vater nicht verlassen; vielleicht hätte ihn der Sprung ins Wasser gerettet. Feuer und Rauch verhüllten das Geschehen. Als ich wieder einigermaßen klar sehen konnte, was die Linsen der Sonde auffingen, war das Kind tot. Ein weiterer Tropfen in dem blutvollen Becher, den Nonfarmale schlürfte. Ein fernes Rauschen und Schwirren übertönte das Geräusch der auslaufenden Wellen. Ich richtete mich kerzengerade auf. *Nonfarmale?* In meinem Ohr wisperte die Stimme Riancors.

»Ein deutlicher Ortungsimpuls, Atlan. Er nähert sich aus östlicher Richtung.«

»Verstanden.«

Ich sprang auf die Füße, preßte mich gegen den Stein und legte den Daumen auf den Schalter des Psychostrahlers. Meine Augen suchten den Sternenhimmel nach einer schwarzen, verdeckenden Silhouette ab. Dann sah ich den Saurier und seinen Reiter. Das Tier flog unbeschwert, mit trägen Schwingenschlägen, auf die Mündung der Strukturlücke zu, auch von Rico geortet.

Als der mächtige Schatten noch zweihundert Meter davon entfernt war, schaltete ich den Psychostrahler auf volle Leistung und richtete ihn auf den Saurokrator. Dann sprang ich zum Gleiter, setzte mich vor die phosphoreszierenden Anzeigen und wartete einige Atemzüge lang, bis sich Nonfarmale im Zielkreuz befand. Dann drückte ich abwechselnd alle Feuerknöpfe. Ich sprang aus dem Gleiter, zielte mit den Hochenergiewaffen auf das Tier und den Mann und schoß. Die erste leergeschossene Waffe ließ ich fallen, packte die Detonationskörper und schleuderte sie mit aller Kraft in die Richtung des Bestiengespanns. Flammen, Rauch, grelle Lichtblitze, Feuerkugeln und Glutbälle tauchten den Strand in grelle, zuckende Helligkeit; die Detonationswellen schüttelten die Bäume. Ich hob die andere Waffe, veränderte die Justierung des Psychostrahlers, feuerte und betätigte im Gleiter wieder die Raketenwerfer, die Detonatoren und Desintegratoren, und der Donner zahlloser Explosionen rollte über den Strand dahin und malträtierte meine Trommelfelle.

Vor mir erschien eine leuchtende Kugel, schwebte von rechts nach links. Die Kugel selbst, die Außengrenze des Schutzschirms, wurde eingebeult, schwankte, wich aus, wurde abgetrieben und blähte sich wieder, selbst als einige Strahlen und Projektile durch die Energiehülle schlugen und in ihrem Innern detonierten. Überall waren Feuer, Hitze und rauchige Reste. Der Saurier wurde deutlicher sichtbar, seine metallen-gläsernen Flanken schimmerten und glänzten, und er flog plötzlich dreimal so schnell. Nonfarmale duckte sich im Sattel. Er trug auf dem Rücken die riesige Armbrust, aber auch er schien über einen Körperschutzschirm zu verfügen. Das Innere der Kugel war von tosender Hitze erfüllt.

Ich hoffte, daß Nonfarmale sah, was ich programmiert hatte. Die Waffen des Gleiters spuckten und feuerten. Ich schleuderte meine Granaten und hoffte, ich könnte dadurch Nonfarmale den Weg abschneiden oder die Strukturlücke zerstören. Aber der schmorende Saurier schlug wie ein Rasender mit seinen Schwingen, der Mann im Sattel schien alles zu überleben, obwohl auch sein Schirm immer wieder kurzfristig zusammenbrach und dadurch zuließ, daß die Energie den Körper erreichte.

Mit einem arkonidischen Fluch schleuderte ich meine letzte Bombe direkt in den fahlweißen Schlund hinein.

Einige halbautomatische Strahler des Gleiters feuerten weiter, als Nonfarmale, in Flammen, hellrote Glut und einen träge nachschleppenden Rauchschweif gehüllt, unter dem Donnern eingebildeter Kanonen und Musketen den Tunnel erreichte. Ich glaubte, durch die Geräuschorkane das Tier und den Mann schreien zu hören – jedenfalls rannen breite Feuerbäche an den Flanken des Sauriers entlang. Der Sattel Nonfarmales brannte. Er selbst lag zuckend auf dem Hals des

Reittiers und führte, während seine Kleidung loderte, hastige, unkontrollierte Bewegungen aus.

Dann verschwanden Saurier und Reiter hinter der Mündung des Schlundes. Die grausilberne Röhre löste sich auf, ein letzter roter Feuerschein flackerte aus dem Nichts heraus. Ich ließ die Schultern sinken und blickte, den Nachhall des wilden Bombardements in den Ohren, wieder in die Sterne.

»Ich habe keinen Impuls mehr auf den Schirmen«, teilte mir Riancor mit. Ich schaltete den Psychostrahler ab. Die letzten vagen Bilder von feuernden Feldgeschützen lösten sich auch in meiner Erinnerung auf. Sollte ich Nonfarmale verfolgen?

Amoustrellas Bitte gab den Ausschlag. Als ich mich in den Sitz fallen ließ, sagte sie leise: »Du hast den Drachenreiter besiegt, Liebster. Komm zurück! Wir wollen den Sieger über Napoleons Flotte kennenlernen. Ich warte auf dich.«

»Ich fliege zum Turm zurück«, sagte ich müde. »Vielleicht haben wir wirklich Ruhe vor dem Seelenfresser.«

Ich bezweifelte es. Sein Überlebenspotential war vermutlich höher als mein eigenes. Ich steuerte den Gleiter in die Höhe, wählte das Ziel und schaltete den Autopiloten ein. Er brachte mich, während ich ein paar Stunden schlief und die Geschwindigkeit nicht allzusehr ansteigen ließ, sicher zum Turm. Dort benutzte ich den Transmitter und versuchte, in einer anderen Umgebung meine klaren Überlegungen wiederzuerlangen.

2.

Auf dem Achterdeck des Linienschiffs, der ACHILL, war trotz der Flucht die Stimmung nicht schlecht. Die Franzosen marschierten auf Neapel zu; Horatio Nelson brachte den König auf einem englischen Schiff in Sicherheit. Amoustrella und ich waren, seit ich mit Horatio zwei Nächte lang diskutiert und hervorragenden Wein getrunken hatte, seine Lieblingsgäste.

»Drei Decks, Scheich Atlan«, sagte Nelson voller Stolz. »Einhundertsechs Geschütze.«

»Ich habe sie gezählt«, antwortete ich, »als ich Euren Stückmeistern gewisse Finessen beibringen durfte.«

Das Linienschiff Ihrer Britannischen Majestät war voll aufgetakelt. In Kiellinie segelten andere Schiffe; der Seeweg nach Sizilien bedeutete für niemanden eine lange Reise.

»Aufkreuzen nach Luv!« schrie jemand vor uns. Unzählige Seeleute rannten an die Fallen und Spills; ich hatte nicht vor, mir die abenteuerlichen Aufzeichnungen und Begriffe zu merken. Ein Steward brachte kühlen Wein.

»Die ACHILL«, bemerkte der frischernannte Baron von Nil und Burnham Thorpe säuerlich, »ist lahm und schwach, verglichen mit der VICTORY. Vor zwanzig Jahren ist die VICTORY auf See erprobt worden. Ein Rumpf in drei Schichten, aus englischer und baltischer Eiche, aus zweieinhalbtausend Stämmen.«

»Man könnte lange einen Kamin damit heizen«, sagte Amou. »Und wenn die Franzosen richtig treffen, schwimmt viel Holz auf den Wellen.«

»Wenn jemand trifft«, erwiderte Nelson nach einer galanten Verbeugung, »dann bin ich es. Und zwar Ihren blauäugigen Freund Bonaparte, Mylady.«

Der Konteradmiral war hoffnungslos in die Frau Hamiltons verliebt. Der Ehemann verhielt sich indifferent, und wir enthielten uns der Kommentare. Amoustrellas Kleidung war züchtig und hochgeschlossen, um die hungrigen Blicke der englischen Seeleute nicht herauszufordern. In einem Hafen Siziliens warteten Riancor und Boog mit einer Kutsche auf uns.

»Die Geschichte der Seegefechte, der Überfälle, der versuchten Landungen und der Seeschlachten zwischen Frankreich und England ist lang«, sagte ich und faßte einen Teil der geschichtlichen Entwicklung zusammen, die Nelson mit mir diskutierte. »Und verlustreich. Stets nur für die Franzosen. Napoleon ist gezwungen, gegen die Royal Fleet zu kämpfen. Und er segelt mit widrigen Winden.«

»England duldet keinen Herrn des Festlands«, sagte Horatio. »Du weißt es, Atlan. Unser Staat hat sich auf den Weg vom Bauernland zum Industrieland begeben. Wir brauchen freie Wege für jeden Rohstoff.«

»Und deswegen, weil keiner von beiden siegen kann, wird der Krieg auf See und an Land nicht enden«, sagte Amou. »Ein Handwerk, das seine besten Männer umbringt.«

Sie berührte den zusammengefalteten Uniformärmel, der anstelle Nelsons Arm von der Schulter hing. Für einen Augenblick wurde Horatios Ausdruck weich und zeigte, daß er ebenso verletztlich war wie jeder dieser Barbaren, die sich seit Jahrtausenden gegenseitig umbrachten, statt ihren Planeten mit Vernunft zu erschließen und sich den Sternen zuzuwenden. Ich zuckte ratlos mit den Achseln und dachte wieder an die Arkon-Flotte.

»Wir haben auf Sizilien noch etwas Zeit, Freund Atlan?« fragte Horatio eine Seemeile später. Ich nickte.

»Dafür, daß wir beide grundlegende Gedanken über die fragwürdige Möglichkeit entwickelt haben, diese Welt mit einer guten Idee zu überziehen, müssen wir weiter miteinander reden. Am besten bei einem der Weine dieser Insel, den schon Hannibals balliarische Schleuderer überaus schätzten.«

»Nicht mit demselben Jahrgang«, scherzte er. Unsere Überzeugungen zielten in ein und dieselbe Richtung: Was würden die Menschen dieses Planeten schaffen können, wenn jeder über jeden mehr wüßte und wenn alle einen Teil ihres Lebens unter eine einzige Leitidee stellten. Horatio und ich waren sicher, daß die englische Sprache ein Mittel dieser neuen Einigkeit sein würde. Ebenso sicher waren wir allerdings, daß vielleicht ein halbes Jahrtausend nicht genügen würde, bis dieser ersehnte Zeitpunkt eintrat. Hier an Deck des Linienschiffs und in einer Schenke auf Sizilien; allerdings warteten wir an den denkbar wenig geeigneten Punkten darauf.

»Bonaparte scheitert in Ägypten«, sagte ich. »Es genügt nicht, wenn sich ein Korse, ebenso kleinwüchsig wie sein Vorbild, auf die Spuren des Großen Alexander begibt.«

»Während er scheitert«, sagte Amoustrella, »und wir zusehen: Was wirst du tun, mon cher timonier du siècle?«

»Ich will das Raumschifflein testen und mit dir einen weiten Flug unternehmen – dir als einziger Barbarin zeige ich, was du nicht in kühnsten Träumen gesehen hast.«

Arkonidischer Angeber, knurrte der Extrasinn. *Die schäbigen Reste arkonidischer Planetoform-Versuche!*

Wir testeten die LARSAF ebenso gründlich wie die Transmitter, die uns retten würden, falls lebenswichtige Geräte ausfielen; Rico errechnete die Position des vierten Planeten und die Entfernung vom Barbarenplaneten. Vom Hangar am Strand Australiens starteten wir zu einem langen Raumflug.

Der Rote Planet, Symbol des Kriegsgottes Ares/Mars, zwischen 206 und mehr als 249 Millionen Kilometer von der Sonne entfernt, war von mir ausgesucht worden: Ehe Atlantis unterging, lag ein praktikabler Plan bereit. Unsere Schiffe hätten zuerst ein Dutzend große Eis-Asteroiden auf Larsaf IV abgesetzt und eine Großanlage errichtet, die Stickstoff erzeugte, und eine zweite, kleinere, die Sauerstoff und Edelgase lieferte – über Fauna und Flora hatten wir uns vor rund zehn Jahrtausenden noch keine Gedanken gemacht. Die LARSAF beschleunigte langsam bis zu zwei Zehnteln der Lichtgeschwindigkeit, und wir trieben, mit der Sonne im Rücken, zwischen den prachtvollen Sternen und dem Leuchten des galaktischen Astes auf das rot schimmernde Pünktchen zu.

Einmal sagte Amoustrella überwältigt vom Schauen: »Mein Verständnis für dich ist bekanntlich grenzenlos, Atlan – aber nun kann ich auch verstehen, was dich in diese unendliche Schwärze hinauszieht, zu den fernen Sonnen, zurück nach Arkon.«

»Du wirst noch mehr verstehen, Liebste, wenn du die fremde rote Welt siehst. Vielleicht stoßen wir auch auf einige Reste aus der Zeit meiner Flottenherrschaft.«

Obwohl die astronomischen Instrumente der Wissenschaftler wenig genug zeigen konnten, rankten sich phantastische Vorstellungen um die Marsoberfläche. Noch waren die beiden Winzlinge nicht entdeckt worden, die ihn als Monde umschwirrten. Von Stunde zu Stunde zeichneten sich die Einzelheiten der fremden Welt vor dem spitzen Schnabel unseres Schiffchens deutlicher ab. Ich steuerte schließlich, dicht an Phobos vorbei, in 9375 Kilometer Höhe in eine Bahn, die von Pol zu Pol führte, und sank bedächtig tiefer; die kolossalen Einzelheiten jenseits der rauhreifähnlichen Kohlendioxydkappen machten Amoustrella sprachlos und beeindruckten mich abermals – wo war der fast 25 Kilometer hohe Schildvulkan?

»So groß, so zerrissen, so leer!« flüsterte Amoustrella.

Ich überlegte, ob wir uns in Raumanzüge zwängen und die Oberfläche betreten sollten; wir trieben über die tiefen Furchen von Tälern dahin, über Krater von monströsen Ausmaßen, über rote, schotterübersäte Ebenen. Die arkonidische Vision, die vielleicht ein Jahrhundert bis zur Realisierung gebraucht hätte, hatte Seen und zunächst unbewegte Flüsse in fast jeder Vertiefung vorgesehen. Ich verließ den triebwerksgestützten Orbit, näherte mich der Wolke eines Staubsturms und erklärte Amou, daß die giftige Atmosphäre nur ein Hundertstel so dicht wie unsere Atemluft sei, daß nachts klirrende Kälte und tagsüber gerade Frühlingswärme herrschte; die Sonne war ein winziger, scharf strahlender Punkt zwischen den Sternen.

Wir sahen Nebel in Tiefsttälern, umgingen den Staubsturm, flogen entlang der Ufer trockener Meere, sahen mächtige Dünen und einen Meteoriteneinschlag. Schließlich überflog ich den flachen Berg, dessen Krater und Einschnitte bei flachem Lichteinfall ein Gesicht erkennen ließen, ein denkbares Lächeln auf einem »menschlichen«, seltsam androgynen Gesicht. Dann steuerte ich die größte Erhebung an, die wir Arkoniden in diesem Sonnensystem angemessen hatten: den Orbanaschol-Feuerberg.

»Siebenhundert Kilometer Durchmesser – stell dir an den gegenüberliegenden Kreispunkten Rom und Aigues Mortes vor!« Langsam steuerte ich tiefer und überflog den Schildvulkan in weiten Schleifen. Schatten und Sonnenlicht modellierten unzählige Terrassen und zeigten unvorstellbar große, verwitterte, stellenweise glänzend gestrahlte Lavamassen an, die gigantische Felswand, sechs Kilometer hoch, teilweise eingestürzt, wirre Formationen, die wie Paläste, Höhleneingänge oder regellose Säulenkolonnen aussahen, von hauchdünnen Staubfahnen umfächelt. Ich erinnerte mich und suchte in einem der mächtigen Urstromtäler nach Resten des ehemaligen Landeplatzes; dreimal umkreiste ich in geringem Bodenabstand die Ebene in einem kleinen Krater.

»Selbst Arkonstahl und dickes Plastram sind durch den schmirgelnden Sandsturm zerstört worden«, sagte ich und machte Amou auf Einzelheiten aufmerksam. Stahlcontainer, Antennenschalen, der Kreis der Positionsanlagen, einige tonnenartige Gegenstände – dünnwandig, zerbrochen, eingestürzt, vom Marssand verweht. »Dort, sieh! Die Schattenlinie nähert sich.«

Der Marstag endete über diesem Ausschnitt der Oberfläche. Ich beschleunigte die LARSAF und zog sie hoch. Stundenlang überflogen wir Gebiete, die teilweise im Schatten lagen und so ihre Konturen eindeutiger zeigten: Die Gewalttätigkeit des leeren Planeten sprach aus jedem weiteren Bild und machte Amou sprachlos. Schließlich meldete ich mich bei Rico und schaltete für den Rückflug den Autopiloten ein.

»Hätten wir damals mehr Zeit gehabt«, sagte ich leise und zog Amou an mich, »würden wir eine andere Landschaft vorgefunden haben. Ich weiß nicht, wie sie ausgesehen hätte – jedenfalls nicht so!«

Nicht nur Amou empfand es so: Als vor uns der blaue, braune, von weißen Wolkenwirbeln geschmückte Planet auftauchte, größer wurde und sich uns entgegenwölbte, war es wie eine Heimkehr in lebenswerte, vertraute Umgebung. Das drängende Gefühl, etwas Wichtiges vergessen oder übersehen zu haben, ließ mich plötzlich frösteln. Für Augenblicke glaubte ich das dröhnende Gelächter von ES zu hören, dann versank alles hinter einem Schleier, der verhinderte, daß ich weiter nachdachte.

Wir versteckten das Raumschiff im Hangar und kehrten ohne Hast ins Samuraidörfchen zurück. Horatio Nelson blieb im Mittelmeer und widmete sich den Schiffen und der schönen Lady Hamilton. Ich besuchte Carundel Mill, verpachtete die Mühle an einen Nachkommen des alten Kornmüllers, stolperte aus dem

Transmitter im Keller Le Sagittaires und kam gerade noch in der letzten Stunde von Cephyrines Leben an; ihr Geist war umnachtet, sie erkannte mich nicht mehr. Ich schloß ihre Augen und half, ihr Grab auszuheben. Erneut schien mich ein Schleier einzuhüllen, zeitweise bewegte ich mich wie in Trance. *Vergessen? Was hatte ich nur vergessen?*

Den französischen Heeresteilen entglitt ein italienischer Besitz nach dem anderen. Bei Zürich schlug sich ihr General Masséna mit den Russen – so weit entfernt von der Moskwa – und konnte sie aufhalten. Im Mittelmeer beherrschten die englischen Schiffe Häfen und Wogen. Weder Riancor noch ich vermochten die geringsten Anzeichen dafür zu erkennen, daß England oder Horatio Nelson oder Frankreich – verkörpert durch den Korsen – an der verworrenen Lage etwas zum Positiven ändern konnten. Im Gegenteil: Das Chaos vieler Kämpfe, Schlachten, Siegen und Niederlagen nahm zu, ohne daß sich Nonfarmale zeigte.

Ich brauchte lange, um mich zu entscheiden. Die Erfindungen und deren Anwendungen, als Erfolg meiner Universität und völlig unabhängig davon, steuerten auf die Beherrschung von Naturwissenschaften und Technik zu, würden eines Tages in den Bau einfacher Raumschiffe münden – konnte ich einige Jahre Tiefschlaf riskieren?

Elektrische Uhr, Vulkanisierung von Naturkautschuk, Liebigs künstliche Düngung, Ursache des Kindbettfiebers oder Goldfunde in California, murmelte der Extrasinn. *Das alles bedingt noch keinen Mondflug, Arkonide. Erhalte Jugend und Schönheit deiner Gefährtin!*

Ich besuchte die Universität, setzte mit dem Raumschiff einen überholten, verbesserten Satelliten (Technisch Erweiterter Kundschafter – TEK) aus und stabilisierte dessen Orbit, jagte in der afrikanischen Savanne für die Kühlräume der Ophir-Universität einige Wildtiere und befahl Rico, mich 1805 zu wecken. Ich war sicher, nichts Entscheidendes zu versäumen, aber begann mich vor Albträumen zu fürchten und davor, mit Erinnerungen konfrontiert zu werden, die der kluge Fartuloon tief in der Vergangenheit versteckt hatte – damals! Weiterhin bestand der merkwürdige Schleier, der mich zu verfolgen schien wie zwei Schatten.

Nach einem Schlaf von fünf Jahren wurden Amoustrella und ich geweckt. Riancor erklärte mir, daß Admiral Nelson die VICTORY übernommen hatte; drei Jahre und 70.933 Pfund hatte die Überholung der schwimmenden Festung gekostet.

Nichts hat sich wirklich verändert, flüsterte der Logiksektor. Während in kleinen Schritten Verstand und Körper wieder zum Leben erwachten, sahen wir Bilder, die sich ständig wiederholten: Streben nach Macht, Angriff und Verteidigung, Vorstoß und Rückzug, und die gesamte Oberfläche der Welt war das Schachbrett dieses Spiels der Staaten und Heere. Hatte ich Nonfarmale wirklich getötet? Er war in der gesamten Zeit nicht aufgetaucht. Bonaparte war jetzt Napoleon I., Kaiser der Franzosen. Er war dadurch nicht um einen Zentimeter gewachsen, aber sein Magenleiden bereitete ihm ständige Schmerzen. Englands Flotte fing fast alle französischen Schiffe ab und behinderte unerträglich den Handel und jeden Nachschub.

Amoustrella und ich verlebten herrliche, unbeschwerte fünfzehn Tage auf

Yodoyas Inselchen und entdeckten begeistert, voller Staunen, daß wir uns liebten; noch immer, auf reifere Art und mit einer Intensität, die uns selbst überraschte und glücklich machte. Am 19. Oktober alarmierte uns Riancor. Horatio Nelson segelte mit der VICTORY und ihren 106 Geschützen, darunter zwei gewaltige 68-Pfünder, und den sechsundzwanzig Linienschiffen der Blockadeflotte auf Cádiz zu.

»Und zweiunddreißig Schiffe der Franzosen«, sagte Riancor sachlich; er interpretierte die Bilder der Sonden. »Es droht eine gewaltige Seeschlacht, in der unzählige Männer verletzt werden, qualvoll sterben und elend ertrinken. Wenn sich Nonfarmale, wie von uns vermutet, nicht an der Stelle des Zusammenpralls der Flotten zeigt, dann ...«

»Dann ist er wirklich tot, und ich habe meine letzte Chance, sein Raumschiff zu erbeuten, endgültig vertan«, murmelte ich.

In der kochenden Hitze des Nachmittags, im pechschwarzen Schatten eines Felsen und in Amoustrellas kühlen Armen, überfiel mich, albtraumhaft und doch von plastischer Wirklichkeit, die Schilderung einer meiner schlimmsten Erinnerungen, einer langen Bildersequenz, die Rico nach einigen Jahren mir zu zeigen gewagt hatte; die grausame Schlächterei in der Vendée, in den Jahren 1793 bis 1796. Die Französische Revolution fraß ihre Kinder. Sie fraß auf unüberbietbar grausame Weise nicht nur ihre Kinder, sondern auch ihre Enkel und unzählige Unbeteiligte.

Die Vendée, eine französische Landschaft südlich der Loire, am Golf von Biscaya, zwischen Nantes und La Roche-sur-Yon, war der Schauplatz einer Volksbewegung von Bauern und Handwerkern gegen die schreckliche Diktatur des Nationalkonvents in Paris. Die Auflehnung gegen jene Männer, die totale Macht unter der Fahne »Freiheit, Gleichheit, Brüderlichkeit« begehrten, hatte ein Blutbad zur Folge, das seinesgleichen suchte – seit Jahrtausenden, mußte ich Schritt um Schritt erkennen, waren in wenigen Jahren auf so breiter Front nie so schreckliche Grausamkeiten verübt worden wie damals.

Ricos mehr oder weniger zufällige Sonden-Beobachtungen addierten sich zu einem Bild, das selbst mir Tränen in die Augen und den kalten Schweiß des Entsetzens auf die Stirn trieben: die alten, bewährten Tugenden der bäuerlichen Provinz gegen die mordende Hysterie der Städte, insbesondere Paris!

Henri du Vergier de la Rochjaquelein, 21 Jahre jung, Generalissimus der Vendée, hundertfünfzig Tage später im Gefecht gefallen. Maurice-Joseph-Louis Gigost d'Elbée, 14mal verwundet, von den Blauen, dem Heer der Revolutionäre, in einen Sessel gefesselt und füsiliert. Der Aufstand brach Anfang des Jahres 1793 aus, als die Jacobiner den Sechzehnten Louis guillotinierten und beschlossen, rund 300.000 Männer für die Eroberungskriege auszuheben. Die Vendéer kämpften, um dafür nicht kämpfen zu müssen – sie eroberten die Städte Cholet, Saumur und Angers, richteten eine eigene Verwaltung ein, wurden von 100.000 Mann bei Cholet geschlagen, suchten im normannischen Hafen Granville nach Hilfe und zogen sich im Dezember 1793 zurück.

Der Nationalkonvent in Paris, dem es unerklärlich war, daß ein großer Landstrich von den »Segnungen« der blutigen Revolution nichts wissen wollte, beschloß, nach Rache schreiend, die vollständige Vernichtung der Vendée, die

Ausrottung der Bevölkerung; Kinder und Frauen der »Verbrecher« sollten ebenso gnadenlos getötet werden wie die widerspenstigen Männer.

Daraufhin zogen zwölf »colonnes infernales« durch das Land. Die enthemmten Schlächter brannten Felder und Wälder ab, erschossen, ertränkten, erstachen oder erwürgten jeden, der nicht geflüchtet war. Sie hängten Männer mit Fleischerhaken im Hals an Balken, spießten Kleinkinder mit Bajonetten an die Erde, banden Priester an Kirchenkreuze und erschossen sie, schändeten Frauen und feuerten in deren Unterleibe, schnitten Ohren und Nasen ab, und in ihrem Blutrausch planten die Pariser Radikalen, die Seen und allen Wein mit Arsen zu vergiften und Überlebende mit Gas zu töten. Man beschloß, die Vendée umzubenennen: in »Vengé«, was »gerächt« bedeutete.

Die letzten Heerführer der Aufständischen, Jean Stofflet und François-Athanase de la Contrie de Charette, faßte man 1796 und richtete sie hin, obwohl Napoleon eine Amnestie erlassen und die Vendée zwei Millionen Francs als Entschädigung erhalten hatte. Nun verstand ich Napoleon ein wenig besser. Andererseits würden auch seine Kriege unendlich viele Menschenleben kosten, vielleicht mehr als die 600.000 Geschundenen und Toten zwischen Saumur, Nantes und der Golfküste.

»Jeder zweite Bewohner dieses Barbarenplaneten ein Wahnsinniger!« stöhnte ich. »Eine Milliarde potentieller Selbstmörder!«

Der Logiksektor grollte: *Leben kann man nur vorwärts. Das Leben verstehen nur rückwärts.*

Eine kühle Hand legte sich auf meine Stirn. Finger streichelten mein Gesicht. Ich blinzelte und erkannte Amoustrellas schmales Gesicht. Als ich ihre grauen Augen mit dem Goldflitter sah, atmete ich tief durch. »Eine Erinnerung, unangenehm wie kaum eine andere«, murmelte ich, richtete mich auf und griff nach ihren Händen. »Schwimmen wir ein bißchen, Geliebte. Ich bin wieder bei mir.«

»Und bei mir.« Sie küßte mich und rannte mit mir über den heißen Sand, in die Brandung hinein. Am späten Vormittag des 20. Oktober weckte uns Riancor: Im Morgengrauen stießen beide Flotten bei Kap Trafalgar vor der Meerenge zwischen Ceuta und Gibraltar aufeinander.

Amou kam herein, als ich die Bilder der Sonden zu deuten versuchte. Sie zeigte auf die VICTORY und sagte beeindruckt: »Welch ein Koloß!«

Zwölf 42-Pfünder auf dem Oberdeck, weitere dreißig dieses Kalibers auf dem Hauptbatteriedeck. Ich erkannte Horatio Nelson, der Anweisungen gab, die in Flaggensignale umgesetzt wurden. Die Engländer standen in Luv der Franzosen, die von Villeneuve befehligt wurden, Überlebender von Abukir. Achthundertfünfzig Seeleute, Soldaten und Kanoniere befanden sich auf Horatios Flaggschiff, dazu fünfunddreißig Tonnen Schießpulver und hundertzwanzig Tonnen Geschosse. Den zweiten Verband der Engländer führte die ROYAL SOVEREIGN mit Konteradmiral Collingwood. Villeneuves Schiffe versuchten, auf Gegenkurs zu gehen und nach Cádiz einzulaufen.

»Die Seeschlacht kann nicht mehr vermieden werden.« Ich wußte, daß Nelson unbarmherzig angreifen würde. Die VICTORY steuerte auf Villeneuves BUCENTAURE zu.

»Am Tag der heiligen Ursula«, sagte ich, »am Tag, an dem in Rom die Verschwörung des Catalina stattfand, werden wir wohl Zeugen einer historischen Schlacht. Ich denke, daß Nelson, siegt er, den Engländern für sehr lange Zeit die Seeherrschaft sichert.«

»Was für die Leute in Beauvallon wenig, für den Müller von Carundel und unsere beiden Inseln nichts bedeutet.«

Amoustrella setzte sich hinter mich, legte ihre Hände über meine Schultern und lehnte das Kinn auf die rechte Schulter. Wir sahen schweigend den Fortgang der Kämpfe. Später sagte ich: »Wäre ich dort, würde ich Nelson helfen.«

»Er hilft sich selbst.«

Seine vielen Männer kämpften wie die Rasenden. Gegen Mittag brach Collingwoods Flottenteil – fünfzehn Schiffe zählten wir – dicht hinter der Mitte der schlecht geordneten Schlachtlinie der französisch-spanischen Flotte durch. Knapp eine Stunde später feuerten Nelsons Kanoniere eine Breitseite Kettenkugeln ab. Die Kugeln brachen in Längsrichtung durch das Batteriedeck der BUCENTAURE, deren Besanmast-Marsstengen fehlten und die nur durch das Notruder gesteuert wurde. Das Schiff erlitt schwerste Zerstörungen, die VICTORY änderte den Kurs und enterte die REDOUTABLE. Jean Lucas, deren Kapitän, kämpfte heldenhaft.

Aus dem Besanmast dieses Schiffes feuerte ein Soldat auf Nelson und traf ihn in die Schulter. Man brachte Horatio unter Deck, aber von der REDOUTABLE ließ Kapitän Lucas eine Enterbrücke herunter. Ein anderes britisches Schiff rammte längsseits die REDOUTABLE, die nun zwischen zwei Gegnern lag. Ein wüster Kampf mit allem, was als Waffe diente, brach aus.

Eine seltsame Geste: Auf der REDOUTABLE brach ein Feuer aus, das nicht mehr leicht zu löschen war. Von der VICTORY enterte eine Löschmannschaft über und verrichtete ihre Arbeit in einer Zone der Ruhe; ein seltsamer Stillstand der Waffen. Aber als der Großmast der REDOUTABLE brach, benutzten ihn die Briten als Enterbrücke und kämpften an Deck des Schiffes, während abermals ein französisches Schiff sich an die drei anlegte, wohl, um Lucas' Männer und Schiff zu retten. Ineinander verkeilt trieben zwei Franzosen und zwei Engländer feuernd und eine einzige Decksplattform aus Kämpfen, Toten und Verwundeten aus der Schlachtordnung hinaus.

Die Geschosse aus 42-Pfündern beschrieben Flugbahnen von fast eineinhalb Kilometern Weite und durchschlugen mühelos die Eichenplanken, die einen halben Meter dick waren. Ein französisches Schiff nach dem anderen kapitulierte. Ich zählte fünfzehn; auch Spanier waren darunter, aber die gewaltigen Wolken der Pulvergase und die Positionen, die sich ständig veränderten, machten eine Zählung schwierig. Vier Stunden und etwas länger dauerten die Kämpfe.

Die VICTORY, ein Jahr älter als Admiral Nelson, zeigte schwere Schäden. Der Besanmast lag in einem Haufen Trümmern auf Deck; abgeschossen. Sowohl der Großmast als auch der Fockmast waren von Kugeln durchlöchert und wurden nur noch durch das stehende Gut gehalten. Auch der Bug ließ gewaltige Schäden erkennen; mehr als fünfzig Tote waren von Riancor gezählt worden.

Um dreißig Minuten nach vier Uhr, am Nachmittag, als schon die Wolken eines Sturmes aufzogen, war die Schlacht gewonnen. Riancor fing Mitteilungen auf, die ich nicht verstanden hatte.

Er unterrichtete uns: »Euer Freund Horatio ist tot. Die Kugel zertrümmerte seine Wirbelsäule.«

Einige Zeit später hauchte Amoustrella in mein Ohr: »Arme Lady Hamilton. Arme Tochter Horatia.«

Als wir sahen, daß ein Teil der spanisch-französischen Flotte nach Cádiz flüchtete, daß ein schwerer Sturm die Schiffe packte und auseinanderwirbelte, verloren wir auch den Blick für die letzten Einzelheiten. Weil ich Nelsons Meinung und Absicht kannte, hoffte ich, daß die Nachricht vom Sieg ihn noch vor seinem Tod erreicht hatte.

Ich schaltete den Bildschirm aus, stand auf und sagte düster: »Nelson tot. Eine Hoffnung für diese Welt weniger. Bleibt Napoleon.« Ich formierte eine Frage, die niemand beantworten konnte. »Bleibt Napoleon, der Kaiser, wirklich die einzige Hoffnung auf eine Art Einigung?«

»Dafür konnte ich keine Wahrscheinlichkeit errechnen«, antwortete Riancor.

Am 1. Frimaire oder 21. November zogen Amir Darcy Boog, Amoustrella und ich wieder in Le Sagittaire ein. Eine Galise, ein Schneesturm, wütete eine halbe Stunde lang und löste den Ayalas, den feuchtwarmen Sturm aus Südost, ab. Joelle wohnte in der Schule und nahm ihren Bruder zu sich. Guilelmon und Madeleine-Agnès, die nun schon im zwölften Jahr Beauvallon verwalteten, wohnten gern für einige Zeit in Cephyrines dickwandigem Häuschen. Im Schlößchen war wenig verändert worden. Alle verborgenen Einrichtungen arbeiteten mit unerwarteter Zuverlässigkeit. Amou breitete die Arme aus und stellte sich in den Sturm auf der Terrasse. Asche wirbelte aus dem Kamin durch den Raum.

»Herrlich! Wieder in Frankreich. In einem Teil, der den Krieg nicht spürt.«

Ich deutete auf brennende Kerzen, Wein in gläsernen Pokalen und das Essen, das Agnès und Joelle aufgetischt hatten. Sie kamen den Weg herauf und winkten uns fröhlich.

»Wir verbringen den Winter hier. Wir reiten, trinken jungen Wein, und ich erzähle dir alte Geschichten.«

»Und du besuchst vielleicht Napoleon?«

Ich zuckte mit den Schultern und legte den Finger auf die Lippen. Unten schlug der Wind die Tür zu. Boog begrüßte die Gäste mit einem launigen Spruch; wir hörten das Gelächter. Langsam schloß ich die hohen Fenstertüren.

»Ich denke darüber nach, oft. Vielleicht ist er den Wissenschaften noch immer zugeneigt, auch wenn er Kaiser ist und alle fremden Heere besiegt. Ob es mein letzter Versuch bleibt, wird sich zeigen.«

Wir begrüßten die Verwalter mit herzlichen Umarmungen. Guilelmon, mittlerweile fünfzig Jahre alt geworden, trug sein graues Haar ein wenig zu würdevoll, aber die Würde verlor sich nach dem dritten Glas. In der großen weißen Schürze bediente Amir Darcy mit der Perfektion, die er von Riancor programmiert erhalten hatte. Das Kaminfeuer verströmte Wärme, die auf Agnès' Gesicht eine aufgeregte Röte zauberte. Obwohl ihre Hüften und Schultern bäuerliche Rundungen hatten, war sie noch immer eine schöne, reife Frau. Sie lachte mindestens so gern wie Amou, die jene Herzlichkeit verströmte, die sie sonst nur für mich aufgehoben hatte.

»Alles steht zum besten, mon ami«, sagte Anguerrond. »Natürlich gehen junge Leute weg und sterben im Heer Napoleons. Aber es gibt keine Not, und wir haben, was wir brauchen.«

Die gemauerten Zisternen und die Pflastersteine der langgezogenen Dorfstraße kannte ich schon. Ich hob den Pokal.

»Habt ihr auch die Pferde bewegt? Morgen wollen wir ein wenig ausreiten und uns alles ansehen.«

Guilelmon zeigte auf René-Laurent, seinen breitschultrigen und gutaussehenden Sohn, der eine Gitarre mitgebracht hatte. »Er und meine Joelle reiten wie die Teufel. Die Pferde sind vielleicht etwas wild, aber ...«

»Ich werde sie zügeln«, meinte ich.

Boog kam herein und trug einen knapp unterarmgroßen Kasten aus tiefrotem, herrlich gemasertem Holz mit funkelnden Messingbeschlägen. Er stellte ihn auf den kühlsten Teil des Granitbalkens, der als Kaminsturz diente, und sagte: »Atlans Milchbruder Riancor hat als einziger daran gedacht, daß wir für die Freunde in Le Sagittaire ein kleines Geschenk mitbringen sollten. Alors! Mit den besten Empfehlungen eines begabten Handwerkers.«

Mit spitzen Fingern öffnete er beide Riegel, klappte das Vorderteil auf und gleichzeitig beide Seitenteile um fünfundvierzig Grad nach hinten. Der Kasten enthielt das wohl dritte Exemplar der Planetenuhr, von den Robotern in unseren Werkstätten dem allerersten Exemplar nachgebaut, nachempfunden, etwas verändert, aber nicht minder wertvoll und schön. Die Anguerronds stürzten darauf zu. Joelle warf ihr Weinglas um; das nicht mehr ganz weiße Tischtuch färbte sich blutigrot.

»Ein Weihnachtsgeschenk, etwas verfrüht«, brummte ich verlegen. »Ich hab's vergessen: Riancor wird uns besuchen und den jungen Wein erschnuppern.«

»Vergessen? Du?« flüsterte Amou lachend. Ich lachte mit.

Irgendwann, nach Mitternacht schon, hob Guilelmon die Hand, lehnte sich halb über den Tisch und fragte erstaunt: »Habe ich recht verstanden? Bouiller à baisse? Auf kleiner Flamme köcheln?«

»Ich sprach von einer Fischsuppe«, sagte Amou, die ihnen erzählt hatte, wie ich sie in der Camargue vor vielen Schurken gerettet hatte. »Ein Gericht, das dort viel gegessen wird. Eine Köstlichkeit; die armen Fischer verfluchen die Brühe.«

»Ich koche gern«, sagte Guilelmon. »Das Rezept. Vielleicht bringen wir die Suppe auch mit den Fischen unseres Flüßchens zuwege.«

»Mag sein. Bei uns sind's Rascassen, Grondins, Congre und andere Fische in den Klippen, und dann brauchen wir für die Brühe folgende Gewürze ...« Sie zählte auf, und ich wußte, daß die Würze meist als Geheimnis gehütet wurde. »Brotwürfel, geröstet, mit Knoblauch-Paprika-Mayonnaise oder Roille bestrichen, darüber gießt man die Brühe mit dem passierten Fischzeug. Gräten sind unerwünscht; sie mindern, wenn sie in der Zunge oder im Zahnfleisch stecken, den Genuß erheblich. Macht ungemein viel Arbeit. Wenn ihr die Fische fangt und die Gewürze habt, stelle ich mich gern in die Küche.«

Sie lächelte und berührte meine Hand. Ihre Finger krochen meinen Arm hinauf und hinterließen prickelnde Eindrücke. »Anschließend wird mich Atlan eine Woche lang nicht anfassen, weil ich nach Fisch stinke wie ein Marktweib.«

»Da ist etwas Wahres dran.« Ich deutete zum Kaminsims. »Dieser Steinzeugkrug, Graf Anguerrond ohne Titel, verbirgt sich darin ein Lebenswasser? Eines aus eigener Züchtung?«

Er hob das kolbenförmige Gefäß in die Höhe. Boog brachte sechs Gläser, so groß wie doppelte Fäuste, und verteilte sie in der Tischmitte. Laurent zupfte an den Saiten des Instruments und stimmte es ein.

»Er sammelt Lieder und schreibt sie auf«, verriet uns Joelle. »Und er singt gut. Dürfen wir ... darf ich Felicienne holen? Sie sieht ihn gern. Meine Freundin.«

»Nur zu. Nimm meinen Umhang! Ich begleite dich, Joelle«, sagte Amou und ließ sich mitziehen. Einige Kerzen waren heruntergebrannt; wir ersetzten sie nicht mehr. Das Licht im Raum begann sich rötlich zu färben. Als mein Verwalter vorsichtig die Gläser drei Finger hoch füllte, breitete sich ein herrlicher Geruch aus. Man mußte sie lieben, diese Barbaren. Stunden wie diese entschädigten für lange Schilderungen blutiger Kriege.

»Du verwöhnst uns, mon ami«, sagte ich. Guilelmon zog die struppigen weißen Brauen hoch.

»Nach einer Lebensrettung und einem Jahrzwölft des besten Lebens? Willst du dich mit mir prügeln, mon ami?«

»Ich würde verlieren«, sagte ich. »Freiwillig, mon ami.«

Laurent schlug ein paar schöne Akkorde. Wahrscheinlich war er der Liebling aller Mädchen und Frauen im Departement. Er blinzelte mir zu und begann leise ein Lied, das sich mit den sinnlichen Auswirkungen der Weinlese beschäftigte. Selbst Boog lachte, als wir den Refrain, immer sicherer, mitsummten und -sangen. Ich hob das Glas, nachdem es in den Handflächen gebührend lange geschwenkt worden war.

Dann grinste ich in mich hinein und sagte: »Zuerst die Probe. Er riecht ordentlich, mon ami. Aber ist er auch stark genug?«

Der Verwalter schaute mich an, als habe ich ihn vorsätzlich beleidigt. Ich tunkte meinen Zeigefinger in das *Eau de vie,* hielt den Finger an die Kerzenflamme und sah, wie der Alkohol an meiner Haut brannte, ohne zu schmerzen. Ich steckte den Finger in den Mund, leckte ihn ab und verzog anerkennend das Gesicht. In diesem Moment kamen Joelle, Amou und eine dunkelblonde, schlankhüftige und großbrüstige junge Frau mit schmalem Gesicht und auffallend großen Augen herein.

Laurent stimmte ein anderes Lied an, und Felicienne wurde über und über rot, als wir schon beim erstenmal den Refrain begriffen. Zwei Stunden vor dem Morgengrauen, als aus Ost ein steifer, kalter Matinal blies, zerstreuten wir uns.

Glut im Kamin. Sie leuchtete wie ein Zyklopenauge. Eine einzige Kerze mit spitzer Flamme brannte ungewöhnlich ruhig. Amoustrella lag halb auf meiner Brust, und ihre Finger spielten mit der Kette des Zellaktivators.

»Es war gut«, sagte sie in tiefem Ernst, »hierherzukommen. Die Inseln sind herrlich; man saugt Sonne in sich auf. Aber hier bin ich, sind wir unter warmherzigen, guten Menschen.«

»Kurzum, unter Freunden, Fürstin der subtilen Leidenschaften«, sagte ich. »Obwohl, wie du weißt, ich nicht ganz von dieser Welt bin – hierher zieht's mich.«

Der Wind heulte ums Haus. Ein Hund bellte, dürre Ranken schlugen gegen die

Läden. Die Laken waren kühl, unsere Körper glühten. Wir rochen gemeinsam nach Guilelmons Lebenswasser; die Flasche war leer.

»Es ist der richtige Platz. Ein Kometensegler im Regen.«

»Warte nur. Morgen wirst du erschöpft aus dem Sattel fallen, während ich noch fröhlich auf dem Waldweg galoppiere.«

»Das mag sein«, sagte sie und kniff mich in die Nase. »Aber ich falle weich, denn du wirst mich in deinen starken Armen auffangen.«

Ich nickte, schwieg einige Atemzüge lang und sagte leise: »Das werde ich. Weil ich dich liebe, Amou.«

Ich schloß die Augen. Deutlich sah ich vor mir die beiden Grabsteine, an denen der Regen herunterlief. Monique und Cephyrine. Alle, die ich geliebt hatte, die mich geliebt hatten, waren nicht mehr. Und ich lebte noch und kam von diesem Planeten nicht weg.

Der Hund, ein gefleckter Bastard, der zwischen den Hufen der Pferde umhersprang, wedelte, was sein Schwanz hergab. Der steife Auvergnasse, der aus Nordwest durch das Tal pfiff, blies auch den letzten Rest des Alkohols unter den Schädeldecken hinaus. Wir ritten in leichtem Trab, hin und wieder durch Galopp unterbrochen, über Ziehwege und Ziegenpfade zwischen den Felsen und entlang der Waldränder.

»Du grübelst, mon ami!« rief Amoustrella. Wir waren in dicken Stoff, Leder und Fell gekleidet. Nässe perlte von den Gesichtern, und die Hufe dröhnten auf dem Waldboden.

»Ob ein Kaiser mit sechsunddreißig Jahren schon klug genug ist, meine Ratschläge für den Ausfluß geschichtlicher Wahrheit zu nehmen? Darüber denke ich nach.«

»Bonaparte läßt dich nicht los.«

»An wen sonst sollte ich denken?«

Der Weg verbreiterte sich und mündete in ein sandiges Bachbett. Wir konnten nebeneinander reiten. Unter der Mütze flatterte Amous schwarzes Haar naß um ihren Hals.

»Er spricht ein schlechtes Französisch, Liebster.«

»Aber er reitet in fünf Stunden hundertzwanzig Kilometer.«

Mitunter waren Riancors Fähigkeiten, Informationen einzuholen, mehr als verblüffend. Aber schließlich hatte er Jahrtausende der Erfahrung gespeichert.

Einen halben Kilometer weiter sagte Amoustrella: »Also wirst du mit ihm sprechen? Bald?«

»Das hängt davon ab, ob sie ihn in der nächsten Schlacht töten, die Österreicher und die Russen. Ihre Heere sind größer als seins.«

»Auch besser?«

»Am Jahrestag der Kaiserkrönung, einen Tag hin oder her, werden sie kämpfen wie die Löwen.«

Noch immer war die Gegend im weiten Umkreis Beauvallons menschenleer. Die schmalen Straßen ließen erkennen, daß sie nur wenig benutzt wurden. Die Gegend blieb leer, weil die einzigen Ackerflächen, Weiden und Weinhänge in der Nähe jenes Punktes sich ausbreiteten, den wir damals als den besten Standort analysiert hatten. Es würde sich auch in kommenden Jahrhunderten kaum etwas ändern; auf Felsen und auf steilen Hängen wuchs höchstens dürres Gras für Herden magerer Schafe.

»Zurück. Hier haben wir alles gesehen«, rief ich, parierte den Hengst und wartete auf Amou. »Bald wird es dunkel. Ehe wir uns das Genick brechen oder die Beine der Pferde.«

»Und nach allem: ein langes, heißes Bad.«

Selbst die Vögel blieben in ihren Verstecken, als wir gegen den Wind die Pferde antrieben, uns genau umsahen und unter dem grauen, von jagenden Wolken gestreiften Himmel zurückritten. Wir versorgten unsere Pferde, die im Stall dampften, dann nahm uns Boog die Mäntel ab, und wir verschoben die Unterhaltungen mit den freien Bauern auf den nächsten Tag. Das Schlößchen war warm, und aus den uralten Lautsprechern, die noch niemand in den Wänden gesucht und entdeckt hatte, drang Musik, die Riancor uns überspielte. Das Wasser, in dem wir uns ausstreckten, roch nach den Kompositionen feinnasiger Männer der Stadt Grasse, und das warme Wasser vertrieb die Klammheit aus unseren Körpern. Boog brachte uns hellroten Wein und legte die dicken Tücher bereit.

Ich beabsichtigte, mit dem Kaiser zu sprechen, wartete nur noch auf Riancor und seine letzten Beobachtungen, die ich in der kommenden Nacht abrufen würde.

Es schien, daß einige meiner Planungen sinnvoll gewesen waren; sie versprachen Erfolg, trotz der Starrsinnigkeit der Barbaren, jede »Erfindung« so schnell wie möglich für einen ihrer sinnlosen Kriege zu verwenden. Oliver Evans war ebenso Student der Ophir-Universität wie J.W. Ritter. Evans brachte die erste Hochdruckdampfmaschine zum Laufen, Ritter entdeckte eine Farbe jenseits des sichtbaren Spektrums: das Ultraviolett. Th. Young führte das Interferenzprinzip für Lichtwellen ein.

Aus dem Überlebenszylinder übertrug Rico seine positronisch exakt »gestaltete« Musik von Bach oder englischen und französischen Komponisten, Boog und die Werkstätten überholten den Schwarm der robotischen Saurierfalken, Magistra Lilith Delaud übernahm eine neue, kleinere Studentengruppe und betreute sie inmitten der einlullenden Atmosphäre der Ophir-Uni; wir genossen die Abgeschiedenheit des Dörfchens nahe des Allier.

Amoustrella und ich unternahmen nur gelegentliche Ausflüge in Europas Städte – ab und zu fanden wir einen jungen Mann, dessen Ideen vielversprechend genug waren, um ihn durch die Transmitterstrecke zum schneebedeckten Berg am Äquator zu schicken. Die großen Schlachten zwischen den Staaten gingen weiter: Heere sammelten sich und krochen langsam wie dünnflüssige Lava über die Landschaft des Planeten, von Rico und mir registriert, aber anscheinend unbeachtet von Nonfarmale.

In Atlans Erzählung trat eine Unterbrechung ein. Scarron Eymundson hatte den Tisch für zwei Personen gedeckt: brennende Kerzen, edles Geschirr und ebensolche Getränke und ein einfaches Essen. Vom Eßplatz vor der gekrümmten Panoramascheibe hatten sie und Atlan eine betäubende Aussicht auf einen großen Teil Sol Citys, den Raumhafen und den kegelförmigen Berg mitten in der Stadtpark-Landschaft. Cyr Aescunnar schaltete Linsen und Mikrophone ab, wartete, bis die holographische Projektion eine vier Quadratmeter große stumpfschwarze Fläche war, und mischte in der Pantry in einem großen Glas voller Eisstückchen Fruchtsaft, Mineralwasser und aus einem Vitamin-Mineralstoff-Konzentrat einen Drink für sich.

Längst hatte Cyr erkannt, daß die Kämpfe zwischen Nonfarmale und Atlan inzwischen zum Ritual geworden waren. Der Cyno-Alien benutzte die unregelmäßigen, wandernden »Weltentore« und schien sicher zu sein, stets die Erde am anderen Ende des transmitterartigen Energietunnels vorzufinden, denn sonst wäre er in seinem Diskusraumschiff aufgetaucht oder in einem von dessen Beibooten. Nonfarmale war in weit höherem Maße Einzelgänger als Atlan; zweifellos lockte und suchte er ein Wesen auf Larsaf Drei, das imstande war, unsichtbar in Nonfarmales Jenseitswelten einzudringen und, auf der Jagd nach ihm, dessen Wohnbereiche zu zerstören und ihn schwer zu verwunden. Jeder der beiden fokussierte diese Jagd; bei Atlan kam der Drang hinzu, ein fernflugtaugliches Raumschiff zu erbeuten. Auch der Arkonide wäre – mittlerweile! – dieser Überzeugung. Damals war er zu dieser kühlen Analyse noch nicht fähig, oder er verdrängte logische arkonpsychologische Erkenntnisse. Ein Monitorlämpchen blinkte; Cyr tippte auf eine Taste seines Keyboards und wartete.

In der Holoprojektion flammte es vielfarbig auf. Aus kleingerastertem Hintergrund schoben sich Schwert und Feder hervor, kreuzten sich übereinander, blutrote Tuschetropfen zerstoben, das symmetrisch aufblühende Muster eines sechsarmigen Eiskristalls wucherte, und zwischen Blitzen erschien in arkonidisch gestalteten Interkosmo-Lettern der Schriftzug: SUUM CUIQUE. Jedem das Seine.

Meeca Netreok: Zahlen, Zenturien, Ziele und Zeugnisse – aus der Arbeit des USO-Historischen Korps. Sonderdruck, Pounder City, Mars. 2391

Am 1. Juli 2115 wurde die United Stars Organisation als neutrale Schutzmacht für die Völker der Galaktischen Allianz ins Leben gerufen und rasch zu einem schlagkräftigen Instrument der Sicherheit. Da Lordadmiral Atlan das frustrierende Amt des Imperators an den Nagel gehängt hatte, war es für jeden Kenner der Umstande nichts anderes als logisch, daß bald innerhalb der USO das Historische Korps ins Leben gerufen wurde.

Mehr als zehn Jahrtausende persönlicher historischer Erfahrungen Atlans und die Begeisterung der Helfer und Spezialisten von Quinto-Center und 182 geheimen Stationen schufen ein riesiges Archiv und einzigartige Software, die selbständig aus Zahlen und Zeugnissen lebendige Geschichtsinterpretation erstellte. Es ist ein offenes Geheimnis, daß sich Mitarbeiter aller Fachgebiete mit kindlicher Freizeit-Freude diesem Projekt widmen, und selbst Chef Atlan Gonozal steuert(e) für den Holographieraum des Korps einige Exponate seines »Museumsraumes« der unterseeischen Schutzkuppel bei ...

... im Bestreben, möglichst lange Zeiträume der terranischen Zivilisation zweifelsfrei zu dokumentieren, ist Lordadmiral der USO, Kristallprinz Atlan Gonozal, bis zur Schmerzgrenze kooperativ. Es wird Aufgabe anderer Historiker sein, die lückenhaften Annalen der Menschheit zu einem sinnvollen Ganzen zusammenzufügen. Die Frauen und Männer des Historischen Korps können in diesem Bändchen nur einzelne Berichte schildern, die in loser Reihenfolge brauchbare Schlaglichter auf rund zehn »Dunkle Jahrtausende« werfen. Im Jahr 5016 nach dem Untergang von Atlantis (Quelle: Ricos Berechnungen) endete planmäßig eine der 500-Jahre-Tiefschlafphasen des Arkoniden. Atlan entschloß sich, die Schutzkuppel nicht zu verlassen. Rico hatte binnen fünf Jahrhunderten nicht nur die Wohnbezirke seines Gebieters umgestaltet, sondern auch sein Aussehen ...

Das Historische Korps konnte im Lauf der Jahrzehnte, in engstem Kontakt mit Lordadmiral Atlan, eine große Zahl solcher spontaner Erzählungen aufzeichnen. Zwangsläufig müssen diese Dokumentationen unvollständig, zeitlich schwer einzuordnen bleiben und sind bestenfalls nur Mosaiksteinchen eines sehr viel größeren, komplexeren Bildes ...

... besonders schwierig die Datierung der Überlieferung alter Völker. Erst ab Alexander dem Großen versuchten Gelehrte die Vergangenheit und ihre eigene Gegenwart zu datieren. Babylonische und indische Zeiten operieren mit Jahrmillionen; im Christentum glaubte Eusebius, Abrahams Leben auf 2015 v.d.Z. bestimmen zu können. Im Mittelalter legte die jüdische historische Forschung fest, daß die Welt am 7. Oktober 3761 v.d.Z. erschaffen worden ist, und der irlandgebürtige Bischof Sir James Usher (1580–1656) präzisierte den Beginn der Erderschaffung auf den 23. Oktober 4004 v.d.Z. vormittags um exakt 9 Uhr (sic!). Für die fast unübersehbar lange Reihe der ägyptischen Herrscher ...

... der kundige Leser weiß: Diese Dokumentation wird in einer Art Lose-Blatt-Version geführt und kann naturgemäß, auch dank verschiedener Ko-Autoren, keineswegs chronologisch exakt geführt werden. Aber bis zum Zeitpunkt der letzten Beiträge konnte auch Lordadmiral Atlan nicht erklären, welche Bewandtnis es mit seiner in unsicherem Tonfall erfolgten Erklärung hatte (sinngemäßes Zitat): »Etwa seit dem Beginn des neunzehnten irdischen Jahrhunderts häuften sich die visionhaften Träume. Es gibt weder Beweis noch Gegenbeweis: Schickte ES sie? Und es schien, als würfe jedwedes Ding zwei Schatten.

Woher kam plötzlich in meinem »Museum« die meisterhafte Nachbildung einer kostbaren Rüstung für Richard Löwenherz? Weder Rico, Lilith noch Boog hatten sich erinnern können, bei ihrer Herstellung beteiligt gewesen zu sein. Und jenes Fundstück aus Mesopotamien, eine halbierte Kugel, auf deren Schnittebene eine guterhaltene Landschaft modelliert war, über der an silbernem Stab eine goldene Sonnenkugel geschwebt hatte?« (Zitat Ende.)

Ja. Nun denn. Warten, wie immer. Es würde mich nicht überraschen, wenn Atlan sich ahnungsvoll nicht mehr zum Tiefschlaf begeben, sondern nur Amoustrella auf diese Weise geschützt hätte, dachte Aescunnar und murmelte: »Schließlich sah er deutliche Erfolge von Magistra Liliths spätberufenen Studiosi!«

Cyr arbeitete einen Teil seiner schriftlichen Notizen auf, vervollständigte die Daten seines »vorläufig endgültigen« letzten Teils der Atlan-Zeittafel und ging dann früh zu Bett; gegen neun Uhr weckte ihn der Anruf Scarron Eymundsons. Atlan trank zum erstenmal starken, heißen Gäa-Kaffee und begann bald weiter zu berichten.

Am 28. Oktober 1805 erreichte die VICTORY Gibraltar, von der NEPTUNE geschleppt. Admiral Horatio Nelsons Leichnam war in einem Faß Brandy konserviert worden. Inzwischen war sie auf dem Weg nach England.

Für Laurent beschafften wir eine neue, bessere Gitarre, für Joelle Kleider und etwas Schmuck, für jeden von uns handgearbeitete Stiefel für Beauvallons Winter. Agnès führte unter dem freundschaftlich-erbarmungslosen Diktat Riancors eine Diät durch; während sie ihre Polster unter der Haut verlor, jagte Guilelmon mit einem zweiläufigen Hinterlader, der Bonapartes Kriegführung revolutioniert hätte, hier aber als Geschenk aus fernen Weltgegenden nur Staunen hervorrief. Er war ein guter Schütze; für den Jahreswechsel würden wir genügend Wildbret haben.

Ich rüstete mich, nachdem ich lange über die treffende Maske nachgedacht hatte, entsprechend aus. Schließlich kannte mich Bonaparte als Sohn der Wüste und weitgereisten Dünenreiter. Ich fand einen Kompromiß, belud den Gleiter und startete am 30. November nach Nordost.

Am Rand des Lagers, nachdem ich den Gleiter hinter dem Deflektorfeld versteckt hatte, erbat ich von einem Offizier in klassischem Französisch und ausgesuchten Worten ein Pferd und ritt ins Zentrum der Zelte. Die Schlacht von Austerlitz war vorbei. Napoleon triumphierte als Sieger. Als ich, ein Bild von bestechend sorglos zur Schau gestellter Eleganz, auf das Zelt zuging, hörte ich ihn diktieren.

»... eurem Eisen entging, ertrank in den Seen. Vierzig Fahnen, die Standarte der kaiserlichen Garde von Rußland, hundertzwanzig Geschütze, zwanzig Generale, mehr als dreitausend Gefangene sind das Resultat dieses denkwürdigen Tages ...«

Ein Aufruf an sein Heer also. Ich ergänzte: fünfzehntausend tote Russen, tausend Franzosen, dazu eineinhalbtausend Verletzte. Hundertfünftausend Gegner, neunzigtausend Mann eigene Kräfte.

Napoleon bemerkte mich, als General Sebastiani mich aufhielt und anschrie: »Wer hat Ihnen die Erlaubnis ...?«

»Durchlassen!« Napoleons Stimme wurde schneidend scharf. »Vertrauen zu sich selbst, lieber General, ersetzt man am leichtesten durch Mißtrauen gegen andere. Der Scheich ist mein Freund; ihm verdanke ich Siege bei Kairo.«

Zu mir gewandt, sagte er: »Warten Sie, Scheich Atlan. Ich diktiere nur noch ein paar Zeilen.«

Eine Ordonnanz brachte einen Feldstuhl und Wein. Ich sprach nichts, schaute mich um, streckte die Beine aus. Vom offenen Zelt aus – die Glutkörbe stanken und verbreiteten nur in unmittelbarer Nähe ihre Wärme – war das Schlachtfeld zwischen Brünn und Austerlitz zu überblicken. Das Gelände mitsamt den Seen, in deren Eis unzählige ertrunken waren, weil der Kaiser das Eis mit seinen Geschützen zerschießen lassen hatte, war furchtbar zernarbt und durchwühlt. Die vielen kleineren Gruppen sammelten sich, trugen Trümmer und Beute zusammen, versuchten, die Ordnung wiederherzustellen. Schließlich stand Napoleon auf, begrüßte mich überaus herzlich und strahlte mich an.

»Sie reisen wirklich weit, mon ami«, sagte er. »Was führt Sie ausgerechnet hierher?«

»Ich versuche, in Ruhe mit Ihnen zu sprechen, und zunächst freue ich mich mit Ihnen über den Titel und die Bedeutung. Caesar von Frankreich; wer hätte vor Akko daran gedacht?«

Er nahm mich am Arm und führte mich aus dem Zelt. Ich fühlte mich wie inmitten eines gewaltigen Ameisenheers. Zehntausende Männer bewegten sich in weitem Umkreis, es wurde kommandiert, geschrien, Pferde wieherten, alles war in ununterbrochenem Hasten und Fluchen.

»Ich nicht, ehrlich, Scheich. Hier sehen Sie die blutigen Reste eines großen Sieges. Ich kämpfe für Frankreich.«

»Nicht deshalb, um die Grenzen Frankreichs nach allen Richtungen zu verschieben? Man liebt Sie nicht in Europa, mein Kaiser.«

»Ich verlange nicht, daß man mich liebt. Ich verlange, daß alle Franzosen ihre Feinde hassen. Ein Teil des Sieges, mon ami Atlan, ist auch Ihnen zuzuschreiben. Die Wissenschaft Ihrer Zivilisation hat mir stets geholfen. Auch Ihre Ausführungen über die Logik der Organisation.«

Sein Französisch war nicht besser geworden. Er wirkte fahrig, seine Gesichtshaut war ungesund, sein Haar grau und silbern geworden. Eine Hand preßte er zwischen zwei Uniformknöpfen gegen den Oberbauch.

»Das habe ich damals beabsichtigt«, sagte ich. »Und das war der größte, der letzte Sieg, mein Kaiser?«

Schon vor Kairo war es deutlich geworden, daß wir – wenn niemand zuhörte – auf eine ganz bestimmte, vorsichtige Art miteinander umgehen und sprechen konnten. Niemand wußte, wieviel Napoleone Buonaparte an wissenschaftlichen, militärtechnischen und politischen Erfahrungen von mir übernommen hatte. Wir sprachen nun Italienisch; ich kannte eine Menge Ausdrücke seines *Corsu*-Dialektes.

»Ich hoffe es. Wenn drei Kaiser miteinander verhandeln, wird es wohl endgültig Frieden geben. Wenn nicht, dann werde ich weiterkämpfen und siegen.«

»Das gilt nicht für England.«

»Diese Krämer. Es wird erst Ruhe geben, dieses regnerische Eiland, wenn ich es vernichtet habe.«

Ich seufzte. In der beißenden Kälte spazierten wir zwischen den Zelten. Es war deutlich, daß seine Soldaten ihren Kaiser liebten. Jeder grüßte ihn, viele sprachen ihn mit »du« an. Das Invasionsvorhaben mit unzähligen Schiffen hatte er aufgeben müssen. Es war ein Unternehmen gewesen, das von Anfang an zum Scheitern verurteilt worden war. Mit dem Hinweis auf die unbesiegbare Armada der Spanier hatte ich versucht, ihm diese Idee auszureden. Er blieb starrsinnig und war von der Brillanz seiner Vorstellungen überzeugt.

So waren sie alle, jene Barbaren, die sich als Pharaonen sahen. Aber ihnen fehlte so viel dazu, die Welt zu beherrschen – abgesehen von den technischen Voraussetzungen. Sie verwechselten ihre Einfälle mit der Wirklichkeit. Ein genialer Kaiser gegen eine Milliarde anderer Barbaren? Es waren nur winzige Schritte im Nebel des Anfangs. Bessere Männer waren vor ihnen gescheitert.

»Du kannst tun, was du willst«, sagte ich. »Das Direktorium gibt es nicht mehr.«

»Aber jede Woche eine andere Koalition der Mittelmäßigen.«

»Viele Mittelmäßige können den Besten zerstören«, sagte ich. »Bleibe im Land, sichere die Grenzen, kaufe Land dazu, verhandle, übertölple die anderen. Oder willst du tatsächlich auch noch am östlichen Rand des Kontinents kämpfen?«

»Wenn sie mir keine andere Wahl lassen.«

»Du nimmst ihnen das Land weg. Cisalpine Republik. Italienische Republik, auch keine res publica, Sache des Volkes, wie wir beide wissen. Dann Genua. Sie werden dich früher oder später überall wieder hinauswerfen. Du kannst mit einer Viertelmillion Franzosen nicht gegen die ganze Welt kämpfen, immer und überall, und obendrein bist du schon sechsunddreißig und siehst zehn Jahre älter aus.«

»Tatsächlich?«

Natürlich versuchte er nicht nur durch Schlachten seinen Einfluß zu vergrößern. Er verhandelte mit jedem und gegen jeden. Aber täglich konnte es wieder andere, nur den Interessen für den nächsten Monat dienende Machtzusammenrottungen geben.

»Und tatsächlich fühlst du dich, trotz des Bäuchleins, zwanzig Jahre älter und alles andere als gesund. Daß du deine Verwandtschaft, allesamt nicht mit deinen Gaben des Verstandes gesegnet, zu Königen und Vizekönigen machst, ist natürlich beweisbarer Unsinn, mein Freund.«

Er ballte die Faust, spreizte den Mittelfinger steil ab und deutete damit, während seine Faust in die Ellenbeuge des Arms schlug, über die rechte Schulter. »Willst du das Amt, Atlan?«

Ich sagte ihm in gebrochenem Korsisch, was ich von diesem Einfall hielt. Er lachte lange, laut und schallend. Die Soldaten in der Nähe hielten inne, blickten ihn verdutzt an und grinsten ebenfalls.

Ich sagte nach einer Weile: »Und jetzt? Wohin jetzt?«

»Zieroschitz, zu den Vorposten. Gespräche mit den anderen Majestäten.«

»Man wird sie vor die Entscheidung stellen, Frieden zu schließen?«

»Frieden zu halten«, sagte er entschlossen. »Möglichst lange. Es ist so unendlich viel zu ordnen, zu reformieren, aufzubauen. Du weißt es. Alles, worüber wir oft und lange gesprochen haben.«

Ich berührte ihn am Oberarm, drückte zu und sagte: »Ich warne dich. Du hast vielleicht noch fünfundzwanzig Jahre zu leben. Bei der nächsten Schlacht kann dich ein Geschoß treffen und zerfetzen. Was dann?«

»Dann sorgen meine Brüder und Schwäger dafür, daß es in meinem Sinn weitergeht.«

»Daran glaubst du? Mich kannst du nicht belügen, mon ami. Kaiser oder Leutnant, der einst dem Sturm auf die Bastille zuschauen mußte? Jene Männer, von denen du träumst, Timur Lenk, Alexander, Dschenghis Khan, Darius, Xerxes ... ihre riesigen Reiche sind, wie sie, längst von jedem außer dir zu Recht vergessen. Das sollte dir etwas zum Nachdenken geben, aber ich rede mir die Zähne wund. Was hilft es?«

Er schwieg. Wir umrundeten eine Reihe Geschütze, an denen die Soldaten putzten. Die Munitionskisten auf den Lafetten waren gefüllt. Dampfende Pferde wurden gefüttert, getränkt, gestriegelt und mit Decken gegen die eisige Kälte geschützt. Ein riesiger, nicht abreißender Zug bewegte sich auf Brünn zu. Bis hierher hörte man die Schreie der Verwundeten, die getragen und auf Wagen gefahren wurden.

»Darauf fällt dir auch keine geschliffene Antwort ein, Kaiser? Kann ich dir helfen?«

Er nickte. »Du könntest den besten Heerführer abgeben und überall dort meine Siege erkämpfen. Ich hocke wie eine fette, kranke Spinne in Paris und baue Straßen, Schiffe und Fabriken.«

»Abgelehnt. Wie lange bleibst du ... willst du bleiben? Warm und bequem ist es allerdings nicht.«

Es roch nach Rauch und verbranntem Pulver, gefrorenen Latrinen und kaltem Schweiß. Ich blieb vor einem riesigen Feuer stehen, das aus frisch geschlagenem Holz loderte. Rauch stieg wie ein Signal kaiserlicher Größe in die tiefhängenden Schneewolken.

Napoleon sagte schließlich: »Bleib ein paar Tage hier. Quartier findet sich. Ich werde nicht viel Zeit für Effendi Atlan ben Aracon haben. Aber in der Nacht können wir lange über den Lauf der Welt nachdenken und sprechen und farbige Linien auf Landkarten zeichnen. Ich schlafe wenig.«

»Einverstanden. Ich habe ein Quartier in einem Weiler bei Brünn. Heute abend hier im Zelt?«

»Ich sorge für Ruhe. Hier: Hundert Leute warten auf Befehle. Ich gebe dir einen guten Rat, Scheich: Werde niemals Kaiser. Schon gar nicht Kaiser der Franzosen.«

Ich grinste ihn an, salutierte und fiel wieder ins Französische zurück, da wir zu viele Zuhörer hatten. »Majestät, ich werde pünktlich sein. Es ehrt mich, daß Sie sich nach so vielen Jahren an mich erinnert haben.«

Er umarmte mich ein wenig ungeschickt, und die Ordonnanz brachte das Pferd. »Gern und augenblicklich erinnerte ich mich, Scheich Atlan. Bis später.«

Ich verbeugte mich tief, führte einige höfliche Gesten aus und schwang mich in den Sattel. Drei Tage oder besser viele Stunden der Nacht, unterbrochen durch häufige Abwesenheit des Kaisers, sprachen wir miteinander. Er rechnete mir vor, daß Austerlitz die vierzigste Feldschlacht gewesen war. Wir betrachteten die Karte und ihre politischen Grenzen und Farben; in der Tat konnte sich nach diesem Sieg Napoleon als bestimmender Mann über ganz Europa fühlen. Wir verabschiedeten uns; wenn nur jedes fünfte Wort in seiner Erinnerung und Überzeugung blieb, hatte ich viel gewonnen.

Er machte sich auf den Weg nach Wien, und ich flog langsam, mit einigen Unterbrechungen, zurück nach Beauvallon. Dort empfingen mich fröhliche Gesichter und ein Schneeregen, der zwei Tage lang anhielt.

Januar, Februar und März 1806 verbrachten wir in Beauvallon, jagten und ritten viel. Hin und wieder flogen Amoustrella und ich mit dem Gleiter an die Mittelmeerküste und gingen im feuchten Sand spazieren. Bonaparte hatte offensichtlich seine Versprechen und Verträge gehalten und eine Menge zusätzliches Glück; er dehnte seine Herrschaft beharrlich, aber unkriegerisch aus.

Joseph Marie Jacquard erfand eine von durchlöcherten Streifen gesteuerte Webmaschine. Immerhin erkannten die Barbaren das System von steinzeitlichen

Rechenmaschinen und deren grundlegenden Funktionsweisen. In Amerika wurde am ersten Dampfschiff gearbeitet, das den Hudsonfluß befahren sollte. Der Deutsche Humboldt drang in die undurchdringlichen Dschungel Südamerikas ein, und eine Maschine erzeugte tatsächlich Endlos-Papierrollen. Die Musiker schlugen sich mit den schwierigen, aber ausdrucksstarken Partituren eines gewissen Ludwig van Beethoven herum. Ich bevorzugte Bach, Mozart, Haendel und Couperin.

Mit hochgeschlagenen Krägen, dicht aneinandergeschmiegt, gingen wir auf dem schmalen Pfad hinaus auf die Lichtung. Der kreideweiße Vollmond hing über dem Türmchen der Kirche. Jagende Eulen flatterten fast lautlos durch die Zweige.

»Die Welt bleibt ruhig, Amou«, sagte ich. »Die einzige Möglichkeit für dich, das Altern weit hinauszuzögern, ist der lange Schlaf an meiner Seite.«

Von allen Zweigen fielen schwere Tropfen. Im Dorf krähten die ersten Hähne. Der Himmel war frei; die Sterne würden bald flackern und erlöschen.

»Ich weiß. Du willst abwarten, was dein geistiger Schützling treibt? Die Ergebnisse in ein paar Jahren sehen?«

Ich nickte. Vielleicht hatte uns der Vollmond geweckt oder ein Traum. Fast gleichzeitig waren wir aufgewacht und hatten dasselbe Bedürfnis. Wir zogen uns dick an und waren zuerst durch die Weinberge geklettert, an denen Schneereste lagen. Das gesamte Land hatte sich voll Nässe gesogen; es würde ein gutes, fruchtbares Jahr werden. Wahrscheinlich hatte uns niemand gesehen, und wenn es so war, dann hatten sich die Dörfler längst an unsere Verrücktheiten gewöhnt.

»Und dein Sternenschiff, du Kometensegler?« fragte Amoustrella. Ich hatte diese Frage lange erwartet. Für mich hatte ich schon eine Antwort.

»Wenn ich in meine ferne Heimat fliege, überlasse ich für eine unkontrollierbar lange Zeit diese Welt dem Seelensauger aus dem Anderswo. Ohne mich können Männer wie Bonaparte unkontrolliert ihre Machtinstinkte ausleben. In absehbarer Zeit sind die Anguerronds zu alt, um Beauvallon zu verwalten. Ich denke, ich warte noch ein paar Jahre.«

»Ich warte mit dir. Wie viele?«

»Fünf, sieben oder meinethalben zehn Jahre?«

»Jede Zahl ist richtig. Aber vorher noch ein paar Wochen auf der kleinen Insel?« flüsterte Amoustrella. »Nur du und ich?«

»Mit Vergnügen.«

Es war feucht und kalt. Wir kehrten um und dachten an ein warmes Bad und ein warmes Bett. Als wir in der Nähe des Dorfplatzes zwischen den Buschreihen hervorkamen, sahen wir eine einzelne Gestalt, die auf das Schulhaus zulief. Laurent, der Gitarrenspieler. Er kam vermutlich von einem Rendezvous mit einer Dorfschönen zurück, denn er pfiff fröhlich eine Melodie. *Die Marseillaise!* Napoleon hatte das Lied zur nationalen Hymne erhoben.

»Hoffentlich muß er nicht alle Mädchen heiraten«, lachte Amou und schaute ihm nach, bis sich knarrend die Tür der Schule schloß.

»Nacheinander, nicht gleichzeitig«, sagte ich. »Aber ... wenn in der kurzen Zeit Nonfarmale sich wieder zeigt, ändert sich unsere Berechnung sehr plötzlich.«

Sie seufzte. »Ich weiß.«

Wir verschliefen den Morgen und die Hälfte des Tages. Dann fingen wir an,

Stück um Stück der Ausrüstung zu verpacken. Noch vor Ostern schafften Riancor und Boog das Gepäck in die Kuppel, und wir benutzten den Transmitter und sonnten uns am Strand von Yodoyas Inselchen. Ich fragte mich, was aus den Nachkommen der selbstmörderischen Samurai geworden war, deren Dörfchen noch immer unter der Schutzkuppel lag und von Riancors Subrobotern instand gehalten wurde.

Braungebrannt, trunken von der Sonne, fast heiter, kamen wir wieder zurück und vertrauten uns dem Schutz der Geräte an. Rico erhielt genaue Anweisungen, unter welchen Umständen wir zu wecken seien.

3.

Ich tauchte aus schweißnassen, schwarzen Tiefen eines würgenden Albtraums auf und erinnerte mich an eine Folge wechselnder Schauplätze und Vorgänge, die jedesmal mit der blitzartigen Erkenntnis schlossen, mit dem grausigen, endgültigen Erschrecken darüber, daß ich starb, getötet wurde, daß meine Existenz beendet wurde. Im Augenblick des Todes begann ein neuer Traum. Nach den Etappen des Fluges nach Arkon, die Teil um Teil der LARSAF zerstörten, versagten die positronischen und hydraulischen Ruinen des Raumschiffes, und ich jagte fast lichtschnell auf eine kleine, rote Sonne zu; auch die Lufterneuerungsanlage versagte ... Ich preßte nach der Übergabe den Zellschwingungsaktivator an mich, und vor mir stand Rico, der mit unrobotischer, kosmisch hallender Stimme berichtete, daß er mir bei der Jagd indirekt mehrmals und in den letzten Stunden an meiner Seite kämpfend geholfen hatte: Sämtliche Körperdaten hatten ihn erkennen und extrapolierend berechnen lassen, daß nach einer Spanne, die 3720 irdischen Minuten entsprach, der jähe Verfall meines Körpers einsetzen würde – als er brüllte, daß nur 180 Minuten gefehlt hätten, ließ ich mitten in der Bewegung, mit der ich die Kette über den Kopf zog, den Aktivator fallen, und während er durchs All davontrieb, begann Rico rückwärts zu zählen ... Minute um Minute, bis zur Zahl Zwei ... und wieder kämpfte ich als Halbtoter gegen Nonfarmale und erfuhr die Schichtungen des Regelwerks, in dem die Zugänge zu den Jenseitswelten sich öffneten und schlossen, zu Sarpedon, der Erde, durch unterschiedliche Tempi der verstreichenden Zeiten hindurch; es war ein Muster von stellarer Klarheit, eine Struktur von ES, das mit kundiger Hand Dimensionsüberschneidungen herstellte und Miniaturuniversen, Träume, Mutanten, Androiden und Homunkuli, wie ein kosmischer Alchimist murmelnd, was ich nicht verstand. ES streckte einen imaginären Finger aus und berührte meine Schläfe und löschte zugleich mit meinen Erinnerungen meine Seele aus, den Verstand, den Überlebenswillen und endlich das Sein ... Es riß mich zuckend in die Höhe; mein eigener Schrei hatte mich geweckt.

Ich beruhigte mich mühsam; schließlich lallte ich: »Was ist geschehen?«

»Der Zar hat Bonaparte am 25. April ein Ultimatum gestellt«, sagte Riancor. »Deswegen habe ich euch geweckt.«

Ich erkannte das Datum. 30. April 1812, gut sechs Jahre nach dem Beginn des Schlafes. Eine Zusammenfassung wichtiger und unwichtiger Informationen erleichterte uns das Erwachen und die Anpassung ans Leben: Londons Gassen wurden heller durch Gasbeleuchtung, Fultons Dampfschiff schnitt durch die Hudsonwellen, es gab künstliche Zähne aus Keramik, man grub Pompeji aus, verstand die Polarisation des Lichtes, die Bewegung der Himmelskörper, es gab einen elektrisch-chemisch arbeitenden Telegraphen und eine im wahrsten Sinn obskure Farbenlehre eines deutschen Dichters, eine Unterscheidung von Atomen und Molekülen, imaginäre Zahlen und Schnelldruckpressen, und schon leuchtete knisternd der elektronische Lichtbogen von Mr. Dary. Offensichtlich brach ein beleuchtetes Zeitalter an; würde es auch ein erleuchtetes werden?

»Und was hat dein Freund, der Korse, vor?« fragte Amou.

»Ich denke, er wagt das Wahnsinnige und marschiert auf Moskau zu.«

Nach einiger Zeit sprach Riancor aus, was seine Wahrscheinlichkeitsberechnungen ergeben hatten. »Nicht der Zar wird ihn besiegen, sondern Rußland. Das Land. Die Natur.«

Ich senkte den Kopf; mir tat der Kaiser irgendwie leid. »Wer bin ich, daß ich dir widersprechen würde.«

»Nonfarmale lebt«, eröffnete mir Riancor zwei Tage später. Ich war besser erholt und verdaute den Schock leichter. »Nelsons wracke VICTORY wurde im Januar vor sechs Jahren außer Dienst gestellt. Napoleon selbst ließ auf jedem französischen Schiff, unübersehbar groß, »La France compte que chacun fera son devoir!« anschreiben: die gleiche Phrase, nur in der Sprache Racines. Nelson ist in der Sankt-Paul-Kathedrale begraben. Das Schiff, siehe Bild, ließ man als Denkmal schwimmen.«

»Und dieser Narr wagt sich in die ferne Unendlichkeit von Taiga und Ural«, sagte ich erschüttert. »Arkonide, deine Worte waren Schall und Rauch.«

»Leise und dünn«, sagte Amoustrella, und als ich sie zum erstenmal mit klarem Blick sah, erschrak ich.

»Mein Haar hat das Salzwasser auf die Dauer nicht vertragen. Oder es war etwas anderes, Liebster«, meinte sie entschuldigend. »Bald ist die alte Pracht wieder zu sehen.«

Die Form ihres Schädels war so schön wie der Rest ihres Körpers. Ihr Haar, blauschwarz wie erinnerlich, war nicht länger als zwei Fingerbreit. Es lag wie eine Samtkappe oder ein Fell an ihrem Kopf an. Riancor hatte, zusammen mit den Medorobots, das Haar gekürzt und die Kopfhaut versorgt. Nachdem ich begriffen hatte, welche vielschichtigen Entwicklungen dazu geführt hatten, daß nach aller Wahrscheinlichkeit die französischen Heere geradewegs nach Osten marschieren würden, sagte ich mir, daß auch Napoleon nicht fliegen konnte.

»Bis er sein Cannae erlebt, ist noch viel Zeit. Es eilt nicht. Wie geht es Beauvallon?«

»Morgen siehst du die Bilder. Es könnte nicht besser gehen. Laurent studiert in Paris Musik.«

Amoustrella kicherte. »Er hat sich durch Flucht seinen Liebschaften entzogen. Kluger Bursche.«

»Du bist ein weiblicher Chauvinist, meine Liebe.«

»Ich sage nur selten etwas Falsches«, behauptete sie. »Und ich fürchte, Nonfarmale beobachtet die Zuspitzung der kriegerischen Entwicklungen ebenso aufmerksam wie du, Liebster.«

»Das vermute ich nicht nur, das weiß ich.«

Eine weitere Einblendung zeigte mir das Schicksal der Offiziere, die ihrem Anführer, dem Husarenmajor Ferdinand von Schill, gehorchten und während eines Scharmützels der Österreicher gegen napoleonische Truppen auf eigene Faust losschlugen; die Älpler hatten sich gegen Napoleon erhoben. Der Major fiel im Straßenkampf in Kolberg, die Truppe wurde durch Dänen und Holländer, die zu Napoleon hielten, gefangen, getötet oder zerstreut. Schill hatte den Befehl umgangen, den Gehorsam verweigert und war mit seiner Kavallerie von Berlin aus losgeritten. Die Bevölkerung, vom Schrecken des Krieges gelähmt, half dem Major und seinen Reitern nicht, und auch die Eroberung von Mecklenburg hatte nichts an dem schaurigen Ende ändern können. Deutschland stellte sich nicht gegen den Kaiser; sein Heer und sein Name riefen noch immer maßloses Erschrecken hervor. Von Tag zu Tag wurden wir kräftiger, und jede weitere Beobachtung zeigte mir, daß auch Napoleon es nicht geschafft hatte, nicht schaffen konnte, die Welt zu einigen, es sei denn, gegen sich selbst.

»Den letzten Teil der Reanimationsphase verbringen wir dort, wohin die Engländer ihre Strafgefangenen verschiffen«, sagte ich. »Bis sie sich durch die Rieseninsel in unsere Nähe vorgearbeitet haben, vergeht noch so manches Jahr.«

»Es ist leicht, Hangar und Dorf so zu tarnen, daß sie auch in einem Jahrhundert nichts erkennen«, sagte Riancor.

»Darüber sprechen wir in einem halben Jahrhundert.«

Die nächsten Tage liefen mit der gewohnten Routine von Riancors perfekter Versorgungslogik ab. Die Wohnhäuser wurden kontrolliert, die Vorräte aufgefüllt, nötige Reparaturen durchgeführt, der Strand gereinigt und geharkt, die Hangartüren vom angewehten Bewuchs befreit und die Kühlung eingeschaltet. Von Beauvallon aus, das ich zweimal besuchte, kamen frische Lebensmittel, Wein und geräuchertes und gepökeltes Fleisch und Würste. Napoleon fing an, eine riesige Armee zusammenzustellen; nicht nur Franzosen würden gegen den Zaren von Rußland kämpfen.

Ende Mai verließen Amoustrella und ich den Transmitter und fanden uns wieder in der Hitze und Sonne der großen Insel im Süden. Eines der letzten Bilder, die ich in der Unterwasserkuppel gesehen hatte, ließ mich nicht los. Riancors Sonden hatten einen Grabstein aufgenommen, auf dem in deutscher Schrift denkwürdige Worte eingemeißelt waren. *Hier ruht der Rest meines Gebeins. Ich wollte, es wäre deins.*

Ich lag, müde vom Schwimmen, geblendet von der Mittagssonne, auf der Terrasse in Kühle und Schatten und blätterte in einem weiteren rätselhaften Exemplar eines Buches. Ich besaß schon zwei davon, aus verschiedenen Jahrhunderten. Dieses war französisch geschrieben und hätte aus dem Nachlaß Rabelais' stammen können:

Kampf zwischen dem armen Füger der Worte und dem reichen Händler bedruckten Papiers, Buch elf, oder Publius multiverba maximus junior über conflictatio ... plenus pictarum et chartarum exactarum geoglyphii protodomissii.

Es war kein Buch, das man mit leichter Hand beiseite schieben konnte; man mußte es mit aller Kraft in eine Ecke schleudern. Es war in schweres Leder gebunden, und der Text war mehr als gewunden und verworren. Abermals hatte jeder »Füger der Worte« etliche Berichte über widernatürliche Vorkommnisse zusammengetragen, breit und farbig ausgeschmückt, bizarre Karten und Bilder stechen lassen und dazu seine Kommentare geschrieben. Ich las, je weiter ich mich durch den Text kämpfte, von geschichtlichen Ereignissen, an denen ich teilgenommen hatte, aber jenem Beschriebenen waren auch scheinbare Wunder, Unerklärlichkeiten und einige Umkehrungen von Naturgesetzen leichter Hand zugeschrieben worden. Alles in allem war es ein Elaborat, das in meine Bibliothek der Seltsamkeiten gehörte. Ein Schatten fiel über die stockfleckigen Paginas.

»Müde? Durstig? Mitteilungsbedürftig?«

Amoustrella war in der langen Zeit – oder den wenigen wirklich gelebten Jahren – unseres Zusammenseins in einen großen Teil meines Instrumentariums eingeweiht worden. Vieles verstand und akzeptierte sie, einiges blieb ihr fremd. Sie hielt Boog und Riancor für Rätselwesen, aber identifizierte sie nicht mit jenen Maschinen, die uns überall das Leben erleichterten, ohne daß man sie wirklich sah und hörte. Hunderte unbemerkter und freiwilliger Hypnoschulungen hatten ihr jede Scheu vor Bildschirmen und Gleitern, Waffen und den Bestandteilen abenteuerlicher Maskeraden genommen. Ihr Verstand war elastisch genug.

»Alles zusammen. Wirst du Napoleon helfen, den Zaren zu besiegen?«

Mit einem dumpfen Knall klappte ich das Buch zu und richtete mich auf. »Ich denke nicht einmal im Albtraum darüber nach! Bin ich verrückt oder ein Schlächter?«

»Keines von beidem. Du willst nur zusehen?«

»So ist es.«

Es mochte ja sein, daß Napoleon wirklich einen Teil meiner Erwartungen erfüllte. Die Wahrscheinlichkeit sprach dagegen. Der Logiksektor bestätigte: *Er wird scheitern. Es gibt eine gewaltige Krise. Viele Schwächlinge werden die Stelle eines Starken einzunehmen versuchen.* Ich nickte. Fünf russische Divisionen waren vor einem Jahr nach Polen eingerückt. Eine Viertelmillion Truppen standen bereit entlang der russischen Grenze. Dreißigtausend Mann steuerte Österreich zu Napoleons Armee bei. Vierhundertsechzigtausend Köpfe befehligte Napoleon insgesamt. Nur wenn Napoleon schnell Moskau erreichte, konnte er den Frieden diktieren. Mir schien, als wünschte er keinen Krieg gegen den Zaren. Er hatte sich von Josephine scheiden lassen und Erzherzogin Marie Louise geheiratet, die ihm einen Sohn gebar, den König von Rom.

Amoustrella trug große Schalen voller schwarzem Kaffee und Whisky auf einem Tablett. Ich schob das Buch zur Seite und schenkte die Gläser halb voll.

»Ich ahne«, sagte ich, »daß der Seelensauger pünktlich dort erscheint, wo die meisten Männer sterben. An welcher Stelle das sein wird, weiß niemand. Aber es wird sicher so sein.«

Es dauerte; am 24. Juni überschritt Napoleon mit einer gemischten Armee die Memel, am 17. August nahm er Smolensk ein. Die Schlacht bei Borodino, während der Nonfarmale sich nicht blicken ließ, fand am 7. September statt. Bei Smolensk verlor Rußland vierzehntausend Tote und Verwundete; die Kaiserarmee litt unter der sengenden Hitze. Die Russen zogen sich in Richtung Moskau zurück. Jede Bewegung wurde, so gut es eben ging, von unseren Spionsonden verfolgt. Russische Provinzen wurden durch die Heere verwüstet, aber die Franzosen schrien: »Allons enfants!« und »Nach Moskau, Kaiser!« und steckten auf dem Weg zur Ebene von Borodino die Dörfer an. Zehntausend Tote bei den Franzosen, zwanzigtausend Verwundete; sechzigtausend tote russische Soldaten. Der Weg nach Moskau schien frei zu sein.

»Auf diesen Bildern«, Amou deutete auf den Schirm, »sind die Toten nicht wirklich. Sie sind so winzig und so weit weg. Ein einzelner, der vor Schmerzen schreit, hier, vor unseren Füßen, ist viel furchtbarer.«

Sie hatte recht. Ich wußte darauf nichts zu sagen. Auf diese Weise tötete man eine Welt, einigte sie aber nicht. Napoleon hastete weiter, bis zur Moskwa. Hundertsiebzigtausend Russen verteidigten Fluß und Stadt. Am siebenten September fingen Napoleons fünfhundertachtzig Kanonen zu feuern an. Einen ganzen Tag lang folgte eine gewaltige, mit erbitterter Wucht, Todesverachtung und ungeheuerlichen Menschenmassen geführte Schlacht. Die Erde zitterte unter dem Donner und den Hufen von zehntausend Pferden.

Der Tag ging unter im Geschützfeuer und in Rauchwolken, die an einen ausbrechenden Vulkan erinnerten. Am Morgen schätzte man die ungeheure Zahl von fast hunderttausend Toten, die das Schlachtfeld bedeckten.

Napoleons Vorhut ritt in eine schweigende, ausgestorbene Stadt ein. Fast alle Bewohner hatten sich versteckt, waren geflüchtet, und in vielen Häusern warteten freigelassene Zuchthäusler darauf, das angehäufte brennbare Material anzuzünden. Gouverneur Rostopshin hatte diese Befehle gegeben.

Am 15. September setzte sich Napoleon auf den Thron des Großen Iwan im Kreml. Die Franzosen besetzten eine Stadt, in der es alles im Übermaß gab – nur keine Menschen. Die Beute war monströs.

»Er scheint erreicht zu haben, was er wollte. Jetzt verläuft eine Grenze Frankreichs an der Moskwa. Aber dazwischen liegen hundert andere Länder«, sagte Amou.

»Nonfarmale war da, und er verschwand so schnell, daß ich ihn nicht mehr erreichen konnte«, sagte ich. »Und nicht nur ich warte auf den russischen Winter.«

Riancor und Boog rüsteten im Turm über dem Lech die Gleiter aus und warteten auf meine Befehle. Ich verließ Amoustrella, als ein Moskauer Lagerhaus brannte, das Schnaps und andere Getränke enthielt. Im Basar entwickelte sich der nächste Brand. Löschen schien sinnlos zu sein, so wütend loderten die Flammen. Gleichzeitig erhob sich ein Sturm in der Tagundnachtgleiche, und auf diesen Sturmwirbel flog ich zu.

Am 18. September 1812, während der Regen die traurigen Reste des infernalischen Brandes von Moskau löschte, als Napoleon sich wieder der Stadt näherte, dieser gigantischen, geschwärzten Ruine, kreiste ich durch eine Wolke von schauerlichem Rauchgeruch. Wie Spürhunde begleiteten mich drei Sonden und der kleinere Gleiter, den Boog steuerte. Am 23. September traf ich Napoleon Bonaparte. Es war Nacht. Napoleon wartete darauf, daß der Kreml, von seinen Sappeuren und Mineuren vorbereitet, in die Luft flog.

»Majestät sollten sich gut anziehen«, sagte ich leise. »Sie läuten auf Ihre Art den russischen Winter ein.«

Der Brand, der bis zum 19. September gedauert hatte, war vorbei. Moskau gab es als Stadt nicht mehr; die Reste stellten sich als ungesunde Kloake dar, in der die Überlebenden, die in den Wäldern der Umgebung hausten, nach Eßbarem suchten. Es war kurz vor zwei Uhr. Fackeln beleuchteten die Gruppe, die Bonaparte umstand. Er fuhr herum, begrüßte mich herzlich, stellte mich Marschall Mortier vor und sagte:

»Die Burg ist nicht zu verteidigen. Wir marschieren am vierundzwanzigsten nach Dwina, auf Petersburg zu und Wilna. Reiten Sie mit mir, Scheich?«

»Vielleicht, wenn es nicht zu beschwerlich wird.«

Zeughaus, Kasernen und Magazine flogen nacheinander in donnernden Detonationen in die Luft. Staub und Rauch vergrößerten die Wolken aus stinkendem Qualm, die über den Resten der wenigen steinernen und vielen Holzhäuser lagen. Das Wahrzeichen der russischen Monarchie brach in sich zusammen.

»Eine weitere Heldentat, mon ami?« fragte ich, als wir auf seinen Wagen zugingen. »So wie die füsilierten elf Offiziere des Ferdinand Schill? Oder die anderen, die du auf die Galeeren geschickt hast? Der kaiserliche Leu hat Magenschmerzen und wird aus Rachsucht kleinlich, nicht wahr?«

»Es waren Aufrührer. Partisanen. Ich brauche keine Vorhaltungen, Atlan. Ich brauche Hilfe.«

»Dann marschiere zurück und verteidige dich gegen die Russen. Sie werden den offenen Kampf scheuen und euch unausgesetzt angreifen. Bleib bei den Truppen!«

»Genau das werde ich tun. Und du wirst mich unterstützen?«

»Ich versprech's.«

Napoleon wartete noch immer auf die Unterhändler des Zaren. Sie waren ausgeblieben: ein Zeichen, daß auch der Zar auf seinen mächtigsten Verbündeten hoffte; den sibirischen Winter.

Das sonnige Wetter hielt während des ganzen Oktober an. Das französische Heer marschierte in westliche Richtung, auf das Großherzogtum Polen zu. Manchmal ritt ich – besonders nach dem Überfall der viertausend Kosaken bei Weronowo – neben dem Kaiser. Erst Tage später konnte ich, während abseits des Heereszugs Amir Darcy Boog den unsichtbaren, bis an die Leistungsgrenze beladenen Gleiter steuerte, die Teile seines Monologs zu einem Ganzen zusammenfügen: Napoleons Träume für die Zeit des Großen Friedens.

»Unzählige neue Arbeiten werden ausgeführt, zum Wohl aller Menschen. Ein europäisches System wird gegründet, auch wenn es lange dauert. Die europäische Vereinigung sollte gleiche Prinzipien erhalten, gleiche Gesetze, einen Kassationsgerichtshof, der Irrtümer beseitigt, gleiche Münzen, Gewichte, Maße und ein einziges Volk aus vielen Vaterländern, das will ich schaffen.«

Und später, am Abend des 25. Oktober, im Biwak: »Freie Schiffahrt auf allen Meeren und Flüssen für alle Nationen! Die Heere werden aufgelöst, und nur eine Garde bleibt für mich. Wenn ich wieder in Frankreich bin, werde ich die Unverletzbarkeit aller Grenzen erklären, und zukünftig werden Kriege nur dann sein müssen, wenn sich ein Land verteidigt. Jede Vergrößerung des eigenen Territoriums gilt dann als antinational und wird bestraft.«

»Das bedeutet«, wandte ich ein, »daß die Diktatur Napoleons vorbei wäre und daß der Kaiser eine konstitutionelle Regierung leitet?«

»Mit meinem Sohn als Mitherrscher, sobald er volljährig ist«, sagte Bonaparte.

Am 7. November setzte die Kälte aus den sibirischen Tundren ein. Jede Nacht erfroren in den Biwaks Hunderte Pferde. Wir marschierten auf Warschau zu, rechts von uns lag die russisch-wolhynische Armee. In Smolensk erfuhr Napoleon von mir, wie die Sache stand, und verließ die Stadt am 13. November. Die Kälte nahm zu und erreichte barbarische Tiefe, etwa dreißig Teilstriche auf meinem Thermometer. Glatteis, auf dem sich Tiere und Menschen die Füße und Arme brachen, bedeckte die Wege. In wenigen Tagen verloren wir mehr als dreißigtausend Pferde. Unseren Weg säumten zerstörte Wagen, Lafetten und Geschütze. Dann, am 14. November, schien der tiefste Punkt der Hoffnungslosigkeit erreicht.

Boog und ich umkreisten die traurigen Reste des Heeres mit dem Gleiter. Die Kosaken, die Napoleons Zug aus den Verstecken heraus überfielen, konnten wir meist aufhalten, indem wir die Lähmstrahler mit halber Kraft einsetzten und die Psychostrahler benutzten. Aber wir konnten nicht überall zur gleichen Zeit sein, zudem hielt sich die Nachhut unter Marschall Ney hervorragend. Am 19. November überschritten wir bei Orscha den Dnjepr.

»Und in Paris, im Schoß des herrlichen und großen Frankreich«, führte Bonaparte weiter aus, »erkläre ich die Unverletzbarkeit der Grenzen, in der Hauptstadt der Welt. Alle Nationen werden uns beneiden! Und in meinem Alter reise ich mit meiner Frau und meinem Sohn auf den guten, von Pappeln bestandenen Straßen im Wagen in alle Gegenden Europas. Ich besuche die glücklichen Menschen, nehme Klagen entgegen, schlichte Streit und hinterlasse Denkmäler meines Wohltätigkeitssinns und der Gerechtigkeit.«

Am 25. November erreichten wir die Beresina. Die Brücke war verbrannt. Nonfarmale erschien kurz nach dem Morgengrauen und schwebte, kaum sichtbar, auf einem fast weißen Saurier über den gefrorenen Sümpfen an den Ufern. Eisschollen trieben in den Wellen. Ich zeigte auf die schneebedeckten Verschanzungen einer russischen Abteilung. Beim Dorf Studienka zimmerten französische Pioniere an zwei Brücken über die Beresina, die an dieser Stelle knapp hundert Meter breit war.

»Diese Batterie wird gerade angegriffen. Sobald sie genommen ist, stellst du dich mit eingeschaltetem Deflektor zwischen die Kanonen und feuerst ununterbrochen auf Nonfarmale. Das Ziel klar erkannt, Boog?«

»Oui, mein Gebieter«, sagte er. Der Gleiter schwirrte abwärts und landete im Schnee. Wir luden Raketen in dünnen Führungsrohren ab, das Desintegratorgeschütz und eine Anzahl anderer Geschosse. Ich aktivierte die Funkverbindung und raste auf die andere Seite des Flusses.

Die Kämpfe, die den Übergang begleiteten, dauerten fast drei Tage lang. Nonfarmale erschien, verschwand, kreiste erneut, schien sich abermals spurlos aufzulösen.

Zwischen leergeschossenen Kanonen versteckt, neben mir die starrgefrorenen Leichen von Soldaten, feuerte ich auf Nonfarmale. Der Saurier wurde getroffen und verbrannte. Nonfarmale verschwand und war zwei Stunden später wieder da, auf einem ähnlichen Untier. Raketen heulten auf ihn zu und detonierten wie kleine weiße Sonnen im Schutzschirm. Hochenergiestrahlen kreuzten sich mit den Bahnen der Schrapnelle und unzähliger Gewehrschüsse. Boog und ich versuchten ununterbrochen, den Barbaren zu helfen. Wir retteten zahllose Verwundete aus dem eisigen Wasser, aber unsere Fähigkeit hatte Grenzen.

Die Verwundeten, die wir nicht fanden und bargen, erfroren jämmerlich. Marschall Oudinots Truppen kämpften bis zur Selbstaufgabe. Mann um Mann überquerte auf der Notbrücke den Fluß. Wir überschütteten Nonfarmale, wenn er sich zeigte und tief genug über dem riesigen Schlachtfeld schwebte, mit einem Hagel glühender Schrapnelle und mit röhrenden Strahlen der Hochenergiewaffen. Zweimal gelang es uns, im konzentrierten Feuer den Schirm zu durchdringen; er selbst schien zu lodern. Aber dann wurde er wieder unsichtbar, und wir kümmerten uns um sterbende Russen und ertrinkende Franzosen.

»Die Raketen sind verschossen«, teilte mir Boog schließlich mit. »Die Energiemagazine erschöpfen sich.«

»Ich habe keinen Ersatz mehr«, sagte ich. »Konzentrieren wir also sämtliche Energie auf den nächsten Angriff. Ich gebe das Signal, und du rufst mich, wenn du ihn geortet hast.«

»Aye, aye, Sir Atlan ben Aracon.«

Wieder brach eine neue Phase des Kampfes los. Schüsse peitschten, und Querschläger heulten, von den Eisplatten abprallend, durch die Luft. Männer schrien, Pferde gingen durch und verfingen sich im Zuggeschirr und in den Zügeln.

Tatsächlich konnten die Franzosen noch Gefangene machen; Pferde wurden eingekreist und davongetrieben. Auf dem Schlachtfeld zwischen den sumpfigen Ufern und den Wäldern bildete sich am Nachmittag eine seltsame Art von Ordnung heraus; die Soldaten des Kaisers sammelten sich, während er mit niedergeschlagenem Blick stundenlang dem Vorbeimarsch eines geschlagenen Heeres zugesehen hatte.

Geschütze spien ihre tödliche Ladung in dichtgeballte Gruppen stürmender Kürassiere. Die Verbände der Marschälle Oudinot und Victor wurden vom russischen Dwina-Heer angegriffen, und die Wolhynia-Abteilungen stießen dazu.

Marshall Ney stellte seine Abteilungen auf, und die Weichsellegion berannte die Truppen des feindlichen Zentrums in den Wäldern. Fünfzig Tage Marsch über Eis und durch Schnee, ohne Wärme und Ruhe, ständige Überfälle der Kosaken und die Erscheinungen des Rückzugs im russischen Winter, dessen Grausamkeit kein Franzose sich hatte vorstellen können, lagen hinter der Truppe. Sie liebte ihren Kaiser wirklich, denn keine Macht der Welt hätte sie sonst zwingen können, mit derartiger Verbissenheit zu kämpfen.

Wieder tauchte Nonfarmale auf, und wir zielten auf ihn, feuerten die letzten Energien unserer Arsenale auf ihn ab und vertrieben ihn. Hochenergiewaffen bombardierten seinen Schutzschirm. Die Thermostrahler schnitten Lücken in die Energiehülle, und die Granaten heulten aus den Abschußvorrichtungen und detonierten über dem Schlachtfeld. Warum war Nonfarmale nicht mit einem Raumboot oder mit seinem Schiff erschienen? Zwischen den mächtigen Wolken der Pulvergase wetterleuchtete es. Grelle rote Detonationen bliesen die Wolken auseinander und an anderer Stelle zusammen.

Ich hielt den schweren Strahler in beiden Händen, stützte meine Ellbogen und

Handgelenke auf das eisige Bronzerohr einer halbgeborstenen Kanone und versuchte, die Öffnung im Schutzschirm zu treffen. Der Saurier spürte Hitze und vernichtende Strahlung, drehte seinen Schädel hin und her und flüchtete mit wilden Schlägen der Schwingen auf das Tor zur anderen Welt zu, das keiner von uns sehen konnte.

Ich feuerte ununterbrochen. Glutstrahlen zerplatzten auf dem Schirm und heulten ins Innere. Boog hatte etwa zwei Dutzend russischer Beutekanonen geladen und schuftete wie ein Rasender an den Rohren. Er stemmte sie herum, richtete sie aus und zündete sie mit einem seiner Fingerstrahler. Die Ladungen waren stets an der Zerstörungsgrenze der Bronzerohre. Geteilte Ladungen und massive Geschosse trafen den flüchtenden Nonfarmale, und ein Teil des Metalls kreischte durch die Lücken des Schirms. Durch Rauch, Flammen und Blitze glaubte ich zu sehen, wie Nonfarmales Körper mehrmals zuckte und halb aus dem Sattel gerissen wurde. Boog feuerte das letzte Geschütz ab, berichtete kurz und stieg in den Gleiter.

»Komm herüber zu mir, und wenn dich niemand sieht, schalte den Deflektor ab«, sagte ich und senkte meine Waffe. Nonfarmale war in einer gewaltigen glühenden Wolke verschwunden, und ich bezweifelte, daß er in absehbarer Zeit zurückkommen würde. Daß ich ihn selbst mit diesem Aufwand hatte töten können – ich wagte es nicht zu hoffen. Der Gleiter erschien plötzlich vor einer Schneewehe, in der Deckung einer halb niedergelegten Schuppenwand.

Als ich erfuhr, daß der Kaiser zwei Tagesreisen vom Sammelpunkt Wilna entfernt die Reste seines Heeres verlassen hatte, verlor ich den Rest meines Vertrauens zu Napoleon. Ob er feige geflohen war wie aus Ägypten oder ob es scheinbar taktische Gründe dafür gab, interessierte mich nicht mehr. Seinen Traum vom geeinten Europa würde er nicht verwirklichen, denn auch er konnte nicht über seinen jämmerlichen Schatten springen. Ich flog zurück zum Turm, und nachdem ich ausgeschlafen hatte, schaltete Boog die Bildverbindung zu Amoustrella und Riancor.

»In einer Stunde bin ich bei euch«, sagte ich. »Während wir versuchen, mit der LARSAF einen kühnen, kurzen Sprung durchzuführen, wird sich das Schicksal des Korsen wohl erfüllen.«

»Aus Beauvallon nur beste Nachrichten«, sagte Riancor. »Du schickst Boog in die Kuppel?«

»Er räumt die Werkstatt auf und versorgt den Gleiter«, sagte ich. »Hast du deutlich gesehen, was mit Nonfarmale wirklich passierte? Ich nicht.«

»Ich habe viele Aufnahmen, aber keine davon ist hundertprozentig aussagekräftig. Aber bis jetzt ist weder in Rußland noch an anderem Ort eine Strukturöffnung anzumessen. Die Wahrscheinlichkeit, daß er schwer verwundet wurde, beträgt über neunzig Prozent.«

Ich lächelte Amou an. »Stell den Rotwein warm, Geliebte! Ich werfe mich nur noch in den Strandanzug.«

»Alles ist bereit«, sagte sie. »Was ich nicht weiß, wirst du mir erzählen. Und die tiefe Enttäuschung, die ich in deinem starren Gesicht sehe, wird auch vergehen.«

Ich nickte. »Napoleon ist nur der Begriff für einen weiteren Ast eines Baumes, der verdorrt. Ich bin recht geübt darin, mich nur an das Schöne zu erinnern.«

Sie breitete die Arme aus. »An mich beispielsweise.«

»Genau dich meine ich, Amou.«

Als das Innere des Turmes, der als Felskanzel in der winterlichen Voralpenlandschaft stand, wieder in technischen Winterschlaf zurückgeführt war, aktivierte ich die Transmitter. Der Roboter verschwand; ich stellte die Koordinaten des Samuraidorfs ein und wechselte an ein anderes Ende der Welt über, aus dem russischen und deutschen Winter in den Sommer der Insel. Amoustrella umarmte mich, wir sprachen leise und tranken Wein, und als ich schließlich vor dem schimmernden Rumpf der LARSAF ZWEI: DREI stand, wußte ich, auf welche Weise wir die Zeit bis zu dem Tag verbringen würden, an dem wir freiwillig einschlafen würden.

»Und trotzdem«, sagte ich irgendwann nachts, »werden wir zusehen, welchen Weg die Menschen beschreiten. Mein Bedürfnis, ihnen zu helfen, ist auf wenige Exemplare und Orte beschränkt und zur Zeit nicht eben sehr groß.«

In den Eukalyptusbäumen lachten die Vögel wie Pariser Marktfrauen.

»Ich sorge dafür, daß deine Erinnerung an die nächsten Tage und Wochen einmalig bleiben wird.« Amoustrella küßte mich lange und leidenschaftlich.

Ich murmelte: »Du jedenfalls bist auf dem besten Weg.«

Wir schliefen, eng aneinandergeschmiegt, aber es war noch nicht der lange, kalte Schlaf zwischen arkonidischen Maschinen. Der Morgen war nicht fern; ein neuer Morgen nur für uns, ohne die Wirrnisse barbarischer Sinnlosigkeit. Amoustrella lächelte im Schlaf.

Im Februar 1813 zogen wir uns in die Kuppelstation zurück. Riancor erhielt die Anweisung, mich in regelmäßigen Abständen zu wecken – sofern es keine außergewöhnlichen Ereignisse gab; erster Wecktermin war das Jahr 1820. Ich plante für die folgenden Jahrzehnte, während Amoustrella ohne Alterung im Tiefschlaf lag, mich verstärkt dem »Lehrbetrieb« der Ophir-Universität zu widmen, und hoffte, zur Stelle zu sein, sollte sich Nonfarmale erneut zeigen. Wachphasen von einigen Monaten standen fünfjährigen Schlafperioden gegenüber.

Joseph-M. Jacquards Webmaschine ratterte längst, die Elemente Kalium und Natrium waren entdeckt, als Fultons Dampfschiff den Hudson-River furchte. Daltons Atomtheorie war ebenso veröffentlicht wie Carl Friedrich Gauß' Theorie der Himmelskörper-Bewegung. Gußstahl aus Essen war bekannter als Laplaces Mathematische Wahrscheinlichkeitstheorie, und in München, unweit des Lechturms, entdeckte Fraunhofer die Absorptionslinien des solaren Spektrums. Magistra Lilith, Boog und Rico vollbrachten in der Ophir-Universität wahre pädagogische Wunderdinge, denn viele der klugen Männer korrespondierten miteinander. In Wien gründete man eine Technische Hochschule, Fresnel vervollkommnete die Licht-Wellentheorie; Ricos Beobachtungen und die Wiedergabe auf den Monitoren der Kuppel beanspruchten beim Erwachen Tage.

Fast sechzigtausend Menschenleben löschte 1815 ein Ausbruch des Vulkans Sumbavva aus. 1819 überquerte in 26mal 24 Stunden das Dampfschiff *Savannah* den Atlantik; im gleichen Jahr kauften die Vereinigten Staaten Amerikas das Land Florida den Spaniern ab.

Rico äußerte sich skeptisch dazu: »Klein, zu sumpfig, zu lange Sandküsten. Es bleibt abzuwarten, ob es ein feines Geschäft war. Aber wer kennt schon die Zukunft? Sicherlich nicht der amerikanische Kongreß.«

»Ich ganz bestimmt nicht«, sagte ich.

Lilith, schöner, fraulicher und begehrenswerter denn je, beliebt bei allen Bewohnern der Höhlen und des Unterteils des Flottensilos, gefürchtet wegen ihrer konsequenten Lehrmethoden, machte mich 1825 auf einen jungen Franzosen aufmerksam, der, 1809 geboren und im Alter von drei Jahren erblindet, es sich in den Kopf gesetzt hatte, eine Schrift für Blinde zu entwickeln, die sie mit den Fingerkuppen ertasten und selbst schreiben konnten.

»Quadrate oder Kreise«, sagte ich leise zu Louis Braille. »Nebeneinander, wie die gebräuchlichen Buchstaben. Ich helfe Ihnen.«

»Es ist so schwer. Kleinbuchstaben? Großbuchstaben? Zahlen und Satzzeichen?«

»Wir probieren weiter, Monsieur.«

Am nächsten Tag legte ich ihm unsere ertastbaren Ausdrucke vor. Sein Blick ging an mir vorbei, er dachte nach, seine Finger glitten über das Papier, und ich hörte mich sagen: »Monsieur Braille, ein winziger Beitrag für jene, die in der Schwärze leben. Sechs mögliche Punkte. Eines Tages wird jedes wirklich wichtige Buch in diese Schrift übertragen sein; nach geringer Schulung und kurzer Zeit kann jeder Blinde alles lesen.«

Es hatte keine zwei Stunden gedauert, bis Riancor mit unserem Rechner ein solches tastbares Alphabet entwickelt hatte – aufbauend auf der 12-Punkte-Schrift von Charles Barbier. Braille schüttelte überwältigt den Kopf.

»Was wollen Sie dafür, Monsieur? Es ist mit Geld nicht zu bezahlen.«

Ich kam mir vor wie Merlin, Lohengrin und Amadis zugleich, als ich antwortete: »Ich habe so vieles gesehen und so weniges gelesen. Ich freue mich, wenn diese Intension Ihnen und den Blinden hilft. Das Augenlicht ist nicht zu ersetzen, aber sie werden schönere, farbige Bilder sehen, weil von den Fingerkuppen bis zum Begreifen Bilder entstehen, von deren Existenz jene, die einst schrieben, niemals wissen werden.«

Monsieur Braille starrte immer noch an mir vorbei; er begriff langsam. Dann sagte er: »Ja. Sie haben recht. Ich werde ...«

Als er die Ophir-Uni verließ, fühlte ich mich halb elend, halb als Zahler einer uralten Schuld, deren Zinsen mich zu erdrücken versuchten. Gleichzeitig war ich einigermaßen sicher, eine Tat vollbracht zu haben, die den Barbaren irgendwie half.

Wie alle Studenten würde auch Louis Braille keine bewußte Erinnerung an den Ophir-Aufenthalt behalten, von Traumbildern voller Schönheit einmal abgesehen. Unsere Psychostrahler arbeiteten mit gewohnt arkonidischer Präzision, Hypnoschulungen vermittelten Wissen und ließen die neuen Informationen ins Bewußtsein der Schüler fließen, als handle es sich um eigene Erkenntnisse. Ins normale Leben ihrer Heimat zurückgekehrt, änderten sich Denkweise und Verhalten, und sollten sich später einige unserer Studenten begegnen, würden sie unbewußt die Gemeinsamkeit, das »Schwingen auf gleicher Wellenlänge« bemerken. Nur in seltenen Fällen gab es eine natürliche Immunität gegen die Psychostrahler, die Betroffenen schwiegen sich allerdings über ihre Erlebnisse aus.

Ich sah und hörte die Schilderungen der Taten jener Herren Ampère, Biot, Örstedt und Savart, die über magnetische Wirkungen elektrischer Ströme forschten. Das Prinzip des elektrischen Motors, an dessen erste Exemplare in Arkons Museen ich mich erinnerte, war von Faraday richtig erkannt worden. Die Erfindung des Jahrhunderts: Coopers Schwefel-Zündstäblein!

Wachen und Schlafphasen: *1830 ... 1835 ... 1840 ... 1845 ... 1850 ...*

Eisenbahntunnel, Ohmsches Gesetz, Schiffsschraube, Stephensons *Rocket,* die erste Dampflokomotive, Induktionsgesetz, Farbenchemie und das Hinterlader-Zündnadelgewehr N. v. Dreyses, Morses rührender Zeichen-Schreibtelegraph ... hatte er Brailles Blindenschrift studiert? Mehr und mehr Parlamente regierten statt den Herrschern und Königen, Fürsten und Diktatoren. Die Ausbildung der Kinder und Jugendlichen in Schulen hatte stellenweise einen beträchtlichen Standard erreicht. Viele Millionen dunkelhäutiger Sklaven wurden gekauft und verkauft und erlitten meist ein Schicksal, dessen Grausamkeit mit Worten kaum zu beschreiben war. Es gab Wetterkarten, nichteuklidische Geometrie, Kartoffeln als Volksnahrungsmittel, Zucker aus Rüben, zahlreiche Verfassungen und etwas, das sich »Dialektischer Materialismus« nannte, Arbeitsverbote für Kinder unter neun Jahren. Neue Begriffe waren Sexualität (ab 1820) und Dinosaurus (ab 1837), womit jene Schreckechsen gemeint waren, auf denen sich gemeinhin Nonfarmale zu zeigen pflegte, und endlich hatte man begriffen, was die Ursache von Pestepidemien war.

1838 begann England nach der Vernichtung britischer Opiumlager durch die Chinesen den Opiumkrieg gegen China; drei Jahre später mußte China im Frieden von Nanking Hongkong an England abtreten und seine Häfen sowohl der Einfuhr aus Westeuropa als auch dem britischen Opiumhandel öffnen. In England bauten sie die GREAT BRITAIN einen Ozeandampfer mit Schiffsschrauben. Im gleichen Jahr erschien zum erstenmal – auch das eine indirekte Auswirkung der Ophir-Universität – mit *The Economist* eine liberale englische Wirtschaftszeitung. Riancor hatte berechnet, daß ein »Graue-Eminenz-Einstieg« ins Zeitungs- und Herausgebergeschäft langfristig durchaus erfolgversprechend bei der Intension war, weiteres Wissen in die Öffentlichkeit zu streuen ...

Bei jedem Erwachen zeigte er mir, während ich langsam zu geistigen und körperlichen Kräften kam, die vielen Beobachtungen der Spionsonden und die Analysen der Großrechner. Meist spielte er Beethovens Klavierkonzerte dazu und gar dessen Symphonien. Nützliche und aberwitzige Erfindungen konnte ich beobachten: Drais' Laufrad, Paraffinkerzen und den entzifferten Stein Rosette; ich hätte Champollion unschwer dabei helfen können. Man vermaß Indien, erfand Kunstleder, Indigo-Anilin, baute die erste »eiserne Bahn« produzierte Stahl, stellte Aluminium her, hob in Frankreich die Zensur der Presse auf, fand den magnetischen Südpol und den Zellkern, asphaltierte in Paris etliche Straßen, ein Revolver Colt erwies sich als nützliches Gerät zum schnellen Töten, während der Komet, von Halley trefflich berechnet, zusätzliche Furcht verbreitete.

»Man beginnt die wirkliche Entfernung zu Fixsternen zu messen«, erklärte der Roboter. »Und es gibt Daguerres Methode, Dinge und Menschen abzubilden, ohne sie malen zu müssen.«

»Dazu haben sie Briefmarken und genormte Schraubengewinde«, sagte ich und riskierte das erste Glas Rotwein.

Telegraphen übermittelten Informationen. Die Nähmaschine wurde erfunden, Chlorophorm-Narkose und Nitroglyzerin-Sprengstoff, ein Tauchboot, der Regenschirm, die Injektionsspritze, Kugellager, die Bleibatterie, und bei der Durchmusterung des nördlichen Sternenhimmels wurden 324.192 Sterne gezählt.

»Fast so viele«, meinte Riancor, »wie überlebende Ureinwohner in Nordamerika.«

Was hättest du erwartet? Der Logiksektor fand nach dem Schlaf die Sprache wieder. Ich begann zu begreifen, daß es mehr statt weniger Probleme gab, mehr Bewohner des Planeten, und daß jene archaische Phase wohl wirklich – wenigstens vordergründig – vorbei war. Inzwischen hätte vermutlich nicht einmal die Arkon-Flotte eine gerechte Weltordnung schaffen können, ohne ein Gemetzel heraufzubeschwören.

Nonfarmale fühlte sich wohl, aber kaum hatte ihn Riancor entdeckt, verschwand er wieder und war unsichtbar geworden. Es wäre besser gewesen, wenn ich ihn kaltblütig ermordet hätte, als es noch leichter möglich war. Ein bedrückender Gedanke, der mich 1855 bis in den Tiefschlaf begleitete.

Cyr Aescunnar stutzte, las zweimal und brummte: »Ich kenne die terranische Geschichte ein wenig anders.« Er notierte: *Mars: giftige Atmosphäre, nur ein Hundertstel so dicht wie Erdatmosphäre; 1819: FLORIDA und 1842: HONG-KONG???* »Sollten sich Rico, Lilith und Boog und dann auch Atlan auf solch seltsame Weise geirrt haben?«

Er war gewohnt, daß Atlan unklare Teile der Erzählungen oft korrigierte oder, weil unwichtig, in Nebensätzen abtat; vielleicht, nein, wahrscheinlich erfuhr er bald, daß sich die Zentrale Positronik des Überlebenszylinders geirrt hatte und warum. Er klebte den grellfarbigen Notizzettel auf einen Folienausdruck der Zeitskala.

»Andererseits ...« Cyr runzelte die Stirn. »Wenn sich Atlan *nicht* geirrt hat – welche Konsequenzen ergeben sich? Parallelwelten auch hier? In der mir bekannten Geschichte kauften die USA jedenfalls Florida *nicht!* Und Hongkong blieb bei China, öffnete sich trotzdem nach Westen hin. Jeder Schüler weiß, wohin das führte: letztlich zur *Asiatischen Föderation,* in deren Kerngebiet Mister Rhodan seine STARDUST setzte, an den Goshunsee in der Gobiwüste! Und Mars? Im 20. Jahrhundert gab es dort primitive Vegetation und sogar Insekten; zum Überleben reichten leichte Schutzanzüge und Atemmasken!«

Er seufzte; eine vage Unsicherheit wurde er auch bei Atlans nächsten Sätzen nicht los.

»Alexandre Dumas schrieb die *Drei Musketiere;* Alexander Humboldt, ein Deutscher, veröffentlicht den ersten Teil seines *Kosmos,* und endlich hat Galle nach Leverriers Berechnungen den Planeten *Neptun* entdeckt! Ab sofort würde Mortons Äthernarkose wohl meine Betäubungs- und Schockwaffen überflüssig machen! Am 5. Januar 1860 weckte Rico mich; diesmal erwachte auch Amoustrella ...«

VOR DEM AUFSTIEG: Zwischen stinkenden Fellen war dünnes Gold zu Goldsalz gelöst worden, das jetzt in einer Wanne aufgeschwemmt war. Daneben stand ein tönerner Krug, den mir ein Partherschamane geschenkt hatte. Im Krug steckte, durch Erdpech isoliert, ein kupferner Zylinder, darin stak, ebenfalls isoliert, ein Eisenstab, von einer dicken Bleischicht umgeben. Rico schüttete konzentrierten Saft aus Zitronen in den Krug und sagte: »Ich könnte auch frischen Traubensaft oder Weinessig dazu nehmen.«

»Und was soll dieser Versuch?«

»Eine Spielerei«, sagte der Roboter. »Mir war langweilig geworden.«

Bald floß der Strom. Arkonidische Meßgeräte zeigten die Spannung und die Stärke an. In der Wanne hing ein silbernes Schmuckstück aus Ctesiphon, einer parthischen Hauptstadt. Ich wartete, bis Riancor sagte: »Es dauert rund zwei Stunden. Dann wird das Schmuckstück, eine Brustplatte für Häuptlingsfavoritinnen, dauerhaft vergoldet sein.«

Amoustrella schlief inmitten einer Illusionslandschaft. Über Europa lag tiefe Winternacht, die Zeit, in der die Hunde der Hekate hechelnd umherschweiften. Riancor und ich unterhielten uns, und er steuerte Maschinen und Holographierahmen, die zu jeder Bemerkung, jeder Frage und Überlegung die Bilder lieferten.

»Abgesehen von den arkonidischen Notsilos verfügen wir über eine Reihe funktionierender Stützpunkte. *Erstens:* Le Sagittaire beziehungsweise Beauvallon. Wir sollten uns daraus zurückziehen, denn unsere Rolle ist nicht mehr länger durchzuhalten.«

»Einverstanden. Nach einem letzten Besuch entscheide ich.«

Die Chronik des Dorfes hatte ich verinnerlicht, die letzten fünfzig Jahre bestätigten unsere Absicht. Leidenschaftslos sprach der Roboter weiter: *»Zweitens:* Bald wird der erste Siedler in Australien gegen die Schutzkuppel unseres Dörfchens stoßen. Auch von dort müssen wir uns zurückziehen.«

»Einverstanden. Nach einem letzten Besuch. Räume alles weg, räume auf, lasse ›unser‹ Häuschen noch eine Weile eingeschaltet. Die LARSAF müssen wir evakuieren.«

»Drittens: Auf Yodoyas Inselchen?«

»Das ist vorläufig das beste Versteck«, sagte ich. *»Viertens:* Der Turm über dem Flußtal des Lechs?«

Wieder überschwemmte eine Bilderflut die Grenzen meiner Aufnahmefähigkeit. Der Turm war in vorzüglicher Tarnung, mittlerweile bis zur Unkenntlichkeit versteckt und überwachsen und immer noch völlig einsam und unentdeckt.

»Die richtige Operationsbasis für Dauerkrieg.«

»Auch einverstanden«, sagte ich. »Rüstet den Turm mit den Resten von Beauvallon und dem Samuraidörfchen aus, wenn es soweit ist.«

»Aye, aye, Sir.«

Zu den Klängen der »Eroica« betrachteten wir weitere Schilderungen der jüngsten Vergangenheit.

»Fünftens: Es dürfte nicht einfach sein, in den Katakomben von Arcanjuiz zu rematerialisieren und mitten im Städtchen, das längst einen anderen Namen hat, zu erscheinen.«

»Diese Möglichkeit bleibt uns noch immer«, sagte der Roboter. »Einfacher dürfte es, *sechstens,* in Carundel Mill sein. Im Obergeschoß bist du stets willkommen.«

Natürlich würden wir weitere Verstecke einrichten können. Es gab unzählige Möglichkeiten. Wir hatten uns nicht einmal darum bemüht, zusätzliche unbekannte Winkel zu suchen.

Ich lehnte mich zurück und löschte alle Bilder von den Panoramaschirmen. »Kann ich noch ein Glas Wein trinken, ohne die Reanimation zu sabotieren?«

»Selbstverständlich, Atlan«, sagte Riancor.

Meine Wiederherstellung schien weit fortgeschritten zu sein. Ich fühlte mich stark, und der Pokal hatte eine bemerkenswerte Größe. Ich nahm einen langen Schluck und bereitete mich auf Nonfarmale vor.

Seit ich ihn mit Feuer und Kanonendonner bekämpft hatte, schien er sein Vorgehen geändert zu haben. Die holographischen Schirme zeigten in chronologischer Reihenfolge, was Riancor aufgefangen hatte: Sein Gesicht war schmal geworden, sah knochig aus, aber die Haut war frisch und gebräunt. Er hatte sich regeneriert. Ich wußte, warum ich nach Wein verlangt hatte. Die Auftritte Nonfarmales setzten selbst mir zu. Riancor sagte, bevor mich das Entsetzen völlig in den Bann geschlagen hatte:

»Ich habe vieles sehen können, wahrscheinlich ebensoviel nicht gesehen, ihn stets zu verfolgen versucht, aber seit dem letzten Zusammenstoß mit dir ist er sehr vorsichtig geworden. Er zeigt sich entweder, wie du sehen wirst, in menschlicher Gestalt oder Maske oder nur kurz als irgendeine Spukgestalt. Seit eurem Kampf vergingen sieben Jahre bis zum ersten Auftauchen.«

Bilder, Geräusche, Bewegungen und Bedeutungen ergaben wieder eine rasend schnelle, bedeutungsvolle und schauerliche Aktion. Nahith, der Emotiosauger, arrogant und von einer unglaublichen Eleganz aller seiner Handlungen, verschmolz mit seinen Rollen.

Eine Arena in Spanien: Tausende schrien, als er in der Uniform eines Toreros den Stier bis zum Wahnsinn reizte, folterte, mit ihm spielte, an den Banderillas riß, die Menge in kochende Ekstase hineintrieb. Der dritte *toro bravo* an diesem Nachmittag. Mächtige schwarze Tiere mit nadelscharfen Hornspitzen, stinkend, keuchend, gereizt wie ... Mir fehlten die Worte.

Nonfarmale bewegte sich entweder gar nicht oder derart gut, daß ihn das rasende Tier immer wieder verfehlte.

Nach einem scheinbar endlosen Ballett der Qualen fixierte er den Kampfstier vor sich, hob den Degen und schleuderte die rote Capa von sich. Er traf das Tier zwischen den Schulterblättern, und als er den Tod spürte, war es, als ob die stählerne Klinge eine Leitung wäre, durch die er alle psychischen Emanationen der Menschenmenge in sich hineinsog und Kraft speicherte für eine Million Jahre. Während die Maultiere den Kadaver hinausschleiften, während es Kissen, Geldscheine, Münzen und Beutel voll Geld hagelte, verließ er die Arena, als beendete er einen erfrischenden Waldspaziergang.

Ein Sklavenmarkt, irgendwo in afrikanischer Wüstengegend: Eine riesige Zitadelle. Spanisch, portugiesisch oder im Besitz hellhäutiger Araber.

Etwa eintausend junge Neger und Negerinnen, angekettet oder so lethargisch, daß eine Fesselung sich erübrigte, lagen und saßen im Sand zwischen schwarzen, aufragenden Mauern.

Händler im Burnus spazierten zwischen den Sklaven umher und prüften sie, als würden sie Schafe oder Ziegen kaufen. Mitten unter den Händlern bewegte sich Nonfarmale; wer ihn anblickte, erschrak. Seine dünne stählerne Gerte pfiff durch die Luft und traf, und er sortierte wohl auch Sklaven und Sklavinnen für sich selbst aus. Sein Sinn für Schönheit war untrüglich, aber um ihn herum herrschte eine Aura der Bösartigkeit.

Schweigende Männer packten die Geschöpfe und brachten sie weg. Eine lange Folge kaleidoskopischer Bilder folgte. Grausamkeit reihte sich an Grausamkeit. Ähnlich wie ich bewegte sich der Psychovampir durch die Jahre und sprang zwischen den wichtigsten Punkten des Planeten hin und her. Seine Auftritte waren kurz; ich konnte keinen vergessen. Nach etwa vier Stunden endete die einzigartige Darbietung.

Wortlos hielt ich zum viertenmal den großen Pokal nach rechts. Lilith füllte nach.

»Grausamkeiten kenne ich. Aber das ist zuviel. Es ist ...« Meine Stimme versagte, und ich schwieg weiter, selbst nachdem ich den Pokal geleert hatte. Riancor brachte mich in mein Bett, und ich schlief siebzehneinhalb Stunden lang und tief und ohne Träume, was mich noch lange erstaunte.

»Er besuchte, wenn ich statistische Berechnungen anführen darf«, sagte Riancor später, »diesen Planeten nicht häufiger als zuvor. Augenscheinlich habe ich die schlimmsten Sequenzen beobachten müssen.«

»Freund Riancor, Robot meiner Einsamkeit«, sagte ich. »Selbst wenn ich resigniert haben sollte, was die verfluchten und geliebten Barbaren betrifft, selbst wenn ES mich nicht zwingt, selbst wenn ich meine Verpflichtung als Paladin der Menschheit oder dergleichen ohne rechten Schwung betreibe – Kreaturen wie Nonfarmale müssen ausgerottet werden. Ich sage jetzt und hier: Ich werde ihn verfolgen und bekämpfen, bis einer von uns tot ist. Mag sein, daß das Schicksal mich daran hindert. Aber ich versuche es. Mit allen Waffen, allen Tricks, allen Möglichkeiten, die wir haben. Du wirst mir helfen, Rico. Verstanden?«

Riancor sah noch so aus wie der jüngere Bruder eines im Pulverrauch ergrauten Gascogners. Durch grüne Augen betrachtete er mich; ich bot schwerlich ein Bild arkonidischer Kraft und Herrlichkeit.

»Es mag sein, daß dieser Nonfarmale dich besiegt. Was dann, Arkonide?«

»Ich weiß es nicht. Wir müssen lange nachdenken, rechnen und planen. Ich versuche, mutig, aber vorsichtig Nonfarmale zu töten. Wenn möglich, auf dieser Welt. Wir können uns viel Zeit nehmen; notfalls konstruierst du eine ganze Armee von sprücheklopfenden Boogs.« Ich holte tief Luft, gab Lilith den leeren Pokal und schloß: »Es wird nicht mehr lange dauern, und dann macht sich diese Rasse auf den Weg zu den Sternen. Zumindest auf den Weg zu dem verdammten Mond. Oder zu den Planeten. Dann endet meine Zeit als Hüter der Menschheit. Bis zu diesem Punkt sollten wir den Menschenschinder vernichtet haben.«

Riancor sagte, scheinbar völlig ungerührt: »Darauf würde ich keine Wette riskieren, Atlan. Wir haben es schon so oft versucht. Erfolglos meist. Du befiehlst, was ich tue. Shakespeares ›Hunde des Krieges‹ sind los.«

»Und ich bin der Anführer des geifernden Rudels«, murmelte ich. »Es ist genug Zeit. Wenn du mich und Amoustrella im Golf östlich von Grimaud bei Beauvallon unter den Pinien abholst, fangen wir an. D'accord?«

»D'accord, Gebieter.«

Es ist, sagte ich mir erschöpft, ein Zustand eingetreten, der mich zu überfordern droht. Ich brauchte Zeit, Ruhe und eine neutrale Umgebung, um ungestört nachdenken zu können. Auch deswegen wagte ich mich aus den Höhlen der Vergangenheit hervor und ritt mit Amoustrella bis zum Golf, zum Pinienwald, zum winzigen Strand und in die gleißende Ruhe eines mittelmeerischen Frühsommers.

1860: BEAUVALLON: Eine Spätfrühlingswolke, die der Auvergnasse aus Nordost über die Sonne schob, warf ihren Schatten über das Tal. Plötzlich war es, als lege sich eine düstere Stimmung auch über uns. Amoustrellas graugoldene Augen funkelten, aber ihr Blick prüfte mich, als sie Kaffee in meine große Tasse nachgoß. Wir saßen im Schatten des Baumes, dessen Schößlinge ich damals mit Chephyrine gepflanzt hatte.

»Gerngesehene Gäste. Nichts anderes sind wir in Beauvallon«, sagte ich und schmeckte das Aroma des »Weines der Denker«, wie Monsieur Talleyrand das Getränk zu nennen beliebte. »Nur die Einrichtung des Castellets erinnert noch an vergangene Zeiten. Nicht mehr lange.«

Amoustrella goß normannischen Calvados in dünnwandige Gläser. »Was erwartest du, Atlan? Wir sind in der zweiten Hälfte des neunzehnten Jahrhunderts.«

»Guilelmon und Madeleine-Agnès: tot. Joelle de Corny ist verschollen. Sie wäre auch schon um die Fünfundsiebzig. Michelle und René-Laurent mit seiner Gitarre sind verschwunden, und im Schlößchen stapelt der Bürgermeister seine Akten.«

»Auch von meiner Familie gibt es nur noch fadendünne Spuren«, sagte Amou.

»Wir geben – bis auf die Transmitterhöhle – Le Castellet, Le Sagittaire endgültig auf. Ab jetzt sind wir fremd hier, trotz einiger Pfund Dokumente.«

»Auch mich haben recht melancholische Gedanken überfallen.«

Amou blinzelte über den Rand des Glases. Ihr schwarzes Haar war erneut ganz kurz geschnitten und umgab ihren schönen Kopf wie eine schwarze Kappe mit barocken Schnörkeln an den Schläfen.

»Beauvallon«, sagte ich, während wir aßen und tranken, »ist reich und selbständig geworden. Gut; die Schönheit blieb, die Leute haben gelernt und weitergebaut. Unsere Bedeutung kennen sie nur aus dem Gemeindebuch und dem Kirchenregister. Wir wirkten recht unglaubwürdig als späte Nachkommen derer von Beauvallon und Fraconnard.«

Den eigentlichen Abschied hatten wir vollzogen, als wir in der Unterseekuppel die große Menge an Veränderungen mit angesehen hatten, von denen der Planet förmlich vibrierte. Die Idyllen leerer Landstriche wurden von Jahr zu Jahr fadenscheiniger. Zwar hatte uns niemand Schwierigkeiten gemacht, zwar hatte die Gemeinde den Erbschaftsvertrag erfüllt und weder die oberen Räume Le Sagittaires noch Cephyrines Häuschen verwahrlosen lassen, aber ich trug keinerlei Verantwortung, für niemanden und nichts in Beauvallon.

»Es bleibt bei unseren anderen Plänen?«

»Ja, Geliebte.« Ich spülte das frische Croissant mit einem Schluck Kaffee hinunter. »Allein schon deshalb, weil sich Australien inzwischen selbst parlamentarisch regiert und ich fürchten muß, daß die Japaner unser Samuraidörfchen entdecken.«

Wieder einmal, nach rund zwei vollen Jahrhunderten bewußt erlebter Jahre voller Abenteuer und fruchtloser prometheischer Anstrengungen, fühlte ich tief in mir eine kalte Furcht, eine aufkeimende Panik. Zukunftsangst? Ich wußte es nicht genau, noch nicht.

»Die Barbaren werden erwachsen, ohne dich, Fürst der Jahrzehnte!«

»Nur scheinbar.« Ich hob das Glas und schmeckte am Calvados. »Du weißt, daß selbst im fernen Amerika Bürgerkrieg droht.«

»Sie werden nie aufhören, sich die Schädel zu spalten und ihr eigenes Land zu verwüsten.«

Ich lehnte mich zurück und legte die Stiefel auf den Granitwürfel. So vieles hatte sich so schnell verändert: Mode, Sitten und Wissenschaft. Sie benutzten Maschinen, die den Planeten zu beschmutzen anfingen. Das Erbe vieler Denkanstöße; Mechanismen, die ich aus der Höhle der Zukunft hervorgeschleppt und zwischen ausgesuchten Personen verteilt hatte. Obwohl unzählige Kriege ebenso viele Tote hinterließen, wuchs die Anzahl landhungriger Menschen. Mehr als viereinhalb Jahrzehnte lagen hinter Napoleons Rückzug aus Moskau.

»Aber wir beide, Amou, werden auf schmalen Straßen durch die herrliche Landschaft des südlichen Frankreichs reiten, viele Menschen sprechen, gut essen und besser trinken, in kühlen Betten vor Kaminfeuern schlafen und Vergangenes mit Gegenwärtigem verknüpfen.«

Sie strahlte mich an. »Das hast du schön gesagt, Atlan. Und Darcy Boog wacht über unsere Sicherheit, nicht wahr?«

»Genauso, wie es ausgemacht ist.«

Wir beendeten das mittägliche Frühstück. Boog in der Gestalt des »schweigsamen Weißhaarigen« räumte den Tisch ab. Dann sattelte er die Pferde, und während wir die Umgebung im langsamen Trab erlebten, entfernten die emsigen Subroboter die wichtigen Einbauten aus Le Sagittaire und hauptsächlich solche Leitungen und Schaltungen, die dem übereifrigen Forscher Grund geben würden, an den Besuch von Außerirdischen zu glauben.

GRASSE IN SÜDFRANKREICH: Der Vent du Midi brachte in weichen, warmen Wirbeln Gerüche mit sich. Rosen und Jasmin, Thymian und Lavendel, Mimosen, Rosmarin und Bitterorangen, Veilchen und einen Geruch, den wir von Australien her kannten. Wir aßen geräucherte Truite und Omble Chevalier und tranken kühlen weißen Wein. Auf dem Tisch standen die Flacons aus Porzellan, Gold und Silber, in denen zwei verschiedene Duftwässer, Rêve de Grasse, lautlos miteinander konkurrierten. Beides, Gefäße und »Traum von Grasse«, stellten unnachahmliche Kostbarkeiten dar, Erzeugnisse der Familie Fragonard.

»Es war ein romantischer Ritt, Liebster«, sagte Amoustrella. Die Sonne des frühen Sommers hatte unsere Haut gebräunt, und die hundert Schattierungen von Grün, der Geruch des Meeres und die stillen Straßen, auf denen wir gekommen waren, schwächten meine Unruhe, verdrängten sie aber nicht völlig. Für mich war es der kurze Abschnitt einer Reise in die Vergangenheit gewesen.

Seit 1782 stellten die Fragonards Parfüms her. Einer der Söhne wurde zu einem berühmten Barockmaler; wir hatten vor einer Stunde sein Gemälde in der Kathedrale angesehen und kletterten durch saubere, schmale Gäßchen hügelauf und -ab, kauften weiche Handschuhe und bestellten Essen für die nächsten Mahlzeiten. Wir nahmen nur vom Feinsten. In einem Monat würden wir in anderen Teilen der Welt hart arbeiten müssen; hier taten wir, als wären wir verwöhnte Reisende.

»Unser nächstes Ziel, Atlan?« Amou drehte nachdenklich an den Parfümgefäßen. »Das Meer?«

Wir aßen von herrlichem Geschirr aus dem Limousin; schnelle Ritte von Aigues Mortes durch die Camargue lagen hinter uns, die Hügel, die einen Teil der Provence kennzeichneten, die breiten, guten Straßen und die Pinienwälder. Wir waren auf dem Weg zurück zum Meer, über Montauroux, den Ronflon entlang, nach Le Muy und von dort nach Grimaud und zum Uferdörfchen, das ebenfalls Beauvallon hieß. Unsichtbar schwebte der wohlausgerüstete Gleiter hinter uns, und Ricos Spionkugeln begleiteten und schützten die drei Reiter.

»Ja, Amou.« Ich dachte an Australien und Yodoyas Inselchen. »In die Nähe eines Örtchens, das einst Port Soleil hieß, jetzt verfallen ist und nur noch ein Zeichen für allerlei Vergängliches.«

Sie nickte. Wir beendeten unser langes Essen mit hauchdünnen Crêpes. Bei Kerzenschein, vor dem lodernden Feuer eines Kamins, liebten wir uns, während vor dem offenen Fenster ein Vogel zwitscherte.

LES TROIS PONTS: Das Zelt stand unter den harzigen Nadelbüscheln der größten Pinie, vom Fluß Le Giscle roch es wohlig modrig herüber. Bis zu der Brandung hatten wir hundertzwanzig Schritte zu gehen. Reines Seewasser und Sonnenglut hatten mein Haar weiß, Amous Haar – in dem sich einzelne hellgraue Fäden abzuzeichnen begannen – dunkelgrau werden lassen. Wir befanden uns in völliger Einsamkeit: nach Grimaud ritten wir zwei Stunden, wenn wir unter Menschen sein wollten.

Nacht. Mediterrane Schwärze voller strahlender Sterne über uns. Der zweite Tag; erst jetzt wich die stechende Hitze. Bis vor einer Viertelstunde hatte uns Nebel umgeben, so dicht, daß man Dachpfannen darauf hätte verlegen können. Die Klimaanlage summte, und ein Schutzfeld umgab uns wie eine Mauer. Zweitausend Schritt im Radius gab es außer uns keine lebende Seele. Die Lampen der Fischerboote, die im Golf von Saint-Tropez trieben, bildeten im zurückweichenden Dunst riesige Lichtkreise.

»Schon seit sechs Wochen, Geliebter, warte ich auf einen solchen Abend, auf die Ruhe einer solchen Nacht«, sagte Amoustrella. »Endlich erkenne ich meinen ruhigen überlegenen Atlan wieder. Bisher warst du wie ein ...«, sie fand den richtigen Vergleich, »unflügger Vogel. Weich, verletzlich und zitternd.«

»Ich? Weich und zitternd? Du hast wieder in den falschen Büchern geblättert«, sagte ich mit breitem Grinsen. »Schieferäugige Sphinx meiner albträumenden Nächte: Du bist mindestens beschwipst, wenn nicht gar trunken.«

Ihre schlanken Finger spielten mit dem Zellschwingungsaktivator. »Ich bin trunken, weil du endlich zu wissen scheinst, was zu tun ist. Ich liebe es, wenn du im Traum sprichst. Dann erfahre ich endlich, daß du dir Sorgen um deine Witwe machst, wenn dich Nonfarmale tötet.«

Ich drehte den Kopf und starrte fassungslos in ihre Augen. »Im Schatten des Verhängnisses«, sagte ich leise, »so oder ganz ähnlich ist es. Du besitzt eine Form wortloser Klugheit, die mich verblüfft.«

Amou nickte, senkte den Kopf und umarmte mich. »Atlan. Ich weiß, daß du Schwätzer haßt. Aber jetzt geht es um das personifizierte Grauen. Ich verstehe, wenn du zögerst, nachdenkst, abwartest, literarische Vergleiche herbeiziehst. Ich wundere mich schon, daß du nicht Homer oder mesopotamische Priester zitierst.«

»Jeder, der mich kennt«, murmelte ich, »wundert sich früher oder später.«

»Selbst du, Herzog der Leidenschaften.«

»Selbst ich. Du hast alle Berichte und Bilder gesehen. Diese Welt steht an einem Schnittpunkt. Vielleicht ich auch. Ich habe Nonfarmale etwa ein halbes Dutzend Male angegriffen. Stets entkam er, sein Raumschiff fand ich nie. Er ist ebensowenig wie ich unbesiegbar. Aber kein denkendes Wesen kann dulden, daß er auf dieser Welt und wahrscheinlich auf anderen Welten ungestraft seine Grausamkeiten betreiben kann.«

»Wie willst du das ändern?«

»Ich muß ihn von seinen Jenseitswelten abschneiden, seine sonstigen Möglichkeiten einschränken, und dann hetze ich ihn kreuz und quer über diesen Planeten, bis zum bitteren Ende.«

Ihre Hände blieben kühl, ihre Lippen waren heiß, als wir uns küßten. Nach einer Weile flüsterte sie: »Du wirst tun, was du tun mußt. Du bist ein Mann von einem anderen Stern ...«

»Planeten«, berichtigte ich. »So ist es. Doch wie auch immer. Was willst du damit sagen?«

»Mann aus der anderen Welt. Du tust mehr als jeder Herrscher, von dem ich gehört oder gelesen habe. Warum ist es so hart für dich, wenn du nicht sofort absolut erfolgreich bist? Bist du schöner als der Große Alexander? Dynamischer als Napoleon? Ein besserer Seemann als Admiral Nelson? Wenn du es mit dem Bürgermeister von Beauvallon zu tun hast, und das hattest du, dann bist du hundertmal klüger als er. Aber ein Gegner wie Nonfarmale ist nicht mit dem gewohnten Maßstab zu messen. Selbst du hast es schwer. Es spricht für dich, daß du zauderst. Und wenn es einhundertelf Jahre dauert: Du wirst siegen, obwohl er besser kämpft als du.«

Ich griff verblüfft nach dem Weinbecher. »Erstens: Wie kommst du auf einhundertelf Jahre? Und warum kämpft er besser als ich?«

»Weil«, Amou nahm den Becher aus meinen Fingern und trank ihn halb leer, »er keine Skrupel kennt. Er kennt keine Moral, kein Gesetz, keine Regeln. Denke so wie er, und du wirst einen leichteren Kampf haben.«

Nach einer ziemlich langen Zeit, in der weder Amou noch ich den verhaßten Namen erwähnten, richtete ich mich wieder auf und murmelte: »Ich hasse kluge Frauen, weil sie mir die eigene Unzulänglichkeit drastisch vor Augen führen. Da ich dich aber nicht hasse, muß ich dir widerwillig sagen, daß du völlig recht hast.«

Der Nebel war gewichen. Die Lichter der Fischer verschwanden. Der Becher war leer, und wir gingen Hand in Hand zum Wasser. Schließlich murmelte ich: »Du hast recht, Amou. Ich kann ihn nur mit meinen Mitteln bekämpfen, aber ich werde ihn mit seinen Mitteln besiegen.«

Ich dachte an die Gefährtinnen, die kurze Strecken eines planetarischen Lebens an meiner Seite gegangen waren. Von allen schien Amoustrella Gramont die klügste zu sein. Ich packte sie, rannte ins Wasser und ließ sie erst los, als ich unter meinen Sohlen keinen Grund mehr spürte.

AUSTRALIEN: Noch hatte diese Küstenzone keinen offiziellen Namen. Wir nannten sie, da außer den von uns gepflanzten und kultivierten Bäumen nur wenige Waldstreifen existierten, »Landschaft ohne Bäume« oder: Nullarbor-Ebene. Unser Reservat lag, zog man zwischen kleinen Siedlungen wie Perth im Westen und Newcastle im Osten eine Gerade, ziemlich exakt in der Mitte der Distanz.

»Unglaublich«, sagte Riancor. »Die Pflanzen besiegen jede Art von Bauwerken. Und das, obwohl die robotischen Gärtner emsig waren.«

»In ein paar Jahren ist hier nichts mehr von unserer Anwesenheit zu sehen«, antwortete ich. »Sehen wir uns um.«

Ebenso wie in Beauvallon hatten die Roboter angefangen, die wertvollsten Teile der Anlagen zu demontieren. Hier konnten sie ungehindert arbeiten, in Le Sagittaire mußten sie nachts und weitestgehend geräuschlos vorgehen. Ich nahm die Hand Amoustrellas und zog sie über den schmalen Weg, über die Brücke und unter das Vordach.

»Ich werde traurig sein, Liebster, wenn es das Haus nicht mehr gibt.«

Ich stieß die Tür auf. Kühle Luft schlug uns entgegen. Die Maschinen hatten, wie gewohnt, perfekte Ordnung geschaffen.

»Es wird lange dauern, bis man jedes Stück der Küste Australiens kennt. Wir können uns also in entsprechenden Maskierungen hier aufhalten«, sagte ich. »Dieses eine Haus lassen wir stehen. Daß es aus einer anderen Kultur stammt, weiß bald niemand mehr.«

Es gab keinen Grund zu irgendwelcher Hast. Wir verstauten unser weniges Gepäck, aktivierten ein Dutzend Kommunikationsgeräte und gingen durch die glühende Hitze des Vormittags hinüber zum Hangar. Jeder Eukalyptusbaum, den wir am Rand der baumlosen Wüste gepflanzt hatten, war mittlerweile riesengroß gewachsen, wie auch die anderen Gewächse, die sich nach West und Ost erstreckten; wir konnten im Schatten spazieren.

Riancor hatte die Torflügel des Hangars geöffnet. Funkelnd und leuchtend stand die LARSAF ZWEI:DREI auf ihrem grazilen Fahrgestell auf dem glatten Boden.

Im Hintergrund der niedrigen Halle bauten Riancor und fünf kleine Maschinen Teile der Pulte ab und wickelten Spezialkabel auf.

»Der Transmitter auf Yodoyas Insel ist aktiviert. Dort warten einige Roboter und bauen ein Schutzzelt für das Raumschiff. Du könntest ohne Zeitaufwand schnell wieder hiersein.«

»Ohne mich wirst du, bitte, nicht fliegen«, sagte Amou. Ich nickte; dagegen war nichts zu sagen.

»Zunächst muß ich mit dem Gerät wieder vertraut werden«, sagte ich und wartete darauf, daß die Eintrittsleiter ausfuhr und herunterklappte. »Bereite den Start für morgen früh vor, Riancor.«

»Verstanden.«

Während ich in die Steuerkabine kletterte und unzählige Schalter betätigte, dachte ich daran, daß die LARSAF zwar hervorragend gesichert und geschützt war, aber kaum Waffen trug. Kaum saß ich im Pilotensitz, fragte der Logiksektor: *Rechnest du mit einem Raumkampf gegen Nonfarmale?*

Ich rechne mit allen möglichen Gefahren während eines Raumfluges, dachte ich. *Vielleicht muß ich tatsächlich Nonfarmale oder andere vom Raumschiff aus bekämpfen.*

Die unerledigten Probleme schienen sich vor mir aufzutürmen wie eine riesige Sanddüne. Während ich die Systeme des Schiffchens prüfte, dachte ich an das vorauszusehende nächste Auftauchen des Psychovampirs, an einen Raumflug nach Arkon, mit Amou zusammen, an eine vernünftige Verteilung unserer Schlupfwinkel und daran, daß die Barbaren tatsächlich die wissenschaftlichen Grundlagen hervorbrachten, die ein erstes Schrittchen auf dem Weg zu den Sternen, zumindest zu einer Art Raumflug darstellten. Auf einem der Monitoren war Riancor zu sehen.

Ich sagte zufrieden: »Ich habe nichts anderes erwartet. Das Schiff scheint startbereit zu sein. Du solltest einmal nachrechnen und planen, ob wir einige Waffen an Bord installieren können.«

»Im wesentlichen ist es eine Frage der verfügbaren Energie«, lautete die Antwort. Bisher war es sinnlos gewesen, mich zu wecken, weil die Aufenthalte des Seelensaugers zu kurz waren. Riancor hatte eine hohe Wahrscheinlichkeit für den nächsten Besuch ausgerechnet. Wann? Das hing von allerlei Zufällen ab, auf die nicht einmal er Einfluß ausüben konnte. Bereitete sich irgendwo ein neuer Krieg vor? Ständig gab es Kämpfe und Kriege. Ich würde also wieder einmal auf Nonfarmale warten. Und ich war sicher, daß er mir nicht wieder den Gefallen tun würde, auf einem Saurier zu reiten oder einer ähnlichen Bestie. Ich desaktivierte die Steuerung und verließ das Schiff.

»Ohne diesen technischen Kram kann ich den kurzen Flug wohl riskieren?« sagte ich zu Riancor. Soeben beförderte der Transmitter zwei Container zurück in die Tiefseestation, wo Boog sie in Empfang nahm.

»Du wirst mit mir verbunden sein«, sagte er. »Wie gewohnt.«

»Gut so.«

Amoustrella saß, die Arme um die Knie gelegt, auf einem der Felsvorsprünge und betrachtete schweigend die Landschaft zwischen Wüste und Meer. Wo unsere Wasserversorgung endete, hörte auch die Vegetation auf, saftiges Grün zu zeigen. Ein paar jener grauen Beuteltiere sprangen in kühnen Sätzen von einer Wasserstelle zurück in den Schatten.

»Eines Tages«, sagte ich und deutete in die Richtung des Hangars, »werden Eingeborene diese eckige Höhle entdecken, ihre Zeichnungen in die Wände ritzen und den Hangar zu einem Tempel der Traumzeit machen. Gehen wir?«

»Seltsam. Le Sagittaire vermisse ich nicht. Dieses Stück Land werde ich jedoch sehr vermissen.«

»Ein Haus bleibt stehen. Wenn wir wollen, sind wir ohne großen Aufwand wieder hier«, sagte ich. »Die unterirdische Wasserversorgung ist so gut versteckt, daß wir sie nicht abzubauen brauchen.«

Sie reichte mir ihre Hand, ich zog sie in die Höhe, und wir tauchten wieder in den grünen Schatten, in eine Zone, in der sich nach und nach jede Tierart eingestellt hatte, die es in weitem Umkreis gab. Blüten verströmten betäubende Gerüche. Insekten summten, Vögel zwitscherten und kreischten.

Das Meer tief unter uns zeigte das riesige Muster der Wellen. In großen Abständen tauchten schäumende Dreiecke auf und verschwanden; Sonnenlicht lag wie ein riesiges Band aus Platin über dem tiefen Blau. Fast lautlos schwebte die LARSAF nach Westnordwest. Monsunwolken türmten sich auf, und manchmal huschten riesige Schatten über die Wasserfläche.

»Wir haben so viel Zeit, wie Nonfarmale dir läßt? Richtig?« Amou steckte, wie ich, in einem leichten Schutzanzug mit den üblichen Überlebenseinrichtungen.

»So ist es. Wenn ich diese herrliche Welt sehe und daran denke, auf welche Weise sie von Nonfarmale beschmutzt wird, dann weiß ich, wie Haß schmeckt, Amou.«

Wir durchflogen eine Wolke, und sekundenlang verschwand die Schönheit von den Bildschirmen und vor den Luken.

»Atlan, den sie Al-Montakem nennen, den Rächer«, sagte Amou, ohne zu lächeln. »Seit ich deinen ersten Kampf halbwegs miterlebt habe, zittere ich. Und ich zermartere meinen Kopf. Mir fällt nichts ein, Liebster.«

»Mir auch nicht. Jeder Kampf ist schwer oder gar aussichtslos, wenn sich zwei gleichwertige Kämpfer gegenüberstehen. Ich glaube, ich muß seinen Rückweg abschneiden und ihn hier nach meinen Regeln angreifen und töten.«

»Ich denke, Riancor versucht bereits, eine kluge Maschine für diesen Zweck zu bauen?«

»Ja. Seit Jahrzehnten. Aber wenn es darauf ankommt, zeigt sich bestimmt wieder eine neue Überraschung, auf die keiner von uns vorbereitet ist.«

»Verständlich, denn er rechnet damit, daß sich hier der gleichwertige Feind aufhält und auf ihn wartet.«

»So ist es. Daß ich so lange nicht zurückschlug, wird ihn in falscher Sicherheit wiegen. Das hoffe ich wenigstens.«

Wir passierten eine sonnendurchströmte Schlucht zwischen zwei Wolken. Schatten schoben sich heran, ein Regenguß rauschte über uns herunter, dann stießen wir wieder in grelles Licht. Unter uns zeigte sich ein Schwarm weißer Wolken, und ihre dunklen Schatten sprenkelten das Gewirr von Inseln. Zwischen den Korallenriffen bildeten dünne Ströme jener winzigen Lebewesen, die den Fischen als Nahrung dienten, bizarre Wirbel. Sie boten zum tiefblauen Ozean einen Kontrast, der zu der lautlosen Schönheit dieses Teiles der Welt beitrug. Schweigend starrten wir hinunter und bewunderten die ständig wechselnden Bilder.

»Da sind die Inseln«, sagte ich. »Bevor ich auf Yodoya Island lande, fliege ich noch einen kleinen Abstecher.«

»Verstanden«, sagte Riancor. »Sämtliche Werte sind einwandfrei. Fast hundert Prozent.«

»Das höre ich gern.«

Ich schob den Geschwindigkeitsregler vor, lächelte Amoustrella zu und zog die Spitze des Raumschiffs hoch. In einem Viertelkreis rasten wir senkrecht nach oben, die Geschwindigkeit nahm zu, an den Flügeln zerrte kurz die Luft, als ich schneller wurde als der Schall. Vor uns begann der Himmel seine Farbe zu verändern, und die bleiche Mondsichel wurde schärfer, und als die ersten Sterne aufstrahlten, verwandelte sich auch die Farbe des Mondes mit den scharfen Schatten der Krater. Ich flog geradeaus, belastete den Antrieb mit Höchstwerten und kontrollierte sorgfältig die Anzeigen. Dann erst erlaubte ich mir, das Raumschiff in einer Weise zu steuern, wie es einem Gerät in der Schwerelosigkeit möglich war. Hoch über der Krümmung der Erde beschleunigte ich, bremste, schaltete den Antrieb auf Leerlauf und wieder auf hohe Leistung, benutzte sämtliche nichtatmosphärischen Steuermechanismen und simulierte, so gut es möglich war, einen längeren Raumflug. Alle Geräte arbeiteten so wie in einem Kugelschiff der Arkonflotte.

»Obwohl ich immer wieder erlebe, daß offensichtlich bis zur letzten Niete an Bord alles so zuverlässig arbeitet, wie es sich ein Techniker nur erträumen kann«, sagte ich, als ich die Geschwindigkeit abgebremst und die Nase der LARSAF wieder auf den blauweißen Planeten gerichtet hatte, »fürchte ich mich vor einem Flug in meine Heimat, schon vor dem endgültigen Start nach Arkon. Ich habe das Gefühl, ich würde einen Selbstmordversuch machen.«

Amoustrella blickte mich prüfend an. »Ob das Schiff einen langen Flug aushält, kann ich nicht beurteilen.« Sie legte ihre Hand auf meinen Unterarm. »Wenn ich daran denke, daß ich älter werde, du dich aber nicht veränderst, jedenfalls nicht dein Körper, dann habe ich ein ähnliches Gefühl.«

»Niemand im Universum kann dieses Problem lösen, Amou.«

»Niemand.« Ihr Lächeln wurde schmerzlich, in sich gekehrt. »Nur der Tod.«

Ich wußte nichts zu antworten. Schweigend führte ich die Handgriffe durch, die uns wieder auf den richtigen Kurs brachten. Ich zog über dem Inselgewirr einige riesige Spiralen, ging tiefer und folgte schließlich, als wir uns satt gesehen hatten, dem klaren Peilimpuls. Minuten später glitt die LARSAF wie ein riesiger Vogel Rock neben den Palmen hinunter und sank eine Handbreit tief in den Sand, als ich die Antigravelemente abschaltete. Wir kletterten ins Freie; die Triebwerke kühlten mit scharfem Knacken ab.

Ich warf, ehe ich den Transmitter benutzte, einen letzten Blick auf die LARSAF. Zwischen den Bäumen war das Fahrgestell im Boden verankert. Eine halbkugelige Konstruktion, in der leichter Überdruck herrschte, bedeckte das Schiff. Das Material war mit naturgetreuen Wiedergaben von Pflanzen bemalt, ein Schutzfeld flimmerte kaum merklich. Aus fünfzig Metern Entfernung sah man das Zelt nur dann, wenn man wußte, daß es da war. Amoustrellas Finger tasteten nach meiner Hand.

»Komm«, sagte sie leise. »Genießen wir die letzten Tage dort, wo wir uns zum erstenmal geliebt haben.«

»Das ist zweifellos der beste Vorschlag, der seit sieben Tagen gemacht worden ist.«

Lachend gingen wir durch den Transmitter und hatten plötzlich der Zeit einige Sonnenstunden abgetrotzt. Die Hitze trieb uns ins kühle Haus, während Riancor mit seinen Maschinen weiter arbeitete. Ich zog mich um, schlüpfte in einen hauchdünnen Kimono und rief im Halbdunkel des Arbeitsraums die Informationen ab, die von einem Dutzend Spionsonden gesammelt worden waren.

Auch jetzt, als wir über den feuchten Sand gingen und sich die Sohlen der Sandalen tief eindrückten, fühlte ich mich beobachtet. Muscheln brachen knirschend unter unseren Schritten. Die riesigen Wirbel der Brandung, die über das Riff fegten, leuchteten in den roten Strahlen der untergehenden Sonne.

»Ich habe eine Reihe von Beobachtungen gesehen, die Riancor im Reich der Mitte, in China, über längere Zeiträume hinweg gemacht hat.« Wir blieben stehen und blinzelten in die Sonne. »Ein seltsames Volk, das sich nicht scheut, seine Foltermeister zu Künstlern zu erziehen. Die Engländer kaufen, mit teurem Gold und Silber, mehr als siebenundzwanzig Millionen Pfund Tee von den Chinesen. Sie verkaufen, so rechnete Riancor zusammen, rund fünfundvierzigtausend Kisten Opium, ein mörderisches Rauschgift, an die Chinesen. Dieses Gift bezahlen die Chinesen wieder mit silbernen Taels.«

»Das halbe Land muß inzwischen süchtig geworden sein!«

Amoustrella flüsterte es erschrocken. Ich nickte; Einzelheiten der Folterungen, Verfolgungen, Morde und Vergewaltigungen, die unsere Sonden aufgenommen hatten, wollte ich ihr ersparen. Ich glaubte, Nonfarmales Handschrift erkennen zu können.

»Kaiser Daoguang sah ein, daß die Geldentwertung und die Bestechlichkeit der Menschen, die mit dem Opium handelten, groteske Höhen erreichten. Er setzte den Gouverneur von Kanton ein, die Sucht sollte er austilgen. Zweitausend Händler wurden eingekerkert, viele hingerichtet. Dann wurde Lin Zexu auch mit den ausländischen Händlern fertig; er beschlagnahmte mehr als vierzigtausend Opiumpfeifen, tausendfünfzig Kisten Opium, stellte die Europäer unter Hausarrest und erhielt nach sechs Wochen Blockade den Rest der Kisten, fast zweiundzwanzigtausend. Im Juni 1839 wurden mehr als zweihundert Tonnen in Gräben zerstampft, mit Salz und Zitronensaft aufgelöst und in einen Fluß geschwemmt. Daraufhin zogen die Engländer mit sechzehn Kriegsschiffen und viertausend Soldaten in den Opiumkrieg, hielten den Verkehr auf den Flüssen durch Blockaden auf. Nach vielen Kämpfen zahlte der Kaiser endlich mehr als zwanzig Millionen Silberdollar als Strafe. In Europa erfuhren nur wenige die wahren Gründe für die vielen Gemetzel. Peking wurde für Ausländer zugänglich, was an sich auch für die Chinesen ein Vorteil war. Aber beide Seiten verübten unzählige Greuel, mehr die Ausländer, weil sie besser bewaffnet waren. In China ist das Leben für viele Menschen unerträglich geworden.«

Amou hörte schweigend zu. Wir hatten uns in den warmen Sand gesetzt; die auslaufenden Wellen sprudelten den Sand unter den Sohlen weg. Ich klaubte Muschelschalen zusammen und legte sie zu Mustern aus.

»In diesem Streit, der einer Nation wie England mehr als unwürdig ist, droht noch viel zugrunde zu gehen. Menschen, Ideen und Kunstwerke. Und die Chinesen sind Folterer und Schinder von hohen Graden. Das konnten sie allerdings ohne den Ratschlag unseres Freundes.«

Nach einigen Atemzügen sprach ich leise weiter. »Das Sterben der Tausend Tode dauert monatelang. Der Gefolterte muß sein eigenes Fleisch essen, und man tut ihm alles an, was du dir hoffentlich nicht vorstellen kannst. Ein paar solcher Unglücklicher, und Nahith schlürft ihr Leiden wie wir den Champagner.«

Sie lehnte sich schwer gegen mich, dann sagte sie: »Ich glaube, du mußt wirklich gegen ihn kämpfen.«

»Aber wir haben nicht den geringsten Beweis, daß er sich im Reich der Mitte aufhält.«

»Er wird sich zeigen – und ihr findet ihn.«

Die Hitze ließ fast schlagartig nach, als die Sonne zu einem Viertel hinter dem Horizont verschwunden war. Wir zogen die wenigen Kleidungsstücke aus und wateten Hand in Hand, der Brandung entgegen. Das Wasser war angenehm warm und vertrieb die Gedanken an Tod und Folter.

Als die Roboter anfingen, Teile der umliegenden Häuser zu demontieren und in einen Container zu schichten, dachten wir zum zweitenmal daran, Australien zu verlassen und auch die hochtechnische Einrichtung meines Arbeitszimmers nach Yodoyas Insel zu schaffen. Der Hangar war ausgeschlachtet; schon jetzt bedeckte dicker Staub, vermischt mit welken Blättern, Samen und Gräsern, den Boden. In einigen Ritzen wucherten Pflanzen.

Riancor befand sich in der Kuppel, nachdem der Turm am Lech ausgerüstet worden war. Boog bediente uns und beaufsichtigte die Roboter. Eine gewisse Wehmut hatte uns befallen, aber sämtliche Spürgeräte suchten unaufhörlich nach den bekannten Impulsen. Daß Ereignisse, in der Vergangenheit längst begraben, ihre eigenen Gesetze hatten, wußte ich. Wie erstaunlich die Zufälle sein konnten, fand ich erst sehr viel später heraus.

4.

KYOTO: In der Regierungszeit des Shôguns Jyemochi, der dem Jyesada folgte, entdeckte ein Samurai unter den Hinterlassenschaften seiner Ahnen ein kleines Lackkästchen. Es war luftdicht verschlossen, denn als er es mit dem Schwert öffnete, zischte Luft ins Innere.

Langsam hob er mit spitzen Fingern den Inhalt heraus. Eine Locke, etwas Erde, mehrere Pfeilspitzen aus einem Metall, das – wie er später nachprüfte – unzerstörbar war, einige Scheiben reines Gold sowie einige Bilder, die mit einer unglaublichen Meisterschaft hergestellt waren, obwohl sie nicht größer als seine Hand waren. Tagelang untersuchte er sie mit einer Glaslinse, die ihm ein russischer Kapitän geschenkt hatte, als er auf dessen Schiff gewesen war.

»Sie müssen furchtlos gewesen sein, diese Samurai«, murmelte er und begann zu ahnen, daß seine Augen einzigartige, wunderbare Dinge sahen. Da gab es eine Ebene, riesengroß, bis an die Grenzen des Himmels, über die Samurai ritten, mitten unter ihnen ein Riese, der ein schrecklicher Kämpfer sein mußte. Vögel oder fliegende Dämonen, wie er sie niemals in seinen Träumen gesehen hatte, waren in der Luft und stürzten sich auf die Reiter.

Samurai und Ninjas saßen um ein Lagerfeuer. Sie hatten Waffen, deren Form und Bedeutung dem jungen Samurai sehr vertraut waren, aber sowohl die Waffen, viele Ausrüstungsteile und die Rüstungen strahlten etwas Fremdartiges, Unbegreifliches aus. Die Männer hatten einen Kampf hinter sich, denn sie trugen die Spuren und Wunden eines gefahrvollen Rittes; zwei von ihnen, die er auf einem anderen Bild gesehen hatte, fehlten.

Nicht nur die Bilder zeigten rätselhafte Männer und ein fremdes Land, über dem das Licht einer anderen Sonne zu liegen schien, sondern auch die dünnen, harten Platten versteckten ein Geheimnis. Das Bild befand sich nicht direkt auf dem unbekannten Material, sondern schien in wechselnder Entfernung davor zu schweben; legte er einen Finger darauf, veränderte es sich, als würde es leben. Immer wieder entdeckte er neue, erstaunliche Einzelheiten; je mehr er sich mit den Gewächsen, Tieren, den Männern und der Landschaft beschäftigte, desto sicherer wurde er.

Auch das Dorf in der grünen Landschaft und vor der Brandung eines südlichen Meeres sah aus wie eines, das am Strand von Kyoto hätte stehen können. Aber auch hier war so vieles anders: die Sonne, die riesigen Bäume, die Abbildungen von Tieren, von denen weder er noch sonst jemand etwas wußte, das alles zeigte ihm, daß eine Handvoll Männer von seiner Insel zusammen mit einem oder zwei fremden, riesigen Herren in einem unbekannten Land gekämpft hatten.

Erst nach zehn Tagen wagte Yamazaki, die zusammengehefteten und mit dünnem, lackiertem Karton geschützten Seiten anzusehen. Schon die ersten Zeilen – er las die getuschten Schriftzeichen dort, wo der Text in den Büchern der weißen Fremden endete – sagten ihm, daß er einen Bericht seines Urahns vor sich hatte, aus den Regierungsjahren des Hunde-Shôgun. Wunderbare Dinge waren geschehen – damals.

Der Bericht paßte zu den Bildern, die keinerlei Ähnlichkeit mit den Malereien der Großen Pinselmeister oder derer des Holzschnitts hatten. Yamazaki las weiter, dachte nach, verglich und konnte sich nicht losreißen von der Geschichte, die sein Ahne aufgeschrieben hatte.

Kamakura Yamazaki wußte, daß er einem bedeutungsvollen Geheimnis auf der Spur war. Die Höhle der Vergangenheit hatte sich einen Spaltbreit geöffnet. Sonnenlicht fiel hinein und enthüllte Dinge, Geschehnisse und Fremdartigkeit.

Am 18. Juni, am Tag von Waterloo, am Fest des heiligen Felicius, aber fünfundvierzig Jahre nach Napoleons letzter Niederlage, riß mich der Summer aus dem Schlaf. Ich sprang aus dem Bett und bedeutete Amoustrella, weiterzuschlafen, dann stob ich durchs Zimmer, über den Korridor und in den Arbeitsraum. Durch das Rauschen der Brandung und den Wind, der in den Baumkronen fauchte, hörte ich Signale und leises Stimmengewirr aus den Lautsprechern der Monitoren. Fast alle Geräte waren, entweder von Boog oder von Riancor, per Fernsteuerung eingeschaltet worden.

»Nonfarmale?« rief ich. Amir Darcy Boog stand, eine riesige Hibiskusblüte im Haar, starr im Hintergrund des dunklen Raumes. Ich warf mich in den knarrenden

Sessel aus Rohrgeflecht. Meine Augen glitten über die Bilder, meine Blicke hefteten sich auf die Meßlinien und aufglimmenden Impulse der Ortungsschirme.

Riancors Stimme: »Ein Strukturriß, Atlan. Über dem menschenleeren Nordamerika. Nahith Nonfarmale kommt.«

Tatsächlich fühlte ich, während ich den Gürtel des Morgenmantels knotete und auf den Bildschirmen Karten, Höhenfotos und Gitternetze erschienen, eine makabre Erleichterung. Seit den ersten Tagen in Beauvallon schüttelte mich innere Unruhe. Jetzt wich sie; kalte Anspannung trat an ihre Stelle. Ich sagte Boog, er solle eine große Tasse Kaffee holen, und versenkte mich in den Anblick der Bilder.

»Nördlich der Stadt Quebec, in der gleichnamigen Provinz«, erläuterte Riancor. »Die Strukturöffnung bewegt sich.«

»Erkannt«, sagte ich und faßte in Gedanken zusammen, was ich über diesen Teil der Welt wußte. Daß zwischen den nördlichen und südlichen Staaten Amerikas angeblich wegen der angestrebten Sklavenbefreiung ein kalter Krieg herrschte, wußte ich. Ein gewisser Abraham Lincoln war einer der wichtigsten Männer in dieser Auseinandersetzung. Was bahnte sich weit im Norden von Washington an?

Das stechendste Signal bewegte sich, als ob es einen festen Standort suchen würde, zuckte nach Süden, wanderte nach Westen und kam südwestlich des riesigen, vielverzweigten und mäandernden Flusses zur Ruhe.

»Die weißen Amerikaner«, Riancors Erklärung kam, obwohl ich ihn nicht darum gebeten hatte, augenblicklich, »nennen ihn Mississippi.«

Von anderen Standorten jagten zwei Spionsonden in Höchstgeschwindigkeit in diese Richtung. Das Signal tanzte und irrlichterte noch eine Weile über der Landschaft. Riancor hatte ein Foto eingespiegelt, und ich erkannte die grünen Hügel am ersten rechten Nebenfluß dieses Stromes, der sich in den Golf zwischen den beiden Landmassen ergoß. Der Punkt strahlte auf und erlosch.

Ich betrachtete eine Reihe arbeitender Anzeigeninstrumente. Nonfarmale schien einen Weg gefunden zu haben, auch den Endpunkt der Tore in seine Nichtwelten unsichtbar machen zu können.

Aber wir maßen das Vorhandensein der Energie an. Die Öffnung blieb.

»Was nun?« fragte ich. Amou brachte Kaffee und schottischen Whisky. Sie setzte sich neben mich und sah zu, wie ich und Riancor versuchten, über das Netzwerk der Geräte mehr von Nonfarmales Absichten zu erfahren. Dort im nördlichen Amerika war heller Tag, aber es würde zwölf Stunden dauern, bis die Sonden das Gebiet erreichen konnten. Und was konnte ich tun, wenn wir ihn wieder verloren?

»Nun versuchen wir alles, was wir können«, entgegnete der Robot. »Wahrscheinlich hält sich der Erfolg in den bekannten Grenzen.«

Es gelang uns, das Signal positronisch zu verstärken. Es hielt sich, nach unseren Messungen, in zweitausend Metern Höhe über dem rechten Ufer des Flusses auf. Die Landschaft ging dort in eine Ebene über, im Westen stiegen Hügel und Berge an; sie schien überaus reich zu sein.

»Zwölf Stunden warten?« Amou füllte ein Glas.

Ich stürzte den süßen, kalten Kaffee hinunter und sagte: »Nein. Es wäre sinnlos, denn wir sehen nichts. Aber wir können wahrscheinlich feststellen, ob er an dieser Stelle unsere Welt betreten hat und bleibt. Er bleibt, solange sein unsichtbares Tor geöffnet ist.«

»Sinnlos, ratlos ...« Ich hob das Glas und wartete darauf, daß etwas geschah, das ich verwenden konnte. Neue Reisen, andere Namen, bessere Masken und vernichtende Waffen. In diesen Bereichen dachte ich und zuckte zusammen, als das Rohrgeflecht unter den Fellen knarrte. Amou hatte sich nun auf die Lehne gesetzt.

»Er läßt sich Zeit«, sagte sie. Ihr Haar bedeckte inzwischen wieder die Ohren und berührte den unvergleichlichen Nacken. »Wenn ich alles zusammenzähle, was ich gesehen und aus euren Erzählungen herausgehört habe, dann kennt er dich nicht. Er weiß nur, daß auf dieser Welt jemand auf ihn wartet.«

»Er wird mich in dem Augenblick erkennen, in dem ich ihn töte«, sagte ich. »Sonst ist der Zustand durchaus von uns gewollt. Sowenig, wie wir wissen, wann und wo er auftaucht, soll er ahnen, daß er verfolgt wird.«

Ich saß vor einem Halbrund verschieden großer Bildschirme, die meist die inneren Deckel von Truhen darstellten. Fünf Schirme waren abgeschaltet, weil im Beobachtungsgebiet tiefste Nacht herrschte. Zwei zeigten die Eindrücke während des rasenden Fluges, und die anderen lieferten die Wiedergabe aus anderen Teilen Europas und der Welt: schöne, heitere, grauenhafte oder bestürzende, interessante und voyeurhafte Bilder. Ich prüfte den Wert der Aufnahmen, schaltete die Sonden auf die Speicher der Kuppel und konzentrierte mich wieder auf das Land der Mississippiquellen. Eine Stunde verging in quälender Langsamkeit, eine zweite. Ich griff nach dem breiten Armband und nahm die notwendigen Schaltungen vor.

»Der Mann aus der Nimmerwelt läßt uns warten«, sagte der Robot.

»Wir gehen zum Strand. Nachher sind wir im Schlafraum. Wenn Riancor mich braucht, rufst du mich.«

Er nickte. »Verstanden, Sir.«

Ich leerte das Glas und zog Amou mit mir. Wir traten hinaus in die Nacht über dem Inselchen. Zwischen den starrenden Sternen zogen Meteoriten ihre aufblitzenden Bahnen.

Wir schwiegen lange, dann sagte Amou leise: »Wir werden ihn suchen und finden. Dann kannst du ihn mit dem gesamten Waffenarsenal jagen und vernichten. Es kann an jeder Stelle der Welt sein. Es wird in China, in Amerika und an anderen Stellen Krieg geben. Dort ist er zu finden.«

»Inzwischen kennt er die Welt so gut wie ich.«

Sie schüttelte den Kopf. »Er kennt sie nur dort, wo Menschen leiden und sterben. Du und Riancor; ihr seid die wirklichen Herrscher der Zeit und der Dinge. Aber er wird ein Gegner sein, der schwer zu besiegen ist.«

Ich seufzte und blickte auf die silbrigen Wellen hinaus. »Das ist sicher. Ich wünschte, es wäre vorbei.«

Besaß er einen Zellaktivator? War er unsterblich? Oder zog er sich in ein Zeitgefüge zurück, in dem er jeden Bewohner dieser Welt sozusagen überholte? Lag er, während wir ihn suchten, in einem Stasisfeld? Wie auch immer: Er war langlebig und besaß Möglichkeiten, sich von furchtbaren Verletzungen zu erholen. Schließlich packte uns die Müdigkeit, und wir gingen nach einem kurzen Bad in der Lagune zu Bett. Mehr als neun Stunden später trafen die ersten Bilder ein.

»Ich bin ein erfolgloser Patrouillengänger«, sagte Boog, als ich den Arbeitsraum betrat. »Ich habe nichts zu melden. Aber Rico war erfolgreich.«

»Ich überspiele«, sagte Riancor. »Nonfarmale bereitet sich auf einen längeren Aufenthalt vor.«

»Schlecht für die Welt, gut für die Jagd«, sagte ich und lehnte mich zurück. »Zeig die Bilder!«

Es war altes Indianerland, fruchtbar und einsam, von wenigen Bisonherden durchwandert, hügelig und nach Westen zu bergig. Über der Szene schwebten drei monströse Adler, Geschöpfe aus einer der Jenseitswelten des Psychovampirs. Aber jeder Eingeborene, der seinen Kopf hob, erkannte die Vögel des Großen Manitou, eines der wichtigsten Symbole des Glaubens.

»Ein gerissener Bastard«, sagte ich leise, fast anerkennend. »Gibt es eine Möglichkeit, Riancor, die Strukturschleuse oder wie immer wir das Loch zwischen den Welten nennen wollen, ein für allemal zu vernichten?«

»Die Positroniken berechnen wieder dieses Problem, seit wir die Meßdaten haben.«

»Wann haben wir die Ergebnisse?«

»Nicht vor morgen. Es ist sehr schwierig. Möglicherweise brauche ich deine Hilfe, die Maschinen brauchen deine Kenntnisse.«

»Verstanden. Näher heran, größer und schärfer, Riancor.«

Nahith hatte unsere Welt in einer Anzahl von Kugeln betreten. Die größte lag zwischen Felsblöcken knapp unterhalb des Gipfels des einzigen Berges in diesem Gebiet, der diese Bezeichnung verdiente. Die Indianer hatten dem Berg, wie Riancor als schriftliche Erklärung einblendete, einen poetischen Namen gegeben. Vater-der-Sonnen-Wolke. Aus etwa sieben anderen, kleineren Kugeln waren Hilfskräfte herausgeklettert. Ich sah Menschen, die wie hellhäutige Araber wirkten, wie hochgewachsene Afrikaner und zierliche Bewohner der nördlichen Mittelmeerküsten. Etwa drei Dutzend, junge Frauen und Männer. Sie schienen genau zu wissen, was sie zu tun hatten.

Einige stemmten mit schier unglaublicher Kraft Steine und schichteten sie zu kühn geschwungenen Mauern zusammen. Andere trieben mit Geräten, die meinen Desintegratoren ähnelten, Stollen und Höhlen ins Gestein. Die ersten Wolken bräunlicher Gase und zerstäubten Felsens vermischten sich mit Morgennebeln. Sechs Kugeln schwebten im Halbkreis um den Felsen, der wie ein Schiffsbug über dem vorwiegend flachen Land in die Höhe wuchs. Ein Kommando arbeitete unterhalb der anderen Gruppen und glättete die Außenseite der steil abfallenden Felsen. Steine, Splitter und kleine Geröllawinen polterten in die Tiefe.

»Sie wollen den Felsen unbesteigbar machen«, brummte ich. »Und dieser Nonfarmale – er weiß genau, daß Berggipfel für die Anhänger von Naturreligionen heilige Stätten sind.«

Kleinere und größere Terrassen entstanden. Tiefer im brüchigen Fels weiteten sich Höhlen und Rampen oder Treppen. Wie ein Puma sprang Nonfarmale zwischen den Arbeitern hin und her und schien sich um jede Kleinigkeit zu kümmern. Als eine klare Bildfolge erschien, speicherte ich sie und wiederholte sie mehrmals. Ich studierte meinen Gegner.

Er war älter geworden, hagerer und voller Falten. Sein Haar war blauschwarz; vermutlich gefärbt, es reichte bis zum Nacken. Mit der scharfrückigen Nase und dem breiten, schmallippigen Mund wirkte er, als sei er in diesem Land geboren worden. Jene Stellen seiner Haut, die nicht von hauchdünnen, fransenbesetzten

Lederkleidern bedeckt waren, schienen hervorragend regeneriert zu sein. Ich sah weder die Spuren von Verbrennungen noch andere Narben. Er bewegte sich völlig ungehindert und fühlte sich sicher. Hin und wieder lachte er.

Ich sah an seinem Körper keine Waffen, aber allerlei Armbänder, Oberarmringe, einen überbreiten Gürtel voller Taschen, Schnallen und Säume aus Stickerei, die aus indianischen Elementen zusammengefügt war. *Er bereitet sich darauf vor, länger in diesem Land zu bleiben,* sagte der Logiksektor.

»So sehe ich es auch.«

Die geschichteten Mauern wurden mit Hochenergiestrahlern verformt. Der Stein verflüssigte sich, die Oberflächen wurden glatt; alle Kanten verschwanden. Aus den schwebenden Kugeln trugen die Helfer ein unüberschaubares Sammelsurium von Rollen, Ballen, Truhen und Packen in die Höhlen.

Mit einer Mannschaft von rund vierzig Wesen, die augenscheinlich von der Erde stammten, richtete sich Nonfarmale hier ein. Die Szenerie schien entspannt, fast heiter, trotz der angestrengten Arbeit. Nach erstaunlich kurzer Zeit waren die Felsen glatt und fingen in der Vormittagssonne zu glänzen an. Feuchtigkeit aus den treibenden Nebelwolken schlug sich hier und dort nieder, die heißen Felspartien dampften und zischten.

Eine Sonde glitt unsichtbar zurück nach Osten. Das oberste Drittel des Berges wurde in seiner Gesamtheit gezeigt. Ich zuckte zusammen. Durch geringfügige Veränderungen der Außenseite, durch wenige »Anbauten« und einen Teil der höhlenartigen Öffnungen und Simse war ein Gesicht entstanden, ein schmaler Schädel, und abermals spielten Formen, Schatten und Licht zusammen: Je nach Stand der Sonne veränderte sich der Ausdruck dieses Gesichtes. Nonfarmale bewies phantasievolle Raffinesse: Man brauchte ein wenig Vorstellungsvermögen. Das Gesicht war alles andere als scharf und deutlich; wenn jemand in diesen Formen eine Zufälligkeit sehen wollte, sah er *nicht* die Charakteristika Nonfarmales, die Falten um die Mundwinkel, das eckige Kinn, das Haar und so etwas wie ein Stirnband über tiefen Augenhöhlen.

Aber ein Indianer, der an Donnergötter, die Kraft von Fetischen und viele Tabus glaubte, an die Seele, die in jedem Ding der Natur wohnte, würde nur wenige Minuten lang zum Vater-der-Sonnen-Wolke hinaufschauen und erkennen, daß ein höheres Wesen ihn beobachtete.

»Ich werde deine Felsenhöhle aus dem Berg sprengen«, sagte ich voll kaltem Zorn. Die Kugeln, die Nahith und seine Arbeiter befördert hatten, waren schöner als die Bestien, auf denen er normalerweise ritt, aber sie fielen sicherlich in jedem Teil der Welt auf. Die erste Kugel schien leer zu sein und löste sich aus der Reihe der anderen Transportgeräte. Ich wußte nicht, ob jemand an Bord war. Riancor meldete sich fast augenblicklich.

»Die Transportkugel fliegt auf die Stelle des distanzlosen Schrittes zu.«

»Unternimm alles, um die Messungen sicher zu machen«, sagte ich. »Die Bilder sehe ich selbst sehr deutlich.«

Die Kugel schwirrte davon, und da sie auf die Sonnenscheibe zuglitt, blendeten die Linsen der Sonden ab. Ich konnte nicht erkennen, wie jenes fliegende Behältnis verschwand, dessen Durchmesser etwa zwölf Meter betrug. Die glasglatte Hülle schimmerte in mattem Grün, jede Kugel hatte eine andere Färbung. Die größte, aus der Nonfarmale kam, hatte sich in der letzten Stunde von einem strahlenden Weiß in stumpfes Schwarz gefärbt. Es gab keinerlei sichtbare Luken, Antriebselemente oder Steuereinrichtungen. Die Öffnungen schlossen sich, als bestünde die Kugel aus stabilisierter Energie.

Auch eine zweite Kugel, schwach blau, war ausgeräumt. Zwanzig Frauen und Männer hatten die Laderäume geleert. Nonfarmale stand auf einer Kanzel, hinter einem knapp brusthohen Steinwall, und als ob er dieses Land hiermit feierlich in Besitz genommen hätte, so selbstsicher ließ er seine Blicke umhergehen.

Die Riesenadler kreisten weit in der Umgebung, bis zu den Sümpfen an den Ufern des Mississippi und zu den kargen Bergplateaus, aber ihre Kreise führten sie wieder zurück zu dem Berg, dessen Spitze geformt worden war wie ein grimmiges Gesicht, dessen Ausdruck unmerklich langsam wechselte. Die Sonnenwärme löste die letzten Nebel auf. Die nächste leere Kugel raste auf das Tagesgestirn zu. Ich wartete weiter und beobachtete den Mann von der Insel Sarpedon.

Als die Sonne über dem Vorfeld von Vater-der-Sonnen-Wolke ihren höchsten Stand erreicht hatte, war auch die letzte der kleineren Kugeln verschwunden. Jetzt änderte sich der Gesichtsausdruck des steinernen Antlitzes. Es blickte herrscherlich über die Ebene. Die Schatten verstärkten die arrogante Wirkung. Ich hatte nicht gehört, daß Amoustrella den Raum betreten und sich umgesehen hatte. Erst als ich ihre Stimme neben mir hörte, tauchte ich aus einer dunklen Flut von Gedanken auf.

»Du denkst darüber nach, welche Maske du oder wir wählen müssen?«

»Auch darüber«, sagte ich und rückte zur Seite. »Zunächst stellt sich die Frage, wie lange der Schinder dieses Mal bleiben und die Menschheit tyrannisieren will. Was immer in den nächsten Wochen, Monaten oder Jahren passiert, Amou: Du wirst nicht an meiner Seite sein. Und – es ist sinnlos und absolut vergeblich, wenn du versuchen würdest, mich umzustimmen. Haben wir uns verstanden, meine Geliebte?«

Ihre graugoldenen Augen funkelten, dann wurden sie dunkel. Sie schwieg. Es war ein langer Moment lautloser Spannung, in der sie versuchte zu begreifen.

»Ja«, sagte sie nach einer kleinen Ewigkeit. »Ich verstehe. Ich tue, was du willst.«

Ich küßte ihre Fingerspitzen und murmelte, während ich versuchte, die Stärkungen der ARK SUMMIA und die Philosophie der Dagor-Schule einzubeziehen: »Es ist ganz einfach so, Amou, daß ich zu zittern anfange, wenn ich nur daran denke ...«

»Ich will leben«, sagte sie einfach und legte den Zeigefinger auf meine Lippen. »Ich kann dich trösten und lieben, aber ich kann dir beim Kampf nicht helfen. Leider. Zieh deine Rüstung an, steige in den Sattel und reite los, Atlan von Arkonsteyn.«

Ich grinste. »Was sonst sollte ich tun?«

Sie drückte mir einen abenteuerlichen Humpen in die Hand. Ich roch den Obstbrand aus Beauvallon. Ich nahm einen Schluck, spürte ihren Arm um meine Schulter und fuhr fort, schweigend die Bilder anzustarren, die Riancors Spionsonden übermittelten. Er plapperte, als sähe er uns nicht und begriffe nicht meine Skrupel und Überlegungen.

»Ich schlage vor, daß Boog und Amoustrella entweder in den Lechturm oder in die Tiefseestation zurückkehren. Du, Gebieter, und ich, wir legen die Masken von Eingeborenen an, errichten versteckte Transmitterstationen, rüsten Gleiter aus, beobachten alles sehr genau und lange. Wenn Nonfarmale nicht verschwindet, bekämpfen wir ihn auf dieser Welt.«

Ich sagte kurz: »Bereite es vor!«

»Ich fange damit sofort an.«

»Ich brauche Bilder der Umgebung.«

»Verstanden«, sagte Riancor und lenkte die Sonden aus der Höhe des Berggesichts in einer sich weitenden Spirale über das Land. Schweigend und gebannt studierten wir die vorbeigleitende Landschaft mit ihren Einzelheiten. Rotwild und spärlich verteilte Koniferen an den Hängen, Biber in den fettgrünen Sümpfen, Erdhörnchen und kreisende Adler; nicht nur die drei Bestien unseres Feindes. Wolkenschatten huschten über die jungen Pflanzen an den Ufern und über die Kronen uralter Bäume. Lederne Zelte und falbe Rauchsäulen zeigten kleine Lager nomadisierender Indianer, deren Familien den Bisons folgten. Vögel, Fische und Bären und hin und wieder eine Straße, die nicht viel mehr war als ein breiter, weißer Pfad, der sich durch das Gelände schlängelte. Hin und wieder ein Kanu, das von braunrötlichen Männern auf dem Wasser eines Nebenflusses gerudert wurde. Aus Tausenden solcher Beobachtungen fügten die positronischen Geräte eine Karte mit Gitternetz und Entfernungsangaben zusammen, die ihresgleichen suchte.

Nonfarmale kam wieder aus einem Stollen hervor, setzte sich am Rand eines schwindelnden Abgrundes auf die Mauerkante und schien zu überlegen. Drei Stunden nach dem höchsten Sonnenstand herrschte auf dieser Seite des Berges der Schatten. Wir konnten nicht einen Eingeborenen entdecken, der seine Blicke in die Richtung des manipulierten Berggipfels richtete.

»Wann brichst du auf?« fragte Amou.

»Wenn er«, ich deutete auf die Reihe der Bildschirme, »noch länger bleibt, in einigen Tagen.«

»Von der Kuppel oder aus dem Turm über dem bayrischen Fluß?«

»Wahrscheinlich aus dem Lechturm.«

»Dort hast du deine Waffenarsenale und die Gleiter versteckt.« Amoustrella konnte ihre Augen nicht von den Bildern losreißen. Die Hilfskräfte Nonfarmales waren mit der Innenausstattung des Höhlensystems beschäftigt. Hin und wieder sog der Wind, der um den Berggipfel orgelte, dünne Rauch- oder Staubfäden aus dem Inneren.

»Er bleibt zweifellos länger«, erklärte Riancor. »Er brachte viele Helfer mit, richtet das Leben für sie und sich ein; was er will, ist nicht auszurechnen.«

»Krieg in Amerika?« fragte ich.

»Vielleicht erfahren wir mehr, wenn eine unserer Spionsonden unzerstört zurückkommt.«

Er hatte also Sonden in die Jenseitswelt geschickt. Soviel war sicher: Wenn eine davon durchkam, würde sie gespeichert haben, was ihre Linsen aufgefangen hatten. Überdies ließ sich der Ablauf zweier verschiedener Zeiten errechnen; ich war sicher, daß Nonfarmale stets in solchen Nebenwelten lebte, in denen die Zeit schneller verging als auf der Erde.

»Abwarten«, sagte ich und begann zu ahnen, daß Nonfarmales Auftritt der Anfang einer längeren Tragödie sein würde. Wenn er sich hier einnistete, entgegen seiner Gewohnheit, würde in einem bestimmten Teil des Planeten das Chaos nicht lange auf sich warten lassen.

Er saß grinsend auf der Brüstung, baumelte mit den langen Beinen und sah träumend-nachdenklich in die Landschaft, die sich nach Osten hin ausbreitete. In der Ferne schimmerte das breite Band des Flußlaufes zwischen bewaldeten Ufern.

Ich blickte in das energische Gesicht, das gleichzeitig so menschlich und abenteuerlich fremd wirkte. Das Lächeln, das in Nonfarmales Gesicht eingefroren war, wirkte auf mich überaus grausam. Und ebenso selbstsicher.

Wir blieben zwei Tage auf Yodoyas Insel und warteten. Die Sonden blieben verschwunden, und Nonfarmale schwebte in seiner größenveränderlichen Kugel in der Nacht und an dunklen Abenden aus dem Felsennest immer weiter in die Umgebung hinaus.

Boog benutzte den Transmitter und fing in den Stockwerken des Lechturms zu arbeiten an, rüstete die Gleiter aus und prüfte Bewaffnung und Einbauten. Die Sonden befanden sich noch in Nonfarmales Nebenwelt; vermutlich waren die aufwendig hergestellten Spezialinstrumente verloren.

»Auch ihm ist dieses Land noch fremd«, sagte ich, nachdem wir drei Tage lang zugesehen hatten, wie er das Umland erkundete und Abstecher zu den nächstgelegenen Ansiedlungen flog.

»Nicht mehr lange«, sagte Amou. »Er wird sich dort ebenso perfekt zurechtfinden wie in anderen Teilen der Welt.«

»Vielleicht besser als wir, wenn es um Schrecken und Vernichtung geht.«

Wir packten traurig unsere wichtigsten Habseligkeiten und verließen Meer, Sonne und Sand. Es war uns, als brächten wie die Wärme und die gleißende Helligkeit auch ins Voralpenland, denn über dem Lechtal spannte sich ein blauer Himmel, der von einem schneeweißen Gewitterturm geteilt wurde. Während wir uns einrichteten, trafen die Subroboter mit dem technischen Gerät ein. Riancor verließ die Fernsteuerung der Sonden, auf die wir so lange gewartet hatten. Er hatte angefangen, sein Aussehen der neuen Maske anzugleichen.

»Seit drei Tagen sind die Sonden verschwunden«, sagte er. »Ich befürchte, sie sind verloren.«

»Das wäre nicht verwunderlich«, antwortete ich. »Ich kenne die Schwierigkeiten dieser Sonden.«

Sie waren programmiert worden, möglichst viele optische und akustische Eindrücke aufzunehmen, sich den Flugweg zu merken und denselben Weg zurückzusteuern. Ich wollte nicht riskieren, selbst vorzustoßen und mich in Nahiths Reich umzusehen; wahrscheinlich blieb mir nichts anderes übrig. Wir verbrachten zwei Tage damit, uns vorzubereiten und auf die verdammten Sonden zu warten.

Am achten Tag riß uns der Summer aus einem Nachmittagsschlaf. Auf den Bildschirmen blinkte ein Signal ... es war nur eine Sonde durchgekommen.

Riancor versuchte uns zu beruhigen: »Ich steuere die Sonde zum Turm. Die gespeicherten Informationen kannst du in drei Minuten abrufen.«

»Bleib in der Kuppel«, antwortete ich. »Nonfarmale muß weiter beobachtet werden, und vielleicht kommen die anderen Sonden doch noch zurück.«

»Denkbar. Die Sonde ist auf dem Rückweg.«

Nach einigen Minuten fing der kleine Roboter zu senden an. Amou, Boog und ich saßen im abgedunkelten Raum und blickten konzentriert auf die seltsamen Bilder. Die Gesamtdauer der Aufzeichnungen würde rund neunzig Minuten betragen; wenn die Sonde keine langen Wege zurückgelegt hatte, dann betrug das Verhältnis der unterschiedlich ablaufenden Zeit etwa eins zu hundertzwölf.

Die diffuse Energie des Tunnels zog sich an den Rändern des Bildes zurück und löste sich auf. Auf der Seite dehnte sich, scheinbar bis zur Unendlichkeit, eine kraterübersäte, von Rissen und Narben durchzogene, senkrechte Fläche; erst jetzt orientierte sich die Robotsonde neu und drehte sich entlang der Geradeaus-Achse um neunzig Grad. Die Kraterlandschaft lag »unter« der Aufnahmeoptik. Es war, als ob ein Raumschiff in mittlerer Geschwindigkeit sich über die halbdunkle Oberfläche eines ausgebrannten Planeten oder eines atmosphärelosen Mondes bewegte. Den Hintergrund bildete ein unklarer Sternenhimmel, in dem die Gestirne wie trübe Leuchtkörper hingen. Einer dieser Punkte war heller. Auf dieses Ziel steuerte die Sonde zu.

»Nonfarmales Welten sind seltsamer geworden von Mal zu Mal«, brummte ich. »Vielleicht erfahre ich einmal, wie er sie gefunden hat.«

Während sich die Sonde dem leuchtenden Punkt näherte, betrachteten wir die Oberfläche einer toten Welt. Es gab keinerlei Spuren einer wie auch immer gearteten Besiedlung. Kein Licht, kein Grün, kein Wasser, nicht einmal die Schleier irgendwelcher Wolken. Scharfkantige Felsen wuchsen aus den Schutthalden; Kraterwände wölbten sich wie die erstarrten Kämme von Brandungswellen. Der Mond eines seltsamen Universums. Die verschwommenen Sterne boten sich in einem purpurschwarzen Himmel weitaus klarer dar. Geradeaus schwebte ein kugelförmiger Himmelskörper, der von einem Punkt im Rücken der Sonne ausgeleuchtet wurde. Überraschend schnell erreichte die Sonde eine Position, die uns bessere Bilder zeigte.

»Nun ist klar«, meinte Amir Darcy Boog, »warum er nicht wieder auf einem Saurier reitet.«

»Immerhin hat er riesige Adler bei sich«, sagte ich und erkannte auf den ersten Vergrößerungen tatsächlich Bilder einer »normalen« Landschaft; einer Oberfläche des Mondes, die wie ein verwilderter Park aussah. Dieser Mond war, wenn ich die Größenrelationen richtig einschätzte und die Meßeinrichtungen der Sonde nicht trogen, von der Oberfläche der verwüsteten Welt keine fünfundzwanzigtausend Meter entfernt!

Manipulierte Welten! meinte der Extrasinn. Die Sonde schwang sich in die Höhe und nahm Kurs auf den Mittelpunkt der Kugel. Der Mond war nicht groß; die Messungen sagten aus, daß sein Durchmesser tausend Kilometer nicht überschritt.

Es war eine Miniaturwelt unter einer dichten Lufthülle. Ich entdeckte winzige

Polkappen, Eis und Schnee auf hohen Bergen, Flüsse, die durch grünes Land mäanderten, und nach und nach jede andere Oberflächenansicht. Unsere Sonde raste in einem Pol-zu-Pol-Orbit um den Planeten. Aus einem der gelblichen stellaren Feuer war eine winzige, aber kräftig strahlende Sonne geworden, als die Sonde den Bereich der Riesenwelt verlassen hatte. Hin und wieder richteten sich die Linsen auf die gigantische Welt, deren Satellit der Mond war. In den Ausschnitten, die wir sehen konnten, waren keine Grenzen zu erkennen: Die kraterübersäte Oberfläche hätte auch eine Ebene sein können oder eine flache Scheibe.

»Nonfarmale hatte offensichtlich die schroffe Einsamkeit seiner sonstigen Heimstätten satt«, sagte ich nach einer Weile. In den Wäldern, in der Luft und auf freien Flächen konnten wir Tiere entdecken. Sie schienen auf den ersten Blick der Fauna unseres Planeten zu entstammen; jedenfalls war die Ähnlichkeit beträchtlich. Aber auch auf dieser kleinen Welt sahen die Spionaugen keine Anzeichen von Zivilisation. Nonfarmale versteckte sich also; er brauchte weder Raumhafen noch Straßen, die breiter waren als Fußpfade.

»Jedenfalls erstickt er nicht im Verkehrsgewühl einer Großstadt, er und seine Kreaturen«, sagte Boog. »Der Bau seiner Luftschlösser ist billig, denke ich, aber es wird teuer, sie zu zerstören.«

Die Sonde hatte den größten Teil ihres Programms erfüllt. Wir besaßen Ansichten von fast jedem Teil der Oberfläche. Nun tauchte die Sonde in die Lufthülle ab, schlug einen Spiralkurs ein und näherte sich den Gewächsen und den Gewässern. Schweigend saßen wir da und versuchten herauszufinden, an welcher Stelle sich Nonfarmale versteckt hatte. Als die Zeit schon weit fortgeschritten war, half uns ein Zufall.

Eine jener Kugeln, die Menschen und Baumaterial transportiert hatten, kehrte zurück, steuerte auf die Äquatorlinie des Mondes zu, folgte einer Hügelkette und kreiste über einem See, dessen Sandstrand und die gepflegte Umgebung uns aufgefallen waren. Der Sand war ohne verräterische Spuren. Die Sonde, die den fliegenden Gegenstand identifiziert hatte, folgte in geringer Entfernung. Außerhalb des Sichtfelds ihrer Linsen erfolgte eine grelle, blendende Explosion. Sie war lautlos; ich hörte nichts aus dem Lautsprecher meiner Geräte.

»Wahrscheinlich wurde eine unserer Sonden zerstört«, sagte Riancor. »Ich habe keine andere Erklärung.«

Die Kugel näherte sich dem dunkelblauen Spiegel. Dann schwebte die Kugel auf eine Felsformation zu, und als unsere Sonde tiefer herunterglitt, der Kugel folgte, sahen wir, daß über dem Sandstrand eine bewachsene Felsplatte schräg aus dem Boden wuchs und eine Art vorspringendes Dach bildete. Darunter hatte jemand ein Bauwerk aus sieben Terrassen errichtet, mit vielen Fenstern, Balkonen, bewachsenen Fronten und großen Trögen, in denen Pflanzen wucherten. Die Kugel schwebte durch ein riesiges Tor ins Innere des Bauwerks; lautlos schloß es sich wie eine Irisblende.

Ein Warnlicht blinkte im übermittelten Bild. Der Impuls, der unserer Sonde sagte, daß die Aufnahmekapazität in zwölf Sekunden erschöpft sein würde. Der Roboter führte einen Schwenk durch, schaltete auf unterschiedliche Beobachtungsspektren und nahm die Vorderfront des Gebäudes in der Zeit auf, in der sich der Mond ins Licht seiner winzigen Sonne drehte. Dann trat die Sonde den Rückweg an, und da wir alle diese Aufnahmen gesehen hatten und sie, sobald in einigen Stunden die Sonde eingetroffen war, auch nach anderen optischen Gesichtspunkten und Teilbereichen auswerten konnten, war es sicher, daß sie den Rückweg überstanden hatte.

Ich sagte mit zufriedenem Aufatmen: »Nun kennen wir Nonfarmales Versteck. Vermutlich ist das kein Vorteil. Es muß uns gelingen, seinen Rückweg abzuschneiden.«

Ich hatte fast zwei Monate Zeit gehabt, darüber nachzudenken, wie ich Nahith Nonfarmale bekämpfen würde. Mein Entschluß stand fest. Er sollte auf jener Welt sterben, in der er das meiste Leid unter die Geschöpfe gebracht hatte: auf Larsaf drei, Terra, der Erde.

Während die Sonde hierherraste, besprachen wir die nächsten Einzelheiten. Riancor hatte Truhen mit Kleidung und allen wichtigen Ausrüstungsgegenständen geschickt, und wir verwandelten uns langsam in die Personen unserer neuen Rolle. Rico nannte sich aus einer Anzahl guter Gründe – so hatte er es errechnet, und das glaubte auch ich – »Chief Thousand Flashes«. Amou brauchte ihren Namen nicht zu wechseln. Sie blieb, was sie war: Angehörige einer französischen Familie, und ich ließ Urkunden und alles andere fälschen und präparieren: *Ancor Stuart,* ein Engländer, der mit Holz, Fellen und Gewehren handelte. Ich hob eine Schatulle hoch, die voller Golddollar war, zusätzlich natürlich die entsprechenden Scheidemünzen.

»Wo wohnen wir?« fragte Amoustrella. »In ledernen Zelten?«

Ich grinste. »Was Nonfarmale recht ist, bleibt uns billig. Aber es wird sich irgendwo ein schmuckes Häuschen finden. Du, schönste Graugoldäugige, wartest bitte hier und läßt dich von Boog unterhalten. Du kommst durch den Transmitter nach, wenn ich es für richtig halte.«

Amou richtete sich auf, und mit funkelnden Augen begann sie: »Aber ich ...«

Ich schnitt ihre Antwort mit einer Handbewegung ab, die ihr zeigte, daß ich keine Scherze mehr zulassen wollte. Es ging um Leben und Tod.

»Du wirst dich, bitte, daran halten, was wir in den langen Nächten in Australien und auf Yodoyas Insel abgesprochen haben. Ich habe zuviel damit zu tun, auf mich selbst aufzupassen. Wenn es gefahrlos wird – eine Stunde später sind wir wieder zusammen.«

Sie hielt meinem Blick, in dem Sturheit und Verzweiflung gleich groß waren, drei Atemzüge lang aus. Dann sagte Amou: »Ja. Du hast recht, Liebster.«

»Ausnahmsweise«, sagte ich. »Nicht einmal Nonfarmale hat es eilig. Er ahnt, daß er an einem, sagen wir, politischen Schnittpunkt angelangt ist, denn sonst wäre er nicht dort. Ich weiß in einem halben Monat mehr darüber.«

»In achtundvierzig Stunden kannst du starten, Atlan«, sagte Boog.

MINNESOTA, WASHINGTON: Als Präsident der Vereinigten Staaten von Amerika bewarb sich ein hagerer, graugesichtiger Mann namens Abraham Lincoln, der ein Gegner der Sklaverei war; die Nordstaaten besaßen Fabriken und Maschinen, die Südstaaten den fragwürdigen Vorteil einer billigen Sklavenwirtschaft. Wenn ein Krieg drohte, das erfuhr ich bald, dann nicht allein aus moralischen Gründen. Es war ein unentwirrbares Geflecht aus gegenseitigen Anschuldigungen, angeblichen oder wirklichen wirtschaftlichen Vorteilen und dem Neid auf reiche Besitztümer – kurz: ein typischer Streit der Barbaren, in dem ein Leben sowenig galt wie eine Revolverkugel.

Ich startete mit dem vollbeladenen Gleiter, programmierte das Ziel und aktivierte den Deflektorschirm. Zwei Tage später, nach zwei Landungen und Zwischenaufenthalten, in denen ich Informationen einholte, erreichte ich den Oberlauf des Mississippi. Natürlich bewegte ich mich im Schutz des Deflektorfelds.

Unentwegt dachte ich an Nonfarmales Sternenheim; und je mehr ich mich Nonfarmales Höhlen im Vater-der-Sonnen-Wolke-Berg näherte, desto häufiger sprach ich mit Riancor.

»Hast du genaue Messungen?« fragte ich. »Für die Strukturschleuse?«

»Sie werden immer genauer, Atlan. Beziehungsweise Ancor Stuart.«

»Ist es wahrscheinlich, daß du eine Möglichkeit findest, ihm den Rückweg zu versperren?«

»Es wird ununterbrochen gerechnet. Wir brauchen eine gewaltige Menge Energie dazu.«

»Braucht er weniger Energie? Ist er besser als wir?«

»Ich fürchte, so verhält es sich, Ancor.«

Bisher hatte ich noch nicht einen einzigen Schuß abgegeben. Der Kampf blieb subtil; ich belauerte Nonfarmale, und er bereitete sein Schlachtfeld vor. Ich spielte mit dem Gedanken, zwei Dutzend Raketen in die Höhlen zu jagen und den Berggipfel abzuschmelzen, aber er würde sich mit wuchtigen Schutzschirmen sichern und besaß mehr Schlupflöcher, als ich ahnte.

»Gibt es eine Wahrscheinlichkeit dafür, daß wir ihm den Rückweg ein für allemal abschneiden?« fragte ich.

»Zweifellos. Aber wir müssen lange zielen und genau treffen.«

Nach tagelanger Suche fand ich ein halbverstecktes Farmhaus an einem Postkutschenweg; es hatte genügend Wasser, und ich mietete es für ein Jahrzehnt von der Witwe eines Mannes, den die Indianer getötet hatten. Noch während ich mich mit der wenig vertrauten Umgebung anzufreunden versuchte, kamen die Subrobots durch den Transmitter und fingen an, das Haus in eine Wohnstätte zu verwandeln. Blickte ich nach Südwest, sah ich zwangsläufig den Berggipfel. Ständig kreisten Adler in seiner Nähe.

Als Boog eintraf und die Arbeiten überwachte, kletterte ich in den leergeräumten Gleiter, legte meine getarnten Waffen zurecht und startete nach Südwest; dorthin, wo ich im Morgengrauen die Rauchsäulen gesehen hatte. Unsichtbar hing eine Spionsonde in der Luft. Das Haus wurde von zwei robotischen Hunden, zwei positronischen Eulen und anderem Kleingetier geschützt.

Die Sonne schob sich durch den Dunst, der zwischen den Lichtungen und über dem Moor hing. Es war geisterhaft ruhig. Nur der Fahrtwind summte in meinen Ohren und rüttelte an meinem Indianerhaar. Noch verstand ich nur ein paar Brokken desjenigen Dialekts, den die zugewanderten Santee-Sioux sprachen. Dreimal schneller als ein Pferd im Galopp jagte ich über das menschenleere Land, wich Felsen und einzeln stehenden Bäumen aus. Ich konnte mich darauf verlassen, daß die Roboter in weitem Umkreis des Hauses den Boden pflügten, eggten und frisch einsäten und die Saat unter Wasser setzten. Der Versuch des Farmers, aus diesem Boden Korn oder Besseres zu ernten, war von Anfang an eine schlechte Idee gewesen.

Jetzt roch ich kalten Rauch zwischen den Tannen, Fichten, Felsen und dem Gras, durch das eine kleine Herde Bisons sich eine Gasse fraß. Hinter einer Barriere dunkelgrüner Büschen sah ich die Spitze einiger Zelte.

Ich zog die Maschine höher, umkreiste den kleinen, unregelmäßigen Talkessel und hatte den Geruch des Todes in meiner Nase. Es war eines jener grausigen Bilder, die ich seit Jahrtausenden gesehen hatte.

Neun Pferde, vier davon gesattelt und gezäumt, standen mit hängenden Köpfen an der Quelle und tranken. Sie sahen jämmerlich aus. Auf dem Fell der Tiere war Blut im Staub versickert. Drei Kadaver lagen zwischen den Lederzelten. Die Hunde fraßen und zerrten an einem jungen Schecken. Überall waren die Spuren kleiner Feuer. An mehreren Stellen, etwa jeweils einen Bogenschuß voneinander entfernt, lagen vier tote Jäger oder Rinderhirten, das wußte ich. Etwa drei Dutzend Indianer, vom Säugling bis zum weißhaarigen Greis, lagen in allen denkbaren Stellungen innerhalb und außerhalb des Lagers. Als ich den Gleiter, noch unsichtbar, zwischen riesigen Nadelbäumen ins Halbdunkel bugsierte, hörte ich durch das leiser werdende Summen des Antriebs das Stöhnen und Wimmern. Mit einem Satz, den revolverähnlichen Strahler in der Hand, war ich draußen und näherte mich dem Mittelpunkt. Vor Stunden hatte hier ein großes Feuer gelodert; jetzt war es nur noch ein schwelender Aschehaufen.

»Was immer hier passierte«, murmelte ich, während ich die Gestalten untersuchte, »sie waren gründlich.«

Die Weißen hatten zuerst ihre Feuerwaffen benutzt, dann die Messer. Es sah aus, als ob die Männer im Rausch gehandelt hätten. Die Frauen waren verstümmelt. Die männlichen Indianer hatten sich mit Messern, Kriegsbeilen und Lanzen gewehrt. Ich fand einen etwa vierzigjährigen Mann, besinnungslos und verletzt, schleppte ihn zum Gleiter und legte ihn auf die Decken der Ladefläche. Drei kleine Kinder im Rest eines verbrannten Zeltes: tot. Hinter dem Zelt stöhnte jemand. Ich rannte hin und fand ein junges Mädchen – etwa vierzehn – mit einer schauerlichen Kopfwunde.

Sie wird überleben. Fordere einen Medorobot an, sagte der Logiksektor. Ich schleppte das halbnackte Mädchen, das nach ranzigem Fett stank, zum Gleiter, schaltete mein Armband ein und beorderte einen Medorobot per Transmitter zum Haus und einen von Ricos tüchtigen Maschinen hierher. Ich aktivierte die Peilung.

Ich fand nur noch vier Überlebende: zwei hübsche junge Mädchen an der Grenze zur Frau, einen etwa zwanzigjährigen Mann und eine Frau, die einst sehr schön gewesen sein mußte. Das rauhe Leben hatte sie ebenso gezeichnet wie die vielen Verwundungen. Sie war am schwersten verletzt; ich dachte nicht lange nach, als ich ihr den Zellaktivator zwischen die Brüste schob.

In das Mikrophon des Armbands, das aussah wie ein sorgfältig gearbeiteter Sehnenschutz eines Bogenschützen, sagte ich ihm Befehlston: »Amou! Wenn du mich hörst – komm sofort. Ich brauche eine Krankenpflegerin. Bring dein Gepäck mit und den übrigen Kram! Du weißt schon. Nahith fand seine ersten Opfer.«

Ich durchsuchte den traurigen Rest des Lagers. Da gab es nichts mehr, was sich zu bergen lohnte. Ich packte das Zaumzeug der Pferde, band eines am Sattel oder an einer Seilschlinge um den Hals des anderen fest und hatte schließlich alle Tiere aneinander festgezäumt. Als der Robot heranschwebte, knotete ich den ersten Lederzügel an den Haltegriff und sagte der Maschine, sie solle auf meine Spuren, unsichtbar, die Tiere zum Haus bringen. Der bizarre Arbeitsrobot blinkte »Verstanden« und summte zornig auf, als sich die Pferde weigerten.

Ich klatschte meine Handfläche auf die Kruppen, stieß einen zischenden und trillernden Laut aus, und tatsächlich setzten sich die Tiere in Bewegung. Ich lief zum Gleiter. Hinter mir lagen nur noch Tote. Ihre Waffen und, soweit in der Eile zu finden, ihre wichtigsten Besitztümer hatte ich an mich genommen. Ich ließ die Maschine in die Höhe steigen und schwebte mit den Überlebenden zurück zum Haus.

Riancors schwebende Augen hatten alles gesehen. Boog stand in der Scheune und hatte sechs leichte Betten auseinandergeklappt. Blinkend schwebte der Medorobot im Hintergrund, neben vergessenen Heubüscheln und altersschwachen Wagenrädern.

»Hierher. Eine Person nach der anderen.«

Amoustrella rannte durch den Verbindungsgang zwischen Wohnhaus und Scheune, strahlte mich an und half mir und dem Robot. Wir breiteten saubere Leinentücher über die Tragen, zogen die Kleidungsstücke von den Körpern, und der Robot startete sein Programm. Er versenkte die Indianer in Tiefschlaf, reinigte die Wunden und stellte die Diagnosen. Die Hochdruckspritzen fauchten mehrmals auf, und bis auf lederne Bänder, Beutelchen und andere undefinierbare Teile trugen wir die Kleidungsstücke zum gemauerten Kamin, und zwar mit spitzen Fingern. Der Medorobot summte: »Keine tödlichen Verwundungen. Sie werden überleben, wenn das Programm alle Eventualitäten berücksichtigen konnte. Rückschläge sind wahrscheinlich.«

»Zunächst werden wir wieder viel heißes Wasser und Seife brauchen.« Amou deutete auf die ungepflegten Körper, die sich nicht regten, tief schliefen und regelmäßig atmeten. »Weißt du, wie es passiert ist?«

Ich wusch meine Hände und schüttelte den Kopf. »Nein. Wir werden es erfahren, wenn sie aufwachen. Sorgst du für Essen und andere Bedürfnisse? Ich kümmere mich um die vierbeinigen Fortbewegungsmittel.«

»Nimm Boog mit. Ich komme allein zurecht.«

Ich lief hinaus. Der Robot zerrte die Pferde hinter sich her, bog von der Straße ab und dirigierte die unwilligen Tiere in die Richtung auf die teichähnliche Schleife des Baches. Ich war vor ihnen dort, sattelte die Tiere ab und nahm ihnen Zügel und Trensen ab. Fast alle Tiere waren jung, kräftig und sahen aus, als würden sie gut zu reiten sein. Sie trabten zum Wasser, keines keilte aus oder versuchte zu beißen. Drei starke, scheckige Hengste waren darunter; Indianerpferde.

Ich dirigierte Roboter, stellte das truhengroße Gerät, gut getarnt, in die Mitte der Grasfläche auf, abseits von der riesigen, jungen Vegetationszone, wandte mich an Boog und befahl:

»Frag Rico ... oder Tausend Blitze, er hat Spezialfutter. Dann fang eines der Pferde nach dem anderen ein, gib ihnen das Zeug zu fressen, und wenn sie nach dir treten, hau ihnen auf die Nüstern. Sie sind genauso verwahrlost, wie ihre Reiter es waren.«

»Ich beeile mich zu gehorchen, Mister Stuart«, gab er zurück. Ich ging zum

Haus und bemerkte, daß Amou im Kamin Stoff, Leder und unbeschreibliche Dinge verbrannte. Es stank wie im Gerberviertel von Alexandria. Ich schloß die Tür, öffnete die großen Fenster aus Spezialglas.

»Die Wirklichkeit hat uns wieder eingeholt«, sagte ich. »Ich sah den Rauch eines Feuers, das nicht hätte brennen sollen. Dort, woher ich komme, liegen etwa dreißig Leichen.«

»Willst du sie begraben?« fragte sie. Seit sie hier war, wirkte der Raum unter dem flammenfest ausgebauten, abgedichteten Dach wohnlicher. Wieder schüttelte ich den Kopf.

»Nonfarmale würde Verdacht schöpfen. Nein. Leider.«

Ihr Nicken bewies, daß sie einverstanden war. Noch arbeiteten die Roboter mit unverdächtigem Material, um Haus, Scheune, Brunnen und Terrassen für unsere Bedürfnisse zu verändern. In anderen Häusern war der Aufwand größer gewesen. Amou stapelte Pakete, Dosen, Gläser und Säckchen voller Vorräte in einen breiten Schrank.

Sie sagte nach einer Weile: »Die Schwierigkeiten mit deinen sechs Findlingen fangen an, wenn sie aufwachen.«

»Du, ich und Boog – wir werden es schaffen. Ich denke, die Sprache ist das Zweitwichtigste.«

»Willst du wieder deine ›unhörbar wispernden‹ Stimmen anwenden?«

»Ja. So bald wie möglich.«

Ich sprach mit Tausend Blitze und orderte eine Anlage zur Anwendung von Hypnoschulung. Als wir nach einer hastigen Mahlzeit in die winterfeste Scheune gingen, waren Boog und der Medorobot noch damit beschäftigt, die Körper mit unbarmherziger Gründlichkeit zu reinigen. Ich hängte den Zellschwingungsaktivator zwischen die Säume meines dünnen Wildlederhemds.

»Sie werden vierundzwanzig Stunden lang schlafen«, versicherte Boog. »Bis dahin haben wir die Kleidungsstücke kopiert und hergeschafft.«

»Und genügend Nahrungsmittel«, sagte ich. »Nehmt die Sättel mit! Zwei von ihnen brauchen wir; gesäubert, repariert und mit Einbauten versehen.«

»Verstanden, Vater der Mildtätigkeit.«

Nach und nach verschwanden die Maschinen. Zuletzt, als es keine Probleme mehr gab, benutzte auch der Medorobot wieder die Transmitterstrecke. Ich weihte Amou in die Besonderheiten der Umgebung ein und versorgte mit ihr die Indianer. Einflüsterungen und suggestiv übermittelte Verhaltensweisen der einfachen Hypnoschulung beseitigten zwei Probleme: das der Sprache, die wir auch per Hypnotechnik lernten, und die des Mißtrauens. Zuerst erholten sich die ältere Frau und der Greis: Duftendes Laub und Drei-Adler-Schreien.

Ich beobachtete sie. Die Tür neben dem Scheunentor stand weit offen. Sie standen auf, schauten sich lange an und bemerkten die veränderte Umgebung. Sie waren nackt, fanden Kleidungsstücke und zogen sich an, während sie versuchten, einander zu erklären, was geschehen war. Ich stellte fest, daß Duftendes Laub sich schneller zurechtfand als der alte Mann. Sie erschrak nicht vor dem großen Spiegel, fühlte ihre saubere, glatte Haut, erfuhr in vielen winzigen Schritten, daß sie lebte und in einer anderen Umgebung aufgewacht war.

»Ein großer Zauber hat uns gerettet, Drei-Adler-Schreien«, sagte sie. »Und diese hier schlafen und leben. Wo sind wir?«

Der Greis war damit beschäftigt, seine Adlerklauen, Federn und Bänder zusammenzusuchen. Er hatte begriffen, daß er im hölzernen Wigwam der Weißen Männer geschlafen und einen bösen Traum beendet hatte. Er zuckte mit den Achseln und ging in die Sonne hinaus. Schließlich sagte er mit dünner, klarer Stimme: »Wir waren tot. Jetzt leben wir. Wir sind in Manitous üppigen Jagdgründen.«

Wir beobachteten die Indianer. Stunden später hatten sie von den Vorräten gegessen; Braten, Fladenbrot und ein Gericht aus Gemüse und Pilzen. Gegen Mittag versammelten sie sich an dem trogförmigen Brunnen, blickten sich ratlos um und schauten zu den Pferden, die friedlich weideten.

»Hast du meine Wunden verbunden, Drei-Adler-Schreien?« Der junge Mann hielt die Arme in die Höhe. Jeder trug Verbände, Pflaster und Pseudogewebe.

»Ich war es nicht, Stiller Donner.«

Die Mädchen klammerten sich aneinander. Aber sie hatten dem Beispiel der Älteren gehorcht und sich die fremden Kleidungsstücke angezogen, waren ebenso verwirrt wie die Älteren.

Ich nickte Amou zu, öffnete die Tür und ging bis zum Rand der Terrasse aus geschliffenen Bohlen, hob die Hand und sagte: »Weiße Männer haben euren Stamm überfallen.« Ich war noch nicht sicher in der fremden Sprache. »Sie sind tot. Eure Leute haben sie getötet. Von eurem Stamm lebt niemand mehr. Ich bin Antal Ancor Stuart, den sie Viele-Leben-Krieger nennen. Ich habe euch gefunden und geheilt. Ihr tragt meine Geschenke. Wenn ihr kräftig genug seid, nehmt eure Pferde, reitet zum Lager und begrabt die Toten. Dann kommt zurück, und wir sprechen über alles.«

Der alte Mann hob die Hand und antwortete. »Du bist nicht einer aus vielen Stämmen? Aber du bist kein Weißer Mann. Ich bin Drei-Adler-Schreien.«

»Ich bin kein Dakota. Ich komme aus einem Land hinter dem Sonnenaufgang, spreche die Sprache der Weißen. Ich bin keiner von ihnen. Ich wohne in diesem Haus; Dakota, sagte man, haben den Weißen getötet. Ich will nicht, daß noch mehr getötet werden.«

»Wir leben, du lebst. Du hast uns viele Geschenke gegeben. Was willst du, fremder Viele-Leben-Krieger?«

»Nicht viel. Von euch lernen, wie die Dinge hier sind. Denn vieles ändert sich, seit Vater-der-Sonnen-Wolke ein böses Angesicht zeigt.«

Ich deutete auf den Berggipfel, der jetzt in der Glast des Mittags zu zittern schien. Eigentümliche Handbewegungen begleiteten die Worte von Drei-Adler-Schreien. Ich zeigte in die Richtung des zerstörten Lagers, auf die Pferdekoppel und auf Sättel, Decken und Zaumzeug, die auf einem langen Tisch im Schatten des Vordaches lagen.

»Ihr seid sechs. Holt aus dem Lager, was ihr brauchen könnt, und bleibt, bis alle Wunden geheilt sind, bei mir. Wir werden zusammen jagen; ich schlage die Trommel beim Totentanz. Meine Squaw, Schwarzes Feuer, hilft euch und mir.«

Ich drehte mich um und ging ins kühle Haus. Die Überlebenden des Massakers brauchten einige Zeit, bis sich die Erfahrungen der Hypnobeeinflussung mit dem eigenen, verwirrten Bewußtsein vermischt hatten. Schweigend hoben die Indianer Decken und Zaumzeug auf, fingen ihre Pferde ein, und schon begann die Schulung zu wirken: Auch die Frauen, die selten oder nie auf Pferderücken saßen, schwangen sich auf die bunten Decken und folgten Drei-Adler-Schreien und dem jungen Mann, der Silent Thunder hieß.

»Ich kenne dich gut genug«, sagte Amou nach einigen Minuten. Die Indianer waren zwischen den Baumstämmen verschwunden. »Sicher brauchst du diese Leute.«

Ich hob die Schultern. »Wir brauchen zusätzliche Augen und Ohren und solche Leute, die hier zu Hause sind und sich richtig bewegen. Die sechs werden nicht in der Lage sein, für mich gegen Nahith zu kämpfen. Aber wir werden Eingeborene in einem großen Gebiet zu Freunden haben.«

»Ich hoffe, du hast recht«, antwortete Schwarzes Feuer.

»Immerhin haben wir ein wenig Gesellschaft. Du wirst lernen, wie man mit Fingernägeln und scharfen Steinen eine Bisonhaut bearbeitet.«

»Mitunter ist dein Witz etwas gallig, Liebster.«

»Ich werde dir heute abend erzählen, aus welchen Gründen.«

Die Spionsonde zeigte uns, womit die Sioux die Stunden bis Sonnenuntergang, die halbe Nacht und den Tag verbrachten: Sie zerlegten die intakten Zelte, stellten Schleppdreiecke her, die man Travois nannte, banden ihren Besitz auf den Tragegurten fest, bauten in die Bäume leichte Gestelle und schnürten die Toten zwischen den Zweigen fest. Sie versuchten, die Leichen, den Rest des Besitzes und alles, was Tote brauchten, der Natur und den Göttern zurückzugeben.

Im Kamin schwelten riesige Kloben, in den Porzellankrügen fiel knisternd der Schaum des schwarzen schottischen Bieres zusammen. An der Tränke wieherte ein Pferd; die Nacht war erfüllt von vielen kleinen Geräuschen unzähliger Tiere. Über uns saß die künstliche Eule und klappte ihre riesigen Augen auf und zu.

»Es ist nicht leicht zu erklären.« Ich hob den Krug, drückte meine Schultern gegen den Schaukelstuhl und blickte Amou an. »Ich verstehe es selbst nicht genau. Die Energie, die Nonfarmale gestattet, zwischen den Welten zu springen; wird sie durch Gedanken kontrolliert und geformt?«

Amoustrella überlegte lange. Noch länger und weitaus häufiger hatte ich mit Tausend Blitze gesprochen, und der wiederum hatte Speicher und Rechner benutzt. War es so, dann brauchte ich mich nicht zu wundern, daß der Beschuß von Nonfarmales Dimensionskorridoren nichts ausrichtete.

»Durch Nahiths Gedanken?« fragte Amou. Wir saßen auf der Terrasse, unter dem Dach, im Schutz unsichtbarer Energieschirme.

»Wahrscheinlich durch seine Gedanken. Aber es kann auch ein anderes Wesen, bewußt oder unbewußt, die Energie steuern. Oder eine ferne Sonne, ein Relikt aus galaktischen Kriegen. Eine Fähigkeit, die fast jenseits des Verstehens ist, eine übersinnliche Technik, fast ein Wunder, denn ebensogut könnte ich durch gedankliche Einwirkung einen Schalter kippen oder den Fluß von Elektronen und Positronen in einer Leitung unterbrechen.«

Die Konsequenzen waren weitreichend. Wir konnten kämpfen und angreifen, mit welcher Energiemenge auch immer. Amou sagte: »Dann hülfe ein Schlag auf Nahiths Kopf?«

»Mit Sicherheit weitaus mehr als Beschuß aus Thermostrahlern«, sagte ich leise und nahm einen Schluck Bier. »Wir können suchen, messen und dokumentieren, aber wir können das Tor nicht schließen oder zerstören. Ebensowenig wie wir verhindern können, daß er neue Welten findet und durch ein Parallelweltall springt wie eine Schachfigur.«

»Also doch ein kräftiger Schlag auf den Kopf.«

Das Land zwischen den Bergen und dem Fluß war voller Wild, das Wasser der Bäche voller Fische. Hinter den Hügeln schob sich eine weiße Mondsichel zwischen die Sterne.

Ein schwerer und ein leichter Gleiter, gepanzert und ausgerüstet, standen startbereit unter dem verstärkten Dach der Scheune. Die Wände und die dünnen Metallgitter unter den Dachsparren waren für die Kristallfeld-Verstärkung ausgerüstet. Die Truhen im Wohnraum enthielten die vielen Bildschirme. Es war denkbar, daß Nonfarmale in diesem unscheinbaren Haus die ungewöhnlichen Energien ortete; ich glaubte nicht daran.

»Es wird nicht lange dauern«, sagte Amou und holte einen neuen Krug Bier, »bis er wieder zuschlägt. Diesmal wird er nicht nur einen kleinen Siouxstamm ausrotten lassen.«

»Er will einen Krieg, der das ganze Land erfaßt«, sagte ich und beobachtete glühende Augenpaare. Jagende Vögel geisterten durch die Finsternis.

»Tausend Blitze wacht mit mehreren Spionsonden über diesem Gebiet«, sagte ich leise.

»Unsere Sicherheitsvorkehrungen sind auf einen mächtigen Feind abgestimmt.«

Amou goß unsere Becher voll. Im Kamin knackten Scheite, und der Nachtwind trieb den schwachen Geruch des Rauches in Bodennähe und unter das Dach. »Und wieder haben wir nichts anderes zu tun, als zu warten.«

»Hier, in Sichtweite seiner Höhle, wird das Warten verdammt spannend werden«, versicherte ich ihr. Am nächsten Tag holte ich die gescheckten Hengste von der Koppel, striegelte, sattelte und zäumte sie auf und führte sie zur Terrasse. Die Tiere sahen, von Robotern gepflegt, mit Kraftfutter gestärkt, mit glänzendem Fell und geputzten Hufen, hervorragend aus. Amou trug die Waffen und ihre Satteltaschen.

»Jagd?« fragte sie. »Vorstoß zu Nonfarmale?«

»Vielleicht beides.« Ich verstaute Proviant, Wasser, Waffen und Decken an den Sätteln. Die Maschinen hatten sie leichter gemacht, überholt und einige Einbauten versteckt. Wir stellten die weichen Stiefel in die Steigbügel, packten die Sattelhörner und trabten an. Mit der ungewohnten Trense hatten wir nach kurzer Zeit keine Schwierigkeiten. Die ausgeruhten Tiere fielen in einen Kantergalopp, wir verließen den Weg und ritten eine Anhöhe hinauf. Zwischen harzduftenden Fichten zogen wir die Zügel an.

»Unsere Freunde«, meinte ich. »Ich habe es nicht anders erwartet. Ich bin fast sicher, daß sie zwischen Bach und See ihr Lager aufschlagen.«

Sie schienen, aus der Richtung des vernichteten Lagers kommend, direkt auf dem Weg zu einem noch unberührten Lagerplatz zu sein. Ich wendete mein Pferd, kitzelte es mit den Sporen und galoppierte den Gegenhang hinunter, durch hohes Gras und Mückenschwärme. In gestrecktem Galopp folgte Amou. Jedes Pferd der Indianer zerrte ein Travois hinter sich her. Zwei Hunde begleiteten den Zug. Ich zügelte mein Pferd zwischen Drei-Adler-Schreien und Duftendes Laub, der älteren Frau.

»Ihr werdet in unserer Nähe bleiben?« fragte ich und wies in die Richtung auf eine breite Landzunge, die sich am spitzen Ende einer undurchdringlichen Waldzone befand, die sich bis zur nördlichen Weite des Landes erstreckte.

»Wir haben lange getrauert«, sagte Duftendes Laub. »Eine innere Stimme sprach. Wir schnitten uns nicht mit Messern, schnitten nicht das Haar; wir werden lange trauern, weil die Seelen weggegangen sind, zu Manitou.«

»Euer neues Lager wird gut werden«, sagte Amou, die ihre Blicke tief in die Gesichter der Indianer gebohrt hatte. »Wir jagen. Wenn wir gute Beute machen, brate ich für euch. Von euch will ich lernen, wie Bisonfelle dünn und weich werden wie das Haar von Wolkenblume.«

»Wir haben Essen von dir gegessen?« fragte Silent Thunder verwundert. »In dem Haus neben dem Haus?«

»Schwarzes Feuer kocht besser als jede andere Frau«, sagte ich. »Bach und See sind voller Fische. Wird es heute regnen, Duftendes Laub?«

Die Frau schüttelte den Kopf. Die jungen Mädchen starrten uns schweigend an. Sie würden in wenigen Jahren, wenn das Nomadenleben ihnen Gelegenheit dazu gab, hübsche junge Frauen werden.

»Ich führe jetzt die Gruppe«, sagte Drei-Adler-Schreien. »Alter Häuptling ist bei seinen Ahnen. Kommt. Wir werden reden und essen.«

Ich lachte, die Indianer zogen mit ihren schwerbeladenen Gespannen weiter. Wir folgten der Straße, dann einem Pfad, schließlich einer breiten Lichtung, die weit in die nordwestlichen Wälder führte. Als das Gelände sumpfig zu werden begann, im fahlen Schatten der dicken Mittagswolken, knoteten wir die Zügel an ein langes Seil und ließen die Pferde an einem Wasserloch zurück. Wir schulterten die Gewehre und drangen in einen Wald ein. Während wir so leise wie möglich uns einen Weg suchten, versuchten wir zu sehen, ob es jagdbares Wild gab. Auf einem Hügelkamm schnürte ein Wolf vorbei; wir sahen ihn nur zwei Herzschläge lang. Squirrels rasten die Stämme hinauf und hinunter, eine Herde Bisons äste friedlich, Kleinwild raschelte in den Büschen, und unzählige Vögel jagten nach Insekten. Ab und zu erhaschte ich einen Blick auf einen Adler; es konnte auch ein wirkliches Tier sein.

»Kennst du die Beeren und Pilze?« fragte Amou und zeigte auf die Menge von Ranken und winzigen Früchten unter den Bäumen. Ich schüttelte den Kopf.

»Von den Indianern werden wir alles lernen«, meinte ich leise. »Dort.«

Ein Rudel Rehe oder Gazellen war aus der Deckung herausgetreten. Ich hob das langläufige Gewehr und wartete, bis Amou den Lauf an einem Ast angelegt hatte.

»Die jungen Böcke, auf beiden Seiten«, flüsterte ich. Gleichzeitig drückten wir ab. Zwei dünne Energielinien zuckten fast lautlos hinüber, die Tiere zuckten, sprangen zur Seite und brachen zusammen. Der Rest des Rudels stob in raschen Fluchten davon. Wir ritten zur Beute und weideten sie rasch aus. Das Fleisch würde für acht Menschen drei Tage lang reichen, überlegte ich, als ich die Läufe der Tiere zusammenband und über die Sättel hängte.

»Schon zurück?« fragte ich. Amou deutete nach Südwest, in die Richtung der sinkenden Sonne.

»Reiten wir einen großen Bogen zurück zum Haus.«

Die Pferde galoppierten oder gingen gehorsam im leichten Trab. Wir ritten durch einen Teil des Santee-Gebiets, betrachteten die Landschaft, sahen Quellen und Weideflächen der Bisons, in der Ferne eine Ansammlung von Tipis; in einigen Findlingen konnten wir Ritzzeichnungen entdecken, die uralt schienen. Runen und stilisierte Menschen, Kreise mit Kreuzen darinnen, Symbole der Vier Winde und Vier schöpferischen Mächte. An den Wasserläufen sahen wir Otter, Waschbären und einen Damm, der von Bibern stammen mußte.

Am frühen Abend versorgte ich die Pferde, während Amou sich um den Braten kümmerte, ihn in Stücke schnitt und in einer Kräutersoße und sauren Wein einlegte. Eichelhäher kicherten in den Baumkronen, und im Westen waren die Wolken, die Gewitter versprachen, höher aufgetürmt. Letztes Sonnenlicht machte aus dem Berggipfel einen drohenden Schatten inmitten der Wölkchen, vor der gewalttätigen Kulisse der Wetterwolken. Überirdische Mächte offenbarten sich im Glauben der schriftunkundigen Nomaden in Visionen, die vom anderen Leben sprachen und von der Nähe zu jedem Bestandteil der Natur, von der die Menschen abhingen.

Ich klatschte dem Schecken die Hand auf das nasse Fell, ging in die Scheune und suchte die Geschenke zusammen, die ich heute abend brauchte. Wir tranken starken Kaffee und Calvados, dann ein Bier. Ich wußte, daß Alkohol für die Indianer ein Desaster bedeutete. Zwei Stunden später schob ich eine Energiezelle in eine Lampe, warf mir den schweren Sack über die Schulter und nahm Amous Hand.

Bis zum Lager waren es nur fünfhundert Schritt auf einem feuchten Wildpfad. Fünf Tipis standen in einem Dreiviertelkreis. Im Zentrum brannte in einem Steinring ein Feuer, an dem ein eiserner Kessel hing; Teil der Weißen-Zivilisation. Duftendes Laub stand auf, lächelte knapp und zeigte auf einfache Stühle aus Holz und Weidengeflecht.

»Willkommen«, sagte sie. Wir begrüßten uns, indem wir die Handgelenke des anderen packten und unsere Wangen aneinanderlegten. Jeder kam an die Reihe, dann zog Amou Fladenbrot, kalten, gespickten Braten, eine Wurst aus Beauvallon, Gefäße voller Fruchtsaft und kleine Süßigkeiten aus Südfrankreich hervor und verteilte sie. Ich musterte die tausend Falten im braunen Gesicht von Drei-Adler-Schreien. Das kunstvolle Feuer aus trockenem Holz brannte mit spitzen Flammen und wenig Rauch. Tausende Mücken und Motten verbrannten. Sieben Bisons, die junge Frau, legte die Geschenke auf feuchte Blätter und in feine Flechtkörbchen.

»Jeder kann ein Messer brauchen«, sagte ich, »die Schneide wird nie stumpf, rostet nie, man kann sägen damit.«

Ich verteilte große und kleine Messer, deren Griffe aus geriffeltem Kunstmaterial bestanden. Die Klingen funkelten im Widerschein der Flammen. Das letzte Messer packte ich an der Spitze, holte aus und warf es in die Richtung des nächsten Baumstamms. Es bohrte sich mit dumpfem Schlag in die Rinde.

»Das sind kostbare Geschenke, Viele-Leben-Krieger«, sagte Stiller Donner. »Ich habe nichts, was ich zurückschenken kann.«

Ich legte ein wenig gönnerhaft meine Hand auf seine Schulter und sagte: »Du sollst, wie jeder, zu uns kommen und deine Wunden ausheilen lassen. Morgen früh: du, Drei-Adler-Schreien und Duftendes Laub.«

»Wir kommen.« Duftendes Laub zeigte ihre verschmutzten Verbände. Wir setzten uns, und Amou merkte, daß das beste Geschenk ein unzerbrechliches, wasserdichtes Gefäß voll Salz war. Die Mädchen bedienten uns. Alle nomadisierenden Gruppen dieses Planeten besaßen einander widersprechende Eigenschaften: Wir erkannten, daß vom Wildleder über winzige Steinperlen bis hinauf zum Reh-, Hirsch- oder Bisonfell alles für die Bedürfnisse des täglichen Lebens verwendet wurde. Nichts war wertlos. Die Nomaden kannten jede eßbare Beere, jede Frucht, jeden Pilz, jede Nuß, kannten die giftigen oder ungenießbaren Gewächse des Landes; Erfahrungen wurden mündlich weitergegeben oder selbst erlebt.

Andererseits war jeder Tag ein vierundzwanzigstündiger Kampf ums Überleben. Unablässige Arbeit blieb Voraussetzung dafür, daß die Mitglieder des Stammes oder der Großfamilie genug zu essen hatten, daß es wärmende Felle oder getrocknetes Fleisch gab und daß die Kinder auch im nächsten Jahr eine Chance hatten, gesund aufzuwachsen. Jedes »Geschenk«, das diese harte Arbeit erleichterte, war wertvoll. Ich wußte dies aus eigenen, schmerzvollen Erfahrungen; deswegen verteilte ich Öl, Salz und Messer aus Arkonstahl.

»Ihr kommt«, sagte Amou und strahlte die Indianer mit ihrem schönsten Lächeln an, »und wir sehen, daß euer kleines Lager gut geworden ist.«

»Wenn wir genug Beute und Beeren finden, bleibt es das Winterlager«, antwortete Drei-Adler-Schreien bedächtig. Ich hatte überlegt, ob ich gegenüber den Barbaren, denen die Weißen das Land weggenommen hatten, zu einem bestimmten Vorschlag berechtigt war – in den Augen der Ureinwohner.

Trotz meiner Bedenken sagte ich: »Dieses Stück Land nahm ein Weißer in Besitz. Jetzt wohne ich darauf. Schwarzes Feuer und ich, wir werden eines Tages dieses Land verlassen und nicht zurückkommen. Ihr seid, gegenüber anderen Weißen, unter meinem Schutz. Es ist Zeit nachzudenken; einen Sommer lang. Bleibt ihr, helfen wir euch und ihr uns. Wir wollen nicht mehr Land, wir bringen keine Herden hierher, und wir säen kein Korn. Sagt jetzt nichts – gute Gedanken brauchen viel Zeit.«

»Du sagst es, Viele-Leben-Krieger.«

Wir saßen bis nach Mitternacht um das Feuer. Zwischen den Fragen und Antworten waren lange Pausen. Die vier Indianer waren gewohnt, ihre Worte lange abzuwägen. Amou und ich erkannten, welche Schwierigkeiten die bronzehäutigen Nomaden beschäftigten, und über uns erfuhren sie, daß wir aus einer Welt kamen, in der viele »wunderbare« Dinge nichts anderes als Alltäglichkeiten waren. Knisternd brannte das Feuer herunter, und unsere Hände und Gesichter tauchten ein ins flackernde Rot der Glut. Im Westen zuckte die flächige Helligkeit des Wetterleuchtens.

»Ihr kommt morgen zu uns.« Amou stand auf. »Und übermorgen ihr, nicht wahr?«

Sie zeigte auf Wolkenblume, Lachender Schatten und Sieben Bisons.

»Ich komme, ganz bestimmt«, sagte die junge Frau und lachte, zum erstenmal, seit ich sie kannte. »Seit ich lange geschlafen habe, im Haus, denke ich, daß ich jünger bin, kräftiger, daß ich mehr weiß.«

»Ich habe ein paar gute Ratschläge für dich, Freundin«, sagte Amou. Plötzlich rissen alle, die ich sah, die Augen auf, drehten die Köpfe; dann zeigten sie furchtsam auf den Berggipfel. Vater-der-Sonnen-Wolke erschien für Sekunden vor der

Helligkeit als drohender Schatten. An wenigen Stellen der Spitze gab es verschwommenes Licht. Nonfarmales Gesichtszüge hoben sich undeutlich ab. Viel deutlicher war eine grausilberne Kugel, die schwach zu glühen schien und vor dem Auge im Fels schwebte.

»Der Geist des Bergs«, ächzte Drei-Adler-Schreien und blieb nach einigen Schritten zwischen den Bäumen und seinem Tipi stehen. Amou und ich schwiegen und starrten hinauf. Unverändert schwebte der falsche Mond knapp unterhalb der Bergspitze. Der Durchmesser war angeschwollen und betrug mehr als zwei Dutzend Meter, eher mehr. Irgend etwas ging dort vor. Die Indianer konnten ihr Entsetzen kaum verbergen. Sie mußten annehmen, ein Mond flöge über ihr Land, oder etwas, das nicht in ihr Bild der Welt paßte, geschah dort, einige Tagesreisen entfernt.

Langsam nahm das Strahlen der Kugel zu. Wieder breitete sich flackerndes Wetterleuchten über den westlichen Horizont aus, als sich der falsche Mond löste und nach Osten driftete, etwa in unsere Richtung. Aber dann gewann die Kugel an Höhe, wurde schneller; auch das Leuchten nahm ab.

Nonfarmale oder seine Leute fliegen zurück, sagte der Logiksektor. Die Kugel änderte ihre Richtung und steuerte dorthin, wo Riancor das Tor zur anderen Welt gemessen hatte, verlor mehr von ihrer Leuchtkraft, schoß als fahles Gestirn zwischen den Sternen dahin und verschwand in großer Höhe, im Südosten. Ich schüttelte mich und drehte mich zu den anderen herum.

»Manche Dinge, die wunderbar erscheinen«, brachte ich hervor, »haben eine natürliche Erklärung. Auch dieser Mond.«

»Ein Mond kommt aus der Höhle des Berges«, murmelte Duftendes Laub. »Ein Gesicht ist auf einem Berggipfel. Ein böser Sommer, Viele-Leben-Krieger.«

Ich lächelte ihr zu. »Wir sorgen dafür, daß es ein guter, warmer Sommer wird, ein satter Sommer und ein Herbst ohne Wunden und Tod. Morgen, bei uns?«

»Wir kommen.«

Die Mädchen gähnten, als wir den Feuerkreis verließen und uns von den Alten verabschiedeten. Der Lichtkegel des Scheinwerfers geisterte vor uns auf dem Weg, während wir so schnell wie möglich zu unserem Haus zurückgingen. Der Roboter bestätigte unsere Beobachtungen. Ob sich noch jemand in Nonfarmales Berghöhlen aufhielt, war nicht festzustellen; erst morgen konnte außerhalb der Schutzschirme eine Sonde klarere Beobachtungen anstellen.

Ich dachte an den Mond über dem verwüsteten Planeten, an die LARSAF, an Nonfarmale, das Raumschiff, die Gleiter, an Amou und die Überlebenden der vielen Massaker; schließlich sagte ich: »Morgen fliege ich dorthin. Zu den Höhlen. Ob das klug ist, weiß ich nicht. Aber irgend etwas muß geschehen.«

Amoustrella glitt barfuß über den Belag, den wir auf den Balken des Wohnraums und über der dicken Isolierschicht gespannt hatten. Er sah aus wie weiches Bisonfell, braun und schwarz marmoriert, schluckte viele Geräusche und brannte nicht, wenn Funken aus dem Kamin sprangen.

»Ich glaube, Atlan, du solltest Tausend Blitze rufen. Es ist besser, wenn du nicht allein bist. Einverstanden?«

Der Roboter hatte mitgehört und antwortete: »Gegen Mittag komme ich durch den Transmitter, in entsprechender Maske.«

Ich nickte seinem holographischen Abbild zu und unterbrach eine der Verbindungen mit der Tiefseekuppel. Es gab einen wichtigen Grund für dieses Schauspiel. Ich kannte ihn nicht. Vielleicht fand ich ihn heraus, wenn ich in das steinerne Reich Nonfarmales eindrang. Ich ließ den rauchigen Geschmack des Bieres wirken, nahm noch einen Schluck und gähnte.

»Wir kommen, Nonfarmale«, sagte ich. »In zwanzig Stunden.«

Während Drei-Adler-Schreien, Duftendes Laub und Stiller Donner vom Medorobot medizinisch versorgt, massiert, gepflegt und ihre Verbände durch Bioplast ersetzt wurden, flüsterten die Bänder der Hypnoschulung ihnen Erkenntnisse, neues Wissen und das Bewußtsein zu, in uns nichts anderes als harmlose, fremde Freunde zu sehen. Ich hatte, während im Hintergrund der Scheune die drei Körper auf den Liegen ausgestreckt waren, den Gleiter zum Tor gesteuert. Als ich auf der Ladefläche den Schutzanzug und andere Ausrüstungsteile sortierte und überprüfte, flammten die Schenkel des Transmitters auf.

»Der Nachtrabe, in dieser Umgebung, Tausend Blitze genannt, fliegt wieder durch die Schatten«, sagte er. »Ich sehe dich, Viele-Leben-Krieger.«

»Hast du diese Worte von Boog, dem Zitatenschänder?« fragte ich grämlich.

»Ja. Und mein Aussehen habe ich von den Shoshonen am Windfluß in Wyoming, damit deine Schützlinge nicht zu sehr staunen.«

»Ich sehe dich, Tausend Blitze«, erwiderte ich. »Hast du wichtige Beobachtungen machen können?«

»Nichts, seit unserem letzten Gespräch.«

Also keine weiteren Erkenntnisse darüber, daß die Energie zwischen Nonfarmales Jenseitswelten und Larsaf Drei geistig geformt und kontrolliert wurde. Ich winkte ab und fragte: »Die Sonden zeigen nichts, das uns weiterhelfen kann?«

Tausend Blitze gab mir verpackte Geschosse und die Revolver der vier Weißen aus dem Indianerlager. Die Waffen waren überholt und in entscheidenden Punkten verbessert, die Patronen von den Maschinen hergestellt worden. Sie waren in ledernen Säcken, die aussahen, als hätten Indianer sie hergestellt.

»Je zwölfmal zwölf Dutzend.«

»Das wird länger reichen als bis zum nächsten Sommer. Hoffentlich.« Ich lud zwei Revolver. Die Trommeln drehten sich fast lautlos, und die dünnen Messinghülsen glänzten wie Gold. Aus großen dunklen Shoshonenaugen sah mir der Roboter zu, während er die Kopilotentür öffnete und die Geräte des Steuerpults aktivierte und testete. Amou arbeitete in der Küche und tat leckere Dinge in Töpfe voller schwarzer und roter Beeren und dem eingelegten Fleisch der Rehböcke.

»Wie lange schlafen die Indianer noch?«

»Sie sind noch eine halbe Stunde unter den Hypnostrahlern«, sagte ich. »Starten wir?«

Da ich wußte, daß er mit den wichtigsten Kommunikationseinheiten und mit Boog in lautloser, ständiger Verbindung stand, ging ich kein Risiko ein. Ich schwang mich in den Sitz, die Türen schlossen sich, und noch während der Gleiter summend in die Höhe stieg, breitete sich das Deflektorfeld aus. Wir waren unsichtbar und gegen Energiebeschuß geschützt, als sich die Schnauze des Fluggeräts in den Sonnenschein schob, über den Kies vor dem Haus und die frisch bewachsene, grüne und flache Zone bis zum Gebüsch und zu den Bäumen und zwischen den Tannen im flachen Steigflug in die Richtung des Berges wies.

»Übernimm die Steuerung!« sagte ich. »Nacheinander die drei Adler.«

Ich prüfte ein zweites Mal die langläufigen schweren Waffen und betrachtete das Land unter uns, die Berghänge, die Oberflächen des Sees und der Wasserläufe, die regungslos wie blaue Spiegel im Mittagslicht dalagen, die Tipis zwischen den Bäumen und die Grenze des schütteren Waldes an den Flanken von Vater-der-Sonnen-Wolke. Über dem Gipfel änderte der erste Adler seine Flugbahn und schweb-te im aufsteigenden Wind nach Westen.

»Schneller!«

Tausend Blitze ließ die Maschine höher klettern, setzte die Geschwindigkeit herauf, und als wir zwei Drittel des Abstands zurückgelegt hatten, tauchten vor uns die beiden dunklen Punkte auf. Kein wirklicher Adler flog in einer solchen Höhe.

Der Roboter manövrierte den Gleiter schräg hinter den Vogel, bremste und fragte: »Richtig so, Atlan?«

»Näher heran!«

Ich schaltete eine Strukturlücke in den Energieschirm und spannte den Auslöser der Waffe. Der Gleiter lag völlig ruhig, als wir neben dem Vogel flogen; auch der mächtige Körper bewegte sich kaum. Nur die Enden der Schwingen und die Schwungfedern zitterten in den Steuerbewegungen. Ich packte das Handgelenk der Rechten, zielte mit großer Sorgfalt und zog den Abzug durch. Eine krachende Detonation erschütterte das Innere des Gleiters, es stank nach Pulvergasen, und der Schädel des Adlers, aus acht Metern Entfernung getroffen, platzte auseinander. Das Tier überschlug sich in der Luft und trudelte, einen Schleier von Federn zurücklassend, abwärts.

Der Gleiter beschleunigte und jagte auf den nächsten Adler zu, während der Fahrtwind die Pulvergase aus der Kabine wirbelte.

»Ich hoffe, Nonfarmale denkt an einen Gewehrschuß, wenn er die Reste seiner fliegenden Wachhunde findet«, sagte ich. »Kann sein, daß ich mehrere Treffer brauche.«

»Ich verstehe, Viele-Leben-Krieger.« Riancor steuerte die nächste Bestie an, die sich über einem See in einer Spirale in die Höhe schraubte.

Vielleicht spürte der Adler den Luftzug oder hörte etwas, als wir in seiner Nähe waren. Plötzlich drehte er den Kopf in unsere Richtung, schlug mit den Schwingen und hüllte uns in eine Wolke aus Staub, Milben und gräßlichem Gestank. Der Gleiter kippte, als Tausend Blitze ihn in die günstigste Schußposition und Nähe zu bringen versuchte. Ich stützte meine Unterarme auf, zielte und feuerte. Das schwere, eingekerbte Bleigeschoß traf den Hals des Tieres; erst der nächste Schuß drang durch das Auge in den Schädel. In den Nachhall des Explosionsknalls mischte sich der mißtönende Schrei des Adlers, der mit zusammengepreßten Flügeln wie ein Stein zur Erde stürzte.

»Weiter! Der nächste«, sagte ich, griff in den Lederbeutel und lud die Waffe nach. Offensichtlich standen die Tiere untereinander nicht in Verbindung. Zwar zeigte der letzte Riesenadler deutliche Unruhe, äugte in unsere Richtung, aber er sah den Gleiter nicht und auch nicht die Feuerzunge und die Rauchwolke des

Abschusses. Ich brauchte keinen zweiten Schuß; ich lüftete den Gleiter, während Tausend Blitze ihn in einer Kurve zum Berg zurücksteuerte und nur einmal nach den schwarzen Gewitterwolken Ausschau hielt.

»Spätestens bei Sonnenuntergang gibt es tausend wirkliche Blitze«, sagte er. »Bis dahin sind wir unter einem wasserdichten Holzschindeldach.«

Nach etwa zehn Minuten kreisten wir um den Berggipfel. Auf der westlichen Seite konnte ich zwischen den Schründen, Rissen und überhängenden Felsbrokken nur einen einzigen Höhleneingang erkennen.

Es war eine unregelmäßige Öffnung in der Größe einer gebräuchlichen Haustür.

»Soll der Gleiter vor dem Auge oder einer anderen Kanzel schweben?« fragte der Robot, als wir außerhalb der Schutzfelder in gleicher Höhe mit der Nasenspitze des reichlich roh geformten Gesichts schwebten.

»Nein. Wir erledigen das mit den Flugaggregaten. Finde irgendein sicheres Sims oder einen Vorsprung.«

Der Gleiter sank, die Längsseite am Kinn und am Hals, abwärts, etwa dreißig Meter. Der Wind gurgelte, orgelte durch Klippen und Vorsprünge, wirbelte um die Bergspitze und ließ die Maschine schwanken, bevor sie über die Felsen schrammte und mit dumpfem Geräusch aufsetzte.

»Ich kann nur hoffen, daß Nonfarmale eine bestimmte Art von Schutzschirmen eingebaut hat. Wahrscheinlich gibt es hier keine Fallen, die durch Schranken ausgelöst werden«, sagte ich, schloß die Gurte und ließ das Dach des Gleiters zurückfahren.

»Bei der Sondenbeobachtung konnte ich nichts dergleichen sehen«, erwiderte Tausend Blitze. »Und hier, an Ort und Stelle, würde ich eine Schranke anmessen können.«

Ich grinste. »Ich habe nicht daran gedacht.«

Wir waren bereit. Der Robotkörper streckte sich, Sonnenlicht funkelte über die helleren Teile der Schutzanzüge, als ich hinter Tausend Blitze lautlos in die Höhe schwebte, den Hochenergiestrahler in der linken Hand, die Augen am geäderten, von winzigen Sprüngen gezeichneten Fels. Der Sog des Windes packte uns und schüttelte unsere Körper, aber wir kamen ohne größere Schwierigkeiten in die Höhe der Kanzel, die aus der Entfernung aussah wie der Tränensack des linken Auges des Emotiosaugers.

Die Handbewegung des Roboters ließ mich einhalten. Ich wartete, während Tausend Blitze Handbreit um Handbreit nach vorn schwebte und den Arm ausstreckte. Ebenso langsam drehte der Robot den Kopf, schien zu lauschen, bewegte sich weiter und packte die Brüstung der Kanzel.

»Keine Sperre bis hierher.«

Ich wartete voller Spannung, bis die andere Gestalt etwa ein Dutzend Schritte in die Höhle hinein zurückgelegt hatte. Zunächst lag das Oval waagrecht, dann rückten die beiden Seitenwände näher heran, und ein fast kreisrunder Korridor entstand im Fels.

Riancor kam in die Helligkeit zurück. Er verzog sein Indianergesicht zu einem breiten Grinsen. »Keine Gefahr, Krieger. Komm.«

Ich atmete durch und sprang auf den Boden der Kanzel, die so groß war wie ein Zimmer.

»Wenn sich jemand innerhalb der Höhlen befindet, muß er gut versteckt sein«, sagte Tausend Blitze halblaut. »Ich kann nichts orten.«

Trotzdem folgte ich dem Roboter mit größter Vorsicht und schaltete das Deflektorfeld nach einer Minute wieder ein. Wir kamen durch den zylindrischen Korridor, der nach links abknickte, bis vor ein metallisches Schott. Tausend Blitze hielt einen Schritt davor an, prüfte, maß und legte seine flache Hand auf eine Kontaktplatte. Die Finger der Rechten deuteten in Brusthöhe in den Raum dahinter, als sich die Irisblende öffnete.

»Leer.«

Wir drangen in ein Gewirr von halb offenen Räumen ein, durch Treppen und Rampen miteinander verbunden. Die Höhlen wirkten so, wie ich sie von der Klippe unter dem gestreiften Firmament in Erinnerung hatte. Wir blieben stehen und sahen uns an.

Jetzt befanden wir uns in einem rechteckigen Schacht von etwa dreißig Metern Kantenlänge. Er war schätzungsweise siebzig Meter hoch, und eine doppelte, wendeltreppenartige Rampe umlief ihn bis zu zwei Dritteln der Höhe. Vor uns lagen drei Ebenen. Ich bemerkte, wie Tausend Blitze sein Deflektorfeld einschaltete, und aktivierte die Funkgeräte. Er lief nahezu unhörbar nach rechts, ich bewegte mich nach links; wir durchsuchten, so schnell es möglich war, die Räume.

Die Eindrücke wechselten schnell. Einrichtung und Stil waren so, wie ich sie in Erinnerung hatte. Die Augen oder andere Öffnungen brachten über Spiegelsysteme an vielen Stellen Tageslicht in die Räume; in nischenartigen Kanälen sahen wir Kabel, die durch einfache Verbindungen ineinander gesteckt waren. Außer mir schien es kein lebendes Wesen hier zu geben.

»Sie sind wohl alle ausgeflogen«, wisperte die Stimme des Roboters neben meinem Ohr.

Ich flüsterte: »Was auf dem Mond passiert ist, muß wichtig sein. Oder sie holen Waffen, Helfer ... was weiß ich.«

Wir rannten etwa dreißig Minuten lang zwischen Pulten, Möbeln, Bildern und Bildschirmen hindurch, hetzten Rampen und Treppen aufwärts, sahen wuchtige Maschinenblöcke, kamen wieder in den Treppenschacht, rüttelten an Abzugsgittern, schauten überrascht in prunkvoll-barbarische Schlafräume hinein, in Bäder und Räume, die so aussahen, wie ich mir Nonfarmales Küche vorstellte, und viel weiter dem Scheitel des Riesenkopfes entgegen, fanden wir Beweise dafür, daß es sich um seine privaten Gemächer handelte.

»Krieger! Hierher. Der halbdunkle Raum, rechts von dir«, hörte ich.

Ich raste eine Rampe in die Höhe, vorbei an einem Fries aus Sternenaufnahmen. Ich erkannte die seltsame Planetenoberfläche und viele Ansichten des seltsamen Satelliten wieder. Dann trug mich der Schwung in einen weiten Raum hinein, dessen Decke drei Meter vom Boden entfernt war. *Sein Schalt- und Arbeitsraum,* sagte der Extrasinn. Auch Tausend Blitze konnte ich nicht sehen. Aber seine Stimme war überaus deutlich.

»Ich stehe mitten im Raum, vor eingeschalteten Bildschirmen.«

An den Wänden liefen Kabel und Rohre. Der Boden war mit einem Teppich belegt, der wie heller Sand wirkte. Aber ich hinterließ keine Spuren. Unter einer kreideweißen Lichtflut breitete sich ein Modell aus, das farbige, von Markierungen übersäte Relief eines halben Kontinents ... Ich prallte gegen Tausend Blitze, als ich hinter dem ersten Sessel stehenblieb und auf die Bildschirme starrte. Sie waren ebenso dreidimensional wie unsere Geräte.

»Verdammt!« sagte ich, als ich das dritte Bild einer genauen Musterung unterzogen hatte. »Es ist klar, daß er sofort zurückgeflogen ist.«

Die Darstellungen auf den Bildschirmen bewegten sich nicht. Es handelte sich um gestochen scharfe Wiedergaben von Einzelbildern. Auf dem ersten Bild erkannte ich den überhängenden Felsen am See und die Terrassen des Gebäudes. Am Strand lag ein ballähnlicher Körper, der seltsam zerfetzt aussah. Das nächste Bild war eine Vergrößerung dieses Gebiets. Eine von Nonfarmales versklavten Kreaturen hatte eine lange Spur im Sand zurückgelassen und stand neben der aufgerissenen, halb geschwärzten Metallkugel.

»Unsere Sonde«, sagte Tausend Blitze. »Eine kam zurück. Die andere wurde zerstört oder zerstörte sich selbst. Ich habe einen grellen Lichtschein gesehen und hielt die Erscheinung für einen Meteor oder einen anderen kosmischen Effekt. In seinem seltsamen Kosmos.«

»Sieh das dritte Bild an!«

Ich war aufgeregt, weil ich die Konsequenzen begriff. Einige waren unwesentlich, andere machten mir angst. Das dritte Bild zeigte die halbzerstörte Spionsonde. Sie lag auf einem Labortisch, von starken Lampen angestrahlt. Wir konnten an drei Stellen das Innere sehen. Wichtige Teile waren bis zur Unkenntlichkeit zerschmolzen, verformt, verkohlt.

Ich sagte zu Tausend Blitze: »Nonfarmale kann seine Schlüsse ziehen. Er weiß, daß die Sonde durch seine Strukturöffnung kam. Also von der Erde. Wenn er nachdenkt, kennt er unseren technischen Standard.«

Der Roboter zögerte nicht lange. »Nicht unbedingt. Das Ding kann auch aus seinem Kosmos stammen.«

»Den er besser kennt als jeder andere. Möglich, aber fast nicht zu glauben.«

»Wahrscheinlich suchen seine Truppen jetzt nach dem Besitzer der Sonde.«

»Hoffentlich.« Tausend Blitze riskierte es erst recht nicht, das Deflektorfeld abzuschalten. »Das hält ihn auf, und wir haben genug Zeit.«

»Reden können wir nachher«, sagte ich. »Sehen wir uns weiter um. Du speicherst alle Bilder?«

»Jeden winzigen Impuls«, bestätigte der Hochleistungsrobot. Mit wenigen Schritten war ich bei dem Relief. Es dauerte nur zwei Atemzüge, bis mein fotografisches Gedächtnis mich erkennen ließ, daß es sich um den nördlichen Teil des amerikanischen Doppelkontinents handelte. Einige Staaten waren farbig markiert; ich sah Flüsse, Berge, Straßen, Städte und Schriftzeichen, die ich nicht lesen konnte. Wir würden alles später auswerten. In diesen Minuten glaubte ich zu begreifen, daß Nonfarmale diese Welt in nördlichen und südlichen Staaten geteilt und farbig markiert hatte. Ich wußte, was diese Landkarte bedeutete.

»Der Herr der Kriege«, sagte ich. »Er plant den Krieg, der angeblich für die Befreiung der Sklaven gedacht ist; und dafür, daß es genügend Sklaven gibt, hat er mit erlesener Grausamkeit gesorgt. Nicht er allein, ich weiß.«

Tausend Blitze sagte: »Ich könnte es verstehen, wenn er Munition oder Kanonen verkaufen würde.«

»Der Spezialist für grausame Kriege kümmert sich nicht um derlei Kleinigkeiten.«

Wir hasteten weiter, und wenn mich jemand gesehen hätte, würde er selbst in meinem gebräunten Gesicht erkannt haben, daß mich Sorgen plagten. Eine Erkenntnis wurde schärfer: Er war in der Lage, den Zugang zu den Nischen zu manipulieren. Er konnte, wenn die Entfernung nicht zu groß war, Emotionen und Qualen eines sterbenden Bewußtseins, einer *anima,* aufsaugen. Was sollte ihn daran hindern, mich anzugreifen und festzustellen, daß ich immun gegen ihn war? Und daß Amoustrella keineswegs immun gegen den Sog eines Psychovampirs war, ebensowenig wie Amiralis Thornerose.

Während wir den letzten Raum, ein orientalisch-schwülstiges Schlafgemach mit Ausblick nach Süden, betraten, hörte ich mich sagen, heiser und gepreßt: »Bei der geringsten Ahnung einer Gefahr schleppe ich Amou durch den Transmitter, zurück in die Kuppel. Oder du holst sie. Oder Boog betäubt sie und bringt sie weg. Verstanden?«

»Diesen Vorschlag hätte ich gemacht, wenn wir auf dem Rückflug gewesen wären«, sagte Tausend Blitze. »Das sollten wir in Betracht ziehen. Hier ist das Grauen; dort draußen sind Licht und klare Gedanken für lebende Wesen.«

»Gut. Los! Zurück – in mäßiger Eile.«

Tausend Blitze speicherte die Bilder. Ich speicherte die Eindrücke des verdrehten, gefährlichen Verstandes dieses Wesens. Wir versuchten, möglichst auf anderen Wegen abwärts zu gelangen, aber nicht immer schafften wir es. Ich war sicher, daß wir kaum einen Raum ausgelassen hatten. Womöglich gab es durch Fels getarnte Türen in andere Räume. Es war wohltuend kühl; und die Luft roch gut. Ich zweifelte nicht daran, daß Nonfarmale seine persönliche Kugel nicht nur verkleinern, sondern auch unsichtbar machen konnte; von seiner Rückkehr wollte ich nicht überrascht werden. Ich fand auch die halb versteckte Blende des Auges. In der Eile des nächtlichen Aufbruchs hatte er vergessen, diese Sperre zu schließen. Nonfarmale fühlte sich sicher. Zu sicher? Oder stellte es eine Falle für einen Gegner dar, den er zu kennen glaubte, aber niemals richtig gesehen hatte?

Es war mir gleichgültig, als wir uns in die Sitze gleiten und von der Maschine in einem langsamen Sinkflug bis zu dem einsamen Haus, zur Scheune und rückwärts ins Halbdunkel bringen ließen, zurück in eine ruhige Sicherheit, die fragwürdig geworden war. Ich desaktivierte Tarnung und Schutzfelder und zog den Anzug aus. Summend sank der Gleiter auf den glattgefegten Boden. Auch Tausend Blitze wurde wieder zu einem bronzehäutigen Shoshonen.

»Ins Haus. Zu Amou.« Ich ging voraus. Waffen und Patronensäcke in den Händen. Die Adler waren verschwunden. Spionsonden kreisten um den Berg. Eulen und andere Wesen mit Multifunktionsaugen suchten einen Teil des Himmels ab. Als ich zur Tür des Wohnraums hinausblickte, verschwand die Sonne hinter der Gewitterwand. Die Wolken hingen tief und waren schwarz wie meine Gedanken.

Ich warf das klirrende, schwere Zeug auf den Tisch, zog Amou an mich, küßte sie lange und murmelte: »Ich bin in der verzweifelten Stimmung, unseren Alkoholvorrat zu vernichten. Ich tu's aber nicht. Ein Humpen Bier genügt. Und dann führen wir ein langes Gespräch, Schwarzes Feuer.«

Amou war klug; sie kannte mich und würde alle Fragen stellen; einige davon waren mir unbehaglich beim bloßen Gedanken daran.

Ich zog Stiefel und Jacke aus, lief zum Brunnen, wusch mich und trocknete mich ab, setzte mich in den Schaukelstuhl. Tausend Blitze rückte den Dolch und die übertrieben große Adlerfeder in seinem blauschwarzen Haar zurecht und lehnte an dem stämmigen Stützbalken des Daches. Er hielt ein fast leeres Glas Obstbrand aus Beauvallon in den Fingern und roch hingebungsvoll daran. Amoustrella setzte sich auf eines der schädellosen Bärenfelle, lehnte sich gegen die Schienbeine und Knie des Roboters und hob den Porzellankrug.

»Wir sind lebend und ohne Blessuren zurück«, sagte ich. »Aber wir bringen einen Sack Fragen und Probleme mit.«

»Davon sind die meisten an deinem ausdruckslosen Halbindianergesicht abzulesen, Fürst der Jahrzehnte.«

»Eines nach dem anderen«, sagte ich. »Tausend Blitze! Wir schaffen es zu Pferd mühelos. Ich bringe den Männern und meiner zweiten Lieblingssquaw die Revolver. Einen in Reserve, bleibt hier. Du siehst dir genau das Lager an und suchst in unseren verzweigten Speichern, was getan werden kann, um den Überlebenden das Leben, den Winter und überhaupt vieles zu erleichtern, ohne daß sie einen Kulturschock erleiden.«

»Wohl gesprochen, weißer Bruder«, sagte der Roboter. »Wärme gegen die Winterdämonen und Mittel gegen faule Zähne.«

»In dieser Art. Nimm die Sättel und hole die Schecken, wenn du genügend Alkoholmoleküle eingesogen hast.«

»Sofort.«

Die Gewitterwolke war nicht kleiner geworden, hatte sich wieder in der Mitte geteilt. Die Sonne brannte schwefelgelb über die Landschaft. Ich blinzelte und sah zu, wie Tausend Blitze davonlief. Das Bier schmeckte noch immer gut.

»Nonfarmale ist auf seinem Satelliten. Sie fanden dort eine halbzerstörte Sonde. Vielleicht bringt er diesen Fund, die toten Riesenadler, die Indianersiedlung und unsere Gegenwart in Verbindung. Du bist gefährdet, Liebste, weißt, wie seine Opfer enden. Es kann sein, daß du blitzartig in die Kuppel verschwinden mußt.«

Sie blies den Schaum vom Krug und nickte, ehe sie trank. Der Roboter fing den zweiten Hengst und zäumte ihn auf.

»Wenn er zuschlägt, dann bald. Ich weiß nicht, wie lange es dauert.«

Ich berichtete von der Relieflandkarte und davon, was ich darüber dachte. Sie hörte schweigend zu. Tausend Blitze schwang sich in den Sattel und galoppierte an.

»Wir werden bald merken, was passiert. Ein Dutzend Warngeräte sind eingeschaltet«, sagte ich. »Vor dem Gewitter kommt er nicht, um uns anzugreifen. Das sagt mir die Erfahrung, als großer Jäger von Adlern.«

Ich leerte den Krug, packte die Waffen und die Säcke und ging zum Rand der Terrasse. Wir hängten die Pakete an die Sattelknäufe, ich saß auf, und dann stoben wir in halsbrecherischem Galopp hinüber zur Landzunge. Die Spannung löste sich plötzlich. Ich fühlte mich besser, und als ich einen trillernden Schrei ausstieß, war ich sicher, daß unsere Freunde jeden anderen erwarteten, nur nicht mich und Tausend Blitze. Ich preschte an ihm vorbei, duckte mich unter überhängenden Ästen und parierte den Hengst hart durch, als ich Drei-Adler-Schreien und Stiller Donner sah. Sie hielten ihre gespannten Bögen; auf den Sehnen lagen Pfeile.

Ich hob den Arm, sprang auf den weichen Waldboden und zog den Schecken hinter mir her. Auf meiner nackten Brust baumelte der lederumhüllte, verzierte Zellschwingungsaktivator.

»Wir haben die Adler getötet. Mit diesen Donnerrohren«, sagte ich. In den Gesichtern der Männer zeichnete sich Erleichterung ab. »Ich und mein Freund vom Windfluß. Er verläßt mich heute. Aber er wird wiederkommen mit kleinen Geschenken.«

»Dein Freund ist willkommen«, sagte der alte Mann. »Wir haben fernen Donner gehört.«

Die Begrüßung war freundlicher als die letzte. Die Hypnoschulung hatte gewirkt. Ich verteilte die Waffen, zeigte die Patronen und versprach, nach dem Gewitter ihnen alles zu erklären. Stolz, aber kopfschüttelnd betrachteten sie die Revolver und schoben sie schließlich in die Gürtel.

»Geht ins Haus!« sagte Duftendes Laub. Ihre Haut war glatter, die Falten schienen weniger tief, und das Haar aller sechs Menschen glänzte und war geschnitten, locker und bläulich schwarz, bis auf die grauen Strähnen der beiden. Geruch nach Amous Seife ging von ihnen aus, und an Lederseilen trockneten aus Baumwolle gewebte, dichte Tücher, die in »uralten« indianischen Mustern bedruckt waren und lange Fransen hatten. Wolkenblume blickte Tausend Blitze an, der das Lager umrundet hatte und zwischen den Tipis auf uns zukam, als sähe sie Manitou. Er blinzelte ihr zu.

»Geht ins Haus!« wiederholte Duftendes Laub. »Der Herr der Wolken wird ein langes Gewitter niedergehen lassen.«

»Wir reiten bald zurück«, sagte ich. »Ihr sollt nicht jedem Weißen die Waffen zeigen. Sie gehörten jenen, die eure Leute getötet haben. Tausend Blitze hat sie verändert. Gebraucht sie nur, wenn ihr in tödlicher Gefahr seid.«

»Wir versprechen es.«

Sieben Bisons blickte wieder nach den schwarzen Wolken, während sie die Tücher einsammelten und lederne Klappen an den Zelten schloß und zuschnürte. Ich sah, daß die Indianer trockenes Holz gestapelt hatten. In Körben trockneten die Scheiben brauner Pilze. Wolkenblume löste ihre Blicke und huschte ins Zelt.

»Sie wird von dir träumen, Tausend Blitze«, sagte ich lachend und klopfte den Hals des Schecken. »Wir sehen uns morgen wieder, wie versprochen. Habt ein Auge auf Vater-der-Sonnen-Wolke.«

»Eines Tages werde ich dorthin gehen«, versicherte Drei-Adler-Schreien in selbstverständlichem Tonfall, »mich in eine Höhle setzen und herausfinden, was der Geist der Welt dort verbirgt.«

»Damit, Freund«, antwortete ich und stellte den Fuß in den Steigbügel, »solltest du dir lange Zeit lassen.«

Tausend Blitze sprang aus dem Stand auf den Pferderücken und wendete das Tier.

»Wenn ich euch besuche«, rief er, und ich zweifelte nicht daran, daß er einige Windfluß-Worte gebrauchte, »bringe ich feine Dinge aus Metall mit! Und eine Salbe gegen Mückenstiche.«

Wir hoben die Arme und galoppierten zurück. Die Pferde fanden den Weg ohne unsere Hilfe: Sie schienen von selbst galoppieren zu wollen. Sie hatten zweifellos mehr Gewitter erlebt als ich in diesem Teil der Welt, also banden wir sie nicht fest.

Aber wir sperrten die Koppel ab. Die Tiere würden sich unter den Bäumen zusammendrängen.

Halblaut sagte Tausend Blitze: »Ich gehe in die Schutzkuppel. Desaktiviere den Transmitter nicht, Atlan. Ich bereite die Informationen aus den Höhlen auf, stelle allerlei Dinge für die Sioux zusammen, überwache Nonfarmale und rechne die Wahrscheinlichkeiten aus.«

»Das ist genau das, was ich anordnen wollte«, erwiderte ich und setzte mich in den hochlehnigen Stuhl. »Höchste Wachsamkeit, Rico. Postiere die eine oder andere Sonde um. In Washington, denke ich, wird über einen Krieg entschieden. Er liegt förmlich in der Luft.«

»Verstanden. Laß dein Armbandgerät und jedes andere aktiviert.«

Er verabschiedete sich auf Shoshonenart von Amou, nickte mir auf ebensolche Weise zu und stolzierte ins Haus, zur Scheune und in den Transmitter. Vorher schloß er krachend das Scheunentor. Ich grinste und zog Amou auf meine Knie.

»Am Gewitter sterben wir nicht, an Langeweile auch nicht, und ich würde mich nicht wundern, wenn Amir Darcy Boog heute nacht als Schamane einen Regentanz auf dem Kies zelebrieren würde. Indes: Die Lage wird ernster, Schwarzes Feuer.«

»Das werde ich bestätigen oder nicht, wenn wir alles heute nacht besprochen haben werden. Das Essen ist fertig. Ich habe mich von Duftendes Laub beraten lassen.«

»Ich trinke, im Gegensatz zu ihr, noch einen Krug dieses fabelhaften Bieres«, sagte ich. »Aus dir wird noch eine tapfere Pioniersfrau. Auch eine Weise, die Maske auszufüllen.«

»Solange ich nicht Kühe, Ziegen oder Schafe melken und Waschbären scheren muß ...«

»Vielleicht mußt du bald Schwäne putzen.«

»Wie?«

»Ein Scherz«, sagte ich matt und betrachtete erneut die Ergebnisse der französisch-indianischen Küchenarbeit. Sie sahen ein wenig exotisch aus, schmeckten ausgezeichnet und würden leicht verdaulich sein. Als der Krug halb geleert war, flammte der erste Blitz auf, der Donner krachte, der erste Windstoß warf Fenster zu.

Eine Stunde später – wir hatten uns im strömenden Regen gewaschen und mit Handtüchern, die meine goldfarbenen Monogramme trugen, abgetrocknet – lagen wir auf kühlen Leinentüchern, halb zugedeckt mit einer Decke aus vielen farbigen Quadraten, blinzelten in die Kerze und hörten durch das Fenster den schwächer werdenden Donner und den gleichmäßig rauschenden Regen.

Wir sprachen leise, tauschten Vermutungen und halbe Gewißheiten aus, waren zärtlich und leidenschaftlich, und während die Kerzenflamme durch den roten Wein in den Pokalen einen Farbhauch über unsere Körper warf, während das Gewitter sich im Kreis drehte und mit neuer Kraft zurückkam, beschworen wir erneut das einmalige Maß des Vertrauens und der Vertrautheit, das wir erreicht hatten. Ich dachte nicht an Nonfarmale. Aber es zerriß mir das Herz, wenn ich an Amoustrella dachte, an die Möglichkeit, daß sie verletzt werden oder sterben könnte.

Noch bevor die Pokale leer, Blitze und Donner fortgezogen waren, schliefen wir ein. Ich träumte von Australien. Am Morgen weckten uns zwitschernde Vögel und die robotische Eule, die mit dem Schnabel knappte und den Lidern klickte. Unsere Freunde kamen und brachten zwei gerupfte und ausgenommene Wild-Truthähne.

5.

Der Lare blickte lange, schweigend und fast reglos auf die holographische Projektion Atlans. Ronald Tekener stieß Roctin-Par an und brummte: »Da! Er schwimmt und taucht besser als ein Delphin. Glauben Sie's jetzt, Roctin?«

»Wie zwei Delphine.« Der Lare, Chef der Provcon-Laren, der kämpferischen Opposition des Hetos der Sieben, wandte sich an Cyr Aescunnar. Seine tiefschwarze Haut schimmerte im Licht der vielen arbeitenden Monitoren. »Hat er schon etwas berichtet, womit die Opposition handlungsfähiger werden würde?«

»Nein. Er ist gerade im Jahr 1860«, sagte Cyr kopfschüttelnd. »Da haben Sie alle, weil noch nicht geboren, nicht einmal an den Flug in unsere Galaxis gedacht, von Ihrer Minigalaxis NGC 3190 aus! Wir sind froh, daß Atlan bisweilen den Erzählzwang unterbrechen und das Wort an uns normale Gäa-Sterbliche richten kann.«

Roctin-Par grinste und vergrub seine Finger in den kupferroten Haarkranz. »Ich merke, Sie alle sind in guter Stimmung.«

»Was bleibt uns übrig, seit Ihre ... Artgenossen uns gezwungen haben, den Planet, von dem unausgesetzt die Rede ist« – Tekener deutete auf Atlan – »verschwinden zu lassen; so gründlich, daß nicht einmal Atlan weiß, wo er ist oder ob er noch existiert?«

»Eines Tages werden Erde samt Mond bestimmt wieder an ihrem alten Platz sein, und dann haben wir kein Gesprächsthema mehr.« Roctin-Pars große, smaragdgrüne Augen richteten sich auf Aescunnar.

»Nicht alle teilen Ihren Optimismus.«

Der Lare zuckte mit den Achseln. »Ich habe Tifflor gebeten, ebenso Ronald; jetzt bitte ich Sie, Professor: Sollten Sie Atlan außerhalb einer Traumzeiterzählung sprechen, sagen Sie ihm, auch ich habe mich monatelang gesorgt und wünsche ihm, wie heißt es bei Ihnen ... baldige, ausschließliche Genesung und alles, was er sich selbst wünscht.«

Roctin-Par streckte Aescunnar seine schwarze Pranke entgegen. Cyr schüttelte sie, verabschiedete sich auch von Tekener und sagte: »In ein paar Tagen wird Atlan wenigstens vorübergehend Scarrons Apartment verlassen. Sein Ziel sind die Räume, die unsere Universität im Chmorl Mountain hat. Offensichtlich glaubt Atlan, seine Erinnerungen schärfen zu können. Jedenfalls bittet die Historische Fakultät, vertreten durch mich, um technische Hilfe. Richten Sie's Tifflor aus? Wenn Atlan ohne größere Pausen weiter erzählt, können wir am Ende des Monats aufatmen. Alle. Auch er.«

Die Tür glitt auf. Tekener nickte und sagte: »Sie können sich auf uns verlassen, Professor. Hat Ihnen Major Amparo Abdelkamyr ein wenig helfen können?«

»Eine ganze Menge! Ich werde Sie, fürchte ich, noch ein paarmal bemühen müssen.« Aescunnar hob die Hände bis in Brusthöhe, in einer Geste der Unsicherheit. »Es gibt einige unerklärte Anomalien. Es wäre mir lieb, wenn Sie Major Amparo nicht gerade morgen auf Fernflug schicken würden.«

»Geht alles klar.« Tekener deutete einen militärischen Gruß an. »Das wichtigste ist, daß der alte Arkonide wieder ungeduldig und voller Aktionsdrang in seinem vibrierenden Chefsessel sitzt!«

Die Tür schloß sich. Cyr warf einen Blick auf das Chronometer, blinzelte und sah, daß sich Atlan zum Nachmittagsschlaf zurückzog. Die Platte des Voiceprinters blieb schneeweiß und leer.

Am 7. März 3460, also vor bald hunderteinem Jahr, waren Perry Rhodan, die Erde und der Mond verschwunden und nicht, wie geplant, beim Archi-Tri-Trans-Sonnentransmitter rematerialisiert. Damals hatte Cyr Aescunnar an Ausgrabungen teilgenommen und war der Faszination irdischer Geschichte erlegen. Der Schock des Verschwindens von Heimatplanet und Mond hatte aus Faszination fast eine Art Besessenheit gemacht. Ganz deutlich erinnerte sich Cyr an die Aufzeichnung des Geschehens.

Eine Bildfläche: Archi-Tri-Trans, gebildet von drei roten Riesensonnen, wurde von einer Schaltstation gesteuert, die etwa eine Milliarde Kilometer »über« dem Schwerpunkt des Sonnendreiecks durch Kraftfelder verankert war. Am oberen Bildrand war eine Digitaluhr eingeblendet; Zehntelsekunden rasten dahin. Die Ziffern sprangen auf 14:23 Uhr Standardzeit um. In diesem Augenblick verschwand das Erde-Mond-System im Raum zwischen Kobold und Sol. Gleichzeitig mußte die Rematerialisation stattfinden. Aber nur ein Gebilde von unbestimmbaren Konturen erschien im Zentrum des Sonnendreiecks. In wenigen Sekunden verdichtete der Nebel: Erde, Mond und 96.000 Raumschiffe. Dann blähten sich die Himmelskörper auf, wuchsen zu einer Größe, die der einer Riesensonne entsprach – und der Vorgang kehrte sich um. Der Nebel wallte stärker. Die Raumschiffe verschwanden wie der Mond hinter treibenden Schwaden. Für Augenblicke leuchtete die Erde noch blauweiß durch den Dunst, dann war auch sie verschwunden. Für knapp eine Minute hielt sich der Schleier noch, bis er sich ebenfalls auflöste ...

»Die Erde kam an, aber sie materialisierte nicht richtig.« Cyr atmete tief durch. »Und niemand weiß, ob und wo sie schließlich ihre Stofflichkeit erlangte.«

Um so wichtiger war es ihm erschienen, die Erinnerung zu bewahren. Ein langer Weg, dachte er, bis zum Verantwortlichen Herausgeber der ANNALEN DER MENSCHHEIT. *The History Of Decline And Fall Of The Roman Empire* von Altmeister *Gibbon* (Terra, 1727 bis 1794), ein Buch, das zu einem Viertel aus Fußnoten bestand, hatte Cyrs feste Überzeugung geprägt, daß die großen Zusammenhänge der Geschichte interessant, faszinierend und letzten Endes wichtiger waren; durch den Aufenthalt in genau recherchierten Nischen und das peinliche Beachten winziger Einzelheiten allerdings schärften sich Blick und Gefühl für Historie. Wäre es nicht so, säße er, Cyr A. Aescunnar, nicht hier – und würde nicht mit äußerstem Mißtrauen den Kauf Floridas, die Abgabe Hongkongs und einige Daten von Erfindungen und Erkenntnissen, die Atlan zu früh erwähnt hatte, anstarren.

»O Atlan! Rektor der Ophir-Universität, unbekümmerter Vorgesetzter von Magister Lilith Delaud und Amir Boog! Was meinst du, wenn du von ›zwei Schatten‹ sprichst? Hat das rote Glühen der unverständlichen Dimensionsgeometrik neben Mars auch Florida und Hongkong sowie den famosen Kunstdünger in das abstruse Zeitgefüge der Jenseitswelten hineingezogen?«

Er hob die Schultern; es gab – noch – niemand, der in der Lage war, dieses Phänomen zu erklären. Ruhig arbeitete er weiter; Atlan machte in den folgenden Stunden keine Anstalten, auch nur in die Nähe der SERT-Haube zu kommen. Cyr und Oemchèn verbrachten nach einem gemütlichen Essen bei Kerzenlicht und edler Musik – Singh Boncards *Großer Turm von Nippur* und George Nancars *II. Marsianisches Konzert* – eine lange, leidenschaftliche Nacht und einen ungestörten, zärtlichen Morgen. Oemchèn zelebrierte leise summend ein spätes, reichhaltiges Frühstück. Erst um Mittag, nachdem Cyr Dutzende Notizen, Zweitinformationen, kaum weniger als hundert Abbildungen und Karten aufgearbeitet hatte, rief Scarron Eymundson an; ihre Stimme klang erschöpft, aber zufrieden. Atlan begann seine Erzählung dort, wo er sie unterbrochen hatte:

INDIANERSOMMER: Abraham Lincoln, Sohn eines Holzfällers, knapp fünfzigjährig, bewarb sich nach einer erfolglosen Kandidatur für den Senatssitz von Illinois als Präsidentschaftsanwärter, aufgestellt von den Republikanern. Seit 1807 war der Sklavenhandel offiziell verboten. Der Mann aus dem Norden war den reichen Südstaaten, die ein herrliches Leben für jeden Sklavenhalter auch weiterhin sichern wollten, mehr als nur ein Dorn im Auge. Südcarolina, Mississippi, Florida, Alabama, Georgia, Louisiana, Texas – sie schätzten den Reichtum, den die billige Baumwolle ihnen brachte. Billig war sie und sollte es auch bleiben, denn die »Nigger« bekamen keinen Lohn. Allerdings verarbeiteten die Fabriken jene Baumwolle, und würde das Prinzip der Sklaverei ausgeweitet, würde der Süden das wirtschaftliche Übergewicht bekommen. Es spielten in diesem Eifersuchtsdrama zwischen den Ländern der angeblich »Vereinigten« Staaten noch ein paar Dutzend andere Rivalitäten mit, darunter der Umstand, daß sich die Farmer mit hübschen Sklavinnen vergnügten und Sklaven-Nachwuchs selbst zeugten, scheinheilig aber die Rassenfrage betonten und in der unterschiedlichen Färbung der Haut, der nichtvorhandenen Schulen für die Bildung und Ausbildung der Neger und der Chancenlosigkeit entscheidende Punkte sahen, um Neger als Halb- oder Untermenschen bezeichnen zu können. Es war eine typische barbarische Groteske; sie fürchteten sich vor der Wut der Geschundenen, nachdem sie jahrzehntelang gegen die Indianer blutige Kriege geführt und die Ureinwohner halbwegs ausgerottet hatten. Jeder Neger ein Gewehr: Das würde das Ende der Weißen und Rückfall in die frühe Eisenzeit bedeuten. Abe Lincoln erkannte die meisten Probleme und wollte die Staaten vereinigt lassen. Ihm lag an der Einheit der jungen, riesigen, reichen Nation.

Tausend Blitze fertigte seine Analysen über Nonfarmales Stützpunkt im Berg an, erschien mit mittelgroßen Truhen und Säcken voller Beilklingen, unzerreißbarer Seile, mit Salben, Ölen, Stoffen, Folien und Feuerzeugen, simplen funktionssicheren Geräten, die zweitausendmal eine Flamme abgaben und dann zerfielen, mit stählernen Pfeilspitzen, Lanzenspitzen, mit Kämmen, die von den Indianern selbst verziert und zu Bestandteilen ihrer Kultur gemacht werden konnten, und mit hundert anderen Kleinigkeiten, die das Leben des winzigen Stammes erleichterten.

Nonfarmale blieb verschwunden. Schon einen Monat lang war seine Höhle leer. Hypnoschulungen beseitigten die schlimmsten Faktoren des Natur-Aberglaubens, verbesserten die Sprachen, ermöglichten den Indianern einen besseren Einblick in einen Teil der täglichen Phänomene – mehr nicht. Sie dienten nur dem leichteren Überleben und der Vermeidung sinnloser, schweißtreibender Arbeiten.

Die Tage waren von Ruhe und Einsamkeit bestimmt. Hitze und Sonnenschein wechselten mit Gewittern ab, selten gab es Nebel oder verhangene Himmel. Stiller Donner und Drei-Adler-Schreien, gesünder als je zuvor, ritten nach Westen, um Bisons zu jagen. Wolkenblume und Lachender Schatten kamen häufiger zum Haus, um Amoustrella zu helfen. Auch sie lernten »unsere« – die englisch-amerikanische – Sprache und einige Verhaltensmuster und Werkzeuge der Weißen zu handhaben. Am fünfzehnten Mai dieses Jahres war Lincoln als Kandidat nominiert worden.

Im gesamten Land herrschte das Fieber des Wahlkampfs. Nonfarmale reagierte nicht auf den Fund nahe seinem Wohnfelsen im Seltsamen Satelliten, und niemals wieder zeichnete sich das Gesicht im Berg nachts ab. Aber die Beobachtungen, die Tausend Blitze im Land einholte, machten uns aufmerksam und nachdenklich.

Unablässig huschten Bilder über die Schirme, und aufgeregte Stimmen sagten unglaubwürdige Dinge. Rede und Gegenrede sprachen von Einigkeit und vom Krieg. Zwischen all den Delegierten und Vertretern und Stimmungsmachern entdeckten wir Leute, die aus Nonfarmales Truppe stammen konnten. Natürlich waren sie ebenso meisterhaft maskiert wie wir selbst.

»Da du gerade von Maskierung sprichst, Viele-Leben-Krieger«, sagte Tausend Blitze, »wie willst du deinen Aufenthalt im Winter hier begründen? Gegenüber zufällig vorbeikommenden Weißen?«

Ich antwortete achselzuckend: »Ekel vor der Zivilisation oder dergleichen. Liebe zu Schneemassen.«

Deine Lieblingsindianer sind sommer-, herbst- und winterfest ausgerüstet, bemerkte der Logiksektor. Wir waren es auch; es fehlten nur Fleischvorräte und gutes Mehl.

»Außerdem können wir in unserem Haus tun und lassen, was wir wollen«, sagte Amou mit Entschiedenheit. »Ihr denkt also, Nonfarmale und seine Kreaturen sind unbemerkt von uns zurückgekommen und schüren den Krieg?«

Ich breitete die Arme aus und nickte. »*Ich* bin überzeugt davon, ohne wirkliche Beweise zu haben. Was wir können, kann auch er. Um ihn zu stoppen, brauchten wir die Arkon-Flotte. Und wenn dieser Krieg wirklich ausbricht ...«

»... mit höchster Wahrscheinlichkeit!« unterbrach mich Tausend Blitze.

»... dann wird er mit schwer vorstellbarer Grausamkeit geführt werden«, sagte ich. »Andererseits – welcher Krieg in der langen Geschichte war grausamer als ein anderer? Wenn ich daran denke, was im Reich der Mitte geschieht.«

»Aber die Amerikaner meinen, sie wären eine freiheitliche, fortgeschrittene und keineswegs archaische Nation«, bemerkte Tausend Blitze.

»Abwarten«, sagte ich und trank den Beerensaft, den Amou dankenswerterweise mit einem der leichtverderblichen Obstbrände versetzt hatte. »Ich sage: Sie schaffen es auch.«

Jeden Tag ging die Sonne ein paar Fingerbreit weiter südwestlich unter; es war ein heißer, herrlicher Sommer, der sich nun dem Herbst entgegenneigte. Wir waren oft mit den Pferden unterwegs und ließen uns von Sieben Bisons führen. Nach einer langen Weile hatten sich die Indianer entschlossen, Amou und mich, besonders aber den falschen Shoshonen, als Freunde anzunehmen. Amou sorgte dafür, daß wir viel zusammen lachten.

Wir stießen bis zum sumpfigen Ufer vor, knapp unterhalb der Mississippiquelle, übernachteten in Zelten, deren Material die Kuppelmaschinen hergestellt hatten, ernährten uns von Wild, Wasser und den Früchten des Landes, hielten Ausschau nach Nonfarmale-Adlern, und stets war ich über das perlengestickte Funkarmband mit dem Roboter verbunden.

Im weiten Umkreis, zwischen den Küsten, zwischen Süd, West und Ost, gingen unzählige Dinge vor sich. Lautlos, flüsternd und dröhnend.

Sie hatten alle ein Ziel: eine Form der Auseinandersetzung, von der Nonfarmale sich stärkte und die ihm half, viele Jahre zu überleben.

Jeden Abend betrachtete Kamakura Yamazaki die seltsamen Bilder. Sie waren für ihn inzwischen zu Symbolen einer Obsession geworden: wie Fenster, durch die man aus dem eigenen Leben in eine sagenhafte Landschaft blickte, die ebenso wirklich wie die Wirklichkeit war: eine Höhle, aus der man die Zukunft sah. Mindestens hundertmal hatte er gelesen, was sein Urahne geschrieben hatte.

Er erledigte seine Geschäfte, packte und machte sich auf den Weg nach Kagoshima. Dort stellte er, stets den Text der wunderbaren Berichte in seinen Gedanken, etwa tausend Fragen.

Er suchte die Söhne, Töchter oder Nachkommen eines Ninja, der den Namen Akizane geführt hatte, fragte die Samurai der Großen Familien, er verbrachte unzählige Nächte in den Häusern, über deren Eingängen rote Papierlaternen hingen, er ruderte mit Fischern hinaus aufs Meer, sah das Göttertor, von dem so oft geschrieben worden war, und schließlich war er verzweifelt, weil er mit seiner Suche nicht weiterkam.

Er wurde bekannt unter dem halb spöttisch gebrauchten Namen: der Kästchen-Samurai. Alle Funde und seine Münzen trug er in einem flachen, unterarmlangen Lackkästchen bei sich, und er trennte sich nicht einen Herzschlag lang davon. Schließlich fand er, nach abermals tausend Fragen und zahllosen Gängen durch die Stadt und die Felder, einen Mann, der knapp einen Kopf größer war als die anderen Männer dieses Alters.

»Warum suchst du mich?« fragte der Mann. Er gehörte zu einer Mannschaft, die Boote für Fischer und größere Schiffe baute.

»Ich suche vielleicht dich, Mann«, sagte Yamazaki halblaut und betrachtete die stämmige, muskelstarrende Gestalt. »Aber ganz sicher suche ich jemanden, der den trefflichen und überaus mutigen Ninja Akizane zu seinen Ahnen zählt.«

Der andere verneigte sich und führte die traditionelle Geste der Begrüßung aus. »Ich bin ein Nachkomme dieses Mannes. Was willst du von mir?«

Yamazaki lächelte nicht, als er antwortete: »Hat jener verehrenswürdige Ahne etwas hinterlassen? Bilder? Legenden oder einen Bericht?«

»Nein. Niemand weiß etwas. Aber er und seine Familie lebten lange und in großer Zufriedenheit.«

»Hier?«

»Ja. Dort drüben.« Akizane deutete auf eine Gruppe von Häusern, die schräg über der kleinen Bootswerft zwischen Reisterrassen am Hang zu kleben schien.

»Du trägst den Namen deines Ahnen?«

»Man gab ihn mir. Ich habe ihn nicht ausgesucht.«

Akizane lächelte. Der Nachfahre des Samurai sagte: »Ich habe viele Dinge gefunden; ein Zufall. Niemand vermag zu glauben, was die Wahrheit ist. Ich habe fast ein Jahr lang über alles nachgedacht und etliche Männer gefragt, die klüger sind als du und ich. Wir müssen darüber sprechen.«

Der Urenkel des Ninja begriff in winzigen Schritten, daß sein Gegenüber alles andere tat, als zu scherzen. Er war überzeugt, auf der Spur eines Geheimnisses oder einer kaum erklärbaren Geschichte zu sein. Die Männer starrten einander lange Zeit in die Augen und musterten einander, dann sagte der Nachkomme jenes längst zu Asche gewordenen Ninja: »Komm in mein Haus. Wir essen, trinken und schlafen. Vorher reden wir über alles.«

Yamazaki nickte und sagte leise: »Ich sehe in deinen Augen, daß du ein wenig mehr weißt, als du jetzt mir gegenüber sagen willst. Ich zeige dir die seltsamen Bilder, wir lesen, was man damals geschrieben hat, und dann reden wir über die Samurai, die beiden Riesen und Yodoya Mootori. Hast du Sake zu Hause?«

Der andere packte ihn am Arm und grinste breit: »Hai! Genug Sake für eine Schlacht. Komm!«

Die Männer gingen langsam durch die Felder und ins Haus Akizanes. Akizane studierte lange die Bilder. Yamazaki erklärte, was sie bedeuteten, zeigte ihm die beschriebenen Seiten, sprach über die Geschichte, die sie erzählten. Sie aßen gut und tranken viel Sake; je länger die Nacht wurde, desto deutlicher, farbiger wurden die Erlebnisse der längst Toten, und die Gestalten der drei Samuraifürsten gewannen übermenschliche Bedeutung.

Yamazaki las vor, zeigte auf den Bildern, was der Erzählung entsprach, redete von fernen Welten, und schließlich, als er seine Kostbarkeiten wieder in das Kästchen verpackte, waren sie beide hoffnungslos betrunken. Sie schliefen ein, wo sie eben noch gesessen hatten, schliefen bis Mittag.

Dann gingen sie in die Bottiche voll heißen Wassers und schwitzten den Alkohol aus, sprachen über diese seltsame Geschichte. Sie waren – ein paar Tage später – sicher, daß alles, was sie gelesen und gesehen hatten, aus den Höhlen der Vergangenheit ausgegraben worden war; Wahrheit, aber alt, ohne Bedeutung für die nächsten Tage und Monate.

»Aber«, sagte Yamazaki, »mein Ahne schrieb, daß es diese kleine Insel des Yodoya Mootori gibt. Dorthin kommt der Fürst der Zeit, um nachzudenken und seine Zehen in die Brandung zu stecken.«

»Sollen wir diese Insel suchen?«

»Würden wir wirklich suchen, würden wir sie finden – vielleicht an der Schwelle unseres Lebens.«

»Aber unsere ›Söhne‹ oder selbst die überaus nutzlosen ›Töchter‹, vielleicht sollen wir ihnen befehlen, diese Insel zu finden.«

Sie spürten noch den Geist des Reisschnapses in ihrem Verstand. »Darüber reden wir in den nächsten Tagen. Stell dir vor: Der Fürst ist eines Tages da, und wir kämpfen an seiner Seite wie unsere Ahnen! Das wäre der schönste Abschluß des Lebens. Unsere Ahnen hätten dies gewollt.«

Sie redeten noch eine Menge wildes Zeug, betranken sich mehrmals, hatten abenteuerliche Visionen; schließlich entwickelten sie einen Plan, der ebenso wagemutig wie durchführbar war. Erst ihre Sohnessöhne würden ihn, wenn überhaupt, beenden oder wenigstens ausführen können. Und bis dahin würden noch unendlich viele Brandungswellen an die felsigen Küsten Japans schmettern. Die Vision aber blieb.

»Woran denkst du, Geliebter?«

Ich ließ mir Zeit mit der Antwort. Ich befand mich in Gedanken in der Vergangenheit, der nahen Zukunft und der Gegenwart gleichzeitig. Die endlose Prozession von Menschen, Metaphern und Malaisen zog an mir vorbei: *atl,* die Kurzform von *nauatl* in der kuriosen Sprache der Azteken; *atl* bedeutete *Wasser, atl-atl* war gleich »im Wasser«, in der Steigerungsform »unter Wasser«. Spuren, die ich hinterließ und die späteren Forschern arge Verwirrung bescheren würden. Gleichzeitig bedeutete dieser Begriff die bogenförmige, oben gerundete Steinschleuder. Steine waren Meteoriten, Lichterscheinungen am Nacht- oder Tageshimmel waren Blitze. Atlan – der Blitzeschleuderer? Man mußte ziemlich viel Kakteenschnaps, Bier oder Calvados in sich hineinschütten, um diese kühnen Gedankenbrücken schwindelfrei beschreiten zu können.

»Ich denke nicht«, murmelte ich. »Irgend etwas denkt mich.«

Die Herbstnächte waren mitunter kalt. Der Kamin verströmte wohlige Wärme. Die nachgeahmte Petroleumlampe verbreitete verträgliche Helligkeit. Ein Sturm fauchte und gurgelte ums Haus.

»Das ist weniger erschöpfend. Küß mich«, sagte Amou. »Oder wartest du auf Nahith?«

»Mitnichten.«

Ich dachte an die Samurai mit ihrem selbstmörderischen Ehrenkodex, ihrer unreflektierten Über-Männlichkeit und ihrer kalten Würde des Sterbens. Ich dachte an das millionenfache Sterben, das ein unveränderliches Kennzeichen dieser herrlichen, abscheulichen Welt war. Stellte sich für einen Historiker die Vorgeschichte der Arkon-Planeten ebenso dar wie der Sumpf aus Blut und Grausamkeit, den ich seit fast zehn Jahrtausenden in Bild und Ton und seit einem Vierteljahrtausend selbst, wach und betroffen, erlebt hatte?

Das wirst du niemals genau wissen, sagte das Extrahirn fast feierlich. In diesem Augenblick traf mich eine Erinnerung wie ein Keulenhieb auf den Hinterkopf. Ich krümmte mich innerlich.

Atlan Toxarchos! Im Licht des vollen Mondes, am Gestade des Meeres vor Troja, beugte ich mich über eine schöne, schwarzhaarige Frau. Aieta Demeter!

Die Fürstin der Amazonen flüsterte zärtliche Worte in irgendeinem attischen Dialekt, stöhnte und biß mich in den Hals. Die Frau, die in den Wirren eines trojanischen Krieges von mir, einem dubiosen Halbgott, einen Sohn empfing. Die Ähnlichkeit zwischen Demeter und Amoustrella war groß. Mehr als ein Zufall?

Aieta Demeter war davongaloppiert und hatte mir nichts anderes zurückgelassen als eben jene Erinnerung, einen Schwall unglaubwürdig klingender, aber ernstgemeinter Worte des Hasses und die Gedanken an das Vorhaben, jenen »meinen« Sohn zu suchen, wenn ich mein Versprechen einlöste, meinen Freund Odysseus auf Ithaka zu überraschen. Beides war selbst während des langen Schlafes der Enttäuschung nicht vergessen worden; ich entsann mich einer einzigartigen Reise mit ernüchterndem Ende.

Gedankenfetzen, Bilder und Vorstellungen wirbelten vor meinem inneren Auge wild durcheinander.

Ich kannte alles: Höhlenbären und onyxäugige Sphingen, Psyche, die vor Pan kniete und hinter der Amor zynisch lachte, die mächtigsten Herrscher und die schönsten Frauen, deren Moral eine Beleidigung für jede Hyäne war, ich kannte das Zarte ebenso wie das Tiefe, und für mich war seit einer kleinen Ewigkeit diese Welt eine grenzenlose Plattform, auf der tatsächlich alles möglich war, auf der aus Träumen Wirklichkeit wurde, auf der sich ein Atlan Gonozal ebenso tummelte wie ein Tamerlan oder ein Nonfarmale. Ich stemmte mich hoch, stierte in das gelbliche Licht und packte den Becher.

»Ich war ein wenig abwesend«, murmelte ich. »Dieses Heulen: Wölfe oder Winde?«

Amous Finger vergruben sich in meinem Haar. »Wind im Kamin, Viele-Leben-Krieger.«

»Ich habe nicht zuviel getrunken«, sagte ich. »Aber ich bin in einer Stimmung, die man als ›ungut‹ bezeichnen könnte. Ich versuche, die Brandungswellen der Erinnerungen niederzukämpfen. Es wird nicht gelingen.«

Sie flüsterte: »Ich, unerfahrener und jünger als du, ich weiß es. Warum weißt du es nicht?«

Ich zuckte mit den Schultern und preßte mich an Amous Körper. »Weil ich zuviel weiß, zu vieles kenne und daher weiß, daß alles und gleichzeitig das Gegenteil davon richtig ist.«

Wärme, roter Wein, Amoustrella und die Einsamkeit, die uns schützend umgab – dies alles sollte mich beruhigen. Trotzdem zuckte mein Verstand, von Erinnerungen gepeitscht, hin und her. Wir schliefen, aneinandergeschmiegt, während draußen der Herbst seine raschelnden Schritte weiter nach Westen richtete.

Von der Bisonjagd brachten die Sioux drei Indianer mit; ebenfalls Überlebende einer überfallartigen Strafaktion des Weißen Mannes: zwei junge Frauen und einen etwa fünfundzwanzigjährigen Mann. Während um uns herum die Bäume sich golden, rot und lodernd färbten, schleppten sie neun Bisonfelle, große Mengen luftgetrockneten Fleisches und Gehörn, Knochen und Hufe ins Lager, das mittlerweile von Tausend Blitzen, Duftendes Laub, Sieben Bisons und den jungen Mädchen in unserem Sinn, mit unseren Materialien, winterfest gemacht worden war.

Fröhlicher Frosch und Kleines Reh, die Mädchen, bezogen die neuen Zelte und bereiteten sich mit uns auf den Winter vor. Sie waren scheu und zurückhaltend, und Duftendes Laub scheuchte sie in unsere Nähe, in den Wirkungskreis des Medorobots und der Hypnoschulung. Das Land ringsum überzog sich mit lodernden Farben; schon im heißen Mittag spürten wir die Kälte eines langen Winters. Würde Abraham Lincoln seine Vorstellungen verwirklichen können? Warum war Vater-der-Sonnen-Wolke nach wie vor leer? Wann fing der Krieg zwischen Nordstaaten und Südstaaten an?

»Im Gegensatz zu jedem anderen Lebewesen, Atlan, können wir den Winter auf Yodoyas Insel überleben«, sagte eines Nachts meine Freundin. Ich schnippte mit den Fingern.

»Oder in Australien«, sagte ich. »Genau das werden wir tun. Boog und Riancor rufen uns zurück, wenn es hier ernsthafte Probleme gibt.«

»Ja. Du hast recht. Wir können, wenn es uns zu heiß wird, uns im meterhohen Schnee abkühlen.«

»Tausend Blitze ruft, wenn Nonfarmale zu sehen ist.«

»Wir haben genügend Wachposten aufgestellt. Überall.« Amou schüttelte ihren schmalen Kopf. »Es ist herrlich, so zu reisen – wie im Traum, schnell wie ein Gedanke.«

Zwanzig Tage danach hinterließen wir tiefe Spuren im feuchten Sand von Yodoyas Insel. Ich betrachtete nachdenklich das Versteck der LARSAF und fragte mich, was ich mit dem Raumschiff anfangen sollte.

1861: NORDMINNESOTA: Am sechsten November des Vorjahres war Abraham Lincoln gewählt worden, und am vierten März erfolgte seine Inauguration. Die südlichen Staaten schlossen sich zu einer Gruppe zusammen, die sich »Konföderierte« nannten. Unaufhörlich sammelten wir Informationen, und oft sah es aus, als ließe sich ein Krieg vermeiden. Es gab tausend verschiedene Meinungen und Deutungen; die Lage blieb verworren. Am dreizehnten April kamen wir zurück in das Blockhaus im Norden Minnesotas. Im Schatten der Wände lagen die letzten Schneereste. Das Haus hatte den Winter bestens überstanden.

»Reiten wir zu unserem Stamm«, schlug Amoustrella vor, als wir die Pferde aus dem Stall trieben. »Vielleicht haben sie gesehen, was unseren künstlichen Augen entgangen ist.«

»Später«, sagte ich und bewunderte das saftige Grün, das bis zum Waldrand wucherte. Unsere Farm verschwand fast hinter den Hecken und ragte aus einem Meer von Gräsern. Die drei Pferde sprangen übermütig umher. »Ich richte meinen Arbeitsraum ein und aktiviere die Geräte.«

Die Deckel der Truhen klappten auf, die Bildschirme blinkten, langsam erstellten sich die Formen und Farben. Noch bevor der dreidimensionale Effekt aufgebaut worden war, meldete sich Tausend Blitze aus der Kuppel: »Im Morgengrauen, gestern, wurde Fort Sumter, vor dem Hafen Charlestons, von den Konföderierten beschossen, noch ehe Lincolns Flotte, die Proviant bringen sollte, dort eintreffen konnte.«

»Amerikaner feuerten auf Amerikaner«, sagte ich. »Der Krieg hat also offiziell angefangen.«

»Nonfarmale befand sich unter den Mannschaften, die ihre Kanonen auf das Sternenbanner richteten«, sagte Riancor. »Kurz darauf verschwand er.«

»Verstanden. Ist er im Vater-der-Sonnen-Wolke?« fragte ich.

»Es konnte nichts beobachtet werden.«

»Seltsam. Er scheint sich wieder einmal zwischen den potentiellen Opfern wohl zu fühlen. Beobachte weiter.«

»Ich tue nichts anderes. Wenigstens meistens.«

Ich nickte seinem Bild zu und hörte Amou hantieren; sie stapelte mitgebrachten Proviant. Ich holte die Sättel, fing mit einiger Mühe die Schecken ein und sattelte sie. Die Tiere waren aufgeregt, weil sie lange nicht geritten worden waren, und wir preschten im Galopp durch den aufgeweichten Boden zum Lager der Sioux. Stiller Donner und Viel Rauch hatten den Hufschlag und das Wiehern gehört. Sie hoben die Arme, lachten und zeigten uns, wie gut sie den Winter überstanden hatten. Drei-Adler-Schreien hatte jetzt völlig graues Haar.

»Seid ihr gekommen, um mit uns zu jagen?« fragte Stiller Donner. »Ist nicht die beste Zeit.«

Wir stiegen aus den Sätteln und gingen zusammen ins Lager. Die Mädchen und Frauen kamen aus allen Richtungen, um uns zu begrüßen.

»Es wird Krieg geben, einen schlimmen Krieg«, sagte ich. »Ein Krieg der Weißen Männer gegeneinander. Nord gegen Süd.«

»Kommen die Soldaten des Weißen Vaters hierher?«

»Ich denke, sie werden an anderen Stellen kämpfen«, sagte Amou. »Nicht hier im Norden.«

»Wißt ihr, wann sie kommen?«

»Wir sehen sie, und wir werden euch warnen«, sagte ich. »Dir geht es gut, Duftendes Laub?«

Die Frau nickte und lächelte. Wir blickten in zufriedene Gesichter. Das Lager, um einige Zelte größer geworden, war sauber und zeigte, daß die Nomaden sich wohl fühlten, die Hilfen der Hypnoschulung und die Materialien aus unseren Kuppelvorräten richtig verarbeitet hatten.

»Was habt ihr an der Spitze von Vater-der-Sonnen-Wolke gesehen?« fragte ich.

Sieben Bisons antwortete: »Es war kein Licht. Aber oft versteckte sich das Steingesicht hinter Wolken.«

»Es waren Wolken, aber an anderen Stellen nicht. Nur dort.«

Amou und ich blickten uns schweigend an.

»Aber sonst haben wir nichts gesehen, nichts Seltsames. Einmal rannten Wölfe um euer Haus und ums Lager«, sagte Kleines Reh, »aber ihr habt die Spuren auch gesehen.«

Ich nickte. Amou übergab den Mädchen Geschenke und sagte, daß sie so oft zu uns kommen sollten, wie sie mochten; es werde immer ein wenig Arbeit geben, genug zu essen und viel Gelächter. Zwischen den Bäumen waren zahlreiche Felle an Holzgestellen zum Trocknen ausgespreizt. Der Waldboden roch feucht und modrig, und Fische huschten im glasklaren Wasser des Sees.

»Wir kommen. Ihr bleibt lange?« Lachender Schatten war hübscher und fraulicher geworden. »Reitet ihr wieder mit uns, Schwarzes Feuer?«

»Wenn Zeit dafür ist, reiten wir. Auch Tausend Blitze wird uns wieder besuchen.«

»Er war siebenmal bei uns und brachte gute Dinge, schöne Geschenke«, berichtete Tanzende Biene. »Wann kommt er?«

Ich zuckte mit den Achseln. Wir schwangen uns auf die Rücken der Pferde; die Tiere scharrten ungeduldig. Ein schneller Ritt brachte uns über die bekannten Pfade und am Seeufer entlang zurück zum Haus. Nachdem ich die Sättel verstaut hatte, sagte ich: »Wahrscheinlich hat Nonfarmale verschiedene Aktivitäten durch künstlichen Rauch getarnt.«

»Er und seine Leute«, meinte Amou, »waren hier, ohne daß wir es gesehen haben. Aber der Stamm und das Haus schienen niemanden interessiert zu haben.«

»Er hatte Wichtigeres zu tun«, sagte ich. »Wir können darauf warten, daß die nächsten Jahre unzählige Opfer bringen werden. Es ist nur zu hoffen, daß wir unbelästigt bleiben.«

»Können wir Nonfarmale finden und vernichten?« fragte Amou eine Stunde später, nachdem ich sämtliche Beobachtungsgeräte eingehend kontrolliert und die Bilder nach gefahrdrohenden Einzelheiten durchsucht hatte.

»Vielleicht, wenn ich zu seinem Satelliten fliege und ihn verwüste. Aber das ist auch ein fragwürdiger Versuch. Jedenfalls besuche ich ihn in seiner Felshöhle.«

Ich zeigte auf den Berg, dessen Spitze in der Nachmittagssonne dunkel und abweisend aus großen Augenhöhlen über das Land starrte.

Am gleichen Tag, an sich dem vor sechsundachtzig Jahren britische Truppen in Lexington mit amerikanischen Milizen beim Versuch, einige Waffenwerkstätten zu zerstören, ein Feuergefecht lieferten, am neunzehnten April also, riß mich mitten in der Nacht das schrille Signal des Roboters aus dem Schlaf. Der Nordamerikanische Unabhängigkeitskrieg hatte damals angefangen ... Nackt rannte ich in den Arbeitsraum. Ein Bildschirm zeigte Störungslinien, ein anderer Monitor Gesicht und Oberkörper von Tausend Blitzen.

»Nonfarmale«, sagte er nur. »Sieh die Wiederholung der Aufnahmen, Atlan.«

Ich erkannte die Szenerie auf den ersten Blick. Das Wäldchen und mitten zwischen den Bäumen, bis zur Unkenntlichkeit überwachsen und hinter Blättern, Blüten und Ranken versteckt, das letzte Haus der australischen Samuraisiedlung. Die Sequenz dauerte nur wenige Sekunden, dann schwenkte das Objektiv der Sonde und zeigte eine graue Kugel, die im grellen Sonnenlicht schwebte. Fast augenblicklich bewegte sich die Kugel heran, hing schräg über dem Wald, und in der Wandung öffnete sich ein Loch, vier Handbreit im Durchmesser. Aus diesem Loch schob sich eine trichterförmige Mündung.

Drei rötliche Strahlen, im Sonnenlicht schwer zu sehen, fuhren zwischen den Baumkronen hindurch, trafen das Haus und verwandelten es binnen Sekunden in einen Feuerball, aus dem brennende Trümmer wirbelten. Bäume standen in Flammen, ein Explosionspilz aus Flammen, Rauch und Sand stieg in die Höhe; noch immer hagelte es Trümmer und brennende Fetzen. Die Kugel drehte ab, die Hülle schloß sich, und während Nonfarmales Schwebekugel in wahnsinniger Beschleunigung schräg in den Himmel raste, riß die letzte Explosion des Energiesystems die Trümmer auseinander, entwurzelte die brennenden Bäume und hinterließ einen tiefen Krater im Sandboden. Das Bild hatte gezittert, also war auch die Sonde von den Druckwellen erreicht worden.

»Die Energiekuppel war glücklicherweise abgeschaltet worden«, sagte Tausend Blitze. Ich verstand erst beim nochmaligen Nachdenken: Hätte Nonfarmale erlebt, daß seine Energiestrahlen abgelenkt wurden, würde er einen weiteren Beweis gehabt haben, auf welch technischem Niveau sich sein Gegner befand.

»Er hat einen Stützpunkt gefunden«, sagte Tausend Blitze. »Dort befand sich der von uns konstruierte Tunnel zur seltsamen Ebene.«

»Das Raumschiff!« sagte ich aufgeregt.

»Die Wände des Verstecks sind kristallfeldintensiviert worden«, lautete die Antwort. »Über dem Schiff liegt ein Schutzfeld und ein zweites über dem Tarnzelt. Er müßte die Energie eines Schlachtschiffs aufwenden.«

»Das hast du einbauen lassen, ohne daß ich es weiß«, sagte ich und lehnte mich zurück. »Wann hat der Überfall stattgefunden?«

Der Roboter zögerte nicht. »Vor zwölf Minuten.«

Carundel Mill? Der Lechturm? Yodoyas Insel? Beauvallon war außer Gefahr; es gab keine anmeßbaren Energien, seit der Transmitter desaktiviert worden war. Und die einsame Farm von Antal Stuart?

Ich hörte Tausend Blitze sagen: »Ich habe versucht, die Sonde hinterherzusteuern. Sie ist nicht schnell genug, und sie verliert gerade Nonfarmale aus den Linsen. Seine Flugbahn, wenn es eine Gerade ist, weist nach Amerika. Aber in den Süden des Landes. Ich sehe, daß du alle Geräte um den Berg und die Farm aktiviert hast.«

»Aus guten Gründen«, murmelte ich. »Kann der schwere Gleiter raumtüchtig gemacht werden?«

»Ohne Schwierigkeiten.«

Ich spürte Amous zarte Finger auf meinen Schultern. Ich zitterte vor verhaltener Wut.

»Programmiere Boog oder komm mit dem notwendigen Material, Bomben für den Satelliten und Werkzeug selbst her. Ich werde ihn bestrafen.«

»Vielleicht gelingt es, die Maschinen zu zerstören, die seine Jenseitsweltenergien herstellen«, sagte Amou. Der Druck ihrer Finger verstärkte sich.

»Vielleicht«, sagte ich. »Wie konnte Nonfarmale auf dieser riesigen Welt ausgerechnet diesen Fleck am Strand entdecken? Was sucht er in der Nullarborwüste? Gut, daß wir die LARSAF versteckt haben.«

»Und wenn er uns hier findet ...?« flüsterte sie.

Ich deutete auf ein Pult und sagte: »Wir haben das Haus mindestens ebenso gut geschützt wie das Raumschiff. Tausend Blitze wird auch noch ein paar Energiestrahler mitbringen, denke ich.«

»Er wird mitbringen, was notwendig ist«, sagte die Stimme des falschen Shoshonen aus einem Lautsprecher. »Noch vor Mittag eurer Ortszeit bin ich dort.«

»Gut«, sagte ich. »Wir warten.«

Einige Stunden lang war ich ratlos, war wild entschlossen, Nonfarmales Wohnhaus zu vernichten. Was würde es bewirken, was änderte es daran, daß er und einige seiner Psychosklaven keine Möglichkeit mehr hatten, sich von der Erde zurückzuziehen? Ich konnte nur hoffen, daß die Vernichtung der Heimstatt den Psychovampir aus dem Berggipfel vertrieb und den Bürgerkrieg in Amerika verhinderte. *Paladin der Menschheit!* sagte der Extrasinn. *Vertreibe diesen Eindringling aus deinem Imperium!*

»Genau das werde ich tun«, sagte ich. Tausend Blitze kam mit gewohnter Pünktlichkeit.

Schwebende kleine Maschinen schleppten die Ausrüstung. Der größere Gleiter wurde in die Mitte der Scheune gebracht, systematisch abgedichtet und mit Zusatzeinrichtungen versehen. Für mich hatte der Roboter einen arkonidischen Transportanzug mitgebracht, der mein Überleben sichern sollte. Wir arbeiteten fast vierundzwanzig Stunden lang, rüsteten den Gleiter mit allem aus, was ich für einen kurzen Raumflug brauchte, und der Roboter hatte, wie gewohnt, nichts übersehen.

»Die Strukturöffnung steht noch an derselben Stelle«, sagte Tausend Blitze, »Und ich kann, wenn nötig, eine zweite Öffnung projizieren.«

»Ausgezeichnet. Das ist mehr als eine Lebensversicherung«, sagte ich zufrieden.

Gegen Mittag des nächsten Tages waren wir fertig. Als ich mich müde an den Eßtisch setzte und die Beine ausstreckte, sagte Amou: »Du brichst nicht heute auf, Liebster?«

»Nein. Morgen früh erst«, antwortete ich. »Da ist noch eine wichtige Sache. Es vergeht die Zeit dort sehr viel schneller. Vielleicht mußt du hier ewig lange warten. In diesem Fall – ich habe Tausend Blitze angewiesen, dich sofort zur Kuppel zu bringen; dort solltest du in den Tiefschlaf gehen.«

Sie überlegte ungewöhnlich lange, ehe sie antwortete. »Ich weiß, wie gefährlich dein Versuch ist. Ich denke, du hast recht. Ich warte eine Weile, dann verlasse ich das Blockhaus.«

»Natürlich gehe ich so schnell wie nur irgend möglich vor«, versprach ich. »Aber ich habe vor, seinen Mond in eine Kraterlandschaft zu verwandeln.«

»Der Kampf eskaliert«, sagte Tausend Blitze. »Wenn er überlebt, wird er den nächsten Stützpunkt seines Gegners suchen.«

»Deswegen soll Amou so bald wie möglich von hier verschwinden.«

Ich leerte den Bierkrug, gähnte und deutete mit dem Daumen auf die Schlafzimmertür. »Morgen früh starte ich. Wir bleiben in Verbindung, Tausend Blitze. Ein Relaissatellit schwebt vor dem Loch zur Jenseitswelt?«

»Wird dort sein, wenn du einfliegst.«

Ich versuchte ein kühles Lächeln, duschte und glitt zwischen die Decken. Atlan Gonozal, der Kristallprinz und Kosmo-Stratege sollte, unterstützt von einer Tonne bester arkonidischer Technik, mit Nonfarmale fertig werden. Ich wandte eine Dagortechnik an und klärte meine Gedanken, bis ich fähig war, das gesamte Problem ruhig zu durchdenken und zu analysieren. Der Einsatz hätte eine arkonidische Kommandoeinheit beschäftigt, aber ich war allein. Ich ging, die Hände im Nacken verschränkt und mit geschlossenen Augen, tief atmend, unter dem Aspekt der Yogaschulung und des Zen vor: Aus einem Bündel Problemen wurde eine logische Abfolge einzelner, einfacher Schritte. Sämtliche Bilder hatte mein fotografisch genaues Gedächtnis gespeichert. Wenn es mir gelang, ungesehen in die Behausung Nonfarmales zu gelangen, mußte ich zwangsläufig Erfolg haben. Am frühen Abend kam Amoustrella und schmiegte sich an mich.

»In ein paar Tagen«, flüsterte sie und umarmte mich, »bist du wieder bei mir. Dann werden wir einen langen, schönen Sommer haben.«

»Und in anderen Teilen des Kontinents tobt der gnadenlose Bürgerkrieg.«

Wir liebten uns zärtlich; beide dachten wir, daß es das letztemal sein konnte, und hofften, daß unsere Furcht unbegründet war.

Der Anzug saß hervorragend und war übersät mit Schaltern, Taschen und eingearbeiteten Geräten. Ich setzte mich, schloß die Gurte und leitete Preßluft in die dikken Dichtungswülste. Ich blickte hinter dem Visier geradeaus, hob kurz die Hand und schaltete das Deflektorfeld ein. Der Gleiter schob sich aus dem Scheunentor, stieg und schlug den Kurs zum Vater-der-Sonnen-Wolke ein. Nebel oder Wolken bildeten sich unterhalb des Mundschlitzes im Berg. Langsam flog ich auf das riesige Gesicht zu und sah, daß die grausilberne Transportkugel zusammengeschrumpft vor dem Auge in der Kanzel lag. Ich kippte die Maschine, fing sie ab und jagte auf die Position des Schlundes zu.

Ich flüsterte in das eingebaute Mikrophon: »Ich orte die Relaissonde.«

»Verstanden. Hier keine neuen Beobachtungen, auch keine vom Berg oder der Umgegend.«

Ich flog in die Richtung der Sonnenscheibe, verdunkelte die Kuppel und steuerte auf den haardünnen Ring zu, der sich auf einem Monitor abzeichnete.

Die Geschwindigkeit des Gleiters war nicht hoch; die Stimme des Roboters erklärte: »Keine anderen Ortungen in deiner Nähe, Atlan. Nonfarmale befindet sich im Berg.«

Ich schob den Geschwindigkeitsregler nach vorn, erhöhte die Leistung der Antigraveinheiten und des Antriebs und befand mich nur wenige Sekunden lang in einem zylindrischen Tunnel. Der Gleiter schoß aus der Helligkeit des Tages in das Halbdunkel des fremden Kosmos hinein; ich steuerte ihn zur öden Oberfläche dieses Planeten, der aussah, als sei er nichts anderes als eine riesige flache Scheibe.

»Rico?« fragte ich, entdeckte auf dem Monitor die Kugel des Mondes und winzige Echos, die vermutlich herumirrende Meteoriten darstellten.

»Ich höre dich. Gerade noch. Die Verbindung wird schwächer ...«

»Alles in Ordnung«, sagte ich, ehe die Funkverbindung abriß wie jedesmal während eines solchen Vorstoßes.

Der Gleiter huschte, unsichtbar und durch Schutzfelder gesichert, über die Oberfläche der riesigen Welt. Ich warf hin und wieder einen langen Blick auf die Felsen, Krater und Spalten. Über dem chaotischen Gemenge aus Wüste und Urlandschaft schien hauchdünner Nebel zu liegen, dünnes Gas, in dem winzige Staubpartikel im Licht der glimmenden Sterne aufblitzten. Ich erhöhte die Geschwindigkeit und überprüfte den seltsamen Weltraum vor und hinter mir, steuerte in einer flachen Kurve, wie die Sonde, auf den Mond zu, zielte auf einen Punkt rechts der grün und blau gemusterten Kugel. Hinter mir kroch eine Sonne hinter gezackten Kraterwällen in die Höhe.

Wieder jagte ein winziger Körper quer über den Monitor. Ich blieb auf Kurs, schaute die Vergrößerungen und jene Punkte der Landschaft an, die mir als Orientierung dienen konnten. Der Seltsame Satellit – wie wir diesen Bereich nannten – wirkte tatsächlich wie eine Miniaturerde; wenn ich genau hinsah, konnte ich Bäume und Gebirge mit ihren Spitzen und Wipfeln nach »oben« und nach »unten«

ragen sehen, wie auf einer kindlichen Zeichnung, mit der man den Begriff Antipoden erklären wollte.

Der Gleiter raste weit von der Oberfläche entfernt in einem unregelmäßigen Orbit. Ich hoffte, daß Nonfarmale noch keine Geräte besaß, die mein Deflektorfeld durchbrechen konnten. Mindestens zehnmal überflog ich den Mond, dessen Oberfläche offensichtlich das Ergebnis eines überaus sorgfältigen Gestaltungsprozesses war.

Unter mir lagen der See und der mächtige Felsen. Ich drosselte die Geschwindigkeit und glitt durch die Lufthülle des Mondes, im Zickzack und in einer Spirale, zum See. Ich bemühte mich, wenig Energie zu verbrauchen, und befand mich nach behutsamem Manövrieren über dem Wasserspiegel. Die Sonne dieses Systems wanderte in ungewohnter Schnelligkeit über den Himmel. Sie war schon zweimal über diesem Teil der Landschaft aufgegangen und verschwunden.

Ich dachte an den unterschiedlichen Zeitverlauf und konzentrierte mich auf meine Aufgabe. Ich ignorierte die Vögel in der Luft, die Tiere auf Lichtungen und am Ufer des Teiches, die großen Fische, die ich im Wasser sah, schwebte nach links hinüber und bemühte mich, dicht bei den Felsen auf das Wohnhaus zuzuhalten. Nicht ein Warngerät schlug aus oder blinkte.

Ich sah auch keine riesigen Adler oder andere monströse Bestien. Die Tiere paßten genau in diese Welt; ich flog an einer Kolonie schwarzweißer Wasservögel vorbei, die auf Eiern saßen oder zum See hinunterrasten, auf der Suche nach Beute; ich umrundete einen Pfeiler aus brüchigem Gestein und bremste. Vor mir lagen die bewachsenen Terrassen des Wohngebäudes. Die Sonne, die gerade noch über dem Horizont hing, beleuchtete glatte Steinflächen, Quader und helle, verputzte Tafeln. Ich hielt den Gleiter zwischen Fels und oberster Terrasse an, schoß einen Maueranker und straffte das Tau; dann drehte ich die Maschine, so daß ich auf die Platten der Terrasse klettern konnte, und markierte die Stelle mit zwei abgebrochenen Ästchen.

Ich hob die kastenförmigen, ineinander verschachtelten Bomben heraus, aktivierte den Antigravtragegriff und schulterte die Waffen, bemühte mich, lautlos zu arbeiten und ebenso lautlos über die Terrasse zu gehen und eine weit offene Tür zu benutzen. Die Sonne versank, als ich den Raum betrat, die schwere Waffe gegen die Armbeuge stemmte und mich umsah. Leer. Nichts bewegte sich. Ich ging weiter und zog die Bomben hinter mir her. In zunehmender Dunkelheit erreichte ich das rückwärtige Ende eines trapezförmigen Raumes von mehr als zwanzig Metern Kantenlänge. Ich plazierte die erste Bombe in eine Wandnische zwischen Lampen, Ziergegenständen und polierten Steingestalten, stellte den Zeitzünder ein und schaltete die Lampen im Kampfhelm ein. Ich entdeckte eine Treppe und wartete, während ich Stufe um Stufe abwärts pirschte, darauf, daß in den Räumen jemand die Beleuchtung einschaltete.

So schnell wie möglich setzte ich die Bomben ab und bemerkte zweierlei: Nichts und niemand schien sich hier aufzuhalten; Teile der Einrichtung waren in die Höhlen des Berges gebracht worden. Im untersten Geschoß, zwischen leise summenden Maschinenblöcken und dicken Röhren, versteckte ich die letzte Bombe.

Ich fand einen Ausgang und stand, als die schnelle Morgendämmerung in den hellen Tag überging, auf einer halboffenen Terrasse. Vom Seeufer führte eine

Doppelspur menschlicher Fußabdrücke zum Wasser und zurück. Ich blieb regungslos stehen: Hinter mir, im gesamten Gebäude, gab es nicht das winzigste Geräusch.

Ich schaltete das Flugaggregat ein und sprang zum Versteck des Gleiters. Mir blieben achtzig Minuten.

Ich kletterte in den Pilotensitz, schnallte mich an und riskierte es, den Helm zu öffnen und die frische Luft einzuatmen. Ich schloß Helm und Gleiter, löste den Anker und ließ die Maschine senkrecht höher schweben. Dann stellte ich den Zünder einer Bombe ein, kurvte auf den See hinaus und ließ den Sprengsatz, dicht über der Oberfläche schwebend, ins Wasser fallen. Glucksend versank das Projektil.

Ich folgte der Sonne; nach Westen vielleicht, überflog jene Landschaftsteile, die uns von der Sonde gezeigt worden waren, wich nach rechts und links aus und versuchte, ein zweites Bauwerk oder eine Anlage zu finden, die mir Hinweise auf den Raumschiffhangar gab.

Schließlich sah ich ein, daß eine weitere Suche sinnlos und gefährlich sein würde. Ich prüfte, ob der Transportanzug und der Gleiter geschlossen waren, und jagte steil durch die Lufthülle des Mondes, auf die unendlich groß erscheinende Oberfläche der verwüsteten Welt zu.

Der Gleiter verhielt sich wie ein winziges Raumboot; weniger wendig und schnell, aber so zuverlässig, wie ich es brauchte. Als ich über einen anderen Teil des öden Planeten flog – denn es konnte nichts anderes als ein riesiger Planet sein –, betrachtete ich die Masseanzeiger und die anderen Instrumente. Ich drehte mich zweimal um, aber noch immer hing der Mond vor dem nebligen Hintergrund der Sterne. Die Oberflächenschwerebeschleunigung unter mir war so hoch wie die des dritten Planeten von Larsafs Stern. Ich bemerkte, daß sich auf dem Spezialmonitor der kreisförmige Tunnel abzuzeichnen begann, und riskierte, tiefer zu gehen und die Oberfläche der toten Welt genauer zu betrachten. *Vor dir! Sieh hin!* schrie der Logiksektor. Innerhalb der scharfgezeichneten Silhouette erschienen drei deutliche Echos.

»Nonfarmales Truppe«, knurrte ich. Die Reaktionen liefen fast automatisch ab. Ich kippte ein Dutzend Schalter; jetzt war der Gleiter bereit, sich in ein feuerspeiendes Gerät zu verwandeln. Ich überlegte zwei Sekunden lang, schob die Geschwindigkeitshebel vor, leitete einen Steigflug ein und zielte auf das Tor zwischen den Welten.

Noch sah ich sie nicht mit dem bloßen Auge, aber der Bildschirm zeigte mir drei Kugeln, die auf mich zusteuerten und rasch größer wurden. Eine der Kugeln gehörte Nonfarmale; grausilbern, mit marmorierter Oberfläche. Ich war sicher, daß mich keiner sehen konnte. Starker Andruck preßte mich gegen die Rückenlehnen, als ich auf die gelbe Kugel voraus zusteuerte, die Thermostrahl-Projektoren ausrichtete und volle Energie auf die Geräte schaltete, die Führungsrohre der raketengetriebenen Geschosse öffnete, beide Desintegratoren einschaltete und den Hochenergiestrahler ausfuhr.

»Diesmal, Nonfarmale, gibt's keine fairen Duellregeln.«

Ich packte die Handsteuerung und tastete den Autopiloten ein. Als ich weniger als zwei Kilometer von der ersten Transportkugel entfernt war, feuerte ich zwei Projektile ab, fast gleichzeitig zuckte der sichtbare und unsichtbare Hagel von

Strahlen gezielt auf die Kugel zu. An rund einem Dutzend Stellen, dicht beieinander, trafen sämtliche Strahlen und Projektile das Ziel. Die Haut der Kugel verfärbte sich, Blitze und wabernde Energiezungen zuckten um die Rundungen, Strahlen fraßen sich blitzschnell ins Innere, und der schwache Schutzschirm zerstörte sich in einem Feuerwerk blauer Hitze.

Ich nahm die Finger von den Auslösern, grinste kalt und fegte mitten durch die langgezogene Wolke aus brennenden Gasen, vielfarbigem Rauch und Trümmerstücken. Der Schutzschirm prellte die Bruchstücke nach allen Seiten auseinander, und sekundenlang war ich geblendet, griff in die Handsteuerung und jagte den Gleiter in einer engen Kurve, unweit der Strukturöffnung, auf die zweite Transportkugel zu, die in etwa gleicher Geschwindigkeit auf den Mond zuschwebte.

Nonfarmales Kugel raste geradeaus; er schien noch nichts gemerkt zu haben. Ich warf einen Blick in die Richtung des Satelliten. Noch waren meine Bomben nicht detoniert; sie sollten etwa gleichzeitig gezündet werden.

Ich feuerte die Projektile und die vernichtenden Strahlen aus einer weit geringeren Entfernung ab als beim ersten Angriff. Wieder brach der gegnerische Energieschirm zusammen, und ich steuerte den Gleiter an der Explosionsstelle vorbei.

Ein Ball aus Feuer, Glut und Trümmern breitete sich aus, und ich streifte einen Teil der auseinandergeschleuderten, glühenden Materieteile. Der kugelförmige Schutzschirm um den Gleiter hielt den Anprall aus, aber ich sah aus dem Augenwinkel, daß sich aufblitzende Energie und aufflammende Gase entlang der Krümmungen schmiegten und die Form des Schirms für Sekunden nachzeichneten.

Als sich die Nase des Gleiters in die Richtung des Mondes eindrehte, sah ich, daß Nonfarmales grausilberne Kugel langsamer wurde, eine enge Kurve flog und auf mich zuraste. Ich wich von der Flugbahn ab, steuerte auf den zerklüfteten Steingarten des Planeten zu und sah im selben Moment, daß die erste Bombe detoniert war.

Aus dem See wuchs eine gigantische Fontäne aus Wasser, Flammen, Glut und Dampf senkrecht in die Atmosphäre hinauf. Dann erfolgten etwa zwei Dutzend Detonationen kurz hintereinander. Noch während das Wasser des Sees hochdampfte, Sand und Schlamm und zerfetzte Pflanzen in einer riesigen, pilzförmigen Wolke hochbrodelten, zuckten schräg neben dem entstehenden Riesenkrater kaltweiße Feuerzungen hoch, wirbelten Trümmer und Teile von Bäumen in die Höhe und zermalmten einen Teil der Mondoberfläche.

Über dem Gelände blitzte und wetterleuchtete es. Der Dampf färbte sich grau und schwarz, und zwischen den brodelnden Fontänen zuckten die Explosionsblitze hervor und rissen die Wolken auf.

»Das war's, Nahith«, sagte ich leise und konzentrierte mich wieder auf seine Transportkugel.

Zunächst war Nonfarmale weiter auf den Mond zugeflogen, dann bremste er die Geschwindigkeit stark ab und flog eine Kurve. Als er Kurs in meine Richtung nahm, dorthin, wohin meine Kursgerade deutete, lenkten ihn die vernichtenden Explosionen ab. Jetzt schwebte seine Kugel ohne erkennbare Bewegung über der planetaren Wüstenei, weit von den Ausläufern der Mond-Lufthülle entfernt. Die farbigen Adern schienen zu pulsieren und änderten ständig ihre Färbung. Ich griff an.

Der Fahrthebel ruckte nach vorn. Während der Gleiter beschleunigte, feuerte ich den Rest der raketengetriebenen Projektile ab, löste die magnetischen Halterungen der Führungsrohre und sprengte sie von der Außenhaut des Gleiters. Fast gleichzeitig flog ich ein Ausweichmanöver, brachte sämtliche Strahler und Projektoren in Schußposition und raste auf die Kugel zu.

Kurz bevor die Projektile die Wandung erreichten, verblaßte die Kugel, und ein winziger Schimmer, ein paar Sternreflexe im Nichts, sagten mir, daß sich Schutzfelder aufbauten. Aber drei Projektile erreichten die Transportkugel, ehe sie der Schirm abwehren konnte. Ich konzentrierte sämtliche Waffenstrahlen auf einen Punkt und drückte die Auslöser. Jede Detonation machte für einen Augenblick die Kugel wieder sichtbar.

Ich gab volle Energie auf jede Art vernichtender Strahlung, erhitzte die Projektoren und versuchte, die Energieerzeuger nicht zu überfordern, während ich auf Nonfarmales Kugel zusteuerte und sah, wie sein Schutzschirm aufflammte, wie aufblitzende Spalten und Risse erschienen, wie sich die Strahlen ins Innere der Kugel fraßen.

Bevor ich abdrehte und den Gleiter in einer Steilkurve von dem flammenden Bündel aus Blitzen und Entladungen wegsteuerte, explodierten im Innern der Kugel irgendwelche Dinge. Gewaltige Blitze zuckten nach allen Seiten, trafen mein Schutzfeld und blendeten nicht nur meine Augen, sondern einen Teil der Linsen und Sensoren. Hinter mir löste sich Nonfarmales Kugel in einem riesigen Feuerball auf.

Blinzelnd starrte ich auf die Monitoren. Ich war einigermaßen sicher, daß ich mich von der Strukturlücke nicht weit entfernt hatte. Das Bild, das sich langsam wieder aufbaute, zeigte mit den winzigen Punkten der Echos einen deutlichen Kreis. Meine Vermutung war richtig gewesen. Ich programmierte den Autopiloten auf dieses Ziel, versuchte mich zu entspannen und drehte einige Linsensätze. Jetzt würde ich sehen, was hinter mir geschah.

Ich sah nicht viel. Die Sonne war verschwunden. Die Kugel des Mondes war nur undeutlich zu erkennen; deutlicher war ein kreisförmiger Fleck. Er glühte an den Rändern gelb, im Zentrum schwarzrot wie erkaltende Lava.

Die annähernd kugelförmige Wolke aus Trümmern, Rauch und schwirrenden Partikeln hatte sich fast völlig aufgelöst. Ich hatte Nonfarmale in diesem Chaos aus entfesselten Energien und sonnenähnlicher Hitze vernichtet. Noch war der Gedanke an einen Sieg nicht gereift; ich mußte, ehe seine Gedankenkontrolle nachließ, den Übergang zur Erde erreichen und in meine Welt zurückfliegen. Der Antrieb arbeitete mit Höchstwerten. Der Kreis auf dem Monitor wurde größer, wanderte über die Ränder des Bildschirms hinaus.

Ich atmete tief durch und sagte brummend: »Das war das Ende des Psychovampirs. Vielleicht kann der Bürgerkrieg tatsächlich noch verhindert werden.«

Ich zuckte bei dieser Überlegung selbst mit den Achseln. Dann schaltete ich das Gerät um zwei Potenzen zurück und erkannte, daß ich direkt auf das Zentrum des zylindrischen Korridors zuflog. Wie lange hatte die seltsame Raumschlacht gedauert?

Vor mir schimmerte eine winzige Scheibe Helligkeit auf, nicht viel mehr als eine Schattierung. Der erste Blick in die Helligkeit der Erdatmosphäre. Auf dem zweiten Monitor flammte ein Impuls auf; ich sah knapp hinter dem Gleiter eine Schwebekugel, die auf mich feuerte – ebenso wie auf den Wald in Australien.

Das Bild verwischte. Der Schutzschirm überzog sich mit Farben, Blitzen, Feuer und zuckenden Explosionen.

Ich drehte mich herum und sah, daß der Gleiter mit höchster Geschwindigkeit in den Tunnel einflog. Nonfarmale folgte, kam näher und hielt seinen Kampfstrahl unverändert auf mich gerichtet. Der Rand des Strukturtunnels war erreicht; wir rasten dicht hintereinander hindurch; vor uns nahm die Helligkeit rasch zu; ein rotes Glühen breitete sich aus.

»Verdammter Bastard«, sagte ich und kippte den Aus-Schalter des Autopiloten, schloß kurz die Augen und griff nach dem Steuer, raste durch den Energietunnel und steuerte, während in meinem Rücken gefährliche Geräusche lauter wurden, den Gleiter in einer spiraligen Kurve nach rechts, aus dem blendenden Gegenlicht der Sonne hinaus. Kurz verdunkelte ein Schatten das Lodern des Gestirns.

Die Außenmikrophone übertrugen das Prasseln und Knistern, die hellen Schläge, mit denen sich Metall deformierte, Klirren und Heulen überlasteter Aggregate. Nonfarmale raste an mir vorbei, bremste und wurde sichtbar, wieder nur als Schatten vor der Sonne. Ich hatte den halben Kreis meines nächsten Angriffs fast wieder beendet, als mich wieder der unsichtbare Strahl aus dem Nichts traf; offensichtlich abermals ein Zufall.

»Das Ding tut's nicht mehr lange.« Ich feuerte meine Strahler und Projektoren paarweise ab. Beide Schutzfelder begannen sich aufzulösen. Jetzt befand sich Nonfarmale in meinem Reich; ich hatte ihn, wo ich ihn wollte. Eine Stimme schrie etwas; in dem Lärm konnte ich kein Wort verstehen. Drei Kontrollfelder blinkten in stechendem Rot. Der Gleiter schien gegen einen Felsen zu prallen, dann beschleunigte er wieder, aber der Bug kippte nach vorn. Der Gleiter überschlug sich im rasenden Flug; ich hörte, wie sich Trümmer und Teile der Maschinerie lösten.

Spreng dich aus der Kabine! schrie der Logiksektor.

Als ich wieder durch den Schutzschirm hindurchsehen konnte, huschten nur verwirrende Eindrücke an meinen Augen vorbei. Weiße Flächen, die Sonne, vage Schatten, lange Flammen, Rauchfetzen, verschiedene Teile der Landschaft, die tief unter mir und über mir lag und seltsam aussah. Ich tastete nach dem Hebel, griff mit der Linken nach dem Mehrfunktionsschalter des Schutzanzugs und zog den Griff hart durch.

Die Kanzel flog nach einer dumpfen Detonation weg, die Gurte lösten sich, der Sitz schien sich aufzubäumen, und ich wurde aus dem Gleiter geschleudert, der sich überschlug und drehte und in einer weiten Kurve abstürzte. Nach zwei Überschlägen – das körpernahe Schutzfeld des Anzugs und das Deflektorfeld waren noch in Tätigkeit – streckte ich meine Beine und stabilisierte meinen Fall. Ich drehte am Schalter, verringerte meine Fallgeschwindigkeit; das wahnsinnige Kreiseln und Drehen hörte auf.

Mittag. Die Sonne brannte auf unbekanntes Land. Überall lag Schnee. Ich versuchte zu erkennen, wo ich mich befand. Die lange Rauchspur deutete nach unten ... Im selben Atemzug detonierte der Gleiter, wirbelte Rauch, Felsbrocken und eine gewaltige Menge Schnee in die Höhe; dann entstand ein Krater, dessen Ränder schwarz glitzerten. Ich drehte mich noch einmal um die eigene Achse.

Nonfarmales Kugel war verschwunden. Jetzt erst hörte ich den fauchenden Pfeifton, der den Absturz des Gleiters kennzeichnete, und den schmetternden Laut der Detonationen. Der pilzähnliche Schneeturm sackte langsam in sich zusammen und tilgte die Spuren des Absturzes. *Suche nach Geländemerkmalen,* sagte warnend der Logiksektor. Die Sichtplatte hatte einige Filterstufen eingeschaltet. Ich entdeckte den seltsamen Berg, Vater-der-Sonnen-Wolke.

»Immerhin bin ich nicht über der sibirischen Tundra«, sagte ich. Die Beherrschung kam zurück; ich dachte und handelte logisch. In den Lautsprechern des Funkgeräts erkannte ich die Stimme des Roboters. Langsam schwebte ich in die Richtung, in der die Farm unter Schneewächten versteckt lag.

»Ich lebe, Tausend Blitze.« Ich erkannte meine eigene Stimme nicht mehr. »Ich versuche, zur Farm zu kommen. Nonfarmale hat den Gleiter zerstört. Nahith ist hinter mir her, bei seinem Berg.«

Die Antwort erreichte mich mit wenigen Sekunden Verzögerung. »Verstanden, Atlan. Ich komme zur Farm. Amou und die Indianer sind wohlauf.«

»Gut. Der Mond ist halb zerstört.«

»Die Farm nicht.«

Ich entdeckte hinter dem Hügelrücken den zugefrorenen See, den Landvorsprung und dünnen Rauch. Ich führte ihn, wenn Nonfarmale mich wirklich verfolgte, zu meinen Schützlingen. Sofort änderte ich den Kurs, ließ mich mehr als fünfhundert Meter fallen und wurde plötzlich von einem furchtbaren Schlag getroffen. Etwas packte mich an den Fußgelenken und wirbelte mich herum. Ich hing kopfunter in der Luft, ein zweiter Schlag traf meine Brust und drückte die Luft aus den Lungen. Ich sah absolut nichts.

Nonfarmale ließ seinen Energiestrahl in verschiedenen Ebenen durch die Luft kreiseln. Auf einem dunklen Streifen an der Innenseite des Helms fingen Lichter zu blinken an. Wieder wurde ich von einem gewaltigen Schlag hilflos herumgewirbelt und aus meiner Flugbahn geworfen.

Peitschende Geräusche, die sich in das Heulen des Windes mischten, konnten nur die Bedeutung haben, daß weitere Geräte des Anzugs getroffen worden waren und ausfielen. Ich war etwa dreihundert Meter hoch und jagte schräg auf einen flachen Einschnitt zwischen Hügeln zu, die von dichtem Wald bedeckt waren. Als ich mich wieder drehte und verzweifelt an den Schaltern hantierte, um die Wucht des Absturzes zu mindern und in stabile Fluglage zu kommen, sah ich, daß ich einen unübersehbaren Rauchfaden hinter mir herzog.

Ich schaltete das Schutzfeld endgültig ab. Eine Rauchwolke löste sich, zerflatterte in der eisigen Luft, und auch das Gerät brannte nur noch, ohne stark zu rauchen. Es gelang mir, einen Haken zu schlagen, als ich die Baumwipfel mit ihrer Schneelast näher rasen sah.

Zwei riesige Eulen schossen an mir vorbei und verschwanden. Vor mir tauchte etwas matt Glänzendes auf. Eine Kugel. Gläserne Augen richteten sich auf mich. Ich fiel weiter.

Wie ein Geschoß streifte ich Baumwipfel. Schneegestöber hüllte mich ein, aber ich raste wenigstens weiter, ohne mich über drei Achsen zu überschlagen. Von den Bäumen prallte ich ab wie ein Stein, der über das Wasser sprang. Ich streckte die Arme aus und versuchte, den Luftwiderstand zu erhöhen. Noch arbeiteten Teile des Flugaggregats. Die Spionsonde kam näher, flog vor mir; ich begriff, daß mein fabelhafter Rico unwahrscheinliche Kunststücke mit der Fernsteuerung vollbrachte. Ich griff nach der Kugel und verfehlte sie dreimal.

»Hörst du mich?« fragte ich laut durch das Prasseln in den Geräten.

»Undeutlich.«

»Siehst du mich schon?«

Ich packte die Sonde, umarmte sie mit beiden Armen und preßte sie wie einen Ball an meine Brust. Fast jede Bewegung rief stechende Schmerzen hervor. Dann überließ ich mich den Kräften der Spionsonde, die sich in einer Zickzacklinie zwischen den Bäumen einen Weg suchte, hinunterglitt und versuchte, den Energiestrahlen zu entkommen, die wahllos auf den Hügel herunterzuckten. Bäume barsten, Schnee schmolz, Wasser verwandelte sich in Dampf. Ich spürte eine Reihe starker Erschütterungen, wurde durch eine kochende Dampfwolke nach links, nach rechts, schließlich nach unten gezogen und verlor, während ich am glatten Metall der Kugel abrutschte und mich knapp über einem Hang zum erstenmal überschlug, das Bewußtsein. Der letzte Eindruck war: rasende Schmerzen, überall im Körper, auf der Haut, in den Gelenken. Dann: Dunkelheit.

Atlan unterbrach sich, holte tief Luft und sagte:

»Meine Chronisten haben sicherlich keine Schwierigkeit, zu verstehen, daß ich nachträglich und aus der Sicht anderer Beteiligter berichte.« Seine Stimme ließ deutlich erkennen, daß er bei vollem Bewußtsein war, herausgetreten aus den Zwängen des Erzählungsdrucks. Cyr nickte, aber über diesen Kanal konnte er nicht antworten. Atlan zögerte und sagte dann: »Also, im Jahr 1864.«

1864: LACHENDER SCHATTEN: Plötzlich stand er da, mit nassen Haaren, mit Eis auf den Schultern. Tausend Blitze, dein Freund, der Shoshone vom Windfluß. Er hob die Hand, und als er redete, kam großer Schrecken über uns alle.

»Viele-Leben-Krieger ist in großer Gefahr. Ihr kennt das Feld, wo die Hirsche gegen den Wolf gekämpft haben? Das Beerenfeld mit den Steinen, im Norden vom Pilzwald?«

»Wir kennen es. Komm ins Tipi. Du erfrierst«, sagte Drei-Adler-Schreien.

»Dort liegt er. Ich habe ihn aus den Wipfeln der Bäume fallen sehen. Ihr Frauen – Duftendes Laub, Sieben Bisons und Lachender Schatten – geht zum Haus. Die Tür ist nicht abgeschlossen. Macht großes Feuer, tretet unter dem Dach einen Pfad, bereitet das Bett vor.«

»Was brauchen wir?« fragte Duftendes Laub, die mit Drei-Adler-Schreien das warme Pelzlager teilte.

»Gute Medizin. Es kann sein, daß seine Haut verbrannt ist. Aber er wird gebrochene Glieder haben.«

Er zeigte auf Kleines Reh und Schmetterlingsperle. »Helft ihnen. Kommen die Pferde durch?«

Stiller Donner, Großer Rauch und Drei-Adler-Schreien schüttelten die Köpfe. Tausend Blitze blickte zu Boden, dann sagte er: »Schlecht. Nehmt Waffen, auch die kleinen Gewehre der Weißen. Wir gehen Viele-Leben-Krieger holen. Wir nehmen Stangen, Seile und Gurte mit. Ich gehe voraus.«

Er wartete nicht, sondern lief über den Waldboden, in den Schnee hinaus; dann folgten die anderen, unter ihnen auch der Bisonjäger, der zu uns gekommen und geblieben war, den Spuren des Shoshonen. Sie hatten Mühe, denn nach ein paar hundert Schritten sahen sie im Schnee nur alle fünf Schritte einen Fußabdruck. Aber überall hatte Tausend Blitze Striche in den Schnee geritzt, so daß es leicht war, ihm zu folgen. Sie fanden Viele-Leben-Krieger, neben dem Tausend Blitze kauerte.

Der Körper unseres Freundes lag auf einem Gestell aus Zweigen, ganz gerade ausgestreckt. Am untersten Ast eines Baumes hingen die Kleider von Viele-Leben-Krieger; zerrissen, versengt und verbrannt. Der Shoshone hatte seinen Freund in ein dünnes Tuch eingewickelt, das wie blitzendes Silber aussah. Darum waren Decken gerollt, die wiederum mit Gurten zusammengeschnürt waren, aber nicht sehr fest. Drei-Adler-Schreien sagte mir, wie sie Viele-Leben-Krieger zum Haus geschafft haben.

Sie bauten ein Travaux, hoben den Körper so vorsichtig darauf, als ob es rohe Vogeleier wären, und dann tat der Shoshone etwas mit der Trage. Sie wurde so leicht wie ein toter Vogel. Unter den Bäumen und dort, wo sie niemand sehen konnte, brachten sie Viele-Leben-Krieger ins Haus. Als Duftendes Laub zum erstenmal in das Gesicht des Freundes schaute – Tausend Blitze hatte es mit Schnee abgerieben, getrocknet und eine weiße Salbe daraufgeschmiert –, sagte sie mit dumpfer, trauriger Stimme: »Er ist tot.«

»Noch lebt er«, sagte Tausend Blitze. »Und jetzt geht in die Küche. Macht ein Essen für alle! Hängt das nasse Zeug am Kamin auf! Ihr schlaft hier.«

»Und du?«

»Ich werde eine große Wundenbeschwörung und einen Tanz gegen gebrochene Knochen machen.«

Ich aber hielt mein Auge an einen Spalt, als das grelle Licht durch die Ritzen schimmerte. Ich sah Tausend Blitze und ein Ding mit dreimal zehn glühenden Augen, das sich bewegte. Es sah aus wie die Puppen, an denen die Männer das Bogenschießen üben. Dann sah ich nichts mehr, weil Duftendes Laub mich packte und schimpfte.

RICO: Es mag unüblich sein, daß ein arkonidischer Roboter in der ersten Person Einzahl berichtet. Aber ich eifere auch in diesem Punkt dem Kristallprinzen nach. Zudem habe ich das zuletzt gemacht, als ich in Nonfarmales Reich war. Der Medorobot, den ich in einer Kiste in der Scheune versteckt hatte, war schon aktiviert und wartete im Schlafzimmer, als wir Atlan brachten.

Die erste Diagnose fiel niederschmetternd aus. Ich empfand Zufriedenheit, als ich an Amoustrella Gramont dachte. Schwarzes Feuer befand sich in der Tiefschlafkammer und mußte nicht mit ansehen, wie Atlan zugerichtet war. Der Robot stellte vierzehn Brüche fest, drei davon schwer. Innere Organe und die knöcherne Brustplatte schienen, wenigstens nach der ersten Untersuchung, nicht in Mitleidenschaft gezogen worden zu sein.

Die gebrochenen Finger, Unterarme, Unterschenkel und das Schlüsselbein wurden eingerichtet, die Wunden versorgt, die Glieder in schnell erstarrendem Kunstschaum geschient. Der Zellschwingungsaktivator, Atlans »Medizin«, entwickelte seine heilende Wirkung und wurde dabei sehr warm. Immerhin: In der Bewußtlosigkeit und auch später, in der Betäubung, atmete Atlan ruhig und mit genügend großen Luftmengen. Seine Augen waren dunkelrot von geplatzten Äderchen, der Hals und ein Teil des Haares am Hinterkopf zeigten Verbrennungen, auch beide Oberschenkel.

Während ich den Medorobot arbeiten ließ, schaltete ich die wenigen verbliebenen Geräte an, korrespondierte lautlos mit Boog, rief Informationen der Spionsonden ab und zerstörte die Überreste der beiden robotischen Eulen, die sich in Nonfarmales Energiestrahlen gestürzt und ihre gesamte Munition auf seine Kugel abgefeuert, ihn abgelenkt und – scheinbar – vertrieben hatten. Nonfarmale kam nicht an diesem Nachmittag und auch nicht in der folgenden Nacht in seine Berghöhle zurück.

Wahrscheinlich inspizierte er die traurigen Überreste seines Besitzes in der Jenseitswelt. Ich kannte das Ausmaß der Vernichtung nicht; die Aufzeichnungen waren mit dem Gleiter ausgelöscht worden.

Ich unterbrach meine Arbeit, ging in die Küche und bat die Frauen, eine dünne Suppe zu kochen, mit besten, fetten Zutaten, aber ohne viele feste Bestandteile.

Nach Mitternacht war Atlan versorgt. Der Medorobot regulierte die Schwierigkeiten mit den Ausscheidungen eines lebenden Organismus, installierte die Schläuche für eine künstliche Ernährung und schaltete das Programm der intensiven Untersuchung ein.

Atlans Schädel, sein Rückenmark und die wichtigsten Nervenleitungen wurden mit maschinenhafter Gründlichkeit dreimal untersucht. Ich kontrollierte die Analysen. Der einzige Befund: Gehirnerschütterung, vielleicht verbunden mit einer vorübergehenden Erinnerungsschwäche. Atlan schlief drei Tage und drei Nächte lang, nur zweimal kurz unterbrochen. Es war am 14. November, als ich die Signale des Arkoniden nach einer ungewöhnlich langen Zeit wieder auffing. *21. April 1861 ... 14. November 1864. Eintausenddreihundertdrei Tage. Nach unserer Berechnung mußte sich Atlan weniger als elf Tage im Einflußbereich des fremden Zeitgefüges befunden haben.*

Am sechsten Tag, als der Medorobot einige der weniger komplizierten Brüche, Muskelrisse und Sehnenzerrungen mit Vibrationen, tiefenwirksamer Salbe und Temperaturtherapie behandelte und diagnostizierte, daß der Aktivator die Heilung erwartungsgemäß beschleunigt hatte, öffnete Atlan zum erstenmal bewußt die Augen. Er flüsterte: »Ich bin im Haus, nicht wahr, Rico?«

»Du lebst, wirst hervorragend versorgt, bist im Haus, und es ist Winter.«

Er blickte ziellos umher, dann heftete sich sein Blick auf mich. Seine Augen hatten wieder das natürliche Aussehen. Nur der Farbstoff bleichte aus, ebenso wuchs sein Haar silberweiß an den Wurzeln.

»Was ist mit ...?«

»Amoustrella schläft in der Sicherheit der Kuppel«, sagte ich. »Erinnerst du dich an alles?«

Wieder eine Pause. Atlan dachte nach. Er schüttelte matt den Kopf und hauchte: »Nein. Nonfarmale?«

»Er ist verschwunden. Er und seine Leute treiben sich dort herum, wo der Bürgerkrieg am grausamsten ist.«

Eine Viertelstunde später fragte er: »Wie lange war ich dort?«

»Eintausenddreihundertdrei Tage, Gebieter.«

Er zuckte zusammen, verzog sein Gesicht vor Schmerz und wurde wieder bewußtlos.

RICO: »Ich sage: Verglichen mit allen Informationen, Schlachtenschilderungen, Bildern und Totenlisten ist dieser Krieg als ›modern‹ im schlechtesten Sinn zu bezeichnen. Deine Barbaren haben ein Arsenal zur Verfügung, das aus der Vorzeit arkonidischer Gewaltjahrhunderte stammen könnte: Handgranaten, Raketen, Minen und eine Frühform maschineller Gewehre, sie benutzen Torpedos, Seeminen und gepanzerte Schiffe, gepanzerte Schienenzüge und Ballons. Du findest dort, wo Nonfarmale die Verletzungen kuriert, die du ihm möglicherweise beigebracht hast, ebenso Explosivgeschosse wie Flammenwerfer. Selbst ein Tauchboot wurde konstruiert, das vor Charleston ein Kriegsschiff versenkte. General William T. Sherman kämpft, Terror verbreitend, gegen die Bevölkerung. Freigekommene Negersklaven rächen sich auf ihre Weise für die Behandlung während der Sklavenjahre. Der Haß wurde auf beiden Seiten zur nie gekannten Höhe entwickelt. Nonfarmale watet in menschlichen Emotionen bis zur Brust.«

Schweigend hörte Atlan zu. Er saß im Bett, lehnte gegen die dick eingepolsterte Eichenplatte; ich flößte ihm ein halbes Glas Rotwein in kleinen Schlucken ein.

»So schlimm?« fragte er.

»Lincoln ist für Einheit und Versöhnung. Er sehnt das Ende des Krieges herbei.«

»Wer wird siegen?« erkundigte sich Atlan.

»Mit hoher Wahrscheinlichkeit der Norden. Die im Süden halten es nicht mehr länger durch als höchstens ein halbes Jahr«, sagte ich. »Es herrscht unvorstellbares Grauen und Elend. Hierher kam der Krieg nicht ein einziges Mal. Ich warnte die Indianer.«

»Sie sind gesund, leben alle noch?«

»So gut wie immer. Duftendes Laub besorgt das Haus, und Lachender Schatten hilft ihr dabei. Sie ist die schönste und liebenswerteste junge Frau der Gruppe.«

»Gut. Ich bin müde.«

»Vier Wesen bewachen dich und deinen Schlaf«, sagte ich, »der Medorobot mitgezählt.«

Atlan nickte; sein Kopf sank langsam auf die Brust.

DUFTENDES LAUB: Ich öffnete das Ding, das die Weißen »Fenster« nennen. Vom Dach hingen die gefrorenen Zapfen und tropften, als die warme Luft lange zwischen ihnen durchgeweht war. Der Mond war weiß und hatte sich vollgefressen. Von fern heulten Wölfe. Die Flammen der beiden Wachsstäbe flackerten, und die Hitze vom Feuer hatte den Raum bis unter die Stämme des Daches gefüllt. Lachender Schatten hatte unter dem dünnen Wasserfall gestanden und ihren Körper mit Schaum eingerieben. Auch ich erfreute mich am warmen Wasser, aber lieber stieg ich in die Löcher, die Sieben Bisons ins Eis des Sees gehackt hatte. Ich ging zum Feuer zurück, legte mich auf die Felle und zog die Decke bis unter die

Achseln. Lachender Schatten roch gut; fast wie Schwarzes Feuer, die nun schon so lange in ihrer fernen Heimat über dem Großen Wasser war.

»Du weißt«, sagte ich schließlich leise, »daß du jung und schöner bist als jede andere?«

»Wenn du es sagst, Duftendes Laub«, antwortete sie und packte verlegen den Krug, an dem man seinen Finger durch ein Loch am Rand schieben konnte. »Warum sagst du mir das?«

Wir tranken Quellwasser, gemischt mit Beerensaft, aber Tausend Blitze hatte etwas hineingetan, das in den Nasen prickelte und die Zunge löste.

»Viele-Leben-Krieger ist wach. Er liegt da und denkt an Herbst, Winter und das Große Sterben.«

»Es ist Winter, und die Weißen töten einander, wie Tausend Blitze berichtet. Warum soll er nicht daran denken?«

Ich schüttelte den Kopf und packte Lachender Schatten am Arm. Unter der glatten, weichen Haut spürte ich die harten Muskeln der Jugend.

»Du bist dumm, weil du jung bist«, sagte ich. »Vergißt du denn, daß wir alle so dagelegen haben wie Viele-Leben-Krieger, der sich auch Antal oder Ancor Stuart nennt?«

Sie schüttelte ebenfalls den Kopf. Ihr Haar, das bis weit über die Brüste reichte, flog hin und her.

»Das werde ich nie vergessen«, flüsterte sie. »Sechs von uns hat er das Leben gerettet und uns zehnmal zehn Geschenke gemacht.«

»So ist es«, sagte ich. »Ich bin viele Stunden bei ihm, füttere ihn und wasche seinen Körper. Wenn er mich sieht, denkt er immer wieder an Herbst, denn ich bin alt, und nur Drei-Adler-Schreien will mich.« Ich lächelte und fügte hinzu: »Und auch nicht mehr so oft wie vor zwei Sommern.«

Lachender Schatten kicherte, dann hielt sie die Hand vor die weißen Zähne und verschluckte sich beim nächsten Tropfen aus dem Becher.

»Du wirst ab morgen Viele-Leben-Krieger füttern«, sagte ich.

»Ja, Mutter des Stammes«, sagte sie.

»Ich koche und wasche die Tücher«, sagte ich. »Sieben Bisons kommt gut ohne uns zurecht. Morgen wirst du in das hölzerne Tipi gehen, in dem Viele-Leben-Krieger schläft. Du wirst deine Haare nicht flechten. Du wirst das Kleid tragen, das wir im Winter genäht und gestickt haben.«

Sie richtete sich halb auf. Ihre großen, braunen Augen zeigten, daß sie verwundert war. Ich lächelte sie an wie in den Nächten, in denen sie gesund wurde nach dem schrecklichen Töten im alten Lager.

»Aber ... das Kleid, aus dem hellen, dünnen Leder, es ist im Tipi, am See.«

»Nicht mehr. Es liegt auf der Truhe, die wir nicht öffnen dürfen.«

Sie schwieg. Ich wußte, daß Tausend Blitze sie nicht anders sah als eine seiner neuen Schwestern, wie er sagte. Als sie ihn als stärksten, mutigsten und schönsten Mann gesehen hatte, war sie jünger gewesen. Großer Rauch wollte sie zur Frau, und sie waren zweimal im Rindenkanu auf der Jagd nach Enten und Fischen gewesen. Aber sie wollte ihn nicht; sie dachte an die Klugheit von Viele-Leben-Krieger, Tausend Blitze und Stiller Donner.

»Du willst«, flüsterte sie, nachdem sie den Becher geleert und uns beiden nachgegossen hatte, »daß ich mich zu ihm lege?«

»Genau das will ich. Dann wird er schnell gesund. Dann wird er mit dir jagen und reiten.«

»Er ... er wird mich nicht nehmen.«

»So sicher wie der Mondschein, Lachender Schatten«, sagte ich, »ist es. Er wird dich brauchen wie das Wasser und die Luft.«

Ich nahm einen langen Schluck. Auch meine Zunge löste sich; so konnte leichter gesagt werden, was gesagt werden mußte.

»Vor vielen Jahren, als ich jung war, war ich schön wie du. Viele Männer haben um mich gekämpft. Ich nahm Starker Adler. Vier Kinder habe ich geboren. Zwei sind weggegangen und nie wiedergekommen. Zwei haben die Weißen getötet.«

»Ich weiß.«

»Nichts weißt du«, sagte ich. »Wenn Viele-Leben-Krieger mich ansieht, sieht er die Mutter der Mutter. Wäre ich jung wie du, würde ich nicht mehr hier liegen. Das sage ich dir, und das ist wahr. Beim Großen Geist.«

Ich stand auf, ging zum Fenster und blickte lange auf den hellen Schnee. Eisiger Wind traf meine welke Haut. Ich schloß das Fenster und kam zum Feuer zurück.

»Du wirst beim besten Mann liegen, der deine Spur kreuzt. Es wird schön sein, glaube mir«, sagte ich. »Und jetzt wollen wir schlafen.«

Nach zehnmal fünf Atemzügen kroch sie zu den Wachsstäben, blies die Flämmchen aus und kam zu mir. Sie schmiegte sich an meine Schulter, wie damals, als sie nachts nach schrecklichen Träumen geweint hatte.

Ich wurde lange vor dem Morgengrauen wach, hatte den Truhen-Bildschirm eingeschaltet und unterhielt mich leise mit dem Roboter.

»Ich bin gestern zwischen Mittag und Abend sozusagen zu meinem Stamm gegangen«, berichtete Tausend Blitze. »Dazu ist es nötig, daß ich Spuren im schneearmen Waldboden hinterlasse, eine weitere im Schnee, schließlich ein Gebiet betrete, wo selbst die Indianer Schwierigkeiten hätten, eine Spur zu finden, und dann schwebe ich zurück zum Scheunen-Transmitter.«

»Aus dir wäre ein guter Sioux geworden«, sagte ich. »Ist das Raumschiff angegriffen worden?«

»Nein.«

»Weitere schlimme oder gute Informationen von größerer Bedeutung?« fragte ich.

»Schlimme. Lord Elgin, Engländer, plünderte mit achtzehntausend Briten und Franzosen den Sommerpalast des Kaisers von China. Dreißig Millionen Goldfranc Beute, dreihundert Wagenladungen. Schließlich steckte er den Palast an; aber im Land tobte ein Krieg, der mehr als zwanzig Millionen Tote forderte. Auch ein Bürgerkrieg verwüstete sechzehn von achtzehn Provinzen Chinas. Das Land ist nach eineinhalb Jahrzehnten Krieg in Armut und Chaos versunken. Ich habe keinen Beweis dafür, daß dort Nonfarmale auftrat.«

»Aber es ist denkbar und – wahrscheinlich«, sagte ich, nachdem ich mit meinen wenig aufmunternden Gedanken fertig war.

Der letzte Monat des Jahres brach bald an. Ich befand mich in einer Stimmung, die stündlich zwischen Verzweiflung und Wut und allmählicher Genesung und der

Freude darüber, daß ich noch lebte und nur wenige Gedächtnislücken hatte, schwankte.

Tausend Blitze sagte: »Beinahe hätte England den Nordstaaten den Krieg erklärt. Man verfolgte zu Schiff zwei Offiziere, kerkerte sie ein und ließ sie später mit einer wortreichen Entschuldigung Lincolns frei.«

»Das Chaos wäre nicht größer geworden«, sagte ich brummig. Tausend Blitze lachte kurz und redete weiter.

»Der König von Siam bot sich an, Abraham Lincoln eine Truppe seiner wildesten Krieger mitsamt rasenden Elefanten zu schicken. Lincoln lehnte höflich ab.«

»Vielleicht dachte er an Karthagos Kampfelefanten, die sich im Schnee und Eis nicht sonderlich wohl fühlten«, sagte ich. »Wann kann ich mich wieder richtig bewegen?«

»Nicht vor der Jahreswende. Du mußt kräftiger essen; bestimmte Übungen wird der Medorobot mit dir machen; alles, was du jetzt brauchst, Gebieter, ist der eigene Entschluß, den Körper zu kräftigen. Dann zieht auch der Verstand mit.«

»Sit mens sana in corpore sano.« Ich zitierte einen Philosophen. »Vermutlich hast du sogar recht.«

»Hohe Wahrscheinlichkeit«, wiederholte er. Ich ließ mir berichten, daß Nonfarmale und seine Kreaturen an allen Brennpunkten des Bürgerkrieges zu finden waren, in vielerlei Masken, die niemand durchschaute. Selbst in Washington hatte Rico ihn nachweislich zweimal gesehen; sogar als Ratgeber des Kriegsministers Edwin M. Stanton.

Müdigkeit überwältigte mich mitten im Gespräch. Ich klappte die Truhe zu und träumte von den Generalen Lee und Grant. Ich wachte auf, als ich neben meinem Bett jemanden spürte, der mich betrachtete. Der Logiksektor sprach nach langer Zeit wieder; der Hinweis war läppisch: *Nicht Duftendes Laub: Lachender Schatten.*

»Es ist gut, wenn der erste Blick auf dich fällt, Lachender Schatten«, sagte ich. »Was bringst du mir?«

»Dicke Suppe. Viel Fleisch«, sagte sie und lächelte. »Du mußt stark werden, Viele-Leben-Krieger.«

Inzwischen konnte ich selbst den Löffel heben. Meine Zähne und Kiefer schmerzten nicht mehr. Lachender Schatten setzte sich neben mich und hielt die dicke Schale. Ich aß langsam und ließ meine Augen umhergehen. Ich sagte: »Duftendes Laub ist zum Stamm zurückgegangen? Ich habe ihr noch nicht gedankt.«

»Sie sagt, du sollst mich sehen. Keine alte, sondern eine junge Frau.«

»Das ist ein guter Gedanke. Er zeigt, daß sie die Dinge der Natur gut kennt«, sagte ich. Das dünne Kleid aus hellem Wildleder, an den Säumen und am Hals in farbigen Mustern bestickt, zeigte beachtlich viel von der Haut. Lachender Schatten wußte, daß sie eine junge Schönheit war, aber sie blieb verlegen und zurückhaltend.

»Ich muß endlich aus diesem verdammten Bett klettern und meine Beine bewegen.«

»Auch dabei helfe ich, Viele-Leben-Krieger«, antwortete die junge Indianerin.

Tausend Blitze und ich hatten lange darüber gesprochen. Auch zwischen den Maschinen in der Tiefseezuflucht würde ich meine Kräfte nicht schneller zurückgewinnen. Es würde hier ebenso leicht oder schwierig sein; aber ich befand mich in der Natur und im Schutz des kleinen Stammes.

»Danke«, sagte ich und gab den Löffel zurück. »Dein Kleid, es ist fast so schön wie du.«

Ihr Gesicht zeigte, daß sie sich über diese hingeworfene Bemerkung freute. Ich dachte an meine fahle Haut, an die fast unsichtbar verheilten Narben und die ausbleichenden Veränderungen meiner Maske.

»Wann wirst du wieder gehen?« fragte Lachender Schatten. Ich zuckte mit den Schultern.

»Morgen oder übermorgen«, sagte ich, stemmte mich in die Höhe und entschloß mich, meine Muskeln richtig zu bewegen. Lachender Schatten schaute mich nachdenklich an. Sie merkte, daß ich versuchte, zu klaren Entschlüssen zu kommen. Als sie das leere Geschirr und die Tücher wegbrachte, verweilten meine Augen auf dem schwingenden Saum des kurzen Kleides, den Kniekehlen der langen Beine und den reich bestickten Mokassins.

Ich wälzte mich aus dem Bett, setzte meine Sohlen auf den warmen Boden und versuchte aufzustehen. Die Knie zitterten, aber ich schaffte es. Ich ging zum Fenster und öffnete es, blickte über die weiße Fläche, die von wenigen Tierspuren gezeichnet war. Die Umgebung des Farmhauses war friedlich. Ich blieb so lange stehen, bis ich fror, und versuchte, nachdem ich das Fenster geschlossen hatte, die Muskeln und Sehnen meines lädierten Körpers zu bewegen, und ich war froh, daß jede Bewegung nur noch mäßige Schmerzen hervorrief. Dann überließ ich mich wieder der Therapie des Medorobots. Nachdem ich lange geschlafen hatte, nahm ich Verbindung mit Tausend Blitze auf und ordnete an, daß er die Fabrikationsanlagen der Kuppel programmieren sollte.

»Sämtliche Systeme der LARSAF müssen mindestens dreimal vorhanden sein. Ich will einen Flug, der Amou und mich nur dann in Schwierigkeiten bringt, wenn die Schiffszelle selbst zerstört wird.«

Der Roboter versicherte: »Ich habe verstanden, Atlan. Wieviel Zeit habe ich?«

»Mindestens zwei Jahrzehnte.«

Nonfarmale, der hartnäckigste und listigste Gegner, den ich je bekämpft hatte, würde den Raumsoldaten der Flotte nicht entkommen. Wir würden ihn bis in den hintersten Winkel seiner seltsamen Universen verfolgen. An irgendeinem Tag würde ich ihn mit bloßen Händen erwürgen. Ich stellte fest, daß meinem Versteck keine Gefahren drohten, wickelte mich in die warmen Decken und schlief ein.

Lachender Schatten kicherte, als sie mich vor dem Spiegel fand; ich versuchte, mein Haar zu schneiden. Die Injektionen des Medorobots würden bewirken, daß es in der gewünschten Farbe nachwuchs. Die junge Frau nahm mir das kleine Vibromesser aus der Hand.

»Vorsicht«, sagte ich. »Ich glaube, du kannst es besser als ich.«

»Ich sehe alles, was du nicht sehen kannst«, erwiderte sie. »Wie lang willst du es?«

Ich zeigte ihr die gewünschte Länge. Sie schnitt, kämmte, streichelte mit behutsamen Fingern meinen Nacken. Jedesmal fuhr ein Schauer über meine Haut. Ich starrte in den Spiegel, und ich erkannte mich wieder, so, wie ich vor dem fast tödlichen Unfall ausgesehen hatte. In meinen Augen glaubte ich auch wieder die Entschlußfähigkeit und Härte eines Kristallprinzen wiederzufinden. Häufig irrten meine Blicke ab und trafen die Augen von Lachender Schatten. Sie schien sich für mich herausgeputzt zu haben, denn in ihr Haar waren dünne Schnüre aus winzigen Perlen, millimeterkurze, gefärbte und filigran geschnitzte Knöchelchen, polierte trockene Beeren und Lederknoten eingeflochten.

»Wir können nicht reiten«, sagte ich. »Nicht in diesem Schnee.«

»Die Pferde sind unter dem Dach. Sie warten auf die Tage, an denen der Schnee wegschmilzt«, sagte sie. »Aber wir können gehen. Ich stütze dich, Viele-Leben-Krieger.«

»Das sollten wir tun. Bald«, gab ich zu. Mit der feinen Klinge rasierte sie den Nacken. Ich rieb wohlriechende, heilungsfördernde Salbe in die Haut. Aber noch immer brauchte mein Körper zuviel Schlaf für die Heilung zahlloser Verletzungen. Ich stand auf und hinkte zum Bett.

»Morgen gehen wir zum Lager, ja?«

Lachender Schatten hatte mir ein volles Glas schweren Rotwein gebracht und setzte sich neben mich.

»Ja«, sagte ich. »Du hast mir schließlich einen Stock geschnitten und einen Fellmantel genäht.«

Sie strahlte mich an, schüttelte aber den Kopf, als ich ihr anbot, vom Wein zu trinken. Noch bevor ich das Glas geleert hatte, packte mich die Müdigkeit.

»Wenn deine Knie zittern, Krieger, sage es Drei-Adler-Schreien«, hatte uns Duftendes Laub nachgerufen. »Sie tragen dich zurück.«

Wir stolperten aus der verharschten Schneewehe heraus und in den windstillen Wald hinein. Schnee bedeckte Kapuzen, Mäntel und die kniehohen Stiefel. Ich stützte mich links auf den knorrigen Stock, und mein rechter Arm lag um die Schultern der Frau. *Herrlich!* dachte ich und lehnte mich mit zitternden Knien und tobenden Schenkelmuskeln an einen Tannenstamm. Zwischen den Stämmen blickte ich hinüber zu Vater-der-Sonnen-Wolke. Das Licht der Morgensonne lag auf dem Gestein. Grimmig blickte die Felsfratze über das Land. Feine, geschwungene Nebelstreifen oder Schneewolken bildeten einen Federschmuck über dem Kopf.

»Soll ich dich tragen?« fragte Lachender Schatten. »Ich bin stark.«

»Du bist die beste Pflegerin, die ich je hatte«, sagte ich. »Abgesehen von Duftendes Laub. Sie war wie eine Mutter.«

»Kannst du wieder gehen?«

»Ja. Ich schaffe es bis zum Lager.«

Ich schleppte mich zwischen knarrenden Stämmen auf den See zu. Schnee fiel aus den Baumkronen. Trotz der beißenden Kälte rochen wir tausend Dinge; all die herrlichen Gerüche des Planeten. Nur Lavendel aus Grasse war nicht dabei. Aber dafür kalter Rauch, dessen Spur wir folgten und schließlich auf dem freien Platz zwischen den Tipis standen.

Sieben Bisons und Stiller Donner erwarteten uns mit breitem Grinsen. Sie hoben mich in die Dämmerung des größten Zeltes hinein und setzten mich auf eine dicke Lage Felle.

»Lange Zeit haben wir für dich zu den Geistern gesprochen«, sagte die Frau. Sie war hochschwanger. »Wenn mein Sohn kommt, wirst du rennen und reiten können.«

Ich nickte und fragte hilflos: »Wann? Dein Sohn, Stiller Donner? Euer Sohn? Und wenn es eine Tochter wird?«

»Es wird unser Sohn«, sagte Stiller Donner mit Entschiedenheit. »Drei Monde und ein paar Tage.«

Mitte Februar, sagte der Logiksektor.

»Ein Frühlingskind.« Ich trank fast gierig einen Napf leer. Ich schmeckte Schneewasser und eine wohlriechende, scharfe Menge verschiedener Zutaten. Plötzlich breiteten sich Wärme und Wohlgefühl in meinem Körper aus. Ich lehnte mich gegen die Zeltstange und zwinkerte, als der Ledervorhang zurückflappte und Drei-Adler-Schreien hereinkroch.

»Dein Gesicht«, sagte der Häuptling, nachdem er das Zelt wieder geschlossen hatte, »ich sehe es: Du bist gesund. Bald wirst du stark sein. Lachender Schatten, sie pflegt dich gut? Wenn nicht, schlage sie; sie wird rennen.«

Ich deutete an meine Stirn, grinste und nahm die Hand der jungen Frau. Zum Häuptling sagte ich: »Sie rennt Tag und Nacht um mein Lager.«

Plötzlich kam mir ein Gedanke. Ich hatte wirklich zu lange geschlafen. Ich lachte kurz auf und sprach weiter. »Und weil ich ihr zu danken habe, werden wir bald einen weiten Marsch unternehmen. Ein oder zwei Monde lang. Ich werde ihr das Große Wasser zeigen.«

Lachender Schatten erstarrte, blickte mich fragend an; die anderen nickten feierlich, als verstünden sie alles. Ich leerte die zweite Schale dieses Getränks und sagte keuchend: »Beim Bisongeist! Ich werde durch den Wald springen wie ein Fuchs.«

»Das sollst du tun«, sagte Stiller Donner. »Und bald wirst du uns erzählen, im Sommer, am Feuer, gegen welchen Feind du so tapfer gekämpft hast.«

Wir sprachen lange über den Winter, über die vielen Felle, die Drei-Adler-Schreien und Stiller Donner an den Pelzhändler verkauft hatten, über das seltene Licht auf der Bergspitze, über mein Haus und darüber, daß Duftendes Laub eine gute Köchin war.

Ich zog mich an den Lederschnüren in die Höhe und sagte: »Duftendes Laub wird morgen zu dir kommen, für lange, Häuptling. Sie hat mir, denke ich, fast das Leben wiedergegeben, hat gesorgt wie eine Mutter. Ich will sie beschenken, aber ich weiß nicht, was ich ihr geben soll.«

»Leben um Leben«, antwortete der Häuptling schroff. »Sie hat getan, was getan werden mußte.«

Ich war ratlos und spürte kaum Schmerzen, als ich das Zelt durchquerte und mich aus dem Eingang ins grelle Mittagslicht hinauszwängte. Ich verabschiedete mich von allen, packte den Knüppel, und tatsächlich schaffte ich mit der Hilfe von Lachender Schatten den Rückweg.

Schmerzen. Gedanken verwirrten sich. Stille und Geborgenheit, wie sie ein Embryo im Mutterleib fühlt, reißen auf. Gedanken, eben noch klar, rasen auf Irrwegen entlang. Schmerz, bohrend in den Schläfen. Umhertasten ohne Gefühl.

Panik breitet sich auf der geistigen Landkarte aus. Die winzigen Gestalten des Zustands zwischen Tiefschlaf und Bewußtsein rennen wild durcheinander. Ich, Atlan, merke, daß der Stau der Erinnerungen anschwillt. Es ist zuviel. Ich erschöpfe mich, wenn ich weiterhin jede Einzelheit berichte. Schutzfunktion des geschwundenen Verstandes? Eine Stimme meldet sich, der Extrasinn zischt in höchster Erregung:

Sprich weiter! Aber bringe deine Geschichte zum Ende! Berichte in einer Synopsis! Hast du verstanden? Weniger ist mehr! Weniger Anstrengung bedeutet mehr Heilungschancen!

Ich zwinge meinen Verstand zu analogen Vorgängen. Ich erkenne: Im Wahnsinn meiner unbewußten Schilderungen riß für eine kurze Weile ein Loch auf wie die Öffnung in Wolken. Die Warnung schlug durch alle Isolierungen; ich rettete mich selbst durch die Fähigkeiten der ARK SUMMIA, sinke zurück in den vorherigen Zustand, aber mein Unterbewußtsein reagiert richtig. Ich spüre Erleichterung. Die Schmerzen verebben. Ich befreie mich vom lastenden Stau der Erinnerungen, indem ich berichte: synoptisch, zusammenfassend, das Wichtigste dieser persönlichen Tragödie auf der verfluchten Barbarenwelt.

Plötzlich wachte ich auf, und sekundenlang glaubte ich mich in einer völlig neuen Umgebung: Kleine Flammen loderten aus halbverglühten Kloben im Kamin, Kerzenlicht flackerte und verstreute die Farbe vom Rotweinpokal durch den Raum. An meiner linken Schulter lag ein Kopf, Finger strichen über meine Brust und Schultern, und als ich mich herumdrehte, blickte ich in das Gesicht von Lachender Schatten.

»Es ist gut, daß du bei mir bist«, sagte ich leise. »Und du weißt, daß ich ein Fremder bin.«

»Ich weiß, daß ich dich will«, flüsterte sie. »So soll es sein.«

Sie umarmte mich, ihr langes Haar strich wie warmer Wind über meine Haut. Ihre Küsse waren ungeschickt, von überraschender Leidenschaft. Sie war wild und zärtlich wie eine Katze.

Nach einer Weile richtete sie sich auf und zeichnete mit den Fingern die Linien meines Gesichtes nach. Dann griff sie nach dem Pokal, nahm einen Schluck und wartete, bis ich getrunken hatte.

»Ich weiß auch, daß ich nirgendwo einen Mann finden werde, der besser ist als Viele-Leben-Krieger«, flüsterte sie. »Und Duftendes Laub hat gesagt, es ist richtig, in der Nacht zu lieben, statt zu reden.«

»Das ist wahr.« Ich lächelte und zog sie an mich. Wir liebten uns, von langen Pausen der Müdigkeit und Erschöpfung unterbrochen, bis zum Morgengrauen. Sie schlüpfte unter dem Leinen hinaus, öffnete das Fenster und schloß die Schlagläden. Wir schliefen bis in den Nachmittag. Wir aßen eine Kleinigkeit, dann packte ich die wenigen Dinge ein, die wir brauchten. Mit dem Roboter hatte ich jede Winzigkeit besprochen.

Als Lachender Schatten nach dem Fellmantel greifen wollte, sagte ich: »Du brauchst ihn nicht. Du wirst einschlafen und träumen, ohne wirklich zu schlafen. Komm.«

Wir gingen in die Scheune, beruhigten die Pferde, und als die Transmittersäulen aufglühten, drehte ich Lachender Schatten herum, so daß sich unsere Augen trafen. Ich zog sie in die Höhe, ignorierte zitternde Knie und sonstige Schmerzen und ging mit kleinen Schritten durch die Transmitterverbindung, hinein in das kühle Haus auf Yodoyas Inselchen. Ich ließ sie los. Schweigend, mit weit aufgerissenen Augen, sah sie sich um. Ich stellte die Tasche ab, zog die Jacke aus und deutete auf die weiße Tür.

»Der Traum fängt dort draußen an«, sagte ich. »Das Große Wasser atmet, es hebt und senkt sich wie deine schöne Brust. Es macht große Wellen, größer als die des Sees im Sturm. Es ist warm und schmeckt nach Salz.«

Sie starrte mich an. Ich nahm ihre Hand und ging hinaus, zog sie mit mir. Sie zögerte, bückte sich, prüfte den Sand auf den flachen Stufen, ging wie im Schlaf auf die Brandung zu und zog die Mokassins aus. Donnernd brach sich die Brandung.

Ich zeigte auf die Lagune und sagte: »Du schwimmst wie ein Otter. Das Wasser wird dich tragen. Und hier werde ich schneller gesund als irgendwo sonst.«

»Wo sind wir? Bist du ein Schamane? Woher ... Ich habe das einmal geträumt, als mir Wolkenblume Rauschpilze gegeben hat.«

»Es ist ein sehr schöner Traum. Du bist weit weg von der Farm und vom Lager. Wir können darüber sprechen, wenn wir den Traum beenden. Oder hat Lachender Schatten Angst vor dem Wasser?«

Strahlend-sengende Sonne, heißer Sand und weiße Riesenwolken, ringsherum das Meer, warmer Wind, Geruch von Salz, Muscheln und Fisch, das Rascheln der Palmenwedel und das einzigartige südliche Licht schienen von allen Seiten die junge Indianerin zu durchdringen.

Sie drehte sich herum, breitete die Arme aus und sagte, ungläubig lächelnd, aufgeregt wie ein Kind: »Ich habe keine Angst, Viele-Leben-Krieger. Nicht vor dem Großen Wasser. Und nicht vor dir. Du kannst auch schwimmen?«

Ich zeigte auf einen Albatros, der über der Lagune kreiste. »Heute schwimme ich wie eine Wildgans aus Stein. Aber in einem Mond, denke ich, bin ich schneller als du.«

Ich nahm sie um die Schultern und zog sie in einen gefleckten Schatten. »Niemand sieht uns. Nur die Sonne und ein paar Fische. Die Pfeile der Sonne sind scharf. Bevor wir schwimmen, reiben wir Salbe oder Öl auf die Haut.«

»Gut. Ich reibe dich und du mich. Wie in der Farm, wenn Duftendes Laub deine Muskeln geknetet hat.«

»Oder so ähnlich«, sagte ich und fand, wie immer, das Häuschen voll ausgestattet und auf unseren Besuch vorbereitet. Ich sprach mit Tausend Blitze über die Transmitterverbindungen, über die Konstruktion eines neuen großen Gleiters, die im Lechturm vor sich gehen sollte, über Nonfarmale, der zwischen Städten und Landstrichen wechselte, in denen der Bürgerkrieg tobte, und dessen Verfolgung eine Reihe sinnloser Aktionen sein würde, über die LARSAF und darüber, daß Baumeister Klenze gestorben und die Harpunenkanone für den Walfang »erfunden« worden war.

Als die Sonne nicht mehr aus dem Zenit brannte, nachdem Lachender Schatten sich in der Küche umgesehen und eine Mahlzeit zubereitet hatte, ölten wir unsere Körper ein, und ich wagte mich ins seichte Wasser der Lagune. An diesem Nachmittag schwamm ich nicht mehr als zweihundert Meter und hielt mich stets über

Stellen auf, an denen ich stehen konnte. Aber schon jetzt spürte ich den Einfluß der Wärme und des Salzwassers; ebenso, wie ich mich auf die Nächte freute, wußte ich, daß ich in eineinhalb Monaten die allerletzten Spuren der Verwundungen vergessen haben würde.

Aber ich dachte an die nahe Zukunft. Um Mitternacht jenes Tages, an dem Rodrigo Diaz de Vivar, El Cid, nach der Eroberung von Valencia dortselbst starb, würde ich in der Tiefseekuppel eintreffen, die Arbeiten an der LARSAF steuern und den Tiefschlaf einleiten.

Silberne Reflexe zitterten bis zum Horizont über den Wellen. Nach rund fünfzehn Tagen schwamm und tauchte ich gut genug, um Fische für unser Essen speeren zu können. Lachender Schatten war fast länger im Wasser als an Land. Ich erfuhr, daß das Tor zur Jenseitswelt verschwunden und nicht wieder aufgetaucht war. Um meinen Körper wieder zu kräftigen und die letzten Muskeln aus ihrer Starre zu reißen, rannte ich durch kniehohes Wasser rund um die Insel, schwamm Tag um Tag länger und weiter und wurde fast so schnell wie Lachender Schatten, überholte sie schließlich.

Meine Haut färbte sich dunkel; der feine Sand und das Öl schienen die letzten Vernarbungen abzuschleifen. Keine Nachricht aus der wirklichen Welt war so wichtig, daß wir den Aufenthalt hier abbrechen mußten. In einem Winkel des Häuschens fand ich eine kleine Lacktruhe mit Andenken, die einer der Japaner oder sogar Yodoya Mootori vergessen hatte. Unter den Andenken waren zwei Bilder, die mich in der Samuraiausrüstung und meine Kameraden vor der Kulisse der unwirklichen Nonfarmale-Ebene zeigten. Ich verbrannte sie.

Lachender Schatten, meine junge, heißblütige Geliebte, begann sich seltsam zu verhalten. Nichts war dramatisch; unsere Zärtlichkeiten und die Leidenschaft blieben wie in der ersten Nacht. Aber plötzlich zog sie sich zurück, versenkte sich in sich selbst, schien nach innen zu schauen. Dann saß sie im feuchten Sand, blickte zum Horizont und schien Sandkörner zu zählen.

Ebenso jäh schlug ihre Stimmung um; sie spaltete Kokosnüsse, rannte in die Küche und holte Wein, vermischt mit dem Saft der haarigen Nuß. Wenn ich sie fragte, schüttelte sie den Kopf und zeigte ein vages Lächeln oder jenen Ausdruck, den ich von Drei-Adler-Schreien kannte: steinern und abwesend. Ich verzichtete bald darauf, eine Antwort zu bekommen.

Tage und Nächte vergingen, manchmal schneller, meistens für uns in herrlicher Langsamkeit. Ich las Lachender Schatten aus den Fabeln La Fontaines vor, und sie lernte, mit dem Finger im Sand ihren Namen zu schreiben; und ein paar andere Buchstaben und Wörter.

Tausend Blitze informierte mich, daß der Krieg nicht mehr lange dauern würde. Beide Gegner waren erschöpft, zermürbt, halbwegs am Ende. Hatte Nonfarmale genug Blut getrunken? Ich konnte es nicht glauben.

6.

Am 19. Februar 3561, noch vor dem Morgengrauen über Sol City, hatte sich Atlan plötzlich angezogen und das Haus verlassen. Nur eine schlanke junge Frau folgte, in einen dicken Thermomantel gehüllt, der Gestalt des Arkoniden; zum erstenmal wagte er sich aus der Sicherheit des Penthouses hinaus. Er schien genau zu wissen, was er zu tun und in welche Richtung er sich zu wenden hatte. Er ging schweigend, mit sicheren, weit ausholenden Schritten, auf die Kopfstation der Röhrenbahn zu. Scarron Eymundson blieb stehen, als Atlan entschlossen eine Grünfläche überquerte, an deren Rändern Roboter die Pflanzen pflegten.

Was suchte Atlan hier, zu dieser Stunde? fragte sich Scarron. Er schaute sich nicht um und betrat die hell erleuchtete Station. Außer Scarron und Atlan waren so früh nur wenige Menschen unterwegs. Die Bahnröhre, silberfarben verkleidet, schlängelte sich auf den Berg zu; Scarron wußte, daß er exakt 2287 Meter hoch war, zuzüglich der Höhe jener Bäume, die seit rund einem Jahrhundert darauf gewachsen waren. Atlan stieg in eine der wartenden Kabinen. Die Tür schloß sich, der tropfenförmige Wagen setzte sich mit Atlan als dem einzigen Passagier sofort in Bewegung.

Scarron nahm die nächste Kabine und wählte die Endstation. Sie murmelte: »Es ergibt einen bestimmten Sinn, wenn ich richtig zugehört habe.« Draußen huschten die Schatten der Landschaft des Fluchtplaneten vorbei; nur wenige Lichter unterbrachen das graue Halbdunkel. »Aber gerade jetzt? Nachdem er seine Erzählung beendet hat?«

Beide Kabinen hielten tief im Berg. Scarron zögerte und stieg aus, als sie sah, daß Atlan zielstrebig auf den Bereich der Bibliotheken und der Historischen Abteilung der Universitäts-Außenstelle zuging. Hier war er zweifellos nicht gefährdet. Nachdem Scarron, auf Abstand bedacht, ihrem Freund eine Weile lang gefolgt war, blieb sie vor dem letzten Schott stehen, das sich soeben hinter dem Arkoniden geschlossen hatte. Schweigend las sie die hypnotisch pulsierenden Schriftzeilen auf dem milchigen Glassit:

CHMORL-UNIVERSITÄT; Payluscho-Pamo-Institut für terranische Geschichte.

SAAL 1 bis 14: *Historische Verifizierungen*

Atlan schien einen guten Grund zu haben, ausgerechnet hierher zu kommen. Die erinnerungs- und sinnenschärfende Wirkung der vielen Chmorl-Metall-Fragmente, fünfdimensional schwingenden Quarzen vom Planeten Gopstol-Maru, war jedem terranischen oder gäanischen Studenten und Dozenten bekannt. Hatte Atlan vor, hier Vorlesungen zu halten oder Material zu suchen, das zu seinen Erzählungen notwendig war, kaum daß er sich für geheilt und wiederhergestellt hielt? Scarron dachte eine Weile lang nach, dann nahm sie einen der winzigen Robothalbgleiter und ließ sich zum Büro des Direktors bringen; er würde wissen, was zu tun war.

Payluscho-Pamo, ein Anti-Priester, hatte die Evakuierung der Universität und des Chmorl-Metalls zunächst verhindern wollen, stellte sich aber bei Leticrons Invasion auf die Seite der Terraner. Scarron wartete fast eine Stunde in den Stollen und Kavernen, zwischen wenigen Studenten und Reinigungsrobotern; der Direktor schaltete einen Beobachtungskanal in einen Nebenraum der Bibliothek. Atlan lag unter einer modifizierten SERT-Haube und sprach leise.

Zum viertenmal erfuhr Scarron, daß die Strahlung der Quarzmetalle Ausgeglichenheit und Harmonie herbeiführte und mit einer erheblichen, meßbaren Aktivierung des Gedächtnisses einherging – jetzt glaubte sie, was Tifflor und Cyr ihr versichert hatten: Atlan glaubte augenscheinlich, bewußt oder unbewußt, daß seine Erzählungen besonders schwierige Jahrzehnte umfaßten, und er schien seinen eigenen Erinnerungen nur bedingt zu vertrauen. Sie bedankte sich und fuhr, nachdenklicher geworden, in der Morgendämmerung über dem Großkontinent zurück in ihr Penthaus.

Ich hatte das nasse Haar meiner Geliebten in fünf gleichmäßige Stränge geteilt und flocht den Zopf so locker, wie es eben ging. Das letzte Stück hielt ich mit einem dicken Band zusammen, das ich durch eine perlmuttschimmernde Muschelschale gezogen hatte. Ich sah, daß sich die Umhüllung des Aktivators aufzulösen begann; das Leder stank. Lachender Schatten lehnte sich gegen meine Brust, zog meine Arme nach vorn und sagte: »Wann werden wir aufwachen? Ich weiß, Stuart, daß Träume nicht sehr lange dauern können.«

Ich streichelte sie; als das Geräusch der Brandung verklungen war, antwortete ich: »Beim nächsten Neumond, wenn die Sterne ihn aufgefressen haben. In der Sprache der Weißen ist es Ende des März-Mondes, um Ostern herum. Das Land um das Lager wird grün, der Schnee geschmolzen sein.«

»Dann werde ich viele Jahreszeiten an die Traumzeit denken. An den Sonne- und Sandtraum, an den Stuart- und Meertraum.«

Sie saß regungslos da, preßte meine Arme um sich und weinte. Tränen liefen über ihr Gesicht. Schließlich zitterte und zuckte ihr Körper wie im Fieber. Ich bog ihren Kopf zurück, blickte in ihre Augen, die meinem Blick auswichen, sich nach langer Zeit auf mein Gesicht hefteten.

»Warum weinst du?« fragte ich. »Gibt es einen Grund, den ich nicht kenne?«

Es dauerte lange, bis sie sich wieder gefaßt hatte. Mit dem steinernen Gesichtsausdruck ihres Volkes sagte sie, heiser und mühsam beherrscht: »In einem Mond ist der Traum zu Ende. Viele Jahre werden vergehen. Niemals wieder gibt es einen solchen Traum, der doch wahr ist. Du sagst: Vergangenheit ist wie Asche der Wirklichkeit. Viel Asche, Stuart. Ich weine, weil sie jetzt heiß ist. Sie wird kalt sein, und der Wind bläst sie fort.«

Sie holte keuchend Atem, dann beugte sie sich vor und legte ihre Handflächen auf den heißen Sand. »Wenn du gegangen sein wirst, Stuart-Krieger, wirst du mir ein Geschenk geben. Wenn du an die Traumzeit denkst, so wie ich, wirst du niemals vergessen können.«

»O Mädchen.« Ich seufzte. »Du weißt nicht, wie angsterregend meine Erinnerungen sind. Ich habe zu viele davon.«

»Du wirst von mir träumen, Stuart?«

»Du wirst in jedem Traum sein. So lebendig und schön wie jetzt.«

Lachender Schatten richtete sich auf, zog mich in die Höhe und schien etwas sagen zu wollen. Es mußte sehr wichtig sein, aber sie schüttelte den Kopf und zeigte sich selbst, daß sie sich ebenso endlos beherrschen konnte wie der Häuptling des Stammes.

»Komm!« sagte sie und preßte ihren Körper leidenschaftlich an meinen. »Ins Haus. Dort will ich Wein trinken, und du mußt mich lieben. Bis zum letzten Tag, bis der Mond dünn ist wie ein Faden.«

Ich folgte ihr und versuchte herauszufinden, was sie mir hatte sagen wollen. Ich erfuhr es nie – von ihr. Aber von diesem Augenblick an bis zur Nacht, in der wir ein letztesmal über den Strand gingen, schwammen, Zärtlichkeiten austauschten, schließlich duschten und packten, war sie unbeschwert fröhlich; ich werde ihr Lachen nie vergessen können.

1865: ABRAHAM LINCOLN – In gestrecktem Galopp ritten wir die schmale, kaum befahrene Straße vom Oberen Roten See entlang. Lachender Schatten und ich hatten in dem General Store des Örtchens Thief River Falls all das eingekauft, was die Indianer und ich für den Sommer brauchten. Das Packpferd schien ebenso froh zu sein, seine Kraft zu zeigen wie die Schecken. Lachender Schatten saß im Sattel so sicher, wie sie in der Lagune geschwommen war. Drei Stunden vor dem Lager summte das Armband.

Ich ritt noch eine Pferdelänge weiter an die Spitze, hielt das Handgelenk ans Ohr und rief durch den rasenden Hufschlag: »Ich höre. Was gibt's?«

Überraschend klar und deutlich sagte die Stimme von Tausend Blitze: »Heute, am neunten April, hat Südstaaten-General Lee vor dem Nordstaaten-General Ulysses Grant kapituliert.«

»Verstanden. Ein schmerzlicher Tag«, rief ich.

»Nicht ganz. Präsident Lincoln beabsichtigt, beide Kriegsparteien zu versöhnen und die Einheit des Landes zu sichern. ›Keine Verfolgung, keine Blutarbeit!‹ sagte er. Ich habe Nonfarmale in Washington gesehen. Er scheint konspirative Aktionen zu planen oder anzuregen.«

»Gibt es Anzeichen, daß er länger zu bleiben gedenkt?« fragte ich und warf einen langen Blick zum Berg.

»Er mietete ein Haus und Pferde.«

»Ich weiß also, wohin ich zu fliegen habe«, rief ich. »Zuhören: Boog soll so verändert werden, daß er aussieht wie ich, aber zwei Jahrzehnte etwa älter. Er nimmt meine Rolle ein. Er mietet die Farm, bewacht sie, notfalls verteidigt er die Indianer.«

»Er ist spätestens morgen abend dort«, versprach Tausend Blitze. »Ich komme mit. Du nimmst den kleinen Gleiter?«

»Das habe ich vor.«

Wir galoppierten und wurden langsamer, als wir durch den Wald dem Lager näher kamen. Die Natur ringsum barst förmlich vor Leben. Die Tage waren lang genug geworden. Lachender Schatten brachte ihr Pferd an meine Seite, und ich sagte: »Ich muß nach Washington. Dort befindet sich der Präsident, ihr nennt ihn den Großen Weißen Vater, in Gefahr. Ich versuche, etwas dagegen zu tun.«

Sie nickte, als habe sie es gewußt. »Ich gehe zurück, zu Duftendes Laub und zum Stamm.«

»Der Bruder von Tausend Blitze kommt und wird in dem Farmhaus wohnen. Er sieht aus wie ich als alter Mann. Er sorgt für dich und jeden, der seine Hilfe braucht. Das Haus ist groß genug.«

Wieder nickte sie, lächelte mich an und deutete auf den Rauchfaden zwischen den Baumkronen. Ich wußte, daß Drei-Adler-Schreien das Lager abbrechen und weiterziehen würde, nach Nordwest.

Wir luden die Vorräte und die meisten Einkäufe im Lager ab, packten die leichter gewordenen Säcke vor uns auf die Sättel und trieben das Packpferd auf die Weide. Im Haus war rasch Ordnung geschaffen; ich sortierte Stiefel und Kleidungsstücke um, die zu meiner neuen Maske paßten, packte Taschen und Truhen, legte den Gürtel und den stark modifizierten 44er Navy-Colt zwischen die Handtücher und die Bademäntel; innerhalb von drei Stunden sahen Teile des Hauses so leer aus, als ob nur Mäuse darin gehaust hätten.

Türen und Fenster waren weit geöffnet. Dünnes Gitterwerk hielt die Mücken und Fliegen fern. Ein Waschbär rumorte unter der Terrasse, überall pickten Vögel. Die Sonne wanderte hinter den Baumwipfeln, und tiefgoldene Lichtstrahlen hellten die Räume auf. Staubkörnchen tanzten in den Strahlen. Lachender Schatten und ich saßen am Tisch vor dem Kamin.

»Wann gehst du, Ancor Stuart?«

»Morgen, nach dem Sonnenaufgang«, sagte ich. »Und mein älterer Zwilling wird dir sagen, wann ich wiederkomme.«

»Ich bleibe in der Nacht bei dir«, sagte sie. Wir aßen den letzten Schinken aus Beauvallon, Butter und Käse aus dem Store. Dünnes Bier und ein dunkles, körniges Brot hatte der Roboter auf dem Umweg über den Transmitter des Lechturms hierhergeschickt. »Es ist noch Wein in dem durchsichtigen Krug.«

Ich ahnte es, und sie wußte es. Wir sprachen nicht darüber. Wir liebten uns zum letztenmal. Weit nach Mitternacht schlief ich für kurze Zeit ein. Als ich im Morgengrauen aufwachte und meinen Arm ausstreckte, fanden die suchenden Finger den Platz leer. Das Laken war kalt, die Decken am Fußende sauber zusammengefaltet. Lachender Schatten hatte mich verlassen. Ich wußte, daß ich lange brauchen würde, um sie verstehen zu können. Zwei Stunden danach hatte ich den Rest zusammengepackt, lud alles in den Gleiter und verließ ungesehen die Farm. In einigen hundert Metern Höhe beschleunigte ich, flog einen Kreis und versuchte, Lachender Schatten zu sehen. Sie blieb verschwunden. Schließlich programmierte ich den Kurs, der mich nach Washington am Potomac bringen sollte.

Das Haus war schmal und stand in einer Reihe mit anderen. Eine Treppe führte von der Straße über ein Vorgärtchen hinauf; im Hof, neun Schritt breit und dreißig lang, erstreckte sich eine Wildnis, einst ein Garten, in dem einige Obstbäume blühten und das Gemüse und die Küchenkräuter wild ausgewuchert waren. Ich entlud den Gleiter durch ein Fenster des Obergeschosses und schickte ihn ferngesteuert zur programmierten Warteposition. Ich öffnete alle Fenster, um den muffigen Geruch zu vertreiben. Eine Stunde später klopfte es.

»Ich bin Suzett Light«, sagte die junge Frau. »Sie haben Ihre Nachbarin gefragt, ob ...«

Ich bat sie herein. Frau Johnson von nebenan hatte mir die junge Witwe empfohlen. Ich versuchte, mit ihr so zu sprechen, wie man es in Washington erwartete.

»Madam«, sagte ich und schloß die Tür, »ich bin erfreut. Ich suche Gemütlichkeit, Ordnung und ein sauberes Haus. Ihr Reich erstreckt sich auf alle Räume. Wenn Sie gelegentlich etwas kochen, wäre ich Ihnen dankbar. Sie besorgen den Einkauf; ich habe dies schon in England nicht anders gehalten. In dieser Schatulle sind genügend Dollars für jeden Zweck, der uns angemessen erscheint. Haben Sie Zeit und Lust?«

Sie ging prüfend durch ein Zimmer nach dem anderen und benutzte, mißbilligend die Nase rümpfend, ihren Zeigefinger. Schließlich blies sie den Staub weg und fragte heiter: »Sehen Sie mich noch, Sir?«

»Nein, Mam. Ich erkenne Sie an der Stimme«, sagte ich. »Was verlangen Sie für einen Monat unseres Wohlbefindens?«

Sie nannte eine lächerliche Summe. Ich verdoppelte den Betrag und gab ihr eine Einkaufsliste. Schließlich erhielt man in Washington selbst Champagner, seidene Hemden und alles andere, was man hier als Luxus empfand. Mrs. Light war überrascht.

»Ich habe zwei Kinder. Charlie und Susan, sieben und sechs. Ich kann nicht den ganzen Tag für Sie dasein.«

»Also«, entschied ich. »Die Kinder können hier essen, wenn's sein muß. Ich bin um jede Stunde froh. Wenn Sie eine Hilfe brauchen, zahlen Sie die Putzfrau, Wäscherin und alles andere. Ich lege mein Junggesellenschicksal in Ihre zierlichen Hände.«

»Oh!« Sie hatte sich entschlossen. »Die Fingerchen können ganz kräftig zupakken.«

Ich zog einen imaginären Hut, erkundigte mich nach einem Mietstall und hatte kurz darauf, auf dem Rücken eines starken Schimmels, das Vergnügen, durch Washington reiten und mir alles einprägen zu können. Ich kaufte einen riesigen Blumenstrauß und ließ ihn, mit Kärtchen, in mein Haus zu Mrs. Light schicken, stellte zahlreiche Fragen und erhielt meist freundliche Antworten, sah schlechte Straßen, große Plätze und stattliche Gebäude. Ich erfuhr, wo der sechzehnte Präsident der Vereinigten Staaten wohnte, fiel mit meinem klassischen Englisch so viel auf, wie ich beabsichtigt hatte, und gab in einem Delikatessenladen eine Bestellung auf, die den Inhaber, Mr. Rosenboom, zu händereibender Freundlichkeit veranlaßte. Ich bat ihn, alles zu meinem Haus zu schicken, und gab reichliches Trinkgeld.

Meinen Rechenfehler hatte der Roboter inzwischen korrigiert. Ostern war in diesem Jahr später. Heute schrieb man Montag, den zehnten April. Nach dem Sieg schien sich in Washington jeder und alles zu versammeln; ich sah zwischen ehemaligen Negersklaven und verkrüppelten Soldaten bis hinauf zu den Ministern der Regierung einen Querschnitt durch die Bevölkerung.

Um meiner Maske, in der ich keine Schwierigkeiten haben würde, mehr Glaubwürdigkeit zu verleihen, fragte ich mich zu einer Pelzhandlung durch und brachte mit dem Prinzipal ein Handelsgespräch in Gang; wenn es nötig war, konnte ich Drei-Adler-Schreien und seinen Stamm zu bescheidenem Wohlstand verhelfen.

Nonfarmale! mahnte der Logiksektor. Ich lachte bitter. Schon seit der Ankunft blickte ich mit wenig verdeckter Neugierde in jedes Gesicht, das nahe genug war.

Ich wich einer Kutsche aus, wendete das Pferd und sah nach der Sonne. Für heute hatte ich genug erfahren. Später konnte ich in einer Gaststätte essen oder in einer Bar trinken. Dort gab es Informationen anderer Art. Als hochnäsiger Engländer fiel ich nicht auf, wenn ich eine Runde Whisky bestellte und dumme Fragen stellte.

Ich stellte das Pferd ein, deponierte den Sattel, zahlte und mietete das Tier im voraus für den nächsten Tag. Wieder ein ungewohnt hohes Trinkgeld, und nach einem kurzen Gespräch wußte der Mietstallbesitzer alles über mich und meinen Besuch. Er erzählte mir auch, daß man im Ford-Theater ein Stück »Our American Cousin« spielte, das ein toller Lacherfolg sein sollte.

Ich versprach, mir von ihm Vorzugskarten besorgen zu lassen, und ging langsam durch die ruhige, schmale Straße bis zur Hausnummer 36.

Aus allen Fenstern drang Licht. Vorhänge bewegten sich im Abendwind. Ein Neger kehrte das Fußgängerpflaster. Zwei Frauen schütteten seifenschäumendes Wasser über die Stufen und die Pflastersteine. Als ich, jeden mit dem gelüfteten Hut grüßend und ein wenig einfältig lächelnd, die schmale Eingangshalle betrat, roch ich Putzmittel, einen glühenden Herd und eindeutig etwas, das nur Kaffee und Essen sein konnte. Mrs. Light hatte zuerst die Küche putzen lassen, und auch meine Bestellung war angekommen. Suzett errötete züchtig, als sie sich für die Blumen bedankte.

»Madam. Sie haben ein kleines Wunder vollbracht«, sagte ich. »Und ich sehe entzückt, daß einige Flaschen Champagner im Eis stehen. Ich darf mir erlauben ... ein wenig später.«

Eine Nachahmung der kostbaren Planetenuhr, von Amir Darcy Boog aus unedlen Materialien hergestellt, mit positronischem Bauteil darinnen, stand auf dem Sims neben dem Eingang zum Wohnzimmer.

»In zwei Stunden muß ich zu Hause sein«, sagte Mrs. Light. »Die Kinder.«

»Die Frauen, die Ihnen zur Hand gehen, sind bald fertig«, sagte ich. »Schicken Sie eine der Damen und lassen Sie Ihre Kinder holen. Man wird uns zu essen bringen, aus dem nächsten Restaurant. Das ist alles wunderbar, wie Sie wirtschaften, meine Liebe.«

Mrs. Light war überwältigt. Nicht ganz eine Stunde später waren die Betten aufgedeckt, es gab warmes Wasser, alles strahlte vor Sauberkeit, selbst ein Viertel der Straße, und ich verteilte goldene Dollar-Münzen.

Wir aßen zusammen, ich erzählte wahre Geschichten aus dem Indianerlager, Mrs. Light und ich tranken Champagner, ich erfuhr den letzten Klatsch aus der Hauptstadt, und ich lud die junge Witwe ins Theater ein. Schließlich weckten wir die Kinder, und Mrs. Light versicherte, gegen elf wiederzukommen. Ich überließ ihr den Hausschlüssel.

Eine dreigeteilte deckenhohe Flügeltür trennte Schlafzimmer und Wohnraum. Ich öffnete die großen Truhen, schaltete die Bildschirme ein und trug zwei kleine Petroleumlampen zum Schreibtisch. Das Haus war verschlossen, die Vorhänge zugezogen, und ich öffnete die nächste Flasche. Die Kleidung beengte mich; ich zog Mokassins und ein Lederhemd an und setzte mich, die Füße auf dem Schreibtisch, in den Schaukelstuhl.

»So, Mr. Thousand Flashes«, sagte ich zum Roboter. »Alle wichtigen Informationen in Bild und Ton, chronologisch, mit knapp gefaßten Erläuterungen.«

Aus der Kuppel kamen Ausschnitte, längere Passagen, Daten und Schriftzeilen. Boog alias Antal Stuart traf ein und sah ebenso entschlossen, ungemein tüchtig und weißhaarig aus wie der Krämer in Thief River Falls. Er gestaltete mit vorhandener und neuer Ausrüstung die Farm unverdächtig, aber wehrhaft aus. Keine Veränderungen vor den Höhlen im Berg. Lachender Schatten blieb unauffindbar. Ich machte mir Sorgen. Die Indianer jagten, fischten, trockneten Felle und brachen das erste Tipi ab. Elend herrschte entlang der Wanderungen, die beide Heere kreuz und quer durch das Land gezogen hatten. Ich sah die Bilder und versuchte, alle Einzelheiten zu einem farbigen Mosaik zusammenzusetzen.

Schließlich sagte Tausend Blitze: »Das Raumschiff und das Gebäude von Yodoya Island sind wohlversorgt. Spuren wurden beseitigt. Jetzt folgen Aufnahmen aus Washington.«

»Nonfarmale?«

»Ja. Sehr oft.«

Immer wieder sah ich ihn. Er bewegte sich auch in der Hauptstadt wie ein Fisch im Wasser. Er schien einflußreiche Männer zu kennen, trat in feinster Garderobe auf und schien dort, wo etwas entschieden wurde, zuzusehen und zuzuhören. Unsichtbar folgte ihm die Spionsonde, aber sie konnte weder Mauern durchdringen noch ihn vierundzwanzig Stunden am Tag verfolgen. Seine Masken waren gut. Er verschwand in der Menge; wenn er heute als zerlumpter Soldat im Hospital zu finden war, wanderte er am nächsten Tag durch die Korridore und Treppenhäuser der Regierungsgebäude. Ich leerte das Glas und stöhnte auf.

»Wie soll ich ihn jemals finden?«

Die Munition, mit der mein Revolver geladen war, der Lauf und die Mechanik der Waffe konnten eine massive Mauer niederlegen. Aber wenn ich ihn nicht vor die Mündung bekam, nützte eine Kanone nichts. Ich merkte mir die verschiedenen Verkleidungen, die sich unregelmäßig wiederholten.

Schließlich sah ich an jenen Aufnahmen, die von der eigenen Sonde stammten, also jenem Beobachter, der mich schützte, daß ich während des Nachmittags dreimal den Weg Nonfarmales gekreuzt hatte. Einmal fuhr er in einer Kutsche, höflich in meine Richtung grüßend, sieben Schritte von mir entfernt vorbei. Ich fluchte.

»Es ist sinnlos, wenn ich unsichtbar durch die Stadt hetze«, sagte ich. »Wo wohnt er?«

»Hier.«

Er wohnte im obersten Geschoß eines Hotels. Aus dem offenen Fenster wechselte er in der Dunkelheit über eine unsichtbare Gangway in seine unsichtbare Transportkugel, die zwischen den Kronen riesiger Bäume schwebte. Und ich hatte ihn gelehrt, kein Risiko mehr einzugehen. Im Schlaf, falls er derlei profane Erholung brauchte, konnte ich ihn auch nicht überraschen.

»Hast du herausfinden können, was er plant?«

»Nicht viel. Er bereitet einen Fluchtweg für zwei Männer vor, die über die Grenze Virginias flüchten sollen. Der Potomac ist die Grenze.«

»Ich weiß.« Ich hatte auf dem Fluß das verankerte Kriegsschiff, die SAUGUS, gesehen.

»Es gibt einige Namen von unwichtigen Männern. Dr. Samuel Mudd. Oberst Cox. Lewis Paine.«

Ich merkte mir die Namen und das Aussehen der Männer, ihre Wohnungen und sah keinerlei Zusammenhänge. Ich hob den Kopf und leerte die Flasche ins Glas. Der Champagner floß über und lief auf das hochpolierte Leder des Schreibtisches.

»Ich bin am Vormittag im Sattel«, sagte ich, »und du wirst mir über das Armband mitteilen, wo ich Nahith finde, falls er seine Kugel oder sein Zimmer verläßt.«

»Verstanden«, sagte der Robot, und ich schaltete einen Schirm ab.

Im Morgenmantel saß ich vor dem Kamin, trank Champagner und dachte an Lachender Schatten, bis ich zwischen die schneeweißen Leinentücher schlüpfte, die Mrs. Light so fürsorglich glattgestrichen hatte. Dienstag, Mittwoch und Donnerstag verbrachte ich damit, Nonfarmale zu suchen und zu verfolgen. Ich kaufte zwei Theaterkarten für Freitag. Zweite Reihe, Mitte. Mrs. Light war außer sich vor Freude und jammerte, sie müsse das umgearbeitete Hochzeitskleid anziehen. Ich versicherte ihr, sie wäre darin sicherlich heute noch schöner als an jenem Freudentag.

Deine Jagd hat ein zu hohes Maß an Sinnlosigkeit erreicht, mahnte der Extrasinn. Ich ritt in Washington hin und her, ließ mich in der Kutsche von einem Punkt zum anderen fahren, aber stets war Nonfarmale schneller. Ich lernte zwar die Stadt hervorragend kennen, aber auf dieses Vergnügen hätte ich verzichten können. Ich gab am Karfreitag kurz nach Mittag auf und ließ mich zum Schneider fahren. Dort stattete ich mich passend für den Theaterbesuch aus; ich würde einige meiner Washingtoner Bekannten treffen, und nachher wollte ich Mrs. Light in ein gutes Restaurant ausführen. Ich bestellte den Kutscher für den frühen Abend und bezahlte die Fahrten im voraus.

Zu Mittag hatte Mrs. Suzett Light angefangen, sich auf den Theaterbesuch vorzubereiten. Sie sah allerliebst aus, roch aber nach einem Duft, der nicht von Fragonard aus Grasse stammte. Sie hängte sich in meinen Arm, ich half ihr in die Kutsche, und schon während der kurzen Strecke von der Straße bis in den Vorraum des Ford-Theaters zeigte sie versteckt auf diese oder jene Persönlichkeit und sagte mir aufgeregt, wer es war und welche Bedeutung er oder sie oder beide in Washington hatten. Sie glühte förmlich; der Abend war das wichtigste Ereignis in diesem Jahr für eine Frau, die hart arbeitete, um sich und die Kinder durchzubringen. Bevor wir zu unseren Plätzen geführt wurden, zeigte sie auf eine junge Dame und deren Begleiter, einen Major.

»Das ist der Besuch, der bei den Lincolns wohnt. Beim Präsidenten. Sie heißt Clara Harris. Und er ist Major Rathbone.«

»Sie werden in der Präsidentenloge sitzen?«

»Wenn Präsident Lincoln wirklich kommt. Man sagt, er ist schrecklich unberechenbar. Achtzig Morddrohungen, Briefe oder Zettel, soll der Präsident in seinem Schreibtisch haben.«

Ich begrüßte einige Männer und deren Damen, erkannte einen Rechtsanwalt, mit dem ich in einem Wandelgang über die Gesetzgebung im Fall von Indianerland gesprochen hatte; er saß einige Plätze von uns entfernt. Die Brüstung der

Präsidentenloge war von der amerikanischen Flagge bedeckt. Sie hing über die Wand weit herunter. Noch bevor sich der Vorhang teilte, ertönte lauter Beifall. Wir drehten uns um und sahen, daß der hagere, sechsundfünfzig Jahre alte Präsident mit seiner Frau die Loge betrat, seine Bewunderer grüßte und sich in einen Schaukelstuhl setzte.

Die Aufführung fing fast pünktlich an. Es schien eines jener Stücke zu sein, die nur deswegen nicht ausgepfiffen wurden, weil es unmöglich war, gleichzeitig zu gähnen und zu pfeifen. Ich zwang mich dazu, zu klatschen und zu lachen, wenn es die anderen taten. Die Zeit und die Pointen krochen wie Schnecken; das Publikum amüsierte sich, als wären wir alle im Globe Theatre des Masters Shakespeare. Ich sehnte mich jedenfalls dorthin.

Als ich zum neunten Male meine flache Uhr hervorzog und den Deckel aufspringen ließ, stieß mich Suzett leicht an, schüttelte mißbilligend den Kopf und deutete auf die Bühne. Ich lächelte zurück und unterdrückte mein Gähnen.

»Mir scheint, ein englischer Hinterwäldler wie ich«, flüsterte ich, »kann nur Shakespeare und Marlowe richtig schätzen ...«

Lauter Beifall und dröhnendes Lachen machten den Rest des Satzes unverständlich. Es war etwa zehn, und der Schwank taumelte einem weiteren Höhepunkt entgegen. Hinter mir krachte ein Schuß; gehörte das zum Stück? Ich riskierte es, mich umzudrehen. Mein zweiter Blick fiel auf ein Durcheinander kämpfender Gestalten in der Präsidentenloge. Ein Messer blitzte mitten in einer Wolke aus Pulvergasen auf, dann schwang sich ein Mann über die Brüstung und versuchte, die etwa drei Meter tiefer liegende Bühne zu erreichen.

Totenstille trat ein. Der Mann verhakte sich mit dem Stiefel in der Flagge. Sie riß mit einem häßlichen Geräusch. Ich sah, wie der Sporn das Tuch zerriß, wie die Gestalt den Halt verlor und auf die Bühne herunterkrachte. Langsam stand ich auf und zog meinen Colt. Dann dachte ich an die Wirkung des Schusses und packte die Waffe am Lauf.

Der Mann, etwa fünfundzwanzig Jahre alt, sprang mit schmerzverzerrtem Gesicht auf die Mitte der Bühne, hob den Arm und schmetterte: »Sic semper Tyrannis!«

Der Rechtsanwalt und ich versuchten, zwischen den Sitzen hindurchzukommen. Ich stützte mich schwer auf die Schulter eines Mannes, sprang in den Gang und schwang mich auf die Bühne. Geschrei brach los. Ich verstand: »Das ist Booth, der Schauspieler.«

»Haltet ihn! Haltet ihn!«

Auf der Bühne herrschte ein wildes Durcheinander. Booth rannte in die Kulissen, und ich holte aus. Der Rechtsanwalt rannte an mir vorbei und warf einen Bühnenstuhl um. Ich erreichte Booth und wollte ihm den Griff der schweren Waffe auf den Schädel schmettern, aber ein Bühnenarbeiter, der rückwärts taumelte, weil ihn jemand gestoßen hatte, lenkte die Waffe ab. Ich traf die Schulter, der Mann taumelte und stürzte, kam wieder auf die Beine und schlug einen Haken. Er rannte auf den Bühnenausgang zu, der Rechtsanwalt und ich dicht hinter ihm.

»Schießen Sie ihn nieder, Sir«, keuchte der Anwalt. Die Tür schlug vor uns zu, ich riß sie wieder auf. Booth hieb einem Mann, der ein Pferd am Zaumzeug hielt, die Faust mit dem Messergriff gegen die Brust und rammte ihn zur Seite. Mit einem Satz sprang er, stöhnend vor Schmerz, in den Sattel und bohrte dem wiehernden Tier die Sporen in die Seiten. Er verschwand in der Dunkelheit, während die Eisen der Hufe auf dem Pflaster Funken schlugen. Ich schob die Waffe zurück und hielt den Anwalt fest.

»Ich habe sie entladen. Im Theater schießt man nicht«, sagte ich entschuldigend. Wir gingen ins Theater zurück. Das Publikum befand sich in wilder Auflösung, und gedankenverloren dachte keiner der Darsteller mehr daran, weiterzuspielen. Ich kämpfte mich zu Mrs. Light durch und faßte sie sanft am Ellbogen.

Sie weinte und sagte: »Der Präsident ist getroffen. Sie haben ihn in die Pension gegenüber gebracht. In den Kopf geschossen.«

»Und Rathbone wollte ihn verteidigen. Er hat einen Stich in den Arm bekommen«, sagte ein Herr mit weißem Backenbart. »Lincoln, der Sklavenbefreier ... das waren die verfluchten Südstaatler.«

Das war Nonfarmales Werk, wollte ich sagen, aber ich führte die junge Frau zur wartenden Kutsche. Uns war der Appetit vergangen. Ich lud sie auf ein Glas Wein in mein Haus ein und brachte sie spätnachts, als sie sich beruhigt hatte, nach Hause. Sie versprach, am Dienstag wiederzukommen und mir zu helfen.

Vizepräsident Johnson und Kriegsminister Stanton handelten schnell und kaltblütig. Sie ließen sich von der Panik und der Hysterie nicht anstecken. Aus einem Zimmer der Pension, in der Lincoln langsam starb, wurden Telegramme abgeschickt. Marschbefehle gingen hinaus, Kuriere rannten und ritten in alle Richtungen. Alarm für die Polizei und die Grenzwachen. Haftbefehle, Anweisungen, Boten zu den Schiffen. Militär sperrte die sechs wichtigen Ausfallstraßen, die Kriegsschiffe dampften den Potomac aufwärts und abwärts. Eine zweite Meldung erreichte den Krisenstab:

Ein Mann namens Lewis Paine hatte versucht, den Außenminister William H. Seward zu erstechen. Mit einem Kiefer- und einem Armbruch, die von einem Unfall mit der Kutsche stammten, lag Seward im Bett. Paine schlug mit einem Colt, der Ladehemmung hatte, auf den Kranken ein, verwundete dessen Sohn mit der Waffe und mit Messerstichen, zerschnitt dem Minister das Gesicht. So hieß es jedenfalls; blutend, ohnmächtig, verletzt blieben die Hausbewohner zurück, während der riesige Paine zu Pferde flüchtete. Die Stadt glich einem aufgescheuchten Bienenstock, und Tausende Lichter bewegten sich durch die Straßen. Irgendwo wurde geschossen. Die Signaltrompeten der Truppen schmetterten, Reiter stoben, Fackeln in den Händen, zwischen den Menschenmengen hindurch. Ich kam früh um vier ins Haus zurück, zog den Korken aus einer Flasche und nahm einen Schluck des schottischen Whiskys.

»Und wieder einmal: Nonfarmale, der Seelensauger«, sagte ich. »Ich gebe auf.«

Um sieben Uhr zweiundzwanzig starb Lincoln. Es hatte keine Rettungsmöglichkeit gegeben. Hinter dem linken Ohr war das Geschoß eingedrungen, hatte das Hirn zerfetzt und steckte hinter dem rechten Auge. Nachricht um Nachricht sikkerte durch. Ich verfolgte das Geschehen über die Bildschirme. Zwei Sonden fingen die Informationen auf.

Zwei Reiter, John Wilkes Booth, »der schönste Mann Washingtons«, aus Maryland, und David Herold, der zusammen mit Paine den Minister hätte töten sollen, waren über die hölzerne Marinewerftbrücke geritten, die ab neun Uhr abends wegen der Gefahr von Partisanenübergriffen aus ebenjenem Staat Maryland gesperrt war.

Statt dem zuverlässigen Major Eckart, der die Präsidentenloge hätte bewachen sollen, bewachte ein Trunkenbold namens Parker die Loge – und verließ, um trinken zu gehen, seinen Posten.

Dr. Mudd in Bryantown versorgte das gebrochene linke Schienbein des Attentäters. Booth und Herold ritten zu Major Cox, der sie versteckte. Man faßte in der Stadt Lewis Paine und George Atzerodt, dem man vorwarf, Vizepräsident Johnson töten zu wollen. In der Pension, in der Booth wohnte, wurden die Eigentümerin und drei Verdächtige verhaftet. Alle Häftlinge brachte man auf die SAUGUS und band ihnen Säcke um die Köpfe.

100.000 Dollar Belohnung für die Ergreifung von Booth! 25.000 Dollar für Herold!

Die Suche dauerte bis zum 25. April. In der Nähe von Port Royal stellte man die Flüchtenden in einer Scheune. Militär ging in Stellung, zündete den Schuppen an, und Herold ergab sich. Booth hinkte durch den Qualm und wurde von einem tödlichen Gewehrschuß getroffen. Man zerrte ihn aus den Flammen.

Am 9. Mai, als der Prozeß anfing, verließ ich Washington mit dem vollgeladenen Gleiter. Mrs. Light war zunächst traurig, aber als ich ihr sagte, daß ich das Haus bis Ende des Jahres gemietet hatte, zog sie mit den Kindern ein und fand mehrere Flaschen Champagner und ein wenig Geld. Ich flog zurück zur Farm, bugsierte den Gleiter durch den Transmitter und setzte mich zu Boog auf die Terrasse.

»Du hast das Mädchen nicht gesehen? Nichts von ihr gehört?« fragte ich.

»Nein. Auch ihre Leute wissen nichts.«

»Ich bin ein paar Tage im Turm über dem Lech. Dann erreichst du mich in der Kuppel«, sagte ich.

Boog zwirbelte seinen buschigen weißen Schnurrbart und murmelte: »Die dümmste Frau kann einen Mann um den Finger wickeln. Um einen Narren zu behandeln, braucht es eine sehr kluge Frau.«

»Du sagst es. Ich befehle: Suche sie weiter, hilf ihr in jeder Form, melde alles an mich oder Rico.«

»Yes, Sir.«

Ich hatte einen Krug schwarzes Bier getrunken, schaukelte auf der Terrasse und wartete auf den Sonnenuntergang. Es gab Stimmungen, die mir verdeutlichten, daß alle weiteren Überlegungen, Versuche oder Aktionen nichts anderes waren als blindes Umherrennen. Es war sinnlos, ich hatte verloren. Ich würde mit der Flotte zurückkommen und Ordnung schaffen. Auf meine Art. Als es dunkelte, verließ ich die Farm; wie ich glaubte, für immer.

Der Rest ist schnell erzählt. Ich überwachte den Zusammenbau eines Gleiters. Die Teile kamen aus den arkonidischen Lagern und der Kuppel. Von acht Angeklagten wurden vier gehenkt: Herold, Paine, Atzerodt und die Pensionswirtin. Am 7. Juli hingen sie am Galgen. Die anderen gingen in den Kerker. Ich gab Riancor den Befehl, die Höhlen im Vater-der-Sonnen-Wolke zu sprengen, sobald die Indianer in Sicherheit waren. Dann legte ich mich im Schutz der Maschinen auf die sterilen Polster. Mein letzter Blick galt Amoustrella, die regungslos dalag, ein merkwürdiges Lächeln auf den Lippen.

Am fünfzehnten September kam Lachender Schatten zur Farm. Sie war hochschwanger und bat Antal Stuart, Duftendes Laub zu holen. Die Frau sollte ihr helfen, wenn der Sohn – sie behauptete fest, es würde ein Sohn werden – von Viele-Leben-Krieger auf die Welt käme. Positronische Aufregung brach aus. Boog informierte Riancor, aktivierte den Medorobot und rannte und ritt, bis er den kleinen Stamm in seinem neuen Lager fand. Riancor schaltete die Transmitter und schleppte alles herbei, was seine Speicher für den Bedarf von Säuglingen enthielten. Das Haus wurde geschmückt, als würde man Erntedankfest feiern. Lachender Schatten saß im Schaukelstuhl und richtete ihren Blick in die Ferne. »Traumzeit«, flüsterte sie immer wieder.

Aus: RICOS ANNALEN. Interne Dokumentation, nur dem Gebieter Atlan zugänglich, Informationen nicht gespeichert.

Die stimulierende Umgebung ist entsprechend vorbereitet. Aus den Lautsprechern dringt gegenwärtig »Greensleaves«, gedichtet und komponiert vom achten Heinrich von England. Ich rieche an einem Obstbrand aus Beauvallon und schreibe mit Gallustinte auf Büttenpapier. Holographien liegen um mich herum ausgebreitet. Die Gründe, deretwegen ich so handle, sind gravierend. Diese Dokumentation ist nur für Atlan bestimmt. Ich sorge dafür, daß er es zur Kenntnis nimmt und zweckmäßige Aktionen einleitet:

Am ersten Tag des Monats Februar, Schmelz- oder Taumond, Anno Domini 1880 haben die Vorkommnisse, von meiner Positronik als »nicht beweisbare, aber untrügliche Vorkommnisse« eingestuft, einen vorläufigen Höhepunkt erreicht.

Obwohl der Arkonide verboten hatte, ihn vor dem beweisbaren Auftreten Nonfarmales zu wecken, muß ich dieses Verbot mißachten. Ich werde also die Geräte und Maschinen des Tiefschlafprogramms umprogrammieren. Ob ich auch Amoustrella Gramont wecken soll, weiß ich nicht. Die Wahrscheinlichkeit, daß Atlan entscheidet, sie weiterschlafen zu lassen, ist groß. Ich wecke ihn, weil:

1. Vierundvierzig Jahre nach dem letzten Ausbruch von La Soufrière, dem Vulkan auf den Kleinen Antillen, der Guadeloupe schwer schädigte, mehren sich die typischen Vibrationen der Planetenkruste, die einen weiteren Vulkanausbruch von bestimmter Größe signalisieren: Pulau Rakata zwischen den Inseln im Südindischen Ozean.

2. Nonfarmales Aktivitäten wurden einmal über Beauvallon und dreimal über dem Krater angemessen, der an der Stelle klafft, an der noch vor wenigen Jahren das Samuraidörfchen und der Raumschiffshangar standen. Offensichtlich hat der Saurokrator die Aktivitäten Atlans nicht nur bemerkt, sondern auch einige unserer Verstecke gefunden.

3. Amir Boog in der Maske des Farmers hat humanoide Probleme; die Tochter von Lachender Schatten durchlebt die Schwierigkeiten eines heranwachsenden Bewohners von Larsaf III.

4. Atlans Tochter, Aieta Jagdara, Schwarzer Mond, ist wieder einmal verschwunden. Ihre Mutter, Boog und ich sind in Sorge. Wir erwarten ernsthafte Schwierigkeiten an verschiedenen Punkten der planetaren Oberfläche.

Ich habe Atlans Aufweckphase eingeleitet. In unmittelbarer Nähe des Vulkans ist einer der arkonidischen Notsilos versteckt; in meiner Kartei ist er unter dem Begriff *Point Fomalhâut* registriert. Ein Verlust der Vorräte wäre zu verschmerzen, denn es gibt sieben solcher Silos. Bisher hat die Fomalhâut-Robotapparatur noch keine eindeutigen Aufzeichnungen einholen können; als Zentrum vieler Beobachtungsmöglichkeiten, als Basis von Informationsspeicherung und als Versteck des Arkoniden gerade in dieser Gegend der bevölkerten Welt wäre die Zerstörung des Silos jedoch ein außerordentlich schmerzhafter Verlust für Atlan, mich, Boog und Lilith.

Als nach den langen Stunden qualvoller Versuche, die Kontrolle über Verstand und Körper wieder zurückzuerlangen, die Bilder, Diagramme und Worte wieder einen begreifbaren Sinn erhielten, hob ich ächzend den Kopf und blickte Rico an.

»Jeder neue Tag«, sagte der Roboter, »ist der Tod des vorhergehenden. Die nächste Zeit verspricht Gefahren und Tod für viele Menschen.«

»Welcher Tag, welches Jahr?« fragte ich krächzend.

In kleinen Erkenntnisschritten erfuhr ich, wann ich geweckt worden war und warum. Die amerikanischen Kriege waren vorbei, vier Staaten im südlichen Teil des Doppelkontinents kämpften gegeneinander, das Matterhorn war erstmals bestiegen worden. Die United Staates of America hatten für mehr als sieben Millionen Dollar den Russen Alaska abgekauft. In Paris hatte es eine Weltausstellung gegeben; der Roboter listete eine lange Serie neuer, technisch-naturwissenschaftlicher Erkenntnisse und erfindungsreicher Prinzipien und Maschinen auf: Eisenbetonbau, elektrische Motoren, Wagners Musik, Luftdruckbremsen und Schreibmaschinen, Bismarcks Politik und der erste geglückte Versuch von Bell, über lange Drähte »telephonisch« miteinander zu reden. Im nördlichen China wüteten Hungersnöte, die Monde des Mars waren entdeckt, Edison beleuchtete einen Teil der Welt mit glühenden Kohlefäden in einer Glaskugellampe, und das Netz der Eisenbahnschienen begann sich, schon 370.000 Kilometer lang, überall auszubreiten.

»Dich, Atlan, müssen wir in Zukunft in einer anderen Maske verstecken. Mich ebenso. Es wird schwieriger, nicht aufzufallen.«

»Es wird uns auch am Ende des neunzehnten Jahrhunderts gelingen«, sagte ich. »Du hast Amoustrella nicht geweckt? Warum?«

Stunden später, nach einer kurzen Schlafperiode, aktivierte Rico wieder seine Schirme.

»Es gibt einige gute beziehungsweise schlechte Gründe. Deine Tochter ist verschwunden.«

Ich zuckte zusammen. Der Logiksektor schien aufzubrüllen. *Atlan! Tochter! Lachender Schatten!*

Die Bildschirme zeigten vertrautes Gelände. Das Land im Osten des Berges mit dem halbzerstörten, verglasten Gipfel. Vater-der-Sonnen-Wolke, der Horst von Nonfarmales schauriger Truppe. Das kleine Farmhaus mit Brunnen und Koppel, in dem sich der zweite Roboter in der Maske eines uralten Einsiedlers aufhielt und sich um die wenigen Indianer kümmerte, die noch nicht in die unwürdige Existenz der Reservate vertrieben worden waren. Eigentlich waren nur noch Lachender Schatten, ihre Tochter und vorbeiziehende kleine Gruppen regelmäßig bei Boog zu treffen. Lachender Schatten war etwa vierzig Jahre alt und meine Tochter knapp fünfzehn.

»Als Lachender Schatten verschwand«, sagte ich, nachdem ich in meiner Erinnerung gesucht hatte, »als ich einschlief, hatte ich flüchtig gedacht, sie sei schwanger. Wo ist meine Tochter? Wie heißt sie?«

»Ihre Mutter nannte sie Schwarzer Mond. Boog und ich tauften sie Aieta Jagdara. Sie verspricht eine schöne, junge Frau zu werden.«

»Warum ist sie verschwunden? Weißt du, wohin?« fragte ich.

Der Roboter, der vor eineinhalb Jahrzehnten als Tausend Blitze an meiner Seite gekämpft hatte, spielte Bilder ein. Ich sah ein hochgewachsenes Mädchen mit halblangem Haar, tiefschwarz, und hellblauen Augen. Sie trug die farbig verzierte Kleidung aus dünnem Wildleder, ritt ebenso gut wie ihre Mutter, die in jenen fünfzehn Jahren nur wenig gealtert war. In der ruhigen Geborgenheit von Boogs Farm erholten sich Lachender Schatten und Schwarzer Mond; ab und zu tauchte auch Tausend Blitze auf.

»Von Boog erfährt deine Tochter über Hypnoschulung, wie es in anderen Teilen der Welt aussieht. Sie fragt oft nach ihrem Vater.«

»Und?«

»Weder Boog noch Lachender Schatten sprechen über dich. Sie sorgen für das Mädchen. Jetzt sorgen sie sich mehr, weil sie davongeritten ist.«

»Die Spionsonden konnten sie nicht beobachten?«

»Schwarzer Mond hat sich versteckt. Wahrscheinlich, weil sie einen Indianer aus dem Norden heiraten soll.«

»Und – will sie nicht?«

»Boog wird sich melden, wenn er etwas sieht. Lachender Schatten ist auf der Spur deiner Tochter.«

»Ich bin noch nicht in der Lage, mich selbst darum zu kümmern.« Noch war ich nicht fähig, mich kraftvoll zu bewegen. »Ist das der einzige Grund, weswegen ich geweckt wurde und Amou nicht?«

»Nein. Die Probleme sind größer. Nonfarmale hat vielleicht eine Möglichkeit gefunden, Vulkane zu aktivieren. Vermutlich will er damit deine Aufmerksamkeit auf sich lenken. Ich habe ihn über Beauvallon gesehen und über dem Samuraidörfchen. Hier sind die Informationen.«

Ich erlebte auf den Bildschirmen die Detonationen mit, Rauch und Lavaströme, brennende Hütten und sterbende Wälder, flüchtende Menschen und andere, denen die Flucht nicht mehr gelang. Und im Ascheregen, zwischen den Schwefelschlieren und über dem kochenden Brei aus dem Planeteninnern sah ich Nonfarmale. Er war ausgerüstet wie ein Raumfahrer. Etwa eine Stunde später gab Rico eine weitere Serie Erklärungen ab.

»Die Erdstöße hören nicht auf. Alle Messungen deuten darauf hin. Diesmal ist einer unserer Silo-Stützpunkte in unmittelbarer Gefahr. Point Fomalhâut.«

Filme, Landkarten, schematische Darstellungen und Tabellen folgten. In meinem Verstand wirbelten Personen, Begriffe und Bilder durcheinander. Ich lieferte mich wieder dem nächsten Schub unter den Maschinen aus, blinzelte unter den Solarlampen und hatte den schlechten Geschmack der flüssigen Nahrung auf der Zunge. Als ich klar denken konnte, überlegte ich genau, wie unsere Maske auszusehen hatte.

Wer war Nahith Nonfarmale, dachte ich, nachdem ich mich in die Tiefe der Zen- und Dagorkonzentration versenkt hatte, und was suchte er auf dem Planeten, dessen einer Hüter, ES, nicht mehr spürbar auftrat und dessen zweiter Verantwortlicher, ich, Kristallprinz Atlan, als einziger gegen ihn kämpfen konnte?

Plötzlich, nachdem sich rätselhafte Tore, Strukturöffnungen, Energietunnel und ähnliche Dimensionseffekte aufgetan hatten, war er da. In seinen Jenseitswelten erlebte er die Kontinuität der verstreichenden Zeit, die sich unbegreiflicherweise auf dem Barbarenplaneten um ein Mehrfaches dehnte. Erlittene Verletzungen, die andere Wesen umgebracht hätten, verheilten beängstigend schnell und folgenlos. Zu seiner Unterhaltung, die nach meiner Ansicht aus grausamen Vergnügungen bestand – so, wie sie sich der kranke Marquis de Sade in der Bastille zu Paris ausgedacht hatte –, entführte und versklavte er einzelne Barbaren. Seine psychische und physische Macht über sie war unbedingt. Und ohne daß er menschliches Leid initiierte, ohne daß er Kriege, Verbrechen und Seuchen herbeizwang, erfreute er sich der Qualen der Barbaren. Lebte er von diesen Emanationen? Ich wußte es nicht, aber es schien so. Wartete er in den geheimen Parallelwelten? Wenn ja, worauf? War er nur langlebig oder potentiell unsterblich, und gehörte auch Cagliostro zur selben Rasse wie Nonfarmale?

Mittlerweile war ich sicher, und die Zentrale Positronik hatte eine höchste Wahrscheinlichkeit für diesen Umstand errechnet, daß der Alien die regellos auftretenden Strukturöffnungen nicht selbst schuf, aber in bestimmter Weise lenken konnte; ich arbeitete mit Ricos Hilfe an Modifizierungen der Transmittertechnik, um es ihm gleichtun zu können. Sein Raumschiff hatte er geschützt, versteckt, außerhalb meines Zugriffes, als wüßte er, daß ich fieberhaft danach suchte, wenn ich in seine Welt eingedrungen war. Nein, sagte ich mir: ES hatte Nahith nicht geschickt. Aber ES erwartete zweifellos, daß ich Nahith bekämpfte. Mir blieb nichts anderes übrig, denn er kreuzte zu oft meinen Weg. Ich öffnete die Augen, atmete ein dutzendmal tief durch und sah mich wieder der Wirklichkeit gegenüber, der langen Zeremonie des mühsamen Aufwachens.

»Wir haben das Raumschiffchen auf Yodoyas Insel versteckt. Dorthin, in den Turm über der Lechschleife und nach Carundel Mill, sowie zu Boogs Little Farm bestehen natürlich Transmitterverbindungen. Ich habe die wenigen Sequenzen, in denen Nonfarmale deutlich zu sehen ist, festgehalten. Die Wahrscheinlichkeit, daß seine Jenseitswelt diesmal etwas mit einer raumfahrenden Gruppe zu tun hat, ist groß. Dir reichen die Gründe, derentwegen ich dich geweckt habe?«

Von Tag zu Tag wurde ich kräftiger, Amoustrella unterzog sich dem qualvollen Prozeß des Aufwachens.

»Sie reichen«, sagte ich. »Eigentlich waren wir ziemlich sicher, daß er nicht wieder auftaucht.«

»Sein Überlebensfaktor ist mindestens so hoch wie deiner«, sagte Rico.

In den meisten Ländern konnten wir als reisende Naturwissenschaftler unsere Rolle überzeugend spielen. Die Masken brauchten nicht aufwendig zu sein.

»Unser erstes Ziel ist Yodoyas Insel«, sagte ich. »Bereite alles vor.«

Die nächsten Tage verbrachte ich damit, Daten zu sammeln und jedes Stück unserer Ausrüstung genau zu untersuchen, zu testen und zu versuchen, mit den verschiedenen Währungen richtig umzugehen. Und während Schliemann sich anschickte, in den Schichten von Troja zu graben, suchte Rico einen sicheren Platz in der Nähe von Point Fomalhâut, bereitete den Silo für uns vor, fand eine sichere Klippe in den Pegunungan Barisan-Küstenbergen auf Sumatra und rüstete das Häuschen neben dem getarnten Hangar ein.

Langsam schwamm ich in der Lagune hinter den scharfen Korallenriffen, während Rancor Arcolutz Treibholz zu Scheiten zerschnitt und den Strand säuberte. Unter dem Sonnensegel der Terrasse schlief Amou, die Haut dick eingeölt. Ich tauchte, verscheuchte Schwärme von Papageienfischen, spürte Seewasser zwischen den Lippen und die Sonne auf den Schultern.

Wieder einmal war ich angetreten, gegen einen Feind zu kämpfen, den ich vernichtet geglaubt hatte: Nonfarmale. Noch immer waren die Menschen dieses Planeten das Ziel seiner Angriffe; und jedesmal schützte er sich besser. Ich drehte mich auf den Rücken und stand auf, als ich Sand unter den Schultern spürte.

»Neuigkeiten?« Ich blieb im Schatten der Palmenfächer stehen. Rancor hantierte fast lautlos mit dem Desintegratorstrahl weiter und schichtete die Kloben auf.

»Boog und Lachender Schatten suchen noch Schwarzer Mond. Der Silo ist bereit, das Haus auf der Klippe entsteht aus den Fomalhâut-Vorräten und durch deren Subrobots.«

In ungefährlicher Entfernung von der vulkanischen Insel und unweit des Silos wollten wir ein neues Versteck beziehen; eine Art Horst auf einer siebzig Meter hohen Klippe.

»Wer kommt eigentlich in dieser Wildnis auf die Idee, einem fünfzehnjährigen Mädchen einen Bräutigam aufdrängen zu wollen?«

Ohne seine schnelle Arbeit zu unterbrechen, antwortete der Robot: »Vielleicht die Mutter, die ihre Verantwortung loswerden will.«

»Ich wüßte für meine Tochter etwas Besseres als einen herumstreifenden Indianer.«

»In diesem Fall«, sagte Rancor, »müßtest du sie erst einmal von deiner Vaterschaft überzeugen und für eine Alternative sorgen.«

»Ich glaube, daran denke ich bereits.«

Ich ging zum Hangar, hatte Mühe, die Tarnung zu erkennen, und bückte mich im tunnelförmigen Eingang. Die LARSAF DREI:ZWEI, unbeschädigt und an sämtlichen anfälligen Stellen luftdicht verpackt, stand unverändert da. Ich setzte mich in den warmen Sand, fühlte mich unsicher und wieder dem qualvollen Warten ausgesetzt. Die längste Rundreise durch die Welt der kriegerischen Barbaren würde mir wenig neue Eindrücke vermitteln. Ich hatte zwanzig Jahre lang neben Amou schlafen wollen. Nahith Nonfarmale zwang mich, meine Pläne zu ändern.

»Unsere Geräte registrieren andauernde Planetenbeben?«

»Ja. Auch die Seismometer der Barbaren. Vieles deutet auf den Krakatoa hin.«

»Wann er ausbrechen wird, ist nicht vorherzusagen?«

»Nein, Mister Adlag Norca.«

»Professor, bitte«, sagte ich und sprang auf.

»Die nächste Frage kann ich beantworten, bevor du sie stellst. Wir werden, wie schon so oft, auf das nächste Erscheinen Nonfarmales warten müssen. In der Zwischenzeit solltest du tun, was er tut.«

»Was tut er deiner Meinung nach?« Ich machte Kniebeugen und schleppte wuchtige Treibholzreste zum Haus, bis meine Muskeln schmerzten. »Sich auf fremden Welten erholen?«

»Genau das tut er; erholt sich von Wunden und Verbrennungen«, sagte Rancor und begann, einen Teil des Strandes mit dem Rechen zu säubern. Ich trank einen Schluck Kokosmilch, ging ins Haus und duschte. Im halbverdunkelten Arbeitsraum aktivierte ich die Bildschirme und rief Daten ab. Nachdem ich die Umgebung von Boogs Farm, des Lechturms, der südenglischen Mühle und des Hauses auf federnden Stelzen über der Brandung des Indischen Ozeans lange genug studiert hatte, blieb eine Projektion des Planeten stehen. Lange Reihen winziger Punkte markierten jene Linien, an denen der emsige Robot erloschene oder tätige Feuerberge gefunden hatte; fast unzählbar viele. Das Extrahirn traf eine Feststellung, bei der ich eiskalten Schrecken spürte:

Wenn der nächste Ausbruch auch nur einen Teil dieser Linie entlang der Punkte aufreißt, bedeutet das eine Katastrophe vom Ausmaß des Untergangs von Atlantis oder Kalliste/Theras! Ich ächzte. Der Augenblick, an dem die Welt wieder in die Traumzeit zurückfallen konnte – so wußten es die Erzählungen der australischen Ureinwohner –, schien näher gerückt. Dann gab es auf dem Planeten genug Elend, um ein Dutzend Seelensauger zu sättigen. Ich desaktivierte die Bildschirme und ging hinaus. Amou hielt das Glas Kokosmilch hoch und blickte aufmerksam in mein Gesicht.

»Deiner Wahlheimat scheinen Gefahren zu drohen, Timonier des Siècles?« Sie rutschte zur Seite. Ich setzte mich, sah zu, wie sie trank und ihr öliges Haar zum langen Zopf flocht.

»Sie sind bereit, ihre Welt zu zerstören und sich selbst zu dezimieren, die Menschen«, sagte ich. »Geh hinein und sieh dir selbst an, was Rancor an schlimmen Informationen gesammelt hat.«

Die schöne, junge Frau schloß die graugoldenen Augen. Langsam stand Amou auf und zog mich in die Höhe. »Gehen wir spazieren, Liebster. Sprechen wir darüber. Wie lange dieses Warten auch dauert, wir werden zusammen warten, auf Nonfarmale. Nichts kann die Schönheit und Einsamkeit der Insel ändern, auch nicht die der anderen Verstecke.«

Sie legte ihren Arm um meine Schultern und schleppte mich zum Strand. Ich versuchte, indem ich Fragen beantwortete, mir einzureden, daß ich es weiterhin sinnvoll fand, in die irdische Geschichte einzugreifen, und dadurch, daß ich Nonfarmale endlich besiegte, viel mehr für den Planeten tun konnte. Denn ich sah voraus, daß ich diese Barbaren in ferner Zukunft brauchen würde.

Als Amou im Morgengrauen in meinen Armen aufwachte, sagte ich ihr, daß ich für eine oder zwei Wochen bei Boog nach dem Rechten sehen wollte. Und, allein, um meine Gedanken zu ordnen. Zwei Tage danach benutzte ich den Transmitter.

Amir Darcy Boog schlurfte über die Bohlen des Vorbaues. Seine Hosen waren ausgebeult, bis zur Unkenntlichkeit geflickt und staubig. Die Hosenträger, ebenso ausgeleiert wie der Gürtel, spannten sich über einem karierten Hemd, das uralt aussah. Über dem vollen, weißen Haar und der gefurchten Stirn saß der zerknitterte Hut eines Nordstaaten-Offiziers. Der Revolver an Boogs Hüfte schien verrostet zu sein.

Ich setzte den Sattel auf einem Balken ab und rief: »Amir Darcy Boog! Empfehlung von Redskin oder Tausend Blitze. Gemütlich ist es hier.«

Boog drehte sich herum, hob die Hand und blinzelte. Seine Erscheinung, eine Mischung zwischen einem vertrottelten Farmer und einem Mann, der durchaus wußte, wie ein Wurfmesser die Schulter oder eine Revolverkugel die Augen traf, hatte die uralte Farm in vorzüglichem, gut getarntem Zustand gehalten.

»Viele-Leben-Krieger«, sagte er. »Bier auf der Terrasse? Reden wir über alte Zeiten?«

»Im knarrenden Schaukelstuhl«, sagte ich. Ich trug etwas, das als Kundschafter-Kleidung durchgehen mochte, dazu einen weniger schlecht erhaltenen Nordstaaten-Hut.

»Man läßt mich in Ruhe.« Boog reichte mir ein gefülltes Doppel-Pint-Glas. »Fast niemand kennt die Farm. Ich verkaufe Weizen, ziehe im Garten alles, was die Indianer brauchen; hin und wieder schimpfe ich mit Kleines Reh, Lachender Schatten oder Schwarzer Mond. Sonst kommt niemand mehr. Du bist wegen deiner Tochter hier?«

»Ja. Berichte, was du weißt!«

Wir legten die Fersen auf den Querbalken, blickten auf den fernen Weg und den grünen Streifen aus Obstbäumen, Nußbäumen und Beerensträuchern ums Haus.

»Hübsches Kind, sage ich. War eine gewaltige Aufregung, als deine Freundin plötzlich kam und wir Geburtshelfer spielen mußten. Hast du sie verärgert?«

Das Bier, von Rico auf abenteuerlichen Wegen transportiert, war kühl und schmeckte gut. Ich sagte: »Sie wußte, daß auf mich Schwarzes Feuer, also Amou, wartet. Sie rannte weg. Sie wollte unbedingt ein Kind. Nun hat sie's, und es ist auch nicht recht. Bekommen sie noch Hypnoschulung?«

Er führte eine unbestimmte Geste aus. »Sie kommen, wenn sie etwas brauchen und krank sind, oder im harten Winter. Kleines Reh hört manchmal ›flüsternde Stimmen‹, auch deine Tochter. Lachender Schatten will nicht. Übrigens: Hat sich tadellos gehalten, die Frau. Noch immer schön. Aber meist hat sie schlechte Laune.«

Ich erfuhr, daß er in den zurückliegenden Jahren nicht mehr als zwei Dutzend Menschen gesehen hatte. Die Indianerinnen kamen mehr oder weniger regelmäßig, brachten Geschenke und gingen, wenn sie wieder gesund oder der Winter zu Ende war. Als Boog versuchte, Schwarzer Mond Englisch, Rechnen und so etwas wie Planetenkunde beizubringen, verschwand sie. Vermutlich nicht, weil sie Angst vor mehr Wissen hatte, sondern weil ihre Mutter den Sohn von Sieben

Bisons kannte, der eine Frau suchte. Boog hielt nicht viel von ihm und hatte es auch Lachender Schatten gesagt.

»Dann gab's Streit zwischen der jungen und der alten Dame, und die junge ritt weg. Nach Osten.«

»Du weißt, wo sie ist?«

Boog nahm den leeren Krug und füllte ihn. »Natürlich. Sie trägt ein Halsband mit deinem Bild. Von Rico. Mit einem Winzling von Peilsender. Sie ist am vierten Nebenarm, zwischen Land und Sumpf, auf der westlichen Seite des Flußlaufes. Dort hat sie eine Höhle entdeckt.«

»Du hast den Empfänger hier?«

»Ja. Reite los, rufe mich an, und ich sage dir den Weg! Nimm den Scheckhengst und den alten, braunen Wallach als Packpferd.«

»Einverstanden. Ich sehe mich hier um und reite morgen bei Sonnenaufgang. Wie weit, Boog?«

»Drei Tage, wenn du nicht zuviel trödelst. Wie lange soll ich hier noch aushalten? Ich roste schon.«

»Das entscheiden wir, wenn ich zurückkomme. Ich weiß selbst noch nicht, was ich mit meiner Tochter anfangen kann. Spricht sie Englisch?«

»Ziemlich gut. Ihr Französisch ist noch besser.«

Ich hatte damit gerechnet, daß beide Roboter die Verantwortung für meine Tochter sehr ernst nahmen. Daß allerdings Boog und Rico mir nichts vom Peilsender gesagt hatten, war seltsam. Ich hatte schon in der Kuppel sämtliche Ausrüstungsgegenstände und Vorräte sortiert und war so gut wie reisefertig. Ich trank Bier, unternahm einen langen Rundgang und ließ die Pferde von Boog waschen und striegeln. Am Abend brannten Scheite im Kamin; wir saßen da, ich aß und trank und ließ mir berichten, wie der kleine Stamm sich zerstreut hatte. Auch Kleines Reh würde kaum wiederkommen, denn sie hatte sich in einen Pelzjäger verliebt und war mit ihm in den Norden gezogen.

»Werde ich viele Weiße treffen?« fragte ich, als die Petroleumlampe zischte und brannte.

»Nicht, wenn du gegen Mittag an der Weggabelung nach links reitest. Sie haben nicht viel im Sinn mit den Sümpfen. Und hier gibt es nur harmlose Leute. Vielleicht fromme Einwanderer auf Landsuche.«

»Das höre ich gern«, sagte ich. »Ich bin nicht hier, um Privatkriege zu führen. Wenn Rico mich braucht, ruft er mich, oder du tust es.«

Am linken Handgelenk trug ich ein dickes, indianisch besticktes Lederband, in dem sich das Multifunktionsarmband versteckte. Der starke, gescheckte Hengst lief im verhaltenen Kantergalopp. Schon gestern, seit ich die Landschaft wiederentdeckt hatte, fühlte ich mich wohl zwischen den Gräsern und Bäumen der Ebene; ich fühlte mich sicher. Während ich ritt, versuchte ich, das Mosaik zu ordnen, die vielen Einzelheiten miteinander in Verbindung zu bringen.

Meine eigenen Vorhaben, eine widerspenstige Tochter, die Gefährdung des Planeten und die Gewißheit, daß sich diese Welt schneller zu ändern begann als je zuvor. Ich befand mich in einer Art Schachspiel mit der Zeit. Und mit meiner eigenen Zukunft. Arkon-Flotte? Fernflug nach Arkon? Zur Zeit schienen die Barbaren von ihrer Lieblingsbeschäftigung Abstand genommen zu haben, sich gegenseitig abzuschlachten. Vielleicht befand ich mich gegenwärtig nicht in Gefahr.

Aber Menschen waren es, auf die jeder Angriff des Psychovampirs abzielte. Der Zeitpunkt war selbst für die Großpositronik der unterseeischen Kuppel nicht errechenbar.

»Atlan«, sagte ich grimmig, »du solltest liegenbleiben und schlafen bis zum Ende aller Tage.«

Die Sonne tauchte hinter den Bäumen auf und verschwand wieder. Ich ließ die Tiere in Trab zurückfallen, sicherte nach allen Seiten und ritt beruhigt weiter. Stundenlang folgte der kaum sichtbare Weg den Eigenarten des Geländes. Am frühen Nachmittag fand ich die Felsen wieder, zwischen denen ich eine winzige Quelle wußte. Ich band den Zügel des Hengstes an den Ast eines abgestorbenen Baumes und suchte nach Spuren.

Im Sand und auf dem dürren Moos fand ich nur die Abdrücke von Tieren. Das Gewehr ruhte leicht in meiner Armbeuge, als ich die Umgebung der Quelle abschritt und schließlich ein paar Fuß weiter hangaufwärts zwischen Felsnadeln stehenblieb. In dem Stein waren an einer glatten Stelle tiefe Ritzspuren. Ich entdeckte die Symbole für Mensch, mancherlei Tiere, einige runenartige Chiffren, die ich nicht kannte: Verständlich, daß dieser Quell am Fuß eines bewachsenen Hügels ein Treffpunkt und eine Drehscheibe für Nachrichten gewesen war.

Ich faltete den Ledereimer auseinander, tränkte die Pferde, wusch ihnen Augen, Nüstern und Ohren aus, füllte den eigenen Wasservorrat auf und überlegte, ob ich weiterreiten oder rasten sollte. Adler kreisten in großer Höhe. Die Natur ringsum war angefüllt mit den vertrauten Geräuschen der Pflanzen und Tiere. Der Schecke riß den Kopf in die Höhe und wieherte leise.

Ich entschied mich für den Weiterritt. Ich versorgte das Packpferd, knotete dessen Zügel an den Sattel und setzte meinen Stiefel in den Steigbügel. Unsichtbar schwebte über mir die einzige Spähersonde, die Boog steuern konnte. Eine Stunde später kamen wir aus dem hügeligen Gelände in den Bereich der Ebene, in der der Mississippi entsprang. Riesige Wolken trieben über den Himmel; ich folgte einem Tierpfad, der sich durch das unübersehbare Meer aus Gräsern und Büschen schlängelte.

Auf einem Fleck, zwei Steinwürfe im Quadrat, weideten die Pferde mit locker gefesselten Vorderbeinen. Ich hatte rund um die Gruppe niedriger Bäume die verwelkten Pflanzen mit dem Desintegrator abgemäht. Das Feuer war klein, fast rauchlos. In einer Baumkrone hing ein Wärmestrahlungsempfänger, der jedes Lebewesen, größer als ein Waschbär, melden würde. Ich hatte die Hängematte aufgespannt, im Kessel summte das Wasser, und die Mondsichel hing wie ein Boot zwischen den Sternen. Ich hatte gegessen und gegen Mittag das letzte Bier getrunken. Jetzt veredelte ich den Tee mit einem kräftigen Schluck Whisky und versuchte, mich in die Ruhe der Nacht hineinzudenken.

Von Yodoyas Insel aus meldete Rancor Ruhe und Ereignislosigkeit. Dasselbe bei Boog. Auch ich hatte niemanden bemerkt. Trotzdem blieb ein Rest Unruhe; ich fühlte mich verfolgt, zumindest beobachtet. Und jetzt sorgten der Rauch und der Geruch des Feuers, daß mich jeder finden konnte, der mich suchte.

Ich leerte den Holzbecher, holte tief Luft und versuchte, aus dem Schatten heraus zu erkennen, ob das Paar blinzelnder Augen zu einem Raubtier gehörte oder zu einem menschlichen Besucher, der knapp außerhalb des Wirkungsbereichs des Geräts wartete. Jenseits der kleinen Weidefläche fing eine Zone aus Buschwerk an, die sich bis zum Horizont auszubreiten schien. Unter den Büschen wartete der unsichtbare Besucher.

Ich bewegte mich hin und her, schob trockenes Holz in die Flammen, ging zu den Pferden, die nicht unruhig geworden waren – also fühlten sie sich nicht von einem Raubtier bedroht. Ich bereitete sorgfältig das Lager vor und kontrollierte unauffällig meine Bewaffnung, blieb zwischen den Wurzeln der Bäume und hinter dem Feuer sitzen und ließ mich zurücksinken. Der Unsichtbare und ich hatten offensichtlich die gleiche Geduld und Ausdauer; immer wieder sah ich den Widerschein des herunterbrennenden Feuers im Augenpaar, etwa dreißig Schritte weit entfernt.

Eine Stunde später tat ich, als ob ich schliefe. Das Warten dauerte nun schon Stunden. Als der Hut über meine Augen rutschte und ich laut zu schnarchen anfing, nahm ich Geräusche wahr. *Weiche Sohlen. Jemand schleicht mit großer Meisterschaft,* warnte der Logiksektor. Jetzt wußte ich es: ein Indianer. Deswegen hatten auch die Pferde nicht gescheut.

Ich bewegte mich nicht. Die Schritte näherten sich im Zickzack und in großem Bogen. Der Fremde kam von rechts, überquerte lautlos den freigemähten Streifen und tauchte unter den Ästen der Bäume auf. Als ich einen scharfen Atemzug hörte, riß ich am Faden. Noch bevor das kalkweiße Licht der Fackel zu zucken begann, schnellte ich mich geradeaus, über den Kreis aus roter Glut hinweg, in der Hand das Messer, den getarnten Lähmstrahler.

Von rechts sprang mich ein schlanker Körper an. Er war nach einem kraftvollen Sprung fast waagrecht durch die Luft geflogen. Ich wirbelte herum, packte den Arm mit dem aufblitzenden Messer und ließ den Körper über meinen Rücken sich überschlagen. Die Waffe flog in einen Busch, aber die Gestalt war, kaum hatte sie den Boden berührt, wieder auf den Beinen und griff an.

Ich sah langes Haar, dann das Gesicht – mit einem Satz sprang ich zur Seite und rief unterdrückt: »Lachender Schatten! Warum willst du mich denn umbringen?«

Keuchend standen wir uns gegenüber. Die Frau war ähnlich gekleidet wie ich und versuchte, ein zweites Messer aus dem Stiefelschaft zu ziehen. Ich sprang auf sie zu und packte ihre Handgelenke. Unter einer Schicht Beherrschtheit war das schmale Gesicht eine Maske aus Unsicherheit, Wut und Enttäuschung.

»Ist es möglich, daß du mich nicht erkannt hast?« Ich versuchte, meine Stimme ruhig zu halten. Zuerst wehrte sich Lachender Schatten, dann sackten ihre Schultern herunter. Der wütende Widerstand hörte auf. Schweigend starrte mich Lachender Schatten an. Sie war eine schöne, reife Frau geworden, trotz der hellen Haarsträhnen über der Stirn. Ich wiederholte meine Frage.

»Seit zwei Tagen reitest du neben mir«, sagte ich. »Warum dieser Überfall?«

Schließlich sprach sie. »Du hast meine Träume getötet, Atlan.«

»Und du hast fünfzehn Sommer und Winter gewartet, um mich dafür zu bestrafen.«

Ich riskierte es, die Arme loszulassen. Aber der nächste Griff galt dem Regler des Schutzfelds. Sie schwieg und keuchte, dann warf sie das Haar in den Nacken.

»Damals. Als du wußtest, daß du mein Kind trägst, warum bist du so weit davongerannt, daß dich nicht einmal Tausend Blitze finden konnte? Warum hast du kein Wort gesagt? Wir wußten, daß die Sonne den Traum zerschmilzt.«

»Lachender Schatten hat lange mit sich gesprochen. Ich habe mir ein Versprechen gegeben. Ich habe es gehalten. Du reitest zu deiner Tochter, Tausend-Leben-Krieger?«

Ich senkte den Kopf. »Ich reite zu Schwarzer Mond, die Streit hat mit ihrer Mutter, wie mir die Schlangen zuzischten.«

Ich ging zehn Schritte zur Seite, fand ihr Messer im Boden stecken und gab es ihr. Sie hielt es, als wisse sie nicht, was sie damit tun sollte.

»Was würdest du mit deiner Enttäuschung getan haben, wenn ich nicht geritten wäre? Mit ihr gestorben? Nur weil ich nicht zurückkam? Glaube es, ich schlief und wußte bis vor wenigen Tagen nichts von dir und Schwarzer Mond. Komm zum Feuer«, sagte ich. Lachender Schatten blickte den Mond an, als sie sprach. Je mehr sie redete, desto schneller kamen ihre Worte.

»Immer, wenn ich bei Boog war, habe ich mich erinnert. Das Große Wasser, die kleine Insel. Wie du gesund geworden bist. Ich habe nicht gewußt, wohin. Zurück zu meinen Leuten oder in deine Traumzeit. Es zerriß meinen Kopf, meine Gedanken. Hierher, in Schnee und verräucherte Zelte? In deine Welt? Ich habe gewußt, daß sie ein Traum bleibt. Was habe ich tun können?«

Ohne mich anzusehen, ging Lachender Schatten mit kleinen Schritten zum Feuer. Die Fackel brannte nicht mehr; ich schob trockenes Holz in die Glut und füllte den Becher mit dem kräftigen Tee.

»Mich fragen. Dem Farmer und Redskin Tausend Blitze sagen, sie sollen mit mir sprechen.«

»Und du? Du wärest hierher zurückgekommen?«

Sie blickte mich zum erstenmal bewußt an. Dann setzte sie sich und nahm den Becher.

»Ich wäre gekommen. Heute kann ich nicht sagen, ob ich geblieben wäre und wie lange. Du bist weggerannt, Lachender Schatten. Nicht ich. Trink!«

Sie ist heute noch so überfordert wie damals, sagte der Logiksektor. Ich nahm einen Schluck aus der Whiskyflasche. Ich war wohl noch immer nicht in der Lage, die Logik irdischer Frauen verstehen zu können. Lachender Schatten leerte den Becher und versuchte eine Antwort.

»Ich wußte nicht, wohin. In den Traum? In die Wirklichkeit? Ich flüchtete in den Zorn. Keiner gab mir einen Rat. Auch Duftendes Laub und Drei-Adler-Schreien nicht. Deine Freunde halfen Schwarzer Mond auf die Welt. Ich habe nur ein Ziel gehabt, damit ich weiterleben konnte, mit ihr, für sie. Ich mußte dich hassen, Mann aus meinem Traum.«

Ich füllte den Becher und nahm einen Schluck. »Wir werden morgen zu unserer Tochter reiten und lange sprechen. Dann wird uns einfallen, was wir tun können. Wir Menschen bleiben klug, solange wir die Weisheit suchen. Wenn wir glauben, zu wissen, was wir tun, machen wir uns zum Narren. Ich weiß, daß du keine Närrin bist, Lachender Schatten.«

Sie legte die Hände auf mein Knie und hob die Schultern. »Ich weiß nicht, was ich tun würde ... wenn noch einmal alles anfangen würde.«

Ihre Sprache umschrieb jeden Ausdruck mit weithergeholten Vergleichen. Ich sagte: »Wer vom Haß lebt, wird wenigstens nicht dick und faul.«

»Ich weiß nicht, wie ich gelebt habe«, sagte sie. »Aber ich habe Schwarzer Mond alles gezeigt, was ich kann.«

»Auch das werden wir morgen sehen.«

Lachender Schatten saß auf meinem Sattel, hatte einen Teil meiner Ausrüstung geplündert und kämmte ihr feuchtes Haar. An einem Ast hing der Spiegel; die Lichtblitze hatten mich geweckt. Ich atmete tief durch und sah das ausgebreitete Tuch und das sorgsam vorbereitete Frühstück, schüttelte Käfer aus meinen Stiefeln und ging auf sie zu.

»Kriegsbeil begraben? Keine Messer mehr?« fragte ich und versuchte ein Lächeln. Sie nickte schweigend.

»Schwarzes Feuer? Ist sie noch immer die Herrin der Traumwelt?« fragte sie und hob den Kopf. Ihre Haut schimmerte matt, das Haar war sorgfältig mit dem Vibromesser geschnitten. Sie hatte drei Viertel meines Wasservorrats benutzt.

»Sie wartet. Ich muß wieder einen solchen Kampf überstehen wie damals, als er mich fast tötete.«

»Du wirst mir sagen, was ich tun muß?«

Die Feindschaft schien ausgelöscht worden zu sein, als habe sie es nie gegeben. Ich schaltete das Abwehrfeld aus und setzte mich auf die Packen der Pferdelast.

»Du wirst herausfinden, was du tun kannst. Ich sehe viele Möglichkeiten für eine kluge, starke Frau, die nichts von ihrer Schönheit verloren hat.«

»Ich kenne dich gut genug. Ich weiß, du sprichst nicht mit gespaltener Zunge, Atlan.«

Sie wußte, daß die Einrichtungen der Farm und die Fürsorge des weißhaarigen Farmers ihr geholfen hatten, gesund und im Besitz aller Zähne zu bleiben. Sie legte die Bürste weg und holte aus der Brusttasche ihrer hüftlangen Wildlederjacke ein drei Finger breites weißes Lederband. Die Stickerei aus Beeren, Perlen und Silberdraht leuchtete, als ich die Lederschnüre am Hinterkopf zusammenknotete. Ihre Hände und Fingernägel waren rot gescheuert, gesäubert und mit wohlriechender Salbe eingerieben.

»Ich sehe, daß du nichts vergessen hast.« Ich goß kochendes Wasser über den feingemahlenen Kaffee, rührte um und kramte eingedickte, gesüßte Milch aus dem Gepäck.

»Ich habe fünfzehn Frühlinge lang Zeit gehabt, mich an alles zu erinnern«, sagte Lachender Schatten, und es gelang ihr zu lächeln.

»Essen. Trinken«, sagte ich. »Dann, beim Reiten, reden.«

Noch bevor sie nach der emaillierten Tasse griff, steckte sie die Finger zwischen die Lippen und stieß vier grelle Pfiffe aus. Dann setzte sie sich und fiel förmlich über Brot, Braten, Früchte und Butter her. Einige Minuten später kam eine junge Rappstute herangetrottet, mit weißen Fesseln und weißer Stirnblesse.

»Du weißt es, Atlan. Ich weiß es. Du kannst alles. Wenn Schwarzer Mond sich entschließt, mit dir in die Traumwelt zu gehen – wirst du sie mitnehmen?«

»Das würde schwierig werden. Aber es ist möglich. Sie muß selbst entscheiden; ohne dein Gerede, ohne meine Versprechungen.«

Wir tranken und aßen, von Fliegen, Mücken und Libellen umschwirrt. Die Pferde kamen näher. Ich tränkte sie mit dem letzten Wasser.

Lachender Schatten rief: »In zwei Stunden sind wir wieder an gutem Wasser!«
»Du weißt, wo sich unsere Tochter versteckt?«
»Nicht genau. Ich müßte lange suchen, bis ich sie finde.«
»Mit meiner Hilfe finden wir sie leichter.«
Als die Sonne drei Handbreit über dem unsichtbaren Quellauf stand, saßen wir auf den Rücken der Tiere und hatten jede Spur des Lagers beseitigt. Ich schob die Hutkrempe ins Gesicht und galoppierte an. Bis Lachender Schatten wieder neben mir ritt, hatte ich mit Boog gesprochen und wußte, daß wir vor der Abenddämmerung die Höhle finden konnten.

Eine Stunde nach Mittag galoppierten wir über den Streifen aus Sand und feinem Kies, der sich zwischen einem flachen Gewässer und undurchdringlich erscheinendem Schilf und Ufergewächsen in einem Drittelkreis nach Norden erstreckte. Wir ritten auf den einzigen Hügel zu, der in diesem Teil Minnesotas zu sehen war. Die Sonde führte uns durch die Landschaft aus Sumpf, festem Boden und kleinen Wäldern. Wir kamen gut voran, und Boog hatte bestätigt, daß Schwarzer Mond allein war, zur Zeit mit einem Kanu auf einem der Wasserläufe.
Je weiter nördlich wir kamen, desto mehr ersetzten Nadelbäume die Laubwälder. Eine Stunde später hob Lachender Schatten, einen Pfeilschuß vor mir, den Arm. Ich ließ den Schecken im Trab gehen, bis ich neben ihr war.
»Was siehst du?«
Sie deutete auf die Reste eines Floßes, das eine Flut zwischen Treibholz geschoben und auseinandergerissen hatte. »Ich habe Schwarzer Mond beigebracht, wie man Rindenkanus und Lederkanus baut. Es waren andere da. Weiße?«
»Es ist einige Zeit her. Wir bleiben wachsam.«
Der Kiesstreifen brachte uns durch eine Gasse im Schilf auf höher gelegenes, trockenes Land. Unter dunkelgrünen Tannen ritten wir nach Norden und stießen auf einen Pfad. Felsen, die wie Anhäufungen riesiger runder Steine aussahen, waren von schwarzgefärbtem Wasser umspült. Myriaden Mücken tanzten in der Sonne. Noch vor mir spürte Lachender Schatten schwachen Rauchgeruch; er wurde deutlicher, je weiter wir dem Pfad folgten und dann Hufspuren entdeckten.
»Glaube nicht, daß sie einen Sonnentanz anfängt, wenn sie dich sieht«, sagte ich.
Sie schüttelte den Kopf. »Auch ihrem Vater wird sie nicht die Finger küssen.«
An einigen Stellen sahen wir die Reste gefällter Baumstämme, Rindenstücke und Schleifspuren. Der Pfad bog ab, wir mußten aus den Sätteln. Schließlich fanden wir die Höhle. Sie war nach Südosten offen, mit einer Wand dicker Balken bis auf die Tür abgeriegelt, am Ende einer drei Yards breiten, weit in den Fluß oder einen See hinausragenden Plattform. Felle waren an Reifen ausgespannt, Fleischstreifen trockneten an der Luft.
Hinter uns wieherte ein Pferd. Wir drehten uns herum; hinter den Stämmen entdeckten wir eine Lichtung. Mit wenigen Handgriffen hatten wir Packzeug und Sättel abgenommen und die Pferde zur Lichtung geführt. Schwarzer Mond ließ sich nicht sehen; auch das Kanu fehlte.
»Mich kennt sie«, sagte Lachender Schatten mit deutlicher Bitterkeit. »Ich mache das Feuer. Du solltest warten, Atlan.«

Ich wartete; nachdem ich die Ausrüstung zur Seite geräumt, die Satteldecken gewaschen und zum Trocknen aufgehängt hatte, zog ich die halbleere Flasche hervor, setzte mich am Ende des Steges auf die sorgfältig geglätteten Bretter und baumelte mit den Beinen, drei Handbreit über dem Wasserspiegel. Das Leben war eine Kette seltsamer Treffen und Abschiede, sagte ich mir. Mit wenigen Frauen des Planeten hatte ich Erfahrungen gesammelt, aber wie ich eine rund fünfzehn Jahre alte Tochter, die ihre Selbstsicherheit und Eigensinn von ihrer Mutter geerbt hatte, richtig behandeln sollte, wußte ich nicht.

Eine Stunde wartete ich, sah springenden Fischen zu, tauchenden Enten und Gänsen und jagenden Fischadlern. Wenn nicht gerade Blizzards über den See heulten, war es ein ebenso idyllischer Flecken wie viele andere einsame Seeufer. Schließlich hörte ich Paddelschläge; ein Kanu bog um die Stämme gestürzter Bäume, die aus dem Wasser ragten.

Einen Augenblick lang stockte Schwarzer Mond, dann trieb sie das Boot näher. Sie trug nur Lederhemd, Hüftschurz und Halsband. Ich blieb sitzen und blickte ihr schweigend entgegen. Sie hatte die Schönheit ihrer Mutter geerbt und einen silberweißen Streifen im Haar, der über dem rechten Auge begann und bis in den Nacken reichte. Sie brachte das Kanu zum Ende des Stegs; ich hakte meinen Stiefel ein und hielt es fest.

Ohne ein Wort zu sagen, verstaute sie die Paddel, nahm das Medaillon vom Hals und klappte es auf. Sie blickte mehrmals zwischen mir und dem dreidimensionalen Bild hin und her und erhob sich auf die Knie. Ihre Stimme war hell vor Aufregung.

»Du bist Tausend-Leben-Krieger. Mein Vater?«

»So ist es, Tochter. Komme ich zu spät?«

Sie stellte einen Korb Wasserbeeren, einen Sack Tannenzapfen und drei armlange Fische in einem Weidenkorb auf den Steg, schwang sich hinauf und zog das Boot an einer geflochtenen Lederschnur zwischen die Pfähle. Ich stand auf.

»Ich habe von diesem Tag oft geträumt«, sagte sie in der Sprache ihrer Mutter, dann wechselte sie ins Englische. »Jetzt weiß ich nicht, was ich sagen soll. Warum kommst du erst heute?«

Ich erklärte es ihr knapp. Sie blieb vor mir stehen, betrachtete jede Winzigkeit an mir, dann breitete sie die Arme aus und warf sich mir an den Hals.

Ich sagte leise in ihr Ohr: »Deine Mutter ist mit mir geritten. Ich denke, ihre Laune hat sich gebessert. Du wirst ruhig mit ihr reden. Euer weißhaariger Farmer hat mir alles erzählt. Wenn es Streit gibt, gehe ich.«

Sie forschte mit hellblauen Augen in meinem Gesicht. Dann zuckte sie mit den Schultern. »Ich werde zuhören. Aber ich will mich nicht zwingen lassen.«

»Vorläufig sollst du nicht einmal den Fisch ausnehmen und braten müssen.« Ich lachte erleichtert. »Es ist genug Zeit. Deine Mutter hat ihre Enttäuschung schon an mir ausgelassen.«

Wahrscheinlich liebten sie sich wie die meisten Mütter und Töchter, aber da sie starrköpfig waren, bedeuteten vernünftige Wünsche der einen für die andere eine hassenswerte Zumutung. Ich war froh, daß sich hier nicht ein junger Indianer herumtrieb. Ich fragte: »Das hast du selbst gebaut?«

»Ja. Der Mann im Haus gab mir Werkzeuge und Ratschläge. Ich weiß, daß er dein Freund ist. Deshalb kann ich dir nicht böse sein.«

»Tröstlich, Tochter.«

Ich legte ihr den Arm um die Schultern, sie hielt mich an der Hüfte umfaßt, und Lachender Schatten tauchte in der Türöffnung auf. Zwischen den Bäumen ringelte sich dünner Rauch durch den Wald. Die Frauen begrüßten sich in seltsamer Feierlichkeit.

Nachdem zwei Fische sorgfältig gebraten und mit gutem Appetit gegessen worden waren, breitete sich eine merkwürdige Stimmung aus. Die Frauen hatten sich mit der Zubereitung des Essens beschäftigt, jetzt saßen wir vor dem Höhlenausgang, und ich sagte mir, daß es mehr als bemerkenswert war, was dieses fünfzehnjährige Mädchen hier an Fleiß, Anstrengung und den Fähigkeiten erstklassiger Handwerker gezeigt hatte. Ich brach das Schweigen, ehe es bedrückend wurde.

»Tochter. Wir haben lange gesprochen.« Ich zeigte auf Lachender Schatten. »Ich weiß, daß du ein anderes Leben führen willst, als deine Mutter es sich vorstellt. Wenn du, jetzt gleich oder in einigen Monaten oder einem Jahr, andere Länder dieser Welt sehen willst, dann hör gut zu.«

»Dein Vater spricht wahr«, sagte Lachender Schatten. »Es wird ein schwerer Entschluß, Tochter.«

»Ich werde hart kämpfen müssen. Der Kampf findet an vielen Stellen statt: Weite Reisen führen an seltsame Orte. Die jungen Männer, die du treffen wirst, werden dein Herz nicht erwärmen. Überdies ist es besser, wenn du dich nicht am Anfang deines Lebens fest bindest.«

Schwarzer Mond starrte Lachender Schatten an. Ihre Mutter hob beide Hände und machte eindeutige Gesten.

»Vergiß unseren Streit! Denk nicht mehr daran! Ich wollte nicht, daß du einen Mann hassen mußt, weil er deine Träume zerstört oder weil du nicht begreifst, daß viele Träume und Gedanken nie wahr werden können.«

Die Blicke der Tochter gingen zwischen uns hin und her. Sie war verwirrt, und sie traute uns nicht ganz.

»Du würdest vieles sehen, würdest Dinge sehen, die für dich wunderbar sind, andere Menschen, Schwierigkeiten erleben und in menschenleeren Gegenden, so wie hier, einsam bleiben müssen, inmitten seltsamer Totems, die sich bewegen, als wären sie Menschen. Und du wirst nach einiger Zeit, nicht mehr so denken und sein wie heute. Frag deine Mutter, sie hat es auf dieselbe Weise erlebt.«

Ich holte tief Luft und sprach, als ich ihre Unschlüssigkeit bemerkte, eindringlicher weiter: »Du brauchst dich nicht schnell zu entscheiden. Es wird genügen, wenn du zum alten Farmer gehst und ihm sagst: ›Ich will zu Antal‹. Er hilft dir. Eine Stunde später bist du dort, wo ich bin – wo immer in dieser Welt es sein wird. Laß dir Zeit, denk darüber nach, sprich mit Lachender Schatten! Sie hat fast alles, wovon ich sprach, selbst erlebt.«

Lachender Schatten zog ihre Tochter an sich. Das Mädchen verlor plötzlich jede Starrheit und sank schwer an die Brust der Mutter. Ich stand auf und ging ans nachtdunkle Ende des Steges, hob die Flasche auf und nahm einen langen Schluck. Es dauerte weniger als eine Stunde, bis sich die Indianerinnen auf weichen Mokassinsohlen näherten. Im Mondlicht erkannte ich, daß sie offensichtlich alle Streitigkeiten vergessen hatten.

»Ich denke, Atlan, daß wir eine Zeitlang zusammenbleiben werden.« Lachender Schatten legte ihre Arme um die Schultern des Mädchens.

»Das ist, was ich wollte. Es ist gut«, sagte ich. »Darf ich ein paar Tage bei euch bleiben?«

»Wie lange bleibst du, Vater?« flüsterte Schwarzer Mond.

»Bis man mich ruft, und das wird bald sein. Vielleicht einen halben Mond, Tochter.«

»Es wird ein schöner Sommer«, versicherte sie eifrig. »Wir werden viel lachen.«

Ich senkte den Kopf. Mutter und Tochter schienen glücklich zu sein. Später wickelte ich meine Hängematte aus, schleppte einen Teil der Ausrüstung in die trockene Höhle und schlief bis in den Vormittag. Schwarzer Mond und ich erkundeten im Kanu die Wasserflächen, ich übte wieder den richtigen Gebrauch von Pfeilen und Bogen, erzählte ihr von dem, was sie als aufregendes Leben empfand; die unbeschwerten Sommertage dauerten bis Mitternacht des ersten September. Boog rief mich; Rico brauchte mich dringend. Ich nahm nur das Nötigste mit, besprach die wenigen dringenden Fragen der Indianerinnen und bat sie, die Pferde zurückzubringen, vor Wintereinbruch. Ich schleppte den Sattel und die meist hochtechnischen Ausrüstungsgegenstände ins Freie und raste zurück ins Farmhaus, versteckt hinter Schutzfeld und Deflektorschirm.

Drei Stunden später befand ich mich vor dem Transmitter von Yodoyas Südseeinsel. Rancor empfing mich mit der Mitteilung: »Das erste Planetenbeben, das auf den Ausbruch hinweist, fing gestern an. Man spürte es bis nach Nordaustralien.«

»Ist unser Haus dort bedroht?«

»Nein. Es ist hundert Kilometer westlich der Rakata-Insel.«

»Hast du Nonfarmale gesehen?«

»Nein. Alles ist bereit.«

Ich rannte ins Haus und umarmte Amoustrella. Dann schleppten wir die Ausrüstung aus dem Haus, passierten den Transmitter und standen auf der Terrasse unseres neuen Verstecks.

7.

Rico gab einen detaillierten Bericht: Er, sehr viel seltener Amir Darcy Boog und hauptsächlich Lilith – nunmehr schwarzhaarig! – hatten die Ophir-Universität erfolgreich weitergeführt. Verbunden durch ein Netzwerk, dessen Akteure auch in Europas Universitäten forschten, waren viele Erkenntnisse, Erfindungen und Lösungen entdeckt worden, unabhängig meist von planetengeschichtlichen Vorgängen: Wasserheilkunde, Goldfunde und Masseneinwanderung in Kalifornien, *Livingstones* Entdeckung der von ihm benannten Victoriafälle im Herzen des Schwarzen Kontinents, unterseeische Nachrichtenkabel, *Leon Foucaults* Erdumdrehungs-Pendel-Beweisführung, nichteuklidische Geometrie und Massenherstellung von Stahl, molekulare Gastheorie, Mikroorganismen bei der Gärung,

Kathodenstrahlen und Zellularpathologie. Und es gab *Ferdinand v. Lesseps,* der den Bau eines Kanals zwischen Mittelmeer und Rotem Meer fortführte. Genfer Konvention über die Behandlung von Kriegsgefangenen, Fernsprechapparate und die Entdeckung eines Flugsaurierskeletts – war Rico einer der »Saurierfalken« abhanden gekommen? Selbst die Lichtgeschwindigkeit war nahezu fehlerlos gemessen worden; man förderte in Rußland und Pennsylvania Erdöl. Und schließlich entwickelte *José Monier* den Stahlbetonbau, gleichzeitig entdeckte *Nobel* das Dynamit, mit dem man nicht nur die Bauwerke wieder sprengen konnte.

»Das bedeutet zweierlei, Herrscher der Myriaden Positronen«, sagte ich. »Erstens brauche ich mich um das Funktionieren der Ophir-Uni kaum zu kümmern, und zweitens hat die Entwicklung der Barbaren-Zivilisation endlich stürmische Dimensionen angenommen. Ist zu hoffen, daß aus Zivilisation auch Kultur wird.«

»Willst du, fiebernd nach Vorstößen ins All, selbst eingreifen, oder wirst du die weitere Entwicklung schlafend abwarten?« Rico produzierte weiterhin Bilder, Vorgänge, Ansichten, Statistiken, Einzelpersonen, illustrierte und kommentierte Berichte auf die Monitoren. Ich zuckte mit den Achseln.

»Ich weiß selbst nicht, was besser ist. Noch zeichnet sich nicht ab, daß die Gedankenbrücke von Feuerwerkskörpern zu Raketenversuchen oder gar ernsthaften Überlegungen zum Mondflug als erster Schritt errichtet ist. Überdies – noch immer haste ich Nonfarmales schwarzem Diskusschiff hinterher, wenn die Dimensionen aufreißen.«

»Diese Fragen sind in der Tat schwer zu beantworten«, sagte Rico bedächtig. »Und in der Vielfalt der Neuigkeiten behalte selbst ich nicht mehr die Übersicht. Zu Zeiten des Odysseus war's einfacher.«

Wir hatten, von Yodoyas Insel kommend, die unsichtbare Linie einer errechenbaren Datumsgrenze überschritten. Das schwere Beben des ersten September 1880 hatte in der Umgebung des Hauses nur ein paar morsche Baumriesen umgestürzt. Rancor, noch in der Maske eines hellbraunhäutigen Dieners unbestimmbarer Rasse, vollführte eine einladende Geste.

»Bevor ihr fragt: Die oberste Schicht der Terrasse und die Grundplatte des Hauses sind durch Antigravelemente geschützt. Wird der Fels erschüttert, schwebt das Bauwerk zwei Meter in die Höhe.«

»Ein Lob den altarkonidischen Notsilos«, sagte ich und ging zusammen mit Amoustrella daran, die Räume wohnlicher einzurichten. Ich war zum erstenmal hier, schaute mich genau um und bewunderte die Aussicht. Freier Blick von mehr als zweihundertachtzig Grad.

Aus einem menschenleeren, wild wuchernden Urwald, der sich auf den Bergen ausbreitete, wuchs eine bewaldete Klippe mit steilen Hängen nach allen Seiten und nacktem, überhängendem Fels nach Süden. Auf dem obersten Punkt befand sich das Haus, mit grünen Gewächsen auf dem Flachdach und fast unkenntlich versteckt. Vorräte, Getränke, sämtliche technischen Einrichtungen, eine redundante Energieversorgung, Hangars für beide Gleiter; die Subroboter hatten alles technisch perfekt hergestellt und montiert.

»Bisher hat sich der Bebenstoß nicht wiederholt«, sagte Rancor. »Es sind zwei Nottransmitter installiert. Einer zum Leuchtturm, der andere in die Kuppel.«

»Es ist ein Vergnügen, von dir beschützt zu sein, Teuerster«, sagte Amou zu

Rancor und zog mich in den Schatten. Ich suchte den Himmel ab, ehe ich die Tür schloß: weiße Wolken, Nachmittagssonne, vor uns und unter uns die endlose Fläche des Meeres, davor die Schwärme der Vögel.

In meinem Arbeitszimmer saßen wir dicht nebeneinander, und ich deutete mit einem Stift auf die schematische Darstellung, während ich aus der Gesamtprojektion die betreffenden Teile herausvergrößerte.

»Ein Bogen spannt sich, über Sumatra und Java, einige tausend Kilometer lang. Rancor will etwa vierhundert Vulkane entdeckt haben. Etwa ein gutes halbes Hundert davon zeigen, daß sie leben, Gase und Lava schleudern. Das flüssige Erdinnere ist zäh und fest. Wenn Druck unter der Planetenkruste entsteht, baut er sich langsam auf und wird schlagartig frei. Erkennst du die Gefahr?«

Ich sah, wie sich die Härchen auf Amous Armen aufstellten. »Die Welt reißt von hier bis hier auf, im schlimmsten Fall. Ein halber Weltuntergang, Liebster.«

»Die Apokalypse.« Ich schaltete auf eine andere Ansicht um. »In der Geschichte dieser Welt gab es, als sie weniger Menschen trug, gewaltige Verwüstungen, auch von solchen Vulkanen. Der Planet ist nicht untergegangen. Aber die Opfer waren Legion. Dazu kommen, in diesem Fall, Flutwellen, Gase, Aschewolken und Schlimmeres. Wir sind hier vielleicht vor dem Ausbruch sicher, aber wir werden kurz darauf fliehen müssen.«

»Und dieses unterirdische Silo?«

»Ich kenne es noch nicht genau, aber wahrscheinlich ist es gefährdet.«

Rakata oder Krakatoa erschien auf dem Bildschirm. Die Spionsonde kreiste und zeigte Vergrößerungen besonders eindrucksvoller Teile einer etwa vierunddreißig Quadratkilometer großen Insel mit drei vulkanischen Kegeln. Einer entließ eine dünne, harmlos aussehende Rauchfahne.

Aus einem Lautsprecher kam Rancors Stimme. Er zitierte den Wortlaut seiner Analyse. »... sechster südlicher Breitengrad. Woher das Wort stammt, weiß niemand. Die Eingeborenen wissen von früheren Ausbrüchen des Vulkangeistes Orang Al'jeh, einst hatten Piraten von dieser Insel die schönen Eingeborenenfrauen geraubt. Die holländischen Kolonialherren sagen: Der Vulkan ist erloschen. Wie zu sehen ist, suchen am Vulkan vorbei zahllose Schiffe ihren Weg durch die Sundastraße. Sie verbindet den Indischen Ozean und das Chinesische Meer ...«

Ich murmelte: »Orang Al'jeh! Morgen kann der Vulkangeist frei werden oder sehr viel später.«

»Wir tun, was wir immer taten.« Amou blieb seltsam ruhig. »Da wir nichts anderes unternehmen können, als auf den Ausbruch zu warten, werden wir uns die Zeit so schön wie möglich gestalten.«

Ich breitete die Arme aus. »Was könnte ich darauf antworten, Amou?«

Sie setzte sich auf meinen Schoß, wühlte in meinem hellbraun gefärbtem Haar. »Wann küßt du mich endlich, Liebster?«

Ich kannte die schmiegsame, tödliche Kraft geschliffener Damaszenerklingen, die Degen aus den Werkstätten der Toledo-Schwertfeger und die heulenden Spitzen von Armbrustbolzen, die mir oft genug die Haut geritzt hatten. Ich hatte lautlose Pfeile aus Blasrohren abgewehrt, ich sah die Bogner mit den riesigen englischen Langbögen schießen und gebrauchte selbst diese Waffen. Gegen die Waffen Amoustrellas aber war ich wehrlos. Ich war sicher, keine andere Frau so geliebt zu haben. In einer malvenfarbenen Abenddämmerung, während die Sonne im Strudel gewaltiger Wolkenfarbspiele hinter den Horizont sank, standen wir an der überwucherten Brüstung und betrachteten das Meer.

»Wenn es an der Zeit ist«, sagte ich und streichelte Amous Hüfte, »werde ich dir eine unschöne, aber lange Geschichte erzählen.«

»Eine deiner gefürchteten Schnurrpfeifereien?«

»Die Geschichte eines Kampfes, der mich fast tötete. Aus dem ich die Narben zurückbehalten habe, in denen du nachts mit deinen silbern lackierten Krallen gräbst.«

»Ich werde schweigend zuhören, mein Meteoritensegler.«

Aus: RICOS ANNALEN. Ungespeicherte Informationen. Endgültige Löschung erwogen: Nachdem das Klippenhaus eingerichtet ist und sich sämtliche Einbauten zufriedenstellend bewährt haben, aber vor der Inspektion des Silos, während Amoustrella und mein Gebieter sich miteinander beschäftigen, finde ich Zeit, weitere handschriftliche Notizen abzufassen. Amir Darcy Boogs robotischer Körper wird andernorts gebraucht. Ich habe das Bausprogramm den automatischen Werkbänken der Kuppel eingespeist und werde in absehbarer Zeit über einen weiteren Robotkörper verfügen, in dessen Mechanismen der Grob- und Feinmotorik bereits die Boogschen Langzeiterfahrungen enthalten sind, also ein deutlicher Fortschritt gegenüber Lilith, dem zweiten Exemplar unter meiner Aufsicht.

Im Zusammenhang mit der ständigen Überwachung der Überlebensanlage habe ich zwar keine Risse oder Schwachstellen entdecken können, aber eine offensichtliche Fehlfunktion der Primärenergiekontrolle. Eine optische Kontrolle ergab keinerlei Hinweise. Aber der registrierte Energieverbrauch ist niedriger als der Welt der erzeugten Energie. Wer verbraucht die Differenz, die an bestimmten Tagen beachtlich groß war. Wüßte ich es nicht besser – und meine Wahrnehmungssysteme sind zahlreicher und entlang eines weitaus breiteren Spektrums als die eines Menschen oder Arkoniden –, würde ich schreiben: Etwas oder jemand betreibt irgendwelche Maschinerien, Einrichtungen, Projektionen oder Schirmfelder.

(Gespeichert: Ich werde diesem Phänomen mit gebotener Dringlichkeit nachgehen. Dazu ist meine Anwesenheit erforderlich. Im Moment nicht durchführbar.)
Über folgende Themenkreise muß ich analytisch und dennoch phantasievoll Teilkonzepte entwickeln:

A. Boog und die Farm. Was geschieht mit beiden? Dient das Haus weiterhin zumindest für Lachender Schatten als Rückzugspunkt und Lebenserhaltungs-Sub-System?
B. Weltoffene Erziehung von Schwarzer Mond/Aieta Jagdara an verschiedenen Orten sicherstellen.
C. Der Frage nachgehen, aus welchem Grund späte Nachfahren suizidfreudiger Samurai in ihrer Heimat die Erinnerungen der damaligen Kämpfe gegen Nonfarmale auffrischen.
D. Welche Änderungen oder Neuentwicklungen sind notwendig und mit welchem Einsatz von Material und Subrobots, wenn sich herausstellt, daß die gegen-

wärtige Jenseitswelt des Saurokrators raumfahrttechnische Ausrüstung größeren Ausmaßes benötigt?

E. Ich werde Atlan drängen, mit mir das Innere des Silos zu erkunden und den Grad der Gefährdung festzustellen. Da die Silos vor dem »Untergang« des Kleinkontinents angelegt worden sind, verfüge ich selbst ebenso wie die Großpositronikspeicher nur über unzureichende Informationen. Dies sollte schnellstmöglich geändert werden.

In der Stille des Hauses, Mitternacht ist vorbei, und ich höre nur die Musik und die Unterhaltung von Amou und Atlan, beende ich diese Aufzeichnungen. Anschließend bereite ich den Besuch des Silos vor.

Rancor und ich standen auf einer Plattform, nicht größer als ein Zimmer. Um uns erstreckte sich in drei Dimensionen eine Höhle, eine Schlucht, ein leerer Magen in den dunklen Eingeweiden des Planeten. Scheinwerfer, die vor etwa zehntausend Jahren das letztemal eingeschaltet worden waren, aktivierten sich im Sekundentakt.

»Wäre die Luft in dieser Höhle atembar?«

»Ich kann es nicht empfehlen«, sagte Rancor über Funk. »Was du siehst, sind Sicherheitskonstruktionen.«

Durch die Schwärze flutete an hundert Punkten grelles Licht. Wir befanden uns am Ende eines Ausläufers, der in einer Felswand verankert war, hoch über der schwarzen Kugel aus Arkonstahl mit einem Durchmesser von fünfundsiebzig Metern. Die Kugel hing oder schwebte in einem System aus Stahlrohren, das aus unzähligen Pyramiden zusammengesetzt war und an vielen Knotenpunkten große, federnde Elemente aufwies. Ich begriff: Bewegte sich die Planetenkruste, verkleinerte oder vergrößerte sich der schluchtartige Spalt, wurden die Wände aufeinander zugeschoben oder näherten sich Decke und Boden einander oder gab es Bewegungen in allen Ebenen, so würden zuerst die Trägerelemente gestaucht, nicht aber die Kugelwände zerstört.

»Die alten arkonidischen Pioniere«, sagte ich fast überwältigt. »Sie scheuten weder Kosten noch Arbeitszeit.«

»Besonders den Einsatz von Robots scheuten sie nicht«, sagte Rancor selbstgefällig. »Die Meßstation darin hat uns die deutlichsten Aufzeichnungen über das schwere Beben vom ersten September geliefert.«

Wir gingen nebeneinander auf die weit geöffnete Schleuse zu. Rancor hatte unseren Besuch dazu genutzt, sämtliche Versorgungsaggregate der Station zu aktivieren. Die verbrauchte Luft im Innern der Stahlkugel wurde gegen frische Oberflächenluft ausgetauscht. Die Silos, gefüllt mit Vorräten jeder erdenklichen Art, die zum Überleben einiger zehntausend arkonidischer Flottenangehöriger und zum Aufbau einer hermetischen Kultur dienen sollten, waren von mir wenig genutzt worden.

»Ich habe auszurechnen versucht, welchen technischen Aufwand Nonfarmale oder ein anderer Feind des Planeten zum Auslösen solcher Katastrophen benötigt. Es ergeben sich Größenordnungen wie von Megabomben.«

»Die, wenn es um Vernichtung ginge, an der Planetenoberfläche schneller und einfacher Schaden anrichten würden.«

»Das ergibt auch die Analyse«, meinte der Robot. »Trotzdem beobachte ich mit allen Systemen weiter.«

Winzige Reinigungsmaschinen hatten die Schleuse geputzt. Das Trägergerüst war dick mit dem Staub von Jahrtausenden bedeckt. Hinter uns schwang die schwere Tür zu, das innere Schleusenportal glitt auf.

»Das heißt, daß wir nicht wissen, wann dieser verdammte Vulkan wirklich ausbricht?«

»Bisheriger Stand der Erkenntnis: Einige Tage vor dem Ausbruch können wir das Ereignis anmessen. Mit etwa fünfundsiebzigprozentiger Sicherheit.«

Die Kugel war in viele Decks eingeteilt. Von Pol zu Pol führten ein kleinerer und ein größerer Aufzug, die durch eine einfache Mechanik bewegt wurden. Wir betraten die kleinere Anlage, ein Bildschirm flimmerte; langsam liefen die Listen des Inventars darauf ab.

Ich hatte nicht die geringste Lust, alles von Abbauaggregaten bis Zymasefermenten zu lesen, und fragte: »Du hast das Inhaltsverzeichnis sicher schon auswendig gelernt?«

»Selbstverständlich.«

Die Plattform, von mannshohen Geländern umgeben, hob sich von der Eingangsebene nach der obersten Plattform.

»Gibt es in diesem Silo Material, das wir dringend brauchen? Ohne das die weitere Existenz des unterseeischen Verstecks nicht gesichert wäre?«

»Transmitter, Gold, Edelmetalle, Grundstoffe für eine breite Auswahl von künstlichen Werkstücken. Verschiedene Kabel.«

»Weise den Zentralrobot dieser Station an, die wichtigen Ausrüstungsteile in die Lagerräume der Kuppel zu transportieren. Du hast gesagt, daß wir mit der teilweisen Zerstörung des Silos rechnen müssen.«

»Wenn der Krakatoa ausbricht.«

Rancor korrespondierte mit der Positronik. Auf dem Bildschirm erschienen die Ausdrücke unterschiedlicher Spezifikationen, und ständig blinkte: »Befehle werden ausgeführt, sobald Gegentransmitter arbeitet.«

»Gibt es eine möglichst genaue Schätzung, wann der Berg Lava zu schleudern anfängt?«

»Keine genaue Analyse möglich. Vermutlich vergehen einige Monate.«

»Haben wir Nonfarmale zu Unrecht verdächtigt?«

»Er war bei drei Ausbrüchen in unmittelbarer Nähe. Einmal entdeckte ihn eine Sonde, zweimal konnte ich eine Strukturöffnung anmessen.«

Wir gingen durch jedes Deck. Jede Plattform war vom Boden bis zur Decke mit Behältern oder Materialstapeln angefüllt. Überall tauchten Kodeziffern auf. Selbst die Decks konnten auf einfache Weise demontiert und an anderer Stelle als Bauteile verwendet werden. Schon jetzt schwebten und rollten Maschinen und sortierten nach Rancors Anordnungen die gewünschten Artikel.

»Deine Positronik denkt auch daran, daß wir vielleicht Teile für ein Raumschiffchen brauchen?«

»Außer Stählen und Metallen und Bearbeitungsmaschinen, über die wir aber auch verfügen, sind keine einschlägigen Bauteile eingelagert.«

Der Silo war unangetastet. Beim ersten Beben waren einige Ausläufer des Trägergerüstes leicht geknickt worden. Wir inspizierten jeden Raum und suchten nach Auffälligkeiten; wir konnten nichts feststellen. Der Zustand war geradezu vorbildlich.

»Hält uns etwas davon ab, den Silo zu verlassen?« fragte ich. Wir hatten mittlerweile die Helme abgenommen; die Luft war ausgetauscht. Rancor deutete in die Richtung des Transmitterraums.

»Ich werde eine Anlage zur Beförderung von Massengütern aktivieren«, sagte er, »ehe ich zur Kuppel springe. Dann können wir den Silo verlassen.«

Dieses riesige Loch, der schwarze Hohlraum in der Planetenkruste, befand sich keine fünfzehn Kilometer südwestlich der Vulkaninsel, zweieinhalbtausend Meter tief im Gebirge versteckt. Ich sah auf einer Anzeigekonsole, wie sich an mehreren Punkten des Ansaugsystems die Klappen schlossen.

»Ich lasse dich hier allein hantieren«, sagte ich und ging auf die Schleuse zu. »Ich bin bei Amoustrella.«

Ich ging durch den Transmitter, der vor der Schleuse aufgestellt worden war, und fand mich auf der Terrasse des Klippenhorsts wieder. Amou half mir, und ich verstaute den ungefügen Anzug in einem Wandfach.

»Nun.« Ich hob die Schultern. »Die Lage ist wenig aufregend. Wir warten: auf Nonfarmale, auf einen Vulkanausbruch, auf irgend etwas. Wie lange, weiß ich nicht. Aber wir können an verschiedenen Orten warten und, wieder einmal, Denkanstöße unters Volk streuen.«

Während wir die Monitore betrachteten, überlegten wir und wägten Vorteile und Mißlichkeiten der möglichen Ziele gegeneinander ab. Yodoyas Insel, das Raumschiff, die Kuppel oder Carundel Mill, Boogs Farmhaus oder der Lechturm. Herbst in Mitteleuropa? In Englands Süden? Sonne und Seewasser hatten wir in diesen Breiten zum Überfluß. Wir bereiteten einen abendlichen Imbiß, füllten die Weingläser und schalteten das Musikwiedergabegerät ein.

Ich blinzelte über den Rand des Glases Amou zu. »Eigentlich hätte ich uns länger schlafen lassen. Oder ich erwog, mit dir endlich den Flug in meine Heimat zu riskieren. Jetzt warte ich wieder auf den Herrn der Flugechsen.«

»Und er wird sich früher zeigen, als es dir lieb ist.«

»Auch diese Möglichkeit habe ich in Betracht gezogen.« *Auch den Umstand, daß Schwarzer Mond plötzlich die Nähe ihres Vaters sucht?* fragte der Logiksektor.

Mitten in der Nacht blinkte das Kontrollicht des Armbands. Amou wurde wach, schaltete die Lampe mit dem Schirm aus javanischer Batik ein, wirbelte ihr Haar über die Schultern und sagte: »Das ist Rancor. Aus der Kuppel!«

Ich rannte in den Arbeitsraum. Zwei Schirme zeigten deutliche Bilder, ein dritter wurde fernaktiviert. Ich sah auf dem ersten Monitor die Bilder eines der vielen Vulkane des Planeten. Rico hatte den Vesuv beobachtet, jenen Berg, unter dessen Auswurf Herculaneum und Pompeji vor achtzehn Jahrhunderten begraben worden waren. Die Sonde kreiste um den Kegelstumpf, verkleinerte und vergrößerte Totalansichten und Ausschnitte und auch einen dünnen Rauchschleier, der sich mit der Wolke auf der Leeseite des Berges mischte.

»Rancor. Ich sitze vor den Monitoren«, sagte ich in die Richtung des Mikrophons. »Dein Kommentar?«

»Es gibt nicht viel zu berichten.«

Lange Schatten fielen nach Osten. Am Südende Italiens strahlte die Abendsonne über dem Vesuv ein Objekt an, das ich nur als Raumschiff identifizieren konnte. Langsam wie die Spionsonde kreiste ein kantenloses Ellipsoid in der Seitenansicht in etwa dreitausend Metern Höhe um den Berg. Die Sonde wich zurück, näherte sich der Wolke und richtete das Objektiv unverändert auf das Fluggerät.

Während ich den schwarzen Diskus anstarrte, begriff ich langsam, welche Bedeutung dieses Bild hatte: Nonfarmale erschien als Raumfahrer.

Es gab kein Anzeichen dafür, daß *Il Vesuvio* ausbrechen würde. Die Rauchwolke war eher dünner geworden. Auch richtete das Raumschiff keinerlei Antennen oder Strahler auf den schwarzen Schlund des Vesuvs, den jetzt Dunkelheit ausfüllte. Die Schattenlinie kroch am östlichen Innenrand des Kraters in die Höhe. Weit vom Kraterrand entfernt beendete Nonfarmale jetzt die erste Hälfte einer Umkreisung.

»Sein Raumschiff, Atlan. Sonden sind unterwegs. Ich habe eine Strukturöffnung festgestellt und versuche einzudringen.«

»Verstanden, Rancor. Ich warte.«

Amou glitt in den Raum und setzte sich auf die Lehne des Sessels. Sie gab mir einen Becher Kokosmilch mit Fruchtbrand. Schweigend starrten wir auf die Bilder. Über dem Golf von Napoli senkte sich die Sonne als rote Scheibe. Das Raumschiff war durch die Wolke hindurchgerast und tauchte in der Nähe der Sonde auf, fegte vorbei; auch die stärkste Vergrößerung konnte keine Unterbrechung des Sphäroids zeigen. Falls ein Bewohner unter den Hängen des Vesuvs oder ein Arbeiter in einem Weinberg den Kopf hob, würde er nur einen Punkt sehen, der im Sonnenlicht rötlich glühte.

»Wie lange dauert es noch, bis deine Sonden an Ort und Stelle sind? Wo ist die Öffnung in die andere Welt?« fragte ich ungeduldig.

»Südlich des Landes, über dem Meer. Sechsundvierzig Minuten.«

Nach einiger Zeit sagte Amou unschlüssig: »Nonfarmale wirkt auf mich, als wolle er die Möglichkeiten abschätzen, den Berg Feuer speien zu lassen und glühende Asche.«

»Ich denke dasselbe.«

Das Raumschiff kreiste in größerer Höhe oder auf niedrigerem Kurs. Einmal überflog es den riesigen, trichterförmigen Schlund mit den vielfarbigen Geröllflächen und den Nebenkratern. Schließlich verharrte es über dem Mittelpunkt des Vulkaninnern und sank tiefer, verschwand im Schatten.

Ich stieß ein wütendes Knurren aus. »Du hattest recht, Amou. Er ist früher aufgetaucht, als wir erwarteten. Jetzt kennen wir auch die nächste Station unseres planetaren Urlaubs.«

Sie nickte und flüsterte: »Das Inselchen des Samurai.«

Die Bilder wiederholten sich zehn Minuten lang, dann versank die Sonne im Meer. Einige Zeit leuchtete noch der Punkt auf, der sich aus dem Innern des Vesuvs herausgeschoben hatte, über dem Zentrum schwebte, vor der Kulisse der Wolke, die im Dunkel versank. Ohne sichtbare Energieemission drehte das Raumschiff seine Kreise; etwa eine halbe Stunde danach schwebte es langsam nach Süden. Dann verlor es auch die Sonde aus ihren Linsen. Als die Geräte auf andere

Ausschnitte des Spektrums umschalteten, sahen wir nur einen Punkt, der einige Sterne auf seinem Weg zum Weltentor verdeckte.

»Zwei Sonden haben den Passagepunkt erreicht«, meldete Rancor. »Vielleicht erhalten wir einen Einblick in Nonfarmales neuen Kosmos.«

»Es würde uns vieles erleichtern«, sagte ich.

Der *Vesuvio* war, nachdem das Wolkenschiff, die Vorgängerin der LARSAF, ihren ersten planetengebundenen Flug durchgestanden hatte, nach mehr als zwei Jahrhunderten der Ruhe im 79sten Jahr nach der Zeitenwende ausgebrochen; sechzehn Jahre zuvor hatten schwere Beben einen Ausbruch signalisiert. Dieser zeitliche Abstand ordnete sich keiner ermittelbaren Regel unter. Atemlos warteten wir auf die nächsten Bilder.

Rancor und ich hofften, daß die Technik dieses Mal nicht versagte. Aber die Jenseitswelten hatten ihre eigenen energetischen Gesetzmäßigkeiten.

Nacheinander schwirrten die Sonden heran. Die erste heftete sich ins Wirbelfeld der Luft hinter das Raumschiff. Dahinter formierte sich eine Kette unsichtbarer, kleiner Kugelkörper. Als das Schiff, viel größer als die LARSAF DREI:ZWEI, eine Kurve nach Backbord und aufwärts flog, zog sich die Kette auseinander, blieb aber hinter dem Raumschiff. Die Überwachungssonde hing über der Perlenschnur kaum sichtbarer Objekte und richtete ihre Linsensätze und Spezialoptiken auf das Tor. Fast unsichtbar dünn, silbern und dunkelrot flirrend, erschien zwischen den Sternen ein riesiger Ring. Dahinter erkannten wir Sterne, durch ein senkrechtes Band kristallener Helligkeit geteilt. Der Arm einer anderen Galaxis, heller als die »Milchstraße« über unserer Welt.

»Diesmal sind's Sterne, die diesen Namen verdienen«, sagte ich und erinnerte mich an die verschwommenen Lichtflecke und die schnelle Sonne über Nonfarmales letztem Schlupfwinkel. Er schien sich nie zweimal auf einer seiner Jenseitswelten zu verstecken.

Das Raumschiff jagte plötzlich auf das Zentrum des Ringes zu. Eine Kugel nach der anderen folgte; als sie die Trennlinie hinter sich gelassen hatte, verwendeten sie jeweils die nachfolgende Sonde als Kurzzeitspeicher und Relaisstation. Schubweise erhielt vom letzten der fünfzehn Projektile die Kontrollsonde ihre Informationen.

»Der Informationsfluß bleibt konstant«, meldete Rancor hastig. »Ich empfange erste brauchbare Bilder.«

Der letzte glimmende Punkt verschwand vom Bildschirm. Nur der Kreisring flimmerte. Fast qualvoll langsam vergingen Minuten; wir warteten voller Ungeduld. Dann endlich sprang uns vom größten Bildschirm das Viertelrund eines Planeten an, darüber erschienen Sterne und ein kleiner, dann ein großer Mond. Das Raumschiff beschrieb eine weite Landeparabel und verschwand vom Bild.

»Das sieht so aus, als handle es sich um eine normale Welt«, sagte ich und griff nach Amous Hand.

Die Bildschirme empfingen gestochen scharfe Abbildungen einer Planetenhemisphäre und mehr als der Hälfte des Sternenhimmels. Als sich die Sonden tiefer in die andere Bezugswelt hineinwagten, wurden die Informationen spärlicher. Eine Optik nach der anderen fiel aus. Aber lange Sequenzen wurden gespeichert und konnten wiederholt werden: der kleinere und der andere Mond, Vergrößerungen, ein Teil der Bahn des Schiffes und darunter, in großen

Öffnungen der Wolkendecke, Konturen von Wasserflächen, Inseln und Kontinentalteilen.

»Unser Freund in der Kuppel bekommt auch Bilder und Informationen, die wir auf die gewohnte Weise sehen können«, erklärte ich. »Später betrachten wir alles in größerer Ruhe.«

Noch ein Rundblick über fremdartige Sternkonstellationen. Ein Mond war gelblich, der andere strahlte schwachen blauen Schimmer aus. Dann riß die Verfolgung des Schiffes im Landeanflug ab; schließlich empfingen wir nur Bilder von der mächtigen Krümmung der anderen Welt. Der Bildschirm flackerte, das Bild wechselte und zeigte nur unsere Sterne, die Sterne und den narbigen Mond der Erde.

Rancors Stimme klang zufrieden. »Ich werde einen Tag lang brauchen, um alles auszuwerten, Atlan. In vierundzwanzig Stunden – wo? Klippenhorst oder auf Yodoyas Eiland?«

»Hierher«, sagte ich. »Es hat keinen Sinn, das Raumschiff klarzumachen und Nonfarmale zu jagen.«

»Das wäre auch sinnlos«, bemerkte Rancor eine Minute später. »Soeben hat sich der Strukturriß zur Jenseitswelt geschlossen.«

»Dieser verdammte Bastard!«

Es war nicht auszurechnen, wann er sich wieder zeigte; ich konnte keinen Plan entwickeln, ihn zu bekämpfen.

»Welch ein Irrsinn«, sagte ich. »Hältst du es mit mir noch ein paar Tage oder Jahre hier oben aus, Liebste?«

Ihr weicher Tonfall beruhigte mich. »Selbstverständlich. Können wir einige Ausflüge in die Umgebung machen?«

Ich nickte. Vor den Fenstern färbte sich der Horizont grau und rosafarben. Die Sterne waren verblaßt; nur der Mond hing über der Klippe und den schwarzen Kronen riesiger Bäume.

Sechsunddreißig Stunden später: Die wertvollen Ausrüstungsstücke und Rohstoffe waren aus dem Silo ausgelagert und in den unteren Ebenen der Überlebenskuppel, im zylindrischen Teil, verstaut worden. Mein Vorhaben, den langen Flug nach Arkon zu wagen, hatte ich vorläufig vergessen müssen. Ich brauchte die LARSAF wahrscheinlich, um Nonfarmales Heimat anzufliegen. Rancor Arkolutz brachte Analysen und Bilder mit. Wir arbeiteten bis tief in die Nacht daran, Charakteristika des namenlosen Planeten zu entwickeln, auf den Nahith zurückgeflogen war.

Wieder eine Welt mit atembarer Lufthülle und einer Oberflächenstruktur, die einem Larsaf-III-ähnlichen Planeten entsprach. Die Parameter ließen auch eine ähnliche Flora und möglicherweise auch Fauna erwarten. Die meiste Arbeit hatten wir mit den Versuchen, Unterschiede oder Gemeinsamkeiten der beiden Sternhimmel festzustellen.

Die Positroniken hatten die Sternkarten mit abenteuerlichem Arbeitsaufwand in gleiche Größe gebracht und miteinander verglichen. Rancor und ich versuchten etwas anderes. Wir gingen gefühlsmäßig vor und versuchten, auf jeweils der anderen Karte markante, gewohnte Bilder und Konstellationen wiederzuentdecken.

Nach ein paar Stunden rieb ich mir die Augen und sagte: »Ich geb's auf. Es ist ein anderes All. Offensichtlich weit entfernt, eine andere Galaxis oder unsere Milchstraße aus einem völlig anderen Blickpunkt.«

»Und doch so nahe, daß ein distanzloser Schritt genügt«, antwortete Rancor. »Mit den befürchteten Einschränkungen und dem Verlust aller kleiner Sonden hat unser Verfahren Erfolg gehabt.«

»Wenigstens ein Lichtblick. Leider hat er uns nicht wissen lassen, wann er seinen Weideplaneten wieder zu besuchen gedenkt.«

»Wissen wir, ob er in diesem Schiff allein war?«

»Nein.« Ich fühlte mich wieder unbehaglich. »Kannst du diese Strukturöffnung wieder entstehen lassen?«

Auch darauf hatte Rancor eine Antwort, die mir keineswegs gefiel: »Nein. Die Positronik arbeitet noch am Versuch, die Werte zu entziffern. Es ist ungleich komplizierter als die bisher beobachteten Strukturlöcher. Auch wurde viel mehr Energie aufgewendet. Auf dem Planeten steht wahrscheinlich eine riesige Anlage.«

»Das habe ich befürchtet. Welche Schrecklichkeiten verbirgt das Universum eigentlich noch?«

»Darüber finden sich keine Informationen in den Speichern.« Der Robot wich aus.

»Ein Planet, auf dem Nonfarmale wohnt?« Amoustrella hatte jede Aufnahme und jede Erklärung ebenso konzentriert und nachdenklich aufgenommen. »Dies würde wohl bedeuten, daß er länger dort wohnt als sonst? Bisher hat Atlan ihn stets aus seinem Schlupfwinkel vertrieben.«

»Wir wissen so gut wie nichts über Nonfarmale. Bisher war es auch einigermaßen einfach, seinen Schlupfwinkel zu finden. Ich versuche mir vorzustellen, was geschähe, wenn ich mit der LARSAF hinfliege und das Schiff im Kampf mit ihm *dort* zerstört wird.« Ich nickte den beiden zu und deutete auf die Bilder.

»Denk nicht dran!« empfahl Rancor. »Erstens hast du dir geschworen, nie wieder im Bereich des Seelensaugers zu kämpfen. Und darüber hinaus werden wir mit aller Wahrscheinlichkeit den Kode für die Strukturöffnung nicht aufbrechen können.«

»Damit habe ich mich noch nicht abgefunden«, sagte ich. »Deswegen werden wir, auch wenn ein Kampf in der Lufthülle der Erde stattfindet, die LARSAF mit sämtlichen Waffen ausrüsten, die wir in unseren Arsenalen haben.«

»Verstanden. Wie oft besprochen: Es gibt nur dann die große Chance, Nonfarmale zu beseitigen, wenn du ihn mit deinen Waffen auf einem Territorium bekämpfst, das du besser kennst als er.«

»Auf unserer Welt.« Amou drückte meine Hand. Ich lehnte mich zurück und versuchte, meine Gedanken zu ordnen.

»Werden wir ein Instrumentarium entwickeln können, das unwiderruflich die Strukturöffnung schließt oder vernichtet? Und zwar in dem Moment, den wir bestimmen?«

Rancor schien mit der Großpositronik zu verhandeln. Nach einigen Minuten antwortete er zögernd: »Wenn es gelingt, alte und neue Informationen zu koordinieren, wenn wir alle Messungen analysieren und umsetzen – vielleicht. Die Wahrscheinlichkeit ist nicht sehr groß.«

»Und rohe Gewalt? Energieausbrüche?«

»Ich kann darauf keine Antwort geben, die berechtigte Hoffnung enthält oder dich zufriedenstellt, Erhabener.«

Wenn er die uralte Anrede gebrauchte, meinte er es wirklich bitter ernst. Ich schaltete die Wiedergabe der Bildfolgen ab, und die Bildschirme zeigten, was die Spionsonden an verschiedenen Stellen dieser Welt auffingen.

»Wenn ich drei Tage lang in Ruhe nachgedacht haben werde«, sagte ich voller Skepsis, »finde ich vielleicht eine Möglichkeit, einen Weg oder so etwas Kühnes wie eine zufriedenstellende Theorie.«

Amoustrella schob die dunklen Vorhänge zur Seite und öffnete die Tür zur Terrasse. »Alles, was wir erfahren haben, läßt zumindest einen Schluß zu: Wir haben für jedes Denkmodell genug Zeit. Selbst für ein Bad in der Brandung, am Fuß der Klippen.«

Natürlich kannte ich Karchedon, Qart Hadasht oder Karthago besser als Gustave Flaubert. Während Amoustrella aus *Salammbô* vorlas, verglich ich Erinnerungen mit dichterischer Freiheit und dem bestechenden Stil des toten Franzosen. In den Bäumen ringsum krächzten Papageien oder wie sich diese Vögel nannten.

»Eine fast zwanzig Meter hohe Welle, die Japaner nennen sie Tsunami, breitete sich vor dreizehn Jahren mit einer Geschwindigkeit von dreißigtausend Kilometern in der Stunde aus. Die Karibik wurde verwüstet«, sagte Rancor vom Bildschirm. Ruhig las Amou weiter; sie sagte, sie wollte ihr Französisch schulen. Ein Geschäftsmann, William Cody, bereiste mit einer Truppe amerikanischer Reiter, Scharfschützen und Indianer die Länder Europas und triumphierte mit seiner Schau aus dem Wilden Westen Amerikas. Gleichzeitig wurde der Typhuserreger entdeckt. Der Vulkan nahe Point Fomalhâut hatte sich beruhigt. Auch kein anderer der von uns überwachten Feuerberge zeigte bedrohliche Aktivitäten. Die Tage gingen dahin. Das Raumschiff wurde in eine flugfähige Festung verwandelt. Wir bewegten uns zwischen dem Klippenhorst und Yodoyas Insel hin und her, blieben jeweils ein paar Tage und kontrollierten die Arbeiten.

Im Lauf des Jahres besuchten wir unter wechselnden Masken jene Stätten, die als Zentren der Wissenschaft und der Kultur eine größere Bedeutung erreichten. Das beste Hotel in Paris war voller Flöhe und Wanzen. In Berlin gefiel es uns nur ein paar Tage lang; als die Sozialisten aufmüpfig wurden, aßen wir in Trastevere, Rom, köstliche Teiggerichte. Ich zeigte Amou Venedig, Mailand und Florenz; in London tranken wir kühles, schwarzes Guinness-Bier und ritten durch die Wälder um Carundel Mill.

Moskau verließen wir, als wir hörten, daß russische Nihilisten drei Attentate auf Zar Alexander den Zweiten ausgeführt hatten. Der Planet und dessen wachsende Bevölkerung änderten sich nicht, nur die Methoden paßten sich dem neunzehnten Jahrhundert an.

Ein Jahr verging; Amou und ich kamen immer wieder in die beiden Verstecke zurück und riefen Unmengen von Informationen ab. Boog und Schwarzer Mond übten mit Pfeil und Bogen und mit fast jeder Art von Schußwaffen. Meine Tochter, mittlerweile sechzehn, ritt wie Dschinghis Khan, handhabte den Bogen meisterlich, traf mit dem Sechsschüssigen auch im Kopfstand und wurde immer hübscher. Ich besuchte sie zweimal, für kurze Zeit.

Sie wiederholte, daß sie irgendwann alle jene Plätze der Welt sehen wollte, von denen ich erzählte. Aber sie fühlte sich dazu noch nicht reif genug.

An einem Abend, Anfang 1881, saßen wir am Strand von Yodoyas Insel. Hinter uns, unter der teilweise entfernten, hochgeklappten Tarnung, stand das Raumschiff.

»Die Kunst des Reisens beherrschen wir meisterlich«, sagte Amou. »Und wenn ich deine Stimmung richtig deute, gefällt es dir hier am besten.«

»Dir geht es nicht anders. Es ist ein seltsamer Zustand zwischen Warten und der sicheren Gewißheit, daß alles plötzlich in wilde Aktion umschlagen kann.«

»An einem bestimmten Tag ist es soweit.«

Ich nickte. »Leider hängt es nicht von mir ab. Ich glaube, ich bin nur dann zufrieden, wenn ich handeln kann. Kämpfen. Etwas Sinnvolles tun.«

Über uns flirrten die Sterne. Ich dachte wieder an den unbekannten Kosmos, in dem Nonfarmales Planet sich um eine unbekannte Sonne drehte. Seit Monaten wartete ich darauf, daß eine Gruppe Psychovampire und Seelensauger über die Erde herfiel.

»Da hätte ich einen guten Vorschlag, Atlan.«

»Etwas Sinnvolles? Laß hören.«

»Du könntest mich auf deinen starken Armen ins Haus tragen.«

Ich lachte leise. »Du hast recht. Das ist wirklich das Vernünftigste, was uns einfallen kann.«

Ich küßte sie und trug sie ins Haus.

Rancor hörte zu, schien gleichzeitig das gewaltige Panorama des Meeres unter uns abzusuchen und mit einigen seiner untergeordneten Maschinen zu kommunizieren.

Schließlich sagte er: »Arkon sei Dank! Laßt Daten sprechen! Ich werde dafür sorgen, daß die LARSAF entsprechend ausgerüstet wird. Es sollte möglich sein, daß du selbst in einer wenig entgegenkommenden Umgebung länger als ein Jahr subjektiver Zeit überleben kannst.«

Ich lachte grimmig. »Mir wäre einiges daran gelegen. Denk an alles, teuerster Robot!«

»Aye, aye, Sir«, sagte er, »und wenn du zu lange wegbleibst, wird sich Amou wohl wieder in langen Schlaf versenken.«

»Ich rechne damit. Womit ich nicht rechnen kann, ist das unentschlossene Verhalten meiner Tochter. Schwarzer Mond scheint nicht zu wissen, was sie will.«

»Bei Sechzehnjährigen nichts Ungewöhnliches«, sagte der Roboter. »Falls es sich günstig ergeben sollte, schicken Boog und ich sie in gute, teure Schulen. Wäre eine holländische Klosterschule in Batavia angemessen? Oder die Ophir-Universität?«

Ich lachte. »Warum nicht? Dann wäre Aieta Jagdara wenigstens in der Nähe.«

Bis hinunter zur winzigsten Kleinigkeit waren sämtliche Vorbereitungen getroffen. Seit Monaten befanden sich alle Suchsysteme in pausenloser Aufmerksamkeit. Tauchte Nonfarmale auf, konnte ich einen minutiös ausgetüfelten Plan starten.

Ich sagte: »Ich ahne, daß sie zusammen mit Boog daran arbeitet, als artistische

Reiterin und Kunstschützin auftreten zu können, und zwar in Wild William ›Buffalo‹ Bill Codys Schau aus Amerikas Westen?«

»Davon ist mir nichts bekannt«, antwortete Arcolutz. »Darf ich es als Anregung speichern?«

»Nur dann, wenn ich lange Zeit verschwunden bleibe und meine Rückkehr unsicher ist.«

»Selbstverständlich, Gebieter.«

»Ich weiß, daß du nötigenfalls jahrhundertelang alles richtig machen wirst. Einzelheiten sind in deinen Speichern und denen der Großpositronik gespeichert.«

Er nickte bedächtig. »Du kannst dich auf mich verlassen, Atlan.«

Am 26. Mai drang Nahith Nonfarmale wieder in unsere Welt ein. Amou und ich saßen auf der Klippenhorst-Terrasse, und der Alarm aus der Kuppel traf uns unvorbereitet. Rancor meldete: »Weit über dem Meer, südlich des Krakatoa, ist der Strukturriß entstanden.«

»Wir treffen uns alle auf Yodos Insel. Beim Schiff!« rief ich.

Während wir uns umzogen, sahen wir auf dem Ortungsschirm, wie das Diskusschiff kreiste und in unmittelbarer Nähe eines Kraters, mitten im wuchernden Grün, landete. Zwanzig Minuten später stand ich im arkonidischen Überlebensanzug neben dem Einstieg der waffenstarrenden LARSAF und umarmte Amoustrella.

»Geliebte«, flüsterte ich. »Wünsch mir viel Glück. Versprich, daß du keine Angst haben wirst. Ich komme zurück, wie immer. Schlafe, wenn es zu lange dauert.«

Sie nahm mein Gesicht in beide Hände. »Du bist besser ausgerüstet als ein napoleonisches Heer«, sagte sie rauh. »Und du bist Atlan. Ich warte, solange ich es aushalte. Komm bald zurück, mein stellarer Erdling!«

»Ich versprech's.« Ich kletterte ins Raumschiff. Während wir sprachen, hatten Rancor und eine unfertige Roboterkonstruktion – das Ding sah aus wie ein Skelett aus schwarzem Kohlefaserverbund – die Tarnung und die Schutzhülle zusammengeklappt. Während sich die Batterie der Monitoren aktivierte, schlossen sich beide Schleusentüren. Ich schnallte mich an und führte die Tests weiter.

»Rancor. Ich brauche die Ortungsinformationen«, sagte ich.

»Sie werden gerade geschaltet und gesendet.«

Spionsonden, Relais, Antennen und Sender arbeiteten zusammen. Über einer Karte, die beide Inseln, die Passage und die Vulkaninsel zeigten, erschienen haarfeine Linien, Kreise und Punkte. Ich beendete die Kontrollen und schaltete die Antigravblöcke ein.

Langsam federte das Fahrgestell aus, die LARSAF stieg zwei Meter. Ich dachte nur an den Tunnel ins andere Universum und an meine Beute: das schwarze Diskusschiff. Alles übrige wurde weit in den Hintergrund aller Überlegungen gedrängt. Von Rancor erhielt ich weitere Informationen; noch immer stand das Raumschiff auf der Vulkaninsel.

Ich beendete die Kontrollen, griff in die Handsteuerung und sagte: »Ich starte. Je schneller ich durch den Energietunnel bin, desto eher seht ihr mich wieder.«

»Wir hoffen alle, daß du Erfolg hast.«

»Genügend Material habe ich an Bord.« Ich schob den Fahrthebel nach vorn, während ich das Schiff hochsteigen ließ. Als ich schräg nach Südosten hochschwebte, klappte ich das Fahrgestell ein, aktivierte die gestaffelten Schutzschirme und das Deflektorfeld. Während die Geschwindigkeit zunahm und hinter der Frontscheibe die Sterne heller wurden, bestätigte Rancor meine Frage.

»Keines unserer Geräte hat dich erfaßt.«

»Ausgezeichnet. Ich melde mich wieder. Nach einem Tag, einem Monat oder einem Jahr.« Ich rückte den Geschwindigkeitshebel bis kurz vor den Anschlag. Wie ein insektenähnlicher Vogel mit gedrungenem Leib, einer exotischen Möwe nicht unähnlich, raste das Raumschiff durch die Dunkelheit. Als ich die Höhe von viereinhalbtausend Metern erreicht hatte, richtete ich mich nach den Ortungsimpulsen und steuerte auf den *Blip* im Zentrum des Monitors zu. In der Schwärze einer fast mondlosen Nacht schwebte zwischen den Sternen ein dünner Energiering, und auf dessen Mittelpunkt richtete ich den Kurs des Schiffes aus. Der Logiksektor sagte: *Du wirst nur Erfolg haben, Arkonide, wenn du dich an deine eigenen Pläne hältst. Impulsivität kann tödlich sein.*

»So ist es«, sagte ich. Der hoffentlich letzte und auf jeden Fall schwierigste Vorstoß in ein unbegreifliches Universum begann. Unsichtbar jagte die LARSAF über das Meer, der Kurs war nach Westen festgelegt; auf fünf Grad südlicher Breite raste das Schiff durch die Nacht.

Ich setzte die Vergrößerung des Voraus-Ortungsschirms herauf. Undeutlich erschien der Energiering; die Reihernase des Schiffes deutete genau darauf. In wenigen Minuten würde ich die Schnittlinie zwischen den Beziehungsebenen durchstoßen; was dann kam, würde kein Kampf zwischen irdischen Barbarenheeren werden. Ich konzentrierte mich. In den Laderäumen des Schiffes befanden sich genügend Waffen. Ich konnte ein kleines Sonnensystem mit ihnen ruinieren. Ich bog das winzige Mikrophon vor meine Lippen.

»Rancor. Hat Nonfarmale sich bewegt? Werde ich möglicherweise beobachtet? Lage unverändert?«

»Die Schleuse des Raumschiffs steht offen. Die Sonde befindet sich links von deinem Anflugweg. Sonst keine Veränderung.«

»In einigen Sekunden reißt der Funkkontakt ab«, sagte ich. »Zeichne alles auf, was dieser interstellare Schurke tut.«

»Verstanden.«

Auf dem Schirm war aus einem Pünktchen ein messerscharfer Ring geworden; jetzt vergrößerte sich dieses Portal. Dahinter erstreckte sich ein Tunnel in ein anderes Sonnensystem. Meine Muskeln verkrampften sich, als die LARSAF ins Ziel traf und durch eine unsichtbare Röhre hindurchschoß, die ich körperlich zu spüren glaubte. Nach einem Atemzug bildeten sich voraus Lichtpunkte, dann immer mehr; schließlich fegte ich ins Zentrum des fremden Sternenhimmels hinein. Rechts unter mir wuchs majestätisch der Planet aus der Dunkelheit, der bläulich schimmernde Mond ging weiter rechts hinter dem leuchtenden Saum der Atmosphäre auf. Ich zwang die LARSAF in eine Kurve und nahm die Geschwindigkeit zurück.

Auch auf dem Heck-Ortungsmonitor sah ich deutlich die Strukturöffnung. Mein Blick glitt über jedes einzelne Instrument, jede Uhr, jede Anzeige. Alle Informationen sagten mir, daß das Schiff in dieser Umgebung ebenso funktionierte wie über der Erde oder über Arkon.

Ich holte tief Atem und schaltete halbautomatisch arbeitende Aufzeichnungsgeräte ein. Der Mond schob sich höher, strahlte heller und zeigte seine Krater, die Narben, Sprünge und Risse. Die Sonne hing in meinem Rücken. Ich korrigierte die Anflugrichtung und schaltete eine Endlos-Information auf einen Monitor; die Aufbereitung unserer Sondenphotos. Der Kurs, den Nonfarmale zu seinem Stützpunkt geflogen war, war extrapoliert worden. Mit einigem Glück landete ich dort, wo sein Schiff den Boden berührt hatte. Die sehr grobe Karte mußte ich mit den planetografischen Gegebenheiten vergleichen.

Genug Zeit, sagte das Extrahirn. *Mit großer Vorsicht und Ruhe ans Werk gehen.* Die LARSAF wurde langsamer. Ich blickte die Wirbel der Wolken und der Wettergebiete unter mir an, sah darunter schier endlose Wasserflächen und Küsten, Inseln, Gebirge und Waldgebiete, aus denen Wolken aufstiegen.

Zufällig schwebte die LARSAF über der Tageslichthemisphäre des unbekannten Planeten. Ich ließ das Schiff in einen sanften Landeanflug übergehen und versuchte, zwischen den Geländestrukturen und den Merkmalen der Karte Ähnlichkeiten herauszufinden. Das Schiff glitt lautlos tiefer, noch immer schneller als der Schall. Die Wolken kamen näher, ich steuerte nach Backbord und verzögerte die Geschwindigkeit. Sekundenlang fühlte ich ein gewisses Hochgefühl, einen vorüberhuschenden Eindruck von Leichtigkeit.

Es dauerte nicht lange; meine Blicke gingen blitzschnell zwischen unserer Karte und den Geländeformen hin und her. Ich hoffte, daß Nonfarmale möglichst lange auf der Erde blieb. Dadurch, auch wenn wir in unterschiedlichen Zeitbezügen agierten, blieb mir mehr Zeit. Meine Instrumente zeigten Berge und Täler; Erinnerungen blitzten auf. Bisher war ich überzeugt gewesen, von der Erde aus fast risikolos eine andere Ebene aufzusuchen. Jetzt, im weit größeren Maßstab, war ich sicher, daß zwischen den beiden Punkten kosmische Entfernungen lagen.

Unter mir lag eine riesige Landmasse. In meinem Rücken erstreckte sich ein Inselgewirr. Seit Minuten lag die Küste hinter dem Heck des Schiffes. Karte und Wirklichkeit stimmten nicht überein. Ich suchte einen bestimmten Geländevorsprung, eine Inselgruppe und zwei fingerartig, weit ins Land hineingekrümmte Fjorde, jeweils Hunderte von Kilometern tief. Das Schiff sank durch die Wolken; der Schallknall tobte über das Land. Auf den Ortungsschirmen zeichneten sich keine fliegenden Objekte ab. Der Abstand zum Boden betrug knapp zweitausend Meter. Ich hatte keinerlei Anhaltspunkt, auf welchem Breiten- oder Längengrad sich Karte und Land deckungsgleich zeigen würden.

Ich dachte an die Jahrhunderte, in denen ich Nonfarmale erfolglos bekämpft hatte, an Amoustrella, an Schwarzer Mond und Lachender Schatten, an den bevorstehenden Ausbruch des Vulkans und an die furchtbare Wut, die ich seit so langer Zeit unterdrücken mußte, flog nach Steuerbord und suchte zwei Stunden lang die Grenzen der Landmasse ab. Anschließend konnte ich die Richtungen der Windrose bestimmen. Im Norden des Landes befand sich das Ziel nicht, sagte ich mir, als ich weiter westlich wieder eine Küstenlinie absuchte und den südlichen Quadranten ansteuerte.

Ich war wieder völlig allein. Es gab weder Vögel noch Wolken oder Fledermäuse, aber auch keine fliegenden Saurier oder sonstige Mißgeburten der Fauna abstruser Parallelwelten.

»Geduld, Atlan!« sagte ich zu mir und suchte weiter. Wenn ich Glück hatte, brauchte ich nur den halben Planeten abzusuchen. Eine schöne Welt; anders, aber ebenso schön, nur viel leerer als die Erde. Ich erhöhte die Geschwindigkeit und stob nach Süden, aber auch in den nächsten Stunden fand ich keine einzige Geländeform, die mich an die Umrisse der mühsam entwickelten Karten erinnerte. Stunde um Stunde folgte ich in unterschiedlicher Höhe und mit doppelter Schallgeschwindigkeit dem Küstenbereich des riesigen Kontinents. Er war nicht kleiner als Afrika.

»Wo versteckst du dich, Saurokrator?«

Wahrscheinlich hatte er es nicht nötig, den Platz, an dem er lebte, zu tarnen. Ich beruhigte mich mit einfachen Dagorübungen, während ich über einem Mündungsdelta nach links steuerte und ein Binnenmeer mit einigen Hunderten wildromantischen Inseln überflog. Ich konnte keinen einzigen Ortungsimpuls auffangen.

Das Schiff stand, die Räder tief im Sand, neben einer überhängenden Klippe. Viermal hatten die Analysatoren die Atemluft geprüft. Ich hatte nichts zu befürchten, hier, am südlichen Strand des Binnenmeers, kurz vor der Abenddämmerung. Langsam ging ich zum Wasser, kletterte durch den Wall aus Treibgut. Der Helm des Überlebensanzugs lag in der Schleuse. Ich hatte die Tarnung abgeschaltet, nicht aber den inneren Schutzschirm. Die Brandungswellen bewegten raschelnd die Sandkörner. Ich schaute mich um, nahm die Ruhe und die abendliche Stimmung in mich auf.

Ich beabsichtigte nicht, ein Lagerfeuer zu machen. Über der kleinen Bucht segelten schwarze Vögel landeinwärts. Ich ging zum Schiff, bereitete einen Becher Tee und goß reichlich Calvados in das Gebräu. Allein auf Nonfarmales Welt; wenn er zurückgekommen sein sollte und seine verdammte Maschinerie abschaltete, war ich gezwungen, gegen ihn zu kämpfen, diesmal Raumschiff gegen Raumschiff.

Halblaut sagte ich zu mir: »Du kannst es nicht mehr beeinflussen, Atlan. Es kommt, wie es kommen muß.«

Ich setzte mich in die Schleuse, ließ die Beine baumeln und sah zu, wie die bernsteinfarbene Sonne zögernd hinter den Horizont tauchte. Es gab keine Möglichkeit festzustellen, ob im Bereich des namenlosen Sonnensystems die Zeit schneller als auf der Erde ablief; wahrscheinlich war es so. Mein Haushalt war in treuen Händen. Ich ging, nachdem ich gegessen und getrunken hatte, in die Steuerkanzel und ließ, zeitgerafft, die Bilder der Planetenoberfläche ablaufen, die ich überflogen hatte. Ich programmierte das Steuerpult, das mich beim ersten Tageslicht aufwecken würde, aktivierte ein halbes Dutzend Sicherheitseinrichtungen und streckte mich auf der schmalen Pritsche im Mittelstück der LARSAF aus.

Siebeneinhalb Stunden dauerte die Nacht. Fische sprangen aus dem Wasser, Vögel beäugten neugierig das Raumschiff, und ich zog mich nach einer flüchtigen Wäsche im kühlen, kaum salzigen Wasser an, während ich auf den Bissen eines Frühstücks kaute. Die Nacht und die erste halbe Stunde des Tages waren ungestört vorübergegangen. Zwanzig Minuten später fegte die LARSAF nach Süden; anschließend flog ich die Südküste in östlicher Richtung ab.

Je länger ich suchte, desto mehr wurde ich von der Schönheit dieser Welt beeindruckt. Befand ich mich an den Küsten des Meeres von Karkar, der angenommenen »Heimat« Nonfarmales? Der Tag verging, und ich folgte in großer Höhe einer Kette Inseln über ein Viertel des Planetenumfangs hinweg. Ungeduld zerrte an mir; während die Augen zu tränen begannen vom Starren auf die Bildschirme, zog ein atemberaubendes Panorama unter dem Schiff dahin.

Der Logiksektor sagte: *In zwei Tagen hast du die Planetenoberfläche abgesucht.*

Ich fand zweimal ein Versteck für die Nacht. Am nächsten Mittag, nachdem ich den Planeten fast umrundet hatte, verschoben sich nach einer weiten Kurve die beiden Bilder, drehten sich, glichen die Verkleinerungen einander an; ich war sicher, daß ich über einer Insel schwebte, durch einen Bogen winziger Eilande mit dem Festland verbunden. Wäre ich beim Eintauchen über dem Meer in die andere Richtung geflogen, hätte die Suche nur ein paar Stunden gedauert.

Ich steuerte einen Kurs, der mich über den Grenzen einer Insel, größer als Borneo, kreisen ließ. Sämtliche Sonden, Linsen und Detektoren richteten sich nach unten. Ich schob den Regler höher hinauf, der die Energie des Deflektorfelds verstärkte.

Die Küsten bestanden aus unzähligen Stränden, steilen Klippen, Wäldern und Sümpfen. Im Mittelpunkt der Insel ragten Berge auf. Einige Gipfel waren von Eis und Schnee bedeckt. Unaufhörlich bildeten sich an ihrer Leeseite schattenwerfende Wolken. Flüsse mäanderten dem Meer entgegen, und im Südwesten der Bergriesen erstreckte sich eine hügelige Hochfläche, auf der ich Seen entdeckte, durch Flüsse miteinander verbunden. Dieser Landschaftsteil lief in einem gewaltigen Strand, fast einem Wüstengürtel, im Süden aus. Aus dem nördlichen Drittel der Ebene empfing ich das erste Signal. Dort wurde Energie frei, dort befanden sich größere Mengen Metall.

»Ich habe dich gefunden, mein Feind«, murmelte ich und lenkte das Schiff mit größtmöglicher Vorsicht näher. Nach langer Beobachtung konnte ich die Kunstlandschaft von der natürlichen Umwelt unterscheiden. Von allen Seiten her glitt die Wildnis mit allen ihren Formen in gestaltete Natur über. Die Grasflächen waren grüner, auf ihnen weideten Herden kleiner Tiere mit weißem Gehörn und feuerroten Fellen. Unsichtbar drehte die LARSAF ihre Schleifen über dem Gebiet, das Nonfarmale mit gewaltigem Aufwand umgestaltet hatte. Ein Dorf, das etwa tausend Bewohner haben mochte, schmiegte sich mondsichelförmig um einen See. Brücken, Inselchen, Straßen und Wege, viel Glas und ein flaches Gebäude mit überwucherten Türmen und ebensolchem Dach, geschickt eingebettete Hallen, Wasserfälle und Bauwerke, die mich an Gewächshäuser erinnerten, bildeten ein Idyll von etwa sieben Quadratkilometern Größe. Ich hörte das Ticken der Aufnahmegeräte, während ich die optischen Vergrößerungen untersuchte und nach Einrichtungen Ausschau hielt, die zum »Raumhafen« gehörten. Noch hatte ich im Bereich der Siedlung kein Wesen sehen können, das als Bewohner in Betracht kam.

»Beim ersten Spaziergang werde ich euch treffen.« Ich war sicher, auch hier geraubte Frauen und Männer aus verschiedenen Teilen der Erde zu sehen und bei ihnen jene Wesen, die ihre Talente und alle Kraft ununterbrochen für Nonfarmales Bedürfnisse ausbeuteten. Nach langem Suchen fand ich etwa ein Dutzend heller Metallsäulen, scheinbar wahllos auf dem großen Gelände verteilt. Auf dem oberen Ende der Pylonen saßen große Kugeln, denen eine Kalotte fehlte. *Sender und Antennen. Für die Strukturöffnung,* erklärte der Extrasinn.

Zwar fanden meine Linsen das offene Tor einer halb unterplanetarischen Halle, aber kein Raumschiff und nichts, was an eine Start- und Landeanlage erinnerte.

Konzentriert prägte ich mir jede Einzelheit der Siedlung und aller Außenbezirke ein. Kleine Tiere huschten zwischen den Bäumen, Büschen und Gebäuden hin und her, bunte Vögel flatterten über die Dächer, rinder- und rotwildartige Tiere weideten. Sonnenstrahlen blitzten auf dem Wasserfall, den schlangengleichen Wasserläufen und dem See. Ich suchte nach einem Landeplatz, klappte das Fahrwerk aus und kreiste weiter, und im Augenblick schien jeder Punkt um den Teich herum gleich gefährlich zu sein.

Ich visierte jenen Pylon an, der am weitesten vom Zentrum der Siedlung entfernt war. Dort standen uralte Bäume, und ich kurvte, bis ich sicher war, zwischen jenen roten Weidetieren allein zu sein. Lautlos berührten die Räder den Boden, das Fahrgestell federte ein. Ich ließ die Schleuse aufgleiten und blickte hinaus.

Was ich sah, strahlte ländliche Ruhe aus. Nur Tierstimmen und das Rauschen des Windes in den Blättern umgaben mich, als ich den Deflektor einschaltete und aus der Schleuse zwischen den moosbedeckten Ästen aufwärts schwebte. Ich drehte mich um meine Achse, richtete meine Blicke auf die Tiere, die Bäume, die Siedlung hinter einem niedrigen Hügel und auf die Säule, an der entlang ich in die Höhe glitt und mich von der Seite der offenen Kugel näherte.

Im Innern der Kugel, durch ein kinetisches Element innerhalb eines engen Bereichs zu bewegen, befand sich ein Konglomerat aus Stäben, Halbkugeln, Zylindern, gekrümmten Röhren, Verbindungen und ähnlichen Bauteilen. Der Sender! Ich konnte ihn mit dem Hochenergiestrahler herausschneiden, aber ich schätzte die Größe der Schrauben ab, grinste in mich hinein und griff nach der Steuerung des Pulsatorantriebs. Ich sprang in die Schleuse, klappte Werkzeugfächer auf und nahm die Schlüssel und Zangen hervor. Vielleicht glaubte Nonfarmale, wenn er den Verlust bemerkte, daß eine seiner Kreaturen den Sender gestohlen habe.

Ich schwebte zum Ende der Säule und stellte mit Hilfe der Detektoren fest, daß dort dick isolierte Koaxialkabel verliefen. Ich fing zu hantieren an, prüfte das Energiekabel und sah, daß zumindest dieser Sender keine Energie verbrauchte; dann hatte ich mit einer Bewegung die Zuführung gekappt, und das Sendeteil war demontiert, als ich zwei dreikantige Schraubenköpfe herausgedreht hatte. Ich schob das Werkzeug in die Schenkeltasche und den Sender in die metallverstärkte Brusttasche und steuerte, nachdem ich zwischen den Baumkronen aufwärts geschwebt war, den nächsten Sender an. Natürlich konnte ich mich auch gräßlich irren, aber dieser Sender – einer, mehrere oder alle – hielt den Strukturriß, den Tunnel zur Erde, geöffnet.

Ich wich einer Traube farbenfreudig gefiederter Vögel aus, die dicht vor mir aus einem Baum aufflatterten, schlug einen Haken und bremste, zwei Kilometer entfernt, vor dem nächsten Senderturm. Die Öffnungen der Kugeln deuteten in die gleiche Richtung, zufällig auf den größeren Mond, der in seltsam eisblauer Färbung über den Tageshimmel kroch.

Ich brauchte nicht lange das zweite Sendeelement anzustarren. Es war in Formen und Farben identisch mit dem, das ich herausmontiert hatte. Als ich den Kopf hob und blinzelnd den Himmel absuchte, konnte ich zwischen den weißen Äquatorwolken im tiefblauen Himmel nur ein paar Vögel entdecken, aber weder Raumschiffe noch andere fliegende Objekte.

»Also hockst du noch auf unserem Vulkan, Nahith«, flüsterte ich und entdeckte, daß im Gegensatz zu dem inspizierten Gerät das dritte ebenfalls energielos war. Die Wahrscheinlichkeit, daß meine Überlegungen richtig waren, nahm zu. Ich wählte eine Sendersäule aus und überquerte in niedrigem Flug die Siedlung. Die Schatten des Morgens waren kurz geworden, und auf Terrassen und hinter Fenstern sah ich die ersten Gestalten. Einige Wesen, die schuppige Rüstungen oder Schuppenhaut trugen, bewegten sich schemenhaft. Auch dieser Sender war nicht eingeschaltet. Das Extrahirn faßte zusammen: *Nonfarmale hat mehr Sender als nötig installiert.*

Hoffentlich so viele, daß er den Verlust nicht merkt, sagte ich zu mir, drehte mich in der Luft und schwebte, nahezu ohne jedes Geräusch des Antriebs, bis zur Mitte der Siedlung, landete auf dem Plattenbelag am Rand des Sees, sah den Schwimmvögeln zu und ging auf Treppen, Bögen und Verbindungsstege der Häuser zu, lehnte mich im Schatten an eine Mauer und wartete.

Die Anspannung löste sich, meine Stimmung wurde besser. Ich bemerkte, je länger ich im Schutz des Deflektorfeldes in die Räume der Häuser hineinstarrte, daß meine Überlegungen richtig gewesen waren. Junge Menschen aus allen Teilen der Erde, braunhäutig, weiß, schlank und gutaussehend, wohnten in den Häusern. Humanoide Echsenwesen halfen ihnen. Aus Werkstätten kam Lärm, auch aus den halb eingegrabenen Hallen auf der anderen Seite des Sees ertönte Hämmern, metallisches Sägen und hohes, durchdringendes Sirren. Ich wartete, ohne Ungeduld. Waren die Menschen willenlose Opfer? Sie schienen zufrieden zu sein, hier leben zu dürfen, und handelten, soweit ich es beurteilen konnte, ohne Zwang. In der Siedlung herrschte rege Betriebsamkeit, und ich vermißte in diesem Arrangement das dämonische, makabre Element.

Ich löste mich aus dem Schatten und spazierte, sorgfältig beobachtend, einmal um den See. Sonnenschein, lauer Wind und segelnde Wolken trugen dazu bei, die Szenerie unschuldig erscheinen zu lassen. Wahrscheinlich brauchte Nonfarmale für sein Landgut fleißige Arbeiter, deren Willen nicht allzu manipuliert war; seine Opfer fand er weiterhin auf der Erde.

»Nachdenken kannst du später«, sagte ich und richtete bei der nächsten Abzweigung meine Schritte zum Versteck der LARSAF. Niemand hielt mich auf. Die Leiter schob sich ins Schiff, und kurz darauf schlossen sich zischend beide Schleusen. Zwischen den Bäumen ließ ich das Raumschiff aufwärts steigen und umkreiste zweimal die Siedlung. Am frühen Nachmittag schienen sich die Bewohner der Insel ins Freie zu wagen. Sie schwammen im See, beschäftigten sich in den Gärten und lösten eine Gruppe von etwa hundert jener bleichhäutigen, kleinen Wesen ab, die ich aus dem Räumen der gewaltigen Klippe kannte. Offensichtlich Arbeiter von einer Welt, deren Technik einen Grad erreicht hatte, der den Bau von Raumschiffen einschloß.

Die Nase des Schiffes richtete sich dorthin, wo ich die Strukturschleuse wußte. Ich setzte die Höhe und die Fluggeschwindigkeit herauf und steuerte das Ziel an. Auf dem Monitor flimmerte unscharf, weit entfernt, jener Punkt. Das Echo würde sich zu einem Ring ausweiten, der mir den distanzlosen Schritt erlaubte. Ich war mit dem Erfolg meiner Mission einigermaßen zufrieden. Immerhin lauerten hier nicht Gruppen anderer Seelensauger, um mit ihm über die Erde herzufallen. Die LARSAF raste durch die Wolkendecke in dünnere Luftschichten. Das Ortungsecho wurde deutlicher und begann auseinanderzuwachsen.

In genügend großer Entfernung von der Siedlung, in Sichtweite zur Küste der Insel, durchstieß ich mit gewitterähnlichem Donner die Schallmauer und blieb im Steigflug. Wenn es Rancor und mir gelang, die Wirkungsweise dieses Senders zu erkennen, konnten wir einen Sender entwickeln, der die Tore zu unserer Welt verschloß. So dachte ich, und auch wenn es Jahre dauerte, jene fremde Technik zu entschlüsseln – wir hatten Zeit. Ob es wirklich gelang, das Prinzip zu erkennen und den Sender nachzubauen, blieb abzuwarten. Ich konnte nicht mehr tun. Würde ich die Sender mit Zeitzünderbomben zerstören, war er wieder gewarnt und baute sie nach oder stellte neue Geräte auf.

Auf dem Monitor begann sich deutlich ein dünner Ring abzuzeichnen. Ich änderte den Kurs um ein Grad nach Steuerbord, und das Ziel wanderte langsam ins Zentrum der Meßkreise. Abstand: dreihundert Kilometer. Ich lehnte mich zurück und war versucht, ein arkonidisches Kampflied anzustimmen, aber für derlei Triumphgegröle war es noch zu früh.

Als ich bis auf hundertfünfzig Kilometer an den leuchtenden Ring herangekommen war, löste er sich auf und verschwand. Ich fühlte, wie ich vor Schrecken und Wut vereiste, drehte an Knöpfen, zog und schob an Reglern, betätigte den Hauptschalter und schlug mit der flachen Hand auf den Schirm. Nichts. Er arbeitete, aber blieb ohne Bild.

Er hat abgeschaltet. Du hast ihn nicht kommen sehen, sagte der Logiksektor kalt.

Ich erkannte meinen Fehler, versuchte es aber trotzdem, blieb auf Kurs und flog eine halbe Stunde geradeaus auf den Punkt zu, an dem eben noch das Weltentor existiert hatte. Nichts. Ich blieb Gefangener in seinem Reich. Ich würde entkommen, wenn er wieder zur Erde startete. Noch befand ich mich innerhalb der Atmosphäre des namenlosen Planeten. Sollte ich zu einem der Monde weiterfliegen und mich dort verstecken? *Der Planet ist groß genug für euch beide.*

»Stimmt. Viel zu groß.« Ich leitete eine steile Abwärtskurve ein, deren Ziel auf einer der vielen Inseln am östlichen Rand der Zentralinsel lag. Selbst wenn er mich suchte, würde mich Nonfarmale dort nicht finden; das Loch zwischen den Universen lag innerhalb der Reichweite meiner Antennen. Mit dem gelblichen Mond im Rücken lenkte ich die LARSAF über das blaue Meer hinweg, auf die schneeweißen Brandungswellen der waldbedeckten Insel zu. Ich fand nach einiger Suche eine Bucht, zwischen deren Felsen und Bäumen ich das Schiff abstellte.

Manchmal wünschte ich, ich wäre in der Lage, dem Treiben des Psychovampirs teilnahmslos zusehen zu können. Ich und das Raumschiff waren in einem Maß zu Teilen des Verstecks geworden, das mich selbst verblüffte. Lianen und Ranken, die lange Dornen, fleischige blaugrüne Blätter und hellrote Blüten trugen, bedeckten die LARSAF so dicht, daß keine Handbreit Metall hervorsah. Aus den Laderäumen hatte ich ein winziges Zelt, eine Liege und einige Geräte hervorgekramt und aufgestellt. Auch mein Unterschlupf war aus zwanzig Metern Entfernung nicht mehr zu erkennen. Die Schleuse stand offen, und fast jede Stunde enterte ich ins Schiff und starrte auf den Monitor. Seit vier Tagen langweilte ich mich und versuchte, keine sichtbaren Spuren zu hinterlassen.

Ich trug nur eine Hose und die Waffe. Das Kombigerät lag stets griffbereit; ich nahm es mit, wenn ich ins Meer hinausschwamm.

Nonfarmale hatte sich aus seiner Siedlung nicht entfernt, jedenfalls nicht mit dem Raumschiff und in Richtung auf den Punkt, an dem sich ein Übergang zur Erde öffnen würde. Meine Ungeduld war mit jeder Stunde gewachsen. Verließ ich meinen Platz und flog zur Siedlung, würde Nonfarmale in diesem Moment starten – davon war ich überzeugt.

Ich lag im Schatten des Vorzelts. Vor Minuten war ich aus der Brandung gekommen und ließ meine Haut trocknen. Die Umgebung der Bucht hatte ich einigermaßen ausgeforscht; in fünfzehn Halbstundenmärschen war ich in jede mögliche Richtung vorgestoßen. Es gab unzählige Vögel, kleine Tiere und hirschgroße Vierbeiner, die zu der Wasserstelle kamen, an der auch ich mein Frischwasser holte. Voller schwarzer Gedanken spielte ich mit dem Zellaktivator und sah zu, wie sich die Brandungswelle brach.

»Wenn ich nur ahnen könnte, wieviel Zeit auf der Erde vergeht«, sagte ich. Wahrscheinlich hockte ich viele irdische Monate hier, bis es dem Psychovampir einfiel, wieder seine Opfer heimzusuchen. Es war nach Mittag. Aus dem Kanon der Vogelstimmen, dem ständigen Rascheln im Gestrüpp und dem Rauschen der Bäume im Seewind hörte ich ein knirschendes Schaben, das lauter wurde.

Ich ging zu den Wassersäcken, die neben dem Felsen im Gestell aus Arkonstahlröhren hingen, reinigte mich und griff nach der Hose. Das Knirschen war lauter geworden, eindringlicher; die Vögel zeterten aufgeregt. Der Logiksektor warnte: *Mögliche Gefahr aus dem Inselwald!*

Ich fuhr in die Hose, streifte das Multifunktionsarmband über das Handgelenk und zog mich an den tiefen Spalt im Felsen zurück, zwischen Raumschiff und die Wurzeln eines mächtigen Baumes.

Von größeren Tieren hatte ich im Wald keine Spur entdecken können. Ich zog die Waffe und überprüfte Ladung und Einstellung, während ich den Deflektor einschaltete. Die Bäume, einen Steinwurf vom oberen Ende des Sandstrands entfernt, schienen sich zu schütteln. Ich erwartete nicht Nonfarmale, aber meinem Versteck näherte sich ein großes, schweres Wesen oder mehrere dieser Gattung. Mein Rükken berührte den feuchten Fels, ich hielt mich mit der Linken an einer Wurzel fest, die ihre Fasern in die Spalten des sandsteinähnlichen Felsens getrieben hatte. Das Malmen und Scharren kam näher. Äste brachen, der Boden schien zu beben. Die Büsche in der Mitte des Waldrands schoben sich auseinander, ein Vorhang aus Lianen riß auf, und ein riesiger Kopf schob sich ins Freie. Dann folgte ein Hals oder ein Teil eines Schlangenkörpers, etwa zwei Meter im Durchmesser und kleiner als der Schädel mit riesigen Facettenaugen, Knochenwülsten und dem Maul wie dem einer Muräne. Das Untier riß den Rachen auf und schaute sich um.

Es witterte mich, sah mich aber nicht. Der Körper schob sich fünf Meter weiter aus dem Wald heraus, und ich sah an den Seiten kurze Beine mit riesigen Zehen, zwischen denen sich Schwimmhäute spannten. Das Tier war mit handgroßen Schuppen bedeckt, die im Sonnenlicht irisierten; eine schwarze Bestie, die grauenerregenden Gestank verströmte. Die Zähne funkelten weiß, und ein zweites

Beinpaar schob den Körper über den Sand. Das Riesentier drehte den Kopf, ich sah in den Hautfalten helles Moos wuchern. Große Warzen wuchsen, wo die Schuppenhaut dünner war. Die Zehen versanken zwei Handbreit tief im Sand. Faustgroße Augäpfel drehten sich in tiefen Höhlen; mit einem feuchten Knall klappte der Riese seinen Rachen zu. Atemluft pfiff und gurgelte aus den Nüstern, als das Riesentier, einem Wal nicht unähnlich, quer über den Strand stapfte, die Beine nachzog und den durchhängenden Körper durch den Sand schleifte. Ich rührte mich nicht, bis der Schädel das Wasser erreichte; noch immer kamen schuppige, bemooste Flanken und Beine aus dem Unterholz.

Der Körper bäumte sich auf, als das erste Beinpaar das Wasser erreicht hatte. Der Schädel hob sich fast senkrecht, wieder öffnete sich der Rachen, und das Tier stieß einen trompetenden Schrei aus. Dann klatschten Kopf und Vorderteil des Rumpfes in die Wellen, die vielen Beine schoben den Körper in das Wasser der Bucht. Ich zählte dreizehn Beinpaare, ehe sich aus dem Dschungel ein langer, mit Knochendornen ausgestatteter Saurierschwanz ringelte, um sich peitschte und tiefe Furchen in den Sand hieb. Dann war auch dieser Spuk vorbei. Das Schlangentier verschwand mit einer Bugwelle in die Richtung auf das offene Meer. Fauliger Gestank blieb zurück. Kopfschüttelnd schaltete ich den Deflektor aus und schaute den Vögeln zu, die in riesigen Schwärmen über der Bucht kreisten.

»Ein geeignetes Reittier für Nonfarmale.« Ich grinste.

Das Monstrum verschwand platschend und gischtend in der Ferne. Im Zischen der Brandung hörte ich fernen, leisen Donner. Den Tag über hatte es nicht das geringste Anzeichen für ein Gewitter gegeben. Ich hob den Kopf – und zuckte zusammen.

Nonfarmales Raumschiff jagte in etwa zweieinhalbtausend Metern Höhe über das Meer. Der Metallkörper beschrieb eine Kurve und heulte nach Süden davon, im flachen Steigwinkel. Ich sprang in den Schatten und rannte zum Raumschiff, kletterte in die Kabine und blieb stehen, die Hände an der Lehne des Pilotenpults.

Der Energieortungsmonitor war leer. Es gab keinen Punkt, keinen sich öffnenden Ring. Ich sah nur die schwache Spur des Raumschiffsantriebs quer über den Schirm.

»Dieser ... Bastard unternimmt Probeflüge!« Ich stemmte die Fäuste in die Seiten und starrte auf den Monitor. Der Psychovampir raste am Nachmittag durch den Himmel seines Planeten, und ich hockte hier und wartete auf seinen Start zur Erde. Wieder überkam mich kochende Wut. Ich wartete, bis ich mich beruhigt hatte, und grinste; er wußte nicht, daß er mich herausforderte. Vielleicht fand ich morgen im Bereich der Siedlung irgendeine Kleinigkeit, mit der ich ihn bis aufs Blut reizen konnte. Während ich aus dem Vorrat mein Abendessen zusammensuchte, kontrollierte ich den Monitor, aber an diesem Tag beabsichtigte Nonfarmale nicht, seine Welt zu verlassen. Ich aß in der offenen Schleuse, betrachtete den Sonnenuntergang und fragte mich, wieviel von dem schwarzen Bier ich trinken konnte, ohne daß ich morgen über der Siedlung etwas Närrisches tat.

Der feine Dunst über dem See löste sich erst in der vierten Stunde nach Sonnenaufgang, und ich wich einer Kette großer, purpurner Wasservögel aus, die über die Baumwipfel hinweg auf die Mitte der Wasserfläche zuschwebten. In der verwitterten Nische eines Felsens landete ich, setzte mich auf die Kante und hatte vor mir etwa zwei Drittel der Hausfronten.

Ganz rechts, am Rand des Blickfelds, sah ich in einen offenen Hangar hinein. Jene fischhäutigen Wesen, die mir schon im Adlerhorst aufgefallen waren, arbeiteten an einem der beiden Raumschiffe. Gerüste und Rampen umstanden die Schiffe. Beide sahen identisch aus; fugenlos verarbeitete Ellipsoide. Der Hangar war mit einer Unzahl Maschinen und Geräten ausgestattet, die Rancor neidisch machen würden. Flink wieselten die kleinen Geschöpfe hin und her. Einige polierten die Außenhüllen der Schiffe. Die Bewohner der Siedlung unterhielten sich, schleppten Früchte und Grünzeug von den Gewächshäusern zu den Läden, in denen sie verteilt wurden, und ungewöhnlich schöne junge Frauen gingen selbstbewußt, aber mit verschleierten Blicken über die Wege.

Das prächtigste Haus, etwa in der Mitte der halbkreisförmigen Siedlung, gehörte ihm; ein helles Bauwerk, wie es in einem spanischen oder südfranzösischen Hafenort hätte stehen können. Taubenähnliche Vögel trippelten flügelschlagend über die Simse, saßen auf dem Dach und flogen auf. Aus offenen Türen und Fenstern kam rhythmische Musik, die ich von der Erde kannte.

Ich saß zwei Stunden lang da, beobachtete alles und wurde nicht klüger. Der Herr des Dörfchens zeigte sich nicht. Gegen Mittag flogen im zweiten Stockwerk die Türen auf, und ein Schwarm langbeiniger, breithüftiger Schönheiten ergoß sich, große Becher in den Händen, auf die Terrasse und verteilte sich auf die weißen Sessel und Liegen. Nach einer Weile kam Nonfarmale heraus, in einem Traum von einem seidenen, juwelenfunkelnden Morgenmantel. Er blickte sich nach allen Seiten um und griff nach dem nächsten Körper. Das Mädchen ließ sich streicheln und schien selbst die rüdeste Berührung zu genießen. Nonfarmale trug einen arroganten Ausdruck, sah jünger und kräftiger aus. Ich haßte ihn, und in mir wühlte der Zorn, weil mir nicht einfiel, wie ich ihn, ohne aufzufallen, ärgern konnte.

Ich griff nach dem Multischalter des Triebwerks und schwebte in weitem Bogen zur Terrasse des Nachbarhauses. Sie war leer, die Türen geschlossen. Ein Dutzend Meter von mir entfernt stand Nonfarmale.

Das makaber-heitere Völkchen der Siedlung schien seinen Beherrscher nicht zu fürchten. Nichts war hier zu spüren von der dunklen Gefängnisatmosphäre am Ort vergangener Einsätze. Nonfarmale wirkte in jeder Geste, als sei er ein Angehöriger eines uralten galaktischen Intelligenzvolkes. Er war gewohnt, zu befehlen, zu delegieren, und er besaß – offensichtlich – mehr Machtmittel als ich. Der Umstand, daß er jede Narbe, die ich oder ein anderer verursachte, zu heilen imstande war, deutete darauf hin, daß sein Körper veränderbar war. Möglicherweise konnte er auch das Aussehen anderer Menschen annehmen. War dies der Fall, mußte es nicht unbedingt ein Mensch sein, in den er sich scheinbar verwandelte.

Ich verankerte Beobachtungen und Rückschlüsse in der Erinnerung, während ich zum Hangar hinüberschwebte. Als ich zwischen den Schiffen dicht über dem Boden hindurchglitt, sah ich, daß der größere Diskus etwa vierzig Meter Durchmesser hatte und rund acht Meter hoch war. Das andere Schiff wies dasselbe Größenverhältnis auf. Meine Augen gewöhnten sich an das veränderte Licht. Im Hintergrund des Hangars entdeckte ich, undeutlich gegen den dunklen

Hintergrund, ein drittes Schiff. Es hatte eine Hülle, ebenso schwarz und fugenlos.

Die fischhäutigen Arbeiter beschäftigten sich mit den Schiffen. Ich beobachtete sie, betrachtete die Maschinen, die offenen Schleusen der Schiffe, die Einrichtung des Hangars, dessen Dach ebenso dicht bewachsen war wie meine Anlage an Australiens Strand.

Nahith, dachte ich, *ist ebenso wie ich auf seltsame Weise ein Gestrandeter der Zeit.* Ich spürte weder Mitleid noch Verständnis; nichts rechtfertigte seine Greueltaten. Die Arbeiten der Fischhäutigen mit den kunstfertigen Fingern konzentrierten sich auf das kleinere Raumschiff. Der Extrasinn sagte: *Warum sind es drei Schiffe? Versuche, es herauszufinden.*

Ich hob die Schultern, schwebte langsam im Zickzack durch den Hangar und landete lautlos in einer Ecke. Es gab um mich herum nichts wirklich Interessantes zu sehen: Ich ging auf das kleinere der Beiboote zu und umrundete es. Ich achtete darauf, nirgendwo anzustoßen und keinen Arbeiter zu streifen. Die Außenhülle des Bootes war fugenlos, und als ich die Hand ausstreckte, stieß ich in fünfzig Zentimetern Abstand von dem schwarzen Metall auf eine Energiebarriere. Der Extrasinn knurrte: *Er ist hundertmal mißtrauischer als du. Rechnet er mit deinem Eindringen? Die Schiffe sind geschützt; nur er betritt sie!*

An einer Stelle sah ich im seitlich einfallenden Licht die haarfeinen Einschnitte einer Luftschleuse. Es war unmöglich, Hebel oder Tastaturen zu erkennen, mit deren Hilfe ich das Schiff betreten konnte. Ich beobachtete die Arbeiter. Sie polierten Teile der Unterschale, die bis auf die Landegestell-Öffnungen ebenso fugenlos waren. Schließlich, als ich die Erfolglosigkeit dieses Versuchs erkennen mußte, ging ich zum größeren Beiboot. Hier waren selbst die Landestützen durch energiereiche Schirme geschützt, und auch die größere Schleuse konnte nur von Nonfarmale, sicherlich ferngesteuert, geöffnet werden. Ich wich Wagen und Arbeitern aus und näherte mich dem schwarzen Diskus, dessen Hülle das Tageslicht aufzusaugen schien.

Es wird ebenso erfolglos sein, dachte ich und fühlte ununterdrückbare Wut. Gleichzeitig sagte ich mir, daß ich es unter diesen Umständen nicht anders gemacht hätte – der Verlust des Raumschiffes war für Nonfarmale eine Katastrophe, die seine Existenz bedrohte. Aber: Was war, Larsaf III betreffend, seine Absicht? Welches Geschehen wartete er ab?

Ich wartete, bis die Rampe zur Schleuse leer war, ging hinauf und stellte fest, daß der Ausschnitt jener Trennlinie zwischen oberer und unterer Schale nicht durch Energiefelder geschützt war. Vorsichtig näherte ich meine Zeigefingerspitze dem Metall, tippte darauf: Ich berührte die Schiffshülle. Aber auch hier fand ich entlang der vier Linien und der gerundeten Ecken keine Klappe, keinen Schalter, nicht einen Hinweis auf manuelle Betätigung des Schleusenmechanismus wie bei arkonidischen Schiffen und selbst der kleineren LARSAF. Ich unterdrückte den verzweifelten Drang, mit den Fäusten gegen die Schleuse zu hämmern; ich wandte mich um und lehnte mich gegen das Geländer der Rampe.

Der Logiksektor knurrte: *Gib es auf, Arkonide! Er wird merken, wie nahe du ihm bist!* Ich ging die Rampe hinunter, sah mich um, versuchte eine Möglichkeit zu finden, an Nonfarmale vorbei oder ohne ihn in das Schiff einzudringen, und fand ... nichts. Ich wartete länger als eine Stunde. Der Hangar leerte sich, Nonfarmale zeigte sich nicht; mein Versuch blieb erfolglos, sinnlos; ich sollte die Wartezeit besser in meiner Bucht verbringen.

Trotzdem bewegte ich mich wieder zur Siedlung und unternahm hinter den Rückfronten der Siedlungshäuser einen Spaziergang.

Ich zwang mich zur Ruhe. Um Siedlungen bauen zu können, mußte Nonfarmale ein Reservoir aus Materialien, Energie, Werkzeugen, Handwerkern und Bauplänen haben. Er setzte es ein, dann löste sich der Bautrupp auf; die Räume füllte Nonfarmale mit geraubten Individuen nicht nur von der Erde. Meine Überlegungen wurden hier zur Gewißheit. Eine bildschöne, halbnackte Indianerin pflückte Beeren in einem Garten. Weißhäutige, rothaarige Menschen zerlegten fachgerecht ein Stück Wild oder eines aus der Weideviehherde. Aus der Esse eines Ofens roch es nach frischen Backwaren, aus einem Kellerschacht nach Käse, aus dem übernächsten Gewölbe nach Wein. Ich versuchte das wirkliche Alter der Halbmond-Siedlung abzuschätzen.

Auf der Erde hätte ich gesagt: mehrere Generationen. Auch hier sah ich weder Greise noch Kinder. Meine erste Schätzung von rund tausend Bewohnern traf zu: Eine Ordnung, die ohne sichtbaren Zwang herrschte, war bis weit hinaus an den Rand der Wildnis zu erkennen; am Ende der letzten Weiden schwebte ich zwischen raschelnden Baumkronen und durch Schwärme großer Schmetterlinge und Insekten zu meinem Buchtversteck.

Mitten in der Nacht summte der Alarm. Nach drei Atemzügen hatte ich Ärger und Langeweile vergessen. Ich fegte Äste und Lianen vom Zelt, riß die Stäbe auseinander und hatte binnen dreißig Atemzügen fast die gesamte Ausrüstung im Schiff verstaut. Jeder Blick auf den Monitor zeigte mir den flimmernden Punkt. Ich sprang in den Sand, leuchtete mit dem Handscheinwerfer und sammelte die verstreuten Kleinigkeiten ein. Als ich Energie auf die Antigravelemente gab, summten die Schleusenpforten zu, und die Leiter schob sich ins Schiff. Ich startete senkrecht. Dreiundzwanzig Tage und Nächte hatte ich nach dem Ausflug zur Siedlung auf diesen Augenblick warten müssen.

»Endlich!« sagte ich. »Wehe, wenn das ein blinder Alarm war!«

Der Monitor zeigte den Punkt, an dem sich der Strukturriß öffnen würde, dazu ein zweites Echo von rechts. Ich kippte, während das Fahrgestell knackend einfuhr, im Steigflug das Schiff nach links und rechts und schleuderte das Tarnungsmaterial hinunter.

Nonfarmale steuerte mit dem kleineren Raumschiff auf den Schnittpunkt der Universen zu. Ich saß barfuß, mit nacktem Oberkörper und in der knielangen Hose vor der Steuerung und kontrollierte die Anzeigen. Da die Gefahr bestand, daß mich Nonfarmale ortete, flog ich langsamer und hielt mich in seinem Heckbereich.

Ich schnallte mich an, lehnte mich zurück und sah erleichtert, daß sämtliche Systeme hervorragend arbeiteten. Die Atemluftanlage fauchte fast unhörbar. Die LARSAF näherte sich dem Kreuzungspunkt, und der Ring wurde deutlicher. Ich stieß durch die Wolkendecke, auf der das Licht zweier Monde lag und unwirkliche Effekte hervorrief, das Schiff stieg aus der Lufthülle den Sternen entgegen. Der dünne Energiering auf dem Monitor hatte fast das Maximum erreicht; nach etwa dreißig Sekunden raste das Echo von Nonfarmales Schiff durch die Strukturöffnung.

Ich jagte die LARSAF auf das Zentrum der Strukturöffnung zu. Der distanzlose Schritt erfolgte wenige Minuten später. Ich tauchte aus der Schwärze der Nacht des fremden Planeten in die Helligkeit einer beleuchteten Erdhemisphäre ein.

Hinter Wolkenschleiern sah ich Australien. Ich aktivierte die Bildfunkkanäle und versuchte, das Energieecho des anderen Raumschiffs zu entdecken.

»Atlan? Kannst du mich hören?«

»Ausgezeichnet, Rancor«, sagte ich. »Ich lande auf Yodoyas Insel. Schalte einen Peilstrahl!«

»Sofort. Willkommen. Deine erste Frage wird beantwortet: Wir schreiben den sechzehnten April. Achtzehndreiundachtzig.«

»Verdammt! Ich hab's befürchtet.«

Das Eiland war vier Stunden Zeitunterschied von Australien entfernt. Ich änderte die Richtung des Landeanflugs. Vom Mai einundachtzig bis heute! Fast dreiundzwanzig Monate waren vergangen. Ich war sicher, einen Katalog überraschender Entwicklungen und Veränderungen vorzufinden. Amoustrella? Wahrscheinlich schlief sie.

Nachdem die technischen Voraussetzungen geschaffen waren und ich, um einer möglichen Ortung vom anderen Raumschiff aus zu entgehen, in einem weiten Halbkreis nach Süden auswich, sagte Rancor: »Die Stützpunkte sind unversehrt. Amou schläft seit vierzehn Monaten. Schwarzer Mond wartet im Klippenhorst. Zufällig, seit einer Woche. Ich erwarte dich mit Boog beim Landeplatz.«

»Alles verstanden«, sagte ich und winkte. Er verschwand ohne weiteren Kommentar vom Bildschirm. Der Vulkan war nicht ausgebrochen, die Welt nicht untergegangen. Ich grübelte über die Bedeutung der Nachrichten, während ich die LARSAF ins nördliche Zentrum des Archipels einsteuerte. Die Summe der Informationen konnte nur eine Bedeutung haben: Gefahr.

Neun Uhr morgens über Australien. Gegen ein Uhr mittags landete ich auf dem Inselchen und setzte das Schiff am gewohnten Platz ab. Boog und Rancor kamen über den feuchten Strand auf mich zu, als ich über die Leiter kletterte.

»Du siehst nicht gerade wie ein gerüsteter Raumfahrer aus«, sagte Rancor.

»Es war keine Zeit, mich um meine Garderobe zu kümmern.«

»Du hast die Waffen nicht gebraucht?«

»Nein«, sagte ich. »Aber im Kopilotensessel findest du ein Bauteil. Es ist ein Sender für die Strukturlücke. Nimm ihn, und gehe damit nach Plan vor.«

»Sofort. Du wirst den Transmitter benützen? Schwarzer Mond wartet. Denke daran. Sie ist zwei Jahre älter und, eventuell, erfahrener.«

»Ich auch«, sagte ich. »Was weißt du von Lachender Schatten?«

»Sie lebt gegenwärtig in der Höhle ihrer Tochter und hütet unsere kleine Farm«, antwortete Boog. »Wir bringen hier alles in Ordnung und halten das Raumschiff startbereit.«

Ich kleidete mich im Schiff an, lief ins Haus und kam im Nebenraum des Arbeitszimmers aus dem Transmitter. Nachdem ich die Schirme der Überwachungseinrichtung eingeschaltet und erste Informationen abgerufen hatte, duschte ich und zog dünne Hosen und ein leichtes Hemd an, zapfte ein Glas Bier und ging auf die Terrasse.

»In diesen geist- und freudefernen Zeiten«, sagte ich halblaut, »ist es mehr als schön, eine Tochter wiederzusehen, die noch schöner und klüger geworden ist.«

Aieta Jagdara lag in einem kurzärmeligen Hemd in einem Sessel. Sie hatte in Charles Swinburnes »Poems and Ballads« gelesen, sprang auf, wirbelte herum und warf sich mir an den Hals. Ich verschüttete die Hälfte des Getränks.

»Es dauerte lange, bis du den Weg zu mir gefunden hast. Freiwillig?«

Ihr Haar roch nach Amoustrellas Seife, Schwarzer Mond lachte und starrte in mein Gesicht.

»Ganz freiwillig, Vater. Beinahe wäre Lachender Schatten mitgekommen. Aber dann war es ihr zu verwirrend.«

»Es ist gut, daß du hier bist.« Ich stellte vorsichtig das Glas ab, nahm sie an den Schultern und blickte sie an, als habe ich sie noch nie gesehen. Ihre Augen strahlten so blau wie der Himmel.

»Ich bin gern hier. Aber warum habe ich so lange auf dich warten müssen?«

»Das ist eine lange Geschichte«, sagte ich. Sie nahm einen Schluck aus meinem Glas und setzte sich.

»Erzählst du mir die lange Geschichte?«

»Es hat damit zu tun, daß nahe Batavia ein Vulkan ausbricht. Vielleicht gibt es ein unvorstellbares Unglück, das große Teile der Welt verwüstet. Ich will verhindern, daß es geschieht. Du bist hier in höchster Gefahr, meine liebe, hübsche Tochter.«

»Auch an deiner Seite, Dad?«

»Gerade da.« Ich überlegte und zog sie ins Arbeitszimmer. Das Glas nahm ich mit. Dort zeigte ich ihr die Vulkaninsel, das gelandete Raumschiff, Bilder anderer Vulkankatastrophen, die Planetenkarte mit den Bruchzonen und den Positronen potentieller Feuerberge und einige Aufnahmen Nonfarmales.

»Soviel über die Traumwelt, von der Mutter so oft spricht«, sagte ich. »Denk darüber nach! Und was hast du in den letzten Jahren unternommen? Haben der alte Farmer und Redskin Tausend Blitze dir geholfen?«

»Sie haben die Stelle des Vaters vertreten.« Schwarzer Mond lächelte. Sie war so groß und schlank wie Amou. »Ich habe reiten gelernt, Pferde einzubrechen, mit fast allen Waffen umzugehen, dann bin ich mit Mister Cody ein halbes Jahr durch die Welt gezogen und habe viel Geld verdient; Indianerinnen, die Französisch, Deutsch, Englisch und Russisch sprechen, gibt's nicht viele.«

Segensreiche Erfindung der Hypnoschulung, sagte der Logiksektor.

Jagdara zählte an den Fingern auf: »In Somaliland habe ich italienische Soldaten verbunden und gepflegt, im Feldlazarett. Dann bin ich ein paar Monate durchs Land gewandert. In Moskau war ich auf der Weltausstellung. Dort ließ ich mich nach Berlin einladen. Zuletzt war ich mit den Fischern in Bandarlampung auf See.«

»Haben dich die Fischzüge auch zur Vulkaninsel geführt?«

»Wir waren zweimal dort«, sagte sie. »Ich weiß also einigermaßen, worum es geht. Rancor besuchte mich regelmäßig, hielt mir aufdringliche Verehrer vom Leib, half mir, wo es nötig war, und er lehrte mich vieles.«

»Ich werde mich mit ihm gebührend unterhalten.« Ich nickte zerstreut. »Gut. Treffen wir schnelle Entschlüsse. Du willst hierbleiben?« Sie nickte. »Du bist sicher, die Gefahren richtig erkennen und abschätzen zu können?«

»Ja, Väterchen.«

Ich unterdrückte ein hysterisches Kichern. »Möglicherweise stört es dich, daß ich nicht nur deine Mutter kenne, was den weiblichen Teil der Bevölkerung betrifft?«

»Weiß ich längst. Madame Gramont, ich sah ihre Bilder. Ich freue mich, sie kennenzulernen. Ich bin nicht eifersüchtig. Ich werde mich zu benehmen wissen.«

Glücklicherweise war es nicht das erstemal, daß mir auf liebenswürdige Weise das Handeln oder Unterlassen diktiert wurde. Daß es sich hier um meine Tochter handelte, ließ die Angelegenheit reizvoll, aber auch gefährlich werden. Ich war ihr verpflichtet, und das konnte den logischen Ablauf mancher Aktionen ernsthaft stören.

Ich leerte das Glas und sagte brummig: »Ich lasse mich überzeugen, notfalls erspressen. In einem aber nicht: Ich gebe die Befehle. Klar, Tochter?«

»Völlig klar, Dad.«

»Wie gut kennst du dieses Haus und seine Einrichtungen? Auch auf der Weltausstellung wirst du vieles nicht gesehen haben.«

Trotz ihrer knapp achtzehn Jahre schien ihre Persönlichkeit gut entwickelt zu sein. Sie hatte auch begriffen, daß sie sich, wie ich, in einer Ausnahmestellung befand.

»Ich war mit Rancor in Carundel Mill, auf dem Inselchen und hier. Ich weiß, daß ich nicht alles kenne. Wenn du mir hilfst, begreife ich vielleicht mehr.«

Ich wich aus und fragte: »Was willst du trinken? Hunger? Willst du zu den Fischern zurück?«

»Gelegentlich trinke ich gern ein Glas des Ardècheweines; wenn es sein muß, auch Champagner.«

»Es ist, denke ich, auch Milch und Kokosmilch im Kühlfach«, sagte ich kopfschüttelnd und zog mich ins Haus zurück. Ich öffnete eine Flasche Schaumwein aus der Champagne und rief in chronologischer Abfolge die Speicherinhalte und die Analysen ab, die sich seit Mai 1881 angesammelt hatten. Schwarzer Mond saß schweigend neben mir, nippte an ihrem Pokal und nahm Bilder und Texterläuterungen in sich auf. Nach Stunden blieb das aktuelle Bild übrig: Der schwarze Diskus schwebte über der Kante eines verwitterten Kraters; es war nicht zu erkennen, ob der Alien den Vulkan manipulierte. Rancor trat ein, warf einen Blick auf den Monitor und hob den Zeigefinger.

»Wahrscheinlich ist Nonfarmale nicht in der Lage, tief unter der Kruste das extrem dickflüssige Magma zu beeinflussen. Der Vulkan läßt keinen Gasausbruch zu. Der Druck baut sich auf. In jedem Fall wird es einen Ausbruch mit gewaltigen Explosionen geben.«

»Warum ist Nonfarmale gerade an dieser Stelle?« fragte meine Tochter.

»Das weiß ich nicht.« Rancor hob die Schultern. »Es war keinerlei Energie anzumessen, es gab lediglich die Triebwerksemissionen des Schiffes. Ich sage, er versucht abzuschätzen, wann der Krakatoa detoniert.«

»Das steht im Widerspruch zu vielem, was wir bisher überlegt haben«, sagte ich. »Wo ist der Sender?«

»Ich habe ihn mit Boog in der Kuppel zurückgelassen. Dort läuft das Untersuchungsprogramm an. Es wird Monate dauern, bis wir sämtliche Daten haben, und noch länger, wenn wir einen Nachbau versuchen können. Wenn überhaupt.«

Ich antwortete resigniert: »Er hat offensichtlich alle Zeit des Universums. Worauf wartet er? Ich kenne seine Siedlung. Ein idyllisches Groß-Beauvallon mit Raumhafen. Tausend Einwohner.«

»Die Aufnahmen von Bord der LARSAF werden von der Großpositronik ausgewertet«, sagte Rancor. »Ich warte auf Anweisungen.«

Gedankenverloren sah ich den winzigen Perlen zu, die im Champagner aufwärts torkelten. »Aieta Arcon bleibt bei uns. Du wirst Amoustrella aufwecken. Keine Eile. Ich denke, Nonfarmale bleibt nicht lange und taucht wieder auf, wenn dieser verfluchte Inselvulkan sich regt. Eine Sonde zu Lachender Schatten. Dazu eine Zielvorgabe: Wir müssen es schaffen, in absehbarer Zeit dem Seelensauger den Rückweg absolut zuverlässig abzuschneiden. Wir konnten mehrmals selbst einen Strukturriß herbeiführen. Seine Sender stehen auf dem Planeten, dessen Bilder du abrufen kannst. Zusammen mit den Berechnungen aus der Vergangenheit müssen wir eine Anlage bauen, die ihn zwingt, auf der Erde zu bleiben. Dann fängt mein letzter Kampf an.«

Nach ungewöhnlich langer Zeit antwortete der Robot: »Bis diese Anlage zufriedenstellend arbeitet, wird viel Zeit vergehen. Du hast selbst erlebt, wie lange es dauert, das Schiff technisch perfekt zu machen.«

In schweigender Verwunderung hörte Aieta unserer Unterhaltung zu.

»Ich weiß es. Aber auch wir haben viel Zeit«, sagte ich. »Man hätte diesen Bastard in den Käadas werfen sollen.«

Wieder überraschte mich Aieta. »Er ist schwerlich ein Spartaner. Dort, wo er herkommt, nach allem, was ich begreife, gibt es keine Schlucht, in die man mißgestaltete Kinder, Schwache, Gefangene und Verbrecher wirft.«

»Heute nacht werde ich dir ein paar feine Geschichten erzählen«, versprach ich. »Dieser Hundesohn hat mehr Verbrechen auf sich geladen als die größten Feldherren, wahnsinnig oder nicht, dieser seltsamen Welt.«

»Das sagte auch schon Rancor Arcolutz«, antwortete sie. »Dein Feind verläßt den Schauplatz zukünftiger Verbrechen.«

Im Licht des späten Nachmittags startete das Raumschiff. In Baumwipfelhöhe machte Nahith den Flugkörper unsichtbar, aber es gab keinen Zweifel, daß er das All ansteuerte und auf seinen schönen Planeten zurückkehrte. Fünfundvierzig Minuten danach verschwand das Tor zwischen den Welten von den Monitoren.

Ich starrte durch das offene Fenster auf die Sterne und wünschte, Amou läge in meinen Armen. Musik wehte durch den Raum. An der Tür klopfte jemand.

»Nur herein!« rief ich. »Es ist ja erst ein Uhr nachts.«

Rancor schob die Tür auf und den schweren Vorhang zur Seite.

»Um dir bröckelnde Gedanken über dein Fräulein Tochter zu ersparen«, sagte er ruhig, »bin ich hier. Aieta Arcoyne oder welcher Name auch immer gewählt wird, schläft. Du hast gemerkt, daß sie quasi erwachsen ist?«

»Für mich sind die Barbaren, auch die Früchte meiner Lenden, erst erwachsen, wenn sie älter als achtzig sind und allen Machtgelüsten entsagt haben.«

»Dieses Argument trifft kaum für erwähnte Lendenfrucht zu. Fast zwei Jahre lang habe ich den Lebensweg der Tochter begleitet. Sie ist, dank Hypnoschulung und meiner Vorträge, reich bebildert und mit Erlebnissen vor Ort, klüger als viele andere. Ich zwang sie, nachdenklicher zu werden. Sie kennt hundertmal mehr als Gleichaltrige. Die durchschaut sogar gesellschaftliche Prozesse. Ich habe ihr klargemacht, welche Rolle wir spielen – ohne wichtige Geheimnisse zu verraten. Sie akzeptiert das klar Sichtbare. Sie wird dir mehr helfen können als die überaus reizvolle Amou.«

»Von wem sprichst du? Von einer Arkonflotte?«

»Von deiner Tochter. Sie handelt klüger als Amiralis Thornerose oder Ullana. Meine Analyse enthält mehr als fünfundneunzig Prozent Wahrscheinlichkeit.«

»Was soll ich tun?«

»Mache sie zu deiner Begleiterin. Auf andere Weise als Amou, die nun nicht gerade an deiner Seite kämpft.«

»Richtig. Aber der Kampf gilt nicht nur unserem Wohlbefinden. Ich führe ihn stellvertretend für die Bewohner von Larsaf Drei.«

»In diesem Zusammenhang bedeutet der Unterschied nicht viel.«

»Mitunter geht mir deine Klugheit auf die Nerven«, sagte ich und griff nach dem Glas. »Darf ich jetzt wieder allein über die Vernichtung von Nonfarmale nachdenken?«

Rancor verließ fast geräuschlos das Zimmer.

Ich küßte Amoustrellas Fingerspitzen und schob eine Haarsträhne von ihrer Schläfe zur Seite.

»Das ist die ganze Geschichte«, sagte ich. »Damals war ich mehr tot als lebendig. Und meine Tochter wurde geboren, als du noch und ich schon wieder im Schlaf lagen.«

In einer Woche konnte sie die Kuppel verlassen. Die Maschinen und die Wirkung des Zellschwingungsaktivators hatten ihr, wie schon oft, entscheidend geholfen. Am zehnten Mai, heute, hatte ich zum viertenmal die Kuppel besucht. Nun wußte sie alles über Aieta Jagdara Arcoyne.

Amou zwinkerte und sagte schwach: »Ich habe schreckliche Träume gehabt. Aber auf dem Klippenhorst, in der hellen Sonne, werde ich wohl wieder vollends zu mir kommen.«

»Es ist eine ungute Zeit, Liebste«, sagte ich. »Wir wissen nicht, was in den nächsten Tagen und Wochen passiert. Wir befinden uns mittlerweile in einem Wettstreit der Zivilisationen, der weltweit für Verblüffung sorgt. Es gibt viel mehr Menschen. Es ist alles enger geworden; gute Tarnung wird schwierig.«

Sie lächelte und hauchte: »In sieben Tagen oder so bin ich bei euch. Laß mich weiterschlafen.«

Ich küßte sie und flüsterte: »Wir warten auf dich. Jedenfalls gehen in der Sundastraße seltsame Dinge vor. Traumlosen Schlaf, meine Geliebte.«

Sie schloß lächelnd die Augen. Ich drehte mich herum und musterte Rancor. In seiner Maske sah er wie eine Kreuzung zwischen einem hochgewachsenen Bewohner von Batavia und einem Holländer aus.

»Nichts Neues von Nonfarmale?« fragte ich.

»Nein. Absolutes Schweigen. Nur der Passat weht.«

»Die LARSAF?«

»Alle Bilder, Filme und Informationen, die du mitgebracht hast, werden von der Zentralpositronik bearbeitet. Ebenso der demontierte Sender. Das Raumschiff ist auch gegen mögliche Flutwellen, ebenso wie das Haus, durch Energieschirme gesichert. Dein Schützling, Doktor James Simpson, hat inzwischen das Chloroform an der Königin Victoria ausprobiert; der Verbreitung der Betäubung steht nichts mehr im Weg.«

»Trefflich«, sagte ich. »Du findest mich bei meiner Tochter. Ich bin unruhig, Rancor. Alles ist voller Nebel, und ich rudere mitten darin herum.«

Rancor schwieg lange. Wahrscheinlich korrespondierte er mit Rechnern der Kuppel. Schließlich sagte er: »Ich sehe hier nach dem Rechten. Nimm den Transmitter und warte auf mich!«

Ich fühlte wieder mit brennender Intensität, daß Amou in den letzten Jahrhunderten das Beste darstellte, was mir geschehen konnte. Ich fürchtete mich vor dem Gedanken, sie zu verlieren. Ich benutzte den Transmitter und befand mich am frühen Morgen in der Nähe der vulkanischen Insel. Aieta Jagdara hatte einen fast ausufernden Frühstückstisch gedeckt. Mittlerweile bewegte sie sich in unserer Nebenwelt mit verblüffender Souveränität. Ich setzte mich und deutete in die Richtung der Insel vor der Sundastraße.

»Ich bin, wie du, der Ansicht, daß die herrliche Ruhe uns alle täuschen soll«, sagte Aieta. Ihr Haar war in einem langen, dicken Zopf geflochten und mit einem riesigen Straßschmetterling dekoriert.

»Wie lange noch?« murmelte ich. Sie zuckte mit den Achseln. Während wir aßen, tranken und Musik hörten, betrachtete ich meine Tochter; alles, was ich sah, freute mich. Sie hatte einen offenen Charakter, näherte sich allem Neuen mit Begeisterung. Ihr schlanker, indessen wohlgerundeter Körper bewegte sich tatsächlich so, als würde sie durch die Natur ihrer Jagdgründe pirschen. Darüber hinaus verfügte sie über weitaus mehr Wissen, Kenntnisse und analytischen Verstand als fast jeder andere ihrer Zeitgenossen. Sie zeigte sich selbständig und souverän wie Amoustrella oder, damals, Amiralis.

»Katastrophen brechen immer völlig unerwartet aus«, sagte Aieta. Ihre blauen Augen strahlten. »Wir schreiben den Zehnten?«

»Richtig. Irgend etwas passiert in kurzer Zeit.«

»Ich bin so unruhig wie du und Rancor.«

Wie würde es sich auswirken, dachte ich, wenn Nonfarmale einen Tripter hatte, einen Zertrümmerer, der die Schicht über dem glutflüssigen Erdinneren auflösen konnte, so wie ein Detonator oder Desintegrator? Ich rechnete mit dem Schlimmsten und hörte nur mit halbem Ohr der Musik zu.

»Du vermißt die jungen Herren, die dich umschwänzelten, gegenwärtig nicht?« fragte ich eine Stunde später, als wir bis zum Hals im Wasser standen. »Oder soll ich den einen oder anderen herholen?«

»Rancor und du, das Haus, all das Neue, das Warten auf Madame Amou und die Möglichkeit, Mütterchen aus der Ferne beobachten und mit ihr sprechen zu können, entschädigen mich für den Mangel. Weißt du, Vater, seit ich dich kenne, verlieren diese Jungen ohnehin an Glanz und Bedeutung.«

Ich tauchte unter, zog sie bis auf den hellen Sand der Bucht und schoß schräg aufwärts davon. Als wir prustend auftauchten, rief ich: »Entweder hat es dir deine Frau Mutter oder mein Milchbruder Rancor beigebracht: Die Fähigkeit, mir genau das zu sagen, was ich überaus gern höre, besitzt du in reichem Maß.«

»Hast du jemals in der langen Zeit dumme Töchter oder, Gott behüte, Söhne gezeugt, Väterchen Atlan?«

Ich zog es vor, unterzutauchen und zum anderen Ende der einsamen Bucht zu schwimmen. Sie lag schräg unterhalb des Klippengewirrs, aber auch von hier aus sahen wir die Insel mit den drei Kratern nicht. Die langgestreckte Insel, auf der wir uns versteckten, lag im Bereich des Monsuns und des Passats. Am Horizont zogen die dreieckigen Segel kleiner Boote vorbei und die fahlen Rauchfahnen aus den Schloten holländischer Fracht- oder Passagierschiffe. Nicht länger als ein Jahrhundert lag es zurück, daß sich hier absolute Einsamkeit ausgebreitet hatte. Ich schwamm zurück zu Aieta und schleuderte mein Haar in den Nacken.

»Zurück zum Strand?«

»Ja, ohne Eile.«

Wir schwammen auf den Strand zu, ließen uns von der Brandung umherwirbeln und tappten durch den Sand. Ich warf ihr ein weißes Tuch mit meinem Monogramm zu; während wir uns abtrockneten, versuchten wir wieder, über die nähere Zukunft nachzudenken. Der Gleiter schwebte zurück zum Klippenhorst, und während wir auf Rancor und Amoustrella warteten, steuerte ich Sonden zu den wichtigsten Plätzen und wertete die Informationen aus. Wir sprachen über unzählige Dinge, und als am Morgen des achtzehnten Mai Amoustrella und Rancor aus den Transmittern kamen, war es fast eine Erleichterung.

8.

Eine Stunde nach Mitternacht, am 19. Mai 1883, schaltete Rancor alle Beleuchtungskörper ein und rannte durch die Zimmer. Amou und ich schreckten auf. Wir hörten: »Ein Energiestoß. Eindeutig identifiziert. Tief unter der Krakatoa-Rakata-Insel. Ein Beben!«

Amou löste ihre Hände von meinen Schultern. Ich warf mir den Morgenmantel über und rannte zu Rancor ins Arbeitszimmer. Nur wenige Monitoren waren in Tätigkeit. Rancor schaltete die Wiederholung ein, und ich sah gerade noch, daß von einer Stelle oberhalb der Insel ein dünner, gefährlich scharfer Strahl für wenige Sekunden nach unten zuckte und sich auflöste. Gleichzeitig bebte der Boden. Die Bäume rauschten, als sie sich schüttelten. Schon vor Stunden hatten sich kleine Tiere aufgeregt verhalten, jetzt kreischten Tausende Vögel und bildeten über dem Wald chaotische Schwärme.

Ich rannte auf die Terrasse und sah an den Leuchtfeldern der Schaltung, daß alle Teile der Rettungsanlage aktiviert waren. Hinter mir kamen Amou, Aieta und Rancor auf die Fläche. Mondlicht glitzerte auf dem Meer; leise sagte der Robot:

»Der Fremde hat sich nicht gezeigt. Es ist zu bezweifeln, daß er in der Lage ist, ein solches Beben anzuregen. Den Energieausbruch, den du Tripter nennst, konnte ich nicht anmessen: Es gab keinen.«

»Es würde nichts geändert haben«, sagte ich und sah, daß alle Spionsonden in weitem Umkreis unterwegs waren. Noch einmal wurde der Gebirgszug erschüttert, auf dem unser Haus stand. Die Antigravanlage schaltete sich nicht ein, denn die seismische Bewegung war zu geringfügig gewesen. Das Kreischen der Tiere im Dschungel und das Geschrei der Vogelschwärme gellte in unseren Ohren.

Amoustrella sagte leise: »Es naht sich offensichtlich ein Verhängnis für alle Menschen an den Küsten, Atlan. Wann rechnest du mit dem Ausbruch? Das Beben war ja nur ein erstes Zeichen.«

Ich verständigte mich mit Rancor. Wir waren sicher, daß der Krakatoa in kurzer Zeit ausbrechen würde; wie groß der Ausbruch sein würde, konnte niemand ahnen.

Ich urteilte nach dem Gefühl, als ich sagte: »Der Ausbruch steht nach meiner Ansicht kurz bevor. Wir brauchen nicht mehr lange zu warten.«

Am nächsten Tag, dem 20. Mai, bebte und grollte wieder der Fels unter uns. Wir starrten nach Südosten.

Donnerschläge hallten über das Meer und fuhren über die Wälder dahin. Dreißig Kilometer nördlich des Vulkans dampfte eine deutsche Korvette nach Ostnordost; ein kleines Kriegsschiff mit Schornstein und Segeln, die ELISABETH. Wir sahen, gerade als der Kapitän die Parade des blitzend geputzten Schiffs abnahm, wie der Schlund des Vulkans aufbrach. Eine weiße Säule aus Dampf schoß in reißender Schnelligkeit senkrecht in den strahlend blauen Himmel. Auf Monitoren sahen wir die Bilder unserer Sonden. Der Himmel war völlig klar und wolkenlos. Aus der Dampfsäule, die sich bis in eine Höhe von vielleicht elftausend Metern hinaufschob, brodelten schneeweiße Wolken, strudelten und quirlten in alle Richtungen auseinander und bildeten dicke Arme, die seitwärts auswuchsen; alles geschah noch in völliger Lautlosigkeit. Die Sonde glitt näher an die ELISABETH heran, die unverändert auf 255-Grad-Kurs weiterdampfte. Dunklere Farbströme vermischten sich mit dem blendenden Weiß, und langsam entstand eine fächerförmige Gewitterwolke, breit und blaugrau. Der Himmel bezog sich quälend langsam mit gleichmäßig hellgrauem Gewölk, und nun erreichte uns auch ein ununterbrochen dumpf grollender Donner. Wind kam auf und trieb die Wolke auseinander; es begann Asche zu regnen. Offiziere und Mannschaften der ELISABETH starrten auf den Punkt, an dem die Inseln Sumatra und Java sich optisch mit der Vulkaninsel verbanden.

Druck aus dem Planeteninneren schob, jagte und wirbelte ständig neues Material durch die riesige Trombe in die Höhe. Der Geräuschorkan, der sich austobte, kam als Brausen, durchmischt mit Brodeln, das unmittelbar auf die Zwerchfelle wirkte und die Vorstellung von Erdbeben hervorrief. Rancor, der mit den Satelliten und den Geräten des untermeerischen Zylinders korrespondierte, sagte scheinbar ruhig: »Das ist ein beachtlicher Ausbruch. Es würde mich nicht wundern, wenn wir hyperdimensionale Energien messen könnten.«

Mehlfeine Ascheteilchen wirbelten durch die Luft, breiteten sich aus und begannen abzusinken. Auch Rancors Messung bestätigte meine Schätzung: höher als elf Kilometer. Im milchigen Graubraun, das den Tag zur Dämmerung machte, verloren sich die Geräusche. Passatwind trieb einen Teil der gewaltigen Masse von unserem Standort weg, aber der Vulkan spie ununterbrochen seinen Inhalt in die Luft. Dampf, Asche und winzige Stücke Bimsstein mit hohem Anteil an Siliziumdioxyd, eine ungeheure Menge, die im weiten Umkreis der Vulkaninsel aus den Wolken regnete, sich ausdehnte und auf den trägen Wellen schwamm. Der

Säuregehalt des schwimmenden Bimssteins, bedeutete mir Rancor, war sehr hoch; die potentielle Explosivität des Magmas nahm mit steigendem Säuregehalt zu. In der unfaßbaren Menge des widernatürlichen Nebels hing die Sonne wie eine hellblaue Scheibe.

Am nächsten Morgen tastete sich die Sonde über die S.M.S. ELISABETH hinweg auf den Vulkan zu. Innerhalb von nicht ganz vierundzwanzig Stunden schien die Korvette um ein Jahrhundert gealtert zu sein, ebenso die gesamte Besatzung.

Jede Scheibe war blind, es gab kein blitzendes Messing mehr, überall lag eine dicke Schicht mehligen Staubes; auf den Kleidern, der Haut, im Kielwasser und vor dem Bug und an Deck, auf den Wanten und hinauf zur Takelage. Der Staub haftete überall. Das Meer hatte sich in eine Landschaft aus schwimmendem Staub verwandelt, durch den das Schiff pflügte: Die Dünung hob und senkte die Schicht. Nur noch dünne, dunkelgraue und schwarze Rauchstreifen quollen aus dem Vulkanschlot der rund 34 Quadratkilometer großen Insel – der Berggeist Orang Al'jeh hatte sich wieder beruhigt. Hin und wieder erschütterten Donnerschläge die Luft.

Riancor brachte unser Essen und sagte: »Der nächste Ausbruch wird mörderisch sein.«

»Ich ahne es«, meinte Aieta. »Die Tiere ringsum werden es zuerst spüren.«

Grabesstille hatte sich ausgebreitet. Nur Wind raschelte in den Ästen. Einige Glühwürmchen schwirrten umher, kein Vogel schrie; selbst die Affen im Dschungel schienen vor Angst erstarrt.

»Vielleicht warnen uns die Tiere wirklich rechtzeitig vor dem nächsten Ausbruch.«

Während wir in steigender Besorgnis warteten, schrieb ich Briefe an Buchheim im estländischen Dorpat und gab Hinweise für sein pharmakologisches Labor, gab dem deutschen Serologen Paul Ehrlich Ratschläge zur Bekämpfung von Syphilis und Schlafkrankheit und erfuhr, daß das Periodische System der chemischen Elemente gefunden worden sei und Maddox die photographische Trockenplatte erfunden hatte; beim Versuch, Mussorgskijs Musik als angenehm oder melodisch zu empfinden, streikte sogar Rancor und suchte Musik von Monteverdi heraus.

98 Tage nach dem Ausbruch, Sonntagmorgen, am 26. August 1883, hielten wir uns im Inneren des Hauses auf; die Sonne brannte gnadenlos, und stinkend heiß lag der Bergdschungel da. Ein Passattag wie viele andere: wolkenlos, Dampfer und Segelschiffe auf dem Meer, eine winzige Rauchfahne aus dem Krater. Als die zierliche Planetenuhr zwölfmal schlug, kam Aieta in den Schatten auf der Terrasse, stützte sich auf die Brüstung und blickte abwechselnd in die Richtung des Vulkans und auf den Monitor. Der Logiksektor sagte: *Aktiviere die Schutzeinrichtungen!* Ich schaltete die Antigravelemente ein; das Haus hob sich einen halben Meter über das Plateau. Aieta drehte den Kopf und schob das Haar von den Augen. In der Sonnenglast schien der weiße Streifen zu brennen.

»Der Krakatoa?«

Ratlos hob ich die Schultern, in meinem Magen bildete sich eine harte Kugel. Ein Reiher trompetete, dann wieder Stille: Nicht eine Mücke tanzte. Selbst der Robot war überzeugt. Er hatte errechnet, daß wir unmittelbar vor einem möglichen Inferno apokalyptischen Ausmaßes standen. Er ging schweigend ins Haus und brachte Gläser voll kaltem Roséwein. Mir stand der Sinn mehr nach schottischem Whisky. Kurz vor ein Uhr maßen wir Nonfarmales Raumschiff an, das um die Vulkaninsel in großer Höhe in einer Kreisbahn flog.

»Beginnt es jetzt?« fragte Aieta. Ich zuckte mit den Achseln und legte den Arm um Amous Schultern.

Das Desaster begann, lautlos, mit grellweißen Dampfwolken, die brodelnd in den Himmel schossen. Nach 203 Jahren brach der Krakatoa wieder aus; die Eruptionen vom Mai waren nur Vorzeichen gewesen. Der amerikanische Frachter BERBICE drehte ab, weil elektrische Entladungen um das Schiff herum einschlugen, Feuerbälle auf dem Deck zu Funken versprühten und Kupferteile zu glühen begannen. Sechs Minuten nach der vollen Stunde ertönte das Donnern eines wolkenlosen Gewitters, das man mühelos bis Batavia hörte. Um 14 Uhr sprengten glühende Gase die dicke Schicht erkaltete Lava und schossen in die Höhe. 150 Kilometer vom Krakatoa entfernt maß der Kapitän der MEDEA die schwarze Wolke und ermittelte, während die Eruption das Schiff erschütterte, deren Höhe mit 34 Kilometern. Die Tatsache des Ausbruchs wurde über ein Netz aus Tiefseekabeln in alle Teile der Welt gesendet. Zwischen 14.10 Uhr und 15.30 Uhr, etwa alle 600 Sekunden, wurden Eruptionen und Donnerschläge lauter und schärfer. Wir hörten ihn auch schwach durch winzige Mikrophone und Monitorlautsprecher. Zwischen den dröhnenden Schlägen gab es harte, unwirklich wirkende Geräusche: dröhnendes Knallen, wie prasselndes Feuer oder Salven schwerer Artillerie. Zehn Seemeilen vom Vulkan entfernt fuhr der Segler CHARLES BAL aus Schottland, und seine Crew sah, wie Dunkelheit den Himmel überzog und warmer Bimssteinhagel auf das Schiff prasselte. Zwei Stunden später raste eine zwei Meter hohe Flutwelle auf Anyar zu, schmetterte Schiffe im Hafen gegeneinander und gegen die Pier. Eine Viertelstunde lang fiel weit unter uns das Wasser um zehn Fuß und stieg langsam wieder. Das Beben erzeugte ringförmige Wellen, die sich mit weniger als tausend Kilometern Geschwindigkeit ausbreiteten. An vielen Küsten würde der Tsunami Menschen töten, Bäume entwurzeln und Dörfer ins Meer waschen; das Verhängnis war unterwegs. Die Sonne versteckte sich hinter schwefliger, schwarzer Luft. Die Vögel um uns erwachten aus der Starre, flogen auf und bildeten riesige Schwärme aus völlig unterschiedlichen Arten, die erstaunliche Formationen flogen und schließlich wieder zwischen die Blätter und in die Neste flohen.

Aieta sagte tief ergriffen: »Sie werden alle sterben.«

Ich konnte nur die Schultern heben. Im Sichtschutz der Aschewolken näherte sich das Raumschiff der Stelle, an der sich der Planet öffnete. Die Wolke senkte sich in langsamer Tödlichkeit; viermal in der Stunde herrschten Gezeiten. Das schwindende Wasser legte weite Küstengebiete trocken, kam mit brutaler Gewalt wieder und zermalmte, was es übriggelassen hatte. Der Abend wurde zur Nacht; diesmal war die Sonne blutigrot und riesig. Die Erde zitterte und bebte, während ringsum die Bäume wild durcheinandergepeitscht wurden, morsche Stämme brachen nieder; an der Küste schüttelten sich die Felsen, riesige Platten stürzten hinunter, und Steinlawinen gingen ab. Die Metallplatte des Hauses schwebte ruhig über den schwankenden Felsen. Aus dem Bauch des Planeten kamen unheimliche Laute. Unter uns schrien einzelne Felsen, die zerfetzt wurden wie verwundete vorzeitliche Tiere. Die Beben hielten bis zehn Uhr nachts an wie die Gewitter in der schwefligen Wolke, der Dampf aus dem Erdinneren, das Heben und Senken des Meeres.

Alle Schiffe hatten versucht, sich in Sicherheit zu bringen, und waren davongesegelt; viele davon in einen qualvollen Tod der Mannschaften. Asche und Bimsstein lagen auch auf der kuppelförmigen Energieabdeckung über dem Haus. Ich riskierte nicht, die Antigraveinrichtung auszuschalten. Wir schwiegen. In meiner Vorstellung liefen die Bilder wie farbige Schnittzeichnungen ab. Was geschah unter dem Meeresspiegel, hinter der unglaublich großen Wolke, die jetzt auch uns erreicht hatte?

Der Vorrat an Glut, an geschmolzenem Planeteninneren, schien sich erst gegen Mitternacht erschöpft zu haben. Die Stunde davor war gekennzeichnet durch Feuerketten, die zwischen dem Vulkan und dem Firmament aufstiegen. Weißes Feuer drehte sich über der Insel, im heißen, erstickenden Wind, der brennende Schlacke mit sich riß und ausspie.

Im zähen Magma bildeten sich riesige Hohlräume. Die Wände der Insel, zum Teil pulverisiert, waren dünner geworden, und der Wasserdruck schob sie – wie damals im Mittelmeer, als mit Thera oder Kalliste eine Kultur untergegangen war – auf den Mittelpunkt des Loches zu. Ich achtete auf die Uhrzeit. Aieta und Amou schliefen. Vermutlich hatten sie grausige Träume. Rico bediente die Sondensteuerung und kommentierte die Bilder. Um 4.40 Uhr kippten die meisten Teile der Inselwandungen, vielleicht 28 Quadratkilometer, nach innen. Das Meer schien plötzlich auszutrocknen.

Neunzehn Stunden lang hatte sich der Vulkan geleert. Unzählbar viele Tonnen Gestein, alle drei Vulkankegel, fielen in das gigantische Loch. Auf der CHARLES BAL tanzten Elmsfeuer an allen Teilen der Takelage. Der Planet erlebte daraufhin einen titanischen, einzigartigen Donnerschlag, der dem Einschlag eines Riesenmeteoriten glich. Eine Luftdruck-Riesenwelle, fast schallschnell, breitete sich exakt um 5.43 Uhr aus und raste mehrmals um den Planeten. Bimssteinbrocken, groß wie Ochsenköpfe, hagelten aus der schwarzen Wolke. Ein Tsunami von zehn Metern Höhe raste vom Krakatoa fort, 6.44 Uhr warf der Planet das Gestein und jenen Teil des Meeres aus, das hineingeströmt war, die zweite Druckwelle, der zweite Tsunami, fünfunddreißig Meter hoch, raste auseinander und zerstörte das Städtchen Anyar. Sturm kam auf und begann die Riesenwolke in Bewegung zu setzen. Glühende Asche und glühender Bimsstein wurden kubikkilometergroß herausgeschleudert, 40 Kilometer hoch, ein Orkan entwurzelte in Java und Sumatra Bäume und war der Vorbote der dritten gigantischen Welle, die elftausend Meter weit landeinwärts schwemmte, 600 Tonnen schwere Korallenblöcke umherwirbelte und den Raddampfer BEROW drei Kilometer weit in ein Flußbett schleuderte.

Bei uns donnerten bis zu fünfzehn Meter hohe Wellen aus Wasser und Gischt die Ufer aufwärts, knickten wie Grashalme unzählige Palmen, zermalmten Felder und Äcker zu Brei, ertränkten an allen Küsten Menschen und Tiere, begrub alles unter Trümmern, und aus der Nacht fiel kochender Schlamm. Es blitzte unaufhörlich. Die Luft hatte sich in ein Gemenge aus Gift, Schlamm, Salzwassernebel, triefende, ätzende Asche und Bimsstein jeder Größe verwandelt. Noch immer durchliefen schwere Stöße den Boden. Unsere Sonden waren blind, eine war zerstört worden. Jedes einzelne Geräusch bedeutete Vernichtung, Untergang und Tod. Um 10.45 Uhr, als die Nacht einem seltsamen Dunkelgrau gewichen war, registrierten wir die vierte große Detonation.

Magma und Lava schossen hoch, zwei Drittel der Inselruine wurden in die entstandene Höhlung hinuntergesogen; Rancor schätzte sie auf sechs Kubikkilometer, und rund zweihundert Meter Wasser bedeckten den Inselrest. Schlammregen fiel und brach Äste von den Bäumen, erstickte die wenigen Überlebenden. Die Temperatur fiel um sieben Grad. Der vierte Tsunami raste durch die Semangka-Bucht Sumatras und tötete 125 Kilometer nordwestlich des Krakatoa unzählige Menschen; an vielen Stellen zog sich das Meer kilometerweit zurück, zweimal, dreimal, und erst um 14 Uhr hörte in Batavia der Ascheregen auf.

Dunkelheit erstreckte sich in einem Radius von 150 Kilometern um die fast verschwundene Vulkaninsel. Auch auf unserer Klippe gab es kein Sonnenlicht. Eine Stunde danach konnten wir einige Messungen durchführen. Eine Sonde, 700 Kilometer entfernt, lieferte scharfe Bilder der riesigen Thrombe; aus dem tobenden Donnergebrüll wurde ein seltsames Brummen, das stundenlang in der Luft hing. Fast zwanzig Stunden lang hatte Larsaf Drei einen Teil seiner Masse in den Weltraum, zu den Sternen emporgeschleudert – nun schien er erschöpft zu sein. Finsternis und Gestank umgaben uns. Was wirklich in unmittelbarer Nähe des Vulkans geschah, hatte kein lebendes Wesen sehen können, und keine der Sonden, die dort kreisten, hatte die entfesselten Gewalten überlebt.

Um 15 Uhr raste aus der stürmischen Meeresoberfläche ein sechs Meter hoher Brecher über das Deck der BERBICE und spülte einen Teil der vielen Tonnen Asche weg; der Schlamm in der Takelage hatte starke Schlagseite verursacht. Am nächsten Tag war die Sundastraße zwischen Sumatra und Java von einem zwei Meter dicken Bimssteinteppich verstopft. In all dieser Zeit hatten wir Nonfarmale weder gesehen noch Energieechos seines Raumschiffs anmessen können. Erst Wochen später ordneten sich Hunderte Beobachtungen zu einem Gesamtbild, das an Schrecken kaum zu überbieten war; der Untergang von Atlantis mochte einem außenstehenden Beobachter kaum weniger dramatisch erschienen sein. Wir warteten stundenlang, orteten den ringförmigen Strukturriß und den Impuls des Raumschiffes, in dem Nonfarmale im Dunkel vor den Sternen zu seiner Planetenkolonie zurückflog. Als sich Tage später die Verhältnisse für uns einigermaßen stabilisiert hatten, senkte ich das Haus ab, beseitigte die eingetrocknete Schicht aus Asche und Schlamm von der Energiekuppel und entschloß mich endlich, die Summierung der Ungeheuerlichkeiten am Strand von Yodoyas Inselchen vorzunehmen.

36.000 Menschen waren erschlagen, erstickt, ertränkt oder im Feuerregen verbrannt worden. Die Höhe der Tsunamis erreichte bei Telukbetung 36 Meter, 24 Meter in Katimbang, 41 Meter in Merak und 20 in Karingin. In Balimbing, der ersten Siedlung östlich unseres Standorts, war sie noch 15 Meter hoch. Die Jahrhundertkatastrophe hatte eine Küstenzivilisation vernichtet und deren Überreste ins Meer zurückgerissen. 70 Meter hoch lagerten sich rund acht Kubikkilometer Asche auf den Resten der Vulkaninsel ab. 165 Dörfer und Städte waren völlig zerstört, weitere 132 schwer beschädigt worden. Büffel, Bäume, Balken und Bimsstein bildeten meterdicke Schichten auf der Meeresoberfläche, trieben mit zehn oder elf Knoten langsam nach Westen, dazwischen Wracks, Kanus, Haifische, Hunderte von Leichen, muschelbesetzte Bimssteinbrocken, absinkende Asche, Fische und Albatrosse, Kadaver von Ziegen, und durch diese Schicht, zweitausend und mehr Kilometer lang, pflügten wenige Schiffe wie durch Schollenеis. Von Batavia aus liefen die Hilfsmaßnahmen an.

Das Getöse der Eruptionen war in Madagaskar zu hören, 4653 Kilometer entfernt, in Manila, 2900 Kilometer weit weg, 4000 Kilometer entfernt in Mittelaustralien. Die Luftdruckwelle kreiste fast schallschnell entgegen der planetaren Drehung. In Bombay, mehr als 4500 Kilometer entfernt, fiel der Meeresspiegel plötzlich so tief, daß die Menschen unzählige Fische aufsammeln konnten, und 800.000 Quadratkilometer betrug die Streuung der Aschewolke. Die Seewellen ließen in Südafrika das Meer um 65 Zentimeter steigen, in Aden, 3640 Meilen fern vom Krakatoa, maß man 17 Wellenberge.

Ein Dreizehntel der Planetenoberfläche hatte den Aufschrei des Vulkans gehört. Yokohama, Panama, Ceylon, Südafrika und Südamerika, Europa und Australien, New York, New Haven – 300 Millionen Tonnen Staub in der Lufthülle bewirkten Sonnenuntergänge in kaum vorstellbaren Farben, Blutrot, Lila, Purpur, Rubinrot, bernsteinfarben, lachsfarben. Blaue, grünliche oder kupferfarbene Sonnen, andere abnormale meteorologische Schauspiele ließen die Menschen rätseln. Am 29. August hatte Yokohama einen düsteren, roten Sonnenuntergang erlebt, der die Japaner in schieres Entsetzen stürzte und Aberglauben wieder aufwuchern ließ. Am 2. September ging über einem unwirklichen Himmel in Panama eine grüne Riesensonne unter. Der Planet kühlte um einen halben Celsiusgrad ab.

Beim Höhepunkt des Ausbruchs – um 5.43 Uhr am 27. August 1883 – maßen die Geräte der Kuppelstation an vielen Stellen des Pazifiks hyperenergetische Emissionen an, die entfernt denen von Transmitterschockwellen glichen. Das Spektakel beanspruchte keine Minute, eine genaue Lokalisierung war nicht möglich, und die sofort ausgeschickten Sonden brachten keine brauchbaren Ergebnisse mit. Trotzdem hatte ich eine Ahnung dessen, was dort reagiert hatte.

Für kurze Zeit riß der Schleier meiner Erinnerungen auf: Ich glaubte den robotischen Mechanismus zu sehen, den wir im Auftrag von ES bekämpft hatten; ich entsann mich der Geschützkuppel, die an der Küste des Chin-Reiches erschienen war, vor mehr als 600 Jahren. Und ich mußte an die Erzählungen der Eingeborenen von *Atlantis* denken, die von *Lemur* oder *Lemuria* berichtet hatten, einem Reich, dessen Bewohner sehr mächtig gewesen sein sollten – in ferner Vergangenheit, lange vor meiner Ankunft im System von Larsafs Stern.

Sämtliche Wahrscheinlichkeitsberechnungen blieben vage. Sogar der Zentralen Positronik der Kuppel war es nicht möglich abzuschätzen, ob Nonfarmale eine Reaktion möglicherweise in der Tiefsee verborgener Reste einer untergegangenen

Kultur hatte bewirken wollen – oder ob er überhaupt maßgeblich am Ausbruch des Vulkans beteiligt gewesen war. Ein weiteres Rätsel, dessen Lösung uns versagt blieb.

Amoustrella lehnte an meiner Brust. Mitten in der Nacht waren wir plötzlich gleichzeitig aufgewacht. Weitab der Staubwolke über der subtropischen Zone hatten wir uns auf die Insel geflüchtet, die Brandung rauschte unnatürlich laut, es regte sich kein Lüftchen. Ich griff in den Nacken und rückte den Aktivator auf die Brust.

»Gehen wir zur Lagune«, sagte ich. »Dort können wir, wenn's so heiß bleibt, schwimmen und uns abkühlen.«

»Und am Tag schlafen wir«, flüsterte sie. »Gehen wir.«

Winzige Lichter unter den Pflanzen schufen schwache Helligkeit. Niedrige Wellen zischten auf den Strand. Der Passat hatte sich ab Mittag beruhigt.

Nachdem wir die halbe Insel umrundet hatten, sagte ich: »Bist du einverstanden, daß wir bis zum Ende des nächsten Jahres wach bleiben? Ich meine, wir sollten wachsame Augen auf Aieta haben.«

»Knapp eineinhalb Jahre? Ich bin dabei.«

Aieta half den überlebenden Fischern, ihre Siedlungen aufzubauen und ihre Boote auszubessern. Fünfunddreißig von hundert Menschen, die sie gekannt hatte, waren verschollen.

»Ich habe mit Rancor gesprochen. Wenn wir trübsinnig werden, können wir schlafen. Es nützt auch meiner Jugend an deiner Seite, Mondsegler.«

»Dieses Warten. Jahrzehnte, Jahrhunderte! Manchmal ist es unerträglich.«

»Du hast dich entschlossen, erst Nonfarmale zu besiegen. Und du weißt, daß ich dich dabei unterstütze, so gut ich es kann.«

Point Fomalhâut, der Silo, hatte die Beben und den Vulkanausbruch überstanden. Das Trägergerüst, bis zur Unkenntlichkeit verformt, hatte das kugelförmige Lager vor dem Schlimmsten bewahrt; jetzt arbeiteten die Robotmaschinen daran, das Material vom Klippenhorst-Haus zu nützlichen Gerätschaften umzubauen: Lampen, Messer, Garn für Netze und Bauteile von Booten, Ruder oder Rohre für Masten und viele andere Kleinigkeiten in großen Stückzahlen. Aieta war außerordentlich selbständig und zielstrebig. Ich würde sie mit dem Gleiter abholen.

»Also haben wir mehr als fünfzehn herrliche Monate vor uns«, sagte Amou. »Und wenn schließlich euer technischer Kram fertig ist, weckt uns Rancor.«

Ich nickte und setzte mich auf einen fast waagrecht gewachsenen Palmenstamm. »So ist es geplant. Aber vermutlich kommt's ganz anders.«

»Mehr Optimismus, Atlan!«

»Ich habe nicht genügend Phantasie«, sagte ich leise, »um die möglichen Störungen nennen zu können, und es geht auf diesem barbarischen Planeten immer anders, als man es sich ausgerechnet hat.«

Amou ergriff meine Hand und zog mich zum Strand. Wasser spritzte, unter meinen Fußsohlen zerrten Wellen am feinen Sand.

»Was hat Aieta vor?« fragte ich, als wir nebeneinander durch die Lagune schwammen und den Mond hinter dem Nebel der driftenden Staubwolke betrachteten. Ein Schleier, der mich plötzlich schaudern ließ und Gänsehaut erzeugte. In einem sonderbar wachen und klaren Moment erfaßte ich, daß auch mich häufig ein »Schleier« zu umgeben schien, Denken und Handeln beeinflußte, ohne daß es mir bewußt wurde. Aber kaum gedacht, versank die Erkenntnis wieder.

»Sie will viel sehen, viel erleben und viel lernen«, antwortete Amou. »Sie hat genaue Vorstellungen. Und im Alter, sagte sie mir allen Ernstes, will sie nach Amerika zurückgehen; dort möchte sie die Erinnerungen an ihr eigenes Volk bewahren. Vielleicht gestattet sie dann auch einem Mann, ihr zu helfen.«

Ich grinste und sagte in die Dunkelheit: »Rancor und Boog haben eine Sufragette an ihren flachen Busen genährt. Hoffentlich kann sie ihren Willen durchsetzen. Am Können zweifelt keiner.«

»Sie selbst am allerwenigsten.«

Wir verließen das Wasser und gingen ins Haus, wo eine Klimaanlage für angenehme Temperatur sorgte.

»Wir brauchen nicht mehr an Vulkane zu denken und auch nicht an Nonfarmale«, sagte ich. »Die Zeit gehört uns.«

»Ich helfe dir, sie richtig zu nutzen. Wir suchen ein paar schöne Plätze und tummeln uns dort.«

»Morgen früh fangen wir mit der Suche an.«

Und es folgten herrliche, unvergessene Monate ...

Aus: *RICOS Langzeitaufzeichnungen. Handschriftliche Notizen über eigentümliche Vorfälle während scheinbar ereignisloser Jahre. Hermetische Dokumentation, nur Atlan zugedacht. Nicht im Zentralrechner gespeichert:*

Seit dem 15. Januar 1885 werde ich durch Wünsche, Befehle und den Arbeitsaufwand für den Schutz von Kristallprinz Atlan nicht abgelenkt. Ich kann mich der Beobachtung des Planeten widmen, dem Anblick der schlafenden Madame Gramont und dem Schutz von Atlans erstaunlicher Tochter. Sie genießt ihr Leben, wie ihr Vater es auszudrücken beliebte, scheint sich aber keine Gedanken über ihre Möglichkeit zu machen, dieses Leben durch Tiefschlafphasen zu verlängern wie Amoustrella. Unermüdlich arbeiten Boog und ich daran, die technischen Einzelheiten des »Nonfarmale-Stabilisators« zu ergründen; jenes Geräts, mit dem er die Öffnung des Strukturrisses in eingeschränktem Maß ausrichten und zielgenau dirigieren kann.

Auch ohne die Mithilfe oder Anteilnahme des Paladins der Menschheit fährt diese fort, sich einerseits hartnäckig und unermüdlich zu bekriegen, andererseits so gut wie jeden Tag nützliche Entwicklungen zu präsentieren, von denen einige dazu angetan wären, den Weg zu den Sternen vorzubereiten. Aber noch fehlt der Drang, irgendwann einmal zu den Sternen aufzubrechen, wenn auch in winzigen Schritten der Phantasie, der Sehnsucht, technischer Grundlagen und der Versuche der Ausführung.

Atlan und die LARSAF vermögen mühelos den Nahbereich des Systems von *Larsafs Stern* zu durchfliegen; die Wahrscheinlichkeit, daß Atlan mögliche Vorbereitungen zu Planetenumkreisungen oder Mondflügen mit Rat und Tat unterstützt, ist wenig groß – denn sein Ziel ist der Bau eines fernflugtauglichen Objekts. Die Jagd nach Nonfarmales großem schwarzem Diskus hat mein arkonidischer Gebieter unverändert auf seine Fahnen geschrieben.

Eine Auswertung der LARSAF-Daten ergab, daß es eine unerklärliche Lücke von vielen Stunden im Systemlogbuch gibt: Als Atlan mit Amoustrella den Mars besuchte und von dort wieder startete, wurde für exakt drei Minuten und elf Sekunden der Autopilot eingeschaltet. Es folgt die Aufzeichnungslücke – und erst in Erdnähe wurde der Autopilot wieder aktiviert. Ich weiß nicht zu sagen, was mein arkonidischer Gebieter in jenen »verlorenen Stunden« erlebte, unternahm oder aufgezwungen bekam; alles deutet allerdings auf eine Manipulation hin. Ob sie auf ES zurückzuführen ist, entzieht sich meiner Kenntnis, besitzt aber große Wahrscheinlichkeit.

Boog gewinnt an positronischer Erfahrung und Eigenständigkeit; seine Speicherkapazität ist ebenso erhöht worden wie die von Magistra Lilith Delaud. Unverändert wirksam ist Atlans Arkon-Ophir-Universität, deren logistische Schwierigkeiten seit der teilweisen Räumung des vielstrapazierten Flottensilos *Fomalhâut* der Vergangenheit angehören.

Charles Darwins Theorie der Abstammung, deren Text Atlan teilweise unterschreiben könnte, wird emsig und, wie es Art der Barbaren ist, kontrovers diskutiert. Dies trifft auf *Westinghouses* Luftdruckbremse, *Abbes* Verbesserung des Mikroskops und der *Internationalen Meterkonvention* ebensowenig zu wie auf *Lindes* Kühlmaschine oder *Hughes* Mikrophon. *Pasteur,* ebenfalls ein Adept der Ophir-Uni, hat die Existenz von Mikroben erkannt, und ein Tunnel unter den Alpen erreichte die Länge von 15 Kilometern. Derselbe Mann, der den Suez-Kanal grub, gräbt am Isthmus zwischen den Landmassen des amerikanischen Doppelkontinents. Dies sind, bestätigt die Zentrale Positronik, nützliche Vorhaben, aber sie tangieren Atlans Sternenschiff-Ideenwerft nicht im mindesten. Auch aus diesen Gründen zog Atlan den tiefen Schlaf vor.

Jagdara Schwarzer Mond, Atlans bezaubernde Tochter, schloß sich einer Karawane durch Indien an und studiert die Sitten der Eingeborenen. Boog und zwei Sonden überwachen ihren Weg auf den Spuren der Engländer und durch die Dörfer der Eingeborenen: Im Jahr 1886 ist es nur wenigen Menschen gegeben, verkleidet, aber ungefährdet durch dieses Land zu reisen. Die Söhne des fast allzu späten Samurai-Nachkommen Kamakura Yamazaki, die im Besitz der Lackschatulle sind, erwägen allen Ernstes, den Nachfahren des Großen Samurai zu suchen, der an der Seite ihres Vaters gekämpft hat. In einer englischen Zeitung entdeckte Lilith eine Suchmeldung! Sie scheinen auf Informationen gestoßen zu sein. Vielleicht schafft es Atlan eines Tages, nach Tokyo zu fliegen und ihnen die Sinnlosigkeit eines Kampfes gegen ein Gespenst aus dem Weltraum vor Augen zu führen. Wir haben einen dritten Roboter konstruiert; sein Bewegungsapparat ist nahezu fertig. Er soll das Äußere Amoustrella Gramonts annehmen; die Wahrscheinlichkeit, daß Nonfarmale oder ein anderer Amou angreift, ist nicht gering. Sie soll nicht das Schicksal Amiralis Thorneroses teilen müssen.

Es wird zunehmend schwieriger, geschichtliche Zusammenhänge so zusammenzufügen, daß Strukturen und Systeme erkennbar bleiben. An zu vielen Punkten des Planeten gibt es zu viele Gruppen, die aus zu vielen, meist undurchschaubaren Gründen gegeneinander kämpfen, um fragwürdiger scheinbarer Vorteile willen und mit Mitteln, die besserer Zwecke würdig wären.

Ein Roboter, selbst eine hochgezüchtete Maschine wie ich, hat, technisch gesehen, keine Visionen und keine Träume. Wäre ich Anhänger einer Naturreligion, würde ich zutiefst beeindruckt sein. Aus vielen mikroskopisch kleinen Unregelmäßigkeiten setzt sich eine »Vision« zusammen, die ich so zu definieren versuche: In den Tiefen es Überlebenszylinders geht technischer Spuk vor sich, Dinge, die unerklärbar und beunruhigend sind. Energiestrukturen tauchen auf und verschwinden. Ausrüstungsgegenstände scheinen zu verschwinden. Einige meiner Speicher sind paralysiert. Transmitter sind aktiviert und wieder abgeschaltet worden. Ich habe Kontrolleinrichtungen aufgebaut, aber nichts herausgefunden. Unter die Paralyse fällt, daß ich nicht weiß, ob Atlan und Amoustrella vorübergehend verschwunden waren. Bei meinen Kontrollen schliefen sie in ihren kühlen Kokons. Ab und zu tauchten schemenhaft humanoide Wesen auf den Monitoren der Intern-Überwachung auf; als ich die Aufzeichnungen kontrollierte, waren sie verschwunden. Sollte es mir gelingen, an strategischen Stellen des Schutzzylinders Hyperenergien zu orten, und wird dieser Umstand von einem unserer TEK-Satelliten bestätigt werden, muß ich den Arkoniden wecken.

Das Vierteljahrhundert war von einer gewissen Ratlosigkeit gekennzeichnet – in der Welt der Barbaren. Heute, am 17. Mai 1915, erhielt ich die Information, daß der amerikanische Passagierdampfer LUSITANIA versenkt wurde: Mehr als 1100 Menschen ertranken. Solche Zwischenfälle provozieren einen Krieg, in diesem Fall denken ich und Atlan augenblicklich an Nonfarmales Erscheinen und sein Raumschiff, und deswegen hat für mich der Zwang, Atlan aufzuwekken, die Schwelle der Entscheidungsfreiheit überschritten. Ich muß Atlan wekken.

Ich verstand bereits, was der Roboter sagte: »Es ist müßig, darüber nachzudenken, was passiert, wenn ich in Panik gerate. Mich hielt nur eine Tatsache davon ab – die Sicherheit, daß du nach einer Anzahl Tagen eingreifen kannst. Als du schliefst, maß ich tief im Zylinder Hyperenergien an, fast identische Impulse wie jene, mit denen Nonfarmale und wir experimentieren. Mit hoher Wahrscheinlichkeit konstruiert jemand oder etwas einen Dimensionstunnel oder eine ähnliche energetische Struktur.«

Ich bemühte mich, jedes Wort und dessen Sinn zu verstehen; in meinem Zustand fiel es schwer. Ich schlief ein und wußte, daß ich mich im Schutz der Kuppel befand, auf der Erde, angeschlossen an die Batterie der Wiederbelebungsgeräte. Rico/Riancor/Rancor hatte Amoustrella nicht geweckt. In meinem Gehirn geisterten Traumfetzen herum, die mehr waren als Visionen; es schienen Ausschnitte einer überaus exotischen Wirklichkeit zu sein. Umgaukelt von phantastischen Überlegungen schlief ich, träumte, notierte die Träume, erwachte wieder und fand Schritt um Schritt in die Wirklichkeit zurück,

Zweiundsiebzig Stunden später betrachtete ich mit tränenden Augen die riesige Holoprojektion der Planetenoberfläche und die Bilder auf eineinhalb Dutzend Monitoren. Beethovens Musik dröhnte durch den Kuppelraum. Mühsam erkannte ich unter vielen Darstellungen, die nicht nur aus dem Inneren der Universität stammten, eine seltsam gekleidete Gestalt. Der Roboter sagte: »Deine Tochter Aieta Jagdara Arcoyne-Lawrence, fünfzig Jahre alt. Ihr Mann, Richard Lawrence, ist dreiundsechzig. Boog hat vor Jahren die sogenannte Farm demontiert und so das Wohnhaus der neuen Familie an seinen heutigen Platz versetzt.«

Salziges Sekret lief über meine Wangen. Der Zellaktivator schien zu glimmen. Die Familie wohnte nordöstlich von Quebec, am St.-Lorenz-Strom.

»Du siehst deinen Enkel, ihren Sohn. Silent Thunder oder Orban-Amir Arcoyne-Lawrence.«

»Rührend, diese Namenswahl«, ächzte ich. Die kleine Familie schien sich tatsächlich mit großer Sachkenntnis und ebensolchem Fleiß mit der Dokumentierung der Dakota- oder Sioux-Geschichte zu beschäftigen. Auch Orban-Amir war ein helläugiger, schwarzhaariger Mann, hochgewachsen und breitschultrig. Ab und zu sah ich am Rand meines Blickfelds Amou, die schweigend dem Roboter half. Warum dieses seltsame Verhalten?

In den folgenden Tagen zogen die Wirrnisse eines Vierteljahrhunderts an meinen Augen vorüber. Verglichen mit Kämpfen und Kriegen vor tausend Jahren hatte damals nicht nur mehr Vernunft regiert, sondern geradezu eine idyllische Ruhe. Es gab zu viele Menschen, und sie bekriegten sich stets wegen jener Gründe, die auch in der Bronzezeit für Auseinandersetzungen gesorgt hatten: Landbesitz, Herrschaftssysteme, soziale Ungerechtigkeit und Religion. Es starb sich heute anscheinend leichter und schneller. Seit Erzherzog Franz Ferdinand von Österreich und seine morganatische, also die Gattin zur zweiten Hand, von einem Serben getötet worden waren, herrschte Krieg: Österreich-Ungarn gegen Serbien, Deutschland gegen Rußland, Frankreich und England, Japan (!) gegen Deutschland; auch die Türkei wollte unbedingt mitkämpfen.

Ich sagte mit heiserer Stimme, jedes Wort schmerzte tief in der Kehle: »Ich dachte, seit Krakatoa kenne ich das Chaos. Ich habe mich geirrt!«

»Heutzutage sind die Irrtümer tödlich. Aber es gibt nicht nur schlechte Nachrichten. Hier zeige ich dir die Fortschritte eines Vierteljahrhunderts.«

»Lilith und die Universität?«

»Arbeiten unter erhöhten Sicherheitsvorkehrungen weiter wie seither. Seit einem halben Jahrzehnt läuft unterschwellig ein neues Programm. Wir nennen es: Phantastische und pseudowissenschaftliche Vorstellungen und Projektionen einer Reise zu oder einem Besuch von fremden Wesen, die auf fernen Welten leben.«

»Gute Nachricht! Weiter.«

Von *Maxims* Maschinengewehr über *Toynbees* »Industrielle Revolution«, von 1884 bis 1915, von *Nordenfeldts* »Unterseeboot« über den Bau des *Eiffel*turms, über Chinas seltsames Einverständnis und Gemeinsamkeit mit russischer und europäischer Politik und den fast zeitgleich ausgegrabenen Pyramidenbauten an Brasiliens Küste und auf der Landzunge westlich Kalifornias bis zu Bildern aus Nordamerika, wo meine Tochter, ihr Mann und mein Enkel zufrieden, gut versorgt und ungestört ihr Leben führten, erlebte ich naturwissenschaftliche und andere Aufbruchsversuche der Barbaren mit. Der Krieg, an dem sich fast die gesamte Welt zu beteiligen schien, würde Aieta Jagdara kaum erreichen. Ich wandte mich dem Roboter zu; ich konnte mich bereits aufrichten und wenige Schritte gehen.

»Zu Nonfarmale. Was habt ihr erreicht?«

»Wir haben drei Sonden gebaut, eine vierte als Reserve. Diese bedingt raumflugtauglichen Geräte sollen die Eckpunkte eines gleichseitigen Dreiecks darstellen und, ebenso wie Nonfarmales Geräte, eine Strukturöffnung steuern. Vielleicht können wir ihn von seiner Jenseitswelt abschneiden – aber verständlicherweise konnten wir die Sonden nicht in einem scharfen Versuch testen.«

»Er müßte also mitten im Weltkrieg gegen mich kämpfen. Raumschiff gegen Raumschiff?«

»Zutreffend. Beide Schiffe dürften etwa die gleichen technischen Einrichtungen haben: Deflektor, Schutzfelder und so weiter.«

»Sein Raumschiff kann, auch wenn es so gut bewaffnet ist wie die LARSAF, abgeschossen werden.«

Mein Schiff stand nach wie vor unangetastet auf Yodos Island. Das Eiland war zwei dutzendmal von Eingeborenen besucht worden, von Bewohnern entfernter Atolle. Sie entdeckten die Gebäude, benutzten sie auch, aber sie beschädigten nichts. Rancor und Boog hatten schwer ersetzbare Einrichtungsgegenstände entfernt, den Transmitter besser getarnt und die Einbaum-Segler gewähren lassen. Sie hatten sogar Schößlinge von Gewächsen mitgebracht, die sich auf dem Inselchen prächtig ausbreiteten.

Ich betrachtete die Kämpfe, Schlachten, Verwüstungen und das Elend. Die Solarlampen begannen, meine Haut zu bräunen. Mein Körper erholte sich. Der Zellschwingungsaktivator schickte seine Ströme durch den Körper. Ich fühlte die Wärme auf der Haut und im Zellgewebe über meiner Knochenplatte.

»Du erinnerst dich an Boog, an Synonymus Eins und seine Doppelgängerfunktion beim Eindringen in Nonfarmales Klippenhorst?«

»Natürlich. Er hat mir trotz allem sehr genützt.«

»Boog und ich ließen die Wahrscheinlichkeit ausrechnen, ob auch Amoustrella einen höheren Überlebensfaktor dadurch erhält, daß sie ein Double hat.«

Ich überlegte und nickte; Amoustrella lag reglos in ihrem Schlafkokon.

»Sehr gute Überlegung, Rico. Lilith und Boog sind wohlauf?«

»Und werden besser von Jahr zu Jahr. Wir haben vor, eine überzeugende Kopie herzustellen, so daß selbst bei kritischer Prüfung Amoustrella Zwei nicht auffallen würde.« Riancor zögerte, dann nahmen seine Gestik und seine Stimme an Entschlossenheit zu. »Während der verstrichenen fünfundzwanzig Jahre, scheinbar in der Mitte dieser Frist, wurden Geräte, Speicher, Schaltungen und Transmitter manipuliert. Ich kann mich nicht erinnern, dich und Amou aufgeweckt und gepflegt zu haben.«

Ein gräßlicher Verdacht breitete sich in meinen Gedanken aus. Schon wieder ES? Der Logiksektor erwachte und ächzte: *Beherrschung! Nur kaltes Überlegen sichert deine geistige Gesundheit!*

»Also ein Roboterquartett. Trefflich.« Ich sank zurück, atmete tief, wandte unbewußt eine Dagorübung an und versuchte mich auf zurückliegende Geschehnisse zu konzentrieren. »Du willst sagen, daß dich tausendfache, winzige Verdachtssplitter dazu bringen, mir zu sagen: *Atlan und vielleicht auch Amoustrella* sind während dieser Zeit verschwunden gewesen? Nicht zwei Jahrzehnte lang, sondern in kürzeren Intervallen?«

»So ist es. Und so wie damals sind auch jetzt in der Tiefe des Überlebenszylinders unsichtbare Hyperenergien frei geworden. Es ist, als habe wieder ES durch einen Dimensionstunnel gegriffen und würde das ganze System manipulieren. Aber es gab kein Gelächter, keinen Monolog.«

Nach einer langen Weile, in der ich einen Schluck Wein riskierte, sagte ich, mehr zu mir selbst: »In Träumen oder der Wirklichkeit war ich auf Welten, in Landschaften, die phantastischer glühten als die der Erde und der Jenseitswelten Nonfarmales. Ob ES dafür verantwortlich ist? Oder ein Vorgang, der sich hinter der Sperre verbirgt, die vor meinen Jugenderinnerungen liegt? Ich weiß es nicht. Wenn es so war, muß es irgendeinen Sinn gehabt haben, den ich nicht erkenne. Noch nicht.«

In meine Gedanken schoben sich fremdartige Bilder exotischer Welten. Eine Perlenschnur aus dreißig Planeten, wie ein Wall durch einen fremden Weltraum, der nur durch eine Strukturöffnung inmitten des roten Waberns zu betreten ist. Andere Visionen rankten sich unauslöschlich um Amoustrellas Gesicht und ihren Körper. Ich schüttelte mich, versuchte einen zweiten Schluck und zwang meinen Verstand in logische Bahnen und mich in die Wirklichkeit zurück. Ich stöhnte.

»Ich werde versuchen, mich auf das Nächstliegende zu konzentrieren.«

»Wir haben alles für die Inspektion der unteren Räume vorbereitet.« Boog und ein gesichtsloser Roboter, dessen Körper wie der Amoustrellas geformt war, näherten sich vom Durchgang, der zu meinen eigenen Räumen führte. »Wir rechnen mit folgendem Effekt: Dort, wo wir und die Zentrale Positronik paralysiert werden, kannst du unbeeinträchtigt beobachten und reagieren.«

Ich hob die Schultern und sagte leise: »Ich rechne mit dem Schlimmsten; was wird uns diesmal überraschen?«

Sobald ich Herr über meinen Körper war und sich die Muskeln gekräftigt hatten, als ich feste Nahrung zu mir nehmen konnte, ließ ich mir in einen leichten Kampfanzug helfen, wählte einige Geräte aus und verließ den Bereich, der eine schwache Kopie der irdischen Wirklichkeit war. Sämtliche Monitore der Kuppel waren aktiviert, Signale bewiesen, daß viele Rechner und Maschinen mit beträchtlicher Kapazität arbeiteten. Meine erste Kontrolle galt dem Sicherheitssystem, und ich vergaß nichts: Temperatur, Luftdruck und -feuchtigkeit, Aufbereitungsanlagen sowie Unversehrtheit des Arkonstahlbehälters und der Kuppel – die Angaben auf den Monitoren bewiesen, was das Extrahirn sagte: *Dein untermeerischer Stützpunkt ist unversehrt!*

»Wann gab es die ersten Anzeichen, daß sich das System wie verrückt gebärdet?«

»Vor einunddreißig Tagen«, sagte Riancor. »Ich habe regelmäßige Systemkontrollen programmiert, Datensicherung und alles andere. Der Zentralrechner wurde zum Totalverweigerer. Generalstreik und entsprechendes Chaos.«

»Keine andere Erklärung, du Wunder der Positronik?«

»Die Anlage handelt selbständig.« Der Robot schüttelte den Kopf. »Es ist, als ob Bazillen oder Viren darin wüten.«

Riancor stand regungslos vor dem Hauptpult, hatte die Kontakte seiner Fingerspitzen gegen Stifte und Platten der Vertiefung hinter einer rot blinkenden Klappe gepreßt. Er versuchte mit der Positronik zu korrespondieren, dachte auf seine unnachahmliche Art nach. Ich wußte, welch gewaltige Datenströme flossen. Es ging um die Existenz dieser Überlebensanlage, um den letzten Anker, der noch zuverlässig in der fragilen Kruste des Planeten saß. Nichts war zu erkennen, was auf ein Verhängnis hinwies. Jede zusätzliche Beobachtung zeigte, daß jemand oder etwas die mächtige Anlage manipulierten oder sabotierten.

»Hoffnungslos!« Der Robot zog die Hände zurück, die Klappe schloß sich summend. »Wollen wir es versuchen?«

Boog sagte: *»Marcet sine adversario virtus!* Ohne Gegner erschlafft die Tugend!«

»Sagte Seneca.« Ich mußte grinsen. »Gehen wir. Viel Wunderbares erwartet uns.«

Wir verließen im Antigravschacht die Kuppelhalle und erreichten nach dem Druckschott die Rampe, die weit in das oberste Segment der Versorgungs-, Maschinen- und Überlebensanlagen führte. Ich blieb stehen, nur mäßig überrascht.

Überall blinkten Lampen, arbeiteten die Versorgungssysteme, schwebten oder rollten summende Kleinrobots umher.

Ein wahres positronisches Tollhaus! Ich wollte die seltsame Kreation der Robots noch nicht sehen, sondern mich davon vergewissern, wie es um weniger dramatische Einzelheiten der Kuppel stand. Ich inspizierte zuerst die großen Schwitzwasserpumpen im untersten Punkt des Zylinders, und war beruhigt, als ich alles trocken fand und die Maschinen sich nach dem kurzen Testlauf wieder selbst abschalteten. Die nächsthöhere Ebene: riesige Materiallager. Die Sensoren erfaßten einen Körper, schalteten Beleuchtung und Klimatisierung ein, die kleinen Monitore gaben perfekte Antworten über Soll- und Iststärke, über Entnahmen und Zugänge. Wieder eine Wendeltreppe. Ich entdeckte mehr und mehr Schätze, die in den zurückliegenden Jahrtausenden eingesammelt und angehäuft wurden; für diese Prüfung unwichtig.

Ebene um Ebene realisierte ich, wie hervorragend dieser gigantische Zylinder wirklich ausgestattet war. In der Vergangenheit hatte ich mich auf Rico verlassen, der immer das Richtige dachte, plante und ausführte. Jetzt sah ich es selbst; die mächtigen Platten aus dickem Arkonstahl, mit dem gewachsenen Fels verbunden, kalt und leicht von winzigen Tropfen beschlagen, die (meist) gefüllten Magazine und die (selten) leeren Räume, die dicken Leitungen und Rohre, und das Wispern, Knistern und Summen, das den Zylinder ausfüllte. Ich kämpfte mich langsam von Deck zu Deck aufwärts und kam schließlich in die kreisrunde, hohe Montagehalle.

In der Mitte der Halle, unter grellen Lichtpyramiden vieler Tiefstrahler, war eine kreisrunde Plattform, knapp einen Meter hoch, errichtet worden. Umgeben von mehr als zwei Dutzend schraubender, schweißender, sägender, summender, kriechender und hämmernder Robots stand das Verhängnis da, mit weißen und hellblauen Flächen, mit gelben Viertelkugeln und roten Halbkreisen; ein technischer Alptraum, der alles bedeuten mochte, von einer Schreibmaschine bis zum Zertrümmerer ferner Sterne. Ich setzte mich auf ein niedriges Faß, stützte die Ellbogen auf und legte mein Kinn in die Handflächen. Ich versuchte zu erkennen – oder besser, zu erträumen –, was dieses Ding zu bedeuten hatte.

Ein Werk von ES? Das Extrahirn warf die berechtigte Frage auf. Ich knurrte: »Wer oder was sonst?«

Ich sah schweigend zu, wie dieses mehrfarbige, dreidimensionale Puzzle weiter zusammengesetzt wurde. Es war jetzt schon etwa fünfundzwanzig Kubikmeter groß und wucherte wie eine Mischung zwischen Kristall und Pilz nach allen Seiten.

»Ja, Arkonide Atlan«, sagte ich im Selbstgespräch. »Wieder erhebt sich in deinem Leben vor dir ein neues Rätsel, diesmal ein metallisches.«

Was die einzelnen Bauelemente enthielten, wußte ich noch nicht. Ich sah viele Drähte und Steckverbindungen, unzählige Farben und funkelnde Metalle, Verbindungen und blinkende Kontrollfelder. Die Maschinen arbeiteten, als gäbe es kein Morgen; hastig, ohne sich gegenseitig zu behindern und perfekt gesteuert.

Ich schaute den Winzlingen etwa eine Stunde lang zu und wurde aus dem vielfarbigen, durchaus ästhetischen Arrangement keineswegs schlau. Vielleicht war es eine Maschinerie, mit der ich den Barbaren von Larsaf Drei endlich die Vernunft einprügeln konnte, die sie brauchten? Ich stand auf und dachte, daß mich Riancor benachrichtigt hätte, wenn er dem Rätsel auf die Spur gekommen wäre. Wir mußten die seltsamen Vorgänge entschlüsseln. Irgend jemandem drohte tödliche Gefahr. Im Zweifelsfall mir.

Ich bewegte mich, ratlos wie zuvor, auf die Treppe zu und schwang mich in den engen Antigrav-Aufwärtsschacht. Einige Atemzüge später war ich wieder im liebenswürdig eingerichteten Überlebensbereich für lebende Wesen; drei Decks unterhalb der gerundeten Zylinderkuppel.

Riancor zwirbelte die Enden des Gascognerbartes und sagte: »Ich kann die Tätigkeit der Subrobots beenden, Atlan. Aber nicht erklären, was sie tun. Es herrscht laokooneskes Durcheinander. Ich konnte herausfinden, daß sieben Rechner die Inhalte aller Speicher, kreuz und quer, benutzen und steuern. Es sind bisher keine Hochenergieeinrichtungen eingebaut worden. Ich habe gemerkt, daß viele Elemente eingebaut wurden, die auch in deinen Psychostrahlern vorhanden sind. Soll ich die Energie abschalten? Dann hören sie auf, dieses ... Ding weiterzubauen.«

»Warte, Riancor«, sagte ich. »Versuchen wir herauszufinden, was das ... Ding bedeuten soll. Ich habe sämtliche Ebenen kontrolliert.«

»Das System ist vorläufig nicht in Gefahr.«

»Das habe ich auch erfahren«, sagte Riancor. Wir waren darüber einig, daß die Lage alles andere als beruhigend war. Das Wichtigste: Der Zylinder war durch diese Aktivitäten offensichtlich nicht bedroht, das Überleben gesichert. Ich mußte diesen einzigen Platz, der mir geblieben war, mit allen Mitteln schützen und bewahren. »Bleibst du weiterhin wortlos, Atlan?«

»Zumindest solange ich nichts weiß«, sagte ich leise. »Was ist zu tun?«

Riancor flüsterte in mein linkes Ohr: »Ich werde die Speicher desaktivieren. Dann mangelt es bald an Informationen.«

Die Maschinen in der Halle arbeiteten weiter, obwohl es Riancor gelungen war, einen Speicher aus dem System des Zentralrechners auszukoppeln. Aus der scheinbar planlos wuchernden Struktur wurde dadurch, daß kürzere und längere Röhren und kugelige Elemente angefügt und zusammengesteckt wurden, eine andere Form. Kamen noch irgendwelche Verblendungen dazu, würde es vermutlich ein Würfel von etwa fünf Metern Kantenlänge werden. Nicht nur ich wurde manipuliert; wir erlebten einen Vorgang, der sicherlich wichtig war, von dem wir aber nichts verstanden. Sicher hatte dieses undurchschaubare Monstrum einen Sinn. Ich erkannte ihn nicht. Riancor schaltete sich auf einen Monitor und hob die Hand. Ich nickte; sein Gesichtsausdruck bewies, daß er keine gute Nachricht hatte.

»Ich habe den zweiten Speicher desaktivieren können. Aber – nur jene Segmente, die der Positronenrechner nicht mehr braucht, lassen sich abschalten.«

»Logisch. Er hat die Informationen der betreffenden Speicher verwertet. Läßt sich ahnen oder errechnen, wozu diese Informationen verwendet wurden?«

»Nein. Alles ist denkbar. Es ist eine Maschine, die Wellen oder Strahlen ausschickt. Es sind einwandfrei Sende- und Empfangsantennen eingebaut. Und die Kapazität der Anlage ist groß.«

»Früher oder später«, sagte ich, »finden wir es heraus.«

»Später, wie meist. Ich arbeite weiter.«

Ich wußte, wie leistungsfähig die Maschinen und Herstellungsblöcke der arkonidischen Überlebensstation waren. Die Subroboter hatten offensichtlich am eigentlichen Gerät nicht mehr viel zu tun, mehr und mehr Verkleidungsteile, die tiefeneinbrennemaillierte Zeichnungen trugen, wurden an die Rohre angeflanscht und füllten die sechs Flächen eines Würfels aus. Ich starrte auf den Schirm und sah, daß sich das kantige Monstrum vom Sockel hob und langsam drehte. Jede Seite wurde von sechzehn Teilen gebildet, also viermal vier, und der »Hersteller« dieser Anlage zeigte eine Art von Humor, die ich von ES zu kennen glaubte.

Drachen, Monstren, Fabelwesen, monströs verkleidete Ritter hinter wuchtigen Visieren, Reittiere aus prähistorischen Zeiten exotischer Welten tummelten sich auf den Flanken des Würfels. Die kleinen Maschinen umschwirrten die Anlage, die in leuchtenden Farben unter den Tiefstrahlern glänzte, wie metallene Bienen. Mich beschlich ein Verdacht, der zu phantastisch war, als daß ich ihm nachgeben durfte. *So leicht macht es dir, Arkonide, der Unbekannte nicht,* sagte das Extrahirn. Ich knurrte: »Ich weiß. Es wäre zu schön.«

Riancor überraschte mich nicht, als er mir mitteilte, daß es ihm gelungen sei, weitere fünf Megaspeicher zu desaktivieren. Ich winkte ab und rief zum Monitor hinauf: »Vergiß es! Der Unsichtbare hat dir erlaubt, diese Speicher zu desaktivieren. Sie werden nicht mehr gebraucht. Dieser verdammte Würfel sieht so aus, als würde er von einem Riesen demnächst über eine Ebene gerollt.« Ich schüttelte den Kopf und fuhr fort: »Aber das wäre zu schön, um wahr zu sein. Da wird irgendein lausiges Spiel gespielt; wahrscheinlich leider auf meine Kosten.«

»Ich bin zutiefst betrübt, daß es mir nicht gelungen ist, mehr Aufklärung zu erbringen.«

»Du drückst dich immer dann gestelzt aus, wenn du ratlos bist«, sagte ich.

Riancor senkte den Kopf und bekannte: »So ist es, Gebieter.«

Uns blieb nichts anderes übrig, als zuzusehen, wie die letzten Platten eingefügt, festgeschraubt, verschweißt und ohne sichtbare Fugen aneinander gepreßt wurden. Dreißig Sekunden später wurden die Transmitter aktiviert. Der Würfel schwebte darauf zu und passierte eine unsichtbare Grenze, und dann war er, erwartungsgemäß, verschwunden. Ich nickte; der Vorgang paßte in das System der rätselhaften Vorgänge: Ich betrachtete melancholisch das leere Glas und hob die Schultern.

»Jetzt braucht der Positronenrechner keine Speicher mehr, Riancor«, sagte ich halblaut. »Kannst du dir vorstellen, wohin dieses Ding transportiert wurde und warum? Zu welchem Zweck?«

Ich hielt Boog das Glas hin. Er goß es halb voll. Das aufgeregte Blinken der Rechner war innerhalb weniger Minuten zur normalen Betriebsamkeit herabgesunken. Alles Nachrechnen und Nachdenken nutzte nichts: ein geheimnisvoller Vorgang mehr.

»Ich denke, ich werde nicht anfangen, die Kuppel ein zweites Mal zu durchsuchen«, sagte ich. Der Ärger nistete tief in mir. »Ich überlege in aller Ruhe, ob ich weiter tiefschlafen soll, ehe ich noch richtig aufgewacht bin, aber ...«

Eine Scheu, die ich nicht verstand, hielt mich davon ab, Amoustrella zu wekken. »Warte, bis ich völlig klar denken kann.«

Kurz darauf hörte jede Aktivität unterhalb der Wohnebene auf. Jede Form der Paralyse oder Manipulation erlosch. Riancor fragte:

»Soll ich irgendwelche Planungen einleiten?«

»Was später wird, bleibt abzuwarten«, sagte ich.

»Verstanden.«

Was sich während des Vierteljahrhunderts wirklich ereignet hatte, würde ich herausfinden. Ich war entschlossen, Nonfarmale zu töten. Die schauerlichen Begleitumstände eines Krieges, der so viele Nationen erschütterte, waren eine Tarnung. Ich hob die Hand und sagte: »Gehen wir an die Arbeit. Diesmal darf es keine Panne geben.«

Wieder spürte ich Schmerzen im Nacken und Schwäche in den Knien. Ich wankte zum nächsten Sessel und glitt ächzend hinein. Die gehorsamen Maschinen näherten sich von allen Seiten, blinkten, summten und klickten. Der Zellschwingungsaktivator schien zu glühen. Etwa sechsunddreißig Stunden später, während einer wenig problematischen Wachphase, spielte Riancor eine jener Bildfolgen ein, die mich mehr faszinierten als die mörderischen Zerstörungen des Krieges, in dem die Barbaren selbst vor dem Töten durch Giftgas nicht zurückschreckten. *Rußland; Moskau und Sankt Petersburg.*

Ich las blinzelnd den Text. *Dieser Mann, Grigorij Jefimowitsch Rasputin, kontrolliert die Familie des Zaren. Seine Herkunft ist zweifelhaft. Er verfügt über starke hypnosuggestive Kräfte. Über ihn wird das Verhalten Rußlands im Krieg ebenso bestimmt wie andere politische Aktivitäten. Der Zar Nikolaus II. löst den Feldherrn Großfürst Nikolai Nikolajewitsch als Oberbefehlshaber ab. Rußland wird Lemberg verlieren. Rasputin, angeblich »Wundermönch«, Anhänger von Danila Philippows Klysty-Sekte, auch »Starez« genannt, verfügt über Methoden/Medikamente, mit denen er die Bluter-Krankheit des jungen Zarewitsch Alexej anscheinend geheilt hat. Ein solches Mittel ist der zeitgenössischen Medizin nicht bekannt.* Der Logiksektor kommentierte: *Eine Meldung von unzähligen, eine Seltsamkeit unter vielen. Behalte diesen Fabelmönch im Auge, Arkonide.*

Ein aberwitziger Gedanke überfiel mich, Rasputin und Nonfarmale? Hatten sie uns entführt? Konnten sie damit etwas zu tun haben? Unwahrscheinlich. Aber auf diesem Planeten war mitunter ein Wunder alltäglicher als das Normale.

»Ich werde mir dein Gesicht genau merken, Grigorij Jefimowitsch«, sagte ich. Ich ließ den Mönch auf dem Holoschirm stillstehen, fuhr die Sequenz zurück und prägte mir jede Einzelheit des Berichts der Spionsonde ein. Brüderchen Rasputin, der »teuflische Heilige«, verhaßt, verachtet und hochgeehrt, war stämmig, breitschultrig und hochgewachsen. Die struppigen Haare fielen vom Mittelscheitel bis auf die Schultern. Unzählige Runzeln durchfurchten die bräunliche Haut, eine fleischige Nase sprang über einem langen, struppigen Bart weit vor. Es war ein wildes Gesicht, beherrscht von kleinen, flackernden Augen. Ich hörte ihn sprechen; seine rauhe, harte Stimme verwandelte sich binnen zweier langer Sätze in das disziplinierte, warm-sonore Organ eines Baßbaritons der russischen Oper. In seinem Bart schimmerten ebenso wie im Haar graue Fäden. Die Kutte, die an seinem Körper hing, deutete auf seine Zeit als »Strannik«, als bettelnder Wandermönch hin. Jetzt lebte er im Luxus. Als ich ihn betrachtete, wuchs mein Argwohn. Mensch oder Androide? Psychovampir oder ein Außerirdischer, der in einer wenig appetitlichen Maske auftrat?

»Mehr noch, Brüderchen: Ich werde eine Inspektionsreise nach Petersburg durchführen.«

Auf Cyr Aescunnars Monitoren brodelten vielfarbig die Eruptionswolken des Krakatoa, eine Dokumentation der terranischen Vulkanüberwachung aus dem Jahr 3456. Das Bilddokument, vier Jahre vor dem Verschwinden der Erde aufgenommen, zeigte die von Tropenwald bestandene Hauptinsel und das Inselchen »Kind des Krakatoa«, ein Eiland, das viermal aus dem Meer gehoben worden war und dreimal wieder verschwand; seit dem kleinen Ausbruch von 1928 spie es schweflige Dämpfe. Länger als drei Jahre hatten die Staubmassen damals, rund um den Planeten, in der Luft geschwebt.

Vor einer Stunde hatte der Historiker die Aufnahmegeräte desaktiviert: Atlan schien erschöpft zu sein; als ihn Scarron am späten Abend in den Kavernen des Chmorl-Berges besuchte, schlief er. Binnen Stunden hatte die Universitätsverwaltung einige Nebenräume der Bibliothek für den ungewöhnlichen Gast umgerüstet und eingerichtet. Bisher war Cyr in Atlans Erzählduktus keine Veränderung aufgefallen, aber auch er war müde und würde vielleicht morgen einen Stilvergleich anstellen können – aber was änderte eine genauere Wortwahl an der Aussagekraft der Berichte? Cyr ordnete flüchtig seine Notizen, überprüfte gähnend, mit brennenden Augen, die Stichworte und die zahlreichen Informationen, Querverweise und Erklärungen, einen Abriß über Ursachen, politische Eigenarten, Kämpfe, Siege und Verluste und das Ende des sogenannten Ersten Weltkrieges und über die Ruinen der Pyramidenbauten in Brasilien.

Im Zusammenhang mit seinem mysteriösen Augenleiden hatte er ein neues medizinisches Fachwort entdeckt: *Anisometrie;* Kurzsichtigkeit auf einem und Weitsichtigkeit auf dem anderen. *Horror fusionis* entstand daraus, ein Zustand des Sehvorganges, der eine Interpretation der Unterschiede nicht mehr zuließ. Cyr ließ seine Blicke über die Fronten der Monitoren und Aufzeichnungsgeräte gleiten; er sah keinerlei Anomalien.

Einen Gäa-Tag, also 25 Stunden und sechs Minuten später, beendete Cyr die lange Dusche, sprühte lindernde Spezialflüssigkeit in die Augen und öffnete die Terrassentüren. Kühle Frühlingsluft wehte herein; von den papierenen Zeugen der Vergangenheit zogen flimmernde Staubpartikel im Sonnenlicht zur Decke und hinaus in die blattlosen Parks Sol Towns. Cyr vervollkommnete die aktuellen, verifizierten Eintragungen in seiner Zeittafel. Er löschte gewissenhaft sämtliche Notizen und atmete auf; er spürte jenseits der Aussagen von Atlans Erzählungen, oder zwischen den Zeilen, eine steigende Dramatik, wie die Vorahnung phantastischer Begebenheiten, und er wollte sich nicht davon beeinflussen lassen. Mittag, am 21. Februar 3562. Cyr wies den robotischen Servant an, einige Sandwiches herzustellen und zu toasten, schaltete die Monitoren und deren Speicher ein. Auf den Bericht über die prähistorischen kleinen Pyramiden Brasiliens wartete er noch, aber es lagen präzise Satelliten- und Flugaufnahmen der Baja California vor, jener langen Halbinsel westlich des Golfes von Kalifornien. Die folgenden Stunden verbrachte Cyr damit, von Kap San Lucas nordwärts bis San Diego mit einem Suchprogramm und zahlreichen Vergrößerungen nach den Pyramiden zu suchen: ohne Erfolg.

»Wird Atlan von ES oder gar Anti-ES manipuliert? Wird er wieder die zwei Schatten erwähnen? Hat sich die Welt, die Planetenoberfläche, für Rico und Atlan stellenweise verändert?«

Seit rund einem Jahrhundert war das kosmische Schachspiel zwischen ES und Anti-ES bekanntgeworden; darin spielten Paralleluniversen eine Hauptrolle, waren Teil des Spiels. Gab es eine »Bifurkation« der Wirklichkeit, eine Gabelung im zeitlichen oder tatsächlichen System, die über die weitere Entwicklung entschied? Der Geschichtswissenschaftler ließ die lange Auflistung der Stichworte über einen Bildschirm laufen:

Rotes Glühen ... Rätselwürfel ... Hongkong abgetreten an England ... Florida an USA verkauft ... Baja-Pyramiden ... Miracle ... Tiefschlafproblematik ... Jenseitswelten ... Parallelwelten ... Chronologie ... Jugenderinnerungen/Sperre ... Dimensionstore (Major Amparo Abdelkamyr!) ... USO-Historisches Korps ...

Er zuckte mit den Achseln, rief Protokolle des Historischen Korps der United Stars Organisation auf den Monitor und begann schweigend zu lesen.

Aus: Sean Nell Feyk: *»Zahlen, Zenturien, Ziele und Zeugnisse – aus der Arbeit des USO-Historischen Korps«.* Sonderdruck, Pounder City, Mars; (c) 2845

... gehörte zu Lordadmirals Jugenderinnerungen auch jene Passage, die seinen ersten Besuch im Dreißig-Planeten-Wall – auch »Ring des Schreckens/Wahnsinns, Kreis ohne Ende« oder später »Miracle-Ring« genannt – beschrieb, der in seinem Leben noch eine wichtige Rolle spielen sollte.

An dieser Stelle soll eine knappe Zusammenfassung unserer Berichtspflicht Genüge tun; wir verweisen allerdings ausdrücklich auf die ausführliche Version, erschienen als EXKLUSIV-Band Nr. IV, »Der Ring des Schreckens«.

ATLAN: ... befanden uns nach den Abenteuern auf Tsopan auf dem Flug nach Kraumon, als wir bei einer Orientierungspause zwischen zwei Transitionen von einer elektromagnetischen Übertragung, begleitet von Paraschwingen, überrascht wurden. Kurz darauf orteten wir die *Schwarze Plattform*, die in ein ungewisses Leuchten gehüllt war. Ein Quader – 6000 Schritte lang, 2000 breit und 1000 hoch –, über den unter den Raumfahrern zahlreiche Gerüchte kursierten. Man nannte das Objekt die »Vergessene Positronik« oder auch »Vergessene Plattform«, und die meisten Raumfahrer fürchteten es mehr als alle Dunkelsonnen oder Hyperstürme. Angeblich handelte es sich um das Überbleibsel eines kosmischen Urvolks, das seit langer Zeit ruhelos durch den Raum trieb, einmal in diesem, dann in jenem Sektor auftauchte und mit Tod und Verderben verbunden wurde.

Gleichzeitig sollte die Vergessene Positronik der Schlüssel zum mysteriösen »Stein der Weisen« sein, der angeblich dem, der ihn fand und der sich seiner würdig erwies, große Macht und Glück schenkte. Niemand wußte genau, wie dieser Stein der Weisen aussah, und niemand wußte, wo er sich befand. Viele hatten versucht, ihn zu finden. Die Glücklicheren von ihnen hatten niemals eine Spur entdeckt; alle anderen waren verschwunden. Schon oft hatte ich mit dem Gedanken gespielt, nach dem Stein der Weisen zu suchen, um mit seiner Hilfe die Macht Orbanaschols zu brechen, und ich wußte, daß Orbanaschol seinerseits große Anstrengungen unternahm, um in den Besitz des Kosmischen Kleinods zu gelangen. Das unerwartete Auftauchen der Schwarzen Plattform war eine Gelegenheit, die ich mir nicht entgehen lassen durfte.

Es gelang uns, die mit der Plattform verbundenen Gefahren zu überstehen, und wir erhielten von Segmasnor, der sich selbst als »Sprecher der Zentrale« bezeichnet hatte, einen Hinweis. »Wenn ihr wirklich fest entschlossen seid, die Suche nach dem Stein der Weisen fortzusetzen«, erklärte er, »dann fliegt in den Dreißig-Planeten-Wall. Fragt dort nach dem Weisen Dovreen.«

Erst im Jahr 10.498 von Arkon erreichten wir nach mühsamen Berechnungen den Planeten-Wall. Zuvor hatten wir auf dem Planeten Dargnis, dem achten Planeten des Slohraeder-Systems, den Barbaren Ra aus der Gewalt des arkonidischen Statthalters Terphis Kur Zammont befreit: Der freie Prospektor Neeol Darmigon hatte den Fremden auf dem dritten Planeten einer gelben Sonne eingefangen und zu einem halboffiziellen Sklavenmarkt des Imperiums gebracht, wo er von Statthalter Zammont gekauft wurde. Zunächst gab sich Ra verschlossen und wortkarg. Aber als er auf Kraumon Farnathia sah, hielt er sie für *Ischtar* – und berichtete uns von seiner Begegnung mit der Varganin auf seinem Heimatplaneten. Daß Ischtar offensichtlich in einem Bezug zum Dreißig-Planeten-Wall stand, erfuhren wir erst später.

Wir drangen jedenfalls mit der KARRETON Richtung Zentrumskern der Galaxis vor und fanden das gesuchte System. Als wir die große gelbe Sonne untersuchten, lieferte schon die erste Auswertung der Massetaster überraschende Ergebnisse, sie wurde tatsächlich von dreißig Planeten umkreist.

»Alle Planeten umlaufen auf einer gemeinsamen Bahn ihre Sonne«, sagte ich nachdenklich. »Außerdem haben sie in etwa die gleiche Masse. So etwas kann niemals auf natürlichem Wege entstanden sein.«

»Das ist richtig.« Fartuloon antwortete bedächtig. »Der Dreißig-Planeten-Wall ist zweifellos das Produkt einer überlegenen Technik.«

Alle Planeten hatten nicht nur annähernd gleiche Massen, sondern glichen einander ebenso hinsichtlich ihrer Größe, Oberflächenstruktur und atmosphärischer Zusammensetzung. Unsere Energietaster lokalisierten auf sämtlichen Planeten starke Energiequellen, darunter auch solche, die dimensional übergeordnete Energie erzeugten. Wir machten uns an die Untersuchung des Systems und staunten angesichts der einander gleichenden Bilder. Sie zeigten ausnahmslos die Oberflächen von Welten, die wir nur als paradiesisch bezeichnen konnten. Es gab größere Kontinente mit reichhaltiger Flora von parkähnlichem Charakter, und in den blaugrünen Meeren lagen zahlreiche Inseln mit weißen Stränden. Es gab weder Städte noch andere Ansiedlungen. Die angemessenen Energie-Emissionen bewiesen aber eindeutig, daß es unter der Oberfläche viele Kraftwerke gab, deren Ausstoß problemlos mehrere Großstädte einer hochentwickelten Zivilisation hätte versorgen können.

Schließlich entdeckten wir auf allen dreißig Planeten je ein weißes, pavillonähnliches Bauwerk. Fartuloon, Ra und ich landeten mit einem Beiboot der YPTAR-Klasse auf dem Planeten, den Fartuloon nach dem schlafenden Riesen der Grundholm-Saga *Frokan* genannt hatte. Der Pavillon hatte einen Grundflächendurchmesser von mehr als 600 großen Schritten und war 20 Schritte hoch. Er lag zwischen einem lichten parkähnlichen Wald und dem Ufer eines Sees. Auf einer Liege nahe der Wasserfläche entdeckten wir jenes Geschöpf, das sich uns als *Dovreen der Weise* vorstellen sollte ...

Cyr stand auf, braute sich einen starken Mokka und setzte sich. Der Text scrollte über den Monitor. Eine Ahnung sagte Cyr, daß die Ereignisse aus Atlans Jugendzeit auch für den jetzigen Bericht von Bedeutung waren. Mehrmals hatte Atlan auf die von Fartuloon manipulierten Erinnerungen hingewiesen – und das mußte einen Grund haben.

»Vielleicht Hinweise seines Unterbewußtseins?« murmelte er, schob die Lesebrille hoch und starrte auf die Bildfläche. »Ein Aufbrechen der Blockierung?«

Zu viele Fragen blieben unbeantwortet. Nachdenklich las er weiter.

... als wir Dovreen auf den Stein der Weisen ansprachen, führte er uns ins Zentrum des Pavillons, wo der Mittelpunkt einer Halle von einem schwarzen Fleck eingenommen wurde. Manchmal wirkte er kugelförmig, dann nur als zweidimensionale Scheibe und dann wie eine Pforte zu einem imaginären Schattenreich. Dovreen berührte die Schwärze, die sich von einem Augenblick zum anderen wandelte und eine transparente Energieblase formte, in der eine faustgroße silberfarbene Kugel schwebte.

»Die Silberkugel in der leuchtenden Wolke!« flüsterte Ra. Fartuloon und ich begriffen sofort, was er meinte: In seinem Bericht über Ischtars Raumschiff hatte er auch davon gesprochen, daß er in einem Raum eine gleichartige Silberkugel entdeckte.

Ischtar verhinderte, daß Ra die Kugel berührte, und sagte über sie: *»Ein altes Geheimnis meines Volkes. Nicht einmal ich kenne die ganze Geschichte. Ich brauchte sehr lange Zeit, um ein wenig über die Kugel zu erfahren. Ich weiß nur so viel, daß es das Bindeglied zu den verschollenen Varganen darstellt. Es wird mir bei der endlosen Suche helfen.«*

Meine Gedanken rasten. Konnte es sein, daß der Dreißig-Planeten-Wall früher einmal von den Varganen besucht worden war? Oder hatte dieses geheimnisvolle Volk ihn gar geschaffen?

Dovreen deutete auf die silbrige Kugel. »Wenn du den Schlüssel zum Stein der Weisen suchst – das ist er!«

Sein Lächeln war eigentümlich. Plötzlich waren Fartuloon, Ra und ich an unseren Platz gebannt, konnten uns nicht mehr bewegen. Dovreen dagegen wandte sich ab und ging davon.

»Die Kugel, Atlan!« rief Fartuloon. »Sie dehnt sich aus. Wenn ich nur die Arme bewegen könnte, um meinen Skarg zu ziehen.«

Ich sah ebenfalls, daß die Silberkugel sich allmählich ausdehnte. Gleichzeitig hatte ich das deutliche Gefühl, als ob wir im gleichen Maße schrumpften, wie die Kugel anschwoll. Dovreen hatte uns eine Falle gestellt! Ra schrie gellend, als die Kugelwandung uns berührte. Wir wurden verschlungen – und wenige Augenblicke später umgab uns wogender milchiger Nebel. Wir hörten hysterisches Gelächter, Schluchzen und Schreie.

Außer uns gab es weitere Gefangene – unter anderem Beauftragte Orbanaschols! – im Nebelgefängnis der Kugel, deren »innere« Ausdehnung uns überraschte. Irgendwann riß der Nebel auf und zeigte eine Art Fenster, durch das wir Sterne, die gelbe Sonne und einen weiteren Planeten des Walls sahen. Wir »landeten« neben dem dortigen Pavillon, im bleigrauen Nebel entstand ein bläulich leuchtender Ring von zehn Schritten Durchmesser – und erwies sich als Tor, durch das wir das Nebelgefängnis verließen. Wir entdeckten Fremde mit bronzefarbener Haut und goldfarbenen Haaren – Varganennachkommen vermutlich –, deren Körper von Geschwüren und Beulen bedeckt waren. Zeichen der tödlich verlaufenden Draudegar-Pest. Wir bekamen Probleme mit einem Roboterfahrzeug, entfernten uns vom Pavillon, konnten den Roboter zerstören und kehrten zum Pavillon zurück. Dort erwartete uns der Dovreen des Wallplaneten, der nicht mit dem Frokans identisch war – denn er war von Draudegar-Pestbeulen entstellt.

»Tretet näher«, sagte er mit hohl klingender Stimme. Fartuloon holte tief Luft, als der die faustgroße Silberkugel sah. Dovreen II ging, und wir wurden Teil des Gebildes, als es sich ausdehnte und uns in bleigrauen Nebel hüllte. Plötzlich wußten wir, weshalb die Beauftragten Orbanaschols von »endloser Reise«, einem »Kreis ohne Ende« und einem »Ring des Schreckens« gesprochen hatten. Offenbar mußte jeder, der einmal von einer dieser Kugeln eingefangen wurde, auf immer von Welt zu Welt durch den Dreißig-Planeten-Wall reisen, ohne Chance, diesem Teufelskreis zu entfliehen. Wir wußten nicht, ob die Silberkugel ein Raumschiff oder eher ein Transmitter war.

Als die Kugel den dritten Wall-Planeten erreichte, brach Ra sein Schweigen und berichtete von seinen Erlebnissen, die sechs Winter nach der Abreise Ischtars geschahen und mit der Entführung durch Darmigon endeten – von Ra aber auch insofern gewollt war, als er Ischtar suchen und wiederfinden wollte.

Auf dem vierten Wallplaneten begegneten wir einem Dovreen, der von einer bronzehäutigen Eingeborenenfrau begleitet wurde, in welcher Ra im ersten Moment Ischtar wiederzuerkennen glaubte. Als er den Namen ausrief, veränderte sich Dovreens Gesichtsausdruck. Wenige Schritte vor Ra blieb er stehen und fragte: »Du kennst den Namen der letzten Königin der Varganen?«

Ra antwortete nicht, trotzdem veränderte sich Dovreens Verhalten. Während

Eingeborene um Feuer tanzten, verschwand er mit der Frau im Pavillon, kam kurz darauf wieder auf uns zu und trug einen ovalen Behälter. Als er den Deckel aufklappte, sah ich eine Silberkugel.

»Diese Kugel birgt Leben und Tod, Schrecken und Freude, Sieg und Niederlage«, sagte Dovreen dumpf. »Dem Würdigen aber kann sie den Weg zum Stein der Weisen zeigen. Sie wird euch auf ihre besondere Art leiten, und der Stein der Weisen wird euch das ewige Leben schenken, wenn ihr alle eure Handlungen von Weisheit lenken laßt. Aber der Weg zum Stein der Weisen ist noch lang und führt über einen schmalen Grat, neben dem die Abgründe der Finsternis lauern.«

Ich nahm den Behälter entgegen, ohne zu wissen, ob es sich bei der Kugel um die gleiche handelte, die uns von Planet zu Planet befördert hatte. Ich vermutete allerdings, daß es die Silberkugel in mehrfacher Ausfertigung gab. Ras Reaktion jedenfalls hatte Dovreens Einstellung uns gegenüber verändert. Blieb dann noch das Problem, wie wir zum Beiboot zurückgelangten, denn wir waren nicht auf Frokan ...

Cyr sah auf, als das Glockensignal den eingehenden Ruf anzeigte. Von der Projektionsfläche des Monitors lächelte Dr. Abdelkamyr Cyr kurz an, dann setzte sie ihre dienstlich-wissenschaftliche Miene auf und sagte nach der Begrüßung:

»Wir haben gerechnet, geprüft und den richtigen Leuten Fragen gestellt. Jede Ihrer Erwähnungen, die wir als geschichtlich fragwürdig definieren, paßte in unser Denkmodell, Professor. Ich will Ihnen nicht mit Formeln und Berechnungen oder Diagrammen ...«

»... die weder ich noch der durchschnittliche Leser der ANNALEN verstehen würde«, sagte Cyr.

»... die Laune verderben, aber folgendes Modell scheint richtig, beweisbar und im Fall von Atlans Erlebnissen korrekt zu sein. Seit der Initialzündung, der Zerstörung des Antimaterie-Kometen durch Ischtar, geschehen scheinbar unmögliche Dinge. In Erdnähe, in großer Entfernung davon, an vielen Positionen der Galaxis, die uns unbekannt sind, überlappen Paralleluniversen, und in einem Rhythmus, der vielleicht durch Rückkopplungen mit der »Kontaktspur« vorgegeben wurde, öffnen sich Dimensionstore oder -tunnel.«

»Bisher hab' ich's verstanden«, sagte Cyr. »Das erklärt die verschiedenen Jenseitswelten Nonfarmales und seine Fähigkeit, die Erde zu betreten. Bis zu einem bestimmten Grad sind die Dimensionstore beeinflußbar, und daß die Zeit, ein Mythos aller denkenden Wesen, zwischen der Erde und den parallelen Welten in unterschiedlicher Geschwindigkeit verstreichen kann, ist seit dem Roten Universum der Druuf bekannt.«

»Schon im Normalraum ist Relativität maßgebend: Einstein hat's erklärt. Subjektive Zeit ist auch in Waringers Weltmodell ein Faktor der Universalformel. Daß die Erde quasi zum Schnittpunkt verschiedener Welten wurde, haben die Cynos, Nonfarmale und zumindest Cagliostro, wohl zufällig erkannt. Sie benutzten Larsaf Drei ebenso wie viele andere Planeten als unterhaltsame Wartestation bis zum Jahr 3440, in dem der *Schwarm* in der Galaxis erschien. Fünf, sieben oder neun Cynos traten jeweils als Gruppe auf, als sogenannte *heimliche Herrscher,* und erst mit dem Schwarm erfuhren wir von diesem *heimlichen Imperium,* das insgesamt für rund eine Million Jahre bestand. Mit unserer Hilfe erkämpften sich die Cynos ihre Herrschaftsfunktion zurück.«

Sie machte eine Pause. Cyr leerte den Becher; der Mokka war längst kalt geworden. Amparo las, außerhalb des übermittelten Holobildes, einige Stichworte ab und sprach weiter:

»Das Datum der Zerstörung Santorin-Kalliste-Theras wird von Atlan und Rico für das Jahr minus 1323 angegeben, die irdische Wissenschaft nennt verbindlich das Jahr minus 1628. Also unterlagen auch das Weltenfragment und die damit verbundenen Ereignisse der *Bifurkation.* Meines Wissens nach ist dies die erste gravierende Anomalie, die neben der wirklichen Welt jene Besonderheiten schuf, die Atlan täuschten. Es fiel sicherlich jahrtausendelang nicht auf, daß es streckenweise zwei oder gar mehr Realitäten gab, denn exakte Geschichtsschreibung fand nicht statt – außer in Ricos innerer Uhr oder seinen Protokollen für die Zentrale Positronik der Überlebenskuppel. Mars, Florida und Hongkong sind markante Schnittpunkte, die uns die sonst unbemerkten Differenzen aufzeigen. Stellen Sie sich vor, daß Atlan im Bezug auf den dokumentierten Zeitablauf sich in einer Jenseitswelt bewegte, unmittelbar in der Strukturöffnung oder im Einflußbereich einer Überlappung. Sie und ich, wir haben die ENZYKLOPAEDIA TERRANIA peinlich genau zu Rate gezogen und kennen den wirklichen Verlauf ...« Sie zögerte. »Nun, sagen wir, den für uns wirklichen, weil maßgeblichen Verlauf. Atlan sprach, wohl metaphernhaft, von ›zwei Schatten‹. Er muß also zu irgendeinem Zeitpunkt davon etwas gemerkt haben.«

»Vermutlich nach dem Ersten Weltkrieg. Bisher waren Florida und Hongkong für ihn wenig wichtig«, sagte Cyr. »Über mehr als ein Jahrhundert, das vor seinem Zusammentreffen mit Rhodan liegt, hat er noch nicht berichtet. Wir müssen auf weitere Überraschungen gefaßt sein. Die Pyramiden in Brasilien gibt es, aber auf der ganzen langen und wüstenartigen Baja California war nichts zu finden außer Bergen, die spitze Gipfel hatten.«

»Wir haben unsere Hyperphysiker erheblich genervt, als wir sie baten, die wahrscheinlichen Einflüsse von ES und Anti-ES zu quantifizieren. Einige waren der Ansicht, daß diese überlappenden Fronten schon lange vor dem Untergang von Atlantis, vielleicht gar bei den Lemurern – Stichwort: Vernichtung des Planeten Zeut durch die Haluter –, den Trennungsmoment provoziert haben. Aber das ist für ihr Projekt ebenfalls von sekundärer Bedeutung.«

»Wie wahr«, sagte Cyr leise. »Trotzdem, rein aus Interesse. Warum Zeut?«

Major Abdelkamyr seufzte. »Seit 3444 wissen wir, daß Zeut zu einem Großteil aus PEW-Metall bestanden haben muß – *Parabio-Emotionaler Wandelstoff* ist, wie bekannt, für die Altmutanten äußerst wichtig, ein Howalgonium-Sextagonium-Zwitter, fünfdimensional strahlend mit sechsdimensionaler Tastresonanz. Werden größere Mengen atomarer Energie in der Nähe von PEW freigesetzt, zersetzt es sich und verdunstet in den Hyperraum. Selbst bei Einbeziehung einiger Jupiter- und Saturnmonde ergeben alle Planetoiden und Asteroiden zwischen Mars und Jupiter keine ausreichende Gesamtmasse für einen Planeten von ursprünglich 10.388 Kilometern Durchmesser; es ist also davon auszugehen, daß bei der Zerstörung beträchtliche Mengen »abhanden« kamen und einen Aufriß zum Hyperraum schufen.«

»Verstehe. Ein der Vernichtung des Antimaterie-Kometen vergleichbarer Prozeß. Und zu dieser Zeit bestand ja noch die Direktverbindung zum galaktozentrischen Sonnensechseck per Großtransmitter von Lemuria aus.«

»Vermutlich entstand damals die ›Kontaktspur‹, eine Art Suchstrahl, der, weil Teil des akausalen Hyperraums, Zugriff auf alle möglichen oder unmöglichen ›Jenseitswelten‹ hatte.«

Cyr nickte. »Ich habe mir also vorzustellen, daß sich Atlan oder die ganze Erde von Zeit zu Zeit, mal kürzer oder länger, im Einfluß einer wandernden Zone – oder deren mehrerer – befand, so als ob dort, wo er sich befand, sich ein Hochdruckgebiet aufgebaut hätte oder ein unsichtbarer Nebel oder ähnliches. Und wohin ist – letztes Erlebnis! – dieser seltsame Würfel verschwunden?«

»In eine Jenseitswelt, wohin sonst? Strukturöffnungen können sich auch in einem Tiefseegraben oder einem Gebirgsmassiv kurzzeitig stabilisieren. Auch durch einen Strukturkanal hindurch, beispielsweise, funktioniert bei passender Justierung eine Transmitterverbindung. Dies könnte, nebenbei, erklären, weshalb besonders Atlan betroffen war: Er benutzte häufig Transmitter, und dies dürfte für den ›Suchstrahl‹ von gleichsam magnetischer Anziehungskraft gewesen sein.«

»Vielleicht berichtet uns Atlan irgendwann, was ES zu ihm gesagt hat.« Cyr blinzelte im grellen Sonnenlicht und suchte aus einer Schublade eine Brille mit getönten Gläsern heraus. »Schließlich war er bewußt erst Mitte des Jahres 2042 auf Wanderer, als ES mit den Druuf-Fronten Probleme hatte. Aber ... zurück zum Thema: Beeinflussen sich die Alternativwelten gegenseitig?«

»Auf jeden Fall schaffen sie Veränderungen der Wirklichkeit, solange sie dauern. Florida und Hongkong scheinen zu beweisen, daß Atlans Alternativwelt auf die uns vertraute historische Wirklichkeit kaum Einfluß nahm.« Major Abdelkamyr hob ein Bündel Folien und wedelte damit vor den Linsen; sie steuerte auf den Abschluß der Unterhaltung zu. »Das ist vorläufig alles, Professor. In den nächsten Tagen und Wochen werden Sie von Atlan mehr erfahren – haben Sie einschlägige Fragen, rufen Sie mich an. Einverstanden?«

Er nickte mehrere Male. »Danke, Doktor Abdelkamyr. Ich werde Sie zum Ehrenmitglied der Historischen Fakultät vorschlagen, wenn Sie mögen. Sie und Ihre hyperphysikalischen Freunde haben mir sehr geholfen, einiges sehe ich trotz meiner armen alten Augen klarer. Mache ich Ihnen mit dem ersten Band der ANNALEN, meine Widmung eingeschlossen, eine Freude?«

»Aber sicher!« Sie lachte und winkte. »Eine große Freude! Schon fertig? Zufriedenstellend ausgefallen?«

»Das Buch riecht noch nach Leim und Kunstleder. Warten Sie auf den Boten, Major.«

Der Zweitanschluß summte. Amparo lächelte und trennte die Verbindung. Cyr tippte auf einen Kontakt; Scarron strahlte Cyr an und sagte:

»Schalte Voiceprinter und den Rest deiner biopositronischen Batterie ein, Professor! Unser Freund holt gerade tief Luft. Gleich wird seine Rede wie Honig, Milch und Wein fließen, vom Chmorl-Metall beschwingt.«

»Ich danke dir, liebste Freundin.« Cyr sprang auf und tastete, schaltete und justierte Gerätschaften. Ihre Fronten waren metallisch oder wiesen die Struktur von Plastan auf, waren keineswegs pseudotransparent. Cyr registrierte es mit Erleichterung. »Niemand hört konzentrierter zu als ich.«

Die Holoprojektion baute sich auf und zeigte Atlan, über dessen Schultern sich die SERT-Haube senkte, im dämmrigen Leseraum der Bibliothek. Cyr wartete, bis sich die ersten Buchstaben zu Worten und Zeilen auf der Printerplatte aufreihten, dann setzte er den Kopfhörer auf und zog das Keyboard zu sich heran, mit dem er Notizen und Stichworte schrieb.

9.

Als ich nach einer kleinen, langweilenden Ewigkeit wieder die volle Kontrolle über Verstand und Körper besaß, ließ ich die Transmitterverbindung zu Yodoyas Inselchen schalten. Ein Dutzend Theorien hatte ich verworfen, nachdem ich auch die unwahrscheinlichste Möglichkeit bedacht hatte: Was war wirklich in meinem Überlebenszylinder vor sich gegangen? Ich war so gut wie sicher, daß ES für Entwurf, Bau und Transport dieses vielbebilderten Kubus verantwortlich war. Ich folgte dem jüngsten Roboter-Exemplar, dem Boog und Riancor während der letzten Stunden das Aussehen eines Südseehäuptlings gegeben hatten. Er hatte seit zehn Tagen Haus und Raumschiff versorgt.

»Ich nehme an, daß sich die LARSAF in einwandfreiem Zustand befindet?« fragte ich.

Ich setzte die dunkle Brille auf, genoß die vertraute Umgebung und wünschte, daß Amou bei mir wäre. Im Haus kontrollierte ich sorgfältig die Teile unseres Bildfunknetzes und fragte mich, wann die Barbaren in der Lage sein würden, sich in unsere Kanäle einzuschalten.

»Riancor hat zweimal das Testprogramm durchlaufen lassen«, antwortete der braunhäutige Robot. »Es sollten einwandfreie Starts und Flüge möglich sein. Soll ich die Zeltverkleidung des Schiffes abbauen?«

»Morgen oder übermorgen«, sagte ich. »Ich kontrolliere die Suchantennen und warte. Welchen Namen hat man für dich gewählt, Roboter Vier?«

»Ich bin Mapuhi Toader; Riancor hat gesagt, das sei der Name eines großen, legendären Häuptlings, längst Gegenstand der Ahnenverehrung, von tausend Inseln.«

»Verstanden. Du, Häuptling Mapuhi, sorgst dafür, daß uns deine paddelnden Einbaum-Artgenossen nicht behelligen.«

Er grinste und antwortete in herrlichem Pidgin: »Welle ich mach groß. Hai beiß Kanu. Dann Inselkerle kommen nevernever.«

»Das mußt du von Boog gelernt haben.« Ich regelte die Raumtemperatur ein.

Mapuhi lachte. »Ihm Kerl Boog. Ihm gut Master.«

Mapuhi Toader, dessen Halsschmuck aus künstlichen Haifischzähnen, echten Muschelschalen und getarnten, kugelförmigen Explosionskörpern bestand, klapperte und rasselte bei jedem Schritt.

Ein Kontrollschirm zeigte Kreise und Spiralen der Bahnen und einzelne Echos der Falkensaurier, die in unterschiedlichen Höhen, deflektorgeschützt und lautlos, über und um die Insel schwebten. Ich zog mich um und lief zur Lagune. Auch beim Schwimmen erinnerte ich mich an unzählige Tage und Nächte, an denen

Amoustrella und ich uns hier erholt hatten; plötzlich, als meine Muskeln von den wilden Anstrengungen zu schmerzen anfingen, beschloß ich, meinen Enkel kennenzulernen.

Boog hatte den Transmitter im Farmhaus aktiviert. Als ich das Inselchen verließ, war jede Verbindung, jeder Knotenpunkt und jedes Gerät aller Überwachungseinrichtungen in perfektem Zustand. Neue Spionsonden schwebten an jenen Beobachtungspunkten, die ich für wichtig hielt. Ich war völlig erholt, hatte mein Haar gekürzt, meine Haut war gebräunt, und die Anstrengungen hatten jede Zelle meines Körpers gekräftigt. Ich deutete auf die Gepäckstücke und nickte Mapuhi zu.

»Wo ich zu erreichen bin, wißt ihr drei. Wenn nichts dazwischenkommt, bin ich in sieben Tagen wieder hier.«

»Also am 22. Juni. Ich befördere das Gepäck hinter dir her. Savvy?«

»Aloa«, sagte ich. »Wenn Nonfarmale auftritt, werde ich sofort gewarnt.«

Ich passierte die Transmittersäulen und befand mich kurz darauf im Schuppen des Hauses. Nacheinander schleppte ich Bücher, Nahrungsmittel, Wein und Champagner ins Freie und hörte auf, als ein Hund heransprang und wütend kläffte. Als ich ihm einen Stein nachschleuderte, raste er mit eingezogenem Schwanz davon und stieß mit Lawrence zusammen, der auf die hölzerne Balustrade heraustrat.

Ich hob den Arm und rief: »Ich hoffe, Sir, ich komme nicht allzu ungelegen. In diesen Tagen dauert Post ein wenig zu lange.«

»Leider ist niemand hier, der Sie vorstellen kann«, sagte Richard Lawrence. »Sie sind nicht etwa ...?«

Ich verbeugte mich knapp. »Sie, Sir, sind mein Schwiegersohn, und ich hätte auch gern meine Tochter geküßt und meinem Enkel die Hand geschüttelt.«

Der Dreiundsechzigjährige wurde weder verlegen, noch verlor er seine Gelassenheit. Einen Atemzug später schrie Aieta meinen Namen, rannte auf uns zu und breitete die Arme aus. Voller Rührung sah Richard zu, wie wir uns umarmten. Schließlich schob sie mich auf Armeslänge zurück und sagte kopfschüttelnd: »Nicht einmal fünf Jahre älter siehst du aus, Väterchen. Warum hast du Amou nicht mitgebracht?«

»Jeder würde dich für fünfunddreißig halten«, sagte ich. Jetzt schüttelte auch Richard meine Hand. »Später mehr von Amou. Und wo ist der hoffnungsvolle junge Herr Arcoyne-Lawrence?«

Silent Thunder war in die nächste Kleinstadt gefahren, um einzukaufen. Er wurde gegen Abend zurückerwartet.

»Dort in den Kisten und Packen findet sich eine halbe Tonne europäische Kultur und Zivilisation«, meinte ich. »Zeitungen, Bücher, eine Art Miete für die kommende Woche. Gibt es in der Nähe ein gutes Hotel?«

Aieta lachte mich aus. Während wir die Mitbringsel ins Haus trugen, betrachtete ich das Paar genauer. Die Strähne in Aietas Haar war schneeweiß geworden, aber sie war eine erstaunlich jung gebliebene Frau. Richard, ein hochaufgeschossener, sehr schlanker Mann, wurde mir von Stunde zu Stunde sympathischer. Er trug halblanges Haar und ein glattrasiertes Kinn. Das Haus war wohltuend modern eingerichtet und ausgestattet, ich erkannte Rancors und Boogs Installationen. Richard las die Titel der Bücher laut vor und geriet ein dutzendmal in helle Aufregung. Aieta bereitete das Abendessen vor und deckte unter einer Glaslampe einen Tisch mit weißem Leinen und silbernem Eßbesteck. Ich öffnete fast lautlos zwei Champagnerflaschen und verteilte die Gläser.

»Tausend Blitze konnte nicht sagen, wann du uns besuchen kommst, Dad. Ach, es ist so viel zu erzählen.«

»Seit Krakatoa ist viel geschehen«, sagte ich. »Wir werden nächtelang reden können. Was merkt ihr vom Krieg?«

»Hier draußen? Nicht viel. Ich brauchte Orban Amir auch nicht zu verprügeln, um ihn vom Eintreten in irgendein Freiwilligenkorps abzuhalten«, sagte Richard. »Sie haben ... du hast einen vernünftigen Enkel, Professor. Ich nickte in seine Richtung und grinste Aieta an. »Wieviel weiß er?«

»Gerade so viel, daß er dich bitten wird, den Jungen mitzunehmen und ihm ein bißchen von der Welt zu zeigen.«

Er wird dich ablenken. Bilde ihn aus, empfahl der Logiksektor.

»Durchaus dazu bereit«, sagte ich. »Wir werden ihn selbst fragen. Ich kann vorläufig nur so lange hierbleiben, bis Nonfarmale auftaucht.«

»Darüber möchte ich auch mit dir sprechen, Atlan«, antwortete Richard. Er hatte seine Zurückhaltung völlig abgelegt und trank Champagner in großen Schlucken. Schließlich sorgte Rancor für gefüllte Lagerräume und bezahlte von unserem Konto mit Schweizer Goldfranken. »Wir haben ein großes Gästezimmer, mit allem amerikanischen Komfort. Du kannst jahrelang bleiben.«

Wir packten, während uns der Schaumwein heiterer machte, nützliche Kleinigkeiten aus: Musikabspielgeräte, sorgfältig getarnt, Maschinen, die den Haushalt erleichterten; all das, was auf Rancors Liste vermerkt gewesen war. Kaffee, Kakao, französische Pasteten, Schweizer Süßwaren, alle erdenklichen Konserven und einen gutbestückten Werkzeugkasten mit einigen technischen Überraschungen.

Zwei Stunden nach Sonnenuntergang, als im Kamin ein mächtiger Kloben zu roter Glut zerfiel, knatterte vor dem Haus der Explosionsmotor des Ford-Motorwagens, auf dessen Ladefläche Stiller Donner die Einkäufe verstaut hatte. Ich ging mit Aieta und Richard hinaus und stand zum erstenmal neben einem leibhaftigen Automobil; trotz der Tatsache, daß das Vehikel erstaunlicherweise funktionierte, kamen mir fast Tränen der Rührung.

Mit leuchtenden blauen Augen, ein wenig mißtrauisch, betrachtete mich der Fünfundzwanzigjährige.

»Granddad Atlan«, sagte er schließlich mit der männlichen Tonlage von Lachender Schatten, »seit zwanzig Jahren höre ich Erzählungen über dich. Du wirst es nicht leicht haben, wenn ich ein paar tausend Fragen gestellt habe.«

»Junger Mann.« Ich winkte ab und sagte leichthin: »Im allgemeinen habe ich immer noch ein paar tausend Antworten auf der Zunge, wenn die Fragen ausgehen.«

»Sie müssen sich beschnuppern«, meinte Richard. »Kommt herein.«

»Du kannst, wenn du willst, mit mir zusammen jagen.« Ich setzte mich in den behaglichen, uralten Schaukelstuhl. »Ein ganz besonderes Wild, Orbie.«

»Nenne mich Thunder, bitte, oder Amir«, bat der Junge. »In der Schule habe ich die anderen Kinder verdroschen, wenn sie ›Orbie‹ sagten.«

»Einverstanden. Können wir jetzt endlich essen?« fragte ich und deutete auf den reich bestückten Tisch. »Sonst sind wir schneller betrunken als geplant.«

Wir schlichen, stark erheitert und todmüde, zwei Stunden vor Sonnenaufgang in unsere Betten, und das erstemal seit Rancors niederschmetternden Berichten fühlte ich mich geborgen, zufrieden und in der Lage, tief zu schlafen.

In einem flachen Boot fuhren Orban-Amir und ich auf dem Moisie-Fluß, mit Richard zusammen ritten wir den St.-Lorenz-Strom entlang, besuchten Sept-Îles und das kleine Indianermuseum, das Schwarzer Mond mit beachtlichem Geschick aufgebaut hatte. An einem dunstigen Tag, von Mücken umschwirrt, saßen Orban-Amir und ich auf einem Baumstamm schräg über dem Flußnebenarm.

»Dir scheint zu gefallen, was du siehst, Großvater?« Amir ruckte an der Angel. »Sonst wärst du nicht doppelt so lange wie geplant dageblieben.«

»Ich sehe, daß meine Tochter einen guten Mann gefunden hat und daß sie glücklich ist und daß sie gesund und in Würde überleben werden, mit ein wenig Hilfe von Tausend Blitze und Old MacDonald Boog. Was hältst du von einem Ausflug nach Sankt Petersburg, in entsprechender Maskierung?«

Mein Enkel starrte mich unsicher an. »Das ist ... der Regierungssitz von Rußland. Zar und so. Mit dir, Atlan? Bald?«

»Nach kurzer Vorbereitungszeit bei mir. Allerdings ...«

»Wenn der Kampf losgeht, mußt du zurück.« Er schnellte die Angelrute in die Höhe. Am Haken zappelte ein knapp armlanger Fisch. Eine Forelle? »Das habe ich verstanden. Ich weiß nur noch nicht genau, worum es dabei geht.«

»Um Leben und Tod für meinen Gegner oder mich und unzählige Menschen.«

»Ich komme sofort mit. Was muß ich einpacken?«

»Nichts. Wir haben alles. Warte und sieh!«

Ich sah zu, wie er den Fisch blitzschnell tötete und ausnahm. Er spulte die Schnur auf und lehnte sich zurück. »Wann willst du aufbrechen, Atlan?«

»Heute nacht. Nach dem Essen.«

»Einverstanden. Ich freue mich auf jede Minute.«

»Deine Eltern haben eingewilligt«, sagte ich. »Und du wirst, trotz deiner Kenntnisse und meiner langen Erzählungen, gebührend oft und lange staunen, Söhnchen.«

Der Abschied hinterließ keine Wehmut. Der Transmitter brachte uns auf das Inselchen; schweigend ließ Orban-Amir die neue Umgebung auf sich wirken. Ich ging voraus, ließ mich von Mapuhi und per Monitor von Rancor begrüßen und traf meine Anordnungen.

»Mein Enkel und ich besuchen Petersburg, in den Masken eines reisenden Ingenieurs und dessen Sohn. Ich werde Amir hier und im Lechturm an verschiedenen Überlebensgeräten ausbilden. Vom Turm aus starten wir mit dem Gleiter, um beweglich zu bleiben. Wie lange brauchst du?«

»Wenn ich seine Körpermaße habe, eine Woche. Die Sonde beobachtet Rasputin. Du kannst die Informationen jederzeit abrufen.«

»Heute nacht, denke ich. Nichts zu sehen von Nonfarmale?«

»Nein. Nichts.«

»Es ist wichtig, daß Orban-Amir nicht alle unsere wichtigen Geheimnisse sieht.

Er soll sich auf den Bereich der verständlichen Wunder beschränken«, sagte ich. »Versuche auch du, keine allzu tiefgreifenden Erklärungen abzugeben.«

»Wie immer, Atlan. Mapuhi soll die Maße deines Enkels feststellen. Du bist zufrieden mit unserer Hilfe für Lawrence?«

»Genausosehr wie sie über unsere Geschenksendung. Ein zufriedenstellender, heimeliger, menschlicher Faktor in den Wirren des Krieges.«

Ich winkte ihm zu und streifte eine Badehose über. Nach kurzem Nachdenken suchte ich ein Dutzend getarnter Waffen und Gerätschaften heraus und legte sie auf einen Tisch. Mir waren all diese Gegenstände so vertraut, daß ich sie anwandte, ohne überlegen zu müssen; Amir mußte lernen, sie richtig zu gebrauchen.

Er lernte schnell, mit der Leichtigkeit der Jugend. In den Nächten sickerte die Kenntnis der Sprache durch die Hypnoanlage in seinen Verstand. Er handhabte den Lähmstrahler ebenso geschickt wie die Steuerung des Antigravtriebwerks, schleuderte Tomahawk und schwere Messer, focht mit Säbel und Florett, konnte nach zwei Tagen den Gleiter fliegen, schwamm schneller und tauchte länger als ich, benützte Kombiarmband und Deflektor und verinnerlichte die Umgangsformen, wie sie am Zarenhof galten. Er stellte zahllose Fragen und blieb wohltuend zurückhaltend, wenn er nichts zu sagen hatte. Wir wechselten ständig zwischen dem Turm über der Lechschleife und dem Inselchen hin und her. Mehr als einmal dachte ich an Aieta Demeters und meinen Sohn.

Am Tag vor unserer Abreise wechselten wir in die unterseeische Anlage und tauschten die Kleidung aus. Selbst die Mäntel aus falschem Pelz waren von atemberaubender Eleganz und Prächtigkeit. Als wir im Gleiter saßen und mit aktiviertem Deflektorfeld ostwärts flogen, stellte Amir die Frage, die ich nicht beantworten konnte: »Dieser Grigorij Rasputin; wenn er dein Feind ist, müssen wir ihn töten?«

»Ob er mein Feind ist, werden wir feststellen. Danach richtet sich unser Handeln.«

Auch das Fliegen war am Anfang des zwanzigsten Jahrhunderts keine Sensation mehr. Die kriegführenden Völker lieferten einander Luftgefechte. Zweimal kreuzten wir unsichtbar die Flugbahnen dieser insektenhaft leichten Flugmaschinen, und ich bewunderte wieder einmal den Mut der Barbaren. In den Nächten, in denen wir nicht unterwegs waren, versuchten wir so unauffällig wie möglich, in Gasthöfen zu übernachten. Als kanadische Ingenieure waren wir unverdächtig, zumal mein »Sohn« für eine Quebecer Gazette schrieb. Auf dem Weg nach Sankt Petersburg erfuhren wir Einzelheiten, die wir durch Schwärme unsichtbarer Spionsonden nicht hätten herausfinden können; in Rußland galt eine andere Zeitrechnung, die etwa zwei Wochen nachhinkte.

Sankt Petersburg am Ostende des Finnischen Meerbusens erreichten wir in tiefster Nacht. Über dem Haus, das brieflich angemietet worden war, blinkte eine Sonde. Amir folgte dem Peilstrahl, und durch einen Teil des Daches, den Rancors Roboterwinzling abgedeckt hatte, schwebten wir rückwärts in den muffigen Speicher ein.

Ich schlug Amir auf die Schulter und sagte: »Gute Landung, mein Sohn. Jetzt beginnt, was ich dir versprochen habe: Hausputz und Einrichtung. Bis Vormittag sollten wir überzeugend auftreten können.«

»Ich habe ein paar tausend Kilometer Zeit gehabt, mich vorzubereiten«, antwortete Amir.

Das mittelgroße Haus hatte einen verwilderten Garten bis zum Ufer. Wir zündeten ein Dutzend Petroleumlampen an, packten aus, was nötig war, und aktivierten den kleinen Transmitter. Bei geschlossenen Läden begannen zwei Dutzend Roboter zu arbeiten, transportierten Einrichtungsgegenstände, Farbe, imitierte Tapeten, Teppiche und anderen Kram, bauten eine Heißwasseranlage in das Bad ein, hängten Kopien der Bilder in massiven Rahmen aus goldfunkelndem Kunststoff auf, und als sie selbständig weiterarbeiten konnten, nahmen Amir und ich Handscheinwerfer und machten einen Rundgang durch das Grundstück. Wir befanden uns an der Stadtgrenze und konnten uns blitzschnell in Sicherheit bringen. Zum Haus gehörten eine Remise für halb verrottete Kutschen, ein stinkender Stall und ein Pavillon für die Teepause. Ein breiter Kiesstreifen führte von der Straße – die ihren Namen nicht verdiente – zum Haus. Der verwilderte Garten roch nach Tang, nach der aufschimmernden Blütenpracht und Salzwasser. Vor uns trotteten die schlanken Robothunde mit handbreiten Halsbändern aus Leder, Gold und Edelsteinen; natürlich Imitat. Ich wies die Maschinen auf die wichtigen Überwachungspunkte hin und programmierte unsere Sicherheit.

Nach einer Stunde, in der wir jeden Winkel kennengelernt hatten, zog ich die Haustür auf, und ein Geruch nach Reinigungsmitteln, frischer Farbe und lodernden Feuern schlug mit blendender Helligkeit ins Freie.

»Ich weiß, daß deine Maschinen besser sind als alles, was ich kenne«, sagte Amir. »Aber sie sind auch für jede Überraschung gut.«

»So wie ich, Sohn«, sagte ich. »Es wird Zeit, daß wir offiziell angekommen sind, und ab sofort gelten unsere neuen Namen, Mister Amir Arcoyne-Lawrence.«

»Yessir, Mister Atlonar Lawrence.«

»Was wissen die Petersburger von kanadischer Lebensart.« Ich seufzte. »Richten wir unsere Wohnung ein; später essen wir in einem der prächtigen Restaurants. Dort hören wir den neuesten Klatsch.«

Der Speicher war gereinigt, die Bodenbretter verstärkt, und eine schwere Klappe verschloß das Dach. Bei einem Notstart würde sie abgesprengt werden. Wir inspizierten das Häuschen von oben bis zum niedrigen Keller und stellten einige persönliche Gegenstände auf. In der warmen Sommerluft schienen Dielen und Wände zu dampfen. In der Remise, hinter verschlossenen Türen, reparierten Maschinen alle Schlagläden und überzogen sie mit einer frischen Farbschicht. Heißes Wasser und scharfe Reinigungsmittel dampften auch im Stall. Die ersten Maschinen schwirrten mit Bündeln Verpackungsmaterial durch den Transmitter zurück in die Kuppel. Die Dielen glänzten, die Betten waren bezogen, und ich zog aus dem geschnitzten Küchenschrank – ein Kühlschrank mit wertvoller Kunststoffverkleidung – die erste Champagnerflasche.

»Ausgezeichnet.« Ich schenkte die Gläser voll. »Jeder glaubt, wir sind Petersburger Bürger.«

Bis zum Sonnenaufgang hatten wir uns eingerichtet, und die schweren Läden wurden eingehängt. Um den Transmitter herum montierten wir einen Schrank, schlossen die wuchtigen Türen ab und steckten die Schlüssel ein. Drei Stunden später hatten wir Pferde gemietet, eine Gruppe Arbeiter bezahlt, von denen der Garten in Ordnung gebracht werden würde, eine junge Köchin und eine ältere Hausbesorgerin eingestellt und die Standorte von Rasputins Haus und einigen guten Restaurants erfahren. Nach einem leichten Mittagessen kannten wir auch den aktuellen Klatsch und wertvolle Neuigkeiten aus Petersburg sowie dem Russischen Reich.

Die Einladung, die Jussupoff uns durch einen Lakaien hatte überbringen lassen – nach unserem Gespräch bei Tisch –, prunkte in Goldschrift auf schwerem Bütten. Wir gaben die Zügel einem Bediensteten, zusammen mit einer Handvoll Kopeken; die Tiere wurden in den Stall gebracht, während wir durch das Fackelspalier schlenderten und über eine weiße Treppe den Stadtpalast betraten.

»... kommt niemand vorbei. Wie eine Festungsmauer. Und Rasputin ist der Torwächter. Der Zar tut nichts ohne seine Erlaubnis.«

»... tun so, als wäre die Leibeigenschaft nie aufgehoben worden.«

»Aber er nimmt kein Geld. Ist er wirklich unbestechlich?«

Leise sagte Amir: »Auch hier ist Rasputin das Hauptthema.«

»Wir befinden uns inmitten des Adels. Für die ist der Wundermönch erklärtermaßen eine Reizfigur. Viel lieber hätte jeder von ihnen seinen Einfluß.«

Die Zarin stand im Bann mystischer Gottsuche und schwärmerischer Frömmigkeit. Der hysterische Höhepunkt der Inbrunst, die »Radenje«, wurde durch tänzerische Verrenkungen und autosuggestive Gesänge und Gebete erreicht. Rasputin hingegen glaubte fest an seine Wunderkraft, und ob er mehr erreichte, würden wir herausfinden. Zunächst begrüßte uns der Fürst, stellte uns zwei Dutzend prächtig gekleideter Damen und Herren vor, und wir mußten berichten, wie es in Kanada aussah. Mein Sohn redete gestenreich und schilderte alles in großer Beredsamkeit. Ich war zufrieden. Eine tiefdekolletierte, schlanke Frau mit tiefschwarzem Haar reichte mir ein Glas Champagner. Über den Fingern der Stulpenhandschuhe funkelten zahlreiche Ringe.

»Hoheit wünschen Rasputin sicherlich auch nicht nur die Pest an den Hals?« Ich schenkte ihr mein breitestes, falschestes Lächeln. Ihre Stimme fuhr durch mein Rückenmark bis in die Fersen. Petruschka A. lachte.

»Vor fünf Jahren hat man schon versucht, ihn unschädlich zu machen, Brüderchen Lawrence.« Wie sie meinen Namen aussprach, war bemerkenswert. Es klang wie Räderknarren und Säbelhiebe. »Sein Lebenswandel, nun, auch seine Manneskraft wird beneidet. Tatsächlich hat er viele Leute geheilt. Er wird sicherlich auch hier erscheinen. Kein Empfang in Petersburg ohne den Kuttenträger.«

Sie hängte sich bei mir ein; wir beschrieben durch die etwa zweihundert Anwesenden eine Bahn wie ein Doppelplanet. Es war unmöglich, nicht aufzufallen. Petruschka besaß schneeweiße Haut, herrliche Zähne und ein Mundwerk von böswilligem Sarkasmus.

Schließlich sagte ich: »Euer Liebden, ich weiß nicht, was mehr Vergnügen macht: Ihren Arm zu spüren oder Ihnen zuzuhören.«

»Gesunder Menschenverstand, eine Sammlung nadelscharfer Vorurteile, ist nach dem achtzehnten Lebensjahr nicht mehr zu kurieren.«

Ich fing an, mich ernsthaft zu amüsieren. »Die Lust, zuzubeißen, kommt nach dem Verlust der eigenen Zähne«, sagte ich.

Sie schlug mir kameradschaftlich zwischen die Schulterblätter. Mein Glas mit einem Rest Veuve Cliquot traf einen Bediensteten im Gesicht und zerschellte auf dem Marmorfußboden.

»Kusch. Neues Glas«, sagte die Grafinja. »Teufel auch, Sie schlagen eine schnelle Klinge. In Kanada gibt's keinen Adel, wie?«

»Nur Seelenadel und den feinen Takt des Herzens, über die ich, erwiesenermaßen, in überreichem Maße verfüge«, sagte ich. »Sie gefallen mir, Grafinja Petruschka.«

»Danke, mein Lieber. Ich schmücke mich nur mit Exoten, das ist alles.«

Eine korpulente Dame zog Petruschka A. in einen Nebenraum. Ich ging zu dem unglücklichen Diener, gab ihm ein goldenes Zehnrubelstück und entschuldigte mich. Der Mann, dem zwei Zähne fehlten und der die Spuren einer Ohrfeige auf der linken Wange trug, starrte mich fassungslos an, wechselte die Farbe und begann zu stottern.

Ich flüsterte: »Ich bin kein russischer Fürst, Brüderchen. Gib mir etwas Champagner.«

Daß Rasputin gegen die Kriegsanstrengungen opponierte, für soziale Verbesserungen sprach, gegen korrupte Fürsten oder Minister war, machte ihn nicht nur in den Augen aller Adeliger verhaßt. Das einfache Volk hingegen, besonders die Frauen, von den Herrschenden wie das Vieh behandelt, liebten ihn. Und gerade als Petruschka wieder auf mich zusteuerte, mir aus dunklen, perfekt geschminkten Augen eindeutige Blicke zuwarf, erschien auch Rasputin. Die meisten Gespräche rissen ab. Nur die Musiker spielten weiter; Musik unwesentlicher österreichischer und russischer Kammermusikkomponisten.

»Ach, ich weiß so vieles, auch, daß er sich bisweilen wäscht und die Kleider wechselt«, sagte Petruschka und schob ihren Arm unter meinen.

»Eine anständige Frau ist eine Dame, die weiß, daß sie nicht wissen darf, was sie weiß«, sagte ich.

Eine schmale Gasse öffnete sich, durch die Rasputin in schmutzigen Stiefeln auf den Gastgeber zustapfte. Ein Hüne, dessen Augen zu leuchten schienen. Er bohrte seine Blicke wie Stilette in die Augen eines jeden, der ihn anstarrte. Wie von einem wütenden Stier ging eine Aura schwer kontrollierbarer Kraft von ihm aus. Ich setzte mich neben Petruschka auf eine Treppenstufe.

»Hübsches Kerlchen, wie?« sagte Petruschka. Ihre Finger krabbelten an meinem Oberarm entlang.

Ich musterte ihr breites Gesicht mit den starken Backenknochen. »Wer? Ich?«

Sie kicherte und deutete auf den Wundermönch. Ich hob das Glas und sagte: »O Petruschka. Laßt uns trinken auf deine rubinroten Lippen.«

»Auf deine schmalen Hüften und dein kanadisches Eisbärenhaar, Atlonar.«

Rasputin trug unverkennbar die Züge eines Trinkers. An seiner Stimme war indes nichts von Trunkenheit zu bemerken; sie beherrschte den Raum. Amir stand mit einer Gruppe junger Leute in seiner Nähe, beobachtete ihn und schwieg. Die Mitglieder der Ochrana und der Geheimdienstler der Zarenfamilie hatten sich wohl unauffällig unter den Gästen versteckt. Irgendwann während der Unterhaltung drehte Rasputin den Kopf, sein Blick huschte ruckartig über Körper und

Gesichter, dann saugte er sich an mir fest. Die Augen hatten den Ausdruck eines Basiliskenblicks. *Er erwartet dich, Atlan,* sagte der Logiksektor. *Vielleicht braucht er deine Hilfe.*

»Bleiben Sie lange in Petersburg, Brüderchen?« fragte Petruschka.

»Das hängt von vielen Einzelheiten ab, Schwesterchen«, sagte ich. »Unter anderem von diesem seltsamen Mönch.«

»Wenn's von mir abhängt, wird es ein lustiger Sommer.«

»Man muß das Unmögliche versuchen, um das Mögliche zu erreichen.«

»Stimmt. Wer nicht gesündigt hat, dem kann nicht vergeben werden, sagt Rasputin.«

»Haben Euer Liebden vor, zu sündigen?«

Petruschka A. versetzte mir einen liebevollen Rippenstoß, dann hauchte sie in mein Ohr: »Nicht auf der Treppe im Palais Jussupoff.«

Während ich mit Petruschka sprach, erwiderte ich die Blicke Rasputins. Er wirkte auf mich wie ein Mann, der an einem schweren Magenleiden litt. Ich sagte: »Ich bin gleich wieder da. Halten Sie den Teppich warm, Grafinja.«

Ich ging hinunter, nickte Jussupoff lächelnd zu, und noch ehe ich etwas sagen konnte, packte mich eine schwielige Hand, mit dickem schwarzen Haar auf dem Handrücken. Rasputin zog mich zur Seite. Sein Atem roch nach entzündeter Magenschleimhaut.

»Ich weiß, wer Ihr seid. Kommt aus einem fremden Land. Ihr wißt, wer ich bin?«

»Seit ich in der Stadt bin, redet jeder nur von Ihnen, Brüderchen, und ich kenne zehn Dutzend verschiedene Meinungen und Euer Leben zurück bis zur Wiege.«

»Es ist Gefahr. Da ist keine Hilfe. Wenn sich der Zar und seine Familie mit dem armen, kranken Zarewitsch von mir trennen, werden sie in einem halben Jahr zuerst den Sohn verlieren und dann das Leben.«

»Was wollt Ihr von mir, Starez?«

»Kommt morgen zu mir. Ihr wißt, wo? Ach, ich werde dich Brüderchen nennen, Lawrence. Gleich früh, ehe die anderen über mich herfallen. Nicht für mich brauche ich Hilfe. Für den armen Zarewitsch.«

»Ich weiß, daß die Bluterkrankheit nicht zu heilen ist. Wenn du es der Zarin versprichst, lügst du.«

»Wenn ich den Jungen bespreche, wird er wieder gesund«, sagte er mit unwiderlegbarer Selbstsicherheit. Aus der Nähe und in dem Zustand verlor Rasputin viel seiner dämonischen Ausstrahlung. »Kommst du, Brüderchen? Der Zar braucht deine Hilfe.«

»Ich werde darüber nachdenken.«

Er nickte, blies mir stark wodkahaltigen Atem ins Gesicht und flüsterte: »Eine ganz wunderbare Frau, die Petruschka A. Lange unglücklich, bei den Sünden der Heiligen. Sprich gut mit ihr.«

Ich nickte und grinste kalt. Rasputin ließ mich los und wandte sich wieder an Felix Felixowitsch Jussupoff. Ich legte den Arm um Amirs Schultern und sagte ihm, daß es sein mochte, daß ich erst sehr spät heimkommen oder gleich zu Rasputin gehen würde. Entweder bei der Gräfin oder bei Rasputin sei ich zu finden; überdies hatten wir unsere Mikrogeräte. Amir hatte sich ein wenig mit Felix Jussupoff angefreundet. Er versicherte, spätestens vier Stunden nach Mitternacht in unserem Haus zu sein.

Ich war nicht weniger nachdenklich, als ich, ein Tablett balancierend, zu Petruschka zurückging. Sie hatte einen Musiker verscheucht, saß am Flügel und spielte etwas leicht Hörbares und schwer Erträgliches von Schumann; mit Hingabe, aber zuviel Pedal. Ich stellte gefüllte Gläser auf das Instrument. Champagner und Wodka. Die polierte Oberseite klebte voller Kaviarkügelchen, Lachsstücke, Brotkrümel und Zitronenscheiben.

»Petruschka. Laßt uns auf deine wunderschönen schwarzen Augen trinken«, schlug ich vor. »Fürs Sündigen haben wir den Segen des Strannik.«

»Nichts einfacher als das, mein Lieber.«

Ihre schlanken Finger beendeten einen Triller auf vielen schwarzen Tasten, dann schloß sie mit einem donnernden Akkord. Sie nahm ein Wodkaglas, leerte es und warf es über ihre Schulter gegen eine Säule. In dem Lärm fiel das Klirren gar nicht auf. Gegröle und Händeklatschen begleiteten einen Gast, der einen seltsamen Hüpftanz dicht über dem Boden aufführte.

»Wollen wir aufbrechen?« Ich drehte den Stiel des Champagnerglases. »Ich bin zu Pferd hier.«

Sie rieb zärtlich ihre breiten Hüften an mir, blinzelte und streichelte meine Wange. »Mit dir im Sattel durch halb Petersburg. Davon werde ich immer träumen.«

An diesem späten Abend und in der langen, leidenschaftlichen Nacht, voller Gelächter, plötzlicher melancholischer Zärtlichkeit, stark von Wodka getränkt, fand ich nahezu jedes Vorurteil bestätigt, das ich über Rußland, die Tiefe der russischen Seele et cetera gesammelt hatte.

Ich war schon halb zu einer Geste entschlossen, die niemandem schaden konnte. Zwar vermochte ich einfache ärztliche Hilfeleistungen zu geben, aber eine Methode, Bluterkrankheit zu kurieren, kannte ich nicht. Rancor befragte die Rechner. Schließlich fand sich ein Medikament, das den Gerinnungsfaktor des Blutes heraufsetzte. Für Rasputin konstruierte der Robot ein Medaillon, in dem sich ein schwacher Hypnostrahler verbarg. Offensichtlich half Suggestion oder Autosuggestion im Fall des kranken Zarewitsch.

Ich ließ einige Lernspielzeuge für den Jungen konstruieren, eine silberne Kette für Rasputin, die als Abhörgerät zu gebrauchen war, und vielleicht bewirkten die hypnotischen Impulse, daß wenigstens der junge Thronfolger irgendwann etwas von den Nöten und Bedürfnissen des geknechteten und geschundenen Riesenvolks verstand. Dann würde er vielleicht die Revolution überleben, die ich für Rußland kommen sah. Am Morgen ritt ich zu Rasputin, gab ihm die Geschenke und instruierte ihn. War er ein Verrückter, ein Wahnsinniger oder ein Verbrecher? Ich wußte es nicht. Aber er war kein Außerirdischer.

O Mütterchen Rußland, dachte ich traurig auf dem Weg zu meinem Ausritt mit Petruschka, *möge dir das wahnsinnige Blutbad erspart bleiben, das ich aus Frankreich kenne.*

Fahrtwind kreischte um den Gleiter. Vor uns hing die Sichel des Mondes an einem völlig wolkenlosen Himmel. Ich lag im Sitz des Kopiloten und döste; meine Haut roch noch nach Petruschkas schwerem Moschusparfüm.

»Beabsichtigst du zurückzukommen?« fragte Amir und schaltete den Autopiloten ein. Wir jagten in Richtung auf den Lechturm durch die Nacht, zweitausend Meter hoch.

»Ich habe Personal und Hausmiete für ein ganzes Jahr bezahlt. Wir haben jederzeit die Möglichkeit, das Haus wieder in Besitz zu nehmen.«

Der Zar hatte Petersburg, mitten im hohen Sommer, verlassen und war zusammen mit dem Thronfolger ins Hauptquartier gereist. In unserem Gepäck führten wir jeden Gegenstand von Wichtigkeit mit, der Transmitter war ausgebaut.

»Petruschka war traurig?«

»Sie weinte. Und deine Freundinnen und Freunde?«

Mein Enkel grinste schräg. »Balalaikas spielten, und der verdammte Wodka floß wie ein Wasserfall. Alle haben geweint. ›Komm bald wieder, Orban-Amir-Brüderchen!‹ haben sie geschluchzt.«

»Boog würde sagen, es sind alle tiefe Flachdenker und stochern in der Asche zukünftiger Größe.«

»Daran ist etwas Wahres«, sagte Amir. »Aber wen sie mögen, den lieben sie.«

»Nonfarmale ist im größten seiner Raumschiffe gekommen, Söhnchen.«

»Das bedeutet, daß er beabsichtigt, lange zu bleiben?«

»Richtig. Wir können ein paar Tage ausschlafen, ihn beobachten, und dann greife ich an.«

»Wir greifen an, Väterchen.«

Bei unzähligen Schlachten der voraussichtlich langen Dauer des Krieges, bei der unausweichlichen Revolution im Zarenreich versprach sich Nonfarmale offensichtlich gute Jahre.

»Darüber sprechen wir noch. Ich bin dagegen, Söhnchen.«

Wir hatten unsere Stützpunkte. Nonfarmale suchte nach seinem Versteck. Rancor hatte uns die Beobachtungen überspielt; die Phasen, in denen das Raumschiff unsichtbar flog, waren ebensolang wie jene, in denen er zu beobachten war. Er flog von einem Kriegsschauplatz zum anderen und hatte viele Flüge vor sich.

»Ich bin dafür, Väterchen. Ich werde dir das Leben retten müssen, denke ich.«

Ich antwortete mit einem der ausnehmend rüden russischen Flüche und schloß die Augen. Wir flogen mit dem Sonnenaufgang um die Wette und befanden uns am frühen Morgen im bis zur Unkenntlichkeit bewachsenen und von Steinhügeln halb verschütteten Turm über der Lechschleife. Auch dieses Gebiet war, von wenigen Jägern und Wilderern abgesehen, unangetastet geblieben. Vor jedem Angriff auf Nonfarmale war ich bisher aufgeregt und keineswegs von meinem Erfolg überzeugt gewesen. Ich fand es selbst seltsam, daß ich völlig entspannt und mit großer Ruhe den kommenden Ereignissen entgegensah. Der Gleiter setzte zu hart auf, hinter uns schlossen sich die schweren Portale.

»Wir wechseln bei Rancor die Verkleidung.« Ich erkannte, daß in der Zwischenzeit nichts Wichtiges vorgefallen war. »Auf Yodos Inselchen verfolgen wir mit unseren Kunstaugen den verbrecherischen Gast von der Insel Sarpedon im Meer von Karkar.«

»Ich habe wohl bei Rancors Erdkundeunterricht nicht genug aufgepaßt«, sagte

Amir. Ich winkte ab und zog ihn zum Transmitter. Rancor und Boog erwarteten uns in der Kuppel. Ein Bildschirm zeigte auf einer Weltkarte die Orte, an denen blutige Kämpfe und Schlachten stattgefunden hatten; wo sich Nonfarmale gezeigt hatte. Dünne Linien verbanden die Stationen seines Weges. Amir und ich prägten uns das Bild ein, während Rancor eine scharfe Karte ausdrucken ließ, die unzählige Schriftblöcke enthielt. Boog nahm die zwei Robothunde in Empfang, desaktivierte sie und trug sie in einen Werkstattraum.

»Die schwebenden Projektoren sind startfertig im Lechturm«, sagte Rancor. »Gegenwärtig ist Nonfarmale so gut versteckt, daß ich ihn nicht orten kann.«

»Wir werden warten«, versicherte Amir. »Und alle Waffen finden wir im Raumschiff?«

»Alles, was für den Kampf gebraucht wird, und noch einiges mehr. Beide Kampfanzüge, in jeder Einzelheit mehrfach getestet, hängen an Kleiderpuppen und werden von Mapuhi bewacht.«

Ich stieß Amir, der mittlerweile dünne Kleidung trug, mit dem Ellbogen an. »Dawai, Söhnchen! Zur Insel!«

Wir passierten die Transmitter, kamen in mein Arbeitszimmer und bewunderten die Ausrüstung. Roboter und Zentralrechner hatten mit perfekter Gründlichkeit aus den Arsenalen hervorgekramt, was gut und tödlich war. Eines der auffallenden Stücke waren langläufige Duellwaffen, von Boog und Rancor überarbeitet, mit dem Geschoßmagazin im Kolben. Ich deutete mit dem Daumen über die Schulter.

»Heute lasse ich mich nicht auf ein Wettschwimmen oder Tauchen ein, Söhnchen.«

»Es würde dich heute umbringen, Vater«, sagte Amir. »Wir werden schlafen und gar nichts tun.«

»Gar nichts zu tun«, zitierte ich Oscar Wilde, »das ist die allerschwierigste Beschäftigung und zugleich diejenige, die am meisten Geist voraussetzt.«

»Daß ich viel Geist und Verstand habe, betonten die jungen Petersburger immer wieder.« Amir zog mich zur Lagune. Ich watete ins Wasser und fand es zu kalt.

»Alle Petersburger sind Schmeichler«, sagte ich. »Bilde dir nichts darauf ein. Erst wenn wir Nonfarmale hinter uns haben, bist du ein Held.«

Amir verstand und rammte mich, so daß ich aufklatschend ins Wasser fiel; plötzlich war das sonnendurchfunkelte Wasser der Lagune warm genug. Ich fühlte, wie Wasser, Sonne und der Aktivator die Spuren unseres Petersburger Gesellschaftslebens zu verwischen begannen; immerhin war mein Enkel zum erstenmal mitten in die Gesellschaft des zwanzigsten Jahrhunderts hineingetaucht worden – er hatte sie glänzend überlebt. Wir schwammen bis zur Erschöpfung, duschten heiß und kalt, aßen und tranken nur wenig und sprachen, während wir die Informationen der Bildschirme studierten, über unseren bevorstehenden Kampf.

Nach den französisch-britischen Versuchen, bei Arras und La Bassée die deutschen Linien zu durchbrechen, versuchten es die französischen Truppen in der Champagne. Die Briten wiederholten ihre Versuche bei den verwüsteten Orten ihres ersten Vorstoßes. Zar Nikolaus II. führte nunmehr selbst seine Truppen, die bislang nicht vom Kriegsglück verfolgt worden waren. Belgrad war von deutsch-österreichischen Truppen erobert worden, Serbien erlebte seine völlige Unterwerfung. Vier Schlachten am Isonzo waren letzten Endes erfolglos geblieben, dies ärgerte besonders die Italiener. Diese Kriegsschauplätze und andere lagen sozusagen im Schatten von Nonfarmales Raumschiff. Unsere Spionsonden zeigten ihn selbst nur für Sekunden.

Eine Woche später, wir waren erholt und fieberten dem Augenblick entgegen, der uns zu irgendwelchen sinnvollen Aktionen zwingen würde, sagte ich zu Amir: »Wie ein Schachspiel oder ein anderes strategisches Vorgehen ist auch unser Kampf in Schritte gegliedert. Du wirst den ersten gleich erleben.«

Wir saßen im halb abgedunkelten Arbeitszimmer inmitten einer Galerie aus Lautsprechern und Bildschirmen. Ich hob die Hand und machte Rancor auf mich aufmerksam.

»Bester aller Helfer«, sagte ich. »Starte die Sender und schalte Nonfarmales Schlupfloch zu seiner Jenseitswelt ab.«

»Du bleibst die nächsten Stunden vor den Bildschirmen, Atlan?«

»Wir warten hier.« Die Bilder auf den großen Holoschirmen wechselten. Mit wenigen Worten und gezeichneten Erklärungen schilderte ich Amir, was wirklich passierte.

Die Portale an der Basis des Lechturms öffneten sich zu einem zwei Meter breiten Spalt. Nacheinander schwebten drei Kugeln heraus, mit rund einem Meter Durchmesser und gespickt mit Sensoren, Sendern, Optiken und Antennen. Sie stiegen, nachdem sie sich zu einem Dreieck formiert hatten, langsam in die Höhe. Dabei vergrößerten sie den Abstand zueinander.

»Nonfarmale hat zweimal den Planeten verlassen. Der Strukturtunnel befindet sich in geostationärer Position zwischen Australien und dem südlichen Pol«, ließ Rancor auf dem Monitor ausschreiben.

»Also ziemlich genau sechsunddreißigtausend Kilometer von der Erdoberfläche entfernt«, sagte Amir leise. Ich hatte längst gemerkt, daß er schnell lernte und sich jede Einzelheit gut merkte.

Die Elemente stiegen höher, gingen auf Kurs und entfernten sich ohne große Energieemission, auf den angemessenen Punkt zu. Wir warteten. Auf den Monitoren schwirrten Punkte über schattenhafte Landschaften, durch grafisch dargestellte Höhenschichten, auf den Punkt im Weltall zu. Dort erschien klar und scharf das Echo der Hyperenergien. Ich dachte an Krakatau und die fast vierzigtausend Toten, verfolgte in erstaunlicher Gelassenheit die Verschiebungen der Objekte und sagte nach einer Stunde zu Amir, der neben mir im Sessel lag und am englischen Bier nippte:

»Man wird sehen, wie lange es dauert, bis Nonfarmale reagiert, Söhnchen.«

»Wird er in Panik geraten?«

Ich roch an meinem französischen Obstbrand, kratzte mich im Nacken und antwortete nach kurzem Nachdenken: »Wenn er nicht in Panik gerät, bedeutet es, daß er in seinem Raumschiff eine Anlage zum Neuschalten dieses Tores hat. Abwarten. Wir haben noch andere Pfeile im Köcher.«

»Verstanden, Väterchen.«

Noch eine Stunde verging. Die Sendeelemente waren auseinandergedriftet. Der Abstand zwischen den Eckpunkten des Dreiecks betrug exakt 1777 Meter. Sie hatten sich dem flirrend strahlenden Ring bis auf eintausend Kilometer genähert und verloren an Steiggeschwindigkeit.

Rancors Stimme sagte seltsam unbeteiligt: »In einer Minute schalte ich auf volle Energie.«

»Endlich! Verstanden.«

Sechzig Sekunden: Dann zeichneten sich auf den Schirmen aufwärts weisende Strahlen ab, die sich zu Kegeln ausbreiteten und schließlich zu einer dreieckigen Säule vereinigten. Hoch über der Lufthülle der Erde waren sie nicht zu sehen, nur auf unseren Monitoren. Es dauerte nur Sekunden, dann verschwand von einem Augenblick zum anderen das Tor zu Antichtona.

»Whamm!« sagte ich. »Weg ist das Türlein.«

»Deinen Sinn für Humor habe ich bewundert, seit du bei meiner Familie aufgetaucht bist, Väterchen.«

»Er ist rostig, angekratzt und nicht auf der Höhe der Zeit. Such lieber unseren Gegner, Söhnchen!«

Die Strahlen erloschen, die Position blieb eine Weile erkennbar, dann machte Rancor die Projektoren unsichtbar. Nichts; Ruhe und Stille.

Ich trank endlich die erste Hälfte des Glases, dann meinte ich: »Jetzt warten wir eine Stunde, eine Woche oder einen Monat. Meinst du, daß du mich jetzt ersetzen kannst?«

»Du willst doch bloß wieder ein Kissen zerwühlen und irgend etwas von ›Petruschka‹ murmeln, Granddad!«

»Genauso ist es. Gute Nacht.«

Ich schlief dreizehn Stunden lang, und als ich wieder die Monitoren betrachtete, stellten sich zwei erstaunliche Dinge heraus. Die Passage nach Nonfarmales *alter orbis* war nach wie vor abgeschnitten, und Nonfarmale hatte weder reagiert, noch war er aus seiner Unsichtbarkeit geschlüpft.

»Wo ist dieser verfluchte Bastard?« murmelte ich, als ich klaren Überblick hatte. Er war für uns unauffindbar. Stunde um Stunde, Tag um Tag vergingen, und Nonfarmale reagierte nicht. Amir und ich warteten zwei Wochen lang. Dann ging er zurück zu seiner Familie; ich erschien plötzlich in Petersburg, gegen Ende Oktober. Petruschka empfing mich mit Kaviar, Wodka und kreischendem Entzükken. Wir verbrachten warme Nächte und eisklirrende Tage, und Rancor rief mich erst am 15. Februar 1916 zurück.

»Verdun«, sagte er.

»Und Nonfarmale hat nicht versucht, seinen Rückweg sicherzustellen?«

»Es ist ziemlich sinnlos, darüber zu sprechen. Nein! Warum, das kann nicht einmal die Zentralpositronik ausrechnen. Vielleicht ist es Trotz? Todessehnsucht? Er ist da, fliegt hin und her, aber er will, offensichtlich, nicht zurück.«

»Rätselhaft. Wo ist er?«

»In der Nähe von Verdun. Dort drohen wahrscheinlich gewaltige Kämpfe.«

»Ruf morgen meinen Enkel zurück!« Ich ahnte, daß wir in ein entscheidendes Stadium eintraten.

Am 19. Februar des Jahres 1916 schwebte die LARSAF, waffenstarrend, in Richtung Frankreich. Amir und ich waren in Anzüge gehüllt, die uns ein Höchstmaß an Sicherheit garantierten. In Beuteln und Netzen waren unsere Waffen gebündelt. Das Raumschiff schwebte im Schutz der Abwehrschirme und Schutzfelder nach

Osten. Das energetische Tor zur Jenseitswelt war geschlossen ... unsere Projektoren schwebten und konnten jederzeit wieder aktiviert werden.

»Ist es jetzt der ultimative Kampf, Väterchen?« fragte Amir, als wir auf São Miguel zusteuerten und auf der Karte nach Verdun suchten.

Ich entgegnete: »Wahrscheinlich. Vielleicht. Ich weiß es nicht.«

Um Verdun kämpften Deutsche und Franzosen um Geländegewinn; wie üblich eine sinnentleerte Sache, denn das Gelände bestand aus Granattrichtern. Offensichtlich stand ein Vorstoß unmittelbar bevor. Wir flogen, landeten und starteten, und am 20. Februar sahen Rancors Sonden und wir selbst nach langem Suchen zum erstenmal den Diskus des Seelensaugers. Er senkte sich auf das riesige Schlachtfeld von Verdun. Ich kippte das Raumschiff nach rechts und wich von der Fluggeraden ab.

»Der zweite Schritt, Söhnchen. Wir haben zweimal sieben Projektile unter den Tragflächen. Aber ... ich wundere mich.«

»Worüber?«

Amirs Gesicht war angespannt. Er starrte auf die Monitoren und verfolgte den Flug des Psychovampirs.

»Sollte ich ihn überschätzt haben? Er versuchte nicht, den Tunnel zu seiner Welt wieder zu öffnen. Entweder hat er resigniert, was ich nicht glaube, oder er fühlt sich wegen anderer technischer Möglichkeiten sicher.«

»Wir werden es merken.«

Noch waren wir im Vorteil, denn wir versteckten uns hinter unserem Deflektorschirm. Wenn wir Nonfarmale beschossen, so konnte er denken, es wären verirrte Projektile der Bodenartillerie seiner potentiellen Opfer. Lange würde diese Täuschung nicht anhalten. Nonfarmales Schiff glitt durch Hochnebel und die Wolken aus Rauch, der von unzähligen Bränden aufstieg. Wo war sein Versteck?

»Wir greifen heute nicht an?« wollte Amir wissen. Wir flogen in viertausend Metern Höhe. Ich blieb unentschlossen und beobachtete unseren Gegner, der, falls er uns geortet hatte, uns zu ignorieren schien. Er kreiste in weniger als dreitausend Metern Höhe, und vielleicht hielt man das Raumschiff für einen Zeppelin, ein starres Luftschiff, das die Deutschen zum Bombardieren von Paris, Südengland und London verwendeten. Stundenlang kreiste Nonfarmale an diesem Morgen, und wir verfolgten ihn, bis er nach Süden abdrehte und auf die Wälder und Berge der Vogesen zusteuerte. Wir hatten eine Spionsonde ausgeworfen, die die Verfolgung aufnahm.

»Der Ausbruch der Kämpfe steht unmittelbar bevor«, sagte ich. »Ich denke, wir warten.«

Die LARSAF drehte ab. Einen Augenblick lang dachte ich daran, mich in der Nähe von Beauvallon zu verstecken; wir landeten in der Bretagne.

Am 21. Februar begann der deutsche Angriff auf Verdun.

Zwei Raumschiffe näherten sich aus unterschiedlichen Richtungen dem Schlachtfeld. Nach dem Start aktivierte Nonfarmale ebenso wie ich den Deflektorschirm. Die LARSAF schwebte im Kreis in großer Höhe, und Nonfarmale näherte sich seinen Opfern. Die schweren Geschütze auf beiden Seiten der Front feuerten ununterbrochen. Der von Schützengräben, Unterständen, Granattrichtern durchwühlte Boden wurde unausgesetzt erschüttert, neu zerwühlt und mit Metallsplittern angereichert. Brände, Rauch, Pulvergase, gewaltige Fontänen aus Erdreich und tiefhängende Wolken vermischten sich miteinander, und der Diskus wurde inmitten des Infernos sichtbar. Ich schob den Geschwindigkeitsregler nach vorn und setzte zu einem Sturzflug an.

»Wenn es uns gelingt, die Projektoren für den Unsichtbarkeitsschirm zu zerstören, haben wir den Kampf halb gewonnen.«

»Ich glaube nicht, daß er ein leichter Gegner ist.«

»Ganz sicher nicht, Amir. Er wird bis zum letzten Blutstropfen kämpfen. Und ich bin kein Selbstmörder.«

Die riesige Schicht über dem ausgedehnten Schlachtfeld verbarg das Grauen von Tod und Verwundungen vor unseren Blicken. Sekunden später hingen wir über dem langsam fliegenden Diskus. Ich aktivierte die Suchköpfe der Raketenprojektile und nickte Amir zu.

Während ich den Sturzflug abbremste, löste ich in Sekundenabständen fünf Projektile aus. Kurze Erschütterungen gingen durch den Rumpf der LARSAF. Die Gase des Treibsatzes brodelten ums Schiff, dann folgten wir den langen Spuren der Geschosse. Ihre hochempfindlichen Suchköpfe wurden von der großen Metallmasse angezogen; als ich nach wenigen hundert Metern das Schiff zur Seite zog, detonierten die Geschosse. Der Diskus wurde durchgeschüttelt, aus dem Kurs geworfen, und als ich sah, daß die Hochenergie an drei Stellen den Schutzschirm durchschlug, drückte ich den Daumen auf den Auslöser der Thermogeschütze. Röhrende Glutbalken peitschten durch den flackernden Schutzschirm und trafen die Bordwand. Amir langte herüber und löste drei weitere Projektile aus, die sich durch die Öffnungen des Schirms bohrten, ins Metall einschlugen und detonierten. Der Diskus schraubte sich in einer Fluchtparabel schräg in die Höhe.

»Wir haben ihn übel zugerichtet«, sagte Amir und keuchte. »Weiter, mit aller Härte, Atlan!«

Ich verfolgte den Diskus und löste, als ich den Abstand wieder herbeigeführt hatte, weitere Projektile aus. Eine Rauchspur nach der anderen führte von der LARSAF weg, überbrückte eine Entfernung von eineinhalbtausend Metern und endete an der Außenhülle des Schiffes. Jedesmal, wenn die Energie den Schirm überflutete und eine Öffnung aufriß, schickte ich einen Hagel aus Thermostrahlen, Desintegratorstrahlen und Hochenergieblitzen hinterher. Schließlich zerfetzte die letzte Explosivladung einen Teil der Schiffshülle. Der Diskus setzte ruckweise seine Geschwindigkeit herauf und raste in nordwestlicher Richtung davon. Wir waren unsichtbar geblieben; der äußerste Schirm von Nonfarmales Raumfahrzeug flackerte.

Ich nahm die Daumen von den Auslöseknöpfen und sagte: »Vielleicht habe ich ausnahmsweise einmal mehr Glück, Amir. Er bleibt sichtbar.«

Rancor meldete sich und schilderte in aller Kürze seine Beobachtungen. Die Gerade des Fluchtkurses führte auf England zu. Ich bildete mir keineswegs ein, daß Nonfarmale flüchtete, ohne sich zu wehren.

»Söhnchen. Den Helm schließen!« befahl ich und zog die Verschlüsse zu. »An die wichtigen Schalter und Steuergriffe erinnerst du dich?«

»Ich hoffe nicht, daß sie gebraucht werden.«

»Vorsichtig. Nonfarmale ist ein Gegner, der kaum zu besiegen ist.«

Der Diskus setzte seine Flucht fort. Die Geschwindigkeit nahm zu. Wir rasten hinterher, in gleicher Geschwindigkeit und etwa tausend Meter höher. Ich kontrollierte den Deflektorschirm, die mehrfach gestaffelten Schutzfelder und die Steuerung der Kristallfeld-Intensivierung, mit der ich den Rumpf gegen den Beschuß durch Desintegratorbeschuß oder ähnliche Strahlung sicherer machen konnte. Der Diskus blieb auf Kurs, und wir glitten näher heran. Wieder setzte ich zum Sturzflug an. Unter dem Bug öffnete sich ein Doppelmagazin kleinerer Projektile.

Ich schob die Zielanlage der Thermo- und Desintegratorprojektoren zu Amir hinüber und sagte: »Langsam und gezielt feuern, Amir! Ich bereite deinen Angriff vor.«

»Alles klar.«

Nonfarmale drehte sein Raumschiff in eine langgezogene Spirale. Ich ging näher heran und sah unter den Raumschiffen Südengland hinwegziehen. Nonfarmale schien auf eine zweite Garnitur Abwehrschirme umzuschalten; ehe er seine Verteidigungseinrichtungen wieder stabilisiert hatte, begann ich wieder mit dem Beschuß.

Über weitaus kürzere Distanz kreischten blitzschnell die gedrungenen Raketen zum kreiselnden Diskus. Zwischen zwei Einschlägen dröhnten, von Amir hervorragend mit der Zieloptik abgestimmt, grellrote und bläulich weiße Strahlen hinüber, und durch die Risse, Sprünge und Löcher des Schirms sahen wir die tiefen Spuren der Einschläge, der eingeschmorten Löcher und der Detonationen, die von innen heraus erfolgt waren. Rauchstreifen und Feuchtigkeit der Lufthülle kondensierten zu langgezogenen Fäden, während ununterbrochen Geschosse und Strahlen in Nonfarmales Schiff einschlugen.

Als das vorletzte Geschoß aus dem Magazin fuhr, zuckte aus dem Heck des Diskus ein breiter, fast schwarzer Kampfstrahl und traf unsere Schirme. Die Farbe breitete sich rund um die LARSAF aus, und auf dem Armaturenbrett flackerten gelbe Leuchtfelder, die nach einem Atemzug ins Rot wechselten.

Grimmig sagte Amir: »Jetzt sieht er wenigstens, wer ihn töten wird.«

»Er wußte es schon nach dem ersten Feuerüberfall«, sagte ich und zog das Raumschiff in die Höhe, verringerte die Geschwindigkeit und sah, daß der Diskus an einigen Stellen tatsächlich zu schwelen und zu brennen begonnen hatte. Er drehte sich langsam um die Polachse. Unentwegt schlugen die Kampfstrahlen ein. Nonfarmale hatte erreicht, daß unser Deflektor ausgefallen war. Er sah seinen Gegner; natürlich wußte er, daß ich am Steuer saß. Sein Kurs führte ihn in eine falsche Richtung; oder wußte er, daß er auf diesem Planeten endgültig gefangen war? Ein Blick auf die Kompaßzahlen: zweihundert Grad. Westkurs also.

»Ich glaube, wir haben ihn davon überzeugt«, sagte ich und schob die Regler auf höhere Einstellungen, »daß er nicht mehr zurück kann.«

»Einen Schritt weitergekommen, Väterchen.«

Der Diskus wechselte die Richtung, bäumte sich auf, stieß senkrecht nach oben und führte eine verwirrende Serie Bewegungen aus. Dann wandte er uns einen Teil der Bordwand zu, die wenig von unserem Beschuß gezeichnet war. Aus einem Dutzend Projektoren prasselten Strahlschüsse in rasend schneller Folge auf die LARSAF ein. Die Kampfstrahlen glühten in allen Farben des Spektrums, trafen auf die Schirme, durchschlugen sie an einem eng begrenzten Bereich, trafen auf Teile der Bordwand und zersprangen in einem Hagel aus Blitzen und Funken.

Wieder ließ Amir die Desintegratorstrahlen in den Rumpf einschlagen. Die

Steuerung der LARSAF gehorchte mir noch in gewohnter Perfektion. Aber schnelle Blicke zeigten mir, daß die Tragflächen und einsehbare Teile des Rumpfes die Spuren der entfesselten Energie trugen.

»Aber er schlägt zurück.«

»In aller Härte. Und er weiß, wie er kämpfen muß.«

Hoch über dem Atlantik kreisten die Schiffe umeinander, rasten weiter nach Westen, stiegen in die Höhe und abwärts, aufeinander zu, wichen aus und zeigten Manöver, die erstaunlich anzusehen waren. Wir bewegten uns mit mehrfacher Schallgeschwindigkeit über den endlos scheinenden Ozean, rasten durch Wolken in die grelle Sonne hinein und zurück in den vagen Schatten unter den Wolken. Nonfarmale feuerte auf uns. Gleichzeitig führte er abenteuerliche Flugfiguren aus und versuchte unseren Schüssen zu entkommen.

Wir waren immerhin zu zweit. Amir schien die meisten Manöver des Schiffes fast mit telepathischer Sicherheit vorauszuahnen. Die meisten seiner Schüsse trafen. Dennoch wurden unsere Schirme überlastet, ließen vernichtende Energie durch, und aus den Tragflächen brachen Teile der Verwindungsklappen aus. An der Vorderkante und ebenso achtern sahen die geschwungenen Flügel wie eine alte Säge aus.

»Noch fliegt das Schiff, Atlan«, stieß Amir hervor und bewegte die Zielvorrichtung. Weit voraus glaubte ich undeutlich Festland zu erkennen oder die Brandung einiger Inseln.

»Nicht mehr lange, Amir.«

Der Diskus, aus dessen Wandungen Flammen und Rauch schlugen und lange Streifen über den Wolken zurückließen, drehte sich langsam, und jeder Projektor Nonfarmales, der noch leistungsfähig war, spie verschiedenfarbige Energieblitze aus. Wieder begannen Warnlichter zu blinken. Amir zeigte darauf; ich nickte und griff nach der Pulsatorsteuerung am breiten Gürtel des Flugaggregats.

»Es geht unverändert weiter. Aber nicht mehr lange.« Ich stöhnte und fühlte mich im Schutz der Schiffszelle nicht mehr sicher. Donnerschläge begleiteten die Blitze der hochgespannten Energie, die in die Schiffskörper einschlugen oder das Ziel verfehlten und sich irgendwo in der Weite des Himmels verloren. Auch wir zogen dicke Rauchfahnen hinter uns her. Der Schiffskörper begann stärker zu vibrieren. Ich stellte die LARSAF gerade und merkte, daß sie sich nicht mehr hochziehen ließ. Vor mir blinkte ein gelbes und rotes Feuerwerk. Ich hörte aus den Lautsprechern des Helmes die hastigen Atemzüge Amirs.

»Die Schiffe werden nicht mehr lange fliegen. Im All schon gar nicht. Wenn wir sie einigermaßen heil auf den Boden hinunterbringen, haben wir ein Wunder erlebt. Es sieht böse aus, Atlan.«

»Ich weiß. Von Sekunde zu Sekunde mehr.«

Aus der Verkleidung von Nonfarmales Schiff lösten sich große Fetzen und wirbelten davon. Ich glaubte, die Luft durch das Innere des namenlosen Raumschiffs kreischen zu hören, hinter uns, in den Antriebsblöcken oder Teilen der Innenversorgung, gab es eine Reihe scharfer Detonationen. Ich klammerte mich mit aller Kraft an die Griffe der Steuerung und wagte nicht mehr, den Autopiloten einzuschalten. Der Logiksektor rief: *Denkt an eure Sicherheit!* Die letzten Desintegratorstrahlen aus unseren Projektoren schlugen in das gegnerische Raumschiff ein.

Der Höhenmesser zeigte verschwimmende Zahlenreihen. Die LARSAF stürzte nicht ab, aber verlor ständig an Höhe. Ein Blick auf den Voraus-Monitor: Wir näherten uns einer Küste. Auch das andere Schiff drehte sich nicht mehr um die Polachse, sondern vollführte Bewegungen wie ein Kieselstein, der über eine Wasserfläche sprang.

Trümmer und flammende Gasfetzen wirbelten von Nonfarmales Schiff weg. Wir erkannten versengte Spanten und Träger. Im Innern des Schiffes wüteten Brände. Wieder schüttelte sich die LARSAF, und Teile der Energieversorgung und der Triebwerke fielen aus. Ich packte Amir an der Schulter und deutete auf den mechanisch auszulösenden Griff.

»Und dann sofort mit der rechten Hand an die Steuerung. Klar?«

Amir zog das große Bündel der Ausrüstung zu sich heran, dann langte er nach meinem und hakte beide Leinen in seinen Gürtel ein. »Klar.«

Eine riesige Küste erstreckte sich vor und unter uns. Gewaltige Brecher bildeten eine unregelmäßige Linie; dahinter sahen wir weite, schneebedeckte Flächen, aus denen sich Berge und Täler modellierten. Beide Schiffe stürzten schräg auf dieses Land zu. Ich erinnerte mich und sagte: »Labrador!«

»Verdammt ungastliche Gegend«, meinte Amir. »Versuchst du, das Schiff lange genug in der Luft zu halten?«

Der Schock riß und rüttelte an der LARSAF, als wir die Schallgeschwindigkeit unterschritten. Ein Drittel des Diskus löste sich und schien quälend langsam in der Luft zu verharren, ehe es senkrecht abstürzte. Sofort danach fing der Rest des Schiffes zu trudeln an, überschlug sich, und mit einer weiteren Explosion sprengte sich Nonfarmale in einer durchsichtigen Kugel aus dem Wrack und wurde, noch ehe Amir den nächsten Strahl abfeuern konnte, unsichtbar.

»Noch ein Schritt, ein verdammter«, rief Amir. Die LARSAF bäumte sich auf, aus dem hinteren Teil drangen Rauch und Flammen in die Pilotenkanzel. Ich drehte den Kopf, und wir verständigten uns mit einem kurzen Blick. Dann zogen wir die Griffe, und zusammen mit einem Teil des Bodens wurden wir fast gleichzeitig nach unten ausgeworfen. Die Masse des brennenden, halb zerfetzten Schiffes drehte sich über uns, Teile wurden in alle Richtungen davongeschleudert, und der nächste Ruck bewies, daß sich auch die Sitze auflösten. Wir fielen, drehten uns in der Luft, dann fing uns der Ruck der Antigravelemente auf.

Ich drückte einen Schalter und rief: »Amir. Deflektor an!«

»Alles klar. Nach Westen?«

»Ja. Wir müssen, wenn wir ihn nicht vorher sehen, auf Spuren achten.«

Unser Fall wurde weich aufgefangen; ich hoffte, daß wir genau nach Westen flogen. Einige Atemzüge später, als ich die Geschwindigkeit heraufsetzte, hörte ich durch die Atemzüge Amirs die vertraute Stimme des Roboters.

»Atlan. Hier Rancor. Ich habe mit einiger Mühe alles beobachten können. Ich warte auf Anordnungen.«

»Hörst du mit, Amir?« fragte ich ins Nichts. Die Sonne war mit uns gewandert und stand niedrig im Mittag.

»Ich höre mit. Vielleicht sollten wir kurz unsere Tarnung aufgeben und uns an den Händen fassen?«

»Sofort! Laß mich nachdenken!«

Beide Raumschiffe waren vernichtet. Dreimal hatte ich unter mir die gewaltigen Detonationen gesehen, in denen sich die LARSAF auflöste und als Regen halb geschmolzener Teile in die Brandung oder den Schnee über Labrador niederging.

»Rancor. Ein Transmitter befindet sich in der Farm der Lawrences. Wir versuchen, uns dorthin durchzukämpfen. Andererseits: Schicke Boog oder Mapuhi in die Farm, mit einem Großgerät. Wenn er es aufstellt, kann der Gleiter aus dem Lechturm hierhergeschleust werden.«

»Verstanden. Wir bleiben in Kontakt.«

Wir waren nicht verloren und völlig hilflos. Jetzt begann die letzte Jagd auf Nahith Nonfarmale. Ich sah, daß wir die Labradorküste überflogen hatten, aber nicht, in welcher Höhe oder Entfernung vom Sankt-Lorenz-Strom. Nicht weiter wichtig: Rancor würde uns orten können und die Position durchsagen.

Ich atmete ein paarmal tief durch und sagte leise: »Ich zähle bis drei. Dann schalten wir gleichzeitig den Deflektor aus. Du fliegst zu mir. Ich habe eine Sicherungsleine. Sind die Gepäckstücke heil aus dem Raumschiff gekommen?«

»Ich habe sie noch immer am Gürtel.«

Ich zog die dünne Leine aus dem Gürtelfach, klinkte den Haken ein und behielt den Haken am anderen Ende in der Hand.

»... drei.«

Ich blickte nach rechts. Etwas höher als ich und etwa fünfhundert Meter entfernt, flog Amir auf gleicher Höhe. Er schaltete den Deflektor wieder ein und näherte sich mir, dann erschien er wieder aus dem Nichts. Wir stießen zusammen, er hielt sich an mir fest; ich klinkte den Karabinerhaken ein.

Gleichzeitig schalteten wir die Deflektoren ein. Langsam spannte sich die Leine. Wir verständigten uns, ließen uns tiefer hinunter, und schließlich meinte Amir: »Wir haben wieder eine Patt-Situation.«

»Richtig. Drei unsichtbare Gegner.«

Wichtig war, daß wir uns in die Überlegungen Nonfarmales hineinversetzen konnten, denn das riesige, nahezu menschenleere Gebiet Labradors war eine viel zu große Arena. Und wer konnte sagen, ob Nonfarmale nicht in eine andere Richtung flüchtete und sich an einem Ort versteckte, an dem wir uns mit einem Heer ein Menschenalter lang bemühen konnten und ihn doch nicht fanden. Oder ... vielleicht flüchtete er zum Vater-der-Sonnenwolke-Berg, dessen Kuppe von uns so gut wie zerstört worden war?

»Was würdest du jetzt tun, wenn du Nonfarmale wärst, Atlan?« fragte Amir eine halbe Stunde später. Unter uns glitten endlose weiße Flächen vorbei.

»Ich würde warten, bis ich die Landung von einem oder zwei Verfolgern sehe. Dann würde ich mich unsichtbar anpirschen und den Kampf weiterführen.«

»Weiß er, daß wir zu zweit sind?«

»Höchstwahrscheinlich nicht«, sagte ich, grinste und sprach weiter. »Verstanden, Söhnchen. Ich werde auf spektakuläre Weise landen und so tun, als wäre ich verletzt oder nicht recht bei Besinnung.«

»Dann sollten wir damit anfangen, einen guten Landeplatz zu suchen. Tiefer hinunter?«

»Jawohl. Was sagst du zu dem Talkessel links voraus?«

Es dauerte wieder eine Weile, dann antwortete er: »Gut. Der dreieckige Hang auf der Westseite ist schwer zu übersehen.«

Ich griff nach dem Karabinerhaken, zog am Seil und sagte: »Komm heran und gib mir ein Bündel! Aber laß es nicht fallen.«

Ich holte Hand über Hand das Seil ein, zog Amir zu mir heran, und unsere Deflektorschirme verschmolzen ineinander. Wir grinsten uns hinter den beschlagenen Helmscheiben an. Ein schweres Ausrüstungsbündel wechselte zu meinem Gürtel. Ich klinkte die Leine los und drückte ihr Ende Amir in die Hand.

»Ich fliege geradeaus, zur Mitte des Hanges. Du wartest in der Luft. Hoffentlich rammt dich der Seelensauger nicht.«

Wir dachten weder an die Farm, die irgendwo weit im Süden lag, noch an das zerstörte Raumschiff und die Hoffnungen, die mit ihm zerstoben waren, noch an Petersburg und die genossenen Freuden, sondern nur an den bevorstehenden Kampf. Bis zum Einbruch der Dunkelheit hatten wir mehr als fünf Stunden. Ich rechnete nicht damit, daß dieser Tag der letzte des langen, fruchtlosen Kampfes gewesen war. Auch Nonfarmale mußte ähnliche Gedanken wälzen, denn es gab für ihn, auch wenn der Strukturriß wieder erscheinen sollte, keine Möglichkeit, diesen Punkt zu erreichen. Ob er seine Helfer angewiesen hatte, an anderer Stelle einen Übergang zu schaffen und nach ihm zu suchen, wußte nur er.

Konzentriere dich wie ein Samurai. In deiner Nähe wartet Nonfarmale, sagte der Extrasinn. Ich raste schräg über den Talkessel, der einen verschneiten Bach erkennen ließ, Waldstücke, Buschwerk und riesige Schneewächten, Wolfsspuren und mächtige Bäume, von deren Ästen Schnee herunterkrachte. Der Hang sah aus, als wäre er voller Felsen und tückischer Rankengewächse, also bremste ich meinen Flug stark ab und landete in einer Düne aus Schneekristallen. Ich wirbelte mit beiden Armen Schnee in die Höhe, zog meinen Thermostrahler aus dem Hüftfutteral und feuerte ihn ab. Eine riesige Dampfwolke markierte meinen Absturzort.

Ich handelte, ohne zu denken; die alte Dagorschulung begann, mich in eine Art Kampfmaschine zu verwandeln. Ich drosselte die Antigravenergie, meine gepanzerten Stiefel versanken im Schnee, und halb schwebend, halb laufend, setzte ich einen Fuß nach dem anderen in den Schnee und hinterließ eine geschwungene Spur, ein wenig torkelnd, bis ich den Rand eines großen Waldstücks erreichte. Dort trat ich gegen mehrere Bäume, die ihre halbe Schneelast abluden, dann kehrte ich zu dem Loch und den vielen Abdrücken im Hang zurück und wartete, einen Meter über dem Boden schwebend, unsichtbar.

»Sehr überzeugend«, flüsterte Amir. Ich antwortete nicht und entsicherte das Waffenarsenal, das ich wie Amir an der Außenseite des schweren arkonidischen Schutzanzugs trug. In dem Packen, größer als ein vollgepackter Rucksack, befand sich die Notausrüstung.

Rancors Stimme flüsterte: »Boog ist in der Farm und stellt den großen Transmitter auf, ungesehen; die Lawrences scheinen in der Stadt zu sein.«

»Gut. Weiter so«, flüsterte ich. Wir warteten. Nach einer Stunde wurde es mir zu langweilig, und ich flog in weitem Bogen, sorgfältig jeden Punkt der sonnenüberstrahlten Landschaft absuchend, bis zu der schlangenlinienförmigen Lichtung, in der ein Bach den Wald durchzog, vereist und unter einer dicken Schneedecke verborgen.

Ich suchte lange, bis ich eine natürliche Höhlung unter den ausgreifenden Ästen der Nadelbäume fand, fast eine Höhle hinter einem Vorsprung aus Fels, schräg über dem Bachbett. Ich kroch hinein, schaltete Flugaggregat und Deflektor aus und öffnete das Notgepäck. Ich breitete eine wasserdichte Decke aus, faltete das kleine Zelt auseinander und glich die Außenfarbe der Umgebung an. Dann legte ich Rationen, Waffen, Energiemagazine und alle anderen Geräte auf den Boden, verspannte das Zelt an Baumstämmen und kroch hinaus. Ich öffnete den Helm und nahm ein paar Züge der eiskalten, herrlichen Winterluft. Um mich waren nur die wenigen Geräusche des tief winterlichen Waldes. Ich lauschte, hielt den Atem an und drosselte die Lautstärke der Lautsprecher bis zum Flüstern.

Keine Tritte, kein verräterisches Summen in der Luft, keine knackenden Äste, nur ab und zu der Klang herunterpolternden, nassen Schnees. Ich hängte mir das schwere Feldglas um den Hals, warf die Zweihand-Energie-Waffe auf den Rücken und gestand mir ein, daß Nonfarmale nicht ungeduldiger war als ich.

»Amir. Peilstrahl«, flüsterte ich. »Funkstille!«

Nonfarmale hörte uns möglicherweise ab. Aber er würde nicht die richtigen Geräte haben, den Flug Amirs hierher zu kontrollieren. Fünf Minuten später tauchte Amir dicht vor meinem Versteck auf und kroch unter die Äste. Auch er hatte seinen Helm geöffnet. Wir flüsterten miteinander.

»Hast du ihn gesehen? Meine Landung war dramatisch genug?«

»Die Landung hat alle Elche oder Nerze dieses Tales in die Flucht gejagt«, sagte Amir. »Ich glaube, ich habe ihn links von dir, an diesem Paß, flüchtig gesehen, einmal, dann war er verschwunden. Aber ich bin nicht sicher.«

»Wenn er sucht, dann hier im Wald, aber auf der anderen Seite. Am Ende der Spur.«

»Dort würde jeder suchen.«

»Nonfarmale ist nicht jeder«, sagte ich. »Er ist gerissener als ich. Mir gehen abenteuerliche Vorstellungen durch den Kopf. Ein Feuer, daneben zwei Anzüge und wir auf der Lauer. Blödsinn? Aber bis nach Einbruch der Nacht zwei Wachen. Im Norden des Tales und am Paß?«

»Auch Nonfarmale wird nicht die ganze Nacht in der Luft bleiben wollen«, sagte Amir. »Wir treffen uns Mitternacht hier?«

Er hatte seine Ausrüstung ins Zelt geschafft und schob zusätzliche Waffen hinter die breiten Gurte und in die eingearbeiteten Taschen. Aus seinem Gesicht sprach dieselbe Entschlossenheit wie aus meinen Worten. Wir nickten einander zu, schlossen die Helme und schwebten im Schutz der Bäume, die das Bett des Baches säumten, in verschiedene Richtungen davon.

Wo der Talkessel in das nächste Tal überging, gab es schrundige Felsen, von Eis überzogen. Der Schnee war, bis auf zahlreiche Tierspuren, unberührt. Ich saß auf einer vereisten Kanzel, hatte das Glas an den Augen und suchte, während die langen Schatten mit dem Talgrund verschmolzen, nach Einzelheiten. Amir wachte etwa drei Kilometer weit entfernt. Ich sah die fünf riesigen Tannen, die eine schnurgerade Reihe bildeten. Dort würde ich warten, an seiner Stelle.

Je länger ich über Nonfarmale nachdachte, über sein Verhalten, das ich oft genug hatte studieren können, desto sicherer war ich, daß er sich im Bereich des schüsselförmigen Tales aufhielt. Meine Ahnung war stark; ich konnte fast sicher sein. Wenn er genügend Zeit gehabt hätte, würde er auch in seinem Raumschiff entsprechende Ausrüstung gefunden haben, ehe es detonierte.

Die Sonne versank hinter den Bergen, die Sterne erschienen, der Mond hob sich hinter der gezackten Kulisse des Kammwaldes. Die mondbeschienene Schneefläche war ein Muster aus Schwärze und unregelmäßigen weißen Flecken, die glitzerten, als wären sie mit Diamantstaub überpudert. Die Luft war klar; die Sterne funkelten nicht. Ein Meteorit zog eine weiße Spur durch das Firmament; einige Sterne begannen zu blinken. Ich betrachtete sie, und erst nach Minuten fiel mir auf, daß eine Reihe senkrecht stehender Lichtpünktchen fast nicht wahrnehmbar funkelten. Der Logiksektor sagte: *Warme Luft steigt auf.* Ich lächelte, dann wurde daraus ein breites Grinsen. Nonfarmale würde nicht so dumm sein und etwa in der Mitte des Tales ein Feuer anzünden. Er wollte mich dorthin locken, und das konnte er haben. Ich riskierte eine geflüsterte Nachricht.

»Talmitte. Warme Luft steigt. Ich gehe hin.«

Amir schnalzte nur mit der Zunge. Ich nahm die Zweihandwaffe vom Rücken, entsicherte sie und schwebte in die Höhe, dann in Schlangenlinien auf die Stelle zu. Ich kippte die Restlichtaufheller über das Helmvisier, sah eine helle Wärmequelle und in ihrer Nähe ein paar Bäume, Schneewächten, ein Gewirr gestürzter Baumriesen und einen kahlen Laubbaum, der wie eine Skeletthand nach den Sternen griff. In weiten Kreisen schwebte ich näher und entdeckte schließlich quer über einer großen Mulde einen dreimal mannsdicken Baum, wahrscheinlich halb vermodert, in dessen Holz ein dunkelroter Glutfleck schmorte.

Als ich beide Visiere hochschob, roch ich auch das verbrannte Holz. Mir war, als fühlte ich Nonfarmales Augen zwischen den Schulterblättern, jene kalten, schnellen Augen von unbestimmbarer Farbe. Er und ich, wir lauerten darauf, daß der andere eine Unvorsichtigkeit beging. Ich zog eine fingerlange Signalrakete aus dem Brustsaum, steckte sie auf den Lauf des Revolvers, hob den Arm über den Kopf und schwebte schneller auf Amirs Standort zu. Nach wenigen Metern drehte ich mich und feuerte einen Schuß in die Richtung auf den warmen Luftkanal ab, schräg aufwärts. Der Donner des Schusses rollte über das gruftstille Tal, eine Sekunde später breitete sich zitterndes, kreideweißes Licht aus.

Ich sagte, während ich abwärts und im Zickzack nach Westen jagte: »Ich war's, Amir.«

Wieder schnalzte er mit der Zunge. Aus der Richtung einer größeren Baumgruppe fuhren dunkelrote Blitze in einem Drittelkreis durch die Luft, zwei Dutzend oder mehr, dann wechselte Nonfarmale den Standort. Zwei Schüsse waren keine zwanzig Meter unter mir durch die Luft gegangen. Amir schien zu wissen, in welche Richtung Nonfarmale schwebte, und er feuerte nur einen einzigen Strahlschuß ab. Die glühende Spur verlief parallel zum Boden und traf auf Nonfarmales Schirme.

Augenblicklich feuerte Nonfarmale zurück. Amir war hinter Baumstämmen verschwunden, aber ich konzentrierte mein Feuer auf den Punkt, von dem die roten Strahlen ausgingen. Die schwere Waffe dröhnte, der Projektor warf heulende Energiebündel aus; jetzt flammten und flackerten die überlasteten Schirme des Seelensaugers in allen Farben, schrumpften und zuckten, noch mehr als aus dem ersten Energiestoß aus Amirs Waffe. Amir erschien auf der anderen Seite der Deckung und nahm Nonfarmale aus der Zweihandwaffe unter Feuer. Das Knallen, mit dem ein Projektor zerstört wurde, war lauter als der Schußwechsel. Donner hallte durch den Talkessel, von unzähligen Ästen stiebten Schneemassen. Nonfarmale flüchtete zwischen die Baumkronen, die wild durcheinanderschwankten, und deren Äste aufwärts und abwärts peitschten. Aber ich sah deutlich seine Gestalt, die sich in der Luft halb überschlug.

»Vorteil für uns«, sagte Amir. »Sein Deflektor ist hin.«

»Verstanden. Halte dich zurück!«

»Ich kreise um den Wald.«

Ich schwebte höher und feuerte in kurzen Abständen dorthin, wo ich schwache Bewegungen zu erkennen glaubte. Dampfsäulen brodelten auf, einige Äste begannen zu schmoren und zu brennen. Nach jedem zweiten Schuß wechselte ich meine Position und hing schräg über den Baumwipfeln. Nachdem auch das Donnern einer Lawine, von den Schallwellen ausgelöst, verklungen war, herrschte wieder Stille über dem Kessel. Im Wald bewegte sich nichts, und wir beobachteten die Baumgruppen, die auf einem kreisförmigen Gebiet von etwa fünfhundert Metern Durchmesser standen. Ich sicherte die Waffe, zog den Desintegrator, ließ mich fallen und schwebte an den Bäumen entlang. Ich zerschnitt die Stämme etwa drei Meter über dem Boden; sie schüttelten sich und kippten, wirbelten Schnee auf und erzeugten einen weithin hallenden Lärm. In das Gewirr schickte Amir ab und zu einen Feuerstoß, der Teile der Baumkronen aufflackern und zu Asche zerfallen ließ. Dann hörte Amir zu feuern auf, und ich wartete, bis wieder Ruhe und Bewegungslosigkeit eingetreten waren.

Inmitten des Chaos aus niedergebrochenen Bäumen, Dampf und Asche, Rindenstücken und dem Zunder morschen Holzes stand, lag oder hastete Nonfarmale umher. Wieder, fünfzig Schritt vom jenseitigen Rand entfernt, schüttelten sich Äste. Ich schickte ein paar Schüsse in diese Richtung; im flackernden Licht der Flammen sah ich einen Schatten, der hinter Stämmen Deckung suchte. Ich umkreiste das Wäldchen zur Hälfte und befand mich über einer ebenen Fläche, einem gefrorenen Tümpel vielleicht. Ich hörte vor mir Knacken und Knistern, sah aber keine Bewegungen. Wieder schob ich eine Leuchtrakete in den Revolverlauf und feuerte sie in den Wald.

Zwischen den Stämmen breitete sich die flackernde Lichtflut aus. Nonfarmale sprang von Stamm zu Stamm, als Scherenschnitt, der sich schnell bewegte. Ich verfolgte ihn mit kurzen Feuerstößen und trieb ihn in nördlicher Richtung aus dem Wald hinaus. Ich wich schräg in die Höhe aus, als ich ihn zwischen zwei dikken Baumstämmen am Rand des Wäldchens stehen sah. Noch während ich überlegte, ob ich feuern sollte, als ich den Restlichtaufheller herunterklappte, schaukelte zwischen den Stämmen ein riesiger Grisly seinen Körper, breitete die Pranken aus und fetzte die Rinde von den Tannen.

Ich konnte nicht glauben, was ich sah. Ich war durch das Deflektorfeld geschützt, als ich zu Boden sank und dicht über dem Schnee anhielt. Ich starrte den Bären an, der sich auf die Vorderläufe niederließ und zögernde Schritte auf die freie Fläche hinaus machte. Dann lachte ich kurz. Bären hielten um diese Zeit Winterschlaf, und mir dämmerte, daß ich Zeuge einer bisher unbekannten, aber vermuteten Fähigkeit des Psychovampirs geworden war. Ich rückte meine rechte Schulter nach vorn und griff nach der Zweihandwaffe, als der Bär sich herumwarf und zwischen den Stämmen verschwand. Mein Schuß fuhr genau in die Spur, die das Fabeltier hinterlassen hatte.

Dann trafen mich die Energien aus der fremden Waffe. Ich war in rotes Feuer gebadet, spürte die energetischen Überschläge von der Innenseite des Schirms und sah halb wütend, halb in seltsamer Zufriedenheit befangen, wie der Projektor für das Deflektorfeld zu qualmen begann. Ich riß ihn aus der Halterung, warf ihn über die Schulter und schwebte dorthin, wo ich den falschen Bären gesehen hatte.

Wo war Amir? Vielleicht war es besser, wenn er nicht schoß. Das war mein Gegner, mein Kampf. Ich entschloß mich zu einer halb selbstmörderischen Aktion und schaltete das Fluggerät ab. Jetzt hatte ich auch die Linke frei, und ich zog die Handfeuerwaffe, als ich mich hinter das Wurzelwerk duckte. Amir, in unmittelbarer Nähe, warf aus der Luft ein halbes Dutzend Fackeln ab, die im Schnee und im Waldboden steckenblieben und einen Kreis aus sechs strahlenden Lichtquellen bildeten. Ich befand mich am äußersten Rand des Kreises, Nonfarmale war mitten darin.

Ich sah ihn, feuerte; er feuerte zurück. In den Stämmen erschienen handbreite Aushöhlungen. Die Flammen griffen auf altes Harz über und liefen an den Stämmen aufwärts. Schnee verwandelte sich zischend in Dampf. Ein unaufhörlicher Schußwechsel über eine Distanz von weniger als fünfzig Meter hinweg dröhnte und schmetterte durch den Wald, kappte Äste, ließ den Boden aufflammen, erzeugte Rauch und Flammen, und in dem Inferno sprangen wir von Stamm zu Stamm und feuerten auf jede Bewegung. Wieder glühten und loderten die Schirme auf. Ich sah keinen Bären, aber auch keinen Elch oder Moschusochsen oder andere Tiere, in die sich Nonfarmale anscheinend hätte verwandeln können; der Grisly war überzeugend gewesen.

Die Energiestöße aus der unterarmlangen Waffe Nonfarmales waren gefährlich. Die Überlastungskontrolle meines Schutzschirmprojektors blinkte wieder warnend auf. Es war mir gleichgültig geworden, und schließlich, nach einer weiteren, langen Schußserie, mußte Nonfarmale über die Eisfläche flüchten, auf der ich mich eben dem Wald genähert hatte. Ich richtete mich auf und schoß dreimal hinter seinen Fersen ins Eis und erreichte, daß er im Schutz von Dampfsäulen sich weitere zehn Meter in Sicherheit zu bringen versuchte. Der nächste Schuß, Dauerfeuer, zerstörte seinen Schutzschirm; gleichzeitig versagte meine Waffe. Die Energieladung war verbraucht. Ich ließ sie fallen und nahm die kleinere Waffe, schoß durch den Dampf, sah die Schußbahnen wie Gas aufleuchten und hätte ihn in den Kopf getroffen, wenn er sich nicht zur Seite und in den Schutz niedriger Hügel oder Felsen geworfen hätte.

Wieder traf mich ein Strahl seiner Waffe. Mein Schutzschirm brach zusammen, als ich mich fallen ließ und über harte Wurzeln und weiche Nadeln rollte. Ich schaltete den Projektor aus, kam auf die Beine, blickte über das Kampffeld, das noch von Amirs Fackeln beleuchtet war, dann rannte ich durch knöcheltiefen Schnee auf eine Barriere aus gestürzten Stämmen zu. Von dort aus konnte ich hinter seine Deckung feuern.

Ich erhob mich hinter der Deckung und feuerte. Nonfarmale schoß zurück. Rechts und links von meinen Schultern löste sich der massive Tannenstamm auf. Ich schmolz den Schnee seiner Deckung, und darunter kamen kantige Steine zum Vorschein, die sich in der Desintegratorstrahlung knallend und berstend auflösten. Nonfarmale stand ohne Deckung da. Er schoß, und ich duckte mich. Dann flankte ich über die Barriere, und noch bevor ich wieder aufkam, geschah Erstaunliches.

Nonfarmale stand hoch aufgerichtet in einem Kreis aus geschmolzenem Schnee, ausgeglühtem Boden und kopfgroßer Steinbrocken. Er breitete die Arme aus, und im Fackellicht stand zwei Lidschläge danach Charis da, die Schiffsherrin im Mittelmeer, und mit jeder Geste ihres nackten, reifen Körpers drückte sie Hingabe, Liebe und Verständnis aus.

Ich hatte Nonfarmale in die Brust schießen wollen; jetzt glitt mein Finger vom Auslöser. Es war keine Illusion, kein Spiegelbild: Es war Ne-Tefnacht, die ich beinahe getötet hätte. Noch während ich mein staunendes Entsetzen niederzukämpfen versuchte, zerfloß das Bild – an Ne-Tefnachts Stelle stand Ullana Amiralis Thornerose in der eiskalten Landschaft.

»Verfluchter ... Bastard!« Ich versuchte, die Wirklichkeit zu erkennen, und kämpfte mit meiner Vernunft. Der Logiksektor schrie Unverständliches.

Ullana verschwand, machte Monique Platz; nackt, begehrenswert und schutzlos. Ihr Lächeln war schmerzlich, auffordernd. Ich war dabei, mein Entsetzen zu überwinden, als sich Monique in Lisa Gioconda verwandelte, meine Geliebte im Florenz des Leonardo von Vinci. Nahith Nonfarmale hatte aufgegeben oder wandte eine besondere List an. Er wollte mich übertölpeln, während er mir zeigte, wie gut er mich kannte. Wieder zerfloß das Bild, und an Monas Stelle stand Amoustrella mit langem Haar und leuchtenden Augen. Nonfarmale wollte mich mit dieser Modulation seines Körpers zum Wahnsinn reizen. *Töte ihn!* sagte der Extrasinn.

Ich hob den Lauf der Waffe und schoß Amoustrella in den Kopf.

Amoustrella verwandelte sich in Nonfarmale, dessen Schädel zerrissen war. Aber auch dieser Körper verwandelte sich, wurde zu einer zylindrischen Säule, höher als eineinhalb Meter. Mir zitterten die Knie, als ich näher ging und die Waffe auf den Obelisken richtete. Von links strahlten die Fackeln und als Amir aus der Luft herunterschwebte und auf die Säule zuging, schaltete er die Helmlampe und den Gürtelscheinwerfer ein. Ich starrte fassungslos die Säule an. Amir ging um den versteinerten Körper herum, der jegliche Kontur verloren hatte. Ich stand schweigend da und erwartete, daß der Obelisk im starken Licht beider Scheinwerfer einen wuchtigen Schatten werfen würde, aber der Boden blieb hell, schattenlos, wie immer sich Amir auch bewegte. Auch im Licht der Fackeln warf die Säule nicht einmal einen grauen Schatten.

»Ich war stets in deiner Nähe und hätte rechtzeitig geschossen, Väterchen«, sagte Amir. »Am Schluß sagte ich mir: Das ist Atlans Kampf. Ich habe eine Frau gesehen und dann die anderen, deren Bilder in der Kuppel stehen. Was war das?«

Ich senkte den Kopf und schob die Waffe wieder in die Hülle. »Nonfarmales letzter Versuch, mich zu verunsichern.« Ich drehte einen Abstimmknopf und sagte: »Rancor! Boog! Wir schalten einen Peilstrahlsender ein und richten ihn nach Süden aus. Boog soll uns mit dem Gleiter und kaltem Essen und so weiter abholen. Nonfarmale ist tot und hat sich in eine Säule verwandelt, die keinen Schatten wirft. Wir fliegen nach Sonnenaufgang zur Farm zurück.«

»Verstanden! Die Spionsonde ist auf dem Weg zu eurer Position.«

»Viel Aufregendes wird es nicht zu sehen geben«, meinte Amir und faßte mich um die Schultern.

Ich wachte langsam aus dumpfer Betäubung auf. Wir gingen auf die vereiste Fläche, schalteten die Flugaggregate ein und schwebten durch die Dunkelheit zu unserem Versteck. Aber wir konnten nicht schlafen; wir saßen im Zelt, brannten Fackeln ab und tranken die Glasflasche aus Petersburg leer; eiskalter Wodka. Vor dem Morgengrauen schwebte der Gleiter heran, wir warfen die Ausrüstung auf die Ladefläche und hielten auf dem Rückweg zur Farm beim Nonfarmale-Obelisken an. Während ich meinen versteinerten Gegner anstarrte, mußte ich an das Gerücht denken, daß sich Graf Cagliostro vulgo Balsamo ebenso in einen Obelisken verwandelt haben sollte. Und warum kam mir der Name Michael de Notre-Dame oder Nostradamus in den Sinn? Es gab keine Erklärung. Aieta und Richard Lawrence warteten auf uns; die Kamine in den Gästezimmern waren voller Glut und Flammen. Endlich fühlte ich mich wieder wohl.

»Spätestens nach diesen drei Wochen weiß ich, wieviel Amir von mir geerbt hat.« Aieta Jagdara lachte. »Ich war in meiner Jugend ebenso ein Herumtreiber wie er. Geht nur nach Rußland, ihr zwei Helden.«

Amir und ich warfen uns einen Verschwörerblick zu.

»Oder nach Schweden, zu den Dänen oder nach Südengland«, sagte ich. »Keine Sorge, Tochter, ich bringe euch den Sohn gesund und mit viel Lebenserfahrung zurück.«

»Das weiß ich, Großvater«, sagte meine Tochter. »Außerdem fallen euch keine Geschichten mehr ein. Wann?«

»Morgen«, sagte Amir. Ich nickte. Für mich war ein wichtiges Kapitel in meinem Leben und in dem der Larsaf-Barbaren endgültig abgeschlossen. Amir und ich würden das Vagabundenleben genießen, solange es auf dem Planeten noch möglich war. Rancor arbeitete an den Vorbereitungen. Ohne Eile brachten wir den Gleiter zum Lechturm zurück, verfügten uns in mein unterseeisches Reich und von dort aus, reichhaltig ausgestattet, nach Sankt Petersburg. An einem Morgen im März 1916 ritten wir, prächtig ausstaffiert und von zwei Hunden begleitet, durch die schneebedeckten Straßen der Stadt auf das Stadtpalais der Familie A. zu. Petruschka, im bodenlangen Morgenmantel, fiel mir um den Hals.

Der Sturm ließ Regen und Eisgraupeln gegen die Holzläden prasseln. Tropfen zischten in der Glut des Feuers. Petruschka räkelte sich in seidenen Kissen, betrachtete sinnend das Bild über den Spiegeln. Es zeigte, schwach dreidimensional, einen Blick auf Yodoyas Inselchen und schien von einem fast zeitgenössischen Künstler gefertigt.

»Dort möchte ich jetzt sein, Professorchen«, gurrte sie. Ich unterdrückte ein nervöses Gelächter. Ich war eben mit ähnlichen Gedanken beschäftigt gewesen, nach den langen Tagen geistiger Beschäftigung mit der unmittelbaren Vergangenheit und der nahen Zukunft.

Ich leerte den Rest Champagner in unsere Gläser und antwortete: »Wenn du bereit bist, träumen wir uns dorthin. Du bist sicher, daß du es acht Monate nur mit mir und ohne kalten Kaviar in einem solchen warmen Traum aushalten kannst?«

Petruschka nickte. Eine Woche später, als die Gräfin dank des Schlafmittels bewegungslos in meinen Armen hing, benutzte ich den Transmitter und bettete sie in meinem Schlafzimmer auf die kühlen Laken. Sorgfältig entfernte ich alle Bilder Amoustrellas. Ich sprang zurück nach Petersburg, sprach mit Amir und versprach, gegen Jahresende zurückzukommen. Wie ich in Notfällen zu erreichen war, wußte mein Enkel. Auch ihn begleitete eine Spionsonde. Ich nahm einen Robothund mit und desaktivierte die Transmitter. Ich hoffte, das Wunder der Ortsversetzung würde Petruschka geistig nicht überfordern, und instruierte Mapuhi, während sie endlos schlief.

Seewasser verwirbelte den Sand zwischen unseren Zehen. Ich verrieb Sonnenschutzcreme auf Petruschkas Schultern. Mit kürzerem Haar, sonnengebräunt und viel weniger Fett an ihrem Körper wirkte sie verändert. Einen Steinwurf entfernt lag das Auslegerboot mit salzverkrustetem Segel auf dem Strand. Wir benutzten es oft.

Petruschka flüsterte: »Neunzig Tage Traum, Atlonar. Können wir uns auch woanders hinträumen?«

»Wir könnten Amir besuchen.«

»Wo ist dein Söhnchen, dieser Schlingel? Er hat allen Petersburger Mädchen den Kopf verdreht.«

»Mit einer jungen Dame, deren Namen ich nicht weiß, in einer alten Mühe in England. Carundel Mill.«

»O ja, Professorchen. Träumen wir uns dorthin.«

»Ich denke darüber nach. In zwei Wochen?«

Sie nickte und küßte mich. Ein herrlicher Tag hatte den vorhergehenden abgelöst. Ich hatte mein seltsames Leben in einer barbarischen Zeit durchdacht und wußte, daß die moderne Zeit angebrochen war. Mit meinem Zutun, aber auch ohne meine Hilfe.

Die Barbaren waren auf dem Weg, endlich erwachsen zu werden. Und wenn sie es eines fernen Tages fertigbrachten, ihre selbstzerstörerischen Kriege seinzulassen und sich nicht wie die Rasenden zu vermehren, würden sie tatsächlich erwachsen sein. Arkon und das Einwirken der Flotte lagen auch gedanklich in unerreichbarer Ferne. Ich grinste und fuhr durch Petruschkas knisterndes Haar. Es gab für mich nicht mehr das erschöpfende Warten auf Nonfarmale, keine wirkliche Aufgabe mehr.

»O Petruschka«, sagte ich. »Laß uns eine Runde schwimmen, mit deinen langen Beinen und dem Schwanenhals.«

»Ja, Atlonar. Und dann gehen wir schnell zurück in den Schatten, nicht wahr?«

Im Sommer war Rasputin in sein Dorf Prokroeskoje im Tobolsk-Gouvernement in Sibirien zurückgekehrt. Petersburg hatte ihn ausgespien wie einen Brocken übelriechendes Unverdauliches. Drei Tage nach seiner Abreise verletzte sich der Zarewitsch. Noch einmal rettete Rasputin das Leben des Jungen; das letztemal, sagte der Wundermönch voller düsterer Prophetie. Er versuchte in der Zeit, in der wir hier schwammen und reisten, über die Zarenfamilie einen Sonderfrieden für Rußland einzuleiten. Seine Gegner erfuhren davon, und unter der Leitung von Fürst Jussupoff nahm ein unmenschlicher Plan seinen Gang.

Wir ritten durch Südengland, und als es dort zu regnerisch wurde, zogen wir uns zur Insel zurück. Amir besuchte uns mit einer jungen Engländerin aus bester Familie, der wir die vornehme Blässe bald austrieben und das Schwimmen beibrachten.

Rasputins Ende erfuhr ich in meinem kühlen Arbeitsraum. Rancor lieferte die Informationen und die Bildberichte.

Die Fürsten hatten einen sogenannten »Vollstreckungsausschuß« gebildet. Fürst Jussupoff lud Rasputin am 16. Dezember russischer Zeit in sein Palais ein. Sie bewirteten ihn mit Speisen voller Zyankali: Der Magenleidende vertrug, obwohl er sich vor Schmerzen krümmte, eine Dosis, die eine galoppierende Rinderherde gefällt hätte. Später erklärte mir ein deutscher Arzt, warum ein Mann, der an Gastritis litt, soviel Gift überlebte. Rasputin schrie nach seinem sanften, gnädigen Gott, nach mir, nach dem Zarewitsch und bat um einen Gnadentod. Man feuerte Revolver auf ihn ab. Er lebte weiter. Die Verschwörer wurden rasend, als Rasputin noch immer lebte, und sie erschlugen ihn, wickelten den leblosen Körper in Tücher, fesselten Hände und Füße und versenkten ihn in die gefrorene Newa. Zuvor war ein Loch in die Eisdecke gehackt worden. Voller Schaudern starrte ich auf die Bildschirme und erfuhr auch noch das Ende des Dramas.

Am 19. Dezember 1917 fand man die Leiche des Wundermönches in einem Nebenarm der Newa, nahe des Palais des Fürsten Beloselskij. Es hieß, Rasputin sei ertrunken. Die Leiche sah grauenhaft aus. In einem kostbaren Sarg, den die Zarin schickte, begrub man ihn außerhalb der Stadt; seine Spuren verloren sich. Aber nicht nur ich dachte über seine letzte, prophetische Äußerung nach. »Wenn ihr, die Zarenfamilie, mich fallenlaßt«, hatte Väterchen Rasputin gesagt, »wenn ihr mich verlaßt, dann werdet ihr binnen eines Jahres Thron und Leben verlieren.«

Ich löschte die folgenden Informationsblöcke. Weder Petruschka noch Amoustrella brauchten diese gräßlichen Szenen zu sehen.

Lange zögerte ich, mich zu Amoustrella in den langen, kalten Tiefschlaf zu legen. Zuerst besuchte ich die Ophir-Universität und Magistra Lilith; beide Namen waren gut gewählt. Lilith, die Roboterin, hatte in den vergangenen Jahrzehnten ihre positronischen Speicher prall gefüllt und die Feinmotorik ihres Skeletts über den üblichen Maximalwert hinaus »eingeschliffen«, fast bis zu dem Standard, den Rico-Riancor vorgab. Sie verhielt sich wie eine fraugewordene, begehrenswerte Verführung; zugleich herausfordernd und unnahbar. Sie war so tüchtig, daß ihr Rico den vierten Robot, Mapuhi Toader, zur Ausbildung geschickt hatte.

Ophir, einst das Sehnsuchtsland der Phönizier-Punier, lag am Ende der Welt, in tiefstem Frieden und herrlicher Abgeschiedenheit, unerreichbar für jeden Unwillkommenen. Wieder einmal versuchte ich, durch Lilith vertreten, eine Idee zwischen den Barbaren auszusäen: *In den Weltraum! Zum Mond und zum Mars! Zu den Sternen!*

Schmunzelnd hatte ich den utopischen Roman des Franzosen Jules Verne über den Abschuß eines Riesengeschosses zum Mond gelesen. Verne, 1828 bis 1905, hatte auch den Titel *20.000 Meilen unter dem Meer* geschrieben und veröffentlicht; ich besaß eines der Exemplare der ersten Auflage, und was ich über Kapitän

Nemo und die NAUTILUS las, freute mich weit mehr als die wenig plausible Reise zum Mond – Cyrano de Bergeracs Manuskript war viel erheiternder. Aber der Umstand, daß sich selbst Schriftsteller mit Themen aus einer erhofften Zukunft beschäftigten, zeigte mir, daß meine Ideen reiften. Im Bewußtsein, noch immer Sinnvolles zu betreiben, verließ ich Lilith und die psychedelische Atmosphäre der Bildungsstelle.

Von Aieta und Richard verabschiedete ich mich, als ich einige Tage ohne Petruschka reiste. Amir versprach mir, sich in das Haus seiner Eltern zurückzuziehen, wenn er endlich eine Familie gründen würde oder auf jeden Fall in höherem Alter.

Während einer Gewitternacht kehrte die schlafende Gräfin Petruschka in ihr Haus in Petersburg zurück. Ich löste meinen Haushalt auf, blieb eine Weile allein auf Yodoyas Inselchen und kontrollierte Boog, der meine Spuren in Rußland beseitigte. Am letzten Tag des Juli ging ich in Riancors Obhut zurück; vielleicht war das leergeräumte Haus auf der Insel, wenn ich sie wieder besuchen wollte, von Koprahändlern und christlichen Missionaren besetzt. Mir blieben noch der Lechturm und Carundel Mill.

Der Planet wurde vom Krieg zerwühlt. Unendlich viele Menschen litten und starben; es war kein Ende des Gemetzels abzusehen. Ich flüchtete mich in eine kalte Wut und versuchte zu verdrängen, was die Spionsonden zeigten. Rico, Boog und Mapuhi hatten außer der Aufgabe, mich zu bedienen und die Überlebenskuppel zu kontrollieren, nichts zu tun – sie langweilten sich auf ihre Weise.

»Ich fürchte, daß Goyas Spruch auch für mich zutrifft.« Ich faßte meine Überlegungen und vagen Ängste zusammen. »Der Schlaf der Vernunft gebiert Ungeheuer.«

Jene Ungeheuer glaubte ich zu erkennen, ob meine Flucht in den Tiefschlaf vernünftig wäre, blieb fraglich. Weder der Extrasinn noch die Zen-Philosophie halfen mir. Schließlich befahl ich Rico, Amoustrella zu wecken.

Zwischen den Säulen des Herakles oder Dschebel al-Tariq – heute Gibraltar genannt – und der Insel São Miguel war ein deutsches Unterseeboot gesunken. Rico, Boog und Mapuhi bargen das Boot mit meiner Hilfe; wir begruben die Leichen der Besatzung, stellten im Schutz eines Deflektorschirms einen großen Transmitter auf und zerlegten das Boot Stück für Stück. Die Subrobots bugsierten die Teile in die Magazinhallen und Werkstätten des Überlebenszylinders, und nun war für viele Maschinen und fast sämtliche Roboteinrichtungen für genügend qualifizierte Arbeit gesorgt: Rico-Riancor plante einen technischen Leckerbissen, der nur einen Nachteil hatte – er war nicht weltalltauglich.

Begleitet von zwei schlanken Barsoi-Windhunden und mehreren Falkensauriern, die meist unsichtbar blieben, bereisten Amoustrella und ich als Ehepaar Lawrence jene Teile der Welt, die uns interessant genug erschienen. Mit der gerade fertiggebauten Amur-Bahn, dem letzten Teilstück der Transsibirischen Eisenbahn, befuhren wir in eigentümlicher Romantik die Strecke zwischen Tscheljabinsk und Wladiwostok – fast siebeneinhalbtausend Kilometer durch das riesige, schöne Rußland.

Unsichtbar schwebten wir im Gleiter entlang der Großen Mauer, und nach der Rückkehr nach Moskau ersteigerte ich zwei einzigartige Schmuckstücke eines gewissen Fabergé; angeblich Ostergeschenke des Zaren in Form von aufklappbaren Eiern. Das Innere des einen enthielt eine juwelenübersäte Jagdszene, das andere schilderte einen Teil unseres Abenteuers: Lokomotive, Tender und Wagen, Schienen und Landschaft mit Brücken, unendlich kostbar, ebenso verspielt – einzigartig. Ich schenkte sie Amou. Inzwischen hatte sich Rasputins Prophezeiung erfüllt: Am 15. März 1917 hatte Zar Nikolaus angesichts des Revolutionsausbruchs auf Druck der Generalität abgedankt. Großbritannien lehnte das Asyl ab, und so wurde die ganze Zarenfamilie zunächst nach Sibirien verbannt und in Jekaterinburg am 16. Juli 1918 ermordet.

In gebrechlichen Flugmaschinen – die Deutschen griffen mit ihnen London an – flogen wir über der friedlichen Landschaft Frankreichs, und ich kaufte, weil sich Amou in einem Gemälde wiederzuerkennen glaubte, für einen lächerlichen Preis zwei der Bilder Modiglianis. Am 11. November 1918 unterzeichneten die Alliierten und Deutschland den Waffenstillstandsvertrag. Dann flohen wir vor einer Grippeepidemie, die schon fast neun Millionen Tote gefordert hatte, auf Yodoyas Insel. Am 5. Tag des neuen Jahres lagen wir, unsere Erinnerungen voller aufregender Bilder, in unseren kühlen Biotiefschlafsärgen. Ich hatte es ins Ermessen Ricos gestellt, wann wir zu wecken wären, aber ich rechnete keineswegs mit einer langen Schlafperiode.

10.

Ich glaubte fremdartige, schmerzend laute Musik zu hören. Mein Körper schien mir zu gehorchen, der Verstand war verwirrt. Sekundenlang dachte ich, wir wären im Bereich der Ophir-Universität. Amoustrella hielt meine Hand umklammert, und es war, als würden wir schweben, durch Farben, Gerüche, fremde Landschaften und inmitten einer Luftströmung aus Tönen. Flüchtig erhaschte ich Blicke auf Rico und Mapuhi, aber ich durfte, was ich zu sehen glaubte, nicht mit der Wirklichkeit verwechseln. Eine Erinnerung drängte sich durch das Chaos: Amoustrella und ich waren aufgeweckt und mit sämtlichen medizinischen Vorsichtsmaßnahmen überlebensfähig gemacht worden. Wie immer. Und mitten im kurzen Erholungsschlaf überfiel uns ... wer? Was?

Rico rief: »... Transmitter!«

Ich erkannte Mapuhis Stimme: »... eine Jenseitswelt?«

»Eine Welt unserer Träume!« rief Amoustrella, und der Logiksektor schrie: *Eine Welt aus deinen fernen, verschütteten Erinnerungen!*

Ich ächzte: »Aus meiner Jugend!«

Aus verschlungenen Farbschleiern schwebten wir auf ein dunkelrotes, langsam pulsierendes Feld zu. Ich wollte Rico fragen, wie lange wir geschlafen hatten, warum wir geweckt worden waren, ihn zu Erklärungen auffordern – das Transmitterfeld erfaßte uns, gab uns wieder frei, und wir sanken langsam zu Boden, die Füße voran. Die farbigen Nebel schienen um unzählige Flammen zu kondensieren, der illusionsfördernde Geruch verschwand.

Wir standen, unbewaffnet, ohne Ausrüstung, in einer Halle mit dunkelbraunem, poliert erscheinendem Boden, hellen Wänden, in unserem Rücken den Transmitter; ich sah Leuchter, Nischen voller brennender Lämpchen, einen großen Kamin voll Glut und, als die ferne Musik aufhörte, vor uns drei unbekannte Menschen.

»Willkommen in deinem Schlößchen, Mondam Amoustrella«, sagte eine bildschöne, hochgewachsene Frau mit hellbraunem Haar. »Ich bin Anissa Aenigma.«

»Danke«, sagte Amoustrella. Ihre Stimme war belegt. Die Umgebung schien nicht gefährlich zu sein; die Rätsel wurden zahlreicher. »Sind wir auf der Erde? Noch auf der Erde?«

»Du weißt nicht, wo ihr seid?« Eine Frau mit purpurnen Augen machte eine fragende Geste. Sie schien ein Albino zu sein; ihr Haar war voller schwarzer Streifen. »Kandida Tronte bin ich. Wir haben lange gewartet und den winzigen Palast bauen lassen – für dich, für euch.«

»Warum sind wir entführt worden?« fragte ich.

»Vulph Rumwinckle.« Ein hagerer, in weißes Leder gekleideter Mann verbeugte sich. »Ihr seid hierhergebeten worden. Oder besser: gerufen. Ein Wesen, das wir auch nicht kennen, schrieb und schreibt uns vor, was wir tun müssen. Wir sind von dieser Welt.«

»Welcher Welt?« Ich hatte mich umgesehen. Nichts deutete darauf hin, daß wir uns in einer andersgearteten Jenseitswelt befanden – die Umgebung wirkte durchaus irdisch, larsafartig, aus der Kultur von Barbaren stammend. Holz knackte in der Glut, drei Funken flogen.

»Wir wissen nur«, sagte Anissa Aenigma, »daß wir alle – andere, unsere Fürsten, warten an anderer Stelle auf euch – auf einem von dreißig Planeten leben. Wir sind hier geboren. Wir finden keinen Weg zu den anderen Welten, zu den anderen neunundzwanzig Planeten. Nun öffnete sich der zu eurer Welt, die nicht zu den dreißig gehört. Alles ist bereit. Wir bitten euch, uns zu helfen.«

Der weibliche Albino sprach weiter: »Es wird sich alles klären. Wir haben, seit uns die Aufgabe gestellt ...«

Ich zog Amoustrella an mich und hörte mich sagen, mit heiserer Stimme, stokkend, im Morast ferner Erinnerungen watend: »Fartuloon! Der Weise Dovreen. Dreißig künstlich positionierte Welten ... Wir sind im Dreißig-Planeten-Wall!«

»Wir nennen unsere Welt: *Miracle!«* Anissa Aenigma neigte den Kopf. Amoustrella begann zu zittern ...

»Miracle!« Professor Cyr Aescunnar schrie fast, zuckte zusammen, sprang halb aus seinem Sessel auf. »Das Wunder! Dreißig-Planeten-Wall! Amou und Atlan sind – von wem eigentlich? – nach Miracle entführt worden. Vielleicht identisch mit Frokan? Ist das der *zweite Schatten,* von dem Atlan sprach?«

Während der letzten Schilderung war Atlans Erregung gestiegen. Das Chmorl-Metall schien seine Erinnerungen beeinflußt, ein mentales Strukturloch gerissen zu haben. Atlan atmete schwer, sprach nicht weiter, ließ eine Pause eintreten. Cyr tastete nach dem Text des USO-Historischen Korps, von Sean Nell Feyk, suchte, lehnte sich zurück und zwang sich zur Ruhe.

»Sinnlos, Cyr«, sagte er im Selbstgespräch und rieb seine Augen. »Laß den Arkoniden weitererzählen. Bisher hat er nicht viel gesagt, womit ich etwas anfangen könnte. Miracle, soso. Mondam Amoustrella, aha! Nun, Cyr, sehen wir weiter.«

Er wartete, aber Atlan sprach nicht. Fast schien es, als sei er selbst über die Erinnerungen überrascht. Als der Arkonide auch nach einigen Minuten kein Wort sagte, richtete Cyr seine Aufmerksamkeit auf den Text und las mit wachsender Spannung:

... versuchte mich am Ende des Korridors abzustützen, aber meine Hände fanden keinen Halt. Ich strauchelte und fiel. Feuchtigkeit schlug über mir zusammen, Modergeruch drang ich meine Nase.

Schreiend sprang ich auf – und starrte fassungslos auf eine Mauer aus grüner, vor Feuchtigkeit dampfender Vegetation.

Das ist ein anderer Planet oder eine andere Zeit! raunte der Logiksektor. Ich schloß stöhnend die Augen. Die Schweigenden Zonen konnten nichts anderes bedeuten, als daß die alten Varganen mit der Zeit experimentiert hatten. Wenn es ihnen aber gelungen war, Stasisfelder zu schaffen, in denen der Zeitablauf bis fast auf Null verlangsamt wurde, warum sollte es ihnen dann nicht auch möglich gewesen sein, mit der Zeitreise zu experimentieren. So, wie meine Umgebung jetzt aussah, so hatte möglicherweise früher ein großer Teil der Festlandsfläche dieses Planeten ausgesehen.

So sieht er jetzt aus, du Narr! Du befindest dich weit in der Vergangenheit! Meine Knie drohten nachzugeben. Verzweifelt hielt ich Ausschau nach dem Korridor, durch den ich gekommen war. *Du kannst ihn nicht sehen, denn er existiert nur in der Relativzukunft!* erklärte der Extrasinn. *Es handelt sich bei dem Gang um eine Art Zeittunnel.*

Aber wenn der Tunnel hierherführt, dann muß er hier auch irgendwo existieren! dachte ich. *Es muß doch eine Möglichkeit geben, durch ihn in meine eigene Zeit zurückzukehren.*

Nicht, wenn er einpolig geschaltet wurde!

Ich unterdrückte eine Verwünschung. Mir wurde klar, was geschehen war. Die Zwillinge hatten gewartet, bis ich den Zeittunnel betreten hatte, dann hatten sie ihn so gepolt, daß man in ihm zwar in die Vergangenheit gehen konnte, aber nicht wieder zurück. Und ich konnte von hier überhaupt nichts tun. Ich war völlig machtlos, abgeschnitten von meiner eigenen Zeit.

Wie sich bald herausstellte, war auch Vorry in die Vergangenheit verschlagen worden: Der Eisenfresser rettete mich vor einer Raubkatze, erwies sich als intelligent, und durch Zeichensprache konnten wir uns verständigen. Wir arbeiteten uns durch den Dschungel; weil Vorry aber kein Metall fand, wurde er zusehends schwächer. Ich machte mich allein auf die Suche, die Sorge um den neuen Freund spornte mich zur Höchstleistung an. Auf einer Lichtung fand ich schließlich eine von Schlingpflanzen überwucherte Kuppelstation, kehrte um und verlor das

Bewußtsein, weil ich die letzten Kraftreserven verausgabte. Als ich wieder zu mir kam, lag ich auf der Lichtung und hörte Krachen und Bersten, das Vorrys Nahrungsaufnahme begleitete. In der Stationswand klaffte ein Loch.

Immer noch erschöpft, stand ich auf, sah durch das Loch und entdeckte einen trübrot schimmernden Punkt, und von diesem Licht erhellt wurde ein Metallplastikrelief eines Gesichts mit hoher Stirn. *Das Gesicht eines Varganen?*

Es wäre denkbar, antwortete der Logiksektor. *Varganen errichteten den Zeittunnel in die Vergangenheit. Warum sollten sie nicht ein Zeugnis ihrer Arbeit zurückgelassen haben?*

Ich trat ans Relief und strich mit den Fingerspitzen über das Gesicht. Plötzlich zuckte ich zurück. Das Material hatte deutlich vibriert!

Wer bist du? Meine Haltung versteifte sich. *Wer bist du?*

Die Lähmung fiel von mir ab. Mir wurde klar, daß ich keine akustische Frage gehört hatte, sondern daß die Frage in meinem Bewußtsein entstanden war. »Ich bin Atlan, Kristallprinz von Arkon«, antwortete ich. »Und wer bist du?«

Ich bin Ngulh, der überall ist und Unheil verhindert.

Ich runzelte die Stirn. *Ein Zeitwächter,* sagte der Logiksektor. *Wahrscheinlich eine Maschine, die Manipulationen in der Vergangenheit verhindern soll.*

»Bist du ein Vargane?« fragte ich.

Ja und nein. Viele Varganen gaben ihre körperliche Existenz auf, um in Ngulh zu einer Einheit zu verschmelzen, die auf elektronischer Basis arbeitet. Du gehörst nicht in diese Zeit, Atlan. Was suchst du hier?

»Ich suche einen Weg zurück in meine Zeit«, antwortete ich. »Ich bin nicht freiwillig hier. Aber der Rückweg ist mir versperrt. Zwei bösartige Kinder haben den Zeittunnel einpolig geschaltet.«

Eine Weile vernahm ich nichts mehr, dann regte sich abermals die »Stimme« in meinem Bewußtsein: *Atlan, Kristallprinz von Arkon, du würdest dich auf dieser Zeitebene zu einem Störfaktor für die Evolution entwickeln. Es könnte zu einem Präparadoxon kommen. Das darf ich nicht zulassen. Ich biete dir an, entweder mit uns zu verschmelzen oder in deine eigene Zeit zurückzukehren. Entscheide dich!*

»Kannst du mich denn in meine Zeit zurückschicken?« Die Verschmelzung meines Bewußtseins mit denen der Varganen in einer Art elektronischem Gehirn erschien mir nicht erstrebenswert.

Ich kann! Dazu bin ich da.

Mein Herz schlug höher. »Dann schicke mich zurück!« forderte ich. »Aber schicke auch meinen Freund Vorry zurück.«

Er stellt keinen Störfaktor dar. Folglich besteht keine Notwendigkeit, ihn aus dieser Zeitebene zu entfernen.

»Und ob er einen Störfaktor darstellt! Vorry ist ein Eisenfresser. Er würde dich auffressen, wenn er hierbleiben müßte.«

Es ist gut.

Plötzlich vernahm ich ein hohles Brausen, das schnell anschwoll. Um mich herum wogten gelbliche Nebel, dann tat sich vor mir trichterförmig ein rotierender, trübrot leuchtender Tunnel auf. Ich spürte, daß ich mit rasender Geschwindigkeit durch diesen Tunnel schwebte – und plötzlich war die Bewegung zu Ende. Ich stand auf dem glitzernden Boden, sah vor mir die offene Tür ...

Cyr schüttelte den Kopf. »Könnte der Zeitwächter jenes unbekannte Wesen sein, von dem Rumwinckle sprach? Oder ES? Und was passierte mit der Würfelmaschine? Gelangte sie gar nach Miracle?«

Nachdenklich saß Aescunnar vor den Monitoren, bemüht, die Verwirrung abzuschütteln, bis der Voiceprinter reagierte. Atlan berichtete weiter. Cyr hörte zu, aber schon nach einem Dutzend Worten fühlte er sich zutiefst überrascht. Der Bruch hätte kaum größer sein können. Immer unverständlicher wurden die Zusammenhänge – sofern sie bestanden – zwischen Miracle, der Erde und den Parallelwelt-Überlappungen.

Auf dem Monitor lief eine Synopsis dessen, was die Zentrale Positronik mir überspielt hatte und was nach meinem Ermessen dazu geführt haben mochte, daß wir uns durch schwere See kämpften. Angkor-Thom, der Palast des Khmer-Königs Jayavarman VII., gehörte ebenso zur Königsstadt wie Angkor-Wat, das größte religiöse Monument des Planeten, zu einer mehr als 200 Quadratkilometer großen Anlage aus Straßen, Wasserbecken, Bauwerken, Wäldern, miteinander verbunden durch ein ungemein wirkungsvolles Bewässerungs- und Kanalsystem, an dem zwischen dem 9. und 13. Jahrhundert viele tausend Künstler, Baumeister und Handwerker gearbeitet hatten und vor einigen Jahren auch Ricos Subroboter. Im Sichtschutz von Deflektorschirmen hatten sie einige Gebäude logistisch perfekt auseinandergenommen, numeriert, neue Fundamente verlegt – sie waren unterspült, zerbrochen, von mächtig gewachsenen Würgfeigen auseinandergedrückt und verbunden mit einer Oberflächenbehandlung nach Ricos Masterplan wieder zusammengesetzt worden. Andere dichteten viele verschlammte Lotosblütenteiche ab und pumpten Wasser und Bodensatz ab, um die Teichumfassungen erneuern zu können; die Arbeiten waren in geradezu rasendem Tempo vor sich gegangen.

»Mit anderen Worten«, sagte ich grinsend, »mein getreuer Rico hat sich gelangweilt.«

Und geriet ins Feuer amerikanischer Kreuzer! sagte der Logiksektor. *Welch ein Kulturschock.*

Gottgleiche Könige ließen, wie einst die Pharaonen meines geliebten Tameri-Ägypten, schönheitstrunken und fromm, in der Ebene zwischen den Phnom-Kulen-Bergen und dem großen Tone-Sap-See in religiös determiniertem Fieber eine Stadt der Schönheit entstehen, ein Abbild früher indischer Kosmologie, in der der heilige Meru-Weltenberg der Mittelpunkt war. Ich sollte mich eigentlich schämen, von alldem kaum etwas gewußt zu haben – bis jetzt.

»Aber spätestens jetzt, Arkonide«, flüsterte ich, »ist die Erde zu groß, zu unübersichtlich für dich geworden. Und daß sich Rico für professionellen Denkmalschutz herauswagt, mußt du selbst verantworten – wer hat schließlich ihn, Lilith, Boog und Mapuhi ausgebildet?«

Der klügste Arkonide von allen, sagte unverkennbar sarkastisch der Logiksektor.

Und jetzt, am 3. August 1964, mitten im sogenannten Vietnam-Krieg, saßen wir an Bord der NAUTILUS und betrachteten nachdenklich, von der Schönheit der makellos rekonstruierten Bauwerke fasziniert, die Bildschirme. Liliths Hilferuf hatte uns erreicht, wir waren augenblicklich aufgebrochen. Zu den Rätseln dieser vielen Jahre zählte die Tatsache, daß die Transmitterverbindung zwischen Miracle und der Überlebenskuppel stabil wie ein Gebirge aus Basalt war und daß aus meinem Bewußtsein, meinen gespeicherten Erinnerungen, lange Teile scheinbar fehlten – mein sonst berechtigter Stolz auf mein photographisch genaues Gedächtnis hatte tiefe Schrammen erhalten, die ungehindert und ungelindert vor sich hin rosteten.

Als wir im Starkwind und inmitten harter Kreuzseen zwischen Hainan und den Paracel-Inselchen auf Sehrohrtiefe gingen und der Bildschirm nur Wogen, Gischt und Wasserwirbel zeigte, hob Silent Thunder die Hand und zitierte Joseph Conrad:

»Es stürmte Tag und Nacht; es stürmte tückisch, ohne Unterlaß, unerbittlich, rastlos. Die Welt war nur noch eine einzige Unermeßlichkeit großer, schäumender Wogen, die gegen uns anrollten, unter einem Himmel, der so tief hing, daß man ihn mit Händen hätte greifen können, und schmutzig wie eine verrauchte Stubendecke war.«

Ich versuchte zu beschwichtigen, obwohl der Himmel über dem Westquadranten tatsächlich ein dunkles Grau zeigte. »Ganz so schlimm ist es nicht. Im Golf von Tongking wird es aufhellen.«

»Von wegen aufhellen«, sagte Orban-Amir. Im matten Licht des Kommandostands wirkte der über Siebzigjährige um zwei Jahrzehnte jünger. »Meine Landsleute feuern aus allen Rohren.«

Die zweite Hälfte des 20. Jahrhunderts war eine schlechte Zeit für Spionsonden, sichtbare Gleiter und unvorsichtige Roboter. Die Barbaren, denen es trotz zweier Weltkriege nicht gelungen war, sich gegenseitig auszurotten, besaßen überraschend effiziente Meßmethoden.

Es war eine seltsame Zeit. Rico hatte nachweisen können, daß wir im April 1924 geweckt wurden – aber die folgenden vierzig Jahre teilten sich in bewußtes Erleben und solche Vorgänge, die wie einer jener Träume wirkten, die man nach einigen Stunden vergessen hatte. Das Zeitgefühl schwand dahin. Miracle, Erde, Kuppelstation, vielleicht auch einige Jahre Tiefschlaf – der Schleier vor den Erinnerungen war nicht zu lichten. Besonders schnell vergaßen wir die Abenteuer auf Miracle. Wenn ES uns manipulierte, schien die Superintelligenz dafür zu sorgen, daß wir diese Episoden nicht als Teil unseres wirklichen Lebens empfanden. Miracle – ein Traum?

Das letzte Jahrfünft verschwamm auch für Rico und die Zentrale Positronik im wolkigen Dunst der Manipulationen; wir hatten uns damit abgefunden. Sonderbar vage blieben Begriffe wie Ostblock, Westmächte und Asiatische Föderation; Begriffe, die umeinander wirbelten und, kaum gedacht, neue Form und neue Bedeutung annahmen.

Ich setzte mich vor das umgebaute Ruderpult des Unterseeboots aus dem sogenannten Ersten Weltkrieg, das mein Robot vom Bug bis zu den Schrauben umgebaut und technisch fast auf den arkonidischen Stand gebracht hatte. Vom plüschigen Luxus des Kapitäns Nemo, dem introvertierten Helden der Erzählung Jules Vernes, allerdings fand sich an Bord keine Spur. Der Autopilot steuerte das Boot mit knapp fünfundzwanzig Knoten Geschwindigkeit in fünfzig Metern Tiefe nach Nordost.

»Und deswegen bleiben wir in diesem flachen Gewässer auch weiterhin auf Tauchfahrt. Navigator?«

Anissa Aenigma, Amoustrellas schöne Amazone, drehte sich von der Projektion der Seekarte weg und klappte den Stechzirkel zu. »Käpten?«

»Wann können wir am Unfallort sein?«

»Wir sind frühestens bei Sonnenuntergang an Ort und Stelle.« Die Navigatorin strich ihre hellbraune Haarflut in den Nacken. »Reichlich flach, dieser Tongkinggolf, nicht wahr?«

Vulph Rumwinckle notierte irgendwelche Einzelheiten auf seinem monströsen Block aus kariertem Papier. Das Notsignal in der Rundum-Ortungsanlage blinkte noch immer viel zu schwach. Jetzt war auch die Sprechfunkverbindung ausgefallen.

»Zwischen fünfzig und gut hundert Metern.« Ich musterte meine Mannschaft, die sich mitten ins Kampfgebiet hineinwagte. Nicht einmal Vasja Ayodale hatte Einwände dagegen.

»Ich bin von diesem Einsatz alles andere als begeistert«, sagte ich. »Aber es gibt in diesen Tagen für uns alle nichts Wichtigeres. Falls wir im Kampfgebiet auftauchen müssen, werden wir uns viel einfallen lassen müssen.«

»Völlig klar, Chef«, sagte Polideukes Castor. »Kopiaste. Trink Wein, Atlan!«

»Ich sitze ja schon bei euch.« Ich mußte grinsen. »Ein Glas Wein allerdings ist fester beziehungsweise flüssiger Bestandteil der Bordverpflegung, seit wir dieses famos rekonstruierte Tauchboot in Betrieb genommen haben.«

Um uns herum funkelte viel Messing und Chrom der Originalausrüstung. Die unzähligen alten und neuen Instrumente und Uhren waren von Rico und seinen Subrobots in erstaunlicher Stilsicherheit modernisiert und nur mäßig verändert worden; sie glühten und leuchteten in vielen Farben. Im milden Licht des luxuriösen, aber zweckmäßig eingerichteten Kommandostandes sah mein Enkel um rund zwei Jahrzehnte jünger aus, obwohl er ohnedies überraschend jung geblieben war.

»Das Ganze, der Alarm, die Panik, die Sucherei und die Ängste«, sagte ich und blickte in die Augen meiner Mannschaft. »Das hat schon viel zu lange gedauert. Aber das Unterseeboot ist schließlich kein Düsenclipper.«

»Stimmt.« Vulph notierte einige Worte. »Aber wir schaffen es, Atlan.«

Polideukes Castor brachte die Flasche und Gläser. Das Frühstück lag fünf Stunden zurück. »Wir schaffen es immer.«

Die Amazone, deren schmales Gesicht mit den großen Augen mich an Asyrta-Maraye erinnerte, nickte mir zu. Wahrscheinlich behielt sie recht. Dennoch: Die Zeit drängte, denn wir mußten annehmen, daß jede weitere Stunde mehr Einzelteile und Elemente im Seewasser verdarb. Ich hob das Glas.

»Auf uns und auf die Rückkehr zum Barbarenplaneten!«

»Nimm dich in acht, Großvater«, murmelte Silent Thunder.

»Daß du kein Barbar bist, Sohn meiner Tochter«, ich blinzelte ihm über den Rand des Glases zu, »hast du seit 1920 oder so bewiesen.«

»Möcht' ich doch meinen«, sagte er und tat mir Bescheid. Daß wir in diesen Gewässern mit zweimal äußerster Kraft voraus, von arkonidischen Motoren durch die Schwärze des Wassers geschoben, unterwegs waren, hatte nichts mit dem Präsidenten Lyndon Baines Johnston zu tun, dem Nachfolger des Hoffnungsträgers

John Fitzgerald Kennedy, der in Dallas, Texas, ermordet worden war, von wem auch immer. Aber daß amerikanische Zerstörer sich mit nordvietnamesischen Torpedobooten in der Gegend der Tongkinggolfregion erbitterte Gefechte lieferten, gehörte zu unserem, besser gesagt: zu meinem Problem. Ich nahm einen tiefen Schluck und schaltete auf einen Monitor die Wiedergabe der letzten Bilder, die unsere Spionsonde geliefert hatte, ehe sie von einem verirrten, nicht gezielten Projektil aus den Bordwaffen des Zerstörers getroffen und pulverisiert worden war. Die amerikanischen Zerstörer warfen in voller Fahrt mächtige, weißgischtende Bugwellen auf und furchten das Meer mit tiefen, breiten Kielwassern. Die Geschütze spien lange Feuerzungen aus und hinterließen Rauchwolken, die sekundenlang die gesamte Länge der schnellen, übermotorisierten Schiffe verschwinden ließen. Geschosse heulten über den Golf von Tongking, trafen die Wellen und warfen gewaltige, weiße Schaumfontänen und Wassersäulen auf. Die nordvietnamesischen Torpedoboote wehrten sich, so gut es ging, aber sie schienen in diesem Kampf den weniger guten Part zu spielen.

»Ich würde gern auf Freiwache gehen«, sagte Rumwinckle. »Jemand etwas dagegen?«

Ich schüttelte den Kopf. Ein einzelner Mann konnte die NAUTILUS steuern, mit ihr tauchen oder sie aufsteigen lassen.

»In der Nacht brauchen wir jede Hand«, sagte ich. »Vergiß deinen kleinkarierten Block nicht.«

»Keine Sorge, Käpten. Gute Unterhaltung.«

Der mittelgroße Mann aus dem kleinen Dorf von Absurdistan winkte uns zu und entfernte sich heckwärts. Ich leerte mein Glas und ließ mir nachschenken.

»Als ich noch zu den Nomaden des Meeres zählte«, sagte ich und nippte nachdenklich am Glas, »waren wir auch in dieser abgeschiedenen Gegend. Seltsam. Der Westen des Planeten, von São Miguel aus gesehen, ist häufiger in meinen Erinnerungen vermerkt als der ferne, rätselhafte Osten. Aber überall schlagen die Völker aufeinander ein. Dieser Krieg um Vietnam wird zu den schlimmen Erfahrungen der sogenannten modernen Zeit zählen.«

»Wenn alles vorbei ist, Atlan, gehen wir zurück. Dort wird weniger getötet und gestorben, dank Amoustrella und dir.«

Anissa meinte es ernst; ihr Gesichtsausdruck ließ keinen Zweifel zu.

»Du hast recht. Aber die Bergung dieses positronischen Geschöpfes ist für mich ein unabdingbarer Teil des Überlebens. Wir müssen Rico finden.«

Vasja nickte mir zu und verfolgte das blinkende Pünktchen unserer Positionsanzeige auf der Seekarte. »Verlaß dich drauf. Wir werden ihn finden. Und bergen.«

»Sicher.« Ich wartete auf eine sarkastische Bemerkung des Extrahirns. Nichts. Ich lehnte mich im Sessel weit zurück und dachte nach. *Schon wieder? Noch einmal? Zu welchem Zweck?* fragte der Logiksektor. Ich ignorierte den Kommentar. Ich dachte an den seltsamen Mann in der Vorstadt Tokios, Nachfahre von Männern, die für mich – und ihren Planeten – gestorben waren, nach legendenhaft schnellen und tödlichen Kämpfen. Ich dachte an den Turm über der Lechschleife, der von einem Erdrutsch oder einer »Lahn«, wie die Autochthonen sagten, verschüttet worden war, an die zerfallenen Gemäuer von Carundel Mill in England und an Yodoyas Inselchen, an die geborgenen, unersetzbaren Kleintransmitter, dachte, mit einem Lächeln, das sich nicht auf meinem Gesicht zeigte, an Amoustrella, meine große, letzte Liebe. Und an das Notsignal, das uns vom Planeten Miracle hierhergerufen hatte, von einem Ozean in den anderen. *Nichts, was vorstellbar ist, bleibt unter Kontrolle. Wenn etwas passieren kann, passiert es,* sagte das Extrahirn.

»Richtig«, murmelte ich. »Freunde, wenn wir alles hinter uns gebracht haben, feiern wir ein monströses Fest mit lauter Besoffenen und kreischenden Barden.«

»Denk dran!« Anissa Aenigma blieb sachlich. Sie war eine hinreißende Frau. »Amoustrella wartet. Und ihre Geduld ist nicht unendlich.«

Ich strahlte sie mit einem schmelzenden, falschen Lächeln an und sagte: »Was mich betrifft, Vorreiterin aller blutrünstigen Amazonen, hat sie mehr Geduld bewiesen als alle Saurier, Kometen und Weisen, von denen wir wissen.«

Sie lächelte; keineswegs entgegenkommend; eher abschätzig. »Du weißt, Atlan, daß meine Frauen und ich für Amoustrella und dich sterben. Hoffentlich stellt sich diese Frage niemals. Sei's drum: Du solltest haushälterisch umgehen mit derlei Bemerkungen.«

Nahezu lautlos, mit höchster Geschwindigkeit schob sich die NAUTILUS durchs Wasser. Vom Bug bis zum Heck angefüllt mit redundanter Technik aus den Lagerräumen der Tiefseekuppel, schnittiger gemacht, ausgerüstet für ein Dutzend Personen, zweckmäßig und sicher bis zur letzten Niete, dort, wo es möglich war, im alten Zustand belassen, an anderen Stellen entkernt und durch kaum je versagende Technik ersetzt, dennoch ein Erzeugnis der selbstmörderischen Barbaren, hatten meine Leib-Robots ein Meisterstück abgeliefert. Daß wir mit dieser Schöpfung unterwegs waren, um Rico zu retten, entbehrte nicht der Ironie.

Wenn ich Rico verlor, war der Schaden niemals wiedergutzumachen. Und was diesen idiotischen Hochleistungsrobot vor einer gewissen Zeit ausgerechnet hierher gezogen hatte, war weniger wichtig als jedes uns betreffende Problem. Aber sein Hilfeschrei und der Liliths, übermittelt von Spionsonden, Satelliten, den Geräten in der Kuppel, den Anderwelt-Projektoren aus dem Fundus Nonfarmales – wenigstens mußte ich annehmen, daß diese Informationskette so und nicht anders funktionierte –, hatte uns alle, mich und Amoustrella, die Unvergleichliche, von Miracle unverzüglich hierhergebracht. Hinter uns wartete ein Heer, um einzugreifen, wenn der Befehl kam. Wir alle an Bord der NAUTILUS hofften, daß es nicht nötig sein würde. Aber wir waren entschlossen, für Rico alles zu riskieren, was wir hatten. Alles: Das waren die technischen Einrichtungen dieses fünfundsiebzig Meter langen Unterseebootes. Ich kam aus den Wolken meiner Nachdenklichkeit zurück, sah die Blicke meiner Freunde und daß mein Glas schon wieder leer war.

»Ein trunkener Kapitän«, sagte ich und lächelte in die Runde, »ist die beste Garantie für trockene Seefahrt. Das böse Ende kommt noch.«

»Was würde Amou sagen?« fragte mich Anissa.

»Sie würde mich küssen.« Ich schob das Glas in die Richtung der Flasche Wein aus den Gefilden Beauvallons; auch dies verdankten wir den unbemerkten »Raubzügen« des besten Robots von allen. »Und mir Mut zusprechen. Und sagen: Du, Arkonide Atlan, kannst dich letzten Endes nicht der Verantwortung entziehen, den Barbaren von Larsaf Drei irgendwie zu helfen.«

Sie machte eine wegwerfende Bemerkung. »Meine Herrin sitzt unter Palmen und sonnt sich. Nicht unter deinen begehrlichen Blicken, Atlan, sondern unter der Sonne über der Insel, die ihr Yodoyas Eiland nennt. Sie wartet auf uns.«

Ich hob das Glas, lächelte sie brüderlich an und erwiderte: »Auf mich, schönste Aenigma.«

»Mag sein.« Sie war unerschrocken. Eine fabelhafte Reiteranführerin, aber hier waren nicht Miracle oder Absurdistan, sondern *mein* Planet. »Man wird sehen. Ich bemerke jedenfalls, daß du in diesem stählernen Sarg sicher auftrittst.«

Ich schluckte. »Als du, Aenigma, noch nicht einmal in den wollüstigen Gedanken deiner Eltern schwebtest, habe ich schon Schiffe, von denen es nur Legenden gibt, durch Wellen gesteuert, deren furchtbare Größe selbst den schwarzen Bart von Albatros Eyne jun. grau gefärbt hätten. Ganz so blöde, wie du und andere Pseudoamazonen es gern hätten, bin ich nicht. Oder meinst du, deine Herrin würde einen Debilen lieben?«

Sie führte eine Geste der Unbestimmbarkeit aus, senkte den Kopf und widmete sich ihrem Weinglas. Mein Enkel, der mich besser kannte, lächelte still in sich hinein und dachte wohl an St. Petersburg, Petruschka und das letzte Gefecht mit Nonfarmale.

»Das Signal blinkt«, sagte ich nach einer Weile. »Das bedeutet, daß wir ihn finden, wo er auch schwimmen mag.«

»Wahrscheinlich mitten im wütenden Feuergefecht«, sagte Polideukes.

Zwei monströse Kriege, die Millionen und aber Millionen Opfer forderten und die politischen Landkarten wieder einmal bis zur Unkenntlichkeit verändert haben. Das Seegefecht vor euch gehört dazu, sagte der Logiksektor.

»Fast ein halbes Jahrhundert.« Vasja kontrollierte den Autopiloten beziehungsweise die Ruderanlage. »Und jede der unzähligen Erfindungen haben deine Schutzbefohlenen dazu mißbraucht, neue Methoden zu erfinden, einander umzubringen.«

»Das alte Lied, seit der Bronzezeit«, sagte ich, beobachtete die Monitoren und Bildschirme. Die NAUTILUS schleppte eine Sonde hinter sich her, deren Optiken unterschiedliche Ausschnitte des Spektrums vermittelten.

Während Stunde um Stunde der Abstand zu Baibu Wan und Haiphong abnahm, umfuhren wir den Sockel der Insel und änderten den Kurs nach Nordnordwest. Mit Rico verband mich nur noch das Signal; sämtliche andere Mitteilungsarten waren nicht zu aktivieren gewesen. Ich hoffte, daß wir zur Bergung auch seinen Deflektorschirm abschalten konnten. Ich unterdrückte meine eigene Ungeduld, übergab die Ruderwache an Silent Thunder und ging nach achtern, in die Kapitänskajüte. Sämtliche Maschinen und Motoren des Bootes aus deutscher Kaiserzeit waren ausgebaut, teilweise verschrottet, zum anderen Teil zu Ausstellungsstücken in der Kuppel der Erinnerungen gemacht worden.

Arkonidische Technik und nostalgische Armaturen, wohin ich blickte. Aber die NAUTILUS war ein erstklassiges Stück, und die beiden Torpedorohre mit doppeltem Durchmesser beherbergten Spezialprojektile, die als Klein-Tauchboote zu benutzen waren. Ich schloß das Schott, warf Amoustrellas holographischer Wiedergabe eine Kußhand zu und schaltete die Bildschirme auf den Kanal der Großrechner in dem unterseeischen Versteck.

»Überspielt die letzten Informationen, die der Roboter angefordert hat. Es gibt nachdenkenswerte Aufgaben, die ihn dazu brachten, diesen Teil des Planeten zu besuchen.«

Das Verstanden-Zeichen erschien. Ich erhaschte Aufnahmen von Admiral Heihachiro Togo, dem Sieger des russisch-japanischen Seekrieges von Tshushima, den man »Samurai der Meere« genannt hatte, verschiedene Ansichten der riesigen Tempelanlage, die halb unter Baumwipfeln versteckt und von Wurzeln auseinandergesprengt war, die ersten Versuche, den riesigen Bergtempel des Zweiten Ramses, der vor der Nilüberflutung gerettet werden sollte und den man aus dem Berg sägte; schmerzlich erinnerte ich mich an Ne-Tefnacht, deren Leichnam ich am Tag Eins des Mondes Payni mit Hilfe eines Thermostrahlers, während der Regierung des Pharao User-Maat-Rê in den Sockel des Tempels eingesiegelt hatte. Ich sah die Türme von Gaudis Sagrada Familia in Barcelona und die Aufnahmen einer Spionsonde, die Major Jurij Gagarin und Alan Shephard zeigten, die in Raumkapseln für ein Dutzend Minuten im planetennahen Weltraum schwebten. WOSTOK und MERCURY; ich dachte an die zerstörte LARSAF DREI:ZWEI.

Es folgten Sequenzen, in denen ich etwas über den Funksatelliten Telstar erfuhr, über das atomar angetriebene Schiff SAVANNAH und Valentina Tereschkowa, die vergangenes Jahr als erste Frau in den Weltraum geschossen worden war. Die Vietnamkrise verschärfte sich, amerikanische Flugzeuge standen bereit, nordvietnamesische Stützpunkte anzugreifen. Und wieder erschienen kleine Roboter, die behutsam riesige Bäume fällten und Teile der am meisten gefährdeten Tempelanlage freilegten.

»Der sogenannte Bayon-Tempel in Angkor-Thom, Kambodscha.« Die Vocoderstimme sprach lange Erklärungen. »Angefangen um achthundertneunzig vor der Zeitenwende. Ausdruck der Khmer-Könige, versteckt im wuchernden Urwald. Die Subrobots arbeiteten dort noch vor zwei Tagen. Ob Rico dorthin flog, ist nicht feststellbar.«

»Es gibt keinen Zweifel? Alle Speicher durchsucht?« Ich spürte durch die dicke Isolierung der gerundeten Wände des Druckkörpers die Vibrationen der Schrauben, die von unseren Elektromotoren angetrieben wurden.

»Keine Zweifel. Er programmierte seine voraussichtliche Rückkehr für den Siebten des Monats.«

Ich zuckte mit den Achseln. »Bereitet alles für eine überaus gründliche Untersuchung und Reparatur Ricos vor! Er muß in allen Funktionen wieder zu Riancor of Arcoluiz werden.«

»Sämtliche Subsysteme sind in äußerster Bereitschaft.«

»Ich bringe ihn über die Transmitterverbindung, so bald wie möglich.«

Ich desaktivierte die Monitoren und riskierte eine weitere Spionsonde. Die Verlustrate dieser fliegenden Späher war im gleichen Verhältnis gestiegen wie die Rate der Erfindungen auf dem Barbarenplaneten; auch wenn die Sonden unsichtbar blieben, wurden sie von Pistolenkugeln, Gewehrgeschossen, Geschützfeuer, Flugzeugwaffen oder Flugabwehrwaffen getroffen. Sie schwebten verständlicherweise stets dort, wo gekämpft wurde. Unsere Körper, Gleiter und Anlagen konnten wir mit Deflektorfeldern schützen, aber die Spuren, die beispielsweise die NAUTILUS hinterließ, blieben sichtbar, und inzwischen verstanden es die Menschen, bewegte Gegenstände anzumessen. Das Chronometer zeigte, als ich mit meinen Vorbereitungen fertig war und einen kleinen Imbiß in der Pantry zubereitete, drei Uhr nachmittags an. Auch diese Instrumente waren wohltuend altertümlich belassen worden. Wir bemerkten die Anzeichen der angespannten kriegerischen Situation. Kampfflugzeuge kreisten in großer Höhe oder jagten knapp über die Wellen dahin. Die tiefhängenden Wolken rissen auf; über dem Golf brannte eine gelbliche Sonne. Ich suchte den Taucheranzug heraus, checkte die Geräte und ging in den Kommandoraum.

»Ich habe alles versucht.« Ich kontrollierte die Monitoren und Anzeigen. »Es bleibt rätselhaft, warum Arcoluiz gegen die Geschütze amerikanischer Kreuzer in die Schlacht zog.«

»War zu befürchten.« Orban-Amir zog die Schultern hoch. »Löst du mich ab, Atlan?«

»Selbstverständlich.«

Wir tauschten den Sitz. Vor mir glitten die geisterhaften Linien und Felder über den Schirm. Sie zeigten die Formationen des Meeresbodens vor dem schnittigen Bug. Die wahren Gründe dafür, daß Amerika einen Krieg gegen das nördliche Vietnam und somit halbwegs gegen China riskierte, interessierten mich nur bedingt. Ich mußte Rico retten und fürchtete, daß er in einem Maß beschädigt war, das die Wiederherstellung langwierig, wenn nicht gar unmöglich machte. Anissa legte mir die Hand auf die Schulter. Ich blickte auf.

»Ich bin eine gute Schwimmerin, Atlan«, sagte sie. »Du wirst Hilfe brauchen, wenn wir ihn gefunden haben.

Ich überlegte. »Rico ist, wie du weißt, ein wandelndes, feuerspeiendes Waffenarsenal. Es mag sein, daß er weder dich noch mich erkennt und sich wehrt. Es ist gefährlich.«

»Wir haben Abwehrfelder und Traktorstrahlen. Es wird schneller gehen, wenn wir zu zweit arbeiten.«

»Einverstanden.« Ich zeigte auf den Distanzmesser, das Kursrechengerät und den Punkt, der stärker als zuvor blinkte und bewies, daß der lädierte Robot noch nicht auf den Grund abgesunken war. Die Distanz betrug etwas weniger als fünfundsiebzig Seemeilen.

»In weniger als vier Stunden können wir ihn an Bord haben«, meinte ich. »Ruh dich aus, Anissa!«

»Aye, aye, Sir.«

Sie nickte mir lächelnd zu und nahm den Weg zu ihrer Kabine. Ich unterzog sämtliche Funktionen des Bootes, das uns von São Miguel den langen Weg hierher zuverlässig und in großer Geschwindigkeit gebracht hatte, einer genauen Kontrolle. Wir hatten nur selten, in wenigen Nächten, gewagt, dicht über dem Wasser zu schweben, mit weitaus größerer Geschwindigkeit. Trotz der Einsätze auf Miracle befand sich die technische Ausstattung in vorbildlichem Zustand. Zufrieden lehnte ich mich zurück.

»Alles klar, Großadmiral?« Vasja flocht die Strähnen seines Zopfes straffer und klemmte die Enden mit magnetischen Halbkugeln fest. »Kein Leck?«

»Mich macht nur das Warten nervös«, sagte ich. »Du weißt, daß ich euch allein zurückfahren lasse?«

»Jeder rechnet fest damit«, sagte er. »Wir werden die Fahrt und den Flug genießen, da er ohne deine gestrenge Aufsicht stattfindet.«

»Ich will nicht erfahren müssen«, ich deutete auf einen Punkt zwischen seinen grauen Augen, »daß die Menschen neben Fliegenden Untertassen auch fliegende Unterseeboote am Himmel sehen. Klar, Freund Vasja?«

»Versprochen. Wie auch immer – nach der Bergung Kurs auf Yodos Inselchen?«

»Und dort Badeurlaub.«

»Verstanden, Sir.«

Rumwinckle erschien im Kommandoraum, hielt ein Tablett mit Essen und starkem Kaffee in der Hand, unter dem linken Arm seinen unvermeidlichen Notizblock mit dem karierten Papier. »Noch nicht soweit?«

»Nein«, sagte ich. »Du kannst noch ein paar hundert Seiten Notizen schreiben. Hast du je daran gedacht, wer sie lesen soll?«

»Meine geplanten Enkel, Atlan.«

Sowohl die Ansaugöffnung des Schnorchels, das Abluftventil als auch der Linsenkopf der Sehrohranlage trugen den Schutz eines Deflektorfeldes. Dennoch hinterließen wir, als wir in Sehrohrtiefe auf das Echo zufuhren, in Schleichfahrt und mit aktivierter Kristallfeld-Intensivierung des Rumpfes, eine schwer übersehbare Spur.

Ich blies Luft aus dem Mundstück und sagte: »Zuerst versuchen wir es mit der Fernsteuerung, und wenn sich Rico sperrt, müssen wir hinaus.«

Anissa bildete mit Daumen und Zeigefinger im Taucherhandschuh einen Kreis. Der wasserfeste Monitor zeigte, noch nicht scharf genug, ein Bild, das einer Seespinne nicht unähnlich war. Durch den Unterwasserlautsprecher meldete Orban-Amir: »Ich nehme Fahrt weg. Objekt rechts voraus. Abstand: siebzig Meter.«

»Wir fluten die Schleusen.« Ich nickte ihm zu. Aus unzähligen Löchern schoß gurgelndes Salzwasser in den Raum im Decksteil des Vorschiffs. Wir zogen die Masken über die Augen und bissen auf die Mundstücke. Beide griffen wir nach den Sicherungsleinen und klinkten die Karabinerhaken in die Ringe ein. Unsere Hände lagen auf den breiten Schaltern der Schutzfeldprojektoren.

Das Wasser stieg über unsere Köpfe, dann klappten die schweren Flügel des Doppelschotts nach außen. Wir schwebten in die Höhe und paddelten mit schwachen Flossenschlägen zum Bug. Dort hielt ich mich mit der Linken fest, während ich den Verschluß der Steuerungsanlage hochklappte. Ab und zu warf ich einen Blick auf den treibenden Gegenstand. Mit langsamen Schraubendrehungen brachte Silent Thunder die NAUTILUS näher, während von fern dumpfe Erschütterungen abgefeuerter Geschütze oder detonierender Geschosse durch das Wasser dröhnten. Anissa sicherte nach voraus. Der Traktorstrahl aus dem Projektor zuckte nach vorn – fächerte sich auf und ergriff Rico. Ich zog ihn heran und wartete auf ein Bombardement aus Strahlen oder kleinen, vernichtenden Projektilen. Anissa und ich verkrampften unsere Muskeln, als sich der zerstörte Körper näher schob.

»Gut so. Er wehrt sich nicht«, sagte Amir über Aquaphon. »Und er sieht reichlich mitgenommen aus.«

Ich ließ das Gewirr aus Körperteilen, Drähten und knochenähnlichen Röhren und Verstrebungen über uns hinwegschweben. Hohlräume, mit Luft gefüllt, verhinderten, daß Rico sank. Ich dirigierte ihn bis über die Schleuse und schaltete den Traktorstrahl ab, sicherte die Fernsteuerung und gab Anissa ein Zeichen. Wir zogen uns an der Leine zur Doppelschleuse, packten Ricos Reste und schoben uns kopfunter in den Hohlraum hinein und warteten, bis der Schrotthaufen den Gitterboden erreicht hatte.

Aus dem Kommandoraum kam die Ankündigung: »Ich schließe die Schleusen und pumpe ab.«

Ich machte das Verstanden-Zeichen. Rico sah aus wie eine zerfetzte Schaufensterpuppe, in die Reste eines Tandems eingewickelt. Langsam schloß sich die Schleuse, das Wasser sank.

Silent Thunder sagte: »Ich gehe auf fünfzig Meter, ziehe Sehrohr und Schnorchel ein und lege Gegenkurs. Klar?«

Ich wartete, bis das Wasser wieder nur bis zum Kinn stand, und sagte: »Klar. Höchstgeschwindigkeit bis eine Stunde nach Sonnenuntergang.«

»Verstanden, Atlan.«

Minuten später hängte ich Ricos Wrack in ein Antigravgerät ein, bugsierte ihn mit einiger Mühe in den Vorraum zur Messe und schüttelte, als er triefend und stinkend auf dem Tisch lag, fassungslos den Kopf.

»Großer Krieger«, sagte ich. »Rico. Tausend Blitze! Du hast dich stark verändert.«

Aus dem Gewirr zerrissener und verbogener Teile starrte uns das halb verwüstete »menschliche« Gesicht Riancors an. Die Augäpfel bewegten sich, die Lippen zitterten. Ich sagte: »Es kann sein, Rico, daß du mich erkennst und verstehst. Wenn es so ist, dann schließe die Augen.«

Er versuchte es, aber die Lider zuckten nur.

»Wenn die Antwort ›Ja‹ lautet, blicke nach rechts.«

Die Augäpfel bewegten sich in die gewünschte Richtung. Die NAUTILUS senkte den Bug, als Wasser in den Tauchtanks geströmt und das Schiff mit Höchstgeschwindigkeit auf Kurs Süd dahinvibrierte.

»Verstanden.« Es schienen seine Mikrophone, einige positronische Muskeln und ein Teil des Positronengehirns zu funktionieren. »Nein bedeutet links. Du bist getroffen worden, als du irgendwo in der Nähe des Seegefechts schwebtest?«

Rechts: ja. »Offensichtlich von einer Rakete oder einem schweren Explosionsgeschoß?« Wieder rechts. »Du warst bei den Tempeln von Angkor und hast herausfinden wollen, was die Schießerei bedeutet?« Wieder rechts.

Anissa warf mir einen langen Blick zu, und Amir sagte vom Bildschirm: »Transmitterraum ist bereit, Atlan. Nach Yodos Insel justiert.«

»Danke, später.«

»Wenn deine eingeschränkte intellektuelle Kapazität, deine Erinnerungen ...«

Rechts. »Also ist nur der Signal- und Bewegungsapparat zerstört?«

Ja. Ich war erleichtert. »Ich bringe dich in Etappen in unser Unterwasserversteck. Dort warten sämtliche Reparatureinrichtungen und Mapuhi Toader, der die Arbeiten überwachen und koordinieren wird. Ziel ist die Wiederherstellung der Maske of Arcoluiz. Meinst du, daß es zu schaffen sein kann?«

Wieder richtete er den schielenden Blick nach rechts. Während Anissa ihren Taucheranzug abstreifte und mir ihren weißen Badeanzug zeigte, streifte ich die Flossen und die Kapuze ab und sagte: »Das klingt alles recht positiv. Wir treffen uns auf dem Eiland. Wenn niemand mehr dort sein sollte, wartet. Ich lasse die

Transmitter zwischen der Insel und der Kuppel stehen. Ihr kennt alle Kodes für den Schutzschirm – macht euch ein paar schöne Tage.«

»Vorräte sind vorhanden?« Anissa streifte einen dicken Bademantel über und trocknete ihr Haar ab.

»Genügend, denke ich, von allem.«

Ich ließ Ricos Trümmer und den Antigravmechanismus liegen, ging in meine Kabine und zog mich um. Nachdem ich mich von der Besatzung verabschiedet und Silent Thunder das Kommando übertragen hatte, bugsierte ich das positronische Wrack in die Transmitterkammer.

Bevor sich das Schott schloß, schob Anissa den Kopf durch den Spalt und sagte: »Du brauchst wirklich keine Hilfe? Du kommst allein zurecht mit ... dem großen Vorhaben?«

Sie deutete mit dem Kinn auf Rico. Ich war sicher, ohne Schwierigkeiten selbst mit dem Transport fertig zu werden.

»Nein, danke«, sagte ich. »Bringt die NAUTILUS unbeschädigt zum Inselchen. Dort überlegen wir, wie unsere nächsten Vorhaben aussehen.«

»Grüße Mondam von mir – von uns allen!«

Die Transmitterschenkel glühten, ich passierte ihre Schnittlinie und schob Rico vor mir her. In tiefer Nacht verließ ich die Transmitterstation und ging entlang der rauschenden Brandung des Atolls auf das Haus zu, aus dessen Fenster Licht ins Freie fiel. Als ich auf der sandverwehten Stufe stand, öffnete Amoustrella die Tür, eine Lähmwaffe in der Hand.

»Bring mich nicht um, Geliebte!« sagte ich. »Sonst erlebt Rico nie seine Reparatur, und unsere männlichen und weiblichen Gardisten sind ernsthaft böse.«

»Marin du temps«, sagte sie erleichtert. »Ich konnte nicht schlafen. Mein Unterbewußtsein hat auf dich gewartet.«

Ich nahm sie in die Arme, schob sie ins kühle Innere und berichtete, welchen Erfolg wir gehabt hatten; während sie Champagner einer wenig bekannten Lage in die Gläser füllte, meinte ich: »Pflicht vor Vergnügen, Liebste. Ich trinke einen Schluck, und bevor das Zeug warm ist, habe ich Ricos verbogene Reste in der Kuppel abgeliefert. Ich erwarte die NAUTILUS nicht vor morgen beziehungsweise heute nacht.«

Im Schlafraum brannten Kerzen, ein Bildschirm übertrug aufbereitete Informationen von Larsaf Drei und Miracle, ein zweiter verband Amou mit dem Großrechner der Unterseestation, ein Monitor mit dem Kommandostand des Unterseeboots.

»Ich warte. Essen?«

»Eine Kleinigkeit. Haben wir Sonnenöl und züchtige Badekleidung im Haus?«

»Für zweihundert Leute«, sagte sie. Auf meiner Zunge perlte die Kohlensäure des Getränks. Noch ehe mich die Geborgenheit des Hauses einspinnen konnte, leerte ich das Glas.

»Eine halbe Stunde, nicht länger«, versprach ich. »Ist das Lagunenwasser warm?«

»Es hat eine ausgesprochen sündige Temperatur.«

»Trefflich«, sagte ich, küßte Amou und schaffte Rico ins dunkle Versteck. Mapuhi Toader dirigierte die Vielzweckmaschinen, nachdem er mich angemessen begrüßt hatte. Ohne daß ich zu fragen brauchte, gab er viele Erklärungen ab.

»Für den Bewegungsapparat gibt es sämtliche Pläne, bis ins letzte Detail. Boog, Lilith und ich wurden nach demselben Schema komponiert.« Ich hüstelte; er ging darüber hinweg. »Die Positronik rechnet mit etwa zwei Wochen Arbeitszeit. Ich habe auch das Plasma der Verkleidung vorbereitet, das Haar und alles andere, einen Teil der Kleidung und Rüstungen. Du siehst: Schon arbeiten die emsigen Maschinchen an ihm.«

Die Reste schwebten in einem Fesselfeld. Wie einzelne Tierchen eines Bienenschwarms hingen drei Dutzend Subrobots an Rico und montierten die zerstörten Teile ab.

»Übrigens: Im Speicher solltest du – ich fand eine handschriftliche Notiz meines robotischen Seelenbruders – eine Information unter dem Kode *Samurai '64* abrufen, wenn's beliebt.«

»Gelegentlich. Ich werde mich ständig über die Fortschritte informieren. Das Testprogramm für den robotischen Verstand sollte mit besonderer Gründlichkeit durchgeführt werden.«

»Selbst ich werde kaum einen Wert jenseits der hundert Prozent feststellen können.«

Ich grinste. »Auch richtig. Habe ich etwas vergessen? Du findest mich mit Amoustrella auf der Insel. Die Transmitter bleiben justiert. Und ich rufe Aufzeichnungen über die letzten Jahre von Larsaf Drei ab.«

Mapuhi Toader verbeugte sich. »Ich hoffe, es gibt keinen weiteren Alarm, Gebieter.«

»Ich teile deine Hoffnung«, sagte ich und ging in die Richtung der Transmitterzentrale.

Während wir in der Lagune schwammen, unterhielten wir uns leise unter dem prachtvollen Sternenhimmel und im Licht der Mondsichel. Obwohl wir seit unserem rätselhaften Verschwinden nur wenige Handvoll Jahre im Tiefschlaf verbracht hatten, umschlossen uns die Probleme der Erde, deren Vasall ich war und auf der Amoustrella Gramont geboren war, nachdrücklicher, als ich geahnt hatte.

Als wir zum Haus gingen, sagte Amou: »Weißt du, Atlan, seit unserem Transport aus der Tiefschlafkuppel sind nicht nur Abenteuer an uns vorbeigezogen, sondern in meinem schwachen Verstand haben sich auch Einsichten herauskristallisiert.«

»Du mußt nicht untertreiben«, mahnte ich. »Deine Gedanken sind meist von der Klarheit wachsender Kristalle.«

»Schmeichler. Immerhin habe ich bemerkt, daß du es nunmehr weitestgehend ablehnst, in die Geschichte der Barbaren einzugreifen. Du beobachtest, scharfäugig wie der Falkensaurier diesen Planeten. Du weißt, daß die Zeit unbeobachteter Einflußnahme vorbei ist, bis zur Unmöglichkeit erschwert. Geheimdienste würden deine Maske rasch enttarnen. Du hast es nicht fertiggebracht, den Barbaren, deren Zahl angewachsen ist wie die der Lemminge, ihre unbegreiflichen Eigenschaften auszutreiben, die sie dazu bringt, sich gegenseitig zu zerfleischen. Unzählige Erfindungen sind, basierend auf Ratschlägen, die du früher gegeben hast, nicht zum Wohl, sondern zum Wehe der eigenen Rasse verbessert und angewendet worden.«

Ich deutete auf den gedeckten Tisch im Wohnraum und angelte nach dem Badetuch mit meinen Initialen. »Ich sagte: von kristallener Klarheit. Du hast völlig recht, Liebste.«

»Ein Mächtigerer als du hat erkannt, daß es so ist: ES teilte dir, mir und einem Enkel einen Planeten voller rätselhafter Eigenschaften zu und belohnt uns mit unerschütterlicher Gesundheit, längerem Leben und der Möglichkeit, den Bewohnern beizubringen, wie man ohne massenhaftes Töten leben, lernen und Schwierigkeiten vermeiden kann. Das ist der Stand der Dinge.«

Ich wartete an der Tür und wußte, daß sie recht hatte.

»Aber von Zeit zu Zeit wirst du auch weiterhin auf dieser Welt eingreifen müssen.«

»Ich sehe keine Möglichkeit, einzugreifen, wenn Staaten Atombomben bauen und auf unschuldige Städte abwerfen. Wenn an noch schauerlichen Systemen gebastelt wird. Es schleicht sich die furchtbare Ahnung ein«, sagte ich, »daß sie selbst es sind, die diese Welt unbewohnbar machen. Dann gibt es nur noch unsere Qubbat-el-Arwah, die Kuppel der Geister, und dazu eine planetenweite Wüste.«

Ich stellte mich unter heiße und kalte Wasserstrahlen. Während ich die letzten Reste Salz aus meinem Haar spülte, dachte ich über die Zusammenfassung nach; natürlich stimmten Amoustrellas Überlegungen mit meinen Gedanken und der gewachsenen Skepsis überein. Die Eigendynamik der Entwicklung von rund drei Milliarden Menschen hatte Planer, Warner und Steuermänner wie mich bedeutungslos werden lassen. Luftwirbel trockneten mich ab. Ich schlüpfte in einen Bademantel und ging in den Wohnraum.

»Wenn nicht einmal Präsidenten, Oberste Sowjets und atomwaffenstarrende Staaten in der Lage sind, Ruhe zu erzwingen, was soll dann ich mit Robots und einem U-Boot ausrichten?« fragte ich mich laut und öffnete eine Flasche schwarzes englisches Bier. »Also Miracle und die Weltentore? Weg von hier? Und die Suche nach einer allgemein begreifbaren Systematik zu deren Benutzung«, murmelte ich und wischte Bierschaum von der Nasenspitze und der Oberlippe. Amou kam herein, setzte sich und goß Champagner nach.

»Selbstgespräche, mein Zeitsegler?«

»Ich habe dank deiner Ausführungen entdeckt, daß der Arkonide Atlan auf der Erde zur Legende geworden ist. Wenn ich jetzt reise, muß ich mich perfekt maskieren; die Menschen würden Jagd auf einen Außerirdischen machen.«

»Noch haben wir genügend Möglichkeiten.«

»Aber es wird immer schwieriger. Bald wird's unmöglich sein«, sagte ich. »Und noch ist unser Inselparadies unentdeckt geblieben.«

Wir hörten alte Musik, aßen und tranken, unterhielten uns und versuchten, einigermaßen sichere Pläne zu entwerfen. Die letzten Stunden der Nacht schlichen dahin; wir waren sicher, daß die Entwicklung auf dem Planeten noch innerhalb eines Jahrzehnts einen Punkt erreichen würde, an dem jedes Ende denkbar war: vernichtender Atomkrieg, eine Abkehr von allen Ideologien, ein Sinneswandel oder eine Katastrophe, in der die mißhandelte Natur so erbarmungslos zurückschlug, wie sie es bei den Sauriern, im Gebiet der Sahara oder zu vielen Zeiten von Sintfluten, Vulkanausbrüchen und Erdbeben getan hatte, diesmal aber mit planetarer Gründlichkeit. Ob ich den Anfang einer neuen Evolution nach dem Großen Knall erleben würde, blieb fraglich.

»Wahrscheinlich – falls du nach einer Legitimation suchst – ist unsere Aufgabe auf Miracle ebenso wichtig.« Amou zerknüllte die Serviette.

»Wir versuchen dort, ebenfalls Kultur und Zivilisation in die richtigen Bahnen zu lenken. Was aus meinem zehn Jahrtausende währenden Versuch geworden ist, sehen wir in Hiroshima und Nagasaki.«

»Komm, Liebster. Wir sollten besser flüstern als fluchen.«

Wir bliesen die Kerzen aus und gingen über den weichen Teppich ins Schlafzimmer. Dort verdunkelte ich sämtliche Scheiben, veränderte die Raumtemperatur und bemühte mich, an nichts anderes zu denken als an Amou in meinen Armen.

11.

Das silberne Zirpen des Planetenuhr-Schlagwerks mischte sich in das Rauschen der Brandung. Lautlos ruckten Zeiger und Symbole um winzige Strecken weiter; der Boogsche Nachbau des Meisterwerks arbeitete mit positronischer Genauigkeit und vollkommener Mechanik. Ich löste meinen Blick von den vier Zifferblättern und Schauflächen und wandte mich wieder Amilcare Sibugoudi zu, der versonnen seinen kahlen Schädel streichelte und wartete, bis Mapuhi nachgeschenkt hatte.

»Vor zweihundert Jahren hat ein Meister dieses Kleinod geschaffen. Vom Freund Riancors wurde es nachgebaut«, sagte ich. »Auch solche Kunstwerke wird man eines Tages auf Miracle herstellen können.«

»Wir sorgen schon dafür, Kapitän der Zeit und anderer Seltsamkeiten«, erwiderte der breitschultrige Schwarze. »Wie auch für alles andere.«

»Deswegen, unter anderem, habe ich euch eingeladen«, sagte Amoustrella vom Kopf der Tafel. Ein Tag voller Fröhlichkeit, guter Gespräche und angenehmen Stunden des Nichtstuns war halb vergangen. Die wichtigsten Frauen und Männer von Miracle saßen am Tisch und tafelten.

»Wissen wir, Mondam.«

Wir sprachen über die Unterschiede zwischen Miracle und der Erde. Bis auf mich, Silent Thunder, »Mondam« Amoustrella und »Condottiere« Polideukes waren alle Gäste auf Yodos Eiland von Miracle. Zwar kannten sie einige Plätze des Planeten, die Tiefseeanlage und einen groben geschichtlichen Eindruck, waren von Technik und Wissenschaft gebührend fasziniert, aber sie hatten ihre Heimat und ihre Aufgaben auf dem anderen Planeten.

»Wer bringt das Unterseeboot zurück?« fragte Anissa. »Oder brauchst du die große Maschine noch auf deinem Planeten vieler Kriege?«

»Ich glaube nicht«, sagte ich. »Rico wurde gerettet. Und für Vergnügungstauchfahrten sehe ich auch keinen rechten Sinn.«

»Freiwillige?« Amou hob die Hand. Silent Thunder meldete sich, dann Vulph Rumwinckle und Anissa.

»Heimweh?« fragte Amoustrella. Ihr Lächeln war ein wenig zu gönnerhaft.

»Jawohl, Mondam.«

»Drei Kapitäne und Steuermänner oder Ruderfrauen reichen völlig.« Ich musterte die Gesichter der zuverlässigen Mitstreiter. »Und es ist auch nicht eilig. Sorgt dafür, daß die NAUTILUS sicher getaucht bleibt und sonnt euch hier so lange, wie ihr wollt.«

Anissa stieß Rumwinckle an und sagte: »Einen Zehntag lang, Atlan?«

»Warum nicht?«

Kandida Tronte, die schweigend zugehört und sich dem Essen gewidmet hatte, hob den Arm. Das breite Armband klirrte. Ich drehte den Kopf und blickte in große, purpurne Augen. Kandida lächelte mir knapp zu und sagte: »Ich bin seit vielen Jahren bei euch und habe mir, abgesehen von den vielen Vorteilen und dem guten Leben, einige Gedanken über uns alle gemacht. Unser Team ist hervorragend. Trotzdem fehlt mir etwas.«

Ich grinste. »Etwas oder jemand?«

»Sowohl als auch«, sagte sie. Ich hatte schon oft Gelegenheit gehabt, Kandidas Überlegungen zu hören und einzusehen, daß sie kluge Einwände machte.

»Es fehlt, ich denke, ein Mann. Wir alle sind keine typischen Kämpfer, keine Helden, obwohl Riancor of Arcoluiz dieser Definition am nächsten kommt. Ich spreche nicht von uns, in dieser Runde, sondern von einigen Millionen Individuen auf Miracle.« *Ein kluges Geschöpf,* wiederholte der Logiksektor. Ich hob das Glas und lehnte mich zurück, war wieder beeindruckt. Die schwarzen Streifen ihres Haares begannen auszubleichen; Kandida war gekommen, um sich in die medizinische Obhut von Rico und den Geräten zu begeben.

»Unsere Taten und Unternehmungen werden nicht entsprechend dokumentiert. Mondam Amoustrella und Atlan als lebende Legende: gut und schön. Es gibt keine Gesänge – ihr solltet euch Gedanken darüber machen, wo wir einen volkstümlichen Barden finden.«

»Ich werde mich umsehen«, sagte Amou. »Hervorragend, Kandida.«

Der weibliche Albino nickte mit ruhigem Selbstbewußtsein. »Wir brauchen jemanden, der Bilder, Bildwerke, Statuen und andere Zeichen für die Ewigkeit setzen kann. Jemand, dessen Schwert einen Felsen spaltet. Einen Vollstrecker, dessen Drohung unentwegt über dem Haupt des Missetäters schwebt.«

Mein Grinsen wurde breiter. In meinen Überlegungen wirbelten nicht mehr ausschließlich wirre Vorstellungen; es schälte sich ein Begriff heraus, der schärfere Konturen gewann. Überdies wartete ich auf eine Überraschung, die jeden an dieser Tafel treffen würde.

»Die Legenden erfordern eine Verfremdung, jemanden, der den Stämmen und Nomaden von Miracle unbegreiflich bleibt. Einen eigentümlichen Kämpfer, der vielleicht auch noch zum Gamespin singt oder derlei. Mit einem solchen Kämpfer wären wir in jeder Hinsicht unschlagbar.«

Ich blickte in ihre purpurfarbenen Augen. »Ich weiß, was du meinst. Wahrscheinlich habe ich anzubieten, was du suchst.«

»Du gibst mir also recht, Atlan?« Die hochgewachsene Frau mit dem schmalen Gesicht führte eine indifferente Geste aus und griff nach dem Glas.

»Völlig. Und wenn ich diesen Mann bekomme, wird er uns auch helfen, die Aufzeichnungen zu finden.«

»Das ist mehr, als ich hoffte.«

Mein Armbandgerät blinkte und summte kurz. Ich runzelte die Stirn; der Transmitter war benutzt worden. Ich drehte den Sessel und schlug die Beine übereinander. Am Tisch gab es das Murmeln der Unterhaltung und die Geräusche von Geschirr und Besteck vor der Kulisse leiser Musik. Ich blickte zur Tür. Die Konstruktion aus Stahl und Holz glitt zur Seite. Die gesamte Öffnung wurde von einer vertrauten Gestalt ausgefüllt. Ich musterte den Eindringling schweigend; binnen Sekunden hörte jeder Lärm am Tisch auf.

Völlig entgeistert sagte Vulph Rumwinckle: »Riancor of Arcoluiz!«

»Ich bin froh«, sagte er mit gewohnt sonorer Stimme, »euch alle so fröhlich zu sehen.«

Er schloß die Tür, blieb zwischen Wand und Tisch stehen und betrachtete uns aus grüngrauen Augen. Dann zwirbelte er die Enden seines Gascognerbartes und kam auf mich zu.

»Du hast offensichtlich den langen Weg der Genesung bis zum Ende zurückgelegt«, sagte ich. »Oder sogar darüber hinaus. Du siehst blendend aus, Rico-Riancor. Entspricht dein innerer Zustand der prächtigen Ausstattung?«

Riancor begrüßte jeden mit Handschlag oder galantem Handkuß, hob mein Weinglas und roch mit genießerischer Miene daran. »Sämtliche Tests sind zur vollen Zufriedenheit aller Rechner, meiner und Mapuhis Zufriedenheit abgelaufen und ausgewertet. Ich fühle mich ausgezeichnet; wie neugeboren.«

Sein Gesicht, glatt und sonnengebräunt, verzog sich zu einem begeisterten Lächeln. Vorsichtig stellte er das Glas ab.

»Grob- und Feinmotorik scheinen in Ordnung zu sein«, sagte ich. »Du brauchst nicht gleich in die nächste Schlacht zu ziehen oder einen Viadukt zu bauen. Es genügt, wenn du Kode *Samurai '64* abrufst und uns berichtest, was du herausgefunden hast.«

»Sofort. Im Arbeitszimmer?«

»Laß dir Zeit! Nach dem Essen. Sprich mit Kandida; sie hat bemerkenswerte Ideen zur Durchsetzungskraft unseres Teams ersonnen.«

»Wir sprechen über alles, wenn sie in der Kuppel ist. Ich habe das Programm für dich vorbereitet, Schätzchen«, sagte er.

»Ich habe nichts anderes erwartet«, sagte Kandida. »Du siehst, daß ich es nötig habe.«

»In zwei Tagen bist du wieder schön, und dann kannst du dich von der Sonne rösten lassen«, versicherte er.

Er löschte einen Teil der Bildschirme und spielte eine Zusammenfassung ein, die er unter dem erwähnten Kode abgerufen hatte.

»Dieser Mann heißt Kamakura Yamazaki und ist ein mehrfacher Urenkel jenes Samurai, der mit Atlan gegen Nonfarmale gekämpft hat. Er lebt in einem Haus, außerhalb Tokios, in einem verblüffend großen Grundstück. In seinen Händen finden sich die Reste der Hinterlassenschaften aus eurer Zeit. Seht selbst.«

Ein etwa fünfunddreißigjähriger, hochgewachsener und kräftiger Japaner, der den Stil seiner Ahnen kultivierte. An den Wänden hingen Tuschemalereien; ausnahmslos Szenen, die er auf unseren Photographien gesehen und in der Phantasie erstaunlich lebensecht weiterentwickelt hatte. Waffen der Samuraizeit, kostbare, funktionsfähige Stücke, eine Rüstung, deren Wert so groß war, daß die vielen Einzelstücke auf Schmuck und Prunk verzichten konnten, Sumibogen, eine alte japanische Einrichtung und die Doppelrolle, die Yamazaki spielte, im modernen Anzug als Geschäftsmann und als Feierabendsamurai von höchstem Ausbildungsstand.

»Kandida!« rief ich durch den Korridor. »Willst du deinen Wunderknaben sehen?« Zu Riancor sagte ich: »In der Kuppel suchst du meine Samuraiausrüstung zusammen und packst sie ein; besorge Geld und nimm den amerikanischen Paß. Ich werde den Samurai besuchen.«

Er verbeugte sich schweigend; während Kandida erstaunt vor den Bildschirmen stand und zusah, wie Yamazaki focht, Dutzende Pfeile verschoß, sich in Kampftaktiken übte und die Riten des Chado, des »Teeweges«, ausführte, wie er seine Zeichnungen verbesserte und seiner Tätigkeit im Geschäftsleben nachging, verließ er den Raum. Von Minute zu Minute wurde Kandida aufgeregter.

»Auf einen solchen Krieger haben die Leute von Miracle gewartet. Ein tödlicher, blitzschneller Krieger im Rock.«

»Du solltest erst einmal mich sehen, den berühmten weißhaarigen Samurai Hicyaco Sagitaya.«

Sie warf mir einen ungläubigen Blick zu und sah sich fasziniert sämtliche Aufzeichnungen ein zweites Mal an. Schließlich sagte Riancor: »Yamazaki langweilt sich. Man würde seinem Leben einen neuen Sinn geben, wenn er sich von einem Abenteuer ins nächste stürzen könnte. Und dieses Mal erfordert sein Ehrgefühl keinerlei Heldentod oder ähnliche archaische Taten.«

Ich hatte genug gesehen; zusätzliche Überlegungen würde ich auf dem Grund des Ozeans anstellen.

»Amou? Einverstanden, wenn ich Yamazaki überrede, mit uns für ein besseres Leben auf Miracle zu fechten?«

»Du würdest allein gehen?« fragte sie. Ich nickte.

»Es ist besser. Ein einzelner Mann fällt weniger auf. Schließlich ist eine Reise mit Verkehrsmitteln der heutigen Zeit eine anstrengende Angelegenheit.«

»Wie lange wird es dauern?«

Ich hob die Schultern und versuchte, die Anzahl der Unwägbarkeiten und der Überraschungen zu kalkulieren, die mir während dieser »Weltreise« zustoßen konnten. Ich nahm Amoustrellas Hand und sagte: »Du würdest mir einen gewaltigen Gefallen tun, Liebste, wenn du mit mir in unseren Palast der Legenden kommen und mich später vom Lechturm aus zu der ersten Station einer langen Reise bringen würdest. Der Abschiedsschmerz hielte sich in Grenzen.«

»Mit dem größten Vergnügen, Erdling.«

Riancor stand wartend da, scheinbar in die Betrachtung der Bildschirme versunken. Ich wandte mich an ihn.

»Du kommst mit und berechnest alles, von den Socken bis zur Valuta. Ich werde Ausrüstung brauchen, die noch besser maskiert sein muß als ich selbst. Und dazu einige besondere Tricks. Bis du fertig bist, halten wir uns in der Kuppel auf.«

»Sehr wohl, Mister ...?«

»Da die echten Pässe auf ›Lawrence‹ und ›Olaf Peterson‹ lauten, bleibt's dabei, denke ich.«

Ich ging zu Silent Thunder, übertrug ihm die Verantwortung und beschwor ihn, mich zu befreien, irgendwo abzuholen oder mitsamt allen Freunden die Insel zu verlassen und nach Miracle zu flüchten, wenn es nötig wurde; schließlich verfügten die Planetarier über Methoden, mit denen sie meine Überlebensstation entdekken konnten.

»Ergibt Sinn, Granddad«, sagte er leise und trat nach einer Kokosnuß. »Ich bin schließlich auf diesem Planeten geboren und kenne mich aus.«

»Überdies sprichst du die Sprache, die man auch im fernen Nippon versteht.«

»Auch das. Ich schlage vor, wir warten, bis ihr zurück seid, und dann wechseln wir den Planeten. Einverstanden, Chef?«

»Das ist die beste und vernünftigste Lösung. Sind die Transmitter geschaltet, Riancor?«

»Alles ist bereit.«

Mapuhi Toader blieb auf der Insel, und wir passierten den Transmitter. Unsere privaten Räume waren unangetastet; wieder beruhigte uns das Gefühl, die vertraute Heimat zu betreten. Aber die folgenden Tage und Nächte waren weniger von melancholischen Reminiszenzen ausgefüllt; die lange Reise mußte sorgfältig geplant werden. Spionsonden jagten zu den voraussichtlichen Knoten- und Kreuzungspunkten, und ich fing an, mir Adressen und Eigentümlichkeiten zu merken. Amou und ich aßen und schliefen in wechselnden Illusionswelten, die Ausrüstung wurde hergestellt und kontrolliert, und ich erfuhr, daß Yamazakis Vater Erster Offizier eines Kanonenboots während der Schlacht von Tshushima gewesen war, auf dem Royal Naval College im englischen Dartmouth studiert hatte und daß er seinen Söhnen eine gute, aber strenge Erziehung hatte vermitteln lassen. Allerdings gehörte auch er zu den neuen Hunnen, die 1931 China überfallen und dort bemerkenswerte Greueltaten verübt hatten. Der Tag der Abreise stand fest.

Eine gedrungene Dampflokomotive fauchte, zischte und stieß schwarzen Rauch in den föhnblauen Vormittagshimmel. Außer mir wartete ein Dutzend Frauen und Männer in Schongau am Lech darauf, daß der Uniformierte unsere Fahrkarten durchlöcherte und uns gestattete, auf den Holzbänken der grünlichen Wagen Platz zu nehmen. Amous Gleiter kreiste vermutlich unsichtbar um die Rauchwolke. Das Städtchen, im Schutz einer Stadtmauer auf einem Hügel erbaut, atmete friedliches Miteinander von Bauern, Handwerkern und bayerischen Gemeindebeamten aus; nicht ohne Idylle, mit frisch verputzten und geweißten Stellen am Stadttor. Meine Koffer paßten nach München oder Berlin, aber nicht zu den Schaftstiefeln der Bauern in Tracht. Die Frauen, wenigstens die hier wartenden, sahen aus, als wären sie ältere Mägde auf Stellensuche. Ich grinste; ich hätte auch mit dem Gleiter fliegen können. Aber die Barbaren lernte ich – wieder einmal! – am besten kennen, wenn ich mich zwischen ihnen bewegte. In den Geruch schlechter Kohlen unter dem Dampfkessel mischte sich salmiak- und salpeterähnlicher Gestank: Im Süden der Stadt verteilten Bauern flüssigen Dung ihrer Rinder auf abgeernteten Feldern. Der Zug setzte sich in Bewegung, fuhr fünfzig Meter und hielt in der Mitte, vor dem Bahnhof.

Wir stiegen um, ich verstaute die Koffer und stellte mich auf die offene Plattform, bis der Schaffner das Gitter herunterklappte, auf einer Pfeife trillerte und das Signal hob. Die Fahrt, bei der mir Rauch und Aschenteilchen in die Augen wehten, begann. Die Geschwindigkeit, mit der das rasselnde Gespann auf ausgeschlagenen Nachkriegsgeleisen dem Ort Altenstadt zustrebte, hätte den daneben rennenden Roboter zum Sieger gemacht.

Ich betrachtete die Landschaft voller brauner und schwarz-weiß gefleckter Rinder vor der majestätischen Kulisse der Alpen. Der Lech verschwand bald hinter stark bewaldeten Moränenhügeln und ergoß sich in den künstlichen See; die Staustufe Hohenfurch, in der durch Turbinen elektrische Energie hergestellt wurde, die in dicken Kabeln und zwischen häßlichen Hochspannungsmasten die Landschaft durchquerte.

Dein Hang zu makabrer Selbstprüfung, Arkonide, hat dich hierhergebracht. Ich nickte und sagte: »In der Tat. Eine lange Reise, die meine Leidensfähigkeit auf harte Proben stellen wird.«

Die Landschaft war schön. Ich schwankte zu meiner Tasche zurück, goß einen Reisebecher voll Kaffee mit Calvados aus der Thermosflasche, lehnte mich an eine weniger zugige Stelle und sah zu, wie sich der Zug durch Wiesen, Wälder und abgeerntete Kornfelder schleppte, über Bäche, an Straßen entlang, auf denen Ochsengespanne, Traktoren und Automobile fuhren.

Spindelförmige Wolken zogen über Oberbayern nach Norden. Ich meinte, sie wären schneller als der Zug, der in Ortschaften mit herzigen Namen hielt: Kiensau, Lechfeld, Rain oder Apfeldorf. Meist lagen sie abseits der Station. Die Zeit, der Zug und die Wolken schlichen dahin, und ich war mit meinen Überlegungen allein. Mein Anzug, nach dem Stand der Mode gefertigt, war wenig attraktiv, aber praktisch. In vielen Taschen, Nähten, Polstern und Verstecken führte ich mein Arsenal mit mir. Passagiere stiegen aus und zu. Nach der ersten kleinen Ewigkeit erreichten wir Landsberg, ein mittelalterlicher Stadtkern samt Brunnen und Gefängnis lud mich ein; der Aufenthalt dauerte lange.

Ich trank Bier, aß Würste und ein typisches Nahrungsmittel namens Leberkäse, das weder Käse noch Leber enthielt. Am besten schmeckten mir die braunen Brezeln mit grobem Salz darauf und frischer Butter. Nach Stunden machte sich der nächste Zug an die schwierige Aufgabe, in angemessener Zeit Augsburg zu erreichen. Eine Stadt, an die ich auch Erinnerungen besaß. Von dort bis nach München verkehrte ein weitaus schnellerer Zug, der einen Speisewagen besaß, dessen Benutzung ich riskierte. Ich geriet in eine Gruppe aus zwei Frauen und zwei Männern, mit denen ich mich bis München unterhielt, während wir weiter Bier tranken. Davon verstanden die Bayern eine Menge; verglichen mit dem Gebräu der Pharaonen, Sumerer oder Italiener war es ein Genuß, der seinesgleichen suchte – etwa wie Beauvallon-Weine oder französische Obst- oder Beerenbrände oder schottischer/irischer Whisky.

Ich erfuhr, daß das jährliche Durchschnittseinkommen Deutschlands etwa sechstausend Deutsche Mark – ich führte eine dreimal so große Summe mit, also das Produkt dreier statistischer Bundesbürger – betrug, daß Ernst Fuchs, ein Wiener Maler, den »Behälter des Weltalls« in phantastisch-realistischer Manier geschaffen hatte, daß endlich der St.-Bernhard-Tunnel fertiggestellt und daß die Boeing 727 ein enges Flugzeug sei und daß mittlerweile auch Leute flögen, die besser mit dem Moped oder dem Goggomobil – was immer das war – fahren sollten. Die Herrschaften waren aus dem Rheinland und fuhren nach München, zum Oktoberfest, sagten sie. Ich erfuhr noch viel, und sie behandelten mich – schließlich war ich Amerikaner, Angehöriger einer Siegermacht und sprach Deutsch wie ein Eingeborener – mit freundlicher, schulterklopfender und von Mitleid durchzogener Herzlichkeit.

Unter Hammurabi, Arkonide, hätten sie Kanäle ausheben und Lehmziegel streichen müssen. Der Extrasinn mischte sich zornig ein. Schließlich, zwischen Fürstenfeldbruck und einem Weiler namens Laim oder Pasing, als sie erfuhren, daß ich im »Königshof« übernachtete und nach Tokio flog, errang ich wieder einen kleinen Triumph der Selbstachtung. Dankbar zahlte ich ihre Speisewagen-Zeche. Einer von ihnen fiel von der oberen Stufe in München auf den Bahnsteig und zerschmetterte seine Brille.

Es gab natürlich keinen Gepäckträger; ich aktivierte die Antigraveinheiten der Koffer, hängte die Tasche über die Schulter und arbeitete mich durch Menschenmassen, die grölend von der Bierseligkeit zu berichten wußten, zum Taxistand. Wohlbehalten, aber frustriert erreichte ich das Hotel, einen Fußmarsch von fünf Minuten vom Bahnhofsplatz entfernt. Der Taxifahrer erneuerte, als er mein Trinkgeld sah, seinen Glauben an den Umstand, daß es in Amerika nur Millionäre gäbe. Die Suite, die Riancor durch rücksichtslose Einschaltung ins Fernschreibernetz gebucht hatte, und der Service des Hotels entschädigten mich für große Teile der bisherigen Reise.

Nach dem späten Abendessen, das ich in der Gesellschaft einer klugen, gutaussehenden Frau einnahm, lud ich sie in die Bar ein. Sie war Lektorin eines »schöngeistigen« Verlages und berichtete mir, daß dieses Jahr allein in Deutschland 25.673 neue Bücher verlegt und gedruckt worden waren und daß ich unbedingt die »Ansichten eines Clowns« und »Angélique und ihre Liebe« lesen sollte. Wir verbrachten nette Stunden, in denen ich versuchte, ihr zu erzählen, warum die Punier-Poeni-Phönizier so bedauerlich wenige schriftliche Aufzeichnungen hinterlassen hatten.

Sie hatte herrliche blaue Augen und eine Frisur, für die man den Barbier hätte füsilieren sollen, aber, ach, sie verstand es nicht anders. Mein Flugzeug von München-Riem nach Berlin-Tempelhof ging erst kurz nach Mittag. Ich erzählte Amoustrella, die im verschütteten Lechturm inmitten feuchter Unordnung wartete, die Erlebnisse des Tages, und sie tröstete mich mit Anekdoten der fröhlichen Spießgesellen auf Yodoyas Inselchen.

Ein Taxi brachte mich durch die gesamte Stadt bis hinaus zum Flugplatz. Die Clipper, mit denen die großen Fluggesellschaften die Langstrecken flogen, stammten von Boeing oder Douglas-McDonnell, die 707 oder die DC 8. Ich vertraute die Koffer mit ihrem Inhalt von unschätzbarem Wert einer hübschen Groundhosteß an, trank ein Münchner Bier an der dürftigen Bar und wurde zusammen mit sieben anderen Erster-Klasse-Passagieren mit ausgesuchter Höflichkeit und kostenlosen Drinks in den Vorderteil der Maschine geleitet. Ich blickte mich, als meine Tasche verstaut wurde, aufmerksam um: Es herrschte fast der Luxus einer Kapitänskajüte in einem arkonidischen Schlachtschiff.

Ich streckte meine Beine aus, suchte Lektüre zusammen, trank Champagner und wartete, bis sich auch die Passagiere, die ihr Abteil als »Holzklasse« bezeichnet hatten, an Bord befanden.

Während der nächsten Stunden – auch Anrollen, Warten in Startposition, Start und Steigwinkel erinnerten mich an bestimmte Phasen eines Raumflugs – brauchte ich mich nicht zu beklagen.

Speisen und Getränke, jeweils in großer Auswahl, waren hervorragend und kostenlos; im Preis des Tickets enthalten. Die Stewardessen versuchten, uns jeden Wunsch von den Augen abzulesen. Hoch über den Wolken, angetrieben von vier riesigen Düsentriebwerken, rasten wir in südöstlicher Richtung.

Mit einem hageren Mann, etwa vierzig, kam ich ins Gespräch. Wir stellten uns einander vor, als Crevettencocktail und Kaviar gereicht wurden.

»Auch nach Tokio unterwegs?« fragte ich.

»Nein. Australien. Wir haben dort einen Erfinder, der uns vielleicht weiterhelfen kann.« Ich blinzelte skeptisch. Er sagte: »William Plichter. Alle nennen mich Billy. Entwicklungsingenieur.«

Auch er war Amerikaner. Wir schüttelten uns die Hände und löffelten Kaviar. Ich sagte: »Was entwickeln Sie?«

»Grundstrukturen von Atomtriebwerken.«

»Hm«, machte ich. »Dabei wird radioaktive Strahlung frei, und das ist aus hundertvierundzwanzig Gründen unerwünscht, gefährlich und lebensbedrohend.«

»Das ist unser Problem. Kraft und Rückstoß sollen erzeugt, aber keine Strahlung darf frei werden. Ich verrate mit dieser Feststellung keine Betriebsgeheimnisse.«

»Das interessiert mich«, gab ich zu. »Reden wir darüber, nach dem Essen.«

»Vielleicht fällt Ihnen als Laie ein technischer Kniff ein, Mister Peterson.«

Musik aus Kopfhörern, noch mehr Champagner, ausgesuchte Weine zum Essen, hervorragende Zeitschriften, Ausblicke auf bekannte und unbekannte Teile des Planeten, Durchsagen des Flugkapitäns ... die Airline bot etwas für meine Dollars. Sogar ein Film, dessen Handlung und Darstellung von beträchtlichem künstlerischen Empfinden zeugten, wurde vorgeführt.

Die anderen Gäste, die mit verdächtigem Eifer in irgendwelchen Geschäftspapieren geblättert, geschrieben und gerechnet hatten, wurden müde. Nur Billy Plichter und ich unterhielten uns über die nach meiner Meinung unüberbrückbaren Schwierigkeiten.

»Wozu entwickeln Sie eigentlich solche Triebwerke? Wir haben doch schon recht zuverlässige Flüssigkeitstriebwerke. Angeblich bessere als die Russen.«

»Kennedy versprach, Menschen zum Mond zu bringen. Wernher von Braun ist der Meinung, daß wir es schaffen. Schließlich wollen wir riesige Lasten in einen Orbit oder ins All schießen, zu den Planeten. Dazu brauchen wir Triebwerke in riesigen Raumflugkörpern.«

»Wobei die Isolierung und Abschirmung das größte Gewicht darstellen werden«, sagte ich. »Oder wollen Sie beim Start oder schon an den Stellen der Probeläufe ein paar neue Hiroshimas und Nagasakis hinterlassen?«

»Keineswegs. Wenn Ihnen etwas dazu einfällt, kommen Sie doch zu uns. Wir brauchen Leute, die gute Ideen haben.«

Er zog aus der Brusttasche eine Karte. Ich nahm sie mit zwei Fingern und las: *William C. Plichter, Nuclear Engineering, Punta Prieta, Calif.*

»Immerhin explodiert bei Ihnen nichts mitten in der Großstadt.«

»Ganz bestimmt nicht. Wo wir arbeiten, sagen sich Schlangen und Skorpione gute Nacht. Oder Krebse und Möwen. Unter dieser Nummer werden Sie quer durch die USA vermittelt. Alles sehr geheim.«

»Kann ich mir denken«, schloß ich und steckte die Karte ein. Der totale Service galt bis zum Ende des Fluges und selbst im Hotel. Ich vergewisserte mich, daß meine Koffer für den Anschlußflug am übernächsten Tag vorgesehen waren, und zog mich zum Abendessen sorgfältig um.

Der Flug mit sechs Unterbrechungen in sieben Hotels, im Zickzack nach Osten, war eine lehrreiche Reise. Ich lernte die eigentümliche Logistik von Flughäfen kennen, verschiedene Taxifahrer, die sich als wahre Meinungs- und Nachrichtenbörsen entpuppten, bewunderte die Pracht von Hotelhallen und die wenig prunkvollen Zimmer, unternahm kurze Rundfahrten in den Städten und sah Bauwerke, Sehenswürdigkeiten, Reichtum und grenzenlose Armut; Schönheit und Schmutz lagen oft unmittelbar nebeneinander. In der ersten Klasse der Clipper wurden wir bis zum Exzeß verwöhnt; einige Hotelbars beeindruckten mich mit der schrankenlosen Vielfalt ihrer Getränke und der Möglichkeit, sie miteinander zu vermischen, was ich nur sehr selten versuchte. Eine Spur von Trinkgeldern zog sich bis zum Taxifahrer in Tokio, der geradezu entsetzt war, als ein riesiger, weißhaariger Fremder klassisches Japanisch sprach und den Smog über der Stadt kommentierte.

Ich ließ den Fahrer das Haus von Yamazaki in Roppongi suchen, fuhr dann zum Hotel und prägte mir die Einzelheiten des Grundstücks und den Weg ein. Wunderbarerweise war trotz vieler Zollkontrollen aus meinen Koffern nichts verschwunden. Ich bestellte Sake, hängte das Schild »Do not disturb!« an die Klinke und packte meine Koffer aus. Mein Kopf schwirrte von Eindrücken aus einer Welt, die ich nicht recht wiedererkannte. Manchmal hatte ich den Eindruck, daß mich jedermann anstarren würde. Drei Stunden später, am frühen Nachmittag, konnte ich die winzige Spionsonde auswerfen und zum Haus des Feierabendsamurai steuern.

Als Yamazaki im pflaumenfarbigen Licht des Oktoberabends auf das Gartenhaus zuging, knirschten seine Schritte im Kies. Ich rührte mich nicht. Trotz aller Stille und Entspanntheit wies die Projektionsfläche des Ringes, der für drei Betäubungsschüsse konstruiert war, zum Eingang, auf die Raster der Schiebetür. Obwohl der Mann im schlichten Kimono die Glut unter dem Wasserkessel sehen mußte, schob er die Tür auf und ging vier Schritt in den Raum hinein.

»Du wirst auch nicht erschrecken«, sagte ich leise und wählte die klassischen Wendungen der Sprache, »wenn ich dir eine lange Geschichte erzähle. Sie spricht von den Männern, deren Abenteuer du gemalt hast, Kamakura Yamazaki. Zunächst: Ich, Hicyaco Sagitaya, habe den Namen des Samurai, von dem du abstammst.«

Er kam näher, setzte sich auf die Fersen und starrte mir schweigend ins Gesicht. Ich trug das kürzer geschnittene Haar im Samuraistil, mit Locke und Papierrolle.

»Wir werden den Chado gehen, den Tee-Weg«, sagte er mit heiserer Stimme.

»Ich habe alles vorbereitet.« Ich lächelte und deutete auf den Sake-Krug.

»Diese Rüstung ist uralt. Es ist dieselbe wie auf deinen Bildern und den vergilbten Wunderbildern. Heute nennt man sie Photographien.«

»Hai«, sagte er. »Gehen wir zu Wa, Kei, Sei und zu Jaku, um eins zu sein mit uns und mit der Natur.«

Schweigend zelebrierten wir, auf den Tatamis sitzend, beim Licht zweier Kerzen, in dem klassisch gestalteten Pavillon die Zeremonie. Kerzenlicht spiegelte sich auf den Teilen der Rüstung. Der Duft des starken Tees zog in den Garten hinaus; im letzten Sonnenlicht glühten die Herbstfarben der Gewächse auf. Hier, im Vorort der erstickenden Stadt, war das Geräusch eines Düsenclippers leiser als das Summen der Fliegen. Die Teezeremonie beendeten wir mit zwei Schalen Sake; das Getränk paßte zu meinem Vorhaben, aber nicht recht zum beendeten Chanoyu-Ritus.

»Warum bist du hier? Wie hast du mich gefunden, fremder Samurai Hicyaco Sagitaya?« fragte Yamazaki, nachdem eine schicklich lange Zeit vergangen war.

»Ich habe auf Wegen und Umwegen von dir erfahren, von Bildern, die an den Wänden hängen ...«

»Niemand kennt sie. Niemandem habe ich erzählt, was sie bedeuten.«

»Es gibt fliegende Ohren und Augen«, sagte ich. »So desu ka?«

»Hai!« Er nickte. »So ist es. Aber du bist nicht nur zur Teezeremonie gekommen?«

»Lie. Nein.«

Ich holte tief Luft, verlagerte mein Gewicht von den Fersen auf die Waden und sagte: »Dein Urahne kämpfte zusammen mit meinem Urahnen und einer Handvoll ehrwürdiger Samurai und todesmutiger Ninjas auf einer Welt, die so ähnlich ist wie unsere Welt, aber nur durch ein unsichtbares Tor zu betreten war. Du mußt glauben, was ich sage, denn wenn du nicht glaubst, brauche ich nicht weiterzusprechen.«

Er senkte den Kopf, seine Augen gingen hinüber zur Rüstung, die auf der Tatami vor einem runden Fenster mit viereckigen Sprossenfeldern ausgebreitet war.

»Ich glaube dir. Die Bilder zeigen, daß es eine andere Welt ist. Deswegen, weil das Rätsel so groß wie der Traum und die Gewißheit ist, habe ich versucht, die Geheimnisse der alten Bilder in die Darstellung von heute zu übertragen, auch wenn ich den Stil von Ando Hiroshige und Hokusai beibehalten habe. Meinen Bildern fehlt die dritte Dimension.«

Ich nickte. »Zutreffend. Nun haben sich zwei Dutzend solcher Frauen und Männer um mich geschart, die ich mit aller Vorsicht als moderne Samurai bezeichnen will. Sie benutzen ein unsichtbares Tor zwischen unserer Welt, die sich anschickt, zum Mond zu fliegen und Sonden zu den Planeten zu schicken, und einer anderen Welt, die noch im Stand der Unschuld ist. Sie ähnelt unserer Welt zu Zeiten der wahren Samurai. Meine Mitkämpfer gehören unserer Welt an«, ich deutete auf ihn, mich und zu Boden, »und sind von der anderen Welt. Wir nennen sie Miracle, weil vieles wunderbar ist. Es ist weniger ein Kampf gegen böse Herrscher als für Ruhe und Frieden, für richtigen Einsatz von Wissenschaft und Zivilisation. Die Kultur, die wir fanden, erfreut unsere Herzen.«

Das Gesicht des Japaners, der eine Handbreit größer war als der Durchschnitt, zeigte einige harte Linien. Yamazaki hörte mir zu und nickte mitunter, als habe ich Bestätigungen für seine Überlegungen ausgesprochen.

»Vor einigen Tagen saßen wir auf der Insel zusammen – das Inselchen, dessen Bild über deinem Schreibtisch hängt – und wußten, daß in unserer fröhlichen, streitbaren und klugen Runde ein Element fehlt.«

Er zog, als ich das Bild erwähnte, nicht einmal die Brauen in die Höhe. Seine Selbstbeherrschung schien ebenso bewundernswert wie der Umstand, daß er meine Geschichte glaubte. »Dieses Element? Bin ich es? Oder meine Zeichnungen? Oder der Zen-Bogen, denn es muß wichtig sein, wenn du von weit her kommst, um mit mir zu sprechen.«

Er verwendete die Worte der Hochsprache ebenso gut wie ich. Ein erstaunlicher Abkömmling der vergessenen Krieger.

»Hai. Du bist es. Mit allem, was du hast und kannst.«

»Wakarimashita. Ich habe verstanden.«

Jetzt bewegte er sich. Er schien zu ahnen, worum ich ihn bitten oder was ich fragen wollte; er verlor die Beherrschung, was sich darin äußerte, daß er beide Schalen mit Sake füllte.

»Ich bin gekommen, um dich zu fragen, ob du mit uns auf einer Welt malen, Gedichte verfassen, reiten und kämpfen, Recht und Vernunft anwenden willst, die schöner ist als die stinkenden Städte und die verwüstete Natur dieses Planeten. Alle künftigen Mitkämpfer sind einer Meinung. Sie wollen dich, Yamazaki.«

Aus großen, dunkelbraunen Augen unter leicht ergrauten Brauen blickte er mich ruhig an. »Muß ich alles, was ich in Tokio habe und bin, zurücklassen?«

»Du kannst, als Teil einer Legende, in langen Abständen zurückkommen. Hierher oder an andere Orte der Welt. Aber die meiste Zeit seid ihr auf Miracle.«

»Wenn ich getötet werde?«

»Dann bringen wir deine Asche, deine Urne oder deinen Körper hierher. Aber ich bin sicher, daß jedem von uns ein großes Denkmal errichtet wird.«

»Wakarimashita. Wenn ich verwundet werde oder krank?«

»Auf Miracle haben wir hervorragende Ärzte; alles, was ein gutes Krankenhaus braucht. Wenn es nötig sein sollte, bringen wir den Kranken in eine amerikanische Klinik. Alle Werkzeuge, Waffen, Instrumente oder die Dinge des täglichen Lebens sind besser geregelt als auf der Ginza oder in Manhattan.«

»So deso ka?« fragte er in unnatürlicher Ruhe.

Ich leerte mit drei Schlucken die Schale und sagte: »Hai, so desu. Wie lange brauchst du, um dich zu entscheiden?«

»Ich will die anderen Samurai sehen.«

»Sie warten auf dich und sind sicher, daß sie dein Englisch verstehen können.«

»Lange Reise?«

»Sie ist nicht länger als wenige Augenblicke. Drei Flügelschläge des Kranichs.«

»An welchem Ort warten sie?« fragte er.

»Auf Yodoyas Insel. Nicht alle; einige sind in Miracle. Ich wohne in dem großen Hotel und warte. Deine Tochter wird dich nicht morgen oder übermorgen besuchen?«

»Lie. Sie studiert und wird erst kommen, wenn ich sie sehen will. Daß meine Frau gestorben ist, wirst du auch wissen.«

Ich lächelte zurückhaltend. »Die fliegenden Ohren und Augen haben es mir gezeigt. Vielleicht sollen wir morgen unsere Waffen und Rüstungen miteinander vergleichen?«

Er stand auf und verbeugte sich. »Es wird mir ein Vergnügen sein. Daß ich eine schlaflose Nacht voll schwerer Gedanken vor mir habe, wird mich zu einem unaufmerksamen Kämpfer machen.«

Auch ich stand auf, denn der schwierigste Teil der Unterhaltung, der mehr als nur Stil, Tee und Beherrschung erforderte, war vorbei. Ich fühlte mich keineswegs eins mit der Natur, trotz Chanoyu. Ich verbeugte mich tief und sagte: »Es ist Nacht. Da wir Samurai auf allen Sesseln sitzen können, die wir aussuchen, sage ich: Meine Rüstung lasse ich in deiner Obhut; wenn wir uns umgezogen haben, fahren wir in mein Hotel und essen und trinken wie die ahnungslosen Fremden, Kirei?«

»Hai. Es wird mich ablenken.«

»Ich darf mich hier umziehen?«

»Da du vor drei Stunden nicht um meine Erlaubnis gefragt hast«, Yamazaki grinste, »wirst du auch jetzt keine Schwierigkeiten haben. Ich erwarte dich im Haus.«

Wir verbeugten uns voreinander, und er ließ mich allein. Ich schlüpfte aus dem Kimono in meine europäisch-sportliche Kleidung und in die weichen Slipper. Im hintersten Winkel lag das Futteral des Transmitters, als schweres Photostativ getarnt. Ich sicherte die Glut unter den Wasserkesseln und blies die Kerzen aus. Im Garten des langgezogenen Grundstücks schalteten sich an sorgfältig ausgesuchten Punkten die versteckten Beleuchtungskörper an und enthüllten die andere Seite japanischer Gartenarchitektur, nach uralten Regeln ausgeführt.

In der Nacht lebte der Garten auf ganz andere Weise als tagsüber; Durchblicke, Hecken und Sandflächen schienen sich unter dem Einfluß von Licht und Schatten verwandelt zu haben. Ich ging über den knirschenden Kies zum Haus, konnte im Smog über der Stadt weder Sterne noch Mond entdecken und fand auch im Haus meinen Eindruck bestätigt, daß Yamazaki ein Mann von eigentümlichen Stil war: Das Haus war sparsam eingerichtet, fast alles war von ausgesuchter Schönheit oder hohem Gebrauchswert. Eine Wand des Wohnraums war von einem riesigen Regal ausgefüllt, das voller Bücher starrte; der einzige Ort, an dem wohlige Unordnung herrschte. Ich fand vor meinem Sessel eine Wasserflasche, eine halbvolle Flasche Scotch und ein schweres Glas.

Ich stellte fest, daß das Getränk keine japanische Nachahmung war, und betrachtete, das Glas in der Hand, die Büchersammlung unseres womöglich neuen Mitstreiters; Bildbände aller Landschaften der Welt, Expeditionsberichte, Unmengen amerikanischer Taschenbücher; viel Science Fiction von Asimov bis Vance, Williamson, van Vogt und Bradbury. Einige Bände Heinrich Heine in deutsch-japanischer Parallelübersetzung, desgleichen das Nibelungenlied, *Les Contes drolatique* von Balzac mit den Dorée-Illustrationen, Baudelaire und Rabelais fehlten nicht. Ich nickte beeindruckt. Die Bilder, jeweils im Licht verdeckter Strahler, zeigten weitere, wichtigere Einblicke in die Vorstellungswelt und Träume des modernen Samurai.

»Das Taxi wird vor dem Tor der Mauer warten.«

Yamazaki, im teuren, leger geschnittenen Anzug, eine rahmenlose Brille über den Augen, kam die Treppe herunter. »Zufrieden mit der Auswahl der Lektüre?«

»Unbewußt die beste Vorbereitung für Miracle«, sagte ich und hob das Glas. »Wie viele Bilder hast du gemalt?«

»Diejenigen, mit denen ich nicht zufrieden war, verbrannte ich. Im Haus hängen neunundreißig, neun davon im Keller. Gehen wir?«

Ich nahm einen Schluck und sagte: »Beim Essen wartet die nächste, weniger dramatische Geschichte auf uns. Du hast Zeit?«

Er zog mich, die meisten Lampen ausschaltend, zur lackierten Haustür. »Wenn ich später einige Untermeister anrufe, kommen sie ein paar halbe Tage ohne mich aus. Ich setze voraus, Sagitaya, daß du genug Zeit aus dem Land des Sonnenuntergangs mitgebracht hast.«

»Genügend, um auf deine Antwort oder dich selbst warten zu können.«

Wir fuhren in die Stadt. Im europäischen Teil des Restaurant-Geschosses hatte ich einen ausgezeichneten Tisch reserviert; die Küche stellte internationales Essen mit wohltuend geschmackvollem japanischem Einfluß her. Der Sommelier empfahl mir Weißwein für meinen Gast, einen französischen Roten für mich.

»Ich sehe hingegen, Mister Peterson, daß Sie kein armer und sicher auch ein weitgereister Mann sind, sprachkundig; wie gut Sie die Waffen der alten Zeit gebrauchen können, werden wir morgen sehen.«

Ich gestattete mir ein schiefes Grinsen.

»Ich bin, muß ich gestehen, seit ein paar Jahrhunderten nicht recht in Übung.«

»Das sagte auch der spätere Admiral, als er die russischen Schiffe unter Feuer nahm.«

Wir sprachen über die militärische Vergangenheit Japans, die Sinnlosigkeit des Überfalls auf China, den Krieg gegen die Amerikaner, die Atombomben und die Versuche, als Wirtschaftsmacht eine langfristige Strategie zu entwickeln und dabei von den Besten zu lernen. Yamazaki winkte ab und sagte:

»Es wird sich so vieles ändern auf unserem Planeten. Die Menschenmassen sind das eigentliche Problem. Weder ein Togo- noch ein Shintoschrein ändern dabei etwas; Traditionalisten wie ich stehen in nicht sehr gutem Ruf. Bald steht dort, wo ein Baum war, ein hungernder Mensch, der sehnsüchtig zum Nachbarn blickt, weil dort genügend wächst.«

Unser Essen kam, reichlich und liebevoll angerichtet, passend zur Pointe.

»Diese Entwicklung war spätestens seit Ende des Weltkrieges voraussehbar«, sagte ich. »Die Feinschmecker werden die Löffel weglegen, und die Muezzine der Zerstörung wird man, leider, nicht abberufen. Uns allen ist klar, daß unser Kampf eine Flucht von unserer Welt ist. Aber auch dort leben Menschen, die viele Fehler, aus denen wir lernen konnten, nicht machen sollen. Usurpatoren, noch bevor sie mächtig werden, bekämpfen wir. Dort haben wir Feuerbestattungen für jede Art Brandstifter.«

»Gut gesprochen.«

Ich tunkte weiße, rote und gelbe Stücke unbekannter Gemüse in eine Soße, die nach Soja roch und nach weißem Pfeffer schmeckte, hob das Glas und sagte: »Und damit es uns auf Miracle, einem Land, so groß wie die Landflächen und die Meere dieser Welt, nicht langweilig wird, suchen wir nach einer Tafel, einer Stele, einer gemeißelten Felswand oder nach einem Buch, kurz, nach einem Kode. Er mag andere Namen haben.«

»So etwas wie die Zehn Gebote?«

Ich schüttelte den Kopf und wartete, bis der Ober das Geschirr weggeräumt und ein anderer unsere Gläser gefüllt hatte. »Nein. Ein Verzeichnis von vielen Türen, Pforten, Durchgängen oder Wegen, die ohne Zeitverlust jedem erlauben, von einem Planeten zum anderen zu gehen und wieder zurück.«

»Wie viele Welten gibt es innerhalb dieses Systems?«

Ich hob die Schultern und brummte: »Niemand weiß es. Eine Legende berichtet, daß es viele sind. Wieviel ist viel? Zehn oder ein paar Dutzend? Jedenfalls ist die Suche nach dem Kode, der vielleicht auch aus vielen Teilen erst zusammengesetzt werden muß, ein Teil unserer Bemühungen.«

»Wie hoch ist der Stand der Technik?« Yamazaki bestellte rohen Fisch als Nachspeise.

»Pferde, Zugtiere, Dampfmaschinen, erste Elektrizität aus Wasserkraftwerken, und eine Handvoll Privilegierter hat versteckte, aber erstaunliche Maschinen und Computer.«

»Wenn ich mich entschließe, mit euch zu gehen, und wenn ich sehe, daß es nicht die richtige Welt ist – kann ich hierher zurück?«

»Ja. Aber nur unter starken Einschränkungen. Miracle wird für die Bewohner der Erde ein Geheimnis bleiben müssen. Du dürftest also nichts mitnehmen, womit du deinen Aufenthalt auf Miracle beweisen könntest; wir würden dafür sorgen, daß du den Rückweg nicht mehr findest. Das ist, mehr oder weniger, alles.«

»Gibt es ... Bilder von Miracle?«

»Auf Yodoyas Insel, bei den anderen. Vielleicht wird es dich, als chauvinistischen Samurai stören, aber die Herrin Miracles ist Amoustrella Gramont, deren langjähriger Lebensgefährte mit dir gerade sündteures französisches Lebenswasser trinkt.«

Kamakura blickte seine Uhr an, als könne sie ihm viele Geheimnisse aufklären. »Morgen, Samurai Sagitaya, um ein Uhr bei mir? Ich wüßte gern, ob du in Waffen ebenso überzeugend und glaubwürdig bleibst wie mit Worten und Geschichten.«

Ich zeichnete die Rechnung ab und ließ mich mit Yamazaki zur dämmrigen Bar führen. Wir hörten der zirpenden Musik zu und tranken Kaffee und Calvados.

»Ich bin sicher, daß ich mich schnell entschließen werde«, sagte Yamazaki, bevor wir uns verabschiedeten. »Wenn ich auf der Insel und auf Miracle gewesen bin, entscheide ich mich für alle Zeiten. Wenn ich den Rest meines Lebens in einer Freiheit verbringen kann, die nur so groß war wie damals für Tawaraya Kan, Ansai oder Akizane oder Tayoda, lohnt es sich.«

»Mich wundert«, gestand ich ein, »daß du meine Erzählungen geglaubt hast, obwohl jeder andere darüber den Kopf geschüttelt hätte.«

»Ich habe den Kopf nicht geschüttelt.«

Wir verbeugten uns. »Konnichiwa. Sayonara.«

»Sayonara.«

Ich blieb eine Stunde lang sitzen, unterhielt mich mit der hübschen jungen Dame hinter der Bar und mit einem australischen Fremdenverkehrsfachmann, der sich über die Furcht des typischen Japaners beklagte, sein Land zu verlassen und irgendwo Urlaub zu machen. Yamazaki gehörte erklärtermaßen nicht dazu. Ich hielt viel von ihm und seinen Träumen.

Die Sehnen der riesigen Bambusbögen schnitten in das weiche Leder des Handschuhs, der den kleinen Finger und den Daumen frei ließ. Schwarzgelb gestreifte Federn berührten unsere Ohrläppchen. Yamazaki und ich standen in einem Pavillon, an drei Seiten geschlossen, aus Balken, dünnem Holz, Milchglas und einem Schilfdach; in jedem der verschwiegenen Details ein Meisterstück traditioneller Handwerkskunst, ebenso wie Bogen, Pfeile und der Strohpuppen-Samurai, der fünfzig Schritt, quer durch den intimen Garten, neben dem Teepavillon stand.

Konzentration, Atemtechnik und *Satori,* Versuch innerer Erleuchtung, bestimmten jede Bewegung unserer Körper. Ich schloß die Augen. Der Bogen in meiner Linken zitterte ebensowenig wie die straff gespannte Sehne. Wir befanden uns in der gefährlichen Tiefe einer Zen-Meditationsübung; ich brauchte mich nicht an Yodoya zu erinnern. Mir war, als stünde er neben mir, und seine Finger, leicht wie junge Tauben, korrigierten jedes falsche Muskelzucken. Langsam verlor ich den Kontakt zur Wirklichkeit, sah mit geschlossenen Augen das Ziel: die Zeichnung der Rüstung auf der lederüberzogenen Puppe. Nichts Wichtigeres gab es mehr außerhalb der kleinen Ballung, in die sich das Ich kontemplativ zurückgezogen hatte. An irgendeinem Punkt entlang einer straff gespannten Linie der Zeit und des Gefühls, allein im Kosmos der Wichtigkeiten zu sein, öffnete »es« die drei Finger; mit dem Schwirren der Sehne und dem hellen Summen des langen Holzstabes trat das Glücksgefühl der unendlichen Erleichterung ein.

Ich öffnete die Augen. Mein Pfeil, kenntlich an der schneeweißen Nock, saß zwei Fingerbreit über der Brustplatte der Rüstung. Als ich ruhig einatmete und sich mein Herzschlag normalisierte, als der Pfeil noch lautlos wippte, drehte ich mich halb herum und blickte meinen bemerkenswerten Gastgeber an.

Er stand unbeweglich da, mit geschlossenen Augen, wie eine Statue, und die stumpfe Spitze des Pfeiles deutete zum Ziel. Nach Minuten löste er den Pfeil, der über Rasenflächen, minuziös arrangierte Riesenkiesel, schmale Bäche und Miniaturbrücken zwischen gestutzten Bäumchen davonfauchte und vier Fingerbreit links neben meinem Pfeil die Puppe traf. Ich hängte den Bogen an einen Haken, streifte den Handschuh ab und schüttelte meine Muskeln aus.

»Mir scheint, daß ich kaum eine der wichtigen Lehren vergessen habe«, sagte ich. »Willst du unter diesen Umständen einen Waffengang mit stumpfer Schneide oder mit Bambus anstatt der Schwerter riskieren?«

Seine Augen blitzten. »Jetzt erst recht. Du hast mich herausgefordert, Weißhaariger. Dein Satori überzeugt mich.«

Ich verbeugte mich, er verbeugte sich; die Harmonie schien vollkommen. Dahinter lauerte seine Ungewißheit, was nach meinem Besuch geschah und seine Entscheidung verlangte. Daß sie alles andere als leicht war, daß es um eine lebenswichtige Entscheidung ging, war ihm und mir klar.

»Legen wir die Rüstungen an«, sagte ich. »Aber dabei werden wir deinen herrlichen Garten wohl ein wenig verwüsten müssen.«

Er winkte ab und grinste breit. »Wenn ich nicht die Gartenarbeiten ausführe, soll es ein Gärtner tun oder mein Fräulein Tochter, die diesen Besitz erben wird. In einem Jahrzehnt ist jeder Quadratfuß dieses Landes ein Vermögen wert.«

Ich ging zum Teepavillon. »Glaub nicht, Yamazaki-San, daß es ein Vorteil ist, wenn du mich besiegst. Ich bin nicht der Herrscher. Mondam Amoustrella sagt, was zu tun ist. Und auf Miracle wartet man mehr auf deine Bilder, deine Gesänge, deine Haikus und alles andere. Bewaffnete, listenreiche und todesmutige Kämpfer haben wir mehr als genug.«

Er blieb am Ende der Kellertreppe stehen. »Über jedes deiner Worte, Sagitaya, denke ich durchschnittlich eine halbe Stunde lang nach.«

»Damit übertriffst du jeden lebenden Menschen auf diesem Planeten um mehr als neunundzwanzig Minuten.«

Ich zog in bedächtiger Ruhe die weichen, mit Stahl verstärkten Stiefel an und schnallte, schnürte und knöpfte die vielen Teile der Rüstung über mein Untergewand und zog die Schutzschiene über die Schneide des Schwertes.

Ich wartete am Rand der sorgfältig mit dem engmaschigen Rechen gekämmten Sandfläche, die etwa sieben Meter Durchmesser hatte, Sonnenlicht brach sich an den dünnen Golddrähten in der dunklen Rüstung. Sie klapperte leise, als ich aufstand, um meinen Gegner zu begrüßen.

»Bereit?« fragte er, ebenso phantastisch gerüstet wie ich. Auch er trug im breiten Stoffgürtel keine Schwertschneide, sondern das Schwert offen, mit geschützter Schneide. Er nahm mir gegenüber Aufstellung.

»Bereit«, sagte ich. »Um alle Überlegungen zur Klarheit gedeihen zu lassen, Bruder des Schwertes, habe ich nicht vor, dir mehr als eine Beule zu verpassen. Was denkst du darüber?«

»Dasselbe. Ich bin, wie du zutreffend sagtest, Feierabendsamurai, kein Gefolgsmann eines Shogun, der meine Ehre und mein Leben fordern kann.«

Wieder einmal verneigten wir uns voreinander, dann begannen wir einen Kampf nach klassischen Regeln. Wir schlugen zu, wehrten ab, wichen aus, drehten uns und sprangen zur Seite. Die Schwerter pfiffen durch die Luft, trafen auf die Panzer oder in die dicke Fütterung der Unterpanzer, wirbelten Stoffetzen durch die Luft und schnitten Spuren durch die Luft und durch den Sand, der von unseren Tritten hochgewirbelt wurde. Jeder Schlag, der im Ernstfall und ohne geschützte Schneide tödlich gewesen wäre, wurde in der Luft angehalten, was weitaus größeres Geschick der Kämpfer herausforderte. Schlag, Abwehr, Finte und neuer Schlag. Unter den wattierten Hosen und Jacken rann der Schweiß, brannte unter den Helmen in den Augen. Wir kämpften etwa zwei Stunden lang, bis Yamazaki zurücksprang, das Schwert senkrecht nach unten schwenkte und den Arm hob.

»Ich weiß jetzt, daß im Großraum Tokio außer mir noch ein Samurai zu den Schwertmeistern zu zählen ist. Wußtest du, daß die Schwertmeister zu den ›lebenden Heiligtümern‹ zählen und eine Staatsrente beziehen?«

Wir schnallten die Helme ab, verbeugten uns schweißtropfend mehrmals voreinander; ich antwortete: »Ich werde nicht um Staatsrente bitten. Aber, mein Freund, deine Worte ehren mich. Ich war in der Tat nicht gut vorbereitet. Wir beide hätten in den letzten Stunden ein kleines Heer in Stücke hacken können.«

»Hai. Laß mich dein Schwert betrachten, während du duschst. Im Keller, Sagitaya.«

Ich reichte ihm das Schwert, das seine eigene Geschichte hatte, legte meine nasse Kleidung und die Rüstung auf die weißen Badetücher der Tatami im Pavillon und duschte lange heiß und kalt. Im dünnen Pullover und mit geföntem Haar setzte ich mich auf einer winzigen Terrasse in die Abendsonne. Yamazaki hatte Glas und Flasche bereitgestellt; die Neunte Sinfonie Beethovens dröhnte, von einem schweren High-Fidelity-Stereobandgerät wiedergegeben, aus Lautsprechersäulen im Wohnraum; die Tonqualität war so gut wie meine Anlagen in der Unterwasserkuppel und in dem Häuschen auf der Insel.

In der Nacht montierte ich den Transmitter in Yamazakis Keller und ließ ihn und mich nach Yodoyas Insel bringen. Ich stellte den Samurai vor. Riancor sprach mit ihm und kümmerte sich um jede Einzelheit, und ich sprang in Yamazakis Haus, um teuren Scotch zu trinken, Beethoven zu hören, den Transmitter zu bewachen und endlich die letzten Gesänge des Nibelungenliedes zu lesen; schließlich kannte ich einige der Hauptdarsteller, wenn auch in anderem Zusammenhang. Drei Tage lang wartete ich auf den Samurai, und ich sprach mit den Meistern seiner Werkstatt, die ihn suchten und meinen Rat bekamen. Kamakura Yamazakis Dreißig-Mann-Betrieb stellte Instrumente zur Erdbebenbeobachtung her und ähnliches Gerät. Riancor hätte an den feingedrechselten Präzisionsmaschinen seine helle Freude. Sie sahen etwa so aus wie die Regler aus der NAUTILUS.

Das Chronometer des Gastgebers, das aus einem Kamikaze-Jagdflugzeug stammte, und das er aus der Bucht von Pearl Harbor aus vierzig Metern Tiefe selbst herausgefischt hatte, hatte zu blinken aufgehört, als mein Warnfeld aktiviert wurde. Ich hob den Kopf, tastete nach dem getarnten Lähmstrahler und schaltete mit Yamazakis Fernsteuerung die Lampe auf der Schreibtischplatte an.

Von der Treppe erreichten mich ein erleichtertes Lachen und der Ruf: »Weg mit dem Schwert, Sagitaya! Ich bin's. Es wird eine gute Sake-Nacht werden, hai?«

»Hai, so desu«, sagte ich. »Dir scheint der Ausflug Freude bereitet zu haben?«

Ich schloß den Kimono und setzte mich in den schweren Ledersessel. Yamazaki sprang die Stufen herauf, hob beide Arme und sagte atemlos: »Deine Freunde lassen grüßen. Sie haben mich verwöhnt wie ein Kind zum Kirschblütenfest. Yodoyas Insel, das Boot, die NAUTILUS und Mondam Amou. Ich habe es nicht glauben können, Atlan.«

Er stellte Sake und Flaschen, Schalen und Leckerbissen, die ich in den übermannsgroßen Kühlschrank geschichtet hatte, auf den Tisch.

»Deine Worte, obgleich du beredt sprichst und farbig schilderst, waren zweidimensional, farblos. Ich habe alles gesehen, auch die Wolken über Miracle. Mit Riancor«, er schwenkte eine Papierrolle, »habe ich alles, was ich für den Rest meines Lebens aus Japan mitbringen muß oder auch nur mitbringen will, ganz genau besprochen. Ich habe ihnen mein Wort gegeben.«

Ich hob das Glas, in dem drei Finger hoch Framboise duftete. »Ich höre.«

»Am Fünfundzwanzigsten bin ich bei euch. Ich transportiere vorher alles Wichtige durch die flammenden Säulen; zuletzt folge ich auf diesem Weg. Dann findet sich alles auf der zauberhaften Insel des Samurai Yodoya Mootori.«

»Ich verstehe. Man hat dich umfassend aufgeklärt.«

»Und deswegen sage ich uneingeschränkt zu. Ich werde Decken, Wände und Leinwände eurer Schlösser und Burgen mit den Darstellungen eurer Siege über die Unvernunft schmücken, werde Epen dichten und zahllose Haikus, werde Lieder schreiben, die Amoustrellas Schönheit besingen, und so fort.«

»Meine lieben Freunde«, knurrte ich halb belustigt, »haben dich mit Tofu erstickt, um ein japanisches Sprichwort zu zitieren. Ganz besonders dieser Riancor.«

»Ein großer, mächtiger Krieger und Wissenschaftler«, bestätigte Yamazaki.

In den Stunden bis zur bernsteinfarbenen Morgendämmerung, mehr und mehr unter dem Einfluß des Sake, der wiederum die kühnen Träume befeuerte, erklärte er mir, welch eine herrliche Welt er erst jetzt, vor der Mitte seines Lebens, entdeckt hatten, und daß er nicht im Traum daran denke, nach Japan zurückzugehen, wenn er einmal auf Miracle war.

»Yodoya wurde neunzig«, sagte ich. »Rechne mit dem Schlimmsten, Schwertmeister.«

»Eines Tages«, sagte er mit Verschwörerlächeln, »werden wir, steinalt, haar- und zahnlos, unseren Sake mit dem Strohhalm saugen, und dann werde ich dir sagen, welche von den Göttern gesegnete Wendung mein Leben genommen hat. Ich sehe herrlichen Zeiten entgegen.«

Ich verbeugte mich, hob mein Glas und blinzelte in die feuerroten Sonnenstrahlen.

»Ich sehe deinem Besuch auf Yodos Insel entgegen. Wenn du den roten Schalter kippst, den ich mit Band und Beschriftung gekennzeichnet habe, wird sich dieses Zaubergerät zerstören und zu Schlacke zerschmelzen. Natürlich erst dann, wenn du dich endgültig von Edo in oder auf Nippon verabschiedet hast.«

»Hai. Und du, Atlan?«

»Ich habe, wie du in deiner Weisheit längst gemerkt hast, fast alles gepackt. Seit zwei Tagen wohne ich nicht mehr im Hilton. In einer Stunde schlafe ich in Mondam Amous schlanken Armen im Palmenschatten am Strand. Ich denke, du kommst zurecht, ohne meine Hilfe und sogar ohne die Assistenz Riancors. Oder irre ich?«

»Wie könntest du irren, Schwertmeister und Zen-Bruder!«

Ich leerte das Glas und verbeugte mich garantiert zum letzten Male in diesem Jahrzehnt. Yamazakis Blick war verschleiert, aber seine Sprache und die Bewegungen waren nicht vom Alkohol gezeichnet, als er mir half, die letzten Stücke einzupacken und in den Keller zu tragen. Ich hob Taschen und Koffer an, nachdem ich mich von ihm verabschiedet hatte, und tauchte in die Wärme, das Brandungsrauschen und das Willkommensgeschrei der Wartenden ein. Riancor schleppte meine Gepäckstücke. Amou riß die Tür auf und warf sich in meine Arme. Ich befand mich wieder in »meiner« Welt.

12.

Am 1. November 1964 gab es nur zwei lebende Wesen und einen Roboter in der Unterwasserkuppel. Mapuhi Toader bediente uns; wir hatten eine Serie holographischer Welten projizieren lassen und schliefen unter den Sternen der Wüste, aßen auf einer Klippe der Bretagne und liebten uns in den Tempelruinen von Menefru-Mirê. Vor einem Tag hatte die NAUTILUS mit allen Mitgliedern des Miracle-Teams durch die Südschleuse unser geheimes Versteck verlassen. Wir waren allein.

»Der Tag auf dem zauberhaften Planeten ist etwa so lang wie auf der Erde«, sagte Amou. In ihren Augen spiegelten sich die Kerzenflammen. »Wie lange, sagst du, bleiben wir auf Miracle?«

Ich hob den schweren römischen Pokal und roch am schweren Rotwein. »Yamazaki und die anderen sprechen von neununddreißig Erdmonaten entsprechend elfhundertsechsundachtzig Tagen oder, genau: sechsundfünfzigeinhalb Monden Amaryll. Zufrieden? Rico hätte es schneller ausgerechnet.«

Fünfundvierzig war eine mythologische Zahl auf Miracle. Kamen wir später, würde es heilsame Unruhe und Zweifel hervorrufen. Ich sagte: »1968 wieder auf der Erde. Dann werden die Vereinigten Staaten und Rußland wohl auf dem Weg zum Mond sein?«

Sie zerlegte einen gigantischen Hummer; knisternde und krachende Laute, die mich an splitterndes Balkenwerk erinnerten. Ich schnitt durch das weiche Steak und musterte finster den Gurkensalat.

»Einverstanden. Alles ganz gut ausgerechnet.«

»Alles ist mit der Kapazität Riancors und der Zentralrechenanlage auszurechnen, zu kalkulieren, zu extrapolieren und vorherzusagen. Eines nicht. Unter keinen Umständen: der Irrsinn jenes Volkes, das im Zweifelsfall stets das Sinnlose, Unvernünftige und Verbrecherische tut. Mehr als fünfzig Millionen Tote im zweiten Krieg. Ein Volk, dessen Individuen Wissenschaft, Kunst und Wirtschaft zu neuer Blüte brachten, wird systematisch von sogenannten Herrenmenschen ausgerottet, geschunden und vergast. Um Silent Thunder Lawrence zu zitieren oder jene Gräfin Petruschka: Ich könnte mich pausenlos übergeben, wenn ich daran denke, was ich in zehn Jahrtausenden diesen Barbaren gepredigt habe. Und wenn es vernünftige Staatsmänner gibt, werden sie erschossen. Eines Tages wird die Flotte meiner Heimat hier Ordnung schaffen, oder es gibt einen Mann, der jeden Machtgierigen gegen einen anderen solchen ausspielt und genauso kaltstellt oder umbringt. Ich mag nicht mehr.«

Ich stürzte den Inhalt des Pokals hinunter und senkte den Kopf. Die Informationen, die ich, aus den letzten Jahren zusammengestellt, über mich hatte ergehen lassen, degradierten Dschingis Khan, Tamerlan und andere Schlächter zu harmlosen Amateuren. Amou legte ihre Arme um mich und küßte mich in den Nacken.

»Beruhige dich. Du kannst die Dehnung der Planeten nicht anhalten, Liebster.«

Mapuhi Toader schenkte nach. »Es gab Jahrhunderte, in denen ich überzeugt war, ich könnte es«, sagte ich und hörte selbst die Verzweiflung aus meiner Stimme. Der Logiksektor schwieg auch jetzt; was gäbe es auch zu sagen?

»Vielleicht werden die Barbaren ein wenig weiser, wenn sie auf dem Mond gelandet sind und sich zu den Planeten aufmachen«, sagte ich und widmete mich dem Essen. Mapuhi spielte beruhigende Musik von Bach in unser fragwürdiges Idyll. Schweigend beendeten wir unser Essen und gingen in eine holographische Tundralandschaft voller Schnee und ohne feststellbare Horizonte. Aber wir schliefen auf der Terrasse eines korsischen Felsens, hoch über dem sommerlichen Mittelmeer, und verließen die Erde am nächsten Morgen: Miracle wartete.

Fast schneeweiß schoß das Wasser der vielen Fontänen in die Luft. An den Bäumen, Büschen und Hecken des Parks von Versailles zeigte sich das erste Grün, und unter unseren Sohlen knirschte der feine Kies der Wege. Ich drückte Amoustrellas Arm und murmelte:

»Es ist irgendwie unglaublich. Ich war dabei, ritt hier im Sattel umher, als die Anlage erschaffen wurde. Jetzt? Heute? Damals durften die Bürger der Stadt nur an wenigen Tagen in die königlichen Gärten.«

»Wo liegt der Unterschied?« fragte Amou.

»In der Menge des Hundekots«, sagte ich. »Im Ernst. Damals wurden Tagelöhner dafür bezahlt, hier jedes Blatt aufzuklauben, und ich denke, heute ist es ein schöner Park für jedermann geworden. Daß die Franzosen zur Sauberkeit ein höchst individuelles Verhältnis haben, liegt auch in der Geschichte begraben. Der Park ist herrlich, nicht wahr?«

Sie schmiegte sich an mich und flüsterte: »Eigentlich ginge ich lieber mit dir in Schleißheim spazieren.«

»Das ist nun weniger leicht zu erreichen«, sagte ich. »Schließlich bin ich hier, um mich mit diesem Atomtriebwerksmann zu treffen. Ich muß doch den Barbaren ein paar Hinweise geben.«

»Du kannst es nicht lassen, wie?«

»Nein«, sagte ich nachdrücklich. »Ich käme mir wie ein Verräter vor, und gerade in Paris, wo ich Monate der Zufriedenheit, des Glücks und der tödlichen Kämpfe erlebt habe, fühle ich mehr als nur eine Verpflichtung.«

Sie lächelte mich unter ihrem Hermès-Kopftuch an und sagte: »Ich helfe dir bei allem, was du vorhast. Aber ich darf doch wohl noch laut und deutlich fragen, oder nicht?«

»Ich wäre bestürzt«, antwortete ich wahrheitsgemäß, »wenn du zu meinen lauten Gedanken und Einfällen schweigen würdest, Amou.«

Am 24. Januar 1968 waren wir zur Erde zurückgekommen. Die astronomisch-lunare-stellare Entwicklung schien einen Höhepunkt erreicht zu haben; mehr als zwei Dutzend Objekte hatten den Mond getroffen, zwei Sonden hatten die Venus besucht und waren erwartungsgemäß verschmort, fast zwei Dutzend bemannte Raumflüge, knapp zwölfhundert Erdumkreisungen und technisch interessante Raumflüge waren durchgeführt worden. Es gab viel Raumflugaktivitäten, und die geheimnisvolle Gruppe aus US-Marine und Heer versuchte noch immer, ein atomgetriebenes Triebwerk für den Flug zum Mond zu konstruieren; ohne rechten

Erfolg, aber mit höllischen Kosten. Riancors Spionsonden hatten eine Gruppe aufgespürt, die sich Ende April in Paris treffen und technische Maßnahmen diskutieren wollte. Der Chef der amerikanischen Delegation war jener William C. Plichter, der neben mir im Düsenclipper seinen Kaviar geschlürft hatte.

»Wir werden viele Croissants essen, viel café noir trinken und viel Pastis schlürfen, Amou«, sagte ich. »Über fast jedes Gebäude kann ich dir eine Geschichte erzählen. Genieße es! Ich versuche, dir zu schildern, was ich vor Jahrzehnten und Jahrhunderten erlebt habe und warum – nicht mehr, nicht weniger.«

»Ich weiß, und ich genieße jede Minute.«

Da im Paris dieser Jahre auch gute Hotels verwanzt und voller Flöhe waren, hatten wir Zimmer im absolut teuersten genommen. Von Ungeziefer waren wir bislang verschont geblieben, und mit meinem Beauvallon-Akzent ließ ich, wenn nötig, jeden Kellner und Portier erzittern. Trinkgeld dämpfte die Frequenz, aber wir waren keine unproblematischen Gäste.

»Was ist das dort für ein Haus? Oder ein Tempel? Oder eine mißgestaltete Mühle?« fragte sie. Ich erging mich in Schilderungen über die denkwürdige Weise, in der die verschiedenen Ludwige ihren Geliebten Gebäude hatten errichten lassen; schließlich sagte sie im mildem Vorwurf: »Mir hast du nie etwas bauen lassen, Atlan.«

Ich blieb stehen und machte eine umfassende Geste. »Die Kuppel? Yodos Inselhaus? Der Lechturm und zahllose andere Behausungen? Ich habe sie gebaut, und du bist mit Troß und Truhen eingezogen. Es wäre vermessen, von mir weitere architektonische Meisterleistungen zu erwarten!«

Sie lächelte wissend. »Es beruhigt mich, daß du dich wegen Kleinigkeiten noch so aufregen kannst.«

»Du bist wirklich eine schlimme Tochter dieses gesegneten Landes.« Ich zog sie zwischen die mathematisch exakt gestutzten Hecken und auf eine feuervergoldete Statue der Diana zu.

William C. Plichter hob das Glas voller Eis mit Resten von säuerlichem Bourbon, kaute auf dem Kaugummi und rülpste. Er sagte vorwurfsvoll: »Diese Hundesöhne haben Erfolg. Aber unsere Triebwerke werden die wirklich schweren und großen Raumschiffe zu den Planeten schleppen. Ich hab' über Ihre Idee, damals im Flugzeug, lange nachgedacht. Sie hat uns ein paar Zentner Abschirmmaterial erspart.«

»Höre ich gern«, sagte ich. »Können Sie mir sagen, warum die Studenten sich so aggressiv gebärden?«

Wir saßen, fernab jeder innenpolitischen Aufregung, in der Hotelbar unter dem Dach. Plichter, der mir vor zwei Tagen in einer Brasserie über den Weg gelaufen war, war mit einer Delegation hier, um mit französischen Triebwerksherstellern, SNECMA, zu verhandeln. Er arbeitete noch immer am selben Projekt.

»Keine Ahnung. Sie sind mit der Politik ihrer Politiker nicht einverstanden. Luther King, Bob Kennedy soll vielleicht Präsident Johnston ablösen, der Vietnamkrieg, das geht alles zusammen. In Deutschland haben sie die gleichen Probleme.«

»Vielleicht schaffen es die jungen Leute, daß nicht an jeder Ecke des Planeten ein Krieg ausgefochten wird«, sagte ich und bestellte für Amou, die eben die Bar betrat, ein Glas Champagner. »Aber das ist kaum anzunehmen.«

Plichter verschluckte beinahe den Kaugummi, als ich ihn vorstellte. Amou setzte sich und meinte: »Nicht an jedem Tag und nicht überall ist Paris im April schön. Aber ich habe meine Einkäufe zur vollen Zufriedenheit, auch preisgünstig, erledigt.«

»Und ich bekomme ständig Angebote, in der Wüste an Atomtriebwerken zu arbeiten. Was zahlt das Pentagon für einen Hochenergieingenieur?«

Als ich sein Gehalt erfuhr, runzelte ich die Stirn. »Das kann nicht Ihr Ernst sein, Mister Plichter«, sagte ich. »Pro Tag? Oder pro Jahr?«

»Natürlich im Monat«, sagte er. »Und das sind Spitzenlöhne. Essen in der Kantine und ein eigener Jeep, um an einen garantiert leeren Strand zu fahren.«

»Ich glaube, ich bleibe Ihrer Forschungsstation noch fern.«

Ich sah zu, wie die Eiswürfel in Plichters Glas schmolzen und sich drehten. Die Welt war ein wenig verrückter, chaotischer und unübersichtlicher als sonst, immer und überall. Daß in vielen Ländern Studenten gegen Politik, Herrschaftsstrukturen und andere Mißstände protestierten, erschien mir logisch. Die Umstände waren beschwerlich, und der Idealismus der Jungen, die Welt zu verbessern, war zu allen Zeiten berechtigt gewesen. In der Regel wurden sie von der Polizei niedergeknüppelt. Und alles veränderte sich angeblich, meist zum Schlechten, wie ich aus langer, leidvoller Erfahrung wußte. Dieser Planet, dessen Menschen sich anschickten, den Mond zu betreten, war hoffnungslos unregierbar.

»Jedenfalls wird uns die Frühlingsfahrt für den Regen in Paris entschädigen.«

»Juni am Mittelmeer. Aigues Mortes. Und vielleicht ein Ritt durch die Camargue. Dort hat so vieles angefangen«, antwortete ich.

Plichter leerte sein Glas und sagte: »Sie sollten wirklich zu uns kommen, Mister Peterson. Wir werden es der NASA zeigen!«

»Ich fürchte, ich habe andere Pläne«, sagte ich. »Aber vielleicht erleben wir noch den Triumphflug Ihrer Triebwerke, Mister Plichter.«

Er verabschiedete sich und bereitete sich, sagte er, in seinem Zimmer auf die Gespräche mit den wenigen Franzosen vor, die in der Lage waren, sich mit ihm auf amerikanisch zu unterhalten. Amou lehnte sich an mich und meinte: »Im Sattel durch die Camargue, unter den Schwärmen der Flamingos – das wird uns auf Miracle vorbereiten.«

»Ich hasse harten Wechsel der Schauplätze. Aber wieder freut mich die Aussicht, einen geordneten Planeten zu betreten.«

»Mir geht's nicht anders.«

Wir hoben die Gläser, blickten uns in die Augen und freuten uns auf den Sommer.

Amoustrella und mich überraschten die Gewalttätigkeiten auf den Sesseln eines Straßencafés. Ein Pflasterstein zertrümmerte die gläserne Eingangstür, und dann schien es, daß auf genau dieser Linie, die bis zur anderen Straßenseite führte, die Polizei und die Studenten aufeinanderprallen würden. Reifen brannten, Pflastersteine flogen, Tränengasgeschosse detonierten. Sirenen heulten, und binnen einer

Minute verwandelten sich hundertneunzig Meter einer Nebenstraße mit grünenden, blühenden Bäumen in ein Schlachtfeld.

Der Wirt schrie: »Die Treppe hinauf durch den Hof in die andere Straße, meine Damen und Herren!«

Er nahm die Flaschen mit dem teuersten Inhalt aus den Regalen und verstaute sie hinter dem schützenden Rand der Theke. Auf der gegenüberliegenden Straßenseite ertönte eine dumpfe Explosion. Ein Citroën 2 CV ging in Flammen auf. Ein etwa zweiunddreißigjähriger Mann, hochgewachsen und mit wirrem dunkelblondem Haar schob eine junge Frau in das Café, deckte sie mit breiten Schultern und steuerte einen Tisch hinter einer massiven Säule an. Einen Augenblick lang ruhten seine graublauen Augen auf Amoustrella und mir; er nickte uns zu und bestellte Kaffee und Pastis.

»Gleich werden die Polizisten anfangen, Studierende durch die Scheiben zu werfen«, sagte ich. »Möchtest du deine Malzmilch nicht stehenlassen?«

Amou drehte das Armband um ihr Gelenk und lächelte. Vor mir stand die getarnte Zigarettenpackung, knapp ein Pfund schwer; unsere Schutzschirme würden blitzschnell eingeschaltet sein. Zwischen den Polizisten und den Studenten war ein Kampf ausgebrochen, der mit erstaunlicher Wut geführt wurde: Geschrei, blutüberströmte Köpfe, wirbelnde Schlagstöcke und eine Schicht Tränengasnebel, der durch die zersplitterte Tür hereinzog. Der schlanke Mann, offensichtlich ein Amerikaner, zahlte die Getränke und zog das Mädchen an der Hand zur Treppe.

Der Wirt rief ihnen nach: »Morgen ist alles wieder normal, Monsieur Perry.«

»Aber nur, wenn Sie sich nicht am Generalstreik beteiligen, Pascal.«

»Keine Spur. Kann sein, daß mir das Mineralwasser ausgeht, nichts sonst. So ist das Leben, Monsieur.«

Der Amerikaner bewegte sich wie ein gut ausgebildeter Soldat in einem höheren Rang. Ich vergaß ihn, als wir durch die Scheibe sahen, wie die Polizei Schritt um Schritt zurückgetrieben wurde. Die Studenten hatten eine Barrikade aus allem gebaut, das sie tragen konnten, und der arme kleine Citroën war nur noch ein rot glühendes Gerippe auf Felgen.

»Ich glaube, wir versuchen, ins Hotel zu kommen«, sagte ich.

»Ich weine auch schon vom Gas«, sagte sie. »Ich denke, wir sind im Hotel besser aufgehoben.«

»Jedenfalls gemütlicher.«

Ich zahlte, wir kletterten die steile Treppe hinauf, kamen über eine ähnliche Treppe in einen finsteren Hof und von dort durch enge Toreingänge auf einen idyllischen Platz im Licht altertümlicher Kandelaber, in denen einstmals Gasflammen gebrannt haben mochten. Amou hängte sich bei mir ein, und wir erreichten das Hotel, ohne in die Konfrontation zwischen Staatsmacht und zukünftigen Staatsdienern verwickelt zu werden. Nur ab und zu hörten wir Sirenen, Schüsse und die Rufe »Liberté d'expression!«

Die Schimmel galoppierten durch kniehohes Wasser, und wir wurden von einem brackigen Sprühregen durchnäßt. Die ersten Kamine der Häuser von Les-Saintes-Maries-de-la-Mer tauchten hinter den flachen Dünen auf. Amou und ich, in Leinenhosen und ledernen Jacken, standen in den Steigbügeln und fühlten Sonne und Salz auf unserer Haut.

»So weit weg von Paris. Es hat sich nicht viel verändert, Atlan, seit damals.«

»Damals gab's noch keine Tankstellen«, sagte ich. Die Hufe dröhnten dumpf auf hartgebackenem Sandboden. Zwischen einem Boot, das auf der Seite lag und dessen Planken zerbrochen waren, und einem mächtigen Treibholz-Wurzelstock galoppierten wir auf das Häuschen zu, das wir noch vier Tage lang gemietet hatten.

»Heute abend kochen und braten die Celeriers für uns. Gehen wir schwimmen?«

»Oder nur am Strand spazieren.«

Die Gegend war, abgesehen von dem winzigen Dörfchen, menschenleer. Wir sattelten die Pferde ab, und noch bevor wir sie richtig versorgen konnten, rissen sie sich los und trabten in die karge Landschaft hinaus, wälzten sich im Sand und Schlamm und wieherten laut. Ich verscheuchte mit dem schwarzen, breitkrempigen Hut die Fliegen und ging in den Schatten des Binsendaches.

»Ich muß zuerst nachsehen, ob sich Riancor gemeldet hat«, sagte ich. Die Zimmer waren karg und lichtdurchflutet, aber auf dem mächtigen Tisch stand ein schwerer Empfänger voller technischer Besonderheiten. Ich klappte einen Teil der Lautsprecherverkleidung nach vorn und aktivierte den Bildschirm. In den vergangenen Tagen hatten wir die offiziellen Nachrichten gehört: Nach den schweren Studentenunruhen und dem Generalstreik war als Folge der innenpolitischen Krise die Nationalversammlung aufgelöst worden. Nach meiner Identifizierung zeigte sich Mapuhi auf dem Schirm.

»Gibt es etwas, das wir wissen müßten?« fragte ich. »Alles in Ordnung in der Kuppel und auf Miracle?«

Der Roboter erwiderte: »Wir haben sämtliche verräterischen Installationen aus Yodoyas Haus entfernt. Das Gebäude wurde auf konventionelle Energie umgerüstet. Der Tarnschirm ist aktiviert.«

»Gut so, Was meldet Riancor?«

Amou setzte sich neben mich und gab mir ein schartiges Wasserglas voller Camargue-Sandwein.

»Ich zitiere: Das Volk rottet sich zusammen und verlangt die Wiederkehr der Fürstin und ihres weißhaarigen Vasallen. Der Japaner schreibt an einer Ode für Gongs, Trommeln und Gamespin, die Amous Taten besingt, in der Art der Edda. Sonst ist alles unter Kontrolle; die SOULCHANDLER bekommt einen neuen Mast.«

»Wir sind in vier Tagen bei dir in der Station. Halte die Ausrüstung bereit! Sind die mechanischen Tiere fertig?«

»Ein halber Zoo, Gebieter. Eine betrübliche Nachricht gibt es. Der verschüttete Turm in den Alpen ... Der Blitz schlug ein, zerstörte alle Leitungen und verschmorte die Systeme. Im Gewitter kam der Lawinenhang ins Rutschen, alle Hohlräume sind von schlammigem Geröll ausgefüllt. Die einzige Kamera ist endgültig ausgefallen, nachdem sie den Untergang filmte.«

»Der Verlust ist nicht groß. Der Lechturm zählte nicht zu den wichtigen Anlagen. Sonst noch etwas?«

»Nein.«

»Verstanden. In vier Tagen erwartest du uns im Transmitterraum.«

Ich schaltete ab und trank kühlen Wein. Amou strich Butter auf Weißbrot und legte dicke Scheiben Käse darauf. Sie deutete auf die Nachmittagssonne, die durch die rissigen Schlagläden strahlte.

»Der Strand wartet, marin du temps.«

Die folgenden Tage in einer vertrauten Landschaft bedeuteten den Abschied von einer Epoche. Wir spazierten in der einzigartigen Zone zwischen Wasser und Land, sahen tanzenden Mücken und galoppierenden Pferden zu und warteten, bis sich die Flamingoschwärme wieder in die seichten Tümpel senkten. Segel glitten durch die Luft, drüben, scheinbar über dem Wasser der Kleinen Rhône. Der lange, oft unterbrochene Ritt von Aigues Mortes bis hierher gehörte zu diesem wehmütigen Abschied. Hand in Hand gingen wir durch den feuchten Sand; Seewind verwehte die Spuren von Amoustrellas Parfüm, und auch die Farben des Halstuches begannen zu bleichen. Bald würde das Dörfchen von Touristen überfüllt sein und hinter jeder Düne ein Zelt stehen. Noch waren wir die einzigen Gäste und freuten uns auf das Abendessen und die Gitarrenmusik. Wir genossen jede Minute der folgenden Stunden, und schließlich, im Versteck einer Schilfhütte, flammten die Energiesäulen des Transmitters auf. Unser Gepäck und die Pakete – Bücher, Schallplatten, Geschenke und eine Menge nützlicher Kleinigkeiten – verschwanden, dann versetzte sich Amoustrella in die Kuppel, ich folgte.

Am Tag, als Senator Robert Kennedy an den Folgen des Attentats starb, tauchten wir mit einer größeren Menge an Ausrüstung und in unserem gewohnten Aussehen im Keller der Miracle-Burg auf und blieben lange.

Der Paladin der Menschheit. Verdiente diese Menschheit den Namen, wenn alleine schon die »Volksrepublik« China in der Lufthülle den zehnten Kernwaffenversuch gestartet hatte? Wußten diese Wahnsinnigen nicht, was die radioaktive Strahlung anrichtete? Schon jetzt waren unzählige zu Krebstod und Schlimmerem verurteilt, ohne daß sie es wußten. Der Paladin dieser Menschheit wollte ich nicht sein.

Eigentlich hatte es keinen besonderen Grund gegeben, nach mehr als sechshundert Tagen auf Miracle, im März des Jahres 1970 zur Kuppelstation zurückzukehren, aber die zusammengestellten Informationen beunruhigten mich; sie überdeckten die Erinnerung an ein verwirrendes Erlebnis und die Nennung einer *Frist.* Ich leerte das große Glas, und Mapuhi schenkte nach. »Die Spionsonden arbeiten gewohnt präzise.«

Ich nickte ihm zu und schaute mir zuerst einen zwei Stunden langen Zusammenschnitt der Bilder an, die mir zeigten, wie die Menschen den Mond erreicht hatten. Wenn es auf diesem Trabanten wirklich etwas zu entdecken gab, auf der Rückseite etwa oder im tiefen Schatten, in einem der Cañons oder in einen Hang eines Ringwalls geschmiegt, dann hatten sie es nicht gesehen. Noch war die Reihe der *Apollo-Mondmissionen* nicht beendet; vielleicht erfuhr die Menschheit mehr über sich selbst auf einem so großen und teuren Umweg.

Neil A. Armstrongs Ausspruch am 21. Juli 1969 – »Dies ist nur ein kleiner Schritt für einen Menschen, aber ein gewaltiger Sprung für die Menschheit« –, als er als erster Mensch den Mondboden betrat, erschien mir als Silberstreif. Wenige

Monate später, im November, war die zweite Mondlandung ebenfalls erfolgreich abgeschlossen worden und »Apollo XII« wohlbehalten zur Erde zurückgekehrt. Auf eine Erde, wo es mehr als fünfzehntausend atomare Sprengköpfe gab, jeder vernichtender und tödlicher als die Bombe von Hiroshima.

Wären es gigantische Bomben gewesen, konventionelle Zerstörungsgeräte, würde es ungezählte Tote geben und riesige Löcher in der Planetenkruste. Aber aus diesen Löchern würden Seen werden, oder sie würden im Lauf der Zeit zugespült werden. Dieselbe Menge atomarer Explosionen würde Larsaf Drei veröden, verwüsten, die überlebenden Organismen mutieren lassen, das Leben auslöschen und eine schauerliche Art der neuen Evolution einleiten, die jeden denkbaren, auch in Alpträumen vorstellbaren Weg gehen konnte. Es schauderte mich, wenn ich an dieses Inferno dachte, das noch schlief.

Denk an die Versuche, atomar betriebene Triebwerke zu bauen, sagte der Logiksektor. *Eine Möglichkeit, atomare Bedrohungen von einem zerstörbaren Planeten in den Weltraum zu verlagern, der die nukleare Verseuchung verschluckt.*

Ich stöhnte auf. »Ob das die richtige Methode ist, die Erde zu entgiften, muß ich bezweifeln. Verdammte Barbaren!«

»Besondere Wünsche?«

»Ja. Alle Informationen in meine Privaträume. Ein Essen. Und – höchstwahrscheinlich – kommt Amou nach, um mir zu helfen, mit dem Ärger besser fertig zu werden.«

Mapuhi verbeugte sich tief und kommunizierte lautlos mit den Servicemaschinen.

»Es wird nicht einfach sein, Atlan, wenn du in sicherer Maske einige Zeitlang unauffällig an einer solch wichtigen Stelle leben willst.« Amou knüpfte den winzigen Platinschmetterling in das Ende ihres Zopfes. »Bist du sicher, daß alle Dokumente hieb- und stichfest sind?«

Ich lächelte und deutete zum Schreibtisch. »Ich habe das Kirchenbuch und jede erdenkliche Kartei ergänzt. Mein Psychostrahler hatte einiges zu tun. Olaf Peterson. Geboren am vierzehnten Mai neunzehnhundertzweiunddreißig. Und mein Fachgebiet, die Hochenergietechnik, habe ich an europäischen Universitäten studiert, deren Unterlagen durch den Zweiten Weltkrieg verloren sind. Aber die englischen und amerikanischen Unterlagen sind erstklassig.«

»Viel Arbeit, Liebster?«

»Und noch mehr Reisen. Unter häufiger Benutzung von Deflektorfeldern. Ich habe Münzen verkauft, ein Konto eingerichtet, habe eine Kreditkarte. Riancor hat alle Eventualitäten überprüft.«

»Wo hast du den Gleiter versteckt?«

»Ich denke, daß ihn niemand entdecken wird. Erinnerst du dich an Erzählungen der sogenannten Oase?«

»Natürlich.«

»In dem Felsen, in dem das Raumschiff versteckt war, gibt es jetzt einen Transmitter und den Gleiter, der eine zeitgemäße Tarnung erhalten hat.« Wir gingen zur Kuppel der Illusionslandschaften hinüber. »Er sieht wie ein Kajütboot aus. Aber das sind unwichtige Kleinigkeiten.«

Ich war länger als einen Monat unterwegs gewesen und hatte meinen Lebenslauf nach minuziöser Planung nachvollzogen. Manchmal war es schwierig gewesen, Originalpapier, Stempel und Unterschriften zu beschaffen, aber Riancors Fundus schien unerschöpflich zu sein. Als ich zufällig den Moosheadsee in Maine überflog, beschloß ich, zusätzlich eine zweite Spur zu legen. Ich landete in Greenville, am südlichen Ende des Sees, und konstruierte eine Verbindung zwischen einer Einheimischen und einem Farmarbeiter, der sich abgesetzt hatte, um nicht für den Unterhalt seines Sohnes aufkommen zu müssen. Ich legte Karteiblätter an und sicherte durch leere Stellen und Scheineintragungen, daß ich später auf diese Kartei zurückgreifen konnte. Doppelte Sicherheit konnte nicht schaden.

»Wann willst du zur Westküste?« fragte Amoustrella. Unser Lager war umgeben von der holographischen Projektion des Sonnenuntergangs über der Savanne, die sich dort ausbreitete, wo einst die Brunnen der »Oase« gesprudelt hatten. Wie ein Schiffsbug ragte der schwarze Felsen des Gleiterverstecks vor das Farbenspiel der Wolken.

»Bald. Wirst du schlafen? Oder nach Miracle zurückgehen?«

Sie zuckte mit den Achseln. »Zunächst ein paar Tage und Nächte bei dir. Dann werden wir sehen.«

»Jede Stunde ist kostbar«, sagte ich. »Ich konnte ohnehin kaum anderes tun, als Billy Plichter zu beweisen, daß *seine* Pläne nicht funktionieren. Das aber mit wissenschaftlicher Gründlichkeit.«

»Ich weiß. Deswegen auch die Modelle und Zeichnungen aus Riancors Fälscherwerkstatt.«

Ich zog Amou an meine Schulter und überlegte lange, ehe ich weitersprach. »Trotz der Möglichkeit, auf Miracle und vielleicht bald auf andere Welten auszuweichen, spüre ich ziemlich starke Furcht. Du weißt, wie viele Länder die Atom- und die Wasserstoffbombe haben, weißt auch, wie hysterisch Menschen reagieren. Wenn auch nur ein Bruchteil der Bomben losgeht, ist die Erde für Jahrhunderte verwüstet. Du und ich, wir können nicht mehr darauf leben. Ich habe Riancor befohlen, allen Informationen über weitere Scheußlichkeiten nachzugehen, und ich schwöre dir, noch mehr Staaten werden noch mehr solche Bomben entwickeln – und eines Tages auch anwenden.«

»Dann möchte ich nicht mehr auf der Erde sein«, sagte Amou erschüttert. »Denn auch die Flamingos der Camargue werden nicht mehr leben.«

»Sie werden besser gegrillt sein als die berüchtigten Hähnchen«, sagte ich. »Du und ich, wir werden entweder hier unter einer dicken Schicht von Sedimenten schlafen, wo keine Radioaktivität hindurchdringt. Oder wir sind auf Miracle, endgültig.«

»Dein Versprechen?« flüsterte sie.

»Ich schwöre es.«

13.

Während die ARCA OF NOAH langsam nordwärts stampfte, überdachte ich bei kalter Cola und einem zerlesenen, salzwasser- und hautölgetränkten Monatsmagazin meine Lage an diesem Ende des Strukturtunnels. Sie schien einigermaßen ausgeglichen, denn ich hatte dort Ordnung geschaffen, wo ich sicher war, es tun zu müssen. Zuerst die Arkon-Ophir-Universität. Der Robot Magistra Lilith Delaud war von Boog und Rico-Borgasen in die Kuppel zurückgeholt und zur Doppelgängerin Amoustrellas umgestaltet worden; die wichtigsten Unterrichtsgeräte bauten die Subrobots aus und transportierten sie in den Silo und zur Überlebenskuppel zurück, und das kleine Höhlensystem im Kilimandscharo wurde abgeriegelt und stellenweise verfüllt. Lilith-Amou, Boog und Mapuhi hielten sich meist auf Miracle auf, wenn Riancor dort auftauchte, bewachten die anderen Robots den Überlebenszylinder.

Hin und wieder hob ich das schwere Marineglas an die Augen und suchte die Ufer nach den Silhouetten jener niedrigen Pyramiden ab. Nichts. Auch die Sonden hatten keine Bauwerke dieser Art gefunden, ein Umstand, der mich ebenso irritierte wie der Eindruck, bisweilen zwei Schatten sehen zu müssen. Ich verteilte Sonnenschutzcreme in meinem Gesicht, regelte die Geschwindigkeit ein und starrte in die brodelnde Schaumspur der Schrauben. Sonnenstrahlen schienen sich ins Wasser zu bohren und wurden von den Wellen gebrochen; die ARCA fuhr zwei Knoten, langsam genug, um den Autopiloten zu testen. Über dem Schiff schwebten drei unsichtbare Falkensaurier.

Der Schatten des getarnten Gleiters kroch über das ruhige Wasser, und als ich den Kopf drehte, glaubte ich erneut, einen zweiten Schatten zu sehen, den das Schiff nach Backbord warf; oder waren es Lichtbrechungen oder der Fahrtwind, der die Wellenflächen aufrauhte? Ich streckte die Beine in die Sonne und kramte in meinen Erinnerungen, als mich der Tagtraum überfiel, ohne Warnung, ohne ein Anzeichen: Oder war es, wie der zweite Schatten, ein Traum, eine Vision, ein Wesen, das mit meinem Verstand dachte?

Ich schloß die Augen und befand mich mitten in einer Szenerie, die aus einem archaischen Augenblick der Welt stammte. Aber welcher Welt?

Ein langes, schlankes Boot, in dessen Heck eine große Gestalt stand, bewegte sich mit phosphoreszierendem Kielwasser, legte an der Steintreppe an. Eine Hand winkte mir.

Wie Charontes, der Fährmann über den Styx, mahnte der Extrasinn. Ich runzelte die Stirn, blickte genauer hin und deutete fragend auf mich. Wieder winkte der Unbekannte. Ich zuckte mit den Schultern, balancierte über die Planke und ging am Kai drei algenschlüpfrige Steinstufen hinunter. »Meinst du mich, Unbekannter?«

Überaus deutlich, mit dunkler Stimme sprach er unter der schwarzen Kapuze hervor. »Ich meine dich, Atlan. Hast du eine Stunde Zeit, mehr von der Wahrheit über Miracle und dich zu erfahren?«

»Von dir?« Ich stellte meine Stiefelspitze auf den Bug des Bootes. »Die Wahrheit?«

»Die Wahrheit. Nicht von mir. Ich bin DER RUDERER. Der mich schickt, wartet dort.«

Er deutete zum Leuchtturm am Molenende. Ich sah mich um; alles blieb ruhig. Mit zwei Schritten war ich im Boot und setzte mich. DER RUDERER senkte sein leuchtendes Paddel, trieb das Boot rückwärts und drehte es. Nebel hatte das Hafenbecken erreicht; ich fühlte mich tatsächlich, als rudere der Fährmann der griechischen Sagen zum Schlund des Hades, übers schwarze Hafenwasser. Musik und Lärm verdichteten sich zum undeutlichen Brummen: Ich tastete nach der Waffe. Der Logiksektor sagte: *Niemand wird dich angreifen. Trotzdem: ein seltsam symbolischer Vorgang.*

Der Nebel wurde dichter und schimmerte silbern wie das Paddel DES RUDERERS. Ich blickte über die Schulter. Die Hafenstadt war nur noch ein Streifen gelblicher Helligkeit. Die Gestalt DES RUDERERS verschwamm vor meinen Augen. Ich zwinkerte und vermeinte, den Nebel riechen zu können; ein stechend narkotischer Geruch. Ich klammerte mich am Dollbord fest, fühlte bleierne Schwere in allen Gelenken und war plötzlich nicht mehr in der Lage, über Bord zu springen und mich schwimmend zum Leuchtturm zu retten. Nebel rotierte vor meinen Augen. Atemzüge später, als ich die Warnungen des Extrasinns nicht mehr verstehen konnte, verließ mich die Besinnung, ich kippte nach vorn und fiel durch einen schwarzen Abgrund – und erwachte, umgeben von Dunkel und Farben.

Um mich wirbelten Sterne in einem spiraligen Reigen, lichtflutende Sterneninseln, wie sie sich in den Mittelpunkten von Galaxien zusammenballten. Ich tastete um mich, meine Finger stießen gegen die Innenseite einer Kugel aus nachgiebiger Energie. Vor den Sternen breiteten sich schwarze Gasmassen aus; hinter rötlichen Wasserstoffnebeln strahlte mehrfarbige Sonnenhelligkeit hervor. Phantastische Formen und Scheingebilde drifteten um die Sonnen.

Ich versuchte, die Übelkeit zu unterdrücken, atmete tief durch; langsam klärten sich meine Gedanken: Die letzten Erinnerungen zeigten Eindrücke und Stimmungen aus unendlich weit entfernter Vergangenheit. Aus grauer Vorzeit der Erde? Aus meiner Jugend? Unbekannte Sternenkonstellationen, ein breiter, glühender Arm der galaktischen Spirale, und langsam hörte die Drehbewegung der Kugel auf. Der Logiksektor sagte beschwichtigend: *Nicht das erstemal bist du entführt worden, Arkonide. Offensichtlich bedeutet dieses Intermezzo eine Annäherung an die Wahrscheinlichkeit. Stelle Fragen! Du wirst Antworten bekommen.*

Ratlos starrte ich ins Weltall, tastete die Funktionen des Mehrzweckarmbands durch: Das Gerät blieb stumm. Ich hatte nichts anderes erwartet. In der Nähe meiner Schein-Position im Weltall gab es eine einzige Sonne, auf die ich zutrieb. Ihr Leuchten wurde durch Filterschichten der Kugel gedämpft. Ich konnte Sonnenflecken und Koronareffekte beobachten. Die Energieblase zog schnell und lautlos dahin. Ich glaubte, eine Perlenschnur von Planeten zu erkennen, die um die Sonne kreisten wie Teile eines Mobiles, ihrerseits von Monden umschwirrt – als ich einen der Körper genauer ansehen wollte, verschwand der Eindruck.

Wer manipulierte mich? Wo war ich wirklich?

Die Atemluft blieb kühl und sauerstoffreich, als sich die Kugel scheinbar in die Sonne stürzte. Die Rotation hatte aufgehört. Ich betrachtete den Planeten rechts von meiner rechten Hand, die strahlenden Punkte in der wasserstoffdurchglühten Schwärze. Wenn mich Charontes hierher entführt hatte – erwarteten mich die nebulösen Sprüche eines exotischen Orakels? Auch mein Zeitgefühl war angeschlagen. Irgendwann hörte ich eine Stimme aus dem Nichts, sie wuchs aus hallendem Murmeln zu halblauter Deutlichkeit an und blieb körperlos, aber durchdringend.

»Arkonide Atlan! Es sind wichtige Gründe, derentwegen ich dich vom Hafenfest isoliert habe. Wir kennen deine Fähigkeiten. Es ist gut, daß Rico-Borgasen und du – mit aller Ausrüstung – Miracle zu beherrschen versuchen. Es kann der Anfang einer wichtigen kosmischen Entwicklung sein.«

Ich verstand nichts, holte tief Luft und sagte: »Wer bist du? Spreche ich mit meinem Manipulator, ES? Ich vermisse das dröhnende Gelächter, mit dem du bisher meinen Sklavenstatus belästigt hast.«

Unbestimmbare Zeit verging in Lautlosigkeit. Die Energiesphäre trieb durch den Weltraum. Ich hörte: »Miracle, einer von dreißig Planeten, Teil des Ringes und des Tabu-Kreises, ist ebenso wie neunundzwanzig andere Welten von Wesen bewohnt, die ihr als ›Menschen‹ definiert. Ihr werdet wenige Nachkommen terranischer Barbaren finden. Die dreißig Welten – man hat dieses System einst ›Ring des Schreckens‹ genannt –, mit Monden und leeren Kontinenten, stellen inmitten der Galaxis eine Mauer dar, einen Wall oder Schutzgürtel. Vieles hat sich in der Vergangenheit geändert, selbst das Licht aus dem Zentrum der Galaxis verschwand hinter kosmischen Staubwolken. Viele Geheimnisse verstecken sich in der Tiefe der Welten, anderes ist der Erosion langer Jahrtausende anheimgefallen. Die Namen der Welten sind vergessen: Ihr werdet neue finden, ich habe euch Hinweise gegeben. Deine Freunde werden so lange leben und jung bleiben, wie es nötig ist – dieses Wissen wirst du mitnehmen können.«

Mühsam begann ich zu verstehen. Ich schluckte und erkannte meine Stimme nicht wieder: »Wer immer du bist – du weichst aus. Was soll ich hier, in einer Kulisse, die nur Barbaren beeindruckt und mich tötet, wenn die Energie zusammenbricht? Wohin fliegt diese Kugel?«

»Sieh genauer hin. Bis unser Universum in der Langeweile der Entropie zusammenbricht, ist alles zwischen Vergangenheit und Zukunft denkbar und möglich. Kreise schließen sich; nach langen Irrfahrten kommst auch du dorthin zurück, wo du schon einmal warst. Du hast zehn Jahrtausende aufregender Abenteuer hinter dir und mußtest einsehen, viele Fehler gemacht zu haben. Wiederhole sie nicht! Mißtraue deiner Erinnerung! Auch wenn sie nicht blockiert wurde, versagt sie bisweilen, denn ein lebendes Wesen muß vieles verdrängen, sonst stürbe es unter der Last.«

Eine Pause trat ein. Die Kugel stob gedankenschnell auf den Planeten zu. Ich glaubte, Oberflächenmerkmale Miracles erkennen zu können.

»Shitem Droya ist einer der Gegner, die dich und deine Freunde in Atem halten werden. Ein verschlagener, machiavellistischer Hundesohn, der mehr von Miracle weiß als du. Auf jedem Planeten des Walls finden sich solche Frauen und Männer. Du wirst Gelegenheit haben, über eure Jahrtausendmission nachzudenken.«

»Ich fange an, mich für deine Vorschläge zu erwärmen.« Mein Lachen klang bitter. »Sind zwischen den tröstlichen Worten noch mehr Schmutzkübel versteckt? Oder können wir zum Kern der Weitschweifigkeit vorstoßen?«

»Gemach, Kristallprinz Gonozal. Deine Aufgabe und die deiner schönen Freundin wird sein, dreißig Welten in einen Zustand zu versetzen, der ihnen eines Tages jene Schutzfunktion sichert, die ein Teil der Galaxis dringend braucht. Du hast wenig Zeit; deinen Freunden bleiben die Jahrtausende. Ihr habt richtig begonnen: Maße und Gewichte, Gesetze und Technik, Zivilisation und, später, die Besiedlung mit ausgesuchten Angehörigen fremder Sternenvölker – dies sind die richtigen Anstöße.«

Die Kugel senkte sich auf die Oberfläche des sonnenbestrahlten Planeten. Die kraterübersäte Kugel Momirchas blieb zurück. Hinter der bläulichen Rundung, über der wie ein dünner Schimmer die Atmosphäre glimmte, hob sich Amaryll.

»Das Planetentor, das wir noch nicht gefunden haben, dient als Zugang zu neunundzwanzig anderen Welten?«

»So ist es, Arkonide. Auch ein Kosmos-Kolonien-Infrastrukturplaner wächst an Schwierigkeiten und Widerständen. Deine Freunde, die dreißig Planeten beherrschen sollen, müssen viel lernen. Deswegen die Häufung der Schwierigkeiten. Ihr lebt in Wohlstand, braucht weder Krankheiten noch Langeweile zu fürchten und verfügt über wachsende Machtmittel. Zukünftige Kosmostrategen brauchen eine Ausbildung, die wenig hinter der ARK SUMMIA zurücksteht.«

Ich sank durch die oberste Lufthülle. Die Kugel begann einen dünnen Ionisationsstreifen hinter sich herzuziehen. Ich starrte auf reflektierende Wolken und blauen Ozean.

»Amoustrella und du, ihr habt die fähigsten Männer und Frauen ausgesucht. Seht zu, daß eure Truppe größer wird. Je näher ihr dem letzten Planeten des Walles kommt, desto wichtiger wird eure Mission. Dieser Zeitpunkt, Arkonide Atlan, wird nicht mehr Bestandteil deiner ironischen Betrachtung sein.«

»Miracle mal dreißig? Dreißig Planeten voller Rätsel, die ich lösen muß? Ich habe genug von meinen Versuchen, die Barbaren von Larsaf Drei von ihren ewigen Kriegen abzuhalten. Sollen sie etwa auch die dreißig Planeten verwüsten?«

»Vergiß vorläufig Larsaf Drei! Nutze die arkonidischen Silos und die Maschinen deines Überlebenszylinders am Meeresgrund! Nutze sie bestmöglich und schnell!«

»Und was soll die seltsame, würfelförmige Maschinerie, die wir suchen?«

»Sie wird zu gegebener Zeit auftauchen und deinen Freunden helfen.«

»Und wie geht es jetzt weiter?«

Die Energiekugel fiel langsamer auf die Miracle-Oberfläche zu und schlug eine Kreisbahn über festem Land ein. Ich bereitete mich darauf vor, auf der Tageslichtseite abgesetzt zu werden, nicht im Hafen von Port of Peace.

»Erinnere dich an unsere Unterhaltung, wenn es soweit ist.«

»Bleibt mir etwas anderes übrig? Und Miracles Planetenring – sind unsere Denkansätze richtig?«

»Vollkommen richtig.«

»Wenn wir bei unserem Vorgehen Fehler machen, wie wirken sie sich auf das geschilderte Ziel aus?«

Je mehr ich dem Klang der Stimme in meinen Gedanken lauschte und überlegte, desto sicherer war ich, daß ES mit mir sprach.

»Tausend winzige Fehler summieren sich zur Bedeutungslosigkeit – oder zur Katastrophe. Wer wüßte es besser als du, Arkonide?«

»Setzt du mich in der Nähe des Hafens ab? Auf Miracle natürlich!«

»Deine Reise durch die Gefilde wichtiger Gespräche, Erkenntnisse und Erlebnisse hat erst begonnen. Gegenseitiges Vertrauen muß vorausgesetzt werden, Atlan!«

Ich lachte skeptisch und bereitete mich auf eine schlimme Landung vor. »Aus dem Wechsel exotischer Landschaften, durch die du mich hetzt, soll ich womöglich mehr als aus Büchern lernen?«

»Deine Fähigkeit, erkannte Probleme zu verbalisieren, entspricht deinem Können als Kosmo-Stratege. Wir haben bestimmt in einem fernen Jahrhundert Zeit und Lust zu weiterführenden Gesprächen.«

Die disziplinierte, selbstbewußte Stimme war während des letzten Satzes leiser geworden. Die Landschaften rasten unter mir vorbei; die Energiesphäre jagte auf den Mittelpunkt einer großen Ebene zu. Als sie über gelbem Sand schwebte, von grauen Schlieren durchzogen, sank sie zu Boden und löste sich auf.

Ich spürte Kies unter den Stiefelsohlen und schloß geblendet die Augen. Ich spürte, wie der Schweiß am ganzen Körper ausbrach. Ich band ein dünnes Tuch über meine Augen und schob den schweißgetränkten Stoff so weit in die Höhe, daß er als Sonnenschutz für die tränenden Augen diente. Jede Bewegung rief einen weiteren Schweißausbruch hervor. Ich beschattete die Augen mit der Hand und drehte mich um.

Ich stand anscheinend im Zentrum dieser Ebene. Sie war flach wie ein Spiegel und ebenso strahlend. Zwanzig Meter vor mir erkannte ich eine Rinne, zwei Finger tief, drei Hände breit. In ihrer Mitte waren weiße, graue und gelbe Kiesel aufgehäuft. Der Logiksektor sagte: *Erinnere dich! Das gleiche System, das du in den Linien und Figuren der terranischen Nazca-Ebene entschlüsselt hast.*

»Ich bin in der verdammten Aronjathawüste«, flüsterte ich. »Mitten zwischen den Rätselbildern.«

Vor wenigen Tagen hatte Rico die letzten Höhenphotos gemacht und die Sonde an einen anderen Platz Miracles gesteuert. Ich wußte, daß ich ohne Wasser in etwa fünfzig Stunden tot sein würde. Wenn nicht ein Wunder geschah ... Ich griff nach dem Armband und testete es besonders sorgfältig durch. Meine Verbindung zum Schlößchen und Roboter arbeitete nicht.

»Eine solche Teufelei mußte ich wohl erwarten«, brummte ich, und der Logiksektor warnte: *Stell fest, wo Süden ist, und sieh zu, daß du Schatten und Wasser findest.*

Meine Lippen waren trocken. Ebensowenig wie Nahrungsmittel hatte ich eine Wasserflasche bei mir. Vermutlich lag es nicht in der Absicht des Unsichtbaren, mich umkommen zu lassen. Ich drehte mich noch einmal herum, bestimmte Süd und Nord und zeichnete mit dem Finger die Form der Wüste nach, wie ich sie kannte. Befand ich mich in der Mitte, war der westliche Rand am beschwerlichsten zu erreichen. Aber dort gab es Wald, Quellen und Bäche.

»Was nun, Paladin der Menschheit?« Ich ging zum Anfang des Ritzbildes und versuchte zu erkennen, welche Figur vor mir lag. Als ich mich aufrichtete und die gerade Linie mit den Augen verfolgte, schien sie mit dem Horizont zu verschmelzen. Ich überblickte – es war fast Mittag – eine Strecke von etwa vierhundert Metern. Außer meinem Schatten gab es keinen. Ich schluckte warmen Speichel und entschied, nach Südwest zu gehen.

Ich war sicher, daß mich der Unbekannte prüfte, irgend etwas testete, mich auf einen Folterweg schickte. Aber wozu? Visionen nahen Todes hätte er auf weniger aufwendige Weise provozieren können.

Ich ging mit weiten Schritten, nach hundert Metern blieb ich stehen und kontrollierte meine Spur. Sie bildete eine Gerade. Ich lief so kräftesparend wie möglich hundert Schritt und versenkte mich in Dagortrance; so konnte ich sicher sein, nicht die geringste überflüssige Kraftanstrengung zu machen. Ich lief, während mein Schatten fast unmerklich rechts hinter meiner Hüfte verschwand, eine Stunde lang. Die Sohlen wirbelten Staubwölkchen auf und schleuderten Kiesel nach allen Seiten. Pedantisch genau visierte ich meine Spur an. Begann sie in Schlangenlinien zu laufen, war es das erste Zeichen für nachlassende Kräfte, Sehstörungen und andere Ausfallerscheinungen. Obwohl ich schwitzte wie selten in meinem Leben, riß ich meine Kleidung nicht auf. Die Sonne schwang über den Himmel und blendete mich eine Stunde später von rechts. Ich blieb stehen, als ich auf eine Markierung aus grauer Vergangenheit stieß.

»Eigentlich hätten Kandida und Polideukes hier nachsehen sollen«, flüsterte ich. Die Trockenheit hatte längst Gaumen und Kehlkopf erreicht. Ich säuberte einen Kiesel und steckte ihn zwischen die Lippen, sog und kaute daran; langsam stellte sich der Speichelfluß wieder ein. Ich dachte: Im Hafen und der Stadt herrschte jetzt wegen meines Verschwindens helle Panik. Zynald und Polideukes hatten mich beobachtet, wie ich auf das Boot gestiegen war. Nachdem ich über gerade und gekrümmte Linien gelaufen war, konnte ich aus einem Teil der Figur aufs Ganze schließen. Ein riesiges Fischskelett, dessen Rückgrat nach Norden wies. Jetzt wußte ich, an welcher Stelle der Tiefebene ich mich befand. Von der ersten Wasserstelle trennten mich rund vierzig Kilometer. Aber ... wenn das Wasser verdunstet oder alkalisch war? Meine Entscheidung, nach Südwest zu laufen, war nicht falsch gewesen. Zufall? Intuition?

Wieder verging eine Stunde. Bei jedem heftigen Schritt klirrte der Kiesel gegen meine Zähne. Vor mir zeichnete sich eine dunkle, flirrende Linie ab. Ich dachte an eine Fata Morgana, zog den Saum des Tuches einen Fingerbreit tiefer über die Augen und genoß dankbar die Illusion von mehr Schatten. Noch war ich nicht soweit, Gürtel und Waffe wegzuschleudern, um weniger Gewicht schleppen zu müssen. Die Sonne stach greller, und die Umrisse von Bäumen, Büschen und eines riesigen Lebewesens wurden schärfer – bald würde die Fata Morgana verschwinden.

Meine Muskeln begannen zu schmerzen, in den Ohren zischte es, und in der ungeheuren Stille hörte ich den eigenen Herzschlag wie dumpfe Trommelhiebe. Ich zwang mich mit Dagorhilfe, weiter auf die nächste Figur im Sand loszugehen.

Nach hundertzwanzig Schritten kam ich an eine Düne, die in geringer Schräge anstieg und plötzlich in einem fünf Meter hohen, senkrechten Absturz endete. Dahinter und darunter befand sich in einem Kreisring unglaublich saftigen Grases ein kreisrunder See, etwa zwanzig Meter im Durchmesser. Hinter den nächsten Dünen duckte sich das reglose Lebewesen. Ich grinste.

»Illusion und Wahnvorstellungen fangen an, Atlan«, sagte ich und ging weiter. Ich war sicher, daß es diesen Tümpel nicht gab. Der Sand gab nach. Ich rutschte, überschlug mich und kam in einer Sandwolke auf die Füße. Der Schwung trug mich bis zum Rand des Teiches, dessen Wasser von durchsichtiger Bläue war. Auch die fernen Bäume verschwanden noch immer nicht. Ich ächzte.

»Vielleicht löschen auch Illusionen den Durst.«

Es schien keine Fata Morgana zu sein. Ich kniete mich nieder, riß die Binde von der Stirn und steckte den Kopf ins Wasser. *Naß! Real!* Ich spuckte den Kiesel aus, kühlte meine Handgelenke und trank, nachdem ich den Mund freigegurgelt hatte. Noch immer stritten beginnende Geistesverwirrung und Wirklichkeit miteinander, aber mit jedem Schluck war ich sicherer. Das Wasser schmeckte frisch, tropfte von den Fingern und rann aus dem Haar. Als sich meine brennenden Augen geklärt hatten, richtete ich den Blick zum Himmel und fluchte leise. »Denk nach, Atlan! Dieser grausige Scherz hat einen Sinn!«

Ich setzte mich, zog die Stiefel aus und die Hose hoch. Das Wasser kühlte auch meine Füße. Ab und zu schlürfte ich aus der hohlen Hand, drehte den Körper nach Süden und spürte, wie sich auch die Gedanken klärten. Ein Teil der Panik verflog. Ich konnte lange hier sitzen und Wasser trinken, aber so einfach würde es mir der Unsichtbare nicht machen. Auch der Extrasinn schien unter dem Sonnenstich zu leiden. Seine Erklärungen waren stockend, schwer verständlich. *Es gibt nur ... ein wirkliches Rätsel ... die Position des Planetentors ... diese Real-Wasser-Illusion soll helfen ... das Planetentor zu finden ... Die Rätsel scheinen sich von der ... Lösung zu entfernen ... was ist sinnvoll mit »Wasser« zu assoziieren?*

Ich sagte in die flirrende Luft hinein: »Feuer, Luft und Erde.«

Der Logiksektor schwieg wieder. Ich wartete, bis ich mich wohl fühlte; die Sonne stand vier Handbreit über dem stahlblauen, wolkenlosen Himmel. Ich beschloß, bis zur Dämmerung hier zu bleiben, notfalls länger, nahm die Stiefel und ging in feuchtem Gras um den Teich herum, setzte mich. Als ich am südwestlichen Ufer saß, sah ich meine Rutschspuren am gegenüberliegenden Hang. Sie lösten sich vor meinen Augen auf; Teich und Gras waren noch vorhanden. Ich trank, schlug mein Wasser ab und starrte schweigend den Grasring und den Teich an. Die Wasseroberfläche wurde von einem kaum wahrnehmbaren Windhauch gekräuselt. Ich hob ratlos die Schultern.

»Weiter! Zu Amou! Nach Port of Peace.«

Ich trank noch einmal und sah zu, wie Teich und Gras flimmernd verschwanden. Dann marschierte ich los. Solange noch Licht war, konnte ich eine Spur ziehen, an der ich mich hoffentlich auch im Mond- und Sternenlicht richten konnte. Ich visierte einen Punkt in der Baumreihe, links von der Sonne an, suchte vergeblich jenes Lebewesen und fühlte erleichtert einen kühlen Luftwirbel aus Westen. Gab es keinen Zwischenfall, konnte ich noch in der Nacht den Rand der Tiefebene erreichen, mit oder ohne Fata Morgana. Ich kam gut voran, denn das Wasser und der kurze Schlaf hatten mir meine Kräfte zurückgegeben. Zwanzig Minuten später, kurz vor Einbruch der Dunkelheit, stellte ich fest, daß ich mich am Ende einer Geraden befand. Die Baumreihe und die Büsche davor hoben sich schwarz gegen den Horizont ab.

»Atlan!«

Ich zuckte zusammen. Aus dem Wäldchen schien jemand meinen Namen gerufen zu haben. Ich sah nichts und niemanden und unterdrückte die aufsteigende Ratlosigkeit. Ich hoffte auf die Dunkelheit und die Sterne, an denen ich mich orientieren konnte. Im Norden schwebte Fajr, grausilbern und mit rötlichen Schatten, über dem Wüstensand. Solange vor mir das Wäldchen war, hatte ich keine Angst, im Kreis zu laufen. Während ich meinen Wettlauf mit Durst, Hunger und Tod fortsetzte, hörte ich noch einmal die Stimme. Der Extrasinn sagte scharf: *Eine wirkliche Stimme, Atlan, keine Einbildung!* Langsam überzog sich das Firmament mit Lichtpunkten. Mein Schatten lief vor mir her, und noch immer atmete ich ruhig.

»Atlan! Ich warte im Wald!«

Meine Finger glitten zur Waffe. Einige Zeit später zeigte ein zweiter Schatten nach Osten. Sjachruls gelbes Antlitz erschien zwischen den Sternen. Im vagen Licht konnte ich die Linie meiner Schrittspur verfolgen; die Verkrampfung löste sich. Zwischen den Stämmen sah ich die hellere Wüste, hinter den Büschen bewegte sich eine Gestalt. Ich entsicherte die Waffe und rief: »Ich komme zu dir in den Wald! Wer bist du?«

»Eine Art Orakel, Atlan!«

Ich sah fasziniert zu, wie sich auf einer Lichtung zwischen Büschen und Wald ein Wesen aufrichtete, in dem ich das Schemen auf meiner Wanderung wiedererkannte: etwa dreimal so groß wie ich, schlank, eine Art Echse mit humanoiden Schultern und Kopf. Die Schuppen leuchteten in allen Regenbogenfarben. Das Wesen hob die rechte Vorderpranke und zeigte Klauen und Krallen zwischen runden Handballen.

»Eine Miracle-Echse als Orakel?« rief ich. Ich wunderte mich nicht mehr, aber mein Zeigefinger lag am Abzug der Waffe. »Welche Sprüche hast du für mich?«

»Manche, Atlan. Einst nannten sie mich Neg Gulucch. Ich bin ein mühsam rekonstruierter Arphasa-Androide. Nur für diese Nacht. Ich bin es, der eine unangenehme Wahrheit aussprechen muß – unangenehm für dich.«

Ich ging zögernd näher. Große, halbkugelige Augen, fast an der Schädelseite, richteten sich auf mich. Der schmale, hornige Mund öffnete und schloß sich; das Wesen wirkte ausgezehrt, fast ätherisch. Es war elegant wie eine schuppige Tänzerin, mit langen, schlanken Gliedmaßen, und ebenso wirklich wie das Gras und das Wasser. Auf der Schulter saß ein Schmetterling, groß wie meine Hand, und zuckte mit leuchtenden Flügeln. Die Echse balancierte auf dem gekrümmten Schwanz und wirkte rätselhaft, aber keineswegs bedrohlich.

Neg Gulucch? Der Name besaß einen sonderbar vertrauten Klang, obwohl ich sicher war, ihn noch nie gehört zu haben. »Ich lebe inzwischen von wenig angenehmen Wahrheiten«, sagte ich und zwang mich, in die stechenden Pupillen zu sehen. »Die Wahrheit ist allemal böse. Welche Wahrheit, Neg Gulucch?«

»Auch auf Miracle, wie auf jedem Planeten des Kreises, existieren unterplanetarische Großanlagen. Ihr kennt sie noch nicht. Sie stammen aus grauer Vergangenheit, und es gibt keine lebenden Spezialisten mehr, die sie richtig bedienen könnten, sondern nur fehlerhaft arbeitende Maschinen und unzuverlässige Großrechenanlagen. Die Miracle-Anlage stört die Verbindung zwischen den Welten. Sie wird bald zusammenbrechen. Die Konsequenzen kennst du, Atlan, Kristallprinz von Arkon.«

»Woher weißt du, wie ich heiße?«

»Von dir selbst.«

Ich kämpfte gegen den Schock. Ich zweifelte nicht einen Atemzug lang mehr an der Wahrheit des Gesagten und stöhnte. *Ngulh! Der Zeitwächter! Das mit einem Rechner verschmolzene Kollektiv varganischer Bewußtseine!* Die Erinnerung an ferne Jugendzeit brach mit der Wucht eines Vulkans auf. »Wann bricht die Verbindung zusammen?« ächzte ich. »Ich bin außerstande, diese Art Transmitter zu kontrollieren.«

»Nicht heute. Hundertfünfundneunzig Stunden multipliziert mit der mythologischen Zahl Miracles. Achttausendsiebenhundertsechzig Stunden; das ist das Maximum. Jene, die diesen Körper für heute Nacht rekonstruierten, versuchen, euch die Verwertbarkeit der Energiestation zu sichern, die wichtigsten Leitungen zu übergeben und die Überschlagskomponente für diesen Zeitraum zu stabilisieren. Wir versichern, daß wir es exakt so lange, aber unter keinen Umständen länger schaffen.«

Der Logiksektor sagte: *Rechne! Das ist ein Terra-Jahr, Atlan!*

Ich näherte mich bis auf vier Schritt dem Echsenwesen. Eigentlich, dachte ich verzweifelt, müßte mir Neg Gulucch eine große Sanduhr entgegenhalten, in der gerade die ersten Körner nach unten rieselten. In klaren Gedankenschritten begriff ich, was diese Frist bedeutete. »Du sagst also, daß ich die Wahl habe, entweder auf Miracle zu stranden oder in meine kalte Heimat auf Larsaf Drei zurückzukehren?«

»Das ist die Wahrheit, Atlan.«

»Muß ich sie glauben?«

»Deine Entscheidung.« Wie es schien, sprach Neg Gulucch voll Mitgefühl weiter. »Wenn du glaubst, kannst du dich entscheiden. Bricht aber die mehrdimensionale Verbindung zusammen, wirst du überrascht. Ich würde mich nach dieser Berechnung richten, denn sie wurde mit größter Sorgfalt durchgeführt und mehrmals kontrolliert. Ob du deine Freunde darauf vorbereitest, bleibt ebenfalls deine Entscheidung. Ein Abschied über so lange Zeit hinweg ist weniger schmerzlich als jähe Trennung. Du kannst mir noch tausend Fragen stellen, aber andere Antworten vermag ich nicht zu geben.«

Ich senkte den Kopf. »So endet unser Gespräch mit dieser traurigen Feststellung.« Ich deutete zum südwestlichen Rand der Ebene. »Bekomme ich von dir einen Rat, der meine nächtliche Wanderung erleichtern kann?«

Neg Gulucchs Arme und Krallen beschrieben fahrige Gesten. »Nein, Atlan! Darüber habe ich weder Informationen noch Erinnerungen. Mein Rat: Geh in die Richtung, die du als richtig erkannt hast! Früher oder später bist du bei deinen Freunden.«

»Vermutlich später.« Im Licht zweier Monde erkannte ich, wie das Echsenwesen förmlich verfiel. Für Augenblicke glaubte ich an seiner Stelle den durchscheinenden Kubus der vielbebilderten Würfelmaschine zu sehen, der sofort von rötlichem Nebel ersetzt wurde und sich wieder zur Gestalt Neg Gulucchs verdichtete. Aus Ahnung wurde fast Gewißheit: Die zu Ngulh verschmolzenen Bewußtseine waren an den »Trägerkörper« der Station gebunden gewesen; der Zeittunnel hatte mich damals in ferne Vergangenheit geschleudert. Wie weit – unbekannt. Wenn nun die Station unbrauchbar geworden war, im Laufe der Jahrtausende zerfallen, war es logisch, daß sich die Bewußtseine nach einem neuen, vielleicht gar beweglichen Trägerkörper umgesehen hatten.

Der Logiksektor bestätigte: *Das Rätsel des Würfels dürfte damit gelöst sein! Er dient dem Zeitwächter als neue Heimstätte! Neg Gulucchs Echsenleib ist nur das Orakel-Vehikel für diese Nacht.*

Ich nickte, hob abschiednehmend die Hand und ging zwischen den Stämmen der halbwirklichen Bäume wieder hinaus auf die Ebene. Neg Gulucch verwehte zu spiralig wirbelndem Staub, zurück blieb ein Geräusch wie fernes Stöhnen. Jetzt war ich sicher, daß sich die Aussage des unbekannten Sprechers, in dem ich ES vermutete, bestätigen würde: Zu gegebener Zeit würde der Würfel wirklich auftauchen und meinen Freunden helfen. Ob ich dann noch auf Miracle war, stand in den Sternen.

Weit vor mir schien eines der fernen Bildwerke aus Steinchen ein Eigenleben zu entwickeln. Ich sah hellrote Glut, die sich langsam bewegte. Der Logiksektor versuchte eine logische Erklärung: *Offensichtlich hat dich die mächtige kosmische Intelligenz eine Schwelle übersteigen lassen. ES sprach von einem Vorhaben, das Jahrtausende umfaßt – ein Langzeitplan, in dem der Planetenwall eine wichtige Rolle spielt. Aber das ist ferne Zukunft! Konzentriere dich auf das Naheliegende! Die Glut hat eine Bedeutung. Jetzt, nach »Wasser«, triffst du auf »Feuer«. Du wirst überleben und deinen Freunden helfen können. Teste das Multifunktionsgerät, Atlan!*

Ich erwartete nicht, daß sich das Funkgerät aktivieren ließ. Natürlich bekam ich keine Verbindung mit dem Schlößchen. Nachdem die Sonne untergegangen war, sank die Temperatur über der Tiefebene rasch; ich begann zu frösteln und machte längere Schritte. Das hellrote Glühen, eine Erscheinung, die es hier nicht geben durfte, nahm zu. Ich unterschied Linien, Rundungen und Ecken. Eine Sternschnuppe verglühte mit einem langen, kreideweißen Lichtstreifen.

Einige hundert Schritte weiter, nachdem das Wäldchen sich scheinbar in Luft aufgelöst hatte, sah ich winzige Punkte über den Sand gleiten. Sie wieselten lautlos durcheinander, bewegten sich in Zickzacklinien und zeichneten in langen Zügen seltsame Konturen. Ich wich aus und blieb stehen, als ich erkannte, worum es sich handelte.

Ich bückte mich und musterte eines der Leuchtpünktchen. Der Chitin-Körper einer daumengroßen Ameise strahlte, nur Fühler und Gliedmaßen blieben dunkel. Einige zehntausend Miracle-Ameisen krabbelten aus faustgroßen Löchern auf ein halb im Sand versunkenes Skelett zu, zeichneten Rippen, Schenkelknochen, Hüftgelenke und den langen Schädel nach. Ich sah den Prozessionen zu, hörte das helle Rascheln, mit dem sich unzählige Beine über den Sand bewegten. Langsam wuchs das Skelett aus der Dunkelheit; es schien, als wolle es sich bewegen. Ich ahnte, daß dies die Reste einer jener legendären Wüstenechsen waren, von denen die Legenden sprachen.

Ich starrte auf die Gliedmaßen, die vielen Wirbel des Schwanzes, auf dünne Röhrenknochen, Ellen, Speichen und Finger, die das Gerüst von fledermausartigen Riesenschwingen gebildet hatten. Das Skelett schien zu zucken und fortkriechen zu wollen; selbst die Augenhöhlen leuchteten hellrot. Unablässig bewegte sich die Masse der Kerbtiere, obwohl es weder Haut noch Knorpel an den ausgeglühten Knochen gab. Sternenlicht, Mondlicht und brodelnde Glut bildeten größere und schnellere Wirbel, schufen einen beängstigenden Eindruck, verselbständigten sich. Die Nester schienen sich geleert zu haben. Das Skelett schien zu brennen, zu schrumpfen und sich zu bewegen. Ich wich einige Schritte zurück, streckte die Arme aus und wehrte zwei Tierchen ab, die auf mich zurasten.

»Eine schlimme, lange Nacht, Atlan«, sagte ich mir. »Noch eine Überraschung aus Miracles seltsamer Evolution?«

Von außen nach innen schrumpften die Knochen, das Skelett wurde kleiner, und die Ameisen schwirrten plötzlich in die Höhe. Schlieren und Schnörkel bildeten sich, die kalte Glut formierte sich zu flammenähnlichen Gebilden. Ich prägte mir das Aussehen der Knochen ein, ehe sie sich in lodernden Wirbeln auflösten. Die Zeichen sagten mir ebensowenig wie die Windschlieren auf der Teichoberfläche – nichts. Es breitete sich stechender Schwefelgeruch aus. Schließlich drehte sich über dem geschrumpften Häufchen eine einzige, große Flamme in die Höhe, löste sich auf, und bildete für wenige Sekunden eine gezackte Kontur, einen Umriß von irgend etwas, an das ich mich erinnern sollte. Ich schaute fasziniert zu.

Einige Pünktchen lösten sich und schwebten in den Mittelpunkt des Umrisses hinein. Ich zählte: ein glühender Mittelpunkt, von dreißig Pünktchen umgeben. Die Formation begann sich zu drehen, ohne die Abstände zu verändern. Der Schwefelgeruch wurde betäubend; ich zog mich zurück und prägte mir jede Veränderung ein. Die Ameisen flogen in die Höhe, alles löste sich auf, das Skelett war verschwunden; ich stand schweigend und verblüfft da. Das Miracle-Symbol hatte ich erkannt, aber ich sah noch keinen rechten Sinn in diesen Zeichen.

»Nun dann«, murmelte ich und hauchte meine Finger an. »Weiter, Arkonide!«

Ich machte weite Schritte, um die Teile der Figur aus Kieseln nicht zu zerstören, grinste grimmig in mich hinein und spürte Erschöpfung in den Muskeln der Oberschenkel und der Waden.

Gegen Mitternacht erreichte ich den eisblau strahlenden Punkt, von dem eine handbreite Spur in rechten Winkeln fortführte. Von Westen fuhren harte Böen heran und ließen die Sandkörner knistern. Ich ging geradeaus weiter und wich den Punkten und Verbindungslinien aus. Vor der Kulisse der Sterne waren die sägezahnartigen Zacken des Bergzuges zu ahnen. Linien und Punkte wurden zahlreicher; die Anordnung glich einem altertümlichen Schaltplan. Linien bündelten sich und liefen parallel zueinander weiter, verzweigten sich und trafen, fast außerhalb meines Blickfeldes, auf weitere purpurne Punkte und Rechtecke. Der Logiksektor flüsterte: *Präge dir jede Einzelheit ein. Ein Teil des Lösungsweges!*

Obwohl das Bild sich auf der Fläche verzerrt ausdehnte, war ich nach einigen Minuten sicher, die Struktur nachzeichnen zu können. Ich ging mitten hindurch und drehte mich nach zweihundert Schritten um: Über den Punkten, Rechtecken und Linien entstanden flirrende Luftsäulen, die trotz des Windes senkrecht in die

Höhe zogen. Deutlich waren die durchsichtigen Gebilde zwischen den Schleiern aus Staub und Sand zu sehen. Die Erscheinung dauerte einige Minuten lang an, daraufhin verringerte sich das Leuchten, und das Bild war verschwunden. Mein sarkastisches Gelächter verlor sich in der lastenden Stille; die Windstöße wurden heftiger und folgten schneller aufeinander. Ich dachte an kühlen Wind, fliegenumsummte Pilze, eisigkaltes Quellwasser sowie weiche Moospolster und näherte mich dem Bergzug am Wüstenrand.

Ich blieb irgendwann stehen, wischte zwinkernd Sand von der Stirn und spuckte sandigen Speichel aus. Der Wind zerrte an meinem Haar; die gezackte Silhouette war trotz der Dunstschicht näher gerückt. Ich atmete tief durch und spürte den Wind, der mehr Sand aufwirbelte und das Bild der Sterne und Monde verwischte. Ich kontrollierte meine Spur und sah, daß ich noch immer geradeaus lief. Jetzt hatte ich die Berge als neue Visierpunkte.

Der Wind peitschte Sandkörner in meine Augen und gegen die Haut. Ich zog das feuchte Tuch heraus, knotete es über Nase und Augen und stolperte weiter. Symbolisierten die Erscheinungen über dem Bild im Sand und der Sturm vielleicht das Element »Luft«?

»Weiter, Atlan!« sagte ich mir und kämpfte mich voran, durch Wind, Sand und Sandhosen, die über die Ebene rasten, sich wiegten und verformten, auf die Berge zu. Der Wind prallte einmal von dieser, dann von der anderen Seite gegen meinen Körper und machte aus meinem Lauf ein unbeholfenes Taumeln; meine Fußabdrücke verliefen in Schlangenlinien. Die Luft schien elektrisch geladen zu sein, wurde trocken und wieder feucht. Ich war froh über den Umstand, daß mich der Große Unbekannte hier isoliert hatte. Mir blieben die quälenden Gedanken an die Frist erspart, die mir zwischen Erde und Miracle verblieb. Ich zog den Kragen der Jacke hoch, atmete erstickende Luft und spuckte Sand.

Wasser, Feuer, Luft ..., sagte der Extrasinn. *Vielleicht waren die Erscheinungen Symbole dieser Elemente. Fehlt noch der Begriff »Erde«.*

Die Zeit dehnte sich oder schrumpfte, es war gleichgültig, während ich stolperte und lief, bis meine Sohlen bei jedem Schritt mehr Widerstand spürten und in weichem Grund tiefer einsanken. Nach einigen Minuten blieb ich stehen, von der Stille nach dem Sturm fast erschreckt. Ich stand in einer Zone aus dunklem Erdreich. Erde? Vielleicht hatte ich den Rand der Tiefebene tatsächlich erreicht. Als ich den Kopf hob und weiterging, war es, als watete ich durch Sirup. Ich schüttelte mich und riß das Tuch herunter. Sand rieselte aus dem Haar.

Geruch nach frisch aufgebrochener Erde drang in meine Nase. Offensichtlich war das Ende dieser Darbietung erreicht, aus der ich keinerlei Erkenntnisse hatte schöpfen können. Ich sah vor mir eine dunkle Fläche, einen Hang, an dessen oberer Kante ich große Bäume erkannte. Im Licht Sjachruls zeigte sich nicht etwa Morast oder Sumpf, sondern schwarzer Humus. Mit jedem Schritt zog ich den Fuß mit mehr Mühe heraus. Ich spannte meine Muskeln und kämpfte mich durch etwa zweihundert Meter schweren Boden. Jedes der vier Elemente hatte in diesem Spiel seine Bedeutung; vielleicht konnten Rico und die Rechner in der Kuppel ein Muster errechnen. Viermal fiel ich der Länge nach in feuchte, warme Erde, bis ich Gras unter den Fingern fühlte.

Ich kroch zurück, nahm zwei Handvoll Erde, formte einen bröseligen Ball daraus und stopfte ihn in die Schenkeltasche, kletterte den Hang hinauf und hörte das unverkennbare Rieseln einer Quelle. Ich rammte mit dem Knie eine knorrige Wurzel und tastete mich zwischen Baumstämmen in die Richtung des Wassers. Ich roch den Wald, bückte mich und trank, wusch Gesicht und Hände; als sich meine Gedanken geklärt hatten, sah ich, daß das rote Kontrollicht des Armbandgeräts blinkte. Ich nahm es ab, rieb Sand von der Haut und drückte die Ruftaste.

Der Lautsprecher knackte, eine vertraute Stimme rief: »Riancor hier. Atlan? Wir sind halb verrückt vor Sorge!«

»Ich bin im Wald am südwestlichen Rand der Tiefebene. Peil mich an, hol mich ab. Amou soll mitkommen, mit etwas Essen. Wahrscheinlich schlafe ich, wenn ihr landet. Ich bringe viele neue Rätsel mit – genug für ein Jahr Nachdenken.«

»In drei Minuten ist der Gleiter in der Luft, Gebieter.«

Ich gähnte und fand nahe der Quelle einen leidlich bequemen Platz. Dank der Dagor-Ausbildung schlief ich zehn Minuten später. Kurz nach Sonnenaufgang weckten mich die Drachenschreie des schweren Gleiters, der in geringer Höhe über die Wüste und auf meinen Spuren heranschwebte.

Beide Maschinen liefen mit geringer Umdrehungszahl. Der überaus sorgfältig gestylte Gleiter hob und senkte sich in der schwachen Dünung. So plötzlich, wie mich die »Vision« heimgesucht hatte, so abrupt endete sie auch. Das Gefühl der Desorientierung verschwand nur langsam. Ich atmete tief durch und schüttelte verwirrt den Kopf. Ganz deutlich sah ich jetzt den zweiten Schatten und fühlte Kälte die Wirbelsäule hinaufkriechen. Die Traumbilder verschwammen. Mit vier Knoten schob sich die ARCA durch die Wellen. Die Sonne hing drei Handbreit über dem Horizont und verlor den letzten gelben Schimmer. An einer der Stellen, an denen sich jene Pyramiden befinden sollten, erhob sich ein Staubwirbel. An Backbord sah ich die schier endlosen Strände, die Dünen und wenige staubbedeckte Pflanzen. Kakteen reckten ihre Finger in den stahlblauen Himmel.

»Erinnerung, Traum, Vision?« Meine Stimme klang rauh. »Nicht verwirren lassen. Denk an den neuen Job!«

Im Fach unter der Wetterstation lagen in einer wasserdichten Mappe meine Papiere. Mein Haar, drei Finger kurz, schien ausgebleicht zu sein, und die Augen waren braun. Ich starrte auf den Schirm des Radargerätes, der Logiksektor sagte: *Wahrscheinlich beobachten sie dich ebenfalls, Mister Olaf Peterson.*

»Durchaus möglich.«

Ich wußte, daß in ziemlich genau vierzig Landmeilen ein Steg und eine Rampe mit einfachen, aber kräftigen Entladeeinrichtungen im tiefsten Ende einer Bucht gebaut worden waren; dort konnte ich die ARCA festmachen und ruhig liegenlassen. Der vierundvierzig Fuß lange Kabinenkreuzer machte schwache Fahrt durch den Canal de ballenas des Gulf of California. Ich hatte die Angel, ohne Haken, ohne Köder, in eine Halterung im Heck gesteckt und lag im Steuersessel, die nackten Beine auf dem Instrumentenpaneel der Flybridge. Die ARCA fuhr in der langen Dünung parallel zur Brandung nach Norden. Punta Prieta lag querab, im Westen, mitten auf der langgezogenen Halbinsel, die sich Lower California nannte.

Ich blätterte im Magazin und betrachtete die Photos der Apollo-Missionen. Nach der Landung von *Intrepid* waren die Männer von Apollo Zwölf rund

32 Stunden lang auf dem Mond geblieben. Conrad und Bean sammelten etwa 55 Kilo Mondgestein und brachten Teile der Surveyor-Sonde zur Erde zurück. Die aufregenden Reportagen vom dreizehnten Apolloflug waren kaum verklungen: Am 14. April kam es in einer Erdentfernung von 335.000 Kilometern zur Explosion eines Sauerstofftanks, die Landefähre *Aquarius* diente den Raumfahrern zeitweise als Rettungsboot, und unter weltweiter Anteilnahme glückte die Landung am 17. April. Da ich den Mond länger kannte, erwartete ich im Gegensatz zur Weltbevölkerung keine sensationell neuen Erkenntnisse über die angeblichen Geheimnisse des Erdtrabanten; aber Plichters Team kannte nun die Risiken eines langsamen Raumfluges und würde jetzt erst richtig motiviert sein. Ein Zeichen dafür war meine bevorstehende Einstellung als Ingenieur.

Mit Flüssigtreibstoff-Triebwerken, so meine Einschätzung, würde die Menschheit nach Abschluß dieser Missionen so bald nicht mehr zum Mond oder zu den Planeten fliegen. Also würden die USA versuchen, bessere und leistungsfähigere Einheiten zu konstruieren, die, weniger störanfällig, größere Lasten aus dem Erdorbit schleppen konnten. Ich konnte mir deutlich vorstellen, mit welcher Begeisterung die privaten Forschungslabors sich auf bestimmte Teile meiner Zeichnungen stürzen würden. Ich hatte William Plichter angerufen und ihm versprochen, spätestens am 20. April in der Nähe Punta Prietas aufzutauchen. Er war verblüfft gewesen, und dies aus zwei Gründen. Erstens hatte er meinen Anruf nicht mehr erwartet, und zweitens war es für ihn, seine Auftraggeber vom Pentagon oder anderen geheimnisvollen Institutionen völlig undenkbar, daß ich das Forschungslabor betrat, ohne vorher von einer Gruppe Sicherheitsfachleuten durchleuchtet worden zu sein. Eigentlich müßten sie schon dasein, denn ich näherte mich seit zwei Tagen offen mit dem getarnten Gleiter. Riancors Konstruktionen waren hervorragend; das schwere »Boot« hatte sich nicht nur als seetüchtig herausgestellt, sondern verfügte auch über das bewährte geheime Innenleben.

»Eigentlich hätte ich euch für schneller und raffinierter gehalten, amigos«, murmelte ich. Eine Spionsonde zog ihre Kreise um die Flachbauten und die halb eingegrabenen Montagehallen. Mein tragbares Fernsehgerät zeigte die Bilder. Die Ausrüstung war entsprechend getarnt; man würde die ARCA zersägen müssen, um mehr zu finden als Winzigkeiten, die bei näherer Prüfung verschmorten. Das Wasser war glasklar, und die Ufergegend war in diesem Bezirk ebenso menschenleer und einsam wie das Meer.

Brummend hielt die ARCA Kurs. Der Autopilot, im Hydrauliksystem der Ruderanlage eingebaut, war nicht größer als drei Finger. Ich öffnete eine Dose mit dünnem amerikanischem Bier und richtete den Feldstecher auf das Gelände jenseits der Brandung. Delphine schnellten in großen Schulen übermütig aus dem Wasser. Sie hatten mich seit eineinhalb Tagen begleitet. Ich liebte sie, seit ich das Mittelmeer kannte; ab und zu warf ich einen Blick auf das Photo Amoustrellas im weißen, zweiteiligen Badeanzug, das unter der Glasplatte der Seekartenabdekkung geschoben war.

Die Maschinen brummten auf. Ich schob beide Fahrthebel nach vorn und warf die leere Dose aus dem Sechserpack in das Müllfach. Backbord voraus, hinter einer langgestreckten Düne, hatte ich eine schnelle Folge Reflexe gesehen; ein Fahrzeug oder ein Helikopter bewegte sich dort. Ich zuckte mit den Achseln, zog den Mützenschild weiter über die Augen und setzte mich zurecht.

»Seltsam«, murmelte ich. Seit einiger Zeit hatte ich verstärkt das Gefühl, ich müßte die Schönheiten dieser Welt genießen, solange es sie noch gab. Auch diese langgestreckte Halbinsel und ihre Umgebung waren schön; die ausufernde Menschheit hatte nur an wenigen Punkten von ihr Besitz ergriffen. Versonnen sah ich über das Wasser, als mich eine weiterer Tagtraum überfiel und zittern ließ: *1799. Der Flug zum MARS. Und dann ...*

Auch nach der zehnten Umkreisung blieben die Ortungsergebnisse erschreckend eindeutig. Nichts stimmte mehr mit dem überein, was ich als Tatsache kannte. Der Entschluß, nach dem Mars-Besuch auch zur *Venus* zu fliegen, war spontan gewesen, einem merkwürdigen Moment der Klarheit entsprungen, als etwas wie ein Schleier von meinem Bewußtsein verschwand. Viel zu lange hatte ich versäumt, einen neuen Hypersender zu besorgen, der es mir über die Venusbasis als Vermittler gestattet hätte, Kontakt mit Arkon aufzunehmen. Fragen und Zweifel quirlten durcheinander. Konnte es sein, daß ich unbewußt geahnt hatte, daß ...?

Amou saß reglos neben mir und starrte mich an, während ich um Fassung rang und zu verstehen versuchte, was die Geräte anzeigten. Kohlendioxid, Schwefeldioxid, Wasserdampf, das 90fache des Atmosphärendrucks an der Erdoberfläche, eine Oberflächentemperatur von gleichförmig 737 Grad über absolut Null. Eine Gluthölle! Radarechos lieferten die Reliefs von Hochländern mit steilen Abhängen an den Plateaukanten. Aber keine Anzeichen einer Energiekuppel oder Hinweise auf die Großstation.

»Keine Antwort vom Venus-Kommandanten!« flüsterte ich. »Nicht die geringste Reaktion. So als gebe es ihn gar nicht! Das ist nicht der Planet, den wir damals Larsa nannten! Das ist ... eine andere Welt!«

Das dröhnende Gelächter brandete plötzlich mit quälender Lautstärke durch mein Bewußtsein. Es war lange her, daß ES sich auf diese Weise gemeldet hatte. Plötzlich wußte ich wieder, wie sich dieses Geschöpf selbst charakterisiert hatte, damals, vor der *Großen Flut* im Zweistromland. *Ich versinnbildliche die Bewußtseinseinheit unzähliger Wesen. Ich bin ein Gemeinschaftswesen, Herrscher über Wanderer ...*

Nun meldete ES sich, aber das Lachen blieb ein humorloses, peinigendes Geräusch. Mit ihm verbunden war ein Eindruck des Fremden, Kalten, Unnahbaren. Noch nie hatte ich beim Kontakt mit ES derart intensiv das Gefühl von »Falschheit« gehabt, und ich wußte nicht, ob es eine Widerspiegelung aus mir selbst war, Ergebnis der Verwirrung angesichts des Anblicks der »falschen« Venus. Der Gedanke, ob ich es überhaupt mit ES zu tun hatte, blitzte durch meinen Kopf: *Gemeinschaftswesen ... jede Gemeinschaft beinhaltet positive wie negative Aspekte. Was nun, wenn es sich hier um die Bündelung der negativen Aspekte von ES handelt? SEIN Gegenpol gewissermaßen, so, wie es neben Materie auch Anti-Materie gibt? Anti-ES?*

Das Lachen gewann an Intensität, die mich an den Rand von Bewußtlosigkeit trieb. Meine Augen tränten. Der Schock drohte meinen Verstand zu überfordern. Keine Venusbasis, kein Hypersender, keine Möglichkeit, Arkon zu erreichen. Sogar diese vage Hoffnung, eine letzte Möglichkeit, als *ultima ratio regis,* war mir verwehrt. Und wie es schien, hatte dieser unsichtbare, mächtige Peiniger seine

Pranken im Spiel. Nichts war mehr von Verständnis zu bemerken; unsere Abmachung, im Gespräch damals auf der Venus getroffen – hinfällig, vergessen, ausgelöscht? Das Lachen erschütterte mich bis in die letzte Faser, ließ jeden Nerv vibrieren.

Meine Gedanken rasten: Eine andere Welt? Gar ein anderes, paralleles Universum? Ausdruck einer Jenseitswelt? Gab es überhaupt eine Möglichkeit, ES von dem angenommenen Widerpart zu unterscheiden? Wie oft hatte ich mit diesem zu tun gehabt, ohne seine wahre Natur zu erkennen? Geflüchtete Androiden, Aufgaben und Manipulationen – wieviel davon ging aufs Konto von ES, wieviel auf das seines Gegenpols? Trennung zwischen den beiden, letztlich trotzdem eins? Je drängender die Fragen, desto weniger Antworten – nur das Gelächter, noch lauter, höhnischer.

Dann, im Augenblick größter Verzweiflung, traf mich eine Art Stich, und in meinem Kopf zerpulverte alles, wie von einem Desintegratorstrahl getroffen, zu Staub. Meine Hände bewegten sich, ohne daß ich Einfluß darauf hatte. Zwei Schatten zeigten sich; ein Bild, das sich in mein Gedächtnis einfraß. Die LARSAF beschleunigte, verließ rasch den Venusorbit, richtete die Bugnase auf ein fernes Pünktchen, bei dem es sich um Larsaf III handeln mußte. Venusbasis? Unwichtig. Schon wurde der Schleier dichter, legte sich als undurchdringlicher Nebel über meine Gedanken. Erinnerungen zerrannen, je näher die Erde kam. Eine Essenz erhielt sich: Der Flug zur Venus war eine Sackgasse, er brauchte, ja durfte nicht wiederholt werden; ich war gefangen im *Reich der zwei Schatten.* Und das gellende Lachen verfolgte mich bis in die Albträume ...

14.

Die mächtige Gewitterwolke hatte vor Mittag das letzte Sonnenlicht verschluckt und näherte sich von Westen. Am Horizont tauchte Wetterleuchten die Gebäude des Außenringes Sol Towns in flackernde Helligkeit, ferner Donner polterte. Atlan hatte seinen Bericht unterbrochen, war aufgestanden und kommentarlos, tief in Gedanken versunken, aus der Chmorl-Universität gegangen. Aufregung hatte alle Zuhörer gepackt; Cyrs Bemühen, sämtliche Sekundärquellen zu erschließen, um ein Gesamtbild zu erhalten, war erst nach Stunden halbwegs erfolgreich. Julian Tifflor konnte einige Beiträge beisteuern und zählte nun die Stichwörter an den Fingern auf.

»ES und Anti-ES. Der Planetenwall. Zeitwächter Ngulh alias Neg Gulucch. Und Parallelwelten ... ein ziemlich komplexes Knäuel!«

Tifflor und Cyr starrten einander an.

»Es fällt schwer, es zu entflechten. Endgültig sicher ist«, sagte Cyr stockend, »daß sich Atlan tatsächlich in einer Parallelwelt befindet. Und auf dem Weg zu seinem neuen Job wurde er von diesen ... *Visionen* heimgesucht.« Er legte nacheinander, mit langsamen Bewegungen, längere und kürzere Ausdrucke auf unterschiedlich gefärbten Schreibfolien vor Julian Tifflor hin. »Die Historische

Fakultät hat nun wirklich alle Informationsmöglichkeiten voll ausgeschöpft. Geheimarchive, Vortragsreihen, persönliche Dossiers ... die Sache wird zusehends komplizierter. Höhepunkt ist die Konfrontation mit Anti-ES bei dieser Parallel-Venus. Anti-ES! Der Menschheit wurde dieses Geschöpf erst in den Jahren nach 3456, beim Kosmischen Schachspiel, bekannt. Niemand weiß, wie oft Anti-ES zuvor im Namen von ES Kontakt aufgenommen hat, ohne daß der Unterschied aufgefallen wäre.«

Tifflor hob die Schultern. »Die Informationen blieben spärlich. Wir vermuteten damals, daß es ursprünglich eine Wesenheit war, aus der durch Abspaltung der ›negativen‹ Bewußtseine der Gegenspieler von ES entstand. Wann das geschah? Unbekannt! Atlans Bericht scheint zu belegen, daß es eine Art Vorläufer des Schachspiels gegeben haben könnte oder eine ›erste Runde‹. Und die Parallelwelt, die nicht nur auf die Erde beschränkt war, formte das ›Spielfeld‹. Ich bin sicher, daß wir noch mehr von Anti-ES zu hören bekommen werden. Vielleicht wird dann alles klarer.«

»Das hyperphysikalische Team und Major Abdelkamyr gibt sich alle Mühe, aber ganz verstehe ich die Zusammenhänge immer noch nicht.« Cyr sprach zwischen kalkweißen Blitzen und krachenden Donnerschlägen. Das Frühlingsgewitter wütete über dem Zentrum Sol Towns. »Müßten wir nicht Spuren dieser parahistorischen Vorgänge gefunden haben?«

Tifflors Blicke gingen zwischen den Folien und Aescunnar hin und her. Der Chefhistoriker zog fröstelnd die Schultern hoch.

»Glaube ich nicht. Offensichtlich verschoben sich die Wirklichkeiten auch, schon, wieder, was weiß ich, als die Pyramiden auf der Baja California verschwanden.« Tifflor hob die Hand. »Es gibt sie nicht, auch nicht in Atlans Ausschnitt einer fremden Wirklichkeit. Trotzdem hat alles seine eigene Logik. Für den Atlan, der dies erlebt, gilt die gleiche uralte Überlegung des Philosophen: Wie wirklich ist die Welt, oder erschaffen wir sie durch unsere Augen, unsere Gedanken selbst?«

»In unserer Wirklichkeit ist Rhodan mit der STARDUST gestartet, und das vorläufige Ende unseres Weges durchs Universum und durch die Menschheitsgeschichte kennen wir ja.« Ein Blitz zuckte, der Donner krachte und ließ die großen Scheiben zittern. Aescunnar steckte die Finger in die Ohren und verzog das Gesicht. »Eine Frage, Julian: Sie reagieren bemerkenswert gleichmütig auf Atlans Bericht der Parallelwelt?«

Tifflor machte eine vage Geste und sagte, als der Donner verhallt war: »Ich konnte eigene Erfahrungen auf diesem Gebiet sammeln. Anfang Juni 3457, als ES und Anti-ES in ihr Spiel vertieft waren, wurde ich Opfer eines *Parachron-Attentats* und erlebte höchstpersönlich eine Parallelwelt. Das Schlagwort *parachron,* ›neben der Zeit her‹, wurde geprägt, um Bewegungsvorgänge von einer Bezugsebene zur anderen, von einem Universum zum anderen zu beschreiben. Waringer geht in seinem TIT-Vortrag ausführlicher darauf ein.« Er tippte auf einen Folienstapel. »Die Kernaussage lautet, daß das menschliche Zeitempfinden die subjektive Reaktion des Bewußtseins auf die permanente Versetzung von einer zur unmittelbar benachbarten Bezugsebene darstellt. Laut Waringer – und er beruft sich auf Kalups uralte Theorie – kennt die Natur Zeit gar nicht, sondern nur das Nebeneinander der ungeheuren, aber endlichen Zahl möglicher Universen. Der

Übergang von einem zum anderen Universum erfolgt durch Aufbringen oder Absorption jenes Energiebetrages, der die beiden Universen voneinander trennt. Je gravierender der Unterschied, desto größer der Energiebetrag ...«

Cyr hob abwehrend die Hände. »Bitte, fallen Sie nicht auch in Erzählzwang. Es reicht, daß Atlan für Monate ausfiel.«

Tifflor grinste und nickte. Der Umstand, daß Atlan sich selbst als völlig wiederhergestellt bezeichnet hatte, bedeutete für seine Freunde, das KHAMSIN-Team und darüber hinaus für alle Flüchtlinge aus dem Bereich des ehemaligen Solaren Imperiums eine beträchtliche Erleichterung; die Menge der sorgenvollen Berichte und Kommentare hatte zusammen mit dem Interesse an der Heilung trotzdem kaum abgenommen. Die Lage auf Gäa und in der Verteidigungsflotte war entspannt. Seit den Anomalien in Atlans Schilderungen und besonders dem letzten Berichtsabschnitt kam neue Spannung auf, breitete sich Verwunderung, wenn nicht Ratlosigkeit aus; allerdings nur bei einer kleinen Anzahl Eingeweihter. Ein knatternder Blitz tauchte den Raum in blendende Helligkeit. Sekundenlang machte der Donner jede Unterhaltung unmöglich.

»Atlan war in seiner halb vergessenen Jugend im Dreißig-Planeten-Wall.« Tifflor hielt einen datierten Text aus dem Gedächtnisspeicher NATHANS in der Hand. »Das ist Tatsache, obwohl ich die Koordinaten dieses bemerkenswerten Systems nicht kenne. Und der sogenannte *Zeitwächter Ngulh,* der im Laufe der Zeit auch seinen alten Namen recycelte, scheint von ES zum dortigen Paladin berufen worden zu sein, war aber in Schwierigkeiten. Als die Paralleluniversen-Konstellation günstig war, wurde in der Kuppelstation die Würfelmaschine gebaut und nach Miracle gebracht.«

»Welchen Langzeitplan mag ES verfolgt haben?«

Hagelschloßen hämmerten wie kleine Geschosse gegen die Scheiben und sprangen im Takt der Blitze auf der Terrasse, dann verwandelte sich im tobenden Wettersturm der Hagel in strömenden Regen.

»Es dürfte mit der hyperphysikalischen Struktur des Kunstsystems zusammenhängen«, sagte Tifflor. »Im Gespräch mit ES wird von einem Wall oder Schutzgürtel gesprochen, von einer Schutzfunktion, die ein Teil der Galaxis dringend brauche. Vor langer Zeit hat Arno Kalup einige Essays verfaßt; sie beschäftigten sich mit einer Hypermatrix, mit der das künstliche Gravitationsgefüge eines Planetenwalls erklärt werden konnte. Kernpunkt seiner Überlegungen war, daß damit für das Kunstsystem eine Abkopplung oder Modifizierung der Fünf-D-Feldlinien-Gravitationskonstante der Galaxis verbunden sein müsse.«

»Deren Veränderung bekanntlich die Intelligenz beeinflußt.« Cyr nickte mehrmals. »Beim Auftauchen des Schwarms so geschehen – galaxisweite Verdummung die Folge. Der Miracle-Wall demnach ein Schutz vor dem Schwarm?«

»Diese Vermutung bietet sich an. Eine Bestätigung kann vermutlich nur ES liefern.«

»Hhm, langsam wird das Bild klarer, die Puzzleteilchen ordnen sich«, sagte Cyr. »Cynos, ES und Anti-ES, Parallelwelten, der Dreißig-Planeten-Wall – irgendwie scheint alles miteinander verknüpft. Nun wundert mich nicht mehr, weshalb ES so erpicht darauf war, sein Eingreifen – oder auch das seines Widerparts! – zu verschleiern. Es ging und geht um viel mehr als nur die Auftragserteilung an Atlan in irdischer Frühgeschichte. Entflohene Androiden und dergleichen sind bestenfalls die Spitze des Eisberges. Schon damals gab es offensichtlich den Einfluß der Paralleluniversen, und das Kosmische Schachspiel war bereits im vollen Gange! Mit Atlan als Figur ...«

»Das denke ich auch. Ich bin sicher, daß Perrys Mondlandung und der Kontakt zu den Arkoniden einen bedeutenden Schnittpunkt markieren. Vielleicht gar den ›Vorrundensieg‹ von ES?« Tifflor lächelte versonnen. »Es war eine wilde, unübersichtliche Zeit, damals. Das Zentrum der amerikanischen Raumfahrt waren die ›Nevada Fields‹ und der ›Nevada-Space-Port‹, eine recht euphemistische Bezeichnung. Lesly Pounder, Drei-Sterne-General, war Chef des Raumforschungsprogramms, Oberst Maurice der Stabschef, und als wissenschaftlicher Leiter des STARDUST-Projekts fungierte Professor Doktor F. Lehmann, gleichzeitig auch Leiter der CASF, der ›California Academy of Space Flight‹. Man nannte ihn den ›Vater der STARDUST‹. Eine NASA gab es auch – als winzigen Teil des Raumforschungsprogramms der US-Space-Force. 1966 hatten die USA und die Russen je eine unbemannte Raumsonde erfolgreich zum Mond geschickt. Sie brachten aufsehenerregende Bilder mit – für die damalige Zeit.«

Aescunnar grinste. »Wissen Sie, was Atlan darauf geantwortet hätte?«

»Ich kann es mir denken.« Tifflor lachte. »Er hätte gesagt: ›Meine Holophotos waren besser, tiefenschärfer, farbiger – und viel früher gemacht.‹«

»Das hätte er gesagt.«

Tifflor griff nach einer weiteren Folie und sagte: »FREEDOM ONE hieß die amerikanische Raumstation, die in 1730 Kilometern Höhe kreiste. Die AF, die Asiatische Föderation, war neben den NATO-Staaten die größte Atommacht. Gegen ihre Raketen und die russische Raumstation waren die Einrichtungen der FREEDOM entwickelt worden. Mindestens drei Mondprojekte wurden mit größtem finanziellen Einsatz vorangetrieben; US-Präsident Johnston war, was die Außenpolitik betraf, mehr eine Harpyie als nur ein Falke!«

»Diesbezüglich divergiert der Zeitablauf der Parallelwelt beträchtlich, von der Atlan berichtet. Er erwähnt Johnston schon 1964 – als Nachfolger des *ermordeten* John F. Kennedy.« Cyr deutete auf einen Stapel gelber Folien und schnitt eine Grimasse. »Unser Datensammler und -auswerter, Khoi-al-Hanegs, will in Allan D. Mercant eine wichtige *Schlüsselfigur* erkannt haben und beruft sich auf seine Doktorarbeit, die Mercants Biographie einschließt.«

»Khoi-al-Hanegs?«

»Stammt von Grumbahr, fünfunddreißig, befaßt sich insbesondere mit außerirdischen und paranormalen Einflüssen auf die terranische Geschichte. Hat vor eineinhalb Jahren einige Verwirrung und Ärger mit seinem Essay *Die anderen Zeitengänger* erzeugt; es ging um die mögliche Existenz von Unsterblichen und Langlebigen, die ihren Zustand keinen Zellaktivatoren verdanken sollen.«

»Grumbahr. Ich erinnere mich. Noch 3460 von Plophosern sekundär besiedelte Welt, blieb unentdeckt und wurde von uns vor rund fünf Jahren vorsorglich evakuiert.« Tifflor griff nach der obersten Folie, überflog sie, las auch die zweite und runzelte die Stirn. Der zweispaltige Text zeigte links die Daten der bekannten Geschichte, rechts waren die von Atlan genannten Stichworte fett hervorgehoben. »Ermordung Kennedys, Zwischenfall im Tongking-Golf, Vietnam-Krieg, WOSTOK und MERCURY, statt AF nur China, Apollo-Missionen ...«

»Mercant kommt tatsächlich eine Schlüsselrolle zu«, sagte Cyr leise. »Würde man ihn und das, was er tat, aus der Geschichte ... hm, *streichen* – das Ergebnis sähe vermutlich exakt so aus, wie Atlan es uns berichtet: eine Parallelwelt mit ganz anderem Zeitablauf!«

Julian Tifflor nickte, hob die Folie und las noch aufmerksamer, gleichzeitig von Erinnerungen seiner Jugend heimgesucht. Fast jedes Wort des Textes erzeugte Assoziationen und rief lange Verdrängtes wach.

Auszug aus der ENZYCLOPAEDIA TERRANIA, Sonderband Personalarchiv – Persönlichkeiten des Solaren Imperiums – Ihr Einfluß auf die Geschichte; Mikroarchiv, Gedächtnisspeicher NATHAN

MERCANT, Allan Donald: Solarmarschall, Chef der Solaren Abwehr, Zellaktivatorträger seit 2326; Halbmutant (schwache telepathische Gabe, vorausschauendes Ahnen).
* 10. Juli 1916 New York, Terra, † 4. März 2909 Mimas; Saturnmond (Transmitterexplosion durch Mutanten bei Second-Genesis-Krise, Zellaktivator vernichtet).

Auffallend analytischer Verstand, Jugend geprägt durch Prohibition und Weltwirtschaftskrise nach Schwarzem Freitag. Nach Beendigung College 1937 Eintritt in die Armee, zunächst Infanterie, mehrjährige Bemühungen um Versetzung in den militärischen Geheimdienst. Erst 1941 Versetzung zum Office of Strategic Services (OSS) nach Befürwortung durch M.s Vorgesetzten Colonel Frank Pounder (Vater von Lesly K. – ist 1971 als Drei-Sterne-General Befehlshaber des Nevada-Space-Ports, Chef des Raumforschungskommandos und Leiter des STARDUST-Projekts).

1942: Grundausbildung in geheimdienstlicher Tätigkeit, erste Erkundungseinsätze in Europa; Berichte über Konzentrationslager werden als übertrieben abgetan. Zu dieser Zeit Durchbruch seiner telepathischen und suggestiven Fähigkeiten, die M. verheimlicht. 1944: Abzug aus dem europäischen Einsatzgebiet; Arbeit unter William B. Donovan (Roosevelt-Vertrauter und Leiter des OSS) an Konzeption für Nachfolgeorganisationen. 1945: M. wird zum Manhattan Project abgestellt, dort Begegnungen mit Edward Teller, Robert Oppenheimer, Clifford Monterny sr. (➜ Vater von C. Monterny – »Overhead«), Benjamin Sloane (➜ Vater von Anne Sloane) ...

ZUSATZ: 1949: In China kann sich Chiang Kai-shek im Bürgerkrieg durchsetzen, muß gegenüber den Kommunisten aber Kompromisse machen – und bleibt Staatspräsident; verstärkter Rüstungsaufbau, Nuklearforschung und Raumfahrtprogramm.

Hintergrund: 1913 gelang es der Kuo-min-tang (KMT – »Nationale Volkspartei«), ihre Ansprüche auf die Staatsführung im Zuge einer »zweiten Revolution« durchzusetzen, Marschall Yuan Shikai mußte wieder Sun Yatsen weichen, der somit offiziell Präsident der Republik China wurde. Zwar wurde die Zentralgewalt gestärkt, in vielen Kreisen stieß aber die »Hilfe« der UdSSR und der Komintern auf Widerstand und Ablehnung; Borodins Versuche, die KMT nach marxistisch-leninistischem Muster zu einer Kaderpartei umzuformen, scheitern 1923, nur die Aufbauhilfe General W. Blüchers wird angenommen; die 1924 gegründete Militärakademie nahe Kanton steht unter der Leitung von General Chiang Kai-shek und seines Stellvertreters Zhou Enlai. Während sich in den Folgejahren der Einfluß der Kommunisten in der KMT deutlich abschwächt, steigt Chiang Kai-shek zur beherrschenden Figur auf und gewinnt international bald allgemeine Anerkennung. Reste der chinesischen KP beginnen zwar einen Guerillakrieg, doch beim Großen Erdbeben von 1927 in der Provinz Jiangxi starben die meisten ihrer Führer, unter ihnen auch Mao Tse-tung.

Chiang Kai-shek stärkte die konfuzianische Tradition, die wirtschaftliche Entwicklung des Landes verbesserte sich, zumal mit der Besetzung der Mandschurei durch Japan ein außenpolitischer Gegner erwuchs, dem alle Kräfte entgegengeworfen werden mußten. Trotzdem verschmolz der chinesisch-japanische Krieg schließlich mit dem Zweiten Weltkrieg. Chiang Kai-shek stand im Bund mit den USA, Großbritannien und Frankreich, erreichte deren Verzicht auf ihre Sonderrechte in China und die Anerkennung Chinas als ständiges Mitglied im Sicherheitsrat der 1945 geschaffenen UNO. Zwar trat kurz vor dem Zusammenbruch Japans die UdSSR in den Krieg gegen Japan ein und besetzte die Mandschurei, zog sich aber dank der Vermittlungsbemühungen von General G. Marshalls – unter seinen Beratern auch der kurzfristig hierher abgestellte Mercant – wieder zurück. In den Jahren nach 1949 intensivierte Präsident Chiang Kai-shek – mit Zhou Enlai als Ministerpräsident – den Umbau Chinas; Ziel ist seit Beginn der 50er Jahre die Schaffung einer »Asiatischen Föderation«.

1950: Bodenreform und Forcierung der Industrialisierung, aber Ablehnung sowjetischer Hilfe. Besetzung Tibets, aber Anerkennung des Dalai-Lamas als geistliches und weltliches Oberhaupt der »Autonomen Region Tibet«. Bis 1951: Zugunsten Nordkoreas Eintritt Chinas in den Koreakrieg, dadurch Gegnerschaft mit der UdSSR, der es aber nicht gelingt, das UNO-Mandat für eine Streitmacht zu erringen (scheitert am Veto der USA, die weiterhin auf Chiang Kai-sheks Seite stehen) – innerhalb eines Jahres ist ganz Korea besetzt und wird als Groß-Korea engster Bündnispartner Chinas. Während die UdSSR mit Zündung der ersten sowjetischen Atombombe am 29.9.1949 Nuklearmacht wurde, zog China mit seiner Bombe am 15.10.1951 nach – und leitete somit die Spirale von Wettrüsten und nuklearer Abschreckung ein, weil fortan auch sehr gespanntes Verhältnis zu den USA ...

1947: M. wird zum neugegründeten National Security Council (NSC) versetzt, das OSS aufgelöst (in Nachfolge gegründet: Central Intelligence Agency, CIA, dem NSC als oberste Geheimdienstbehörde der USA unterstellt).

1950: Dem House Un-American Activities Committee (HUAC, Senatsausschuß zur Untersuchung »unamerikanischer Umtriebe«, auch »McCarthy-Ausschuß«) als Verbindungsmann zugeteilt, der »abscheulichsten Aufgabe meiner Laufbahn«, wie M. später zu Protokoll gab. M. enttarnte nach dem Alger-Hiss-Prozeß Richard Milhous Nixon als gefährlichen Demagogen und machte ihn – u. a. durch suggestive Einflußnahme – politisch unmöglich, so daß er sich nicht mehr für öffentliche Ämter bewirbt. M. setzt sich dadurch aber John Edgar Hoovers Haß aus, und der Direktor des Federal Bureau of Investigations (FBI), der dem Ausschuß nicht angehört, seine Arbeit aber fanatisch unterstützt, beginnt mit Ermittlungen gegen M. Als R. Oppenheimer vor den Ausschuß zitiert wird, kann M. ihn entlasten; der Wissenschaftler bleibt in Regierungsdiensten und ist – zusammen mit E. Teller – bis 1967 maßgeblich an der Erforschung der Kalten Kernverschmelzung beteiligt (Zündung der ersten mesischen Bombe von 100 Megatonnen am 17.3.1971). Nach Auflösung des HUAC Zuteilung M.s zum CIA; erste Besprechungen hinsichtlich eines supranationalen Geheimdienstes, der die Interessen der NATO vertreten solle (erst am 1.2.1964 wurde die Internationale Abwehr mit der offiziellen Bezeichnung International Intelligence Agency [IIA] gegründet).

1954: Abschluß der »Fünf-Punkte-Vereinbarung« über »friedliche Koexistenz« zwischen China und Indien. Das Großmachtstreben Chinas führt zu Spannungen mit der UdSSR, die sich nach der Entstalinisierung 1956 noch verschärfen.

1959: Nikita Sergejewitsch Chruschtschow besucht als erster sowjetischer Ministerpräsident die USA, Gespräche mit Dwight David Eisenhower (34. US-Präsident) in Camp David, kurz darauf Bekanntgabe durch USA, Großbritannien und die Sowjetunion, keine weiteren Atomwaffenversuche mehr zu unternehmen. Seit Sputnik (4.10.1957) konzentriert die UdSSR alle Kräfte auf eine Eroberung des Weltraums, dadurch aber auch Schwächung der übrigen Wirtschaft; ein Wettlauf ins All beginnt.

1960: Die USA setzen die erfolgreichen Aufklärungsflüge der U2-Typen fort, die Gipfelkonferenz von Paris (Regierungschefs der USA, England, Frankreichs und der Sowjetunion) wird als Erfolg gefeiert, obwohl das Abschlußkommuniqué nur Allgemeinplätze beinhaltet. Wahl von John Fitzgerald Kennedy zum 35. Präsidenten der USA (Lyndon B. Johnston wird Vizepräsident); M. interveniert erstmals direkt und implantiert Suggestivbefehle, die Kennedy verstärkt Front gegen das organisierte Verbrechen machen lassen (M. stieß dank seiner Fähigkeiten auf Bestechungsaktivitäten und Mafiaeinflüsse).

1962: Auf suggestives Anraten M.s – mittlerweile Direktor des NSC – gewährt Präsident Kennedy Luftunterstützung bei der Schweinebuchtinvasion Kubas. Die Zerstörung der sowjetischen Mittelstreckenraketen gelingt, das sozialistische Regime Kubas wird gestürzt. Chruschtschow lenkt ein und vertritt in Zukunft verstärkt seine These von der friedlichen Koexistenz. Kennedy erwägt den Abzug der Beratertruppen aus Südvietnam, u. a. auch, weil China massives Eingreifen signalisiert. M. ist sich unterdessen sicher, daß die »Familie« – seit Kennedys Amtsantritt mußte die Mafia empfindliche Niederlagen einstecken – einen Gegenschlag unternehmen wird. Diesem gilt es zuvorzukommen; leider kann er nicht verhindern, daß bei einem Attentat Kennedys Frau Jacqueline Bouvier Kennedy getötet wird.

1963: M. entdeckt das Komplott, an dem neben Hoover auch weitere FBI- und CIA-Leute beteiligt sind; Hoover will M. u. a. wegen Landesverrat anklagen. Es kommt zur Konfrontation: M. tötet Hoover durch starke Suggestivimpulse (tödlicher Schlaganfall infolge Überlastung des vegetativen Nervensystems), M. selbst erleidet bei der Anstrengung leichte Gehirnblutungen und büßt einen Teil seiner Fähigkeiten ein. Als der Anschlag auf Kennedy am 22. November 1963 stattfindet, greifen M.s Vorbereitungen; an Kennedys Seite tritt erstmals Norma Jean Baker (Marilyn Monroe) auf, die ihrem Freund nach dem Tod seiner Frau tröstend zur Seite stand und ihre eigene Depressionen überwand. Kennedy hält in Dallas eine flammende Rede – und gewinnt noch mehr Sympathien in der Bevölkerung. Hoovers Nachfolger (eine Autopsie ergab keine Hinweise auf Fremdeinwirkung) wird Colonel Paul Kaats, später auch Chef der Sonderabteilung »Innere Abwehr«.

1964: Kennedys erste Amtshandlung nach umwerfender Wiederwahl ist der Abzug amerikanischer Truppen aus Vietnam, der Tongking-Zwischenfall zwischen nordvietnamesischen Torpedobooten und US-Zerstörern wird nicht geahndet; in seiner Ansprache zur Nation begründet Kennedy seinen einsamen Entschluß – Widerstände im Kabinett und dem Nationalen Sicherheitsrat wurden von ihm beiseite gewischt – u. a. damit, statt eines mutmaßlich sehr verlustreichen Krieges der amerikanischen Wirtschaftsentwicklung Vorrang einzuräumen und die USA zur führenden Macht im erdnahen Weltraum zu machen. Die Ernennung des Verbraucheranwalts Ralph Nader zum Wirtschaftsminister ist ein Erfolg: Die Kosteneffizienz sämtlicher staatlicher und privater Unternehmen bei gleichzeitiger Abnahme der Korruption (mit M.s verdeckter Hilfe werden bedeutende Verstrickungen zwischen Geldadel und organisiertem Verbrechen enthüllt) wächst, innenpolitischer Optimismus dominiert. Leider erleidet das Raumfahrtprogramm Rückschläge (vor allem wegen technischer Probleme bei der Entwicklung kernchemischer Atomstrahl-Triebwerken), und Kennedy kündet eine erste bemannte Mondumkreisung für das Jahr 1970 an. Zwischen Moskau und China kommt es zum ideologischen Konflikt, Chruschtschow kann sich intern nochmals durchsetzen, in der Folgezeit treten allerdings verstärkt wirtschaftliche Probleme auf – der Versuch des Aufbaus einer modernen industriellen Leistungsgesellschaft droht zu scheitern.

1965: Chinesische Truppen besetzen Nord- und Südvietnam. China greift in den indisch-pakistanischen Krieg ein, in Indonesien ist der kommunistische Umsturzversuch erfolgreich, Ferdinando Marcos verliert die Präsidentschaftswahlen auf den Philippinen – innerhalb weniger Monate kommt es zur Bildung der Asiatischen Föderation, der neben China Groß-Vietnam, Japan, Indonesien auch die Philippinen angehören, während Indien vorerst blockfrei bleibt, allerdings mit deutlichen AF-Sympathien. M. wird zum Direktor der IIA ernannt; er ist nur der NATO-Vollversammlung verantwortlich. Ein Wettrüsten vor allem zwischen den Staaten des Westblocks unter US-Führung sowie der AF zeichnet sich ab; die Rolle der UdSSR tritt wegen innenpolitischer Schwierigkeiten etwas in den Hintergrund: Breschnew setzt sich massiv für die Wiedereinführung von Politbüro und das Amt des Generalsektretärs ein, scheitert vorerst aber am Widerstand Chruschtschows.

1968: Fortschreitende Liberalisierung in Politik, Kultur und Wirtschaft der CSSR unter Alexander Dubcek stößt zwar auf Moskaus Protest, von einem Eingreifen wird aber abgesehen. Es kommt zum Vertrag zwischen den Ostblockstaaten, die die eigene Souveränität bestätigt, wenn auch unter der politischen Oberhoheit Moskaus stellt. Der Atomphysiker Andrej Sacharow übernimmt in der UdSSR die Leitung des Atomprogramms, gleichzeitig wird das Raumfahrtprogramm noch mehr forciert. Als Folge des Wettrüstens – vor allem zwischen den USA und der AF – entsteht eine Friedensbewegung in vielen Staaten. Nach zwei vollen Amtsperioden Kennedys wird Lyndon B. Johnston sein Nachfolger als Präsident, als letzte Amtshandlung gründet Kennedy die »California Academy of Space Flight«, deren Direktor Prof. Dr. F. Lehmann wird ...

Am Abend kam Atlan in die Chmorl-Universität zurück, die SERT-Haube senkte sich, und schon die ersten Sätze zeigten, daß sich sein Bericht nahtlos an die Szene vor der »Vision« anschloß – mit keinem Wort wurde der Tagtraum erwähnt. Anti-ES und das Erlebnis bei der Venus schienen vergessen.

Die ARCA wurde schneller und schob sich mit schäumender Bugwelle durch die Wogen der langgestreckten Dünung.

Eine Viertelstunde und sieben Seemeilen weiter – ich hatte das Funkgerät eingeschaltet und die Lautstärke heraufgesetzt – hörte ich hinter mir das Knattern und Schwirren. Der Hubschrauber, ein metallenes Insekt mit einer Kunstglaskuppel schwebte aus seinem Versteck senkrecht aufwärts und in einer Höhe von etwa vierzig Metern auf mich zu. In fünfzig Kilometern Umkreis war ich das einzige bewegliche Objekt. Ich verließ das kleine Deckshaus und winkte. Ich erkannte zwei Männer in den Sitzen. Das Fluggerät, das mit höllischem Lärm näher kam, war an den Seiten der Kabine offen, und ich glaubte, langläufige Gewehre in Halterungen zu sehen. Die Schrauben der ARCA hinterließen zwei brodelnde Spuren im Heck, die sich zu einer langen, gischtenden Kielspur vereinigten.

Ich deutete auf die lange Peitschenantenne, die in den Bewegungen des Bootes mitschwang, und deutete die Zahl 16 an. Unverändert näherte sich der Hubschrauber, bis er direkt über mir hing. Ich nahm das Mikrophon aus der federnden Befestigung, kontrollierte die Einstellung und setzte eine ordnungsgemäße Meldung ab.

»Verstanden, Mister Peterson. Sie befinden sich in inoffiziellem militärischem Sperrgebiet.«

Ich lachte. »Sie befinden sich mit Ihrer Mühle über dem inoffiziellen Flugzeugträger der Republik San Marino. Ich denke, ich bin auf dem Weg zu Ihnen.«

»Ich verstehe nicht ...«

»Mister William C. Plichter erwartet mich in seiner privaten Forschungseinrichtung. Ich habe mit ihm telefoniert. Also bin ich auf sein Ersuchen hierhergekommen und werde in Ihrer kleinen Bucht festmachen. Es wäre wünschenswert, wenn ich dort abgeholt werden würde. Meine Konstruktionszeichnungen und das nicht unbeträchtliche Gepäck sind an Bord. Ich habe diesen Anmarschweg gewählt, weil er mir noch ein paar Tage Sonne und Urlaub verschaffte. Sprechen Sie mit Plichter! Over.«

Der Hubschrauber drehte ab und zog höher. Der unerträgliche Lärm an Deck nahm ab. Aus den Lautsprechern kam, etwas weniger selbstsicher, die Stimme von Captain Shultz: »Wir checken das, Mister Peterson. Halten Sie Kurs! Sie scheinen die Bucht zu kennen? Over.«

»Ich kann eine Seekarte lesen. Keine Sorge. Ich bin kein russischer Spion, und das Boot fährt mit amerikanischen Caterpillar-Dieseln. Over.«

»Wir melden uns wieder. Over and out.«

»Danke, Helikopter. Over and out.«

Ich wußte, daß in der sogenannten Sperrzone helle Aufregung ausbrechen würde. Die Mitarbeiter des Forschungsprojekts kamen sicher auf ganz anderen Wegen dorthin. Mit dem Hubschrauber oder über die schmalen Straßen aus Los Angeles oder Mexikali. Von den Mexikanern hatte ich nichts gesehen oder gehört, seit ich die Fischerboote passiert hatte. Wahrscheinlich hatte die amerikanische Regierung zugleich mit der Bewachung ihrer Objekte auch eine großzügige Bezahlung übernommen, damit sich niemand in der Nähe ihrer Forschungslaboratorien herumtrieb, der nicht dazugehörte. Ich sah auf dem Monitor, daß der Helikopter auf das eingezäunte Gebiet abseits der halbverfallenen Siedlung zujagte, dort in einer riesigen Staubwolke landete, und im Schatten unter den Dächern der Verbindungsgänge rannten Männer hin und her, die sich wie Soldaten verhielten, aber keine Uniformen oder Kampfanzüge trugen. Ich steuerte das Boot mit unveränderter Geschwindigkeit weiter und bemühte mich, jede Einzelheit richtig zu verstehen. Aber tatsächlich versteckte sich am Ufer und hinter Felsen, Sand und wenigen Inseln dürftiger Vegetation nichts, das erschreckend oder überraschend war.

Ruhig brummten die Diesel, in denen die Teile der arkonidischen Anlagen unsichtbar eingebaut waren. Ich hatte nicht die geringste Vorstellung darüber, wie lange ich mich hier aufhalten würde. Es hing von vielen Faktoren ab, nicht zuletzt davon, wie weit sich die Barbaren in den Versuch hineinsteigerten, ihre eigene Welt zu vernichten. Es verging in herrlicher Ungestörtheit etwa eine Stunde. Ich schenkte mir aus der Flasche einen großen Schluck »Braunes Elend« ein, eine Mixtur Riancors aus Rum, Sahne und undefinierbaren, aber nahrhaften Zutaten. Die Sonne stieg höher und überschüttete Land und Wasser mit Hitze und blendender Helligkeit.

Das Funkgerät schwieg. Ich war mit meinen Gedanken allein. Ich verfolgte meinen Kurs auf der Karte, beobachtete das Echolot und suchte den Strand ab. Bald würde die Ruhe vorbei sein. Der Verantwortliche der Forschungsstation schien zu einem Entschluß gekommen zu sein. Ein Jeep und ein geschlossener Geländewagen fuhren auf das Tor zu, der Helikopter startete und hüllte einen Teil des Vierecks aus Baracken, Flachbauten, Tanks, Zäunen und Hallen in eine gelbe Wolke. Ich sah rechts voraus das südliche Ende der Bucht, eine sandige Huk, auf der sich ein riesiger Wall Treibholz stapelte und eine von Felsbrocken durchsetzte Düne erhob. Das Funkgerät blinkte, aus dem Lautsprecher drang ein Prasseln. Ich erkannte die Stimme Plichters.

»Sie haben den verblüffendsten Weg gewählt, Mister Peterson. Sind Sie's wirklich, alter Freund?«

Ich griff nach dem Mikrophon. »Ich habe Ihnen versprochen, alter Freund, daß ich in diesen Tagen hier auftauchen werde. Dachten Sie, ich springe mit dem Fallschirm ab?«

Er lachte. Ich hörte deutliche Erleichterung. »Mann! Wir sind froh, daß jemand mit Ideen kommt. Wir sind an einem toten Punkt angelangt. Sie steuern die Bucht mit dem Steg an?« Er lachte noch länger und lauter. »Logisch. Sonst könnten Sie nirgendwo anlegen und müßten das Schiff auf den Strand setzen. Zwei Wagen und elf Mann sind unterwegs. Ich lasse gerade Ihren Bungalow aufräumen.«

Ich nickte. Die staubige, gelbe Öde, in der sich die Station befand, war keineswegs einladend. Mich erstaunte, daß man zwischen den Zäunen etwa vier Meter hohe Bäume eingesetzt hatte und, den Schläuchen nach zu urteilen, künstlich bewässerte, ebenso wie die Areale eines giftig grünen Rasens, über dem Sprinkler rotierten. Wasser schien es, immerhin, genug zu geben.

»Hoffentlich habe ich Sie nicht in Schwierigkeiten gebracht, Herr Chefingenieur«, sagte ich. »Aber schließlich bin ich ein freier, demokratischer Bürger eines ebensolchen Landes und, wie ich hoffe, nicht unwichtig für das Projekt.«

»Haben Sie neue Ideen, Peterson?«

»Positiv! Aber auch ich kann Gammastrahlung nicht aus der Welt schaffen.«

»Erwartet auch keiner. Kommen Sie erst mal in unsere Messe auf ein kaltes mexikanisches Bier, dann sehen wir weiter.«

»Und sagen Sie Ihren Sicherheitsmännern, sie sollen nicht auf mich schießen, wenn ich den Steg ramme.«

Wieder lachte er. »Der Steg ist massiv. Da legen auch unsere Gerätefrachter an.«

»Ihre elf Männer können mir helfen«, schloß ich. »Over.«

Ich nahm noch einen Schluck »Braunes Elend« und verzichtete somit auf ein Frühstück. Während ich überlegte, ob ich die Spionsonde zum Schiff zurückrufen oder an Riancor weiterschalten sollte, bewegte ich das Ruder einen Strich, also rund elf Grad, nach Steuerbord und schob die Fahrthebel bis fast zum Anschlag. Ich wollte den beiden Beobachtern in der Bell 47G-3B1 »Trooper« mit ihren lausigen zweihundert PS zeigen, wie ein ausgewachsener Skipper ein anständiges Anlegemanöver mit zwei Schrauben fuhr. Der Bug hob sich, das Boot kam, als es auf der Welle glitt, mit dem Heck in die Höhe und rauschte in weitem Bogen auf die Öffnung der Bucht hinter der Huk zu. Schräg hinter mir, aber in einem Abstand, der mich nicht störte, hing der Hubschrauber. Hinter den flacheren Hügeln erkannte ich die Staubfahne des Jeeps und der Limousine. Ich steuerte die ARCA durch die Brandung, lenkte mit unverminderter Geschwindigkeit auf den Steg zu und nahm erst in der Mitte der Bucht, die in einem schmaleren Kanal auslief, das Tempo zurück, winkelte den Arm an und kippte einen Stellknopf der komplizierten Mehrfachfunktionsuhr. »Riancor. Übernimm die Spionsonde! Wie geht es Amou?«

»Sie schläft gerade ein und sieht zwinkernd zu, wie man dich mit offenen Armen empfängt. Ich werde an Boog übergeben. Man braucht mich auf Miracle.«

»Verstanden. Ich melde mich nur, wenn ich in Schwierigkeiten bin.«

»Verstanden. Ende.«

Einen Deflektor trug ich im Gürtel versteckt. Ein Einmaltransmitter war im Maschinenraum des Bootes versteckt, als Stringer mit vielen Schrauben getarnt. Aber ich war sicher, daß ich diese Einrichtungen nicht brauchte. Allerdings würden amtliche Stellen meinen Lebenslauf millimeterweise nachvollziehen. Ich fuhr mit rauschender Bugwelle auf das Ende des Steges zu, wirbelte das Steuerrad nach rechts und schaltete, als die ARCA langsam genug war, mit einer deutlichen Wartepause für den Leerlauf in den Rückwärtsgang. Elegant kam ich an den Steg, nachdem ich einmal um das Deck geturnt und die Fender nach außen geworfen hatte, berührte ihn backbords längsseits und hatte beide Leinen um die eingerammten Stahlröhren belegt, noch ehe die Männer in leichten Khakihemden heran waren. Als sie neben dem Boot standen, setzte ich die Leinen hart durch. Die Maschinen blubberten im Leerlauf.

»Triebwerksingenieur Peterson meldet sich zu freiwilligem Forschungseinsatz«, sagte ich und sprang auf die sandbestäubten Bohlen des sechzig Meter langen Steges. Ein breitschultriger Mann mit Pistole am Gürtel, einer verspiegelten Sonnenbrille und einer Baseballmütze streckte die Hand aus.

»Commander Kevin Dorrman, Chef der Sicherheit. Herzlich willkommen, Sir. Entschuldigen Sie die Hubschrauberattacke. Aber wir hantieren hier nicht mit Popcorn, Sir.«

»Alles klar, Commander.« Ich empfing einen schraubstockartigen Händedruck. Dorrman nahm die Brille ab und musterte mich. Ich nahm ein wenig mehr Haltung an und hob die Hände.

»Ich bin Zivilist, Sir«, sagte ich. »Ist völlig klar, daß biertrinkende Skipper zunächst mit Mißtrauen angesehen werden.«

Die Bell hing noch immer lärmend hundert Meter landeinwärts über dem trostlos-schönen Gelände, und ich war sicher, daß mich der Kopilot durch ein Panzerglas oder einen Marinefeldstecher beobachtete. Ich deutete mit dem Daumen über die Schulter und fragte: »Mögen Sie ein Bier? Eiskalt? Und kann ich den Kahn hier festgemacht lassen?«

»Bis auf weiteres, Sir. Nur wenn der Frachter oder die Küstenwache anlegen, kann es sein, daß Sie Ihre Arche verholen müssen, Sir.«

»Wird gemacht, Commander. Helfen Sie oder einer Ihrer Männer mit beim Gepäck?«

»Frankhauser. Demaddalena. Miller. Dem Skipper helfen! Klar?«

»Yessir!«

Um die Sicherheit brauchte sich die amerikanische Nation hier keine Sorgen zu machen: Dorrmans Truppe schien die Auswahl aus einer Ledernacken-Wachkompanie zu sein. Dorrman selbst hatte die Situation offensichtlich im Griff. Ich hingegen zeigte keine Eile, hob Taschen und kleine Koffer, Arbeitsmappen und andere Kleinigkeiten an Deck, und als ich das persönliche Gepäck in einen olivgrünen Seesack verstaute, den Karabinerhaken einklinkte und dadurch die eingestanzten Ringe am Stahlbügel sicherte, dazu auch noch den Sack in der richtigen Reihenfolge der Ösen verschloß, leuchteten Dorrmans Augen auf. Schnell setzte er die Brille auf und sah zu, wie ich die Seekarte zusammenrollte.

Ich verteilte die letzten Bierdosen aus dem Kühlschrank und bot Dorrman die Hälfte vom »Braunen Elend« in Pappbechern an. Er nahm einen beachtlichen Schluck, fing zu keuchen an und hustete. Dann grinste er gründlich und sagte mit weicher Stimme, voller Hinterhältigkeit: »Ich bin sicher, Sir, daß Sie sozusagen frischen Schwung in die Akademiker-Crew bringen werden. Danke, Sir. Der Schnaps oder was immer dieser Blitzschlag war, ist vorzüglich.«

»Wahrscheinlich sind meine Einfälle, Commander, nicht so stark wie der kubanische Rum in diesem Gesöff.« Ich grinste; Fidel Castros Insel war für Patrioten ein Thema wie ein Hühnerauge für einen Marathonläufer. Er zuckte zusammen und grinste gequält. Ich brummte: »Es ist Bacardi, importiert aus Italien. Lei parla Italiano, Carabiniere Demaddalena?«

Er überschüttete mich mit einem Schwall schönsten Kalabrisch-New-Yorker-Dialekts, und Dorrman ärgerte sich, weil er von der Unterhaltung nichts verstand. Mein Gepäck kam in den riesigen Kofferraum, die Männer sprangen in den Jeep. Dorrman stemmte seine staubigen Springerstiefel gegen das Armaturenbrett, und der Konvoi setzte sich in Bewegung. Vier Mann, schien es, blieben zur Bewachung des Bootes. Der Logiksektor sagte: *Sie werden die ARCA genau durchsuchen.*

Wir fuhren auf einer staubigen Straße durch die Hitze. Die Limousine hatte getönte Scheiben; eine Klimaanlage arbeitete pfeifend. Wir kamen an einem Flugfeld vorbei, dessen Befeuerung in regelmäßig geschichteten Steinhaufen versteckt war. Ich lächelte in mich hinein. Das Tor stand weit offen, und während der Jeep nach links bog, fuhren wir zwischen Rasen mit einzelnen Blumeninseln bis zu einem Halbkreis zweistöckiger Häuschen, die sich um einen Swimmingpool olympischer Größe gruppierten. Überall standen Sonnenschirme wie riesengroße khakifarbene Pilze; nur die Hollywoodschaukeln waren weiß und rot gestreift. Vor dem letzten Haus bremste der Wagen. Die Bauwerke waren in einem Nicht-Stil errichtet, der bestimmte Elemente der mexikanischen Adobehäuser kopierte. Aber jeder Raum schien eine Klimaanlage zu haben.

»Hier, Sir. Wir bringen Ihr Gepäck in die Halle.«

»Danke«, sagte ich und ließ mir helfen. Als ich die Einrichtung gebührend lange in Augenschein genommen hatte, kamen vier mexikanische Mädchen und schoben einen Wagen voller Essen ins Haus. Sie luden den Eisschrank so voll, daß der kalifornische Rotwein nicht mehr hineinpaßte.

»Muchas gracias«, sagte ich und strahlte die Hübscheste an. »Wenn Sie Mister Plichter sehen ...«

Die Tür klappte. »... ist schon da. Willkommen am Ende der Welt. Ich sehe, alles wird mit richtiger Routine abgewickelt.«

Wir begrüßten uns, und er schaute zu, wie ich mein Arbeitszimmer binnen einer halben Stunde dekoriert hatte. Jede Zeichnung, jedes Modell, die Blaupausen und die Schweizer Zeichenkreiden ließen seine Augen von Minute zu Minute größer werden. Seine Freude war zweifellos echt. Mein schweres Radio bewunderte er ebenso wie meine Stiefel aus Camargue-Pferdeleder. Schließlich saßen wir uns in Schaukelstühlen gegenüber. Aus dem Schlafzimmer wehte der Eiseshauch einer Aircondition, die gegen den halben Golf von Kalifornien ankämpfte.

»Ich werde Ihnen morgen meine Gedanken vorstellen«, sagte ich. »Vorausgesetzt, Ihre Jungs brauchen nicht zu lange, bis sie mich als russischen Spion enttarnt haben. Wie viele Leute forschen hier?«

»Zusammen mit den Technikern und Mechanikern sind es exakt drei Dutzend. Einschließlich der Biologen, die auch unsere medizinische Betreuung übernommen haben. Doktor Wilhelma Fergusen, von allen liebevoll ›Willy‹ gerufen, ist die Chefin. Lauter nette Leute. Werden Ihnen gefallen.«

»Olaf, für Sie.«

»Alles klar. Ich bin Bill oder Billy, je nach Beliebtheitsgrad.«

Wir schüttelten uns die Hände, und nachdem ich mich frisch gemacht hatte, stellte mich Plichter jedem einzelnen Mann und jeder Frau vor, zeigte mir die Hallen, die Kantine und die Werkstätten und das einzige funktionierende Kleintriebwerk, das hinter dicken Mehrfachscheiben, umgeben von neutronenabsorbierenden Stäben, in dicke Bleiplatten verpackt und von hoch radioaktiv verseuchten Lampen angestrahlt hinter einer weiteren Glaswand aufgebaut war. Mit wirklicher Trauer sagte Billy: »Demnächst wird dieser Teil der Halle abgebaut und irgendwo in einer Wüste in einem Bleibehälter tief vergraben.«

»Weil es derart radioaktiv ist, daß es einen Nuklearmeiler betreiben könnte.«

»Ja. Und deshalb ist die Stimmung auch so gedrückt. Das Ding arbeitet ausgezeichnet. Aber, wie Sie damals gesagt haben, Olaf, mit zwei Starts haben wir dieselbe Wirkung wie nach zwei Atombomben.«

Wir gingen weiter, und ich begrüßte die Chefärztin, eine kühle Blondine vom Grace-Kelly-Typ. »Ich bin ziemlich gesund und werde Ihnen, Madam, wenig Arbeit machen«, sagte ich und versuchte einen Handkuß.

Sie schien zu erschrecken. »Hier wird bald jeder krank«, sagte sie. »Manche sogar mondsüchtig.«

»Wahrscheinlich liegt es hier an der Hektik des gesellschaftlichen Lebens«, antwortete ich und erntete ein hohes Maß an Unverständnis. Wir nickten uns kühl zu, und Billy führte mich zur Bar »Tequila«, zum Restaurant »Long Island« – der Kantine – und zu den Werkstätten. Sie waren verblüffend gut ausgestattet, und die Techniker und Mechaniker arbeiteten gerade an einem verbesserten Modell einer elektromagnetischen Fernbedienung für strahlende Elemente, einer halbrobotischen Apparatur, die alle Bewegungen einer Hand perfekt ausführte. Riancor hätte seine helle positronische Freude gehabt.

Am Ende des Rundgangs verabschiedete ich mich und sagte: »Ich werde auspacken und mich einrichten. Dann schwimme ich ein paar Runden und schlafe mich aus. Wenn Sie wollen, daß ich morgen früh meinen wissenschaftlichen Einstand halten soll, rufen Sie mich einfach an. Wenn ich nicht abnehme, bin ich im Pool.«

»Nehmen Sie viel Sonnencreme«, riet er. »Hier hat sich bisher jeder einen Sonnenbrand geholt, und dann muß sich Willy Fergusen doch noch mit Ihrem nackten Körper beschäftigen, und das würde sie in Verwirrung stürzen.«

Ich runzelte die Stirn, hob die Augen zum wolkenlosen Himmel und murmelte: »Ich bin beeindruckt. Keine Sorge: Nie wird sie mich nackt sehen. Wenn sie kommt, tauche ich unter. Ich dachte schon an romantische Bootsfahrten mit der ARCA.«

Er winkte ab. »Vergiß es, Kollege!« sagte er. »Halte dich lieber an die kichernden Mexikanerinnen!«

»Ich denke, ich werde längere Zeit zölibatär leben«, sagte ich, grüßte und ging hinein in den eiskalten Wirbel aus sieben Klimaanlagen. Eine Stunde brauchte ich, um deren Leistung so weit herunterzufahren, daß das Innere meines Hauses aus Fertigbauteilen und lächerlichen Schlössern, dünnen Fenstern und hochflorigem purpurnem und weißem Teppich aus Kunstfasern bewohnbar geworden war. Ich packte aus, was ich brauchte, verstaute die Koffer, verschaffte durch Umtransport von Möbelstücken meinem tatsächlich großen Arbeitszimmer zu einer bestimmten Gemütlichkeit und arrangierte den Tisch so vor die Fenster, daß ich fast die gesamte Zone zwischen den Wohnhäusern und den anderen Gebäuden überblicken konnte. Und den Swimmingpool ... Vielleicht erwischte ich die blonde Ärztin beim Baden.

Eine Stunde bevor die Angehörigen des Teams eintrafen, bereitete ich im kleinen Saal meinen Versuch vor, den Kollegen zu beweisen, auf welche Weise ein atomar betriebener Motor, ein Weltraumtriebwerk, einen Raumflugkörper mit akzeptabler Kraft und Geschwindigkeit würde bewegen können. Ich bedeckte mehrere Tafeln mit Zeichnungen und Formeln und hatte an jedem Platz Kopien der grundlegenden Zeichnungen und der logischen Entwicklungsschritte ausgelegt.

Jetzt blickte ich in die Gesichter der Frauen und Männer und sagte: »Für absehbare Zeit stehen uns Triebwerke zur Verfügung, die Lasten vom Umfang einer kompletten Mondfähre in den Orbit bringen können. Setzen wir voraus, daß zum Zusammenbau eines Atomtriebwerks zwei Mann gebraucht werden, die eine Woche arbeiten müssen, haben wir erstens ein genau definierbares Gewicht und zweitens das leicht lösbare Problem des Aufenthalts der Monteure. Die Nebenkosten entsprechen denen eines Apollo-Starts. Ich weiß, daß die NASA hier im privaten Projekt ein Reizwort ist, aber die Saturn-V-Rakete ist vorhanden, technisch sicher und einsatzbereit.«

Hiob Malvers' rundes Gesicht rötete sich. Ich deutete auf die Schaubilder und sprach ruhig weiter.

»Im wesentlichen brauchen wir einen Tank voller Stützmasse. Im billigsten Fall kann es Wasser sein, aber nach alternativen Treibstoffen können wir suchen und zum Teil auf vorhandene zurückgreifen. Ferner benötigen wir eine Brennkammer. Sie kann hier entwickelt, zusammengebaut und montagefertig gemacht werden. Technische Einzelheiten können wir später klären. Zwei halbkritische Massen atomaren Brennstoffs, strahlensicher verpackt, müssen an gegenüberliegende Seiten an der Brennkammer angebracht werden. Wenn die Abdeckung geöffnet – ferngesteuert selbstverständlich – und Stützmasse eingeführt wird, kommen wir durch die Entwicklung radioaktiven Dampfes der Billigversion eines Plasmatriebwerks einen Schritt näher. Hitzeentwicklung, Stützmasseneinleitung und Ausströmgeschwindigkeit sind Variable, die mit dem Gewicht der Last und der erreichbaren Geschwindigkeit zu tun haben.

Im Dampfstrahl befinden sich simple Umlenkplatten. Sie dienen der Steuerung und werden ebenfalls ferngesteuert. Die gußeiserne Variante sieht ein Gestänge vor, das technisch so anspruchslos wie eine Automobilgangschaltung sein kann. Teile davon werden am Boden montiert. Wenn die Raumschiffmechaniker, ohne sich durch atomare Strahlung gefährdet zu haben, diesen Bausatz zusammengeschraubt haben, wird ein langer Arm angeflanscht, ein Partikelablenkschirm aus Metall, und die Insassen eines Raumflugkörpers fliegen vor ihrer eigenen Wolke aus radioaktiven Partikeln davon.«

»So funktionieren auch unsere atomaren Kraftwerke, wenn ich mich nicht irre.« Leises Gelächter folgte dem zustimmenden Kommentar William Plichters.

»Das war auch der Ausgangspunkt«, sagte ich. »Um den Planeten nicht zu gefährden, sollten solche Umlaufbahnen geschossen werden, die weit genug vom Van-Allen-Gürtel entfernt sind. Also bietet sich diese Funktion für interplanetare Körper an, die weder von Planeten starten noch auf anderen Planeten landen. Ich weiß, daß dies eine Zielvorgabe des Projekts ist. Das sind die Kernstücke dieses Triebwerks. An sämtlichen Ventilen, an der Redundanz der Systeme, den Fernsteuerungen und jedem anderen Parameter können wir Versuche am Boden und ohne jede Abschirmung fahren. Die hochaktiven Module müssen nach unseren

Spezifikationen extern angefertigt werden. Wir können die Behälter liefern; Füllung und Abdeckung kann jede Firma besorgen, die Erfahrung in der Technik für Atomkraftwerke hat. Wir können unseren stationären Motor mit einer Anzahl unterschiedlicher, Hochtemperatur liefernder Hilfsmittel betreiben, Schweißbrenner, Magnesiumfackeln oder Sauerstofflanzen. Verschiedene Formeln stehen an der Tafel, und ich bitte um Diskussion.«

Das Modell, etwa unterarmlang, ging von Hand zu Hand. Hiob Malvers kam zur Tafel, stemmte die Arme in seine runden Hüften und lachte dröhnend.

»Das funktioniert niemals, Dr. Peterson«, sagte er. »Das kann gar nicht funktionieren. Sie haben sich verrechnet. Hier und ... hier.«

Er deutete auf zwei Formelgruppen. Ich setzte mich auf die Tischkante, um mit ihm auf gleicher Höhe zu sein. Ich bemühte mich, nicht mitleidig zu grinsen; Riancor und die Zentralpositronik hatten schließlich ein paar Minuten lang sämtliche Formeln nachgerechnet, nachdem ich und Riancor die Einzelschritte entwikkelt und dabei arkonidische Technik, nur vier Potenzen geringerwertig, kopiert hatten. Eines war sicher: Ein solches Triebwerk war fast narrensicher und funktionierte, solange es Stützmasse gab.

Ich hob die Schultern und antwortete: »Alles in der Mathematik, Kollege Malvers, und in der Physik nicht weniger, läßt sich nachrechnen. Bitte. Ich habe um Diskussion und Überprüfung gebeten. Wir fangen sozusagen mit dem Material für den Baukasten an; bis das erste Modell arbeitet, werden wir uns mit jeder Kommastelle herumschlagen.«

»Ich werd's Ihnen neu ausrechnen«, sagte er großzügig. »Lassen Sie's an der Tafel.«

»Selbstverständlich.«

Billy Plichter und drei, vier Kollegen hatten sich um einen Tisch versammelt und nahmen behutsam das Modell auseinander, nachdem sie jedes bewegliche Teil bewegt hatten. Riancor hatte wieder ein kleines Meisterwerk hergestellt, aus etwa zweihundertneunzig Teilen; auch das Originaltriebwerk würde kaum aus mehr Einzelelementen bestehen. Dr. med. Fergusen, die zusah, wie Plichter die fingerkuppengroßen Teile auseinanderschraubte und sorgfältig aneinanderreihte, nickte mir anerkennend zu. Ich deutete zur Tafel. Dort hatte ich ein Wortungetüm hingeschrieben, dessen sieben Teile jeweils Großbuchstaben in einer anderen Farbe trugen: *Test-Engines For Thermal-Recoil-Inductions-Science.* TEFTRIS: Versuchstriebwerke für Hitzerückstoß-Induktionstechnik.

»Guter Name«, bemerkte Plichter. Hiob Malvers rechnete noch und hantierte mit dem Rechenschieber. Dann schrieb er sich die Gleichungen auf und verließ, zweimal laut lachend, den Raum. Ein Skeptiker? Ich vermutete, daß er der chronische Miesmacher war, jene männliche Kassandra, die jedesmal lachte, wenn eine Panne, längst vorhergesagt, auch wirklich eintrat. Ich holte tief Atem und setzte mich zu der blonden Ärztin, die lange, wohlgeformte Beine unter einem kurzen Kittel hervorstreckte und schweigend zusah, wie das Team Plichters die Einzelteile des Modells prüfte.

»Um jeden Zweifel und voreilende Begeisterung auszuschalten«, sagte ich, »es läge an uns, jedes Teil zu verfeinern und zu verbessern, den Wirkungsgrad heraufzusetzen. Aber erst dann, wenn das erste Eins-zu-eins-Modell zuverlässig arbeitet.«

»Ist klar«, sagte Plichter. »Das verdammte ist nur, daß die NASA auch schon an atomar betriebenen Raketentriebwerken arbeitet.«

»Das wissen Sie genau?«

»Wir wissen es von den Jungs, die für uns die Elemente konditioniert haben. Aber wer, wo und in welcher Größenordnung, das ist natürlich wieder streng geheim. Wahrscheinlich auch privat, sozusagen. Die Boys vom Pentagon wollen Forschung auf möglichst breiter Basis.«

Ich grinste und nickte. »Kann ich verstehen. Konkurrenz belebt das Geschäft und verkürzt die Wege.«

»Aber auch nur, wenn die Konkurrenten sich gegenseitig kennen und abschätzen können, was der andere hat«, sagte Willy Fergusen. Ihre kühlen Blicke bohrten sich an meiner Schulter vorbei, durchs große Fenster und hinaus in die Staubwirbel, die über die Wüste tanzten.

»Sie haben völlig recht, Doktor«, sagte ich. »Leider weiß ich es nicht, und auch sonst wird niemand im Team viel darüber wissen.«

»Stimmt«, knurrte Plichter. »Ich sehe, Olaf, daß Sie die Werkzeichnungen schon vergrößert haben.«

»Wenn sich die Handwerker gleich darüber hermachen, wenn das Material vorhanden ist, holen wir vielleicht gegenüber der NASA um ein paar Stunden auf.«

»Abermals verdammt zutreffend. Zeigen wir es jetzt den Hundesöhnchen, Freunde?«

Die Frauen und Männer starrten zur Tafel, zu den Plänen, den Schema- und Flußzeichnungen, Diagrammen und immer wieder zum Modell, dessen Teile nun wieder zusammengesetzt wurden.

»Einverstanden.«

»Wir haben sowieso nichts Vernünftiges zu tun.«

»Ich glaube, das Prinzip ist wirkungsvoll.«

»Also ... ich bin begeistert.«

Ich registrierte allgemeine Zustimmung. Die Gruppen trennten sich und besprachen mit mir die Arbeitsbereiche. Innerhalb der nächsten hundertzwanzig Minuten waren die Aufgaben verteilt; gewisse Vorfreude bemächtigte sich des Teams. Ohne es zu wollen, stand ich schon so kurze Zeit nach der Ankunft genau im Mittelpunkt.

Meine schriftlichen und gezeichneten Unterlagen, von Rico und Boog mitgestaltet, waren von wissenschaftlicher Klarheit: Sie enthielten die Grundlagen zur Herstellung und Anwendung eines sogenannten *Strukturfeld-Projektors für Hochenergetische Kompressions-Kraftfelder* und eines Meilers, eines automatisch gesteuerten *Fusions*gerätes mit einer Leistung von 500 Kilowatt.

Aber in der Mesa de San Carlos, dem Forschungsinstitut TEFTRIS, waren die wirklichen Künstler unserer Laboratorien die Mechaniker. Sie akzeptierten, was ich behauptete: Mit dieser technischen Lösung konnten thermisch überbeanspruchte Düsen und herkömmliche Kernbrennkammern einwandfrei ersetzt werden, und der Kleinstreaktor, der während dieser Entwicklungsarbeit sozusagen nebenbei anfiel, war in der Lage, größere Raumflugkörper mit elektrischem Strom zu versorgen.

Nach unseren – meinen – Plänen hatten die Mechaniker einen Prototyp hergestellt und ständig verfeinert und verbessert. Dünne Rohrelemente bewegten sich in Rohren größeren Durchmessers, ein einziger Typ Drehgelenk versorgte alle beweglichen Stellen; an verschiedenen Stellen schützte jene Folie, die auch beim Apollo-Projekt verwendet worden war, die Öffnungen.

»Mit diesem Ausleger hast du dir dein erstes kosmisches Denkmal gesetzt, Olaf«, sagte Billy Plichter. »Aber mit dem radioaktiven Ausstoß kommen wir nicht recht weiter.«

»Das habe ich schon am ersten Tag klar und deutlich gesagt«, meinte ich. »Diese Art Steuerung kann natürlich auch für andere Zwecke, verkürzt, verlängert oder durch Trageelemente verstärkt, benutzt werden.«

»Hiob Malvers meint, daß du auch Spaghetti aufwickeln könntest.«

»Ich kann's. Er vermutlich nicht. Ich glaube, wir werden kein wirkliches Freundschaftsverhältnis entwickeln.«

Billy lachte kräftig. »Schwer vorstellbar. Seit er dir beweisen wollte, daß du dich verrechnet hast ...«

»Was soll's«, sagte ich. »Aber er zeichnet gute Pläne.«

Viele wirklich hervorragende Detailzeichnungen, die unsere Fachleute in Einzelteile des Triebwerks verwandelten, stammten von Malvers. In der Montagehalle war die Versuchsanordnung aufgebaut.

»Noch im Juli können wir das Triebwerk anfahren«, sagte Billy. »Mit Sauerstoff und Hydrazin.«

»Ich hab' mir nächtelang den Kopf zermartert«, sagte Kevin. »Nicht nur ich. Das ganze Team. Wie unsere Konkurrenz vorgeht, wie sie die Gammapartikel einfängt, kann ich mir nicht vorstellen. Jedenfalls nicht bei einem Triebwerk, dessen Abschirmung und Fängergitter reines, gewaltiges Gewicht, Startgewicht, bedeuten. Wie die das in den Orbit und zum Mond oder sonstwohin schleppen wollen, ist uns allen rätselhaft.«

Dir nicht, Arkonide, sagte der Logiksektor, *seit Rico eine Sonde plazierte.*

Sehr viel Werkspionage hatten wir nicht treiben können, denn die Sicherheitseinrichtungen der NASA hatten einen hevorragenden Grad an Schärfe erreicht. Immerhin sah ich ab und zu, wie Major Rhodan und sein Team trainierten.

»Mir fällt vielleicht etwas ein«, antwortete ich vage. »Wenn wir den ersten Versuch hinter uns haben.«

Wir saßen am Rand des Swimmingpools, in einer sehr heißen Nacht. Ich trank kalifornischen Rotwein; er schmeckte nicht einmal übel. Über uns leuchteten die Sterne; hin und wieder schnitten die Bahnen der Meteore durch die Schwärze. Ein langer Tag war vorbei, und wir hatten schwer gearbeitet. Ich wollte morgen eine Tour mit der ARCA unternehmen und hatte sogar Dr. Fergusen eingeladen, die versprochen hatte, ihren neuen Bikini mitzunehmen.

»Noch ein paar Tage. Dann sehen wir klarer.« Billy nahm einen kräftigen Schluck Wein und hechtete in den beleuchteten Pool. Ich setzte mich in eine Schaukel und dachte nach, während Billy seine Runden kraulte. Wenn nicht bald dem Treiben des Militärs und Wissenschaftler ein Riegel vorgeschoben werden konnte, zerstörten die Barbaren ihren einzigen Planeten selbst. Bis vor zwei Jahren hatten allein die USA hundertzwanzig atomare Sprengsätze gezündet; Südseeatolle und Wüstengegenden waren für Jahrtausende verseucht. Diese Megatonnen-Manie wurde von Rußland ebenso betrieben wie von China und sogar Frankreich. Tausende und aber Tausende Sprengköpfe waren in den Arsenalen versteckt, und der Tag, an dem sich eine Strahlungsmenge rund um den Globus verteilt hatte, die in die Evolution eingriff, war absehbar. *Zurück in deine Schutzkuppel!* flüsterte der Logiksektor.

Ich nickte. Schweigend und riesengroß schien der Mond, mein alter Freund, das ganze Elend zu betrachten. Er hatte die Besuche eines gewissen Arkoniden mit der LARSAF überstanden, war von den Lunarmodulen der Apollo-Missionen nicht beeindruckt gewesen und würde auch den amerikanischen Major mit seinem nuklearbetriebenen Vehikel über sich ergehen lassen, ohne aus der Bahn zu geraten.

Daß ich nicht mehr in der Lage war, diese unzähligen Verrückten, die an der Macht waren, zu beeinflussen, wußte ich längst. Und bald würden sie hier auch auf ihren Mitarbeiter Olaf Peterson verzichten müssen. Ich schwamm, bis ich müde war und jeden einzelnen Muskel spürte. Dann duschte ich heiß und kalt, schlüpfte in einen kurzen Bademantel und setzte mich zu Billy in die Schaukel.

»Morgen werde ich einen großen Fisch angeln«, versicherte er. »Wenn Sie nur weit genug hinausfahren. Nehmen Sie den kleinen Speedy mit?«

»Wahrscheinlich. Und seine Mutter. Sie hat meine Bude bis heute liebevoll versorgt und geputzt. Verdient Belohnung. Die Mexikanerinnen haben nicht gerade viel Unterhaltung in unserer Metallwarenfarm hier.«

»Gute Idee. Und was sagt Kevin Dorrman dazu?«

»Nichts. Er fährt mit.«

»Dann haben wir also auch den amtlichen Segen.«

Für alle, die nicht mitfuhren, gab es am nächsten Tag ein riesiges Fischessen, mit Grill und Fishburgers für die Jüngeren – vorausgesetzt, die wackeren Sportfischer erfüllten ihre Erwartungen.

Ich hob mein Glas und sagte: »Morgen, pünktlich, sechs Uhr dreißig am Steg? Mit der gesamten Ausrüstung, Billy?«

»Klar, Ehrensache, Olaf.«

Er winkte mir zu und richtete seinen Blick wieder auf den Mond. Ich füllte mein Glas noch einmal, ging einige Minuten lang durch die Zimmer und setzte mich schließlich vor den Arbeitstisch. Hinter sämtlichen Fenstern flackerte bläulich das Licht zahlreicher TV-Empfänger. Ich schaltete den Plattenspieler an und hörte Vivaldi und später Beethovens Dritte, während ich darüber nachdachte, wie ich meinen Rückzug organisieren konnte.

Die Maschinen brummten sonor, die doppelte Heckspur führte aus dem Winkel der Bucht heraus, und die langen Angeln wippten mit den Stößen der ARCA. Weit draußen, rechts voraus, dümpelten ein paar Fischkutter in der weichen Dünung. Auf meinen Knien saß Manolito und drehte mit wenig Erfolg am Steuerruder.

Ich hielt das Ruder fest und sagte: »Später, wenn wir langsamer fahren, darfst du steuern, Speedy.«

Ich wäre nicht erstaunt gewesen, wenn die Gestalten der Steinbeckschen »Cannery Road« oder Hemingways »Alter Mann und das Meer« aufgetaucht wären.

»Wirklich? Ganz bestimmt?« fragte er. Ich nickte. Seine Mutter, Pilar, schaute besorgt durch die hochgeklappten Frontscheiben. Ich winkte ab.

»Alles in Ordnung, Mistreß Almeda. Der Sohn steuert wie ein alter Fischer.«

Sie ließ sich auf das Handtuch zurücksinken und rieb ihre Beine mit Sonnenöl ein. Dr. Fergusen wirkte, in die Polster der Achterbank zurückgelehnt und Cola mit einem Strohhalm saugend, wie aus einem kleinen Eisberg herausgeschnitten. Ihr weißer Bikini saß, als wäre er auf die Haut gemalt. Die Ärztin, das blonde Haar zu einem Pferdeschwanz gerafft und die Augen hinter einer versiegelten Sonnenbrille versteckt, blätterte müßig im National Geographic Magazine und schien sich tatsächlich für den Assuan-Nasser-Staudamm und die fragwürdige technische Meisterleistung zu interessieren, die darin bestanden hatte, einen Ramses-Bergtempel in Stücke zu zersägen und über dem Stausee wieder aufzubauen; ich schloß die Augen und dachte an lange, heiße Stunden im Schilfboot, im Nebenarm des Hapi. Wieder einmal hob ich fatalistisch die Schultern. Nach einigen Minuten drehte ich mich zu meinen Gästen um. »Ich warte auf klare Positionsangaben. Wo sollen Ihre Riesenfische sein?«

Plichter schrie: »Geradeaus weiter. In die Strömung an Steuerbord, Peterson!«

»Aye, aye, Sir.«

Die Männer ölten ihre Haut ein, tranken Bier, erzählten sich Witze und breiteten in universalen Gesten die Arme aus, um die Länge ihres letzten Fanges zu schildern. Möwen schrien über uns im Kielwasser, und ich drosselte die Geschwindigkeit. Ich überließ Manolito das Ruder und kontrollierte die Instrumente. Die Sonne hing wie strahlendes Platin über der Kimm. Noch hatte die Tageshitze nicht eingesetzt.

»Dir gefällt's, Speedy?«

»Ich war noch nie auf einem so schönen Boot, Mister Peterson – ähm, Doktor.«

»Ich weiß, daß es schönere gibt. Und schnellere. Aber es gehört mir. Magst du eine Cola?«

»Ja, por favor.«

»Unter dem Sitz ist der Kühlschrank.«

»Gracias.«

Manolito rutschte von meinen Knien und strahlte mich unter dem schwarzen Haarschopf aus großen, dunkelbraunen Augen an. Er nahm die Cola, verschloß die Tür sorgfältig und benutzte den verrosteten Kronkorkenöffner. Dann turnte er geschickt ums halbe Boot herum und setzte sich neben seine Mutter auf das dicke Donald-Duck-Badetuch. Ich öffnete eine Bierdose und sah nach einiger Zeit, daß sich der Sicherheitschef von der Schachtel mit den Ködern löste und sich neben mich an den Steuerstand stellte.

»Soll ich neuen Kurs setzen?« fragte ich. Er schüttelte den Kopf und betrachtete schweigend die schwer eingefaßten Instrumente.

Dorrman schien mißtrauisch, aber dann holte er sich ein Bier aus der Kühlbox und sagte: »Noch eine Seemeile, Sir. Dort sollen sich die größten Fische im ganzen verdammten Stillen Ozean herumtreiben. Oder so. Sagen die Freizeitangler. Aber, ehrlich, machen Sie nur weiter, Sir, vor einem halben Jahr haben die Boys tatsächlich vier solcher Kaventsmänner nach Hause gebracht.«

Er nickte und zeigte auf irgendeinen Teil der Wasserfläche vor uns. Ich schob die Fahrthebel wieder ein paar Zentimeter nach vorn.

»Gutes Schiff, Sir«, sagte er und wischte Bierschaum von seinen Lippen.
»Geht. Gibt größere, schnellere.«
»Aber nicht bei TEFTRIS oder so, Sir.«
»Nein. Gehört mir und war teuer genug. Viel daran rumgebastelt.«
»Geschickter Mechaniker, wie?«
»Es geht.«
Das Schiff lag ruhig und schob sich mit guter Fahrt durch die Wellen. Dr. Fergusen stand auf, warf die leere Flasche über Bord und stolzierte ins Deckshaus. Ihre helle Haut glänzte von Öl, sie lächelte liebenswürdig und aseptisch und sagte: »Je länger ich Sie kenne, Kollege Peterson, desto mehr überraschen Sie mich. Wirklich.«
»Wenn Sie's ehrlich meinen, freut es mich«, sagte ich. »An welche Überraschung dachten Sie gerade jetzt? Champagner? Bedaure.«
Sie hob die makellosen Schultern, die nicht von einem Hauch Sonnenröte gezeichnet waren.
»Sie sind der einzige Wissenschaftler bei uns, der auf seine Bezahlung wenig und auf sein Schiff viel Wert legt, den die Kinder mögen, der ein Hochseepatent hat, das amerikanische Fernsehen und Wasserstoffbomben haßt und den die Frauen, gäbe es hier am Ende der Welt welche, umschwärmen würden.«
»Ausnahmen bestätigen die Regel«, sagte ich. »In Europa ist diese Kombination alltäglich. Zumindest nahe von Hafenstädten.«
Sie schob ihre verspiegelte Brille in die Stirn und lehnte sich an die Säule, an der sich Radar- und Funkgerät befanden, schlug ein langes Bein vor das andere und lächelte Manolito zu. Das Lächeln war jünger als das auf dem Gesicht der Sphinx, aber nicht weniger rätselhaft.
Plichter brüllte vom Achterdeck: »He, Skipper! Wir sind in den mächtigen Fischgründen.«
»Verstanden!« Ich drosselte die Maschinen, und der Bug der ARCA senkte sich. Die Bugwelle schäumte brodelnd.
»Angeln Sie auch, Doc?« fragte ich.
»Keine Fische«, sagte sie. »Diplome und Erfolge. Ich genieße die ruhigen Bewegungen der Seefahrt.«
»Hoffentlich haben wir eine ruhige, glückliche Rückfahrt.« Ich ließ die Maschinen im Leerlauf weiterdrehen. Die Fischer stürzten sich auf die Angeln und die Köder. Für den Fang von Marlins oder Schwertfischen gab es an Bord keine Einrichtungen. Die Angler ließen die Trommeln schnurren und verteilten sich entlang der Reling um das Schiff. Ich schaltete die Maschinen ab und lümmelte mich auf dem Steuersessel.
»Im Ernst, Gnädigste«, sagte ich. »Was kann ich hier und jetzt für Sie tun?«
»Ich denke, Sie können mir ein ... eine Cola geben.«
»Sie wollten doch nicht etwa ein Bier?« fragte ich und öffnete die Flasche. Sie lächelte unergründlich, nickte mir dankend zu und nahm wieder ihren Platz auf der Bank der Plicht ein. Was dieser Auftritt sollte, wußte sie wahrscheinlich selbst nicht. Ich kontrollierte Uhren und Anzeigen, kletterte in den Maschinenraum und prüfte das Öl, dann setzte ich mich, in Baseballmütze, Sonnenbrille und Bermudas zu Pilar und Manolito. Das Boot befand sich annähernd gleich weit zwischen den Ufern, mehr auf der westlichen Seite des Golfes, und zweiein-

halb Seemeilen, das zeigte das Radar klar an, südlich der ARCA schleppten die Kutter ihre Netze.

»Hoffentlich fangen sie etwas«, sagte Pilar. Sie lachte kurz. Manolitos Cola war leer. »Sonst haben sie wieder neunundneunzig Tage lang schlechte Laune.«

»Ich hoffe, Sie fühlen sich wohl, Señora«, sagte ich. »Nichts zu trinken?«

»Ich hol' dir ein Bier. Darf ich noch eine Cola ...?« Manolito sprang auf und holte die Getränke. Die Angler, bei jedem Ruck an einer der vielen Schnüre aufgeregter als kleine Kinder, kümmerten sich um nichts anderes. Vermutlich vertrieben sie mit ihrem Geschrei auch die bereitwilligsten Fische. Ich suchte mit dem schweren Glas die Umgebung ab und war sicher, den Hubschrauber zu entdecken, aber er war wohl wirklich am Boden geblieben. Aus dem Radio kam mexikanische Musik, und die Sonnenhitze wurde fast unerträglich.

»Ich, wir beide, wir passen nicht zu diesen Herren«, sagte Pilar.

Ich schüttelte den Kopf und lächelte kühl. »Wer sich auf meinem Boot wohl fühlt und wer nicht, Pilar, das bestimme nur ich. Also?«

Sie entspannte sich und zog ihren Sohn an sich.

»Es ist auch genug Essen in der anderen Kühlbox. Auch für dich, Speedy«, sagte ich und erntete dankbares Lächeln von Sohn und Mutter. Die Angler beachteten uns nicht, und tatsächlich zog Plichter als erster einen gut unterarmlangen Fisch aus dem Wasser.

»Der Tag ist gerettet, Señor«, sagte Pilar. Ich sah zu, wie sie mit einiger Mühe das zappelnde Tier an Deck brachten und töteten. Also doch eine Fischorgie an den Grills um den Pool.

Zwei Stunden später warf ich einen Motor an und brachte uns in langsamer Fahrt aus der Nähe der Trawler. Manolito fuhr das Boot in wirren Zickzacklinien und lachte jedesmal, wenn wir ein Wellental hinunterglitten.

»Mister Peterson?«

»Was gibt's, Skipper?«

»Sag: Gibt's dort unten eigentlich auch solche Leute wie wir?«

Er deutete auf die Planken. Ich wußte, er meinte nicht den Maschinenraum. Ich holte Atem und antwortete:

»Also, ich kenne Sagen und Märchen aus vielen Teilen der Welt. Wenn auf dem Boden des Ozeans außer Fischen noch andere Wesen wohnen, die so denken oder vielleicht auch so aussehen wie wir, dann sind es solche, von denen wir träumen. So, wie wir träumen, daß wir wie die Vögel fliegen können. Ein alter Mann hat mir erzählt, und viele solcher Märchen haben einen wahren Kern, daß vor vielen, vielen Jahren die Menschen von heute und wieder ihre Großväter und deren Großväter von klugen und mächtigen Leuten abstammten.«

Wir saßen auf der Bank vor dem Ruder, und der Sieben- oder Achtjährige verschlang jedes Wort. Dr. Fergusen stolzierte auf dicken Korksohlen herein, holte sich eine Cola und hörte zu, an den Radarschirmen gelehnt, die Mikrophonhalterung zwischen den sehenswerten Schulterblättern.

»Einmal soll es einen großen Erdteil gegeben haben, der bei einem furchtbaren Beben versunken ist, mit Mann, Maus und Maschinen. Die einen nennen ihn Atlantis, die anderen sagen, er habe Lemuria geheißen. Wieder andere sagen, daß

Lemuria viel früher als Atlantis versunken sein soll. Wenn die Lemurer so viel klüger waren als wir, dann müßten wir irgendwo, ganz tief unten, große Städte finden und Straßen und Brücken und vieles andere. Aber ich fürchte, auch wenn es kein schönes Märchen ist – niemand kann so alt werden, daß er heute noch lebt. Selbst seine Knochen würden schon verschwunden sein.«

»Faszinierend«, sagte die Medizinerin. »Märchen aus tausendundeins Tiefenmetern.«

Speedy drehte den Kopf und musterte sie mit einem halb vorwurfsvollen, halb haßerfüllten Blick. Der Rest Cola in der Flasche gurgelte in der plötzlichen Stille, als habe die ARCA ein Leck. Die Ärztin zuckte mit den Achseln und ging zurück in die Sonne.

»Sie versteht gar nichts!« stellte Manolito fest. Ich fühlte mich wie der alte Mann in der Erzählung, für die Hemingway den Nobelpreis bekommen hatte.

»Stimmt«, sagte ich. »Viele Träume und Märchen sind schon wahr geworden, Manolito. Es sind arme Menschen, die nicht daran glauben, daß sich hinter dem, was wir sehen, noch etwas versteckt. Das ahnen nur wir; das ist ein Land, aus dem Musik kommt, in dem gute Erzähler gute Geschichten erzählen, in dem es Farben, Bilder und Länder gibt, die wir nur erträumen können – eine ganze, große, herrliche Welt hinter dem Spiegel.«

Auch Pilar hatte zugehört. Die Augen des Kleinen wurden größer, er hörte mit offenem Mund zu und vergaß die lärmenden Angler. Pilar lächelte und sagte: »Sein Vater hat ihm auch solche Geschichten erzählt.«

Sie senkte den Kopf. Sie hatte mir vor zwei Wochen erzählt, daß Manos Vater nach Amerika gegangen war, um Arbeit zu finden, und seit drei Jahren war er verschwunden, ohne jede Nachricht. Die Angler machten reiche Beute; um sechzehn Uhr drückte ich kurz das Horn.

»Hängt Schleppangeln aus«, rief ich. »Es geht zurück in den sicheren Hafen.«

Während Manolito und ich die ARCA zurücksteuerten, verbissen sich tatsächlich noch vier stattliche Fische in den Haken. Kevin Dorrman verstand immerhin so viel vom Geschäft der guten Seemannschaft, daß er in einer Pütz Wasser an Deck holte und Schuppen und Blut wegspülte, das Dr. Fergusen so unbeteiligt betrachtete, als sei es ein Rest der pharaonischen Schminke aus einer Grabkammer von Abu Simbel. Sie mochte nicht nur keine Männer; sie konnte sich selbst am wenigsten leiden. Manolito war als erster auf dem Steg und belegte das Boot fachmännisch.

Die erste Pumpe lief. Die Kameras begannen zu ticken. Durch die Kühlkanäle der Triebwerkszelle lief Treibstoff. Ein zweiter Kreislauf, flüssiger Sauerstoff, schaltete sich ein. Die Scheinwerfer strahlten die Versuchsanordnung grell an; drei in Serie geschaltete Hochleistungsturbinen zielten mit ihren Kühlluftsäulen direkt auf den Kopf des Triebwerks. Dann, Sekundenbruchteile nachdem der erste Nebel aus Treibstoff und Sauerstoffträger in der Brennkammer vernebelt worden war, spannten sich zwischen den Platinelektroden die Zündfunken. Aus der Düse schoß ein langer Feuerstrahl.

Eine Batterie Meßinstrumente begann zu arbeiten. Wir standen hinter dicken Sicherheitsscheiben; die Halle war vom ohrenbetäubenden Lärm der Triebwerke erfüllt. Sämtliche Meßwerte wurden gespeichert, wieder schalteten sich Kameras dazu. Nur auf diese Weise und ohne immense Kosten, darüber hinaus binnen verblüffend kurzer Zeit, konnten wir die Komponenten testen und die atomare Hitze im Inneren des Triebwerks simulieren.

»Bisher alles innerhalb der errechneten Werte!« rief Hiob Malvers und lachte dröhnend.

Eine Pumpenkombination, ein Satz redundanter Geräte und Schaltungen, lief an. Die Computer in der gepanzerten Kammer unterhalb des Prüfstands blinkten und produzierten auf vielen Bildschirmen unzählige Reihen Buchstaben und Ziffern. Die sogenannte Stützmasse – wir verwendeten das destillierte Wasser aus einem stationären Riesentank – fauchte in das weißlodernde Inferno der Brennkammer und verwandelte sich nahezu schlagartig in gewaltige Mengen Dampf.

Die großen Hallentore waren vor dem Versuch geöffnet worden. Die Transportflugzeuge standen in sicherem Abstand am anderen Ende der Rollbahn. Aus der Montagehalle erhob sich am Ende der rauchenden Stichflamme, die nahezu halbkugelförmig am Ende der mächtigen Düse austrat und einen gewaltigen Lärm verursachte, eine schneeweiße Dampfwolke in die klare Luft über der Wüste.

Die Computer schlossen und öffneten Ventile. Alle hitzebeanspruchten Teile wurden vom Treibstoff und der Stützmasse gekühlt. Hochleistungskameras filmten jede Phase der Versuche. Das Triebwerk, etwa mannslang, war kardanisch aufgehängt; jetzt begann eine hydraulisch betriebene Anlage das Gestänge zu testen.

Die Ablenkkeile, mit deren Hilfe im All Richtungsänderungen in begrenztem Maß durchgeführt werden konnten, bewegten sich im Strom des hochgespannten Dampfes. Der Schub wurde von mehreren Instrumenten gemessen, und er stieg unaufhörlich an. Das gesamte Triebwerk hob und senkte sich, wurde geschwenkt, schneller und langsamer bewegt, in sämtliche möglichen Lagen gebracht.

»Noch immer alles ganz stabil. Sieben Minuten fast«, brüllte Plichter durch die Kommunikationsanlage. Ich hob die Hand. Der Wasserdampf, garantiert frei von nuklearen Plutonium-, Uran-235- oder Tritiumpartikeln, bildete eine brodelnde Säule, die sich ausbreitete und höher wolkte. Sämtliche Geigerzähler zeigten Werte, die im Bereich der natürlichen planetaren Strahlung blieben. Ich nickte zufrieden. Die neunte Minute begann. Die Digitalziffern auf den Uhrenpaneelen wechselten in rasender Geschwindigkeit. Aus Dr. Fergusens Blick konnte ich etwas wie widerwillige Anerkennung herauslesen.

Die Temperaturen in der Vorkammer, der Brennkammer und dem trichterförmigen Endelement waren kontinuierlich angestiegen. Das Material der Legierungen glühte nicht einmal. Die Dichtungen der Sektoren, auf Mikrometer und Nanometer genau plangeschliffen, ließen keinerlei Austritteffekte erkennen. In der Vorglühkammer herrschte eine Temperatur wie im Innern eines Atommeilers. Noch immer arbeiteten sie unter höchster Belastung und am obersten Punkt der Kurve, die den Schub aufzeichnete: die Multigelenke der Bewegungsapparatur. Der Extrasinn kommentierte: *Wäre das Triebwerk an einem Barbaren-Raumschifflein angebracht, hätte es sich längst aus dem Orbit katapultiert.* Elfte Minute. Die Stützmasse reichte für 750 Sekunden. Die Dampfwolke des Versuchs würde wahrscheinlich von der gegenüberliegenden Seite des Golfes zu sehen sein. Sie entsprach etwa derjenigen eines Apollostarts.

In der 748. Sekunde schaltete sich die Vorkammer ab, nicht ganz zwei Sekunden später die letzte Stützmassenpumpe. Der Dampfstrahl wurde dünner und riß ab. Der Boden hörte zu zittern auf. Auch die Bewegungsapparatur kam zur Ruhe. Ich beobachtete die Meßgeräte und deren Anzeigen. Schwarz, unversehrt, fast drohend hing das Triebwerk in den schweren Aufhängungen; der Schatten der Dampfwolke huschte über den Platz vor dem Dreifachtor. Nicht einmal eine Leitung war gerissen. Die Anordnung der stets mehrfach vorhandenen Pumpen, Zuführungen, Zündungen und Kühlsysteme hatte sich bewährt.

Erwartungsgemäß brach in den Beobachtungsräumen Jubel aus. Auf den großen Monitoren zeichneten sich die Kurven ab: schwarz für die vorausgeplanten, farbig für die erreichten Werte. Ein uniformierter Pentagon-Mann schüttelte fassungslos den Kopf.

»Das hat niemand, der sich mit den Versuchen beschäftigt, erwarten können.«

»Ich sagte, daß allein die Verarbeitung und das Material entscheiden, nicht das technische Prinzip«, sagte ich. »Es ist narrensicher, wie versprochen.«

Billy Plichter schlug mir ununterbrochen auf die Schulter und nötigte mir eine Zigarre auf. »Und wie funktioniert es im Weltraum?«

»Bringen Sie statt Sauerstoff, Hydrazin und dem anderen Zeug ein paar Kernbrandzellen ins All, und die Schiffe rasen wie Schwalben zu den Gestirnen«, sagte ich. »Mein Job hier unten, scheint mir, ist erledigt.«

»Noch lange nicht!« Ein Zivilist, scharfgesichtig und mit einer Falkennase, mischte sich ein. »Sie haben es der NASA gezeigt. Ich schlage vor, Sie leiten weiterhin dieses Geschäft hier, Peterson.«

»Oder ich will Olaf heißen!« Billy grinste und schob eine zweite Zigarre in die Brusttasche meines weißen Overalls. Ich hob die Hand und versuchte wie ein Wissenschaftler zu dozieren.

»Erstens: Bringen Sie ein Raumfahrzeug mit Landekapsel in den Orbit. Zweitens: Bringen Sie an dieselbe Stelle drei oder vier nukleare Units. Drittens: Bilden Sie ein paar von unseren Spitzenmechanikern als raumfahrende Monteure oder montierende Raumfahrer aus. Wenn Sie dann die Logistik übernehmen, zwischen Boden und Orbit, fliege ich Ihnen ein Vehikel zum Mond. Schminken Sie sich die Möglichkeit ab, das Triebwerk am Boden atomar zu betreiben. Die Halbinsel bliebe für zehntausend Jahre so verseucht wie die Eniwetok-Insel Elugelab und die Umgebung. Oder wie Semipalatinsk. Das ist hier kein ›Mike‹-Versuchsabwurf.«

»Die alte Anlage haben wir abgebaut und endgelagert.« Der Zivilist wich aus.

Ich nickte. »Sie kennen meine Bedingungen. Wer bin ich, daß ich naturwissenschaftliche Vorgänge ändern oder umdrehen könnte?«

»Eisenhower hat einst die saubere Bombe versprochen.«

»Und Billy Graham das Ende der Welt«, sagte ich. »Es gibt keine saubere Bombe, ebenso wenig, wie es nachts Sonnenlicht gibt. Klar?«

Ich hatte keinesfalls vor, den Barbaren etwas von mesisch-»kalter« Kernverschmelzung und Dingen dieser Art zu erzählen. Schon jetzt war das Risiko eines atomaren Schlagabtausches gewaltig.

»Bald wissen Sie alle, wie's weitergeht«, versprach der Scharfgesichtige. »Sie haben sicher nichts gegen doppelte Bezüge, Peterson?«

»Nicht für atomgetriebene Systeme innerhalb der Lufthülle«, sagte ich. »Ich bin kein Edward Teller.«

»Vielleicht kriegen Sie auch mal einen Nobelpreis«, drohte Billy Plichter. Die meisten Mechaniker, Wissenschaftler und Regierungsgäste – waren wir nicht eine private Forschungsgesellschaft? – umstanden das technische Wunderwerk. Ich deutete auf die weit offenen Sicherheitstüren.

»Abwarten!« Ich bugsierte alle hinaus. Plichter betrachtete nachdenklich die Zigarre in seiner Hand und warf sie schließlich in den Papierkorb. Bar und Casino warteten mit Getränken und einem kalten Buffet von karthagischen Ausmaßen auf die Gäste. Die Logistik klappte: Vom Zahnstocher aufwärts wurde alles eingeflogen.

Am Eingang der Halle, den Kopf um die Ecke des Portals, wartete Speedy und staunte die gigantische Dampfwolke an, die sich aufzulösen begann. Ich winkte ihm und nahm seine Hand, während ich versuchte, ihm zu erklären, wie das »Ding« funktionierte und daß auch die Planeten des Sonnensystems zu den Bildern unserer Träume zählten.

Als ich mit dem kleinen Mexikaner durch die Halle schlenderte, trafen mich verwunderte Blicke; niemand hatte etwas gegen diese Verletzung der Geheimhaltungsvorschriften einzuwenden. Ich nahm ihn sogar zum Empfang im Casino mit, wo er über die Cola-Vorräte herfiel.

Die Flugzeuge, das flachgehende Küstenmotorschiff, die riesigen Sikorsky-Helikopter und der Troß mitsamt Regierungsvertretern und Computerbändern waren verschwunden, als sei ein Spuk verweht; wie die Dampfwolke unseres Experiments. Ich lag ausgestreckt in einer Schaukel, trank Cuba libre und las im *Time-Magazin;* jener Zeitschrift, die noch vor Hiroshimas atomarer Vernichtung über die Bombardierung von Tokio (130.000 Tote) geschrieben hatte, *daß richtig in Brand gesetzte japanische Städte wie Zunder brennen* und daß der *Luftangriff ein Traum war, der Wirklichkeit geworden war* – und dieser Text nach den Desastern von Hamburg, Dresden, den 300.000 Toten ostpakistanischer Wirbelstürme, den 200.000 Toten in Brasilien (Flutkatastrophe), den 50.000 Peruanern (Erdbeben) und den Erdbebenopfern in der Türkei. Der Planet schien sich zu wehren. Im Haus schrillte das Telefon. Ich nahm den Hörer des Apparats im Arbeitszimmer ab. Der Operator sagte, es sei ein Gespräch aus Washington. Die Verbindung war nicht gut.

»Doktor Peterson?« verstand ich. »Alle sind beeindruckt von der Vorführung. Und je mehr Meßdaten ausgewertet sind, desto höher steigt Ihr Ansehen.«

»Ich kann nicht sagen, daß es mich ärgert. Warum dieser überraschende Anruf?«

Es war der scharfgesichtige Zivilist mit der goldgeränderten Brille und den grauen Augen. »Ich wollte der erste sein, der Ihnen gratuliert, Doktor.«

»Wozu, abgesehen von der Dampfwolke wie auf Cape Kennedy?«

»Zu Ihrer Beförderung. Wie versprochen: doppelte Bezüge. Ab sofort sind Sie Leiter der Abteilung.«

»Danke«, sagte ich. Eigentlich hatte ich es erwartet. »Wissen es schon meine Kollegen?«

»Noch nicht. Mit der nächsten Materiallieferung kommen die Urkunden, unterzeichnet vom Institutsvorstand. Morgen wird man sich hier einig sein, in welche

Richtungen die Entwicklungsarbeiten fortgesetzt werden sollen. Alles klar bei Ihnen?«

»Alles klar.« Wir mußten fast brüllen; wahrscheinlich verschlangen die Anti-Abhöraggregate wieder zuviel Schwachstrom. »Wer hat eigentlich entschieden, daß ich die Leiter hinauffalle?«

Eine ehrfürchtig rauschende Pause entstand. Dann sagte mein Gesprächspartner: »Der Präsident der Vereinigten Staaten hat an richtiger Stelle die passende Bemerkung fallenlassen, Sir.«

»So lob' ich's mir«, sagte ich. »Richten Sie ihm aus, daß ich dankend akzeptiere, aber nur unter den genannten non-nuklearen Bedingungen.«

»Völlig klar. Nochmals: Glückwunsch! Machen Sie weiter so, und Sie werden Institutschef! Over and end.«

»End«, murmelte ich. Es klickte. Ich grinste und begann zu ahnen, wie meine weitere Karriere aussehen konnte. Nach einigem Nachdenken goß ich vier Finger hoch *Glenfiddich-Malt* in Gläser, fügte eine Handvoll Eiswürfel dem linken Glas hinzu und ging hinaus zu Dr. William Plichter.

Ich gab ihm das eisklirrende Glas mit dem falschen Goldrand und sagte: »Cheers. Bald bist du mein Stellvertreter!«

Er zog sich das Handtuch über seine Stoppelfrisur und schüttelte ungläubig den Kopf. Er roch am Glas, aber das Eis neutralisierte weitgehend den Geruch des ehrwürdigen Getränks.

»Sind Sie ... bist du bekifft, Doktor?«

»Ich wurde eben durch Johnstons Protektion zum Abteilungsleiter erkoren«, sagte ich. »Und der Kerl im Weißen Haus hat angedeutet, daß dein Job zur Disposition steht – wenn ich mich anstrenge. Cheers!«

Er hob wie in Zeitlupe sein Glas und starrte mich fassungslos über den Rand hinweg an. Doktor Fergusen drehte graziös kraulend ihre Kreise im Pool. »Mann!« sagte er leise. »Mann, o Mann! Das ist ein Stück aus dem amerikanischen Traum. Wir werden es ihnen zeigen, diesen Apollo- und Sojus-Leuten! Mit deinem Triebwerk rasen wir – *Zooom!* – an ihnen vorbei. Zum Mond, zum Mars, zur Venus. In zwei Jahren haben wir allen den Rang abgelaufen – da verzichte ich gerne auf den Chefsessel!« Er nahm einen langen, eiskalten Schluck und summte: »Lang lebe Amerika!« Er zeigte auf die anmutige Schwimmerin. »Wahrscheinlich wird sie dir jetzt einen Heiratsantrag machen.«

Ich grinste und sagte: »Eher dir, Billy. Nichts ist brüchiger als der Erfolg.«

»Auch verdammt richtig, Olaf!«

Ich streckte mich aus, griff nach dem Magazin und schloß die Augen. Später las ich – erstaunt die Stirn runzelnd, nur am Rande die zwei Schatten registrierend – von der Konfrontation des westlichen Staatenblocks und der *Asiatischen Föderation.* Gleichzeitig bangte Australien, das sich wirtschaftlich und ideologisch dem Westblock zugehörig fühlte, um seine militärische Selbständigkeit und um die Neutralität des Inselkontinents.

Etwas passierte mit mir und der Welt, aber ich wußte nicht exakt zu sagen, was genau es war. Trotzdem erinnerte ich mich nicht ungern an die rund hundertzwanzig Tage zwischen April und August 1970. Unser TEFTRIS-Stützpunkt hätte auf dem Südpol oder mitten in der Sahara liegen können und bildete in gewisser Weise eine Insel in der Zeit, ein Eiland im Strom der Ereignisse. Überspitzt ausgedrückt: Bis uns eine wichtige Nachricht erreichte, war sie alt und unbedeutend geworden. Ich wurde vom Geheimdienst hochnotpeinlich befragt, durchleuchtet und als unverdächtig beziehungsweise staatserhaltend eingestuft und genoß in der Abgeschiedenheit der Baja California die Ruhe, die karge Natur und die Ausfahrten mit der ARCA.

15.

Ein Falkensaurier meldete Störungen, dann Nullfunktion; schließlich wurde er sichtbar und stürzte ab. Ich beobachtete sein Ende von einem Stück meines Lieblingsstrandes aus, an den ich mich zurückzog, wenn ich ungestört mit Rico-Borgasen sprechen wollte. Wie ein fischender Pelikan stürzte die Maschine mit ausgebreiteten Schwingen und vorgerecktem Projektorschnabel in die Wellen. Sekunden später jagte die Explosion eine steile, weißgischtende Wassersäule in die Höhe.

Die Sonne ging, wie an jedem zweiten Abend, in brodelnden, leuchtenden Wolkengebirgen unter. Das riesige Gestirn schien sich an seinem unteren Rand aufzulösen und in den Ozean zu tropfen. Für mich bedeutete es, daß sich mein Aufenthalt in den TEFTRIS-Laboratorien dem Ende näherte. Ich hatte vor zwei Wochen meinen Urlaubsantrag gestellt – vorsichtshalber.

Nacheinander lösten sich die schweren Transporter aus der Warteschleife und landeten. Während ich mich gegen den Seewind stemmte und zum Stützpunkt zurückging, landete die erste Maschine mit Nachschub.

»Wie geht es weiter, Kristallprinz?« fragte ich mich. »Wie wird es enden? Wo und wann?«

Nicht hier, sagte der Extrasinn. *Und nicht als Leiter des Raumfahrtprogramms.*

Auch ohne Wahrscheinlichkeitsrechnungen und ein Übermaß an Intuition konnte ich ahnen, daß große, entscheidende, vielleicht vernichtende Zwischenfälle geradezu darauf lauerten, auszubrechen. Seit Wochen war dieses Unbehagen erheblich gewachsen.

Als sich die Staubwirbel unerträglich langsam senkten und die letzte Herkules nach Nordost abdrehte, zitterte nur noch das Brummen der schweren Triebwerke in der heißen Luft des Vormittags. Im Büro wurden die Dokumentenkoffer geöffnet.

Ich betrachtete stolz meine Ernennungsurkunde, grinste in Gedanken an meinen Urlaub und schlug die Anweisungen auf. Schon nach kurzer Lektüre fand ich, was ich zu lesen erwartet hatte:

In einer Woche lud ein Frachter Maschinen und einen Bautrupp aus. Der Anlaufpunkt lag weiter südlich auf der schmalen, langgestreckten Halbinsel, etwa dort, wo die Falkensaurier, Ricos Sonden und ich selbst im Jeep der Wachmannschaft nach den Pyramiden – erfolglos – gesucht hatte. Der Bautrupp würde eine unterirdische Anlage errichten, in der »mein« Triebwerk mit zwei Kleinstreaktoren getestet werden sollte. Die Radioaktivität würde durch bleibewehrte Mauern, Decken und Böden und durch Wasserbassins abgefangen, das erfolgreich getestete Triebwerk vergossen und ein Hügel über die Anlage geschoben werden, einschließlich Bewuchs, Bäumen und Süßwassersprinkleranlage. Man sah behördlicherseits keine Möglichkeit, die Einzelteile in den Orbit zu schießen, ohne innenpolitische Tragödien heraufzubeschwören.

Die US-Space-Force ist ein gefürchteter Gegner, sagte der Extrasinn.

»Das sind überaus deutliche Signale, Arkonide«, flüsterte ich. »Unübersehbar. Du hast es gewußt: der kalte Krieg und die Folgen. Amoustrella und Miracle werden sich freuen.«

Ich drückte eine Sprechtaste und sagte ins Mikrophon: »Ysabel. Rufen Sie bitte für sechzehn Uhr eine Konferenz aller Wissenschaftler, auch der mechanischen Abteilung, im Schulungsraum zusammen, denn der Chef wird die Direktiven der nächsten Wochen interpretieren.«

»Jawohl, Sir. Sofort, Mister Peterson.«

Ich las weiter: Unbegrenzte Mittel im Rahmen der bisherigen Aufgaben. Gehaltsaufbesserung für alle. Ein zusätzliches medizinisches Team; Spezialisten für Strahlungsunfälle. Bau der »sicheren« Elemente durch Firmen, die bisher dem STARDUST-Projekt Zulieferer gewesen waren, also die großen amerikanischen Firmennamen. Neue Drehbänke, Computer, Modellbauer? Kein Problem. *»Rufen Sie einfach an, Doktor Peterson.«*

Ich studierte sämtliche Unterlagen bis zum Ende, setzte Sonnenbrille und Baseballkappe auf und zog mich in mein Haus zurück, um all das zu packen, was ich durch die Transmitter in den leeren Teil des Maschinenraums der ARCA schicken konnte. Um das Gegengerät einzuschalten und zu justieren, mußte ich noch einmal zu einem Angelausflug starten.

Um nicht aufzufallen, sortierte ich alles Unwichtige aus und verstaute zwei Koffer in einem Schrank, zu dem Pilar keinen Schlüssel hatte.

In der Nacht des 20. Oktobers arbeiteten im Maschinenraum der ARCA nur die arkonidischen Triebwerke. Vor einer Stunde hatte ich den Transmitter im Hobbyraum meines Hauses in ein Metallgestänge verwandelt, das als schweres Photostativ zu benutzen war. Das Boot raste fast ohne Geräusche durch die Bucht, die Geschwindigkeitsregler waren in Maximalstellung eingerastet. Die Instrumente leuchteten jetzt in anderer Farbe und zeigten andere Werte.

Ich packte die Zentralhaltestange und blickte nach achteraus, weil ich erwartete, daß mich der Hubschrauber verfolgen würde. Aber die ARCA erreichte Höchstgeschwindigkeit; ich schaltete die Antigravprojektoren unter dem Holz der Planken ein. Der Bug hob sich, die Heckspuren hörten fast übergangslos auf, und ich raste mit ständig steigender Geschwindigkeit nach Süden, inzwischen in der Mitte des Golfes und in zehn, später fünfundzwanzig Metern Höhe.

Klack. Das Radar wurde durch arkonidische Rundumortung ersetzt. Der Autopilot brummte und klickte leise. Als der Fahrtwind lästig wurde, schaltete ich den Schutzschirm ein und kontrollierte jede Funktion mit ruhiger Gründlichkeit, ehe ich aus der Zweiliterflasche den bodenständigen Rotwein ins Glas kippte.

»Noch vier Stunden Nacht«, sagte ich und wußte, daß auch der Deflektorschirm zuverlässig arbeiten würde. Mit einem leisen Piepton signalisierte die Ortung einige Fischkutter, und ich flog, kurzzeitig den Autopiloten abgeschaltet, einen weiten Ausweich-Halbkreis.

»Gleich werden wir viel klüger sein«, murmelte ich, als ich auf direktem Kurs nach São Miguel und in größere Höhe war. Ich ging in die Plicht, klappte die Sitzbank hoch und schaltete den Bildschirm ein. Noch schwebte Riancors Spionsonde über dem TEFTRIS-Gelände. Ich erkannte auf dem holographischen Schirm den zweiten Robot. »Wo ist Riancor?«

»Vorübergehend auf Miracle. Er ist um sieben Uhr unserer Zeit zurück. Mondam Amoustrella schläft hier in ihrem Raum.«

»Ich fliege mit der ARCA zur Kuppel«, sagte ich. »Du wirst mich orten und nötigenfalls warnen. Bald schalte ich den Deflektor ein und gehe auf größere Höhe. Bereite den Schleusenmechanismus und das Manöver vor. Irgendwelche Neuigkeiten, die meine Position oder Person beträfen?«

»Keine, Gebieter.«

»Verstanden. Wir bleiben in Kontakt.«

»Selbstverständlich.« Darcy Boog hob die Hand zum Gruß. Ich sicherte mich mit einer Sorgleine, setzte mich auf die Polster, betrachtete die Sterne und die Wellen, die sich schwach und winzig unter dem fliegenden Schiff abzeichneten; nichts auf diesem Planeten war je sicher. Der entscheidende Grund war die Aufstellung, die mein Gönner in Washington den neuen Anweisungen hinzugefügt hatte. Sie stammte aus den Archiven des NATO-Geheimdienstes und listete die Anzahl der atomaren Bomben, Sprengköpfe, Granaten und der Wasserstoffwaffen aller Staaten auf. Selbst ein Arkonide, der sich auf dem Meeresgrund versteckte, unter einer dicken Schlammschicht, hatte Angst vor dem Overkill.

Durch die Räume und Hallen der Überlebensstation unterhalb São Miguel, durch weit offene Schotte und Türen, zwischen holographischen Illusionslandschaften hallten am 23. Oktober die Chöre der Carmina Burana des Carl Orff. Die Bildschirme zeigten Aufnahmen aus allen Teilen der Welt. Ich saß bei starkem Kaffee mit einem Hauch Calvados darin am Arbeitstisch, betrachtete die Bilder und Riancor, der virtuose Schaltungen ausführte.

Auf einem Monitor liefen Ausschnitte, die das Trainingsprogramm der STARDUST-Mannschaft zeigten. Bull, Flipper und Manoli, motiviert und mitgerissen vom Kommandanten Perry Rhodan, Major und Risikopilot, befanden sich im Außentraining und robbten durch einen besonders unangenehmen Teil des »Tales des Todes«. Diesen Rhodan hatte ich, abgesehen von den Informationen der Spionsonden, zweimal selbst getroffen. Einmal während der Maiunruhen in Paris, ein zweites Mal zusammen mit meinem Pentagon-Gönner Nicholas Furthenmueller, General und Mann hinter den Kulissen des alternativen Mondprogramms.

»Sie machen es sich nicht leicht, die Männer um Rhodan«, sagte Riancor of Arcoluiz. Ich verrührte etwas Sahne im schwarzen Gebräu und trank.

»Rhodan muß seinem Ruf als Risikopilot gerecht werden«, sagte ich. »Schließlich muß die Space-Force allen Kritikern und der Konkurrenz beweisen, was sie kann.«

»Ich habe mit hoher Wahrscheinlichkeit errechnet, daß sie's können werden«, sagte Riancor-Borgasen.

»Meinetwegen. Ich bin aus dem Geschäft draußen«, sagte ich und erinnerte mich an die Auswertung der Restbögen, der Filme und der ärztlichen Berichte. Aus unerfindlichen Gründen hatte mich General Dr. Furthenmueller gebeten, ihm zu helfen und zu raten. Seine Eskorte hatte mich für ein paar Tage von TEFTRIS abgeholt und im Trainingscenter untergebracht; von der STARDUST selbst kannte ich nur ein bißchen mehr als die Öffentlichkeit. Und das war nicht eben viel.

Unter der Aufsicht Darcy Boogs schufteten die robotischen Winzlinge auf Yodoyas Inselchen. Sie bauten das Haus ab, gruben ein tiefes Loch und versenkten das Haus unter den Erdboden. Das pagodenartige Dach verwandelte sich in eine waagrechte Platte. Ein fünfzehn Meter tiefes Einstiegsloch entstand, eine Stahlröhre mit einem simplen mechanischen Aufzug und einer Schleuse. Die Fenster verwandelten sich in Projektionsflächen; Leerrohre mit Spezialkabeln würden uns erlauben, die Umgebung durch optische Systeme zu betrachten. Riancor hatte das knifflige Problem, einen Transmitter zu verstecken, perfekt gelöst.

»Das bleibt«, ich deutete auf die Sandhaufen und die Anlage der Meerwasserentsalzung, »unser letztes und einziges Fleckchen, das wir aus der Kuppel heraus betreten können.«

»Alle anderen Stationen, die von Menschen entdeckt werden können, sind verschwunden.«

»Die Notsilos?«

»Mit fast hundert Prozent Wahrscheinlichkeit wird ihre Ruhe nie gestört. Ich habe sie kontrolliert: kein Hinweis auf Arkon.«

Yodos Island lag derart abgelegen, war so unbedeutend und zudem winzig; die meisten Seekarten zeigten es nicht einmal. Die Zeit, in der wir unbehelligt durch die Länder streifen konnten, war unwiderruflich vorbei.

»Ein anderes Thema«, sagte ich. »Unsere drei Reaktoren. Stelle fest, welche Einheiten ganz abgeschaltet werden können und welche die Station mit der Grundlast versorgen.«

Seine Antwort hätte ich mir selbst geben können, denn Riancor ging logisch vor.

»Ich habe bisher die Einheiten I, II und III im Turnus abgeschaltet oder mit etwa einem Viertel der Leistung gefahren. Was zehn Jahrtausende zufriedenstellend arbeitete, wird auch die nächste Zeit richtig sein.«

»Deine positronische Weisheit«, brummte ich, »beeindruckt mich wieder einmal.«

»Nicht nur dich, Atlan.«

Da mein Eindruck von Rhodan und seinem Team nicht mehr zu verbessern war, sagte ich: »Zieh die Spionsonde *Delta* von der STARDUST-Crew zurück und deponiere sie irgendwo! Wie steht es mit unseren Satelliten?«

»Drei Fernbeobachtungs-Relaisstationen kreisen. Tek-I-*Alpha* ist technisch längst überholt und wird sich bald selbst zerstören. Tek-II-*Beta* und III-*Gamma* befinden sich im Kampfbereich hochfliegender Jäger, Raketen und so weiter. Es ist damit zu rechnen, daß sie, zufällig oder weil eine Großmacht meint, es wären Spionageeinrichtungen der anderen, zerstört werden.«

Mein Blick ging von Yodos Island über das Bild Beauvallons, über die verwitterten Grabsteine meiner Geliebten zur regungslosen Landschaft der Camargue. Als sich ein Touristenomnibus über die Teerstraße schob, schaltete ich ab. Ich dachte nach und sagte:

»Ein Heer von Geschichtswissenschaftlern arbeitet die Gegenwart auf. Millionen Photos und kilometerlange Filme werden archiviert. Tausende Tonnen Bücher in vielen Sprachen werden geschrieben und gedruckt. Ich sage: Es ist sinnlos, daß wir weiterhin die Geschichte der Barbaren dokumentieren. Alles, was wichtig ist, haben wir in den Speicherbänken.«

»Die Satelliten abschalten, Atlan?«

»Nein. Überlassen wir es der nahen Zukunft. Bis dahin, bis vielleicht zufällig jemand die Satelliten entdeckt oder bis sie mit einem Stück Weltraumschott zusammenstoßen, sollen sie weiterhin Informationen liefern.«

»Meist zeigen sie die Pilzwolken atomarer Versuche.« Resignation lag in Riancors Stimme.

»Wieder ein Punkt erledigt«, sagte ich. »Was hältst du von folgendem Plan? Wir erledigen mit gewohnter Sorgfalt hier unsere Arbeiten, übergeben Mapuhi die Aufsicht über die Kuppel und gehen dorthin, wo alle unsere Kameraden warten. Wenn es sich herausstellt, daß Amoustrella auf Miracle gebraucht wird, komme ich zurück und schalte die Bio-Tiefschlaf-Anlage aus.«

»Es ist die beste Lösung«, bestätigte Riancor. Amir Darcy Boog und die Subrobots würden rund zwei volle Tage brauchen, um unsere Spuren auf dem Eiland gründlich zu verwischen. Die Flora, die nicht zu den Kokospalmen paßte, würde vielleicht einmal einem gestrandeten Einhandsegler auffallen.

»Anderes Thema«, sagte ich. »Nachschub und Ausrüstung für Miracle und seine Amazonen, Samurai und Reiter der Gerechtigkeit?«

Riancor schob den Sessel zurück und legte die knielangen Stiefel auf die Kante des Pultes. »Ich habe eine lange Liste mitgebracht. Wir brauchen, von wenigen Ausnahmen abgesehen, das gleiche wie immer: Medikamente, Instrumente und Energiezellen. Dazu einige Tonnen Halbfabrikate. Alles in allem nichts Außergewöhnliches. Aus unseren Silos wurde alles geholt, und die robotischen Gnomen schuften schon in der Tiefe unseres Verstecks.«

»Wenn ich mich an meine ersten Aufstiege zu den Barbaren erinnere ...«, begann ich. Riancor unterbrach lachend:

»... und du erinnerst dich meist perfekt daran ...«

»... bin selbst ich verblüfft, wie wir die gewaltigen Möglichkeiten der Station und der Silos ausgenutzt haben. Ein Unterschied von knapp zehn Jahrtausenden.«

»Wenn ich mich nicht ständig verbessert, umgebaut und für die Aufgaben geschult hätte«, sagte er, »wäre ich gerade so weit wie Mapuhi Toader. Er braucht noch mindestens hundert Jahre intensiver Feinarbeit. Ich werde in gewissen Abständen hier nachsehen und kontrollieren.«

»Konfuzius ist ein Dummkopf gegen dich«, lobte ich. »Genauso soll es durchgeführt werden, Freund Riancor.«

Wieder wechselte das Bild auf einem Monitor. Die Sonde über der TEFTRIS-Station zeigte die gelben Caterpillars der Baugruppe, die jenes Riesenloch aushoben, in dem die verdammten Triebwerke getestet werden sollten. Minuten später zog die Sonde lautlose Kreise um »Speedy«, Manolito; auch dieses Bild würde ich nie vergessen können: Manolito saß am Ende des Entladestegs, an dem die ARCA festgemacht hatte. Seine mageren braunen Beine baumelten, er hatte die Ellbogen auf den Oberschenkeln abgestützt und schaute regungslos, mit großen Augen, auf die Brandung vor der Bucht. Der Extrasinn sagte: *Er wartet. Er hofft, daß du zurückkommst.*

Riancor schaltete den Monitor ab. Tief unter uns rumorten die Roboter, die ihre Arbeit auf der Insel beendet hatten. Riancor und ich standen vor den Schaltpulten der Kuppel und betrachteten Mapuhi, seinen runden Plastikschädel, den farbloswächsern wirkenden Kunststoffüberzug des Robotkörpers.

»Schön bist du nicht, Stellvertreter«, sagte Riancor. Er kommunizierte über Funk mit Mapuhi, war aber rücksichtsvoll genug, mich mithören zu lassen. »Bleib so!«

»Jawohl, Gebieter«, sagte Mapuhi. »Warum darf ich nicht wieder ein paar Kilogramm Plastik, Kunststoff oder Elaste um meine Arkonstahlgebeine drapieren?«

»Weil dein blütenreines Erscheinungsbild leider nicht das geringste mit deinen intellektuellen Fähigkeiten zu tun hat«, schnarrte Riancor im Tonfall eines englischen Rekrutenausbilders. »Für das nächste Jahrhundert, du Roboter, ist harte Arbeit angesagt. Arbeit an dir selbst! Kontrolle durch Rico-Riancor! Klar?«

»Klar, Gebieter.«

Riancor nickte mir zu. »Noch ein paar Stunden der Checks und Einweisungen, und wir können in unser ›Alter Orbis‹ verschwinden, wo Milch, Honig und Rotwein fließen.«

»Wohlgetan«, sagte ich. »Ich gehe in meine Gemächer und packe.«

Ich ging zuerst in die Kammer, in der Amoustrella Gramont tiefschlief. Ich betrachtete sie und versuchte mir vorzustellen, wie lange unsere gemeinsame Zukunft dauern mochte und was sie uns bescherte. Danach wandte ich mich an Rico-Borgasen und Mapuhi Toader.

»Wenn wir schon Lilith als Robotdouble Mondam herausgeputzt haben, sollte für meinen Enkel das gleiche gelten. Du wirst, Rico, Boog also in Silent Thunder verwandeln.«

»So gut, daß selbst du ihn nicht als meinen Zögling erkennen wirst«, sagte Rico.

Ich nickte grinsend und blickte auf die planetare Karte Miracles, die Rico-Riancor auf einen der großen Monitoren geschaltet hatte.

»Morgen wecken wir Amoustrella, und für eine Zeit unbestimmter Dauer widmen wir uns wieder unseren Aufgaben auf Miracle. Vielleicht gelingt es uns, den Zugang zu den anderen Planeten richtig zu schalten.«

»Das bedeutet größere logistische Anstrengungen«, sagte Rico.

»Die wir auf bewährte Weise hinter uns bringen werden.«

Ich hatte keine Eile, aber wir hatten uns viel vorgenommen. Die kleine Truppe, die von Amoustrellas Schlößchen aus agierte, würde uns und die Menge wichtiger Materialien mit großer Zustimmung und Freude begrüßen.

Am 2. November, Erdzeit, eine Stunde nach Mitternacht, entsprechend der Morgendämmerung Miracles, trafen wir uns alle in Amoustrellas Arbeitszimmer, das so groß wie eine Halle war: Rico-Borgasen, Amoustrella und Lilith, ihre Doppelgängerin, Orban Amir »Silent Thunder« Lawrence und dessen robotischer Doppelgänger Boog, Kandida Tronte von Clatagh, Anissa Aenigma, Vasja Ayodale und Kamakura Yamazaki.

»Es gibt eine große Wahrscheinlichkeit«, sagte ich, »daß ich auf Larsaf Drei, also der Erde, nach dem Rechten sehen muß. Ich habe meine Stellung noch nicht gekündigt – obwohl das kein ernsthafter Grund ist. Wie lange ich bleiben kann, weiß ich nicht.«

Amilcare Sibugoudi, der Vulph Rumwinckle mit sich zog, stürmte in die Halle.

»Atlan! Eben haben wir gehört, daß du vielleicht bleibst. Ausgezeichnet! Wann brechen wir zu den neunundzwanzig Welten auf?«

»Nichts überstürzen!« Ich lachte. »Erst einmal muß die Ladung ausgepackt sein, wir müssen die Robottiere aktivieren und programmieren und den Flugdrachen zusammensetzen. Und die Verbindungen stehen noch lange nicht.«

»Man arbeitet emsig daran«, sagte Vasja.

Yamazaki trat näher und verneigte sich. »So sehen wir, daß auch der Nebel schlimmster Erwartungen das Blühen des Kirschbaumes nicht verhindern kann. Willkommen, wieder einmal, bei deinen Freunden. Sie werden sich bemühen, durch Wohlverhalten deine innere Unrast in gemessene Freude zu verwandeln.«

Ich verneigte mich ebenfalls und sagte leise: »Das Morgenrot würdevoller Ansprachen. Glaubt nicht, daß die Zukunft nur Lautenklang und Weinglasgeklirr sein wird.«

»Aber sie wird abenteuervoll und heiter.«

Condottiere Polideukes Castor trat ein und begrüßte uns, sah sich um und sagte: »Ich dachte, man feiert mit einem Frühstück?«

»Dein profaner Hunger ist desillusionierend.« Rico-Borgasen schüttelte den Kopf. »Geh in die Küche, belästige die Mägde, wenn's dich hungert, Freund.«

Zynald tyl Drocka schloß geräuschvoll die Tür und schob Jynifer Hunfeldas auf mich zu. Er strahlte mich ebenso an wie die silberhaarige Amazone. »Schön, daß du bei uns bist.«

»So.« Ich schüttelte ihre Hände. »Wir werden in gewohnter Ruhe frühstücken und einen Plan für die nächsten Amaryll-Monde aufstellen. Und wir fangen mit der Suche nach dem Kode an und versuchen, die Zugänge zu erschließen.«

Amou sagte lachend: »Falls ihr es noch nicht gemerkt haben solltet, will ich mit ihm später ein wenig allein sein, ehe die Arbeit über uns hereinbricht. Gib ihnen Wein zum Frühstück, Rico-Borgasen!«

»Meine Blicke vertreiben sie auch weinlos.«

Wir gingen auf die Terrasse, bewunderten die letzten Sekunden des Sonnenaufgangs über der Bucht und dem Meer, hielten uns an den Händen. Ich sagte: »Ich kenne das Ende nicht. Es kann sein, daß ich lange auf der Erde aufgehalten werde.«

»Ich weiß: Du wirst sie niemals vergessen können. Die schönsten Jahre unseres Lebens habe ich mit dir dort verbracht.«

Ich dachte an die Camargue, die nachts phosphorn leuchten würde, wenn die Großmächte ihre atomaren Raketen abfeuerten. Der irrwitzige Overkill würde alles vernichten, auch die Baja California, die Brandung, die Palmen auf Yodos Inselchen und Manolito; Trauer und Vorahnungen kamen zurück und ließen mich taumeln.

Drei große Monitore zeigten die Baustelle in der Savanne. Rampen, Balkengerüste und Leitern führten zwischen dem Stützwall abwärts; der Trichter war aufgefüllt worden, und breite Straßenstücke erstreckten sich zwischen Pumpen, Röhren und einem einfachen Becherwerk bis an den Rand der Umfassung. Vierzehn Objektive zeigten Einzelheiten jeder Ebene, angefangen vom unteren Ende der Eingangsrampe. Menschen und Maschinen räumten Sand, trocknenden Schlamm, Trümmer und anderen Abfall der Jahrtausende an die Oberfläche und reinigten, ohne Leitungen, Röhren und technische Installationen zu berühren, die Kammern, Säle, Gänge und Verbindungsflächen. Rico holte aus den arkonidischen Silos Halbzeug und Materialien, schaffte die Erzeugnisse der Maschinen durch den Transmitter, kontrollierte die Werkbänke und, Stunden später, die Arbeiten in der Savanne, sprang zurück und untersuchte in seinen Werkstätten die wenigen Teile, die ohne Risiko aus der Energiestation ausgebaut worden waren. Ich betrachtete die Dokumentationen einer fremden Technik und hoffte, daß unsere Freunde die richtigen Teilnehmer für ihre Expeditionen in den Miracelring fanden.

Amoustrella schob sich in den Bereich der Linsen. Sie trug Schutzkleidung und schwenkte einen Handscheinwerfer.

»Wir sind kurz vor dem Durchbruch, Atlan!« rief sie. Ich regelte die Optik über dem Monitor ein und winkte zurück. »Rico hat herausgefunden, daß alle anderen Räume kleine Schaltzentralen für Nebenstationen sind. Wir stemmen gerade die Sicherheitsschotte auf.«

»Das deckt sich mit meinen Berechnungen.« Jedesmal, wenn ich Amou und Silent Thunder in den feuchten Kavernen sah, zuckte ich zusammen und ängstigte mich an ihrer Stelle fast zu Tode. »Seid vorsichtig. Elektrizität und mehrdimensionale Energie vertragen sich nicht mit Nässe und achtlosem Herumgefuchtel von Amateuren.«

»Der Samurai und Polideukes helfen mir. Wir sind überaus vorsichtig, Liebster. Und in drei Tagen bin ich bei dir.« Sie lächelte und ging zur Seite, um einen Schwarm Roboter vorbeizulassen, die das Heißluftgebläse und die Abzugsvorrichtung verlängerten und an anderen Stellen postierten. Scheinwerfer flammten auf und strahlten nasse Winkel voller Schlamm an. Maschinen liefen lärmend an. »Bis später, Gefährte meiner Träume.«

»Bis bald.« Rico hatte Zelte und gezimmerte Schuppen aufgebaut, in denen wir Pläne und Modelle der Anlagen zeichneten und so versuchten, ein besseres Verständnis der Energiestation und der Verteilerschaltungen zu entwickeln. Trotz des Funktionsschemas, das mir in der Wüste gezeigt worden war, begriffen wir noch lange nicht alles. Vielleicht hatte unsere Gegenwart eine geheime Schaltung ausgelöst: Hinter wuchtigen und übertrieben großen Schotten drang ein ununterbrochenes Summen hervor.

Ich hob voller Besorgnis die Schultern und blickte in den Hafen. Winter in dieser Gegend: Es schneite nie, regnete viel, die Temperatur war um mehr als zwanzig Grad gefallen; siebzehn Schiffe standen auf dem Kai und wurden ausgebessert, von riesigen Planen überspannt. Ich war fast allein im Schlößchen und begann einen Rundgang, der mich bis zu den Materialstapeln in den Transmitterhöhlen führte. Ich ertappte mich dabei, wie ich die Säume des Hemdes auseinanderzog und die Hand um den Zellaktivator krampfte; zweifellos eine Geste der Unsicherheit.

Rico weckte mich. Ich war im Sessel vor dem Kamin eingeschlafen. Die Glut knackte, Kerzenflammen flackerten. Feuchte Winterstürme peitschten das Meer und schwemmten Unrat durch die Gassen ins Meer. Rico zwirbelte den Gascognerbart.

»Die gesamte Ausrüstung der Entdecker-Teams stapelt sich in der Höhle«, sagte er. »In unseren Silos ist viel leerer Platz. Stoßen wir morgen ins Zentrum der Energieanlage vor?«

»Im Schutzanzug.« Ich gähnte. »Ist von der Schutzkuppel noch mehr übrig als Träger und Hülle?«

»Keine Sorge. Nur die Ausrüstung, die du und ich niemals verbrauchen könnten, befindet sich hier. Kaffee? Wein? Bier? Das Schlößchen ist leer, Gebieter.«

So nannte er mich nur, wenn niemand zuhörte. Ich sah in seine grüngrauen Augen, überlegte und entschied mich für schweren Rotwein aus unseren Beauvallon-Vorräten. Rico zog den Korken; der Geruch schwebte durch den Saal, als ich den Pokal hob und er an seinem Pokal schnupperte. Ich trank, ging zur Planetenkarte, wechselte zum Arbeitstisch und betrachtete die holographischen Bilder der Monitoren.

»Wir«, begann ich, »nein ... Amou und die Freunde stehen vor einem bedeutungsvollen Schritt. Dreißig unberührte Welten. Und ich bin nicht dabei.«

Der Wein hatte durch die Reife mehr gewonnen, als ich schmeckte. Ich sah im grellen Scheinwerferlicht, wie Ter Calopseas umgeschulte Reiter und die kleinen Maschinen an den Riegeln hantierten. Rico las in meinem Gesicht, war kurz darauf neben mir und betrachtete die Bilder.

Er stieß einen langen Fluch aus der Region Var aus, stellte den Pokal ab und sagte halblaut: »Ich nehme den kleinen Transmitter. Ich rechne mit einem Desaster. Bleib hier und kontrolliere alles. Wir bleiben in Verbindung.«

Ich schaltete voller böser Ahnungen das Multifunktionsarmband auf Dauerbetrieb. Rico rannte hinunter in die Transmitterhöhle, sprang zur Savannenbaustelle und tauchte im Bild auf. Minuten später waren Amou und Silent Thunder an seiner Seite. Das Riesenschott öffnete sich in kreischenden Angeln, wieder schwenkten Scheinwerfer, und in einem gigantisch scheinenden Hohlraum flammten Lichter auf. Ich sah Blöcke, Kuben, Rohre, Isolatoren und schenkeldicke Metallstäbe, Warnfarben und unzählige blinkende Leuchtfelder. Amou und mein Enkel gingen an Rico vorbei, in den Raum hinein, und vor ihnen knisterten und prasselten die Rautenlinien einer Energiesperre. Maschinenlärm machte jedes Wort unverständlich; mich packte eisiger Schrecken. Ich trank, ohne es zu merken, und sah fasziniert zu.

Entladungen zuckten und rasten die Leiterbahnen entlang, durch das System der Kammern, zwischen Blitzen hindurch und zur splitternden Decke. Calopseas Arbeiter flüchteten heulend.

Sie werden alle vernichtet! schrie der Logiksektor. Ich spürte zwischen dem Rotwein das Blut meiner zerbissenen Lippen. Eisige Kälte lähmte einige Atemzüge lang meinen Körper, Rico schien zu schreien und wollte Amou und Silent Thunder zurückhalten, die auf ein monströses Schaltpult zurannten. Oder waren es die robotischen Zwillinge?

»Nein! Zurück!« schrie ich in ohnmächtigem Zorn. Zuerst trafen die Blitze einer Schutzbarriere meinen Enkel und zerstäubten ihn, dann, noch ehe Amoustrella den Schwung ihres Körpers anhalten konnte, verschmorte und verdampfte sie in der entfesselten Energieflut. Durch Rauch und brennende Gase sah ich Rico flüchtend rennen; er schien mir zu winken. Was er schrie, verstand ich nicht. Noch nicht.

Ein Orkan verschiedener Stimmen drang aus den Lautsprechern. Ich leerte den Pokal, ließ ihn fallen und achtete nicht auf das Geräusch, mit dem er zerklirrte.

Schreie, Bilder und alptraumhafte Visionen verwischten sich zu chaotischem Inferno. Ich sagte mir, daß ich mich retten müßte, blieb aber unentschieden, was zu tun war. Wahrscheinlich dachte ich, eine Ewigkeit verginge, und in Wirklichkeit dauerte alles nur eine Handvoll Sekunden.

»Aus dem Kap der Brandung, unter dem Himmelsstein-Tempelchen, schlagen violette Blitze ins Meer!«

»Mondam! Aus dem Turm Shitem Droyas in Syhasti zuckt Feuer zu den Sternen!«

Aus Erkern, Balkonen und Altanen der Tundra-Rundstadt wallten Nordlichtschleier in Regenbogenfarben zum Firmament.

»Senkrechte Feuersäulen, verbunden mit schauerlichem Heulen und Schrillen, lodern aus den Sandsteinsäulen der Windorgel!«

»Atlan, mein Freund! Was ist ... was hat das zu bedeuten? Die Ruinenstadt steht in kalten Flammen: Sie brennen, aber verbrennen nichts!«

»Samurai der Sterne! Über der Savanne rasen lautlose Lichtstürme hin und her. Aus dem Vulkan schrauben sich weiße Wirbel in die Nacht!«

»Warum schleudert der Leuchtturm gelbe Lichtfunken in alle Richtungen?«

»Mondam Amoustrella! Die Straße und die Brücke leuchten, als würden sie brennen. Alles rennt, jeder flüchtet ... Kommt und helft uns!«

Ich merkte nicht sofort, daß Rico mich an beiden Armen packte und hochhob. Er rannte mit mir zum Lift, der in die Transmitterhöhle führte. Schließlich begriff ich und wehrte mich nicht mehr gegen ihn. Mühsam verstand ich: »Amou und Orban-Amir: überall Kurzschlüsse. Der Transmitter fällt aus – unkontrollierte Energieflut stört alle Funktionen.«

Wir rannten auf den Transmitterbogen zu, vorbei an Containerstapeln, durch flackernde Lichtinseln der Tiefstrahler, auf die rettende Linie zwischen den Energieschenkeln zu. Rico zerrte mich rücksichtslos mit sich, setzte seine Kräfte ein und sprang mit mir förmlich durchs Abstrahlfeld. Der Unterschied zwischen ohrenbetäubendem Tosen und völliger Ruhe machte mich halb besinnungslos. Ich atmete keuchend ein und erkannte die Umgebung.

»Wir sind wieder auf der Erde. In meiner Kuppel«, stotterte ich. Der Logiksektor stotterte ebenso: *Gerettet. Letzte Sekunde. Ohne Rico wärst du tot oder ausgesetzt!*

Wir gingen langsam eine Ebene um die andere aufwärts und blieben zwischen den Pulten und den stumpfgrauen Bildschirmen stehen. Rico sagte halblaut und mit merkwürdig rauher Stimme: »Nun, Gebieter, mußt du vieles vergessen. Amou, die Freunde und den Miraclering. Ich sorge für Wein; betrinke dich! Du hast erreicht, was zu erreichen war – deine Freunde werden den Dreißig-Planeten-Wall erobern und beherrschen. Dieses Kapitel ist zu Ende.«

Ich ließ mich in einen Sessel fallen, stierte meine Stiefelspitzen an und zwang mich mit Dagortechniken mühevoll zurück in die Wirklichkeit. Ich lebte. Rico, Mapuhi, die Kuppel und ich waren gerettet. Wie in Trance sah ich, daß ein Kontrollicht nach dem anderen erlosch: Der Transmitter einer fremden Macht schaltete sich ab, hörte auf zu arbeiten, verschwand, löste sich auf. Rico hob meine Hand und legte die Finger um den Stiel des Pokals.

Seine Stimme befahl: »Trink, Gebieter! Geh – dein Verstand darf nicht leiden. Irgendwann werde ich dich aufwecken; dann wird Zeit sein für eine Analyse, für ruhige Betrachtung. Ich sähe es gern, wenn du austrinken würdest.«

Ich hielt ihm das Trinkgefäß hin, er füllte es wieder. Im Hintergrund hantierte Mapuhi Toader schweigend an den Speichern und Wiedergabegeräten; Sekunden später erfüllte die klagende Musik von Monteverdis *L'Orfeo* die Kuppel. Der Logiksektor setzte zu einer Analyse an: *Trauer, Flucht, Resignation, Arkonide; oder willst du dich der Erkenntnis stellen? Noch warten deine Forscher auf dich!*

Ich hob ratlos die Schultern, mein Blick fiel auf einen Monitor mit Kalender-Einblendung: 17. November 1970.

Amoustrella und mein Enkel waren tot. Die Überlegung, ob sich das Strukturtor zu Miracle, durch das hindurch Funkwellen ebenso wie Transmitter funktioniert hatten, jemals wieder öffnete, stand in den ewigen Sternen. Was Amoustrella für mein Leben bedeutet hatte, was wir füreinander bedeutet hatten, wußte ich, und sie war in diesem Bewußtsein gestorben. Ich war wieder so allein wie nach dem Untergang von Atlantis, und die Welt über mir hatte sich drastisch überbevölkert und verändert. Ich trank mit kleinen Schlucken, meine Gedanken trieben halbgelähmt in schwarzem Schlick; der Stillstand der Sonnenuhren war wieder eingetreten. Kein Abschied war je leicht gewesen – dieser schien mich vernichten zu können. Ich hatte zu Amou gesagt: *Du bist meine Morgenröte, meine Mittagssonne und das Abendrot* – nun herrschte nächtliche Finsternis. *Nein,* sagte ich mir; *der Abschied vernichtet dich nicht, Kristallprinz Atlan von Gonozal! Du bist gewohnt, zu handeln, etwas zu unternehmen, den Schmerz durch sinnvolle Arbeit zu kompensieren, dein Thanatos, der Todestrieb, ist nicht vorhanden; auch Zen und Dagor werden dir helfen können!*

Kühle umgab mich, die Musik beruhigte mich; schließlich sagte ich: »Rico! Ich werde wieder zurückgehen in die Baja California. Zuerst werde ich hier ein paar Tage und Nächte schlafen, mit Medikamentenhilfe. Am Ende der Träume war die Welt stets ein wenig heller.«

»Der richtige Entschluß, Gebie... Atlan. Ich trage für jede Kleinigkeit Sorge, wie gewohnt – andere Musik, anderer Wein?«

»Nein. Bereite alles vor, Rico. Ich bin in meinen Räumen.«

Über den Tafelbergen aus rotbraunem Sandstein, verwittert zu großartigen Formationen, kreiste zwischen Adlern und Kondoren unsichtbar der letzte Falkensaurier. Zwischen Kakteen und der niedrigen Brandung des Golfes, zwischen Häusern, Hallen und Anpflanzungen schwebte Ricos Spionsonde. Der ARCA-Gleiter wurde in den Werkstätten überholt; ich flüchtete mich für ein paar Tage auf Yodoyas Inselchen und kam gestärkt, erholt und entschlossen zurück in die Kuppel: Ich sah, daß in den TEFTRIS-Laboratorien auch im November 1970 mit Hochdruck gearbeitet wurde.

Billy Plichter schien mich in jeder der vierundzwanzig Stunden am Tag zu vermissen. Ich rüstete mich gewissenhaft aus, führte eine Handvoll getarnter primitiv-telefonischer Ferngespräche, klärte die Umstände meines verlängerten Urlaubs und versprach, so schnell wie möglich den TEFTRIS-Leuten zu helfen. Schließlich war ich immer noch Abteilungschef.

Die Warnung, die Atlan in der Wüste Miracles vom Zeitwächter Ngulh alias Neg Gulucch erhalten hatte, schien er verdrängt zu haben, sagte sich Cyr Aescunnar. Oder sie gehörte zu jenen Phasen seines Lebens, die rasch der Vergessenheit anheimfallen sollte ... Cyr rief die Feineinteilung der Zeittafeln auf und begann nachzurechnen. Nicht Atlan hatte vergessen, sondern er, Cyr, hatte sich geirrt: Die Strukturlücke brach unerwartet, schloß sich viel zu früh.

»Trotzdem war es ein Schock«, flüsterte Cyr. »Amou und sein Enkel – tot? Oder könnten es die Robotdoubles gewesen sein? Wie auch immer: Atlan resignierte nicht, sondern will zu TEFTRIS zurückkehren.«

Die hyperphysikalischen Formeln und Berechnungen der Alternativwelt-Entwicklung, unter der der Arkonide lebte – nachweislich seiner Schilderungen –, interessierten Cyr Aescunnar sehr viel weniger als die Erlebnisse des Arkoniden in der Zeit bis zu seinem letzten Einschlafen; dem letzten, bevor er mit Perry Rhodan zusammentraf ... bevor er das 1990 gegründete *Solare Imperium* kennenlernte und die größte Überraschung seines langen Lebens erfuhr.

»... und dem Tag oder den Tagen, in denen seine und unsere Welt wieder völlig deckungsgleich waren«, sagte Cyr. Mitternacht war vorbei, Oemchèn schlief längst, und vor einer Stunde hatte Atlan zu sprechen aufgehört. Cyr wußte, daß Doktor Amparo Abdelkamyr für dieses Kapitel der ANNALEN DER MENSCHHEIT alle theoretischen Unterlagen schreiben würde und an einer Gesamteinschätzung arbeitete; kommentiert oder/und unterstützt von anderen Hyperphysikern und im Vergleich mit der offiziellen Geschichts-Darstellung der ENZYCLOPAEDIA TERRANIA. Plötzlich grinste er und knurrte: »Und ob Atlans scheinbar so stabile Parallelwelt nicht doch brüchig ist ...? Er berichtet jedenfalls von der STARDUST und Rhodan!«

Cyr gähnte und versuchte, einige seiner vielen Notizen zu ordnen, die farbigen Zettel, die sich überall niedergelassen hatten wie ein Schwarm Schmetterlinge, die Bemerkungen auf den Monitoren, Bilder und Buchchips, Stifte und uralte, zerfledderte Bücher. Die letzten Spalten der ZEITTAFEL schienen nicht mehr korrigiert werden zu müssen – plötzlich fiel Cyr ein passendes Geschenk für den Arkoniden ein.

»Nicht nur die ersten Exemplare der ANNALEN«, sagte er leise und lachte, »sondern in schönstem Druck, versteht sich, auf möglichst altem Papier. Oder besser: Pergament, meinetwegen Palimpseste. Oder Shafadu-Papyrus?«

Er bezweifelte, ob auf ganz Gäa ein Blatt Papyrus zu finden war, stand blinzelnd auf und reckte sich. Jeder einzelne Muskel schien zu schmerzen; Cyr war todmüde und entschied, sich nicht wieder wach zu duschen und massieren zu lassen. Er streckte sich neben Oemchèn aus, und während er die Kette von Atlans Abenteuern in seinen Gedanken an sich vorüberziehen ließ und Atlan um die Möglichkeit beneidete, jahrelang schlafen zu können, überfiel ihn die Müdigkeit.

Die ARCA raste mit 24 Knoten über die niedrigen Wellen und durch die sanfte Dünung des Golfes von Kalifornien. Ich saß hinter dem Ruder, sämtliche Geräte waren aktiviert. Hoch über mir senkte sich mit fernen Triebwerksdröhnen ein Herkules-Transporter in den Landeanflug, unaufhörlich quäkte der Lautsprecher des Funkgeräts. Das steile Kliff des Cabo San Lucas war vor fünf Stunden an Backbord hinter dem Kielwasser verschwunden, und am unwahrscheinlich dunkelblauen, wolkenlosen Westhimmel schien die weißglühende Sonne anzuschwellen.

»Versuche, den Robotvogel oder die Sonde zu mir zu steuern, Rico«, sagte ich leise ins Funkarmband. »Ich suche zum Übernachten, in drei Stunden ungefähr, eine gemütliche Bucht.«

Der Küstenstreifen der Baja-Landzunge, zwischen 50 und 200 Kilometer breit und rund 1300 Kilometer lang, glitt in all seinem surrealistischen Aussehen an mir vorbei. Das Kielwasser verlor sich als weißgischtende Spur am gleißenden Horizont. Über den Hochebenen der Sierra Giganta Sur ballte sich ein Sandsturm zusammen.

»Verstanden. Keine neuen Beobachtungen.«

Die spanischen Soldaten, die einst hier gierig Gold suchten, waren zwischen Dornbüschen und Kakteen in der unermeßlich lebensfeindlichen Wüste an Wassermangel, Skorpionstichen und Schlangenbissen gestorben, fern von den Wildpfaden, zwischen Felsen und in glühendem Sand. Heute führte eine unbefestigte, häufig unterbrochene und verwehte, aber vernünftig markierte Straße, die MEX 1, durch die Länge der Insel. Ich drosselte die Geschwindigkeit, rollte die oft benutzte Seekarte aus und suchte aus meinen Kreuzen, Sternchen und Bemerkungen die Bucht heraus, der ich den Namen *Ring des Saturn* gegeben hatte, knapp dreißig Seemeilen entfernt. Zweieinhalb Stunden später sank der Bug in die schäumende Bugwelle, ich ließ das Boot auslaufen, drehte und warf den Buganker. Mit beiden Schrauben fuhr ich rückwärts, bis sich die Ankerkette straffte und ich mit der Trosse an Land waten konnte. Bei Ebbe würde die ARCA nicht aufsitzen; ich schaltete die Diesel aus und lauschte dem nachlassenden Pfeifen der Turbinen. Im Gegensatz zu den Spaniern war ich hervorragend ausgerüstet, bereitete mir eine große Cuba libre, lauschte dem Funkverkehr und spürte kurze Zeit später, wie ich wieder in diese riesenhafte, hohle Stille eintauchte, in die scheinbare Zeitlosigkeit dieses Stück Planeten, und in einen dramatisch lodernden Sonnenuntergang. Mit Oliven, Eiern, Zwiebeln, Corned beef, Dosenthunfisch und etwas Gemüse und Dressing bereitete ich mir einen Salat, briet Toastscheiben in Salzbutter, trank mexikanisches Bier und streckte mich in der Hängematte zwischen Heck und Bootshaus aus. Über mir breitete sich der Sternenhimmel aus, der gleiche wie über Yodos Inselchen, trotzdem empfand ich anderes, Unerklärbares als in der so vertrauten Inselumgebung.

Vorläufig brauchte ich an einen Flug zu diesen Sternen nicht zu denken. Den Mond, bald vielleicht auch Mars und Venus, würden die Menschen weiterhin ohne meine Hilfe erreichen können, würden sich auf dem Mond länger aufhalten, aber die gesamte Technologie des Planeten – wohl auch die Pläne, die in geheimen Denkfabriken diskutiert wurden würde die riesigen stellaren Entfernungen nicht überbrücken können. Die LARSAF ZWEI:DREI und Nonfarmales schwarzes Diskusschiff, beide vernichtet, waren die letzten Chancen gewesen, meine Heimat Arkon zu erreichen. Ich mischte kaltes Mineralwasser mit dunklem kalifornischem Rotwein, lauschte auf die Laute der schwachen Brandung, verfolgte die rasend schnelle Selbstvernichtung eines Meteoriten und geriet in einen Wachtraum.

Zehntausend nutzlos vertane Jahre. Dennoch: Die Menschheit hätte nicht einmal daran denken können, Atomraketen, Mond- und Marssonden, Mehrstufenraketen und Satelliten zu bauen oder eine STARDUST ins All zu schießen und auf dem Mond landen zu lassen, wenn ich sie nicht auf diesen Weg gebracht hätte. Der Zugang zu Miracle und zum Dreißig-Planeten-Wall: verschlossen. Für alle Zeiten? Vielleicht hätte ich dort eine Möglichkeit gefunden, nach Arkon zu fliegen, wo meinen Namen und mich seit zehn Jahrtausenden niemand mehr kannte. Dieser Gedanke brachte mich auf eine neue, aber ebenso fragwürdige Idee; ich schaltete das Multifunktionsarmband – einer besonders wuchtigen Taucheruhr nachempfunden – ein, wartete Mapuhis Antwort ab und sagte:

»Ein unabdingbarer Befehl für dich, Rico und die Zentrale Positronik: Sollte ich mich zum Tiefschlaf entschließen und sollte sich der Zugang zu Miracle wieder öffnen, bin ich augenblicklich zu wecken oder, wo immer ich mich aufhalte, zu verständigen und zurückzuholen. Klar verstanden?«

»Verstanden!« Ricos Stimme. »Befehl verinnerlicht. Wird sofort programmiert. Ende, Atlan?«

»Vorläufig Ende.«

Ich schaltete ab. Die Ereignisse hatten mich auf den Ausgangspunkt dieses Großen Spiels zurückgeworfen. Was blieb zu tun? Ich sagte zu mir: *Andere Menschen treffen, neue Ideen unters Volk streuen. Weiterhin eine andere Rolle spielen, andere Masken tragen.*

Ich zuckte mit den Achseln und trank. Ein Nachtvogel, von der Helligkeit der Instrumentenbeleuchtung angelockt, flatterte gegen die Frontscheibe, Fische sprangen aus dem Wasser. Ich grinste: Ich würde versuchen, diesen abenteuerlichen TEFTRIS-Club so schlagkräftig wie möglich zu machen. Morgen mittag erwarteten sie mich am Steg.

Im Halbkreis saßen Cyr Aescunnar, Sarab Lavar, Kommandant der KHAMSIN, der Anthropologe Djosan Ahar und Major Dr. Amparo Abdelkamyr am Arbeitstisch des Chefhistorikers. Vor ihnen standen Gläser und farbige Liquitainer voller Gäa-Fruchtsäften und kohlensäurereichem Mineralwasser. Atlan hatte vor wenigen Minuten zu sprechen aufgehört; die SERT-Haube war hochgefahren, der schwere Sessel leer. Amparo suchte eine Druckfolie in ihrer Dokumentenmappe und sagte kopfschüttelnd und in nahezu ergriffenem Tonfall:

»Um auch einmal etwas außerhalb meiner sogenannten wissenschaftlichen Kompetenz zu sagen, meine Herren Kollegen – eigentlich waren die zurückliegenden Monate ein wenig basisdemokratisches Beispiel für die Arroganz von Akademikern, hochrangigen Flottenangehörigen und deren Anhang. Gruppenegoismus dank manipulierter Informationen.« Sie gab Aescunnar, der sie ebenso verblüfft anblickte wie die anderen, eine gefaltete rote Folie. »Hat eigentlich keiner von uns, mich und Tifflor eingeschlossen, an die Ängste von Millionen terranischer Gäaner gedacht?«

»Ich hab' daran gedacht, habe seit August tägliche Nachrichtensendungen gesehen, und überdies hatte ich noch das eine oder andere zu tun – ganz abgesehen von den zahlreichen Desasterchen mit meinen Augen.« Cyr deutete auf seine Aufzeichnungsgeräte. »Soll das zu guter Letzt noch in melancholischen Selbstbezichtigungen enden?«

»Keineswegs.« Major Amparo hob die Schultern. »Ich wollte nur, ehe wir uns aufatmend zurücklehnen, auf einen Schwachpunkt hinweisen.«

»Schwachpunkte sehe ich einige«, sagte Djosan Ahar. »Es ist also bewiesen – ist es auch beweisbar? –, daß sich Atlan in der Zeit der gegenwärtigen Schilderungen, im zwanzigsten Jahrhundert also, in einer Parallelwelt bewegt?«

»Es kann nicht anders sein.« Sarab Lavar begann aufzuzählen, und Cyr nickte jedesmal. »Ausbruch von Thera-Santorin ... Marsatmosphäre ... die falsche Venus ... Florida ... Hongkong ... und wenn wir aufpassen, werden wir noch viele Einzelheiten erkennen können und müssen. Die häufige Erwähnung eines Mondlandeprogramms namens *Apollo* ... Atlan bewegte sich völlig souverän und von keinen Zweifeln angekränkelt in der Welt dieser bizarren Zuordnung.«

Der Anthropologe deutete auf die Zeittafel, die von grellfarbigen Notizzetteln übersät war; er wiegte den Kopf und sagte: »Jeder weiß, Major Amparo, daß Tifflors Administration unablässig unzählige Memoranden herausgegeben und noch mehr Fragen beantwortet hat. Das Team um Doktor Ghoum-Ardebil hat sich förmlich mit Reportern und TV-Leuten geprügelt, die Aufnahmen von Atlan haben wollten. Buchstäblich jedermann weiß, daß der Arkonide die terranische Kultur für seine verdammten, geliebten Barbaren gerettet hat! Selbst die eingeborenen Gäaner fürchteten ernsthaft betroffen, wie wir alle, um sein Leben. Wir hatten nur so viel mit seinem Überleben zu tun, daß wir kein medienwirksames Spektakel daraus machten. Ich glaube, da haben Sie einfach nicht recht, liebe Kollegin.«

»Ich kann anschließend eine Dokumentation anfertigen lassen«, sagte Cyr und spielte mit dem zusammengefalteten Ausdruck. »Alles über Ängste, Nöte, Befürchtungen und schließliche Entspannung im Neuen Einsteinschen Imperium. Und meinethalben auch um Atlans bislang fast elf Jahre dauernden Versuch, die sogenannte *Gavök* ins Leben zu rufen.« Er sah in Amparos Gesicht. »Ich weiß selbst nicht mehr, wie oft ich hier angerufen worden bin und, so gut ich konnte, jede Frage beantwortet habe. Und die ANNALEN entstehen auch nicht von selbst.«

»Ich wollte nur auf den Ausnahmecharakter dieses kleinen Kreises hinweisen.« Amparo schien zu glauben, sich verteidigen zu müssen. »Warum lesen Sie nicht, Cyr?«

»Von welchem Datum berichtet Atlan?« sagte Kommandant Lavar.

»Mitte November 1970.« Cyr faltete die Folie auseinander. »Von der Baja California. Fast exakt ein halbes Jahr vor dem Start der STARDUST mit Perry Rhodan und seinem Team.«

Er legte den Ausdruck auf die Arbeitsplatte, strich ihn glatt und las; nach einigen Atemzügen grinste er Major Abdelkamyr an und sagte: »Danke, Kollegin.«

»Vorlesen, bitte!« rief Djosan Ahar. Cyr nickte und begann:

»Aus: *Cunnard Rezkladides: Zahlen, Zenturien, Ziele und Zeugnisse – aus der Arbeit des USO-Historischen Korps,* Sonderdruck, wie üblich und schon oft zitiert und so weiter ... Als ein USO-Spezialist, der auf seine Namensnennung keinen Wert legte, zum erstenmal auf die Erwähnung der Schrift oder des Textes jenes epochalen Buches mit dem zurückhaltenden Titel AUFSTIEG UND NIEDERGANG DES ARKONIDISCHEN IMPERIUMS stieß, riskierten wir es, unseren Chef während einer seiner Gute-Laune-Phasen näher zu befragen. Folgende Einzelheiten waren zu erfahren, wobei auch der Leichtestgläubige sich stets vor Augen halten sollte, daß Lordadmiral Atlan in solchen Fällen mit der reinen Wahrheit behutsam umgeht. Tatsache ist: Das Buch erschien um 2100 in geringer Auflage, wurde etwa 14 Jahre später aus dem Arkonidischen übersetzt und in einer Auflage von 1000 numerierten Exemplaren gedruckt. Wer aber verbirgt sich hinter Wof Marl Starco? Wer war Riarne Riv-Lenk?«

Cyr breitete hilflos die Arme aus und grinste, zeigte in einer anklagenden Geste auf das Pult, auf dem das wuchtige, leicht stockfleckige Epos mit seinen vielen Lesezeichen zwischen den Seiten aufgeschlagen lag.

»Ich weiß es auch nicht. Aber ... weiter mit Rezkladides: Um 2098, Atlan ist auf Arkon der Imperator Gonozal Acht, hat Schwierigkeiten mit den entschlußunfähigen Arkoniden, erschien während einer Audienz im Kristallpalast ein Mann, dessen Auftreten und Aussehen sich wohltuend vom übrigen Schranzen- und Bittstellergehabe abhoben. Atlan – dies ergab auch eine Erwähnung im Jahr 2840 – widmete diesem Besucher eine mehrstündige Privataudienz. Dabei trat ein, was mir aus ›gewöhnlich gut unterrichteten Kreisen‹ zugetragen wurde, aber: Man beachte die zeitlichen Abstände. Der Besucher sei *Ottac der Calurier* gewesen. Dies sei eine ›Körpermaske‹ *Fartoolun des Bauchaufschneiders,* erfuhr ich. Bei der privaten Lang-Audienz wären Atlans blockierte Jugenderinnerungen frei geworden. Ottac-Fartuloon habe deshalb mit einem weiteren OMIRGOS-Kristall die Blockade wiederholt oder verstärkt, dabei habe der Kristall Atlans Erinnerungen gespeichert und sei in die Hände Starcos und Riv-Lenks gefallen. Aber: Aus ›gewöhnlich besser unterrichteten Quellen‹ erfuhr ich, daß höchstwahrscheinlich Fartuloon jener Starco und Atlan selbst der andere Verfasser, Lenk, gewesen wären, die aus einer famosen Laune heraus beschlossen, jene arkonidische Chronik zu schreiben und selbst uralt-arkonidische Speicherinhalte einzuarbeiten. Und auch die mit Obigem verbundenen Mutmaßungen, Fartuloon, der Alterslose, sei ein Werkzeug von ES, gebe ich mit aller Vorsicht weiter. Ein weiteres Faszinosum ist, daß alle Exemplare der Übersetzung aus dem Arkonidischen vergriffen und verschollen sind ...«

»Ich würde diesen Text in deinen ANNALEN auf jeden Fall als Kuriosa einbringen, Cyr«, sagte Ahar. »Seit ich von der Parallelwelt-Überlagerung erfahren habe, bin ich logischerweise neugierig, was detailliert im letzten Jahr vor Atlans ›endgültigem‹ Einschlafen geschehen ist.«

»Ein halbes Jahr kennen wir schon«, sagte Cyr. »Und auch ohne viel Phantasie kann ich sagen, daß die nächsten Tage, die nächsten Erzählstrecken, uns die Welt aus Atlans Sicht zeigen; jene einzigartige Phase, in der sie sich selbst fast ausgelöscht hätte. Keine Spekulationen, Freunde!«

Er mischte neue Drinks für seine Gäste und sagte: »Es ist hundertmal darüber spekuliert worden, was denn wäre, wenn Atlan stürbe. Diese Befürchtungen braucht keiner mehr zu haben. Vielleicht erfahren wir auch noch, was Miracle und die Dreißig Planeten für Atlan bedeuteten, vielleicht später in seinem Leben, und ob Allan D. Mercant, der stets alles wußte, auch einen gewissen Olaf Peterson unter die Lupe nahm – obwohl Peterson vom Chef der Internationalen Abwehr durch eine Wirklichkeit getrennt war.«

Obwohl Atlan in den folgenden drei Stunden nicht mehr weitersprach, drehte sich die Diskussion der Freunde – Oemchèn Orb und Drigene stießen kurz darauf hinzu – um die Bedeutung Atlans für den Widerstand gegen die erdrückende Überlegenheit des *Hetos der Sieben,* über Atlans Genialität und sein Charisma; Cyr Aescunnar hörte meist schweigend zu und sagte sich, daß jedenfalls um den Jahreswechsel 1970 und 1971 der Paladin der Menschheit ein wenig anspruchsvolles Leben geführt hatte – Doktor Olaf Peterson im TEFTRIS-Desert-Camp, fernab von allen Machtzentren, allein mit der Asche seiner Träume.

»Speedy« Manolito, seine Mutter Pilar, Billy Plichter und Sicherheitschef Kevin Dorrman mit seiner kleinen Crew erwarteten mich. Manolito hüpfte vor Freude auf einem Fuß und wäre beinahe vom Steg gefallen, als ich die Belegtaue warf. Im Jeep saß, die langen, rasierten Beine auf der vorgeklappten Frontscheibe, Dr. med. Wilhelma Fergusen, zu meiner grenzenlosen Überraschung braungebrannt und mit einer neuen, nicht verspiegelten Sonnenbrille über den Augen. Ich sicherte die Fender, sprang auf den Steg und war augenblicklich Mittelpunkt einer stürmischen Begrüßung.

»Verdammt langer Urlaub, Sir«, sagte Dorrman, salutierte scharf und grinste. »Sie haben uns gefehlt; Ihr Häuschen war unbewohnt und wartet, dank Pilar, sauber und mit vollen Kühlschränken auf Sie.«

»Und mit mörderischer Eiseskälte aus der Klimaanlage«, sagte ich und hob Manolito hoch. »Und wir fangen wieder große Fische, Kleiner nicht wahr?«

»Wir fahren im Winter rüber zu den Walen, ja?«

»Darüber unterhalten wir uns später. Wenig Gepäck diesmal, Chef Dorrman«, sagte ich. »Also: Auf zum Camp!«

Ich packte den prallen Seesack und ging zum Jeep. Dr. Fergusen nahm die wohlgeformten Beine herunter, schob die überraschend modische Sonnenbrille auf die Nasenspitze, reichte mir ihre Hand und sagte: »Es ist immer schön, wenn der Star der Show zurückkehrt. Die Mechaniker haben ein Biergelage vorbereitet. Übrigens – danke für die Gehaltsaufbesserung und die beiden Prämien!«

»Gern geschehen! Sie scheinen verändert, Doc«, sagte ich und hob ihre Hand an meine Lippen. Sie war verwirrt. »Braungebrannt. Kurzes Haar. Ohne Ironie – was hat Sie zu diesem neuen Design gebracht?«

Ich setzte mich hinter sie, sie sagte: »Häßlichkeit verkauft sich schlecht. Ich habe mich gelangweilt – es wird ja niemand ernstlich krank auf dieser Halbinsel. Da Sie mich als introvertiert kennen, Olaf, richtete sich die Zerstörungswut auf mich selbst. Ich nehme Sonnenbäder und lese John Steinbeck.«

»Aber Sie schwimmen noch jeden Abend, Wilhelma?«

»Vierundzwanzigmal hin und her. Muskeln wie Stahl. Fahren wir, Dorrman?«

Mein Haus war äußerlich und innerlich unverändert. Der Seesack, zwei Koffer und drei schwere Taschen waren schnell ausgepackt; wieder drosselte ich mit Mühe die Klimaanlage auf einen Wert, der mich nicht schon hier in Biotiefstkälteschlaf versetzen würde, duschte, zog mich um und ging durch brütende Hitze zu den Hallen, Werkstätten und zum Kantinengebäude. Ich war neugierig, welche Projekte beendet und welche in Arbeit waren. Mit Händedruck begrüßte ich jeden, den ich traf; jedermann schien sich wirklich zu freuen, daß ich zurück war. In den Werkstätten herrschte Hochbetrieb, und einige neue Teams, die zu der unterirdischen Prüfkammer und deren Besatzung gehörten, arbeiteten an der Verkleinerung »meiner« Erfindungen. Am Ende der langen Rundgänge trafen wir uns in der Kantine; der Raum war brechend voll, als ich aufs Podium kletterte, die Tafeln herumschwenkte und Farbkreiden in die Finger nahm.

»Mein Urlaub hat, unter anderem, deswegen so lange gedauert, weil ich tief in mich gegangen bin und in den dortigen Hohlräumen und Vakuolen eine – durchführbare – Lösung gefunden habe.« Gelächter. »Ich werde versuchen, eine einfache Mehrstufenrakete zu organisieren. Eine Atlas-Agena wäre das Richtige. Wo sie abgefeuert wird, bleibt gleich, aber ihre Nutzlast wird eine Arbeitssonde sein, mit der vorhandenen Telemetrie. Wir werden ein Mini-Geschoß konstruieren, das nur im erdnahen Weltraum arbeitet, aber dort jeden Geschwindigkeitsrekord brechen wird. So vermeiden wir Radioaktivität und zeigen der ganzen Welt, wie die Bezüge zwischen Gewicht und Geschwindigkeit, Nutzlast und Lenkbarkeit um mindestens eine Potenz gesteigert oder verbessert werden können.«

Ich skizzierte ein Trägergerüst mit dünner, absprengbarer Verkleidung, in das eine Menge Elemente eingehängt und miteinander vernetzt werden konnten. Je länger ich mehrfarbig zeichnete, desto tiefer wurde das Schweigen. Die Männer und die wenigen Frauen erkannten, daß die Idee ohne gigantische Kosten und Materialverbrauch binnen überschaubarer Zeit zu realisieren war.

»Einspruch, Kritik, bessere Ideen oder Lösungsversuche sind jederzeit willkommen«, schloß ich. »Wenn jemand gute Beziehungen zu Verkäufern von narrensicheren Weltraum- oder Umlaufbahn-Projektilen hat, bitte melden. Ich rufe General Pounder an. Wenn es uns gelingen soll, unseren Strukturfeld-Projektor ins All zu bringen, sollte uns fast jedes Mittel recht sein.«

Hiob Malvers stimmte sein dröhnendes Gelächter an und rief: »Kaum ist der Chef wieder da, fängt TEFTRIS an, den Weltraum zu erobern. Ein Raumschiff sollen wir hier nicht zusammenschrauben, Chef, oder wie?«

»Wenn wir es könnten, Herr Kollege«, sagte ich, ohne zu grinsen, »hätte ich hier an der Tafel ganz andere Zeichnungen ausgeführt. Ich schätze Ihre Skepsis; sie sorgt für klare Realitätsbezüge. Bleiben wir vorerst noch auf dem Stand der Technik.« Ich zuckte mit den Achseln, legte die Kreide zur Seite und wusch meine Hände. »Von darüber hinausgehenden Ideen können wir ungehindert träumen. Vielleicht bekommen wir Besuch von den kleinen grünen Marsmännlein, und vielleicht bringen die uns einen Sternenantrieb mit.«

Das Gelächter war leiser, und als ich mich prüfend umsah, bemerkte ich, daß Dr. Fergusen nachdenklich auf dem Bügel der Sonnenbrille kaute und mich mit schwer deutbaren Blicken ansah.

Binnen weniger Wochen hatte ich mich wieder eingelebt, als hätte ich das Desert-Camp nie verlassen. Die grandiose Einöde, die unmittelbar jenseits des Kojotenschutzzaunes begann, war wie Öl auf meinen verwundeten Erinnerungen, die mehr und mehr vernarbten. Sämtliche Probeläufe meines Antriebs, dessen Einheiten von Versuch zu Versuch ständig verkleinert wurden, fielen in den unterirdischen Bleikammern zufriedenstellend aus, und hinter den Kulissen versuchte ein Dutzend einflußreicher Männer, eine geeignete Rakete und einen Starttermin zu finden. In unseren Laboratorien und Werkstätten entstanden der säulenförmige, konisch zulaufende Instrumententräger und das System seiner Einzelheiten – mühsame Handarbeit für jedermann, oft in fast staubfreier Umgebung.

Und da ich auf unübersehbar lange Zeit hierzubleiben gedachte, unternahm ich mit dem Hubschrauber, dem Boot und einem geländegängigen Weltkrieg-Zwei-Fahrzeug, dessen klimatisierte Kabine geschlossen werden konnte, lange Weekendausflüge in die Umgebung, oder Manolito und ich pumpten Dieseltreibstoff in die ARCA-Tanks um und fuhren mit wechselnden Gästen an Bord hinaus zum Fischen. Oft war Wilhelma Fergusen dabei; wir behandelten einander mit liebenswürdiger Kühle, obwohl sie hin und wieder trinkbaren *californian wine* zur Ergänzung der Bordverpflegung mitbrachte. Bald fand ich in jeder denkbaren Ritze der ARCA silbrige Fischschuppen in einem feuchten Gemisch aus Sand und Salz; ich sprühte sie nach jeder Ausfahrt mit brackigem Süßwasser aus den Bordtanks ins Meer und erhielt binnen kurzer Zeit den Titel: Käpten Crumbs oder Krümelskipper.

Nach Malvers' und Billy Plichters Rekordfang und dem anschließenden Kantinenabend mit eiskaltem Bier, Wein, Ketchup und Fisch, gebraten, in Öl gesotten und gegrillt, mit und ohne Knoblauch, Tomaten und Papayas lag ich auf der Couch – schneeweißes Kunstleder! –, die Arme im Nacken verschränkt und dösend. Im Pool schwamm jemand mit leisem Plätschern. Über der archaischen Landschaft schwebte ein riesenhafter, bleicher Vollmond. Ich lauschte der Musik, die Rico funkte und ich über die schwere Stereoanlage abspielte, und ich stellte mir vor, welche Abenteuer die überlebenden Ausgesetzten erlebten, auf Miracle – oder hatten sie schon die Weltentor-Anlage wiederherstellen können? –, und ob ich irrte, wenn ich annahm, daß auch ihnen die Annehmlichkeiten eines langen, gesunden Lebens zuteil wurden, eine Art »Zellregeneration«, die ES vornahm oder Ngulh-Neg Gulucchs unbekannte Herren ... Ich hörte leichte Schritte, dann klopfte jemand an die Tür.

»Herein. Es ist offen!« Ich sah auf die Uhr. Sechs Minuten vor Mitternacht. Ich drosselte die Lautstärke von Beethovens Neunter Synfonie, schwang mich von der Couch und stand auf. Die Tür öffnete sich, und Dr. Wilhelma Fergusen schob sich in den kühlen, dämmerigen Raum.

»Ein willkommener, weil später Besuch, Frau Kollegin«, sagte ich und sah verwundert, daß sie Bermudashorts trug, ein ausgeblichenes Army-Herrenhemd und in der linken Hand zwei Champagnergläser. In ihrer rechten Armbeuge lag eine Flasche, von Feuchtigkeit beschlagen, die einen Teil des einst hellblauen Hemdes getränkt hatte.

Sie verströmte eine geballte Wolke Parfums, das schwer nach Moschus roch, lächelte mich unsicher an, als ich ihr die Gläser abnahm, und zuckte mit den Schultern, setzte sich und sagte, fast nicht wahrnehmbar beschwipst: »It's Champaign, Boss. Not domestic; real true french one. Cool and expensive. Ich habe Sie am Pool vermißt.«

»Mir war nach Grübeln, nicht nach Crawlen«, sagte ich leise. »Es führt Sie, Doc, etwas Unaufschiebbares hierher zu so später Stunde? Belanglosigkeiten tauschen wir tagsüber in gemessener Anzahl aus.«

Sie bewegte ihre Zehen, deren Nägel silbern lackiert waren, auf dem hochflorigen von Pilar gesaugten Teppich und starrte sie scheinbar fasziniert an, während ich die Flasche fast geräuschlos entkorkte, kurz an meinen ersten Dom Perignon – Beauvallon? Paris? Orleans? – dachte und behutsam die Gläser füllte.

»Wir Kollegen sollten uns endlich duzen«, sagte sie. Vorübergehend ähnelte ihre Stimme der eines jungen Mädchens. »Ich bin es endgültig satt, mit der Attitüde eines nie tauenden Eisberges umherzudriften. Vielleicht hast du schon gemerkt, daß ich mich langweile, neue Ziele suche, meine männlichen und akademischen Enttäuschungen vergessen habe; innerlich wie äußerlich.«

Ich reichte ihr eine Schale, setzte mich auf den Boden und sagte: »Schicke Sonnenbrille, Kurzhaar, Sonnenbräune – und das Wagnis eines mitternächtlichen Besuchs?«

»Nahtlose Bräune. Ob die anderen Nähte halten, wird sich herausstellen. All diese Ausflüge, Olaf, deine Erzählungen, dein Wissen ... was kennst du eigentlich nicht?«

»Nicht annähernd die weibliche Psyche«, sagte ich. Wir stießen an und tranken. »Unmut, Überdruß, Vollmond und Champagner – die Nacht der Wahrheit, Wilhelma? Seit ich hier zum erstenmal auftauchte, hast du mich behandelt wie ein unverständliches Wesen von einem unvorstellbar fremden Stern. Wie darf ich diese Sinnesänderung verstehen?«

Sie zögerte lange, leerte das Glas zu hastig und sagte: »Du bist der einzige Mann, mit dem man sich vernünftig unterhalten kann. Vielleicht hast du auch nur den Fergusen-Exoten-Bonus. Befremdet dich der Gedanke, mir über diese Nacht wegzuhelfen, allzusehr? Dann trinken wir aus, und ich gehe, ja?«

»Nein«, sagte ich. »Ja. Doch. Wir gehen. Zum Steg, zur ARCA. Zwei Meilen weiter ist der ramponierte Kai in der Bay of surprise. Wir setzen uns in den nassen Sand, stieren in den Mond, ich halte deine Hand, und du redest dir bis zum Morgengrauen den Frust von deiner sicherlich schönen Seele. Und morgen sind wir wieder Kollegen und Menschen wie er und sie.«

»Einverstanden«, sagte sie. »Was muß ich mitnehmen?«

»Nichts außer deinen Problemen. Zahnbürste, Rotwein, Süßwasser, Musik und ich sind an Bord.«
»Worauf warten wir?«
»Auf das Ende des Champagners«, sagte ich leise.

Lautlos lief die Ebbe von den Sänden der winzigen Bucht. Ich schob die ARCA zwei Ellen weit auf den Sand, suchte den Strand und die Umgebung mit beiden Scheinwerfern ab und vertrieb eine Eule mit aufstrahlenden Augen vom Kadaver einer Ratte, sicherte das Boot und half Wilhelma an Land. Sie ließ meine Hand nicht mehr los, lehnte sich an mich und betrachtete sinnierend unsere tiefen Fußabdrücke. Ich trug unsere Notwendigkeiten in einer Segeltuchtasche und ließ die Decke in den weißen, mehlfeinen Sand fallen. Ein Riesenkaktus reckte seine prallen Äste vor dem Rund des Nachtgestirns in die Höhe. Wilhelma kicherte leise und drückte meine Finger. Unsere Hüften berührten sich.
»Deine Probleme – ich unterstelle, daß du etliche mit dir herumschleppst – löst du nicht, wenn du mich verführst.« Ich breitete die Decke aus, stellte die Flasche und pinkfarbene Plastikbecher daneben, gab Wilhelma Feuer für ihre Zigarette und aktivierte den Radioempfänger. »Vorausgesetzt, du kennst sie selbst.«
»Kennst du fünfunddreißigjährige Frauen, Olaf?«
»Tausende!« Ich lachte. Sie setzte sich neben mich und deutete auf den Wein.
»Wenn du sie kennst, weißt du zwangsläufig, daß in diesem Alter, in Amerika, als Akademikerin, nach gescheiterten Versuchen, ausgerechnet hier zwischen Wissenschaftlern und Ingenieuren, mit einigen Ansprüchen an den Partner – daß jede Frau in dieser Lage häufiger von einem Meteoriten erschlagen wird, als daß sie jemanden fände, mit dem zusammen sie ganz und gar alt werden möchte.«
Ich nahm ihr den Becher aus den Fingern, schob die Hand mit der Zigarette zur Seite und sagte leise, eine Handbreit vor ihren grauen Augen:
»Der Vergleich ist unserer erdnahen Mission angemessen. Daß du eine schöne, begehrenswerte Frau bist, sagt dir ein Blick in den Spiegel. Ironie, Sarkasmus, vieles in deinem Verhalten kommt aus gesunder Skepsis, aus den Versuchen, Erlebtes und Erlittenes zu verarbeiten. Glaub mir, ausnahmsweise; ich weiß, wovon ich rede.« Ich legte meine Hände auf ihre Schultern, sie griff nach dem Becher, schnippte den Zigarettenrest in den Gulf of California und öffnete die Lippen. »Bis zu deiner Vergreisung sind's noch hundert Jahre. Angesichts der Milliarden Jahre alten Sterne sind deine, meine, unsere – kurzum alle – Probleme weniger als marginal. Die Leidenschaft, die du mühsam unterdrückst, ist keine universale Lösung, aber sie schärft – auch nicht immer – den Blick fürs Wesentliche.«
Ich küßte sie, sie schüttete den Rest Wein über mein Knie, aus einer zögerlichen, geradezu keimfreien Berührung der Lippen entstand ein geschwisterlicher Kuß, dann ein wirklicher, genußvoller, schließlich ein leidenschaftlicher, nicht enden wollender Kuß; Wilhelma drückte und schob mich und preßte sich an meinen Körper. Ihre Finger und die halb geschlossenen Augen tasteten und forschten, als habe die Ärztin noch nie die Haut eines lebenden Mannes berührt.
Ohne Hast, voller Genuß, langsam und in schweigender Zufriedenheit verführten wir einander. Wilhelma beherrschte jede akademisch-theoretische Winzigkeit

einer leidenschaftlichen Umarmung; die Wirklichkeit verblüffte sie ebenso wie mich. Aus dem behäbig driftenden Eisberg wuchs in dieser halben Nacht ein kleiner, heftiger Vulkan, der weißglühende Lava spie wie der Krakatoa.

Der Instrumententräger wurde brutalen Dauertests unterzogen: Kälte, Hitze, Vibrationen und provozierten Fehlfunktionen. Während der Probeläufe, zu deren Kontrolle viele Instrumente und wenige Ingenieure nötig waren, fuhren Wilhelma, Manolito und ich zu einem Dörfchen weiter südlich; auf der Halbinsel gab es einige winzige mexikanische Siedlungen, meist nur zwei, drei Häuser, im Landesinneren oder in Strandnähe. Ich wußte mich unter der Beobachtung einer Sonde und im Schutz des letzten Falkensauriers, als wir auf dem mühevollen Weg zur Höhle waren.

Am Boden tiefer Schluchten, hatte man uns erzählt, würden wir uralte Felsbilder und Ritzzeichnungen finden, von Göttern und Halbgöttern hinterlassen. Die Strapazen des Absteigens auf Pfaden, die kaum breiter waren als sieben Finger und zu Knochenbrüchen einluden, hob ich uns, wenn überhaupt, für sehr viel später auf. Das Innere einer Höhle, die mystisch genug schien, war nach einem kurzen, schweißtreibenden Fußmarsch zu erreichen. Manolito blieb, mit reichlich Cola und Zigaretten als Geschenke versehen, in der Siedlung.

»Ihr modernen Amerikaner«, sagte ich und zog Wilhelma in den feuchten, kühlen Schatten, »seid nahezu geschichtslos. Vor mehr als zwölftausend Jahren schon stolperten hier Einwanderer aus dem heutigen Rußland umher. Sie kamen in mehreren Wellen über die Beringstraße, die damals hoch über dem Meeresspiegel lag.«

Dr. Fergusen starrte mich an, als habe ich gebeichtet, ein Außerirdischer zu sein. Ich schaltete den Handscheinwerfer ein und leuchtete umher. »Und wir, die wir langsam diese Halbinsel entdecken, sind nur späte Zeugen für die Anwesenheit steinzeitlicher Wanderer.«

»Hast du Beweise, klügster Chef von allen?«

Ich richtete den Lichtkegel auf eine übermannsgroße Felskugel inmitten der Höhle. Langsam gingen wir näher, unter unseren Sohlen knirschten Sand und staubtrockene Gerippe kleiner Tiere. Wie alt die eingeritzten oder gemeißelten Bilder wirklich waren, wußte ich nicht, aber wir erkannten deutlich die Körper von Meeresdelphinen, Walen, sehr viel kleineren Walen und anderen Tieren: Vögel, Hirsche, wilde Schweine, einige Tiere, die wie Flugsaurier aussahen. In den Kerben im Stein sahen wir Reste urtümlicher Farben. Die Ärztin nahm mir den Scheinwerfer ab, ging langsam um den kugelförmigen Fels herum, betrachtete schweigend die Umrisse und schaltete plötzlich das Gerät ab. Vom Eingang und durch kleine Auswaschungen der Decke fiel Sonnenlicht ins Innere.

»Du redest darüber, Olaf, als hättest du den frühen Nomaden zugesehen oder ihnen geholfen, diese Bilder zu schaffen.«

»So alt bin ich nun auch wieder nicht«, sagte ich. »Ich beschäftigte mich lange und gründlich mit der Vorgeschichte unseres Planeten. Sie ist voller scheinbarer Geheimnisse, schönste Freundin.«

Wilhelmas Finger spielten nervös am silbernen Jaguarkopf, dem Zellaktivator. Sie legte die Arme um meinen Hals und zog mich an ihren heißen Körper, starrte in meine Augen und fuhr mit der Zunge langsam über ihre Lippen, bevor sie mich küßte. Ihr Haar leuchtete auf, als es ein Sonnenstrahl aus der Deckenöffnung streifte; als ich meinen Blick zur Seite richtete, glaubte ich zu sehen, wie unser zweiter, schwächerer Schatten verschwand.

»Die Wüste – ein mythischer Ort, eine Höhle, Symbol für unsere embryonalen Seelen«, flüsterte sie. »Liebe mich, Olaf, bevor wir wieder hinausgehen in die ungeschützte Sonnenwelt!«

Sie zog mich zu einer Sandfläche im Winkel der Höhle; ihre Finger nestelten an den Knöpfen meines Hemdes.

Die Außenwelt zum Jahreswechsel schien von Monat zu Monat unbedeutender zu werden, obwohl die barbarischen Planetenbewohner sich inmitten ihres unbegreiflichen Chaos wohl zu fühlen schienen. Präsident Johnson versuchte, die Menge der Truppen in Vietnam zu verringern, Ägypten, dessen Präsident gestorben und durch den Obersten Mullah der Universität von Kairo, Anwar el Sadat, ersetzt wurde, brachte gegen Israel Raketen in Stellung, die Astronomen hatten den vierten Ring des Saturn entdeckt und vermuteten fern im All Neutronensterne, Röntgenpulsare und Black Holes, und man dachte darüber nach, sogenannte Manganknollen vom Boden der Tiefsee zu fördern. Selbst Japan startete mit eigener Trägerrakete einen Weltall-Satelliten. 200.000 Menschen in Brasilien verloren ihre Wohnungen und allen Besitz durch eine Flutkatastrophe an der Ostküste, etwa 200.000 Tote hinterließ in Ostpakistan eine Naturkatastrophe, und 50.000 starben während eines Erdbebens in Peru. In der jordanischen Wüste sprengten Terroristen vier Verkehrsflugzeuge; ein Angehöriger der »Inneren Abwehr« erzählte uns gerüchteweise von amerikanischen Unterseebooten, die mit atomaren Raketen bestückt sein sollten; offensichtlich besaßen zu viele Staaten zu viele atomare Waffen, und jeder drohte, sie einzusetzen.

Pessimisten behaupteten, der Planet stünde am Abgrund der radioaktiven Apokalypse, was technisch gesehen zutraf – immerhin rechnete ich noch mit der Klugheit einiger Staatenlenker, obwohl viele nukleare Testexplosionen stattgefunden und die Lufthülle verseucht hatten. Ich kämpfte für TEFTRIS noch immer um eine Trägerrakete, die unsere »Nutzlast« in eine Umlaufbahn schießen sollte; mein Antrieb würde die Länge eines jeden Raumflugs drastisch verkürzen.

Der Logiksektor sagte fast verächtlich: *Schlag es dir aus dem Kopf, Arkonide! Würdest du mit Ricos Hilfe ein Vehikel konstruieren, das die planetare Anziehung überwindet – denk an den Flug zum zweiten Planeten! –, gäbe es für dich keine Maske mehr!* Ich nickte und dachte an den dramatischen Flug von Apollo XIII und die Piloten Shepard, Mitchell und Roosa, deren Start bevorstand. Ich saß im Bademantel vor dem Zeichenbrett und skizzierte eine simple Abwurfvorrichtung für unsere Instrumentenkapsel; draußen fegte ein Sandsturm über das Camp und winselte hinter den Gebäudeecken.

»Nun, Mondmatrose und Zeitensegler?« brummte ich und mischte etwas Scotch in den erkalteten Kaffee. »Das alte Jahr endet, wieder einmal fängt ein neues Jahr an: Du scheinst dich wohl zu fühlen in deiner wenig abenteuerlichen Maske!«

Eine wenig aufwendige Maske! dachte ich. Ich war nicht Berater eines Königs oder Sekretär eines Präsidenten; diese Zeiten waren endgültig vorbei. Manchmal war mir, als ob ich mich vor größeren, riskanten Abenteuern unbewußt versteckte. Von einem wie auch immer gearteten Wirken von ES spürte ich weder im täglichen Einerlei etwas noch in nächtlichen Träumen, und wieder einmal sanken die Erinnerungen an die Ereignisse der jüngsten Vergangenheit wie abgestorbenes Plankton oder in die Wellen gewehter Staub auf den Boden des Meeres; so entstanden wechselnde Schichten von Sedimenten.

Am 29. Januar liehen wir uns von Captain Dorrmans Wachcrew den zerschrammten *Boston Whaler,* ein offenes, kentersicheres und unsinkbares Dreikielboot, ausgerüstet mit 120-Horsepower-Outboardern. Sechs Tage hatte ich Zeit, denn wieder liefen Versuche, an denen ich nicht teilzunehmen brauchte. Manolito hatte Wilhelma Fergusen und mir so oft und begeistert von den Walen erzählt, die sich in der Lagune von Bahia Magdalena paarten und ihre Jungen zur Welt brachten. Die riesigen Meeressäugetiere kannte ich, aber nicht ihr jährliches Treffen im warmen Wasser der Westküste.

»Und du wirst nicht erschrecken, ins Wasser fallen und ertrinken, Manolito?« fragte ich.

Er schüttelte empört den Kopf. »Ich kann besser schwimmen als Doctor Wilhelma.«

»Aber nicht ganz so schön.« Ich grinste und belud weiter die Ladefläche des verstaubten Kleinlastwagens. Dorrmans Leute zogen mit der Motorwinde das Boot auf den Trailer und befestigten Boot, Motor und Zweitakttreibstoff-Kanister mit breiten, schmutzigen Gurten. »Und du wirst mir beim Reifenwechsel helfen müssen.«

»Ehrensache, Boss.«

Die Baja Sur, Süd, zwei lange Tagesfahrten entfernt, kannte ich von Karten, Höhenphotos und den Bildern der Spionsonde. Die Straße schien erträglich zu sein und führte meist abseits der Berge durch das westliche Flachland des Llano de Magdalena. Rico würde uns mit dem Falkensaurier und der Spionsonde schützen. Wasser, Zelte, Holzkohle und Treibstoff, Reservereifen auf halb verrosteten Felgen, Nahrungsmittel und nautische Ausrüstung stapelten sich auf der Ladefläche.

Ich zurrte die Plane fest und sagte zu Wilhelma: »Wirst du sechs, sieben Tage und die dazugehörigen Nächte abseits des letzten Vorpostens der Kultur aushalten?«

Sie befestigte lächelnd das Batterieradio zwischen den Sitzen mit Klebeband und nickte. »Ich denke schon, Olaf. Du wirst mich und den armen Speedy mit spannenden Geschichten aus der planetarischen Vergangenheit verwöhnen. Kannst du eigentlich schwimmen?«

»Nicht so graziös wie Manolito. Steigt ein – in einer Stunde ist es wieder unerträglich heiß.« Ich sah mich um, setzte Sonnenbrille und Baseballkappe auf, trat prüfend gegen die Reifen und kletterte hinter das Steuer. Manolito wartete, bis Wilhelma eingestiegen war, zog sich in die Höhe und schlug krachend die Tür zu. Die Klimaanlage begann zu zischen, als ich den Wagen anließ und vorsichtig wendete, um keinen Sandsturm zu entfesseln. Dorrmans Vertreter schwang das

Tor auf, wir fuhren hindurch und nach einer halben Stunde Schlängelfahrt auf der unbefestigten MEX 1. Als ich aus dem Halbdunkel unter den Kakteen, Palmen und Mesquitebäumen herausfuhr, ging die Sonne über den Sonorabergen jenseits des Golfes auf, und alle Schatten wuchsen unglaublich lang nach Südwesten. Manolito erklärte uns unaufhörlich, was er sah.

Eine Stunde später stellte Wilhelma die Radiomusik und die lästigen Werbedurchsagen leiser und sagte: »Ist es im Desert-Camp schon ziemlich einsam – hier leben wirklich nur Fliegen und Phantome.«

»Es gab Zeiten«, begann ich, »da waren die größten Teile der Welt so einsam wie ... aber ich fang' schon wieder mit Berichten aus der Vorgeschichte an. Hat dir Malvers etwas von unserer Rakete gesagt, von den Schwierigkeiten der Beschaffung?«

»Er hat gelacht und geflucht. Die Pounderleute haben Hallen voller startfertiger Projektile. Sogar ein paar verstaubte Atlas-Agena-Trägerraketen. Aber sie weigern sich, einer privaten Entwicklungsfirma ein solches Ding zu verkaufen. Nicht etwa zu schenken, wohlgemerkt.«

»Obwohl der Staat uns finanziert«, sagte ich. »Ob ich versuchen soll, mich an Johnston direkt zu wenden?«

»Versuch's! Viel Erfolg, Chef Peterson.« Wilhelma zündete sich eine Zigarette an und drehte am Lautstärkerknopf des Radios. »Weit und breit kein Wal zu sehen.«

Ich lachte. »Hier sind Wale so selten wie Vierstufenraketen.«

Die Fahrt durch Grelle, Staub, Hitze und Einsamkeit war problemlos. Wilde Esel flüchteten vor dem vierradgetriebenen Truck, der fast ständig eine gelbe Wolke aufwirbelte und hinter sich herzog. Abends rasteten wir abseits der Piste, grillten gefrorene, seltsam plattgedrückte Fleischgebilde, und Manolito schien sich nur von Ketchup, Cola und einer Konzentratnahrung, einem schokoladeartigen Ding namens *Butterfinger,* zu ernähren. Er schlief im kühlen Führerhaus oder im Boot, auf der Luftmatratze, und für uns schlug ich das Zelt auf. Die Ärztin, deren Unsicherheit viele andere Männer, damals auch ich, für kühle Arroganz hielten, begriff bald, daß diese steril scheinende Wüste vergleichsweise von Leben barst: Insekten umschwirrten Kakteenblüten, Ameisen, Würmer, Heuschrecken und andere Insekten bevölkerten den Sand und den bodennahen Bereich, es gab Vögel, Kojoten, hasenartige Tiere, Schlangen und Skorpione, und ich schien der erste zu sein, der ihr den Begriff Nahrungskette zu erklären vermochte; der Größere stellte dem Kleineren nach und fraß ihn. Tagsüber und wenn wir allein waren, im Zelt, in meinen Armen, löste sich mehr und mehr von der kokosnußharten Schale ihrer Persönlichkeit. Ihren Kern, wagte ich zu diagnostizieren, erlebte sie bestenfalls auf dem Höhepunkt der Leidenschaften, erkannte ihn aber nicht. Noch nicht. Außer uns sahen wir am Strand der Lagune nur die Spuren mexikanischer Jäger und am nächsten Morgen erst drei schweigsame, sonnenverbrannte Männer, die sich zurückzogen, als ich winkte.

Neben dem Zelt spannte ich vom Truck aus große Schattenplanen, säuberte ein Stück Strand mit einem Rechen, um Skorpione, Muschelschalenscherben und Schlangen zu vertreiben, fuhr den Trailer ins Wasser und bereitete das Boot vor. Mit Manolito, der zuerst kreischte und dann in nahezu ehrfürchtige Starre fiel, machte ich eine Probefahrt und sicherte den *Whaler* an einer halb gesplitterten, schrägen Gesteinssäule aus Sandstein und mit schiefriger Maserung.

Nachts. Wir saßen vier Schritte vor dem Spülsaum des Pazifiks entfernt und warteten unter der Pracht des kristallenen Sternenhimmels auf die Wale, die aus der arktischen Bering-See kommen würden oder, ohne daß wir sie sahen, schon unhörbar ihre Liebesspiele trieben. Manolito schlief trotz der vielen Colas. Der Halbmond starrte uns auffordernd an; seine Rückseite schien auf den Instrumententräger und dessen Kameras zu warten. Ich grinste und legte den Arm um Wilhelmas Schultern.

»Allein mit Sand und Brandung«, sagte ich. »Sind Frau Doctor zufrieden mit dem Ausflug ins Beinahe-Nichts?«

Es war, als würde ich seit meiner Rückkehr langsam von einer Düne aus sympathischen Sandkörnern begraben: Jedes Sandkorn eine nicht gedachte Ausrede, eine Beschwichtigung, ein Mosaiksteinchen des Großen Vergessens-Bildes, ein Tropfen Säure, der Ablagerungen entstehender Skrupel wegwälzte – ich fühlte mich wohl, und jedes wirkliche Problem war jenseits aller Horizonte. Wilhelma drehte den Rest ihrer Zigarette in den feuchten Sand und nickte langsam.

»Ja. Voll zufrieden. Und du bist nachts und außerhalb des Camps ganz anders, als ich seit deinem ersten effektvollen ARCA-Auftritt befürchtet, gedacht, gehofft hatte.«

»Gehofft?« Ich strich über ihr Haar, über den Nacken und das Rückgrat. Sie seufzte und hob die Schultern.

»Gehofft, Olaf. Wenn du eines der gewöhnlichen Ekel gewesen wärst, hätte ich mich nicht in Versuchung geführt, und es gäbe eine mitternächtlich unausgetrunkene Flasche Champagner mehr.«

Ich deutete auf die verlöschende Bahn einer Sternschnuppe. »Akademische Liebenswürdigkeiten sind ebenso strahlend, aber viel seltener. Du jedenfalls, o treffliche Heilerin von Wüstenverwundungen, leuchtest heller, länger und weitaus näher als dieses kosmische Stäubchen.«

»Das trifft wohl zu, Olaf. Du wärst ein Meister der Masken, wenn du es so lange ausgehalten hättest. Ich durchschaue die meisten Männer, nur mich durchschaue ich noch immer nicht, vorsichtig formuliert. Das hast du natürlich gemerkt, nicht wahr?«

»Letzten Endes sind wir alle leicht zu durchschauen«, sagte ich und bewunderte den Widerschein des Sternenlichts auf den Kämmen der brechenden Brandung. »Wir fürchten uns, bisweilen, vor dem, was wir sehen würden, wenn wir in die geheimen Finsternisse des Herzens vorstoßen und sie grell ausleuchten könnten.«

»Whow!« murmelte Wilhelma. »Du bist wirklich der Kerl, der alle Geheimnisse des Lebens mit einem Nebensatz entschlüsselt.«

»So sieht's aus.« Ich lachte. »Du würdest dich wundern. Ich bin ein unhaltbarer Romantiker, ein leicht verletzlicher Zögerling und unsicher bis ins Mark hinein, viel zu jung und ...«

Meine letzten Worte gingen in einem schmetternden Krachen unter. Über unseren Köpfen detonierte mit stechend weißem, dann gelbem und rotem Licht etwas, das sich anhörte wie eine Explosionsgranate. Ein Blitz fuhr in den Felsen, um den ich den Bugtampen des Bootes gewickelt und geknotet hatte. Steinsplitter surrten über unsere Köpfe, ein schwerer Gegenstand schlug schwer, etwa fünfzig kleine Schritte entfernt, in den Sand. Ich hatte mich schützend über Wilhelma geworfen, dachte an den Ausbruch des nächsten Weltkrieges, einen Meteoriten und schließlich, zutreffend, an den letzten Falkensaurier.

Wilhelma hielt mich fest und flüsterte, halb erschreckt, halb in erwachter Leidenschaft: »Was war das? Schießen die Mexe auf uns?«

»Ich weiß es nicht. Vielleicht ein Sekundäreffekt dieser Sternschnuppe. Oder eine statische Entladung; die Luft knistert förmlich vor Elektrizität.« Ich zuckte mehrere Male mit den Schultern; mir fiel keine andere Erklärung ein. Der Logiksektor flüsterte: *Ein Omen – selbst Roboter detonieren!*

Wilhelmas kühle Finger tasteten sich wie kleine Tiere über meinen Rücken. Sie bewegte sich unruhig und sagte leise: »Bleib so. Jedem deiner Kernsätze folgt ein Donnerschlag. Du bist wirklich der fliegende Junge von Krypton mit dem großen S auf der Brust, wenigstens auf der Baja. Es ist wie im Film.«

Ich küßte sie und knurrte: »Wüßte ich nicht, daß du in Wahrheit und Wirklichkeit heißblütig bist, müßte ich jetzt sagen: Ich bewundere deine Kaltblütigkeit.«

»In deiner Nähe lernt ein einfaches amerikanisches Mädchen, mit schrecklichen Überraschungen und viel zu starkem Kaffee zu leben.«

»Du verwechseltst mich«, sagte ich zwischen unseren Küssen, »mit aufreizenden, zufälligen Naturereignissen. Zuviel der Ehre, Doc.«

Als am nächsten Morgen über der Gasflamme eines abenteuerlichen Kochgestells das Wasser für den Kaffee zu kochen begann, ging ich in nördlicher Richtung den Strand entlang. Der Felsen, um den das lange Bugtau des Bootes lag, war an seiner Spitze zu einem Drittel gespalten, und einige große Platten, halb Sandstein, halb heller Schiefer, lagen verstreut im Sand. Klappernde kleine Krebse liefen zwischen den Löchern ihrer Höhlen hin und her. In einer Schieferplatte und, spiegelverkehrt, in einem Sandsteinbruchstück sah ich den Abdruck eines Urtieres; ein Vogel des späten Erdzeitalters oder ein Flugsaurier mit ausgebreiteten Schwingen. Herrliche, minutiös konservierte Abdrücke. Drei Meter davon entfernt lag das verkohlte, ausgeglühte, gespreizte Metallskelett des letzten Flugsauriers. Ich hob es auf und verglich es mit den Versteinerungen, die einige Dutzend Millionen Jahre alt sein mochten; beide Relikte waren nahezu identisch. Als ich in die Richtung der Kochstelle, des Feuers und des improvisierten Sonnendaches blickte, sah ich meinen Schatten und den des armlangen Robotvogelskeletts; beide wiesen nach Süden.

Während ich mit wild schlagendem Puls zurückging, flüsterte der Extrasinn: *Unerklärliches geschieht hier und jetzt, Arkonide. Denk darüber nach und vergiß nicht: Du bist der Fremde auf dieser Welt.* Meine bloßen Sohlen berührten den scharfen, schwarzen Schatten; er löste sich auf wie der Schaum der auslaufenden Wellen, deren Geräusch unsere Träume begleitet hatte.

Vielleicht fünfhundert Meter weit waren wir vom Strand entfernt. Das Boot schaukelte in den weichen Wellen, ich hatte die Außenborder abgestellt. Mindestens ein Dutzend riesiger Körper bewegten sich mit unnachahmlicher Eleganz durch das Wasser: Walmütter mit ihren Kindern, die größer waren als ein Jeep. Fluken hoben sich in die Luft, mächtige Körper schoben sich vorbei, das Gemisch aus Wasser und Luft fauchte aus den Atemlöchern. Manolito und Wilhelma starrten schweigend, ergriffen, begeistert die mächtigen Körper an, die graue Haut, muschelbewachsen; winzige Elefantenaugen musterten uns wie behagliche Linsen aus einer anderen Welt. Ab und zu stieß spielerisch ein Walkalb, groß wie ein Chrysler Sedan, ans Boot, schien mit einem gigantischen Rachen zu lächeln und ließ sich von uns streicheln; die Haut war weich wie nasser Samt. Nicht einmal Manolito fürchtete sich; es waren auch für mich einige Stunden reiner, unschuldiger Verzauberung.

»Ohne einen Hauch Ironie, Olaf – ich danke dir für diesen halben Tag«, sagte Wilhelma leise. Ihre Finger streichelten meinen Unterarm. »Daß es so etwas gibt ... wer sonst hätte es mir zeigen können?«

»Bedanke dich bei Speedy«, brummte ich. »Er wollte unbedingt solche meterlangen Spielzeugfische.«

Wir waren zwar nicht Meeresbewohner unter anderen, aber wieder einmal fühlte ich hautnah, schaukelnd mitten in einer friedlichen Walherde, die einmalige Schönheit dieses Planeten; zum erstenmal konnten es seine »intelligenten« Bewohner schaffen mich, meine Begleiter, die Wale und alles andere zu vernichten und mit radioaktiv strahlender Asche zu bedecken. Ich zwang mich, aber der Zwang war kaum fühlbar, jeden Wimpernschlag dieser Konfrontation mit den gigantischen Säugetieren zu genießen, die eleganter schwammen als ich und Wilhelma. Manolito hatte einen Arm um meine Schultern gelegt und streichelte ein Walkalb, das ihn in regelmäßigen Abständen, das Boot vor sich herschiebend, mit einem salzigen Regenschauer überschüttete. Erst eine Stunde vor Sonnenuntergang – wir waren durstig und unsere Mägen knurrten – endete dieses Idyll: Die kleine Herde schwamm zum Ausgang der Lagune. Ich riß die Schwungscheiben der Motoren an und steuerte das Boot zum Strand.

Als ich neben dem Zelt das metallene Skelett und das Spiegelbild des Saurierrelikts in den Steinplatten sah, war mir, als hätte ich einige Stunden mit der urarchaischen Gemeinschaftsintelligenz von Larsaf Drei verbracht und als habe mir der Planet zum Abschied, auf schwer erklärliche Weise, die Hand gereicht.

16.

Während Scarron Eymundson den summenden Robotern zusah, setzte sie die Lautstärke des Abspielgerätes herauf; die Maschinen, die Atlans Wohnung in Sol Town reinigten, verursachten einigen Lärm, die Servicekolonne war kaum leiser, und Atlan erzählte aus den winzigen Ohrlautsprechern in einem Tonfall, der Scarron ärgerte und betroffen machte, von Dr. Wilhelma Fergusen und den idyllischen Nächten der Baja California.

Eine lange Reihe Namen und Gestalten hatte sie, Scarron, über sich ergehen lassen müssen; von der Steinzeitlerin, die der Höhlenbär getötet hatte, bis zur einzigartigen Amoustrella Gramont; jede dieser Traumfrauen des Arkoniden war schön, hochgewachsen, langhaarig, klug, oft von königlicher Herkunft, unendlich begehrenswert, heißblütig und ihren damaligen Geschlechtsgenossinnen weit überlegen – wieder begann sich Scarron wie Cinderella am rußigen Herd zu fühlen.

Sie nahm den Kopfhörerbügel ab und rief: »Denkt an die Temperatur des Swimmingpools! Atlan wird sicher jeden Tag schwimmen wollen!«

»Wir regeln sie auf ein zehntel Grad ein, junge Frau«, brüllte ein Handwerker von der Terrasse. Scarron musterte die geputzten Riesenscheiben, die dunkel glänzenden Möbel und den Teppich, der noch Reinigungsflüssigkeit ausdünstete und wie eben verlegt aussah. Ein Roboterpaar summte vom riesigen Wohnraum in die Küche und begann dort zu lärmen. Scarron setzte den Lautsprecherbügel wieder auf und hörte zu, was Atlan erzählte.

Am Rand des inneren Stadtbezirks, der annähernd kreisförmig angelegt war, einen kurzen Spaziergang von den Bauwerken der Administration entfernt, bewohnte der Arkonide das oberste Stockwerk eines fünfzehnstöckigen Hochhauses; ungehindert ging die Sicht bis zu den Antennen des Mount Chmorl, in dessen untersten Geschossen sich Atlan jetzt noch aufhielt. In seinem Bericht nannte er gerade ein Datum; Anfang März 1971 – er erlebte die Welt, wie sie vor 1590 Jahren war. Scarron seufzte.

»Mach dich nicht selbst eifersüchtig, Schwester«, sagte sie vorwurfsvoll zu sich selbst. »Doktor Fergusen ist längst tot, so wie die anderen. Und wer putzt Atlans Hütte? Ich! Keine Königstochter, Akademikerin oder Amazone. Aber immerhin: die Freundin des Prätendenten von rund acht Milliarden Menschen auf Gäa! Also – beklag dich nicht!«

Im Lauf der folgenden Stunden lieferten verschiedene Dienstleistungsfirmen Essen, Getränke, Wäsche, Kosmetikartikel sowie gereinigte alte und neue Kleidung an, kurzum: alle Kleinigkeiten des täglichen Lebens. Ein Mechanikertrupp der Administration testete jedes einzelne Gerät durch, und Scarron prüfte die Sauberkeit der Küche. In wenigen Tagen würde Atlan wieder hier leben; rund sieben Monate lang hatte die Wohnung leer gestanden und war energetisch halb abgeschaltet gewesen. Scarron verglich alle Arbeiten mit ihrer Liste und registrierte, daß kein Terraner von ihr Trinkgeld annahm; am frühen Abend, ehe sie zum Mount Chmorl fuhr, schwamm sie einige Runden im Pool, machte Make-up mit äußerster Sorgfalt und zog solche Kleidung an, in der sie mit »Willy« Fergusen erfolgreich konkurrieren konnte – in Atlans Augen.

Julian Tifflor räusperte sich und lächelte nicht, als er sagte: »Ich habe mich deswegen von Ihnen einladen lassen, Professor Aescunnar, weil Atlan bis zu dem Augenblick, an dem er den Anfang vom Weltuntergang erwartete, noch einige Monate außerhalb der Überlebensanlage wirkte, in seinem terranischen Atlan-Parallel-Kosmos. Was in dieser Zeit wirklich passierte, wissen wir, und die ENZYCLOPAEDIA weiß es noch besser.«

»Aber was passierte für unseren weißhaarigen Helden?« sagte Ronald Tekener leise. »Vollziehen wir also Atlans privaten Countdown nach!«

»An meinem Equipment und an meinem guten Willen soll's nicht liegen.« Aescunnar lehnte sich zurück. Die Medien hatten – er mußte wieder an Major Amparo Abdelkamyrs wenig qualifizierte Einwendungen denken – ebenso jeden weiteren Tag von Atlans Genesung berichtet wie zuvor die langen Monate von der Angst um sein Leben; auch was nach dem schlimmsten Fall, Atlans Tod, über das Neue Einsteinsche Imperium hereinbrechen würde, war kritisch hinterfragt worden. Jedes Jahrzehnt seit dem Jahr 3500 – Solares Imperium und das Amt des Großadministrators waren im Jahr 3499, mit der Verfassungsgebenden Versammlung des NEI auf Gäa, erloschen – mußte sich der Prätendent der Wiederwahl stellen oder ein neuer gewählt werden, und Atlan würde seine Versuche wiederaufnehmen, die galaktischen Völker zu einigen, so gut es ging.

Wilhelma Fergusen, Speedy Manolito und ich verbrachten drei Tage am Strand der riesigen Halblagune und sahen den Walen zu, schwammen, badeten, taten wenig Ernsthaftes. Manolito und ich bauten drei monströse, labyrinthische Sandburgen. Wilhelma verzierte sie mit Muschelschalen, Steinchen und Antennen aus Fischgräten. Jeden Morgen waren die Zikkurate nur feuchte Sandruinen, in denen Krebse herumwieselten. Als sich die Cola-Vorräte beängstigend dem Notstand näherten, am letzten Abend, kamen die drei Mexikaner an unser noch nicht angezündetes Lagerfeuer und boten uns giftige und ungiftige Schlangen an, Gürtel aus Schlangenleder und Mokkassins aus dem Leder wilder Esel und Ziegen; es waren jene Männer, die uns bei unserer Ankunft schweigend aus der Ferne beäugt hatten. Es stellte sich heraus, daß Wilhelma fließend mexikanisches Spanisch sprach.

Wir bewirteten die Schlangenjäger mit Bier, *Butterfinger* und langen, amerikanischen Zigaretten, und ich kaufte zwei Gürtel und drei Paar der federleichten Schuhe. Zu Manolito sagte ich. »In sechs, sieben Jahren passen sie dir. Jedesmal, wenn du stolperst, wirst du an mich denken müssen.«

Er hatte seine Unterarme in die dünnen Schuhe gesteckt und führte mit den Fingern grinsend eine Pantomime mit den ledernen »Handpuppen« auf, lachte und sagte: »Ich denk' schon jetzt an dich, Doktor Olaf. Wie lange bleibst du noch bei uns?«

»Weiß nicht.« Wir sprachen Spanisch. Die Schlangenjäger hatten die Flaschen blitzschnell geleert und starrten schweigend die beiden Flugreptilien-Versteinerungen an. Ich holte aus der Kühlbox noch einmal vier Flaschen, aber entkorkte meine selbst; die Jäger bissen die Kronenkorken mit den Backenzähnen auf. Wilhelma betrachtete sie mit einer Mischung aus Bewunderung und Grauen.

Der Älteste sagte: »Gracias, Señor. Sie wollen wirklich keine Schlangen? Sie töten zuverlässig, müssen Sie wissen.«

»Ich will mich bei den anderen Yankees nicht unbeliebt machen«, sagte ich leichthin. »Gracias. No. Keine Schlangen.«

Sie zuckten fast synchron mit den Schultern, gaben mir die leeren Flaschen zurück und standen auf. Sie hängten sich die Säcke über die Schultern, verbeugten sich tief und gingen ebenso langsam davon, wie sie gekommen waren; zehn Minuten später verschwanden sie hinter der Kuppe eines Hügels.

»Diesmal fällt mir kein geistreicher Kommentar ein«, sagte Wilhelma kopfschüttelnd. »Ich habe wohl doch eine zu schmale intellektuelle Ausstattung. Danke für die feinen Schuhe, Olaf.«

»Zieh sie an und denk an mich!« sagte ich leise. »Ich bin hoffentlich ebenso bequem für dich. Oder nicht?«

»Scheinbar.« Wilhelma dachte lange nach und erwiderte. »Du tust so, als wärest du's. In Wirklichkeit bist du ganz anders; härter, unnachgiebig, viel erfahrener als unsereiner, kurzum: ein Kerl vom anderen Stern.«

»Richtig«, sagte ich und grinste. »Und keiner wird es mir je glauben. Aber – bestimmt nicht von Krypton!«

Unsere letzte Nacht brach an. Das Boot war schon auf dem Trailer befestigt, aus der Bucht hörten wir das Klatschen und Schnauben der Riesentiere. Wir saßen lange am Feuer und am Strand und sprachen; Manolito gähnte und kletterte ins kühle Führerhaus. Im Morgengrauen kuppelte ich den Trailer an, verlud den Rest der Ausrüstung und fuhr nach Norden zurück.

Ich saß, eine Handvoll Tage später, wieder am Schreibtisch und kontrollierte die Diagramme der letzten Versuche. Unsere Triebwerke und Generatoren arbeiteten zuverlässig und innerhalb der errechneten, vorgegebenen Toleranzen, als kämen sie aus den Werkstätten Arkons. Der letzte Dauerversuch war nach einundsiebzig Stunden, meist unter Vollast, abgebrochen worden. Am schwarzen Telefon begann die grüne, dann die rote Lampe zu blinken, dann läutete der Apparat.

»Vermittlung hier. Sind Sie's, Dr. Olaf?«

»Vermittlung? Ein Ferngespräch?« sagte ich.

»Aus dem Pentagon. General Furthenmueller, Doc. Er will Sie sprechen.«

»Sofort durchstellen.« Auf meiner Suche durch die Bürokratie nach einer Startrakete für unseren Instrumententräger hatte ich selbstverständlich meinen Gönner im Pentagon, Vier-Sterne-General Nicholas Furthenmueller, breitzuschlagen versucht. Nicholas brüllte durch das Rauschen, Klicken und Summen der schlechten Verbindung:

»Söhnchen! Nachdem ich allen Beteiligten ununterbrochen auf die Füße getreten bin, haben wir, was du wolltest: eine Trägerrakete, einen Starttermin, eine Abschußgenehmigung. Willst du eine alte *Bumper* haben, am Anfang Juni, in Orange Sands, Vandenbergh, Kalifornien, mit der ganzen Logistik?«

Ich hob den rechten Arm in die Höhe und wedelte mit der Hand. Billy Plichter und Hiob Malvers wurden aufmerksam und unterbrachen ihr hitziges Gespräch. Ich schrie: »Zwei Stufen? Knapp neunzehn *meters* groß, Flüssigtreibstoff und etwa 400 Kilometer hoch? Rund 25 Kilo Nutzlast? Reicht völlig. Wann? Wie? Wo?«

»Orange Sands. Vandenbergh, Kalifornien. Mit Bahnverfolgung, Telemetrie und allem anderen. Ich lasse euch die Teile der Trägerplattform schicken; die *Bumper* ist eine verrostete, überflüssige Rakete, die wir sonst würden entsorgen müssen. Ich will von euch, Olaf, eine genaue Beschreibung eures Experiments. Der Startturm wird anschließend verschrottet. Laß dir etwas Überzeugendes einfallen. Du weißt, daß wir uns in einem gräßlichen Wettstreit mit den Rußkis und den Schlitzies befinden. In zehn Tagen: Unterlagen für deine Instrumententrägerplattform. Und sämtliche Frequenzen für das Feedback eurer allamerikanischen Funkgeräte.«

Ich mußte noch immer schreien; die Verbindung war lausig wie gewohnt: »In zwei Wochen haben Sie alles, Nicholas. Ich flieg' auch nach Orange Sands und streichle unser Endmodul. Keine Sorge. TEFTRIS ist zuverlässig wie ein PanAm-Clipper am Boden!«

Viersterne-General Furthenmueller lachte lange und herzhaft und hängte ein. Ich sprang auf und brüllte: »Wir haben eine Rakete, einen Starttermin und die ganze verdammte Logistik!«

Ingenieure, Mechaniker, Wissenschaftler und Hilfskräfte schrien und waren außer sich; Wilhelma Fergusen starrte mich an, als erwache sie aus einem tiefen, absonderlich fantastischen Traum.

Die *Bumper* transportierte mit 27.000 Kilopond Startschub eine Nutzlast von etwa 22 Kilogramm in eine Höhe von 403 Kilometern; bisher wog unser aerodynamisch verkleideter Träger 30,5 Kilo. Ich begann zu rechnen: Mit zwei oder drei Feststoff-Zusatzraketen, sogenannten *Boosters,* würde das Gespann hervorragend funktionieren, und was die Relation zwischen beiden Parametern betraf, gab es nur zwei Probleme. Das höhere Gewicht und die Telemetrie. Mein Ehrgeiz war weniger deutlich ausgeprägt als sonst, aber unsere »Endstufe« würde neben der STARDUST vorbeifliegen und bessere Meßergebnisse liefern können; ich verwahrte sechs winzige Empfänger, Kameras, Sender und Sonden in meinem Gepäck, und kein denkendes Wesen dieses Planeten würde darauf kommen, daß die winzigen Elemente nicht irdischer Technik entsprachen.

»Alles andere gestrichen!« rief ich. »Wir arbeiten auf diesen Termin hin. Wir zeigen es ihnen – ihnen allen! Ganz gleich, wer irgendetwas irgendwann in irgendeine Richtung des erdnahen Weltalls schießt!«

»Recht so!« schrie Malvers. »Und mit guten Feldstechern können wir von hier aus bis nach Vandenbergh sehen ... Wohin soll eigentlich unser Instrumententräger fliegen oder geschossen werden?«

Ich stand auf, lächelte Wilhelma an und rief: »Zum Mond. Steuerbar in jeder Art der Umkreisung. Wir liefern nicht nur Bilder vom Erdtrabanten, sondern auch szenische Photos von allen Raumvehikeln, die den bleichen Gesellen umkreisen oder auf ihm landen – vorausgesetzt, die *Bumper* erreicht ihre Dienstgipfelhöhe! Darauf haben wir keinen Einfluß!«

Die folgenden Tage und Wochen vergingen rasend schnell: Das Camp, mit vollem Einsatz, baute in den Satelliten meinen Antrieb ein, eine Fernsteuerung, die Absprengeinrichtung und die Tanks, mit denen wir den Gewichtsausgleich herstellten, die Sende- und Empfangsanlage; wir meldeten neunzehn Patente an, die jeden der Beteiligten innerhalb eines Jahrzehnts zum Dollarmillionär machen würden. Malvers und Plichter flogen siebenmal nach Vandenbergh und überwachten die Vorbereitungen, brachten die Montageplattform der Raketenspitze mit, auf die wir unsere »Unit« absprengbar befestigen mußten; jeder in Desert-Camp war von einer Euphorie erfüllt, die ihresgleichen suchte. Am ersten April hoben drei Herkules-Transporter mit unserer gesamten Ausrüstung ab; um diese Zeit rüsteten die Eingeweihten des STARDUST-Projekts ihren möglicherweise entscheidenden Start aus. Unwichtig schien, was aus allen Teilen der Welt zu hören war: Viele Nationen waren am Start. Wer immer den Startschuß abfeuerte: Das Ziel war der öde, leere, lebensfeindliche, völlig uninteressante Begleiter des Planeten – Luna, Artemis' Gestirn, der Mond, die Mondin, das Nachtgestirn, der Mond: Sie befanden sich alle in einem hysterischen Mond-Wettfliegen, auf höchst aufwendige Weise.

Cyr Aescunnar schaltete Lexikoneinträge, Bilder und Grafiken auf die Monitoren und zitierte: »Drei Monate vor dem Start der STARDUST EINS, also Rhodans Mondvehikel, war auch der Kommandant der STARDUST ZWEI bestimmt; Oberstleutnant Michael Freyt. Er wurde dann auch eingesetzt. Eine Rakete des Ostblocks mit einer Nutzlast von 92 Tonnen und sechs Mann Besatzung war ebenso bereit. Später bemerkte General Pounder dazu: ›Der Ostblock war noch um einen Schritt voraus.‹ Selbstverständlich besaß auch die Asiatische Föderation ein startbereites Mondschiff, dessen Kapazität der Oberbefehlshaber der AF-Luft- und Raumwaffe, Marschall Lao Lin-To, so schilderte: ›Besatzung vier Mann, Nutzlast 58 Tonnen – die Fehlerquellen, die zur Explosion unseres ersten Mondschiffes führten, sind beseitigt worden.‹«

Drei Wochen später konnten wir unsere Tests beenden. Die dünne Verkleidung machte aus unserer Plattform ein annähernd aerodynamisch korrektes Objekt – bis auf die Ausleger und Steuereinrichtungen. Auf unserem Testgelände verteilten sich in einem riesigen Kreis fahrbare Antenneneinheiten. Zwischen Vandenbergh und Desert-Camp stand eine Bildfunkverbindung; eine zweite hatte Rico zwischen einer Spionsonde und meinem tragbaren TV-Apparat geschaltet.

Wir waren alle dabei, als der Gabelstapler die wuchtige Kiste über die Laderampe der »Herkules« schob, als die Crew sie in einem Netz und mit einer Vielzahl Bändern und Seilen befestigte. William C. Plichter führte ein Sieben-Mann-Team an. Ihr persönliches Gepäck, die Aluminiumkoffer der Testgeräte und sämtliche Einzelteile unserer Sonde, die doppelt oder mehrfach vorhanden waren, wurden verladen. Ich schüttelte Billy lange die Hand.

»Ein Jammer, daß du nicht mitkommst, Olaf«, sagte er. »Jetzt müssen wir wegen jeder Kleinigkeit hier anrufen.«

»Mach keine Scherze, Vizechef.« Ich grinste. »Ihr alle seid so verdammt gut, daß ich hier am Pool liegenbleiben kann. Vielleicht fliegen sie mich zum Abschuß rüber.«

»Hoffentlich arbeitet die Rakete richtig!«

Wir hatten nächtelang darüber diskutiert: Für unser Projekt waren wir verantwortlich, und es würde nicht versagen, dessen waren wir uns bewußt. Wenn das Projektil beim Start explodierte, seine Dienstgipfelhöhe nicht erreichte oder ins Meer abstürzte, war unsere Arbeit vergeblich gewesen. Nicht umsonst – der allamerikanische Steuerzahler war überaus großzügig gewesen. Nacheinander verabschiedete ich die Männer, und sie gingen an Bord. Die Heckklappe hob sich langsam, die Motoren sprangen an, und als beim geräuschvollen Wenden des Flugzeuges die riesigen Staubwolken die Sicht verdunkelten, zogen wir uns in den Schutz der Gebäude zurück. Langsam rollte der Transporter in Startposition, die Motoren dröhnten auf, und am Ende des zweiten Drittels der Startbahn hob die »Herkules« ab und kletterte in nördlicher Richtung höher.

»Auch in Atlans Kosmos schreibt man gegenwärtig den 20. April«, sagte Roger Chavasse und blies eine schwärzliche Rauchwolke in Richtung des offenen Fensters. »Hier schreibt die ENZYCLOPAEDIA: Drei Monate vor der STARDUST, also Mitte März, erreichte die bemannte Rakete des Ostblocks den Mond, wurde aber offensichtlich von der automatischen Abwehr des arkonidischen Raumschiffes zerstört. Der Vorfall blieb weitestgehend geheim; zu diesem Thema hat Iwan Martinowitsch Kosselow, der Chef des Ostblock-Geheimdienstes, verständlicherweise zu bemerken gewußt: ›Da wir nicht dazu neigen, Versager bekanntzugeben, ist der für uns unverständliche Absturz unseres Weltraumschiffes niemals publik geworden.‹ Auch ein feiner Kommentar, nicht wahr?«

»Abgesehen davon, daß die damalige Zeit nicht das Exklusivrecht für schwachsinniges Verhalten hatte – seinerzeit herrschten andere Verhältnisse«, sagte Julian Tifflor nachdenklich. »Ich hab' viel nachgelesen; ich war damals zehn Jahre alt. Nicht nur Perry hat erkannt, daß die einzig vernünftige Lösung die Gründung der Dritten Macht war.«

Cyr nickte und las im nächsten Textblock, daß die USA auf einem Pazifik-Inselchen eine 100-Megatonnen-Fusionsbombe gezündet hatten, deren Detonation auf dem Prinzip der kalten Kernverschmelzung ablief. Es hatte damals ein rein chemischer Zünder mit der fast unglaubwürdig niedrigen Anregungstemperatur von nur 3865 Grad Celsius genügt, um die Fusion der mesischen Atome anzuregen.

Der Aufbau der *Bumper* auf der Startrampe und die Montage unserer Sonde waren die Arbeit qualifizierter Mechaniker; meine Gegenwart war entbehrlich, und ich hätte Billy Plichter nur nervös gemacht. Nach Wochen ereignislosen Wartens gab ich auf. Ich nahm ein Funkgerät an Bord der ARCA und verließ mit Wilhelma den Stützpunkt; die beginnende Hitze war fast nur im Inneren der klimatisierten Gebäude oder auf dem Wasser zu ertragen. Wir machten Bootsurlaub, und wie ich es geahnt hatte: Die Rakete war zwar intakt, aber keineswegs startbereit. Wartungstechniker von Vandenbergh begannen die Systeme zu überprüfen – Woche um Woche verging ereignislos.

Ich war an Land geschwommen, hatte mich auf einen Felsen gesetzt und mit Rico und Mapuhi gesprochen. Erwartungsgemäß befand sich der Überlebenszylinder in perfektem Zustand, die Bilder der Spionsonden im Camp und Vandenbergh waren gestochen scharf und aussagekräftig, aber Ricos letzter Satz hatte mich nachdenklich gemacht. Ich sicherte das wasserdichte Funkarmband und ging langsam auf die Stelle zu, an der das Ende der Ankerkette und die Trosse aus dem Wasser ragten.

»Bleibe in einer Entfernung vom Transmitter und von unseren Funkgeräten, die es dir jederzeit gestattet, mich zu hören und schnell in die Kuppel zurückzuspringen.«

»Warum? Bin ich gefährdet?«

»Weniger du, Atlan, als Milliarden Menschen. Du bist nicht mehr und nicht weniger gefährdet als der Rest des Planeten. Nicht nur ich, sondern auch die Zentrale Positronik hat eine hohe Wahrscheinlichkeit dafür errechnet, daß ein Nuklearkrieg droht. Die Zahlen sind nicht bedrohlich hoch, aber sie steigen.«

»Verstanden, Rico«, hatte ich gesagt und an die Nachrichtensendungen, Zeitungsartikel und Kommentare gedacht. »Ich werde diese Warnung sehr ernst nehmen.«

Wilhelma stand im organgegelben Badeanzug vor der Pantry und mischte Erfrischungsgetränke. Ich kletterte tropfend an Bord, duschte flüchtig und tippte, während ich mich abtrocknete, auf das Messinginstrument.

»In zwei Tagen ist nur noch Mineralwasser in Flaschen an Bord, Schönste«, sagte ich. »Wir müssen daran denken, das Idyll zu beenden. Süßwasser bunkern.«

»Ja, leider.« Sie reichte mir das Glas. Es war halb voll Eiswürfel. »Eigentlich müßte ich denken, dich treibt die Unruhe wegen des Raketenstarts ins Camp zurück.«

Ich schüttelte den Kopf. »Erstens genieße ich uneingeschränkt deine Abwesenheit vom Medizinschrank, und zweitens«, ich deutete auf das klobige Funkgerät, »gibt mir Billy jeden Abend die letzten Nachrichten durch. Du hast zugehört: Das verdammte Geschoß ist schon halb startfertig.«

»Auch richtig.« Wilhelma setzte sich gekonnt in die Hängematte und streckte sich aus. »Wenn wir hier diesen Job erledigt haben, wird uns niemand vorwerfen, wir hätten uns zu Tode geschuftet.«

»Schwerlich.« Ich zuckte mit den Achseln. Der Transmitter war noch immer im Maschinenraum, dicht neben dem Niedergang, eingebaut und angeschlossen. Die Energie lieferte ein Hochleistungsgenerator, der an den Steuerbordmotor gekoppelt werden konnte. In der Nacht vor unserem Ablegen hatte ich das Gerät zum vorläufig letztenmal getestet. Ich blies Salzkristalle aus dem Aktivator-Jaguarkopf und setzte mich in den Schatten. »In den letzten Nächten hab' ich versucht, ein neues Projekt auszudenken. Etwas, das dem Team in Desert-Camp Arbeit sichert und von der Regierung gefördert wird. Ein Roboter, vielleicht, der alle denkbaren

Messungen in den Ringen des Saturn oder zwischen den Monden des Jupiters durchführt. Solch ein pfiffiges Gerätchen oder derlei.«

»Der ruhelose Geist eines Erfinders«, sagte sie lächelnd. »Bleiben wir heut' nacht hier vor Anker?«

»Wenn es dich nicht ärgert? Eine ruhige Bucht, in der die Steaks nicht aus der Pfanne springen.«

Ich nickte und füllte das eiskalte Glas mit Cola auf. Seit der Warnung Ricos nahm meine Unruhe zu; als wir nachts nebeneinanderlagen und in die Sterne sahen, erwartete ich die Lichtpunkte von Interkontinentalraketen zu sehen, die sich in Schwärmen aus drei Richtungen auf den Kontinent zubewegten.

Atlan machte eine Pause. Während sich Roger Chavasse, Cyr Aescunnar und Julian Tifflor in eine Art frühes Mittelalter der Raumfahrt zurückversetzt fühlten, umgeben von Bildern, Bahndiagrammen und zweidimensionalen archaischen Schwarzweiß- und Farbphotos, diskutierten sie Umstände der Situation, die seit der erfolgreichen Umkreisung des Mondes durch Perry Rhodans Team eingetreten war:

Ende Mai waren die Daten zwar noch nicht der amerikanischen Allgemeinheit bekannt, aber jeder Techniker und Wissenschaftler rund um Nevada Fields wußte, daß beide Mond-Raumschiffe bereitstanden. Nachts war die Station FREEDOM als wandernder Lichtpunkt zwischen den Gestirnen zu sehen; in 1730 Kilometern Höhe und 25.400 Stundenkilometer schnell, aus dem Material, das Pluto-D-Raketen in den Orbit transportiert hatten. Ursprünglich wollten die Techniker die STARDUST-Mondvehikel im Orbit zusammenbauen, aber die amerikanischen Techniker sammelten trübe Erfahrungen und hatten ungeheure Schwierigkeiten; die STARDUST-Raketen würden in jedem Fall einen Direktstart vom Boden unternehmen.

Die ENZYCLOPAEDIA zitierte General Lesly Pounder während einer Pressekonferenz auf Nevada Fields: »Das Raumforschungskommando hat unter Berücksichtigung gemachter Erfahrungen darauf verzichtet, ein Raumschiff in der Umlaufbahn zusammenzubauen. Die Schwierigkeiten und Fehlschläge früherer Versuche sind bekannt. So wird die erste Mondlanderakete direkt von hier aus starten. Das Schiff heißt STARDUST ...«

Wilhelma Fergusen richtete sich auf, hob langsam die makellos gebräunten Grace-Kelly-Schultern und sah mir in die Augen. Ihre Finger streichelten die Narben auf meiner tiefbraunen Haut, dicht unter der Knochenplatte über dem Magen.

»Wer immer dich operiert hat, Olaf, er muß augenscheinlich steinzeitliche Instrumente benutzt haben.« Die Fingerspitzen glitten über die Kerben der groben Nähte. »Oder er war ein halbblinder Pfuscher. Sind wirklich keine Schmucknarben.«

Ich nickte; auch diese Frage hatte ich schon seit langem erwartet, und selbstverständlich hatte ich eine Erklärung parat: eine Notoperation eines Magengeschwürs, ausgeführt im indonesischen Dschungel von einem uralten Eingeborenen-Arzt, dem alles Material außer magischen Kräutern und Lateriterde-Antibiotika fehlte, das für eine solche Operation nötig war. Ich hatte, erzählte ich ihr, den technischen Trupp einer Metallschürfexpedition angeführt und war nur deshalb knapp mit dem Leben davongekommen, weil man mich zwei Tage danach mit dem Hubschrauber ausgeflogen hatte.

»Ich kenne hervorragende Kliniken und tolle hautchirurgische Kollegen«, sagte sie, küßte die Narben und griff nach dem Glas. »Wenn unsere Rakete gestartet und alles vorbei ist, bringe ich dich dorthin. Freunde von mir. Du wirst ein paar Tage liegen müssen, aber dann bist du ganz glatt und wie neu.«

»Wie neu.« Ich grinste. »Das habe ich mir schon immer gewünscht.«

Seit unseren ersten Ausflügen im Jeep, im Truck oder mit der ARCA war ihr Haar nachgewachsen; im selben Maß färbte ich durch Injektionen meine Augen und mein Haar. Wir hatten auch heute, nach Plichters wenig euphemistischer Zustandsschilderung aus Vandenbergh, einen ruhigen Abend verbracht. Aus den Lautsprechern drangen die ruhigen Takte des zweiten Satzes der *Großen Ode* von George Nancar. Wilhelma ging durch die halbdunklen Räume zum Eisschrank, um frische Eiswürfel für ihren Rotwein zu holen; ein Barbarismus, den ich ihr nicht hatte abgewöhnen können. Sie war eine schöne, begehrenswerte Frau, die von Zeit zu Zeit wieder zum klirrenden Eisberg wurde und sich selbst verbot, Dinge aus ihrem tiefen Inneren preiszugeben. In den leidenschaftlichen Stunden dieser Nacht war davon nichts zu spüren gewesen.

Wilhelma setzte sich auf das kühle Laken, gab mir mein Weinglas und sagte leise: »Meinst du, daß unsere Sonde jemals fliegen und photographieren wird?«

Ich hob die Schultern. »Du hast gehört, was Billy gesagt hat. Angeblich ist der Check der zweiten Stufe fast beendet. Die Booster sind befestigt und angeschlossen. Die Sonde fliegt und wird, genau wie Rhodan voriges Jahr, den Mond umkreisen ...«

»... es wäre faszinierend, wenn die Sonde seinen nächsten Flug und womöglich die Landung selbst aufnehmen würde!«

»Das wäre eine Sensation, in der Tat.«

Für uns alle, das Team in Vandenbergh, mich und die Konstrukteure, Zeichner und Mechaniker hier im Camp – wir arbeiteten an den zweiten, verbesserten Entwürfen der Fernsonde – waren die Wochen quälend langsam vergangen. Immer wieder zog General Pounder von Nevada Fields die Spezialisten von unserem Projekt ab: Die Startvorbereitungen stockten. Heute abend, am 17. Mai, hatte Billy Plichter offensichtlich berechtigten Optimismus verbreitet.

»Bleibt's bei unserem Bootsausflug?« fragte Wilhelma und streckte sich neben mir aus und schlug lasziv die Schenkel übereinander. »Übermorgen? In die kleine Bucht?«

»Es bleibt. Größere Touren riskiere ich nicht – ich ahne, daß sie mich nach Vandenbergh holen werden, wenn es soweit ist.«

»Und du fliegst tatsächlich?«

»Nur mit dir zusammen, Schönste. Wenn mein Arbeitgeber befiehlt, muß ich tun, was er will.«

»Für kurze Zeit zurück in die Zivilisation und Kultur, in die große Stadt.« Wilhelma schob schnurrend ihren Kopf in meine Schulterbeuge. »Schon allein die Aussicht darauf erregt mich.«

»Also ins Holiday Inn.« Ich küßte sie. »Ich dachte, ich wäre es, der dich erregt?«

»Hier und heute.« Wilhelma lächelte und erwiderte den Kuß. »Das Holiday Inn ist etwas ganz anderes.«

Gerade als ich den Anker auswerfen wollte, summte das Funkgerät. Ich sicherte den Anker und turnte in die Kabine, Wilhelma rückte beide Fahrthebel zurück und zog die ARCA vom Strand »unserer« Bucht weg. Als die Hebel in Neutralstellung einrasteten, sanken die Drehzahl und der Lärm der Turbodiesel, und ich nahm den Hörer ab.

»Vermittlung Desert-Camp. Ein Gespräch aus Washington für Sie, Chef. Ich leite es über den Funkkanal.«

»Ich verstehe Sie gut. Bin auf Empfang, schalten Sie. Over.«

Nach drei Worten erkannte ich die Stimme General Nicholas Furthenmuellers.

»Ich mach's kurz, Peterson. Wir schicken Ihnen einen Hubschrauber. Um nicht mit anderen Starts zu konkurrieren – Montag, der vierzehnte Juni! Ich bin selbst in Vandenbergh, Sie dürfen das Knöpfchen drücken, Söhnchen! Der offizielle Starttermin für Ihre Sonde. Einverstanden? Klar sind Sie einverstanden! Pressetermine, Hotelzimmer, das macht alles mein Stab. Freue mich schon! Also, bye, bis später.«

Er legte auf, das Gerät knackte laut. Ich grinste Wilhelma an und schaltete das Funkgerat nach ein paar Worten zur Vermittlung ab.

»Offizieller Starttermin am Vierzehnten.« Ich griff ins Steuerruder und lenkte die ARCA zum zweitenmal auf den Strand zu. »Wir haben noch einige Tage zum Rasieren, Umziehen und Kofferpacken.«

»Das werden wir mit einem dreistöckigen Scotch feiern!«

»Mit viel Eis«, sagte ich. »Gleich nach dem Ankermanöver.«

Eine Stunde später lag die ARCA am Ankertau und einer schweren Landleine. Wir saßen in der Sonne und sahen den Fischschwärmen zu, die schmelzenden Eiswürfel klirrten gegen die Gläser und die Zähne. Wilhelma lehnte an meiner Schulter. Ich war in Gedanken bei Ricos Warnung, den nahezu unzählbar vielen Nukleargeschossen, deren Ziele schon programmiert waren, dem Wettrennen zum Mond, an dem nun auch ich mich beteiligte, und bei jedem Gedanken an den Zustand der Außenpolitik aller Machtblöcke brach mir der kalte Schweiß aus und mischte sich mit dem, der von der Hitze über dem Wasser stammte.

»Atlan und Rico – in einem Kosmos anderer Realitäten!« Cyr schlug mit der Hand auf den ausgedruckten Text, ließ eine neue Seite der ENZYCLOPAEDIA auf den Monitor rollen und tippte gegen das Glas. »*Damals* gab es keinen Komponisten *George Nancar,* keine Große Ode, kein Apollo-Programm ...«

»Nicht in unserer Wirklichkeit.« Tifflor nickte und machte eine vage Handbewegung. »Aber es gibt vermehrt Löcher oder Verschmierungen zwischen den Welten: Atlan erwähnt zunehmend Rhodan und Pounder und all die anderen.«

»So ist es.« Chavasse seufzte und starrte den Rest seines Stumpens an. »Ich würde mich nicht wundern, wenn auch dieses Desert-Camp und die Sonde mitsamt allen Umständen sich als Werk von ES oder Anti-ES herausstellen würden. Und ihre Manipulationen und/oder ein Nebeneffekt des Pendelns zwischen den Welten scheinen dafür zu sorgen, daß Atlan sich nicht mal über die verschobenen Wirklichkeiten wundert. Die Apollo-Missionen sind für ihn ebenso normal und real wie die STARDUST.«

»Wer am Talboden steht«, sagte Cyr bedächtig, »hat nicht den Überblick wie von einem Berggipfel aus. Atlan ist ins Geschehen eingebunden und wurde manipuliert. Vermutlich wäre nicht einmal ein Mutant in der Lage, sich dem zu widersetzen.«

Weitere Zeilen scrollten über den Monitor: Perry Rhodan hatte als erster Pilot der Space-Force 1970 auf einer Pol-zu-Pol-Bahn den Mond umflogen. Bei dieser Mission hatte er eine genaue Kartierung durchgeführt, die es ermöglichte, den Landepunkt der STARDUST nahe dem Newcomb-Krater zu bestimmen, der dicht beim lunaren Südpol lag. Radarmessungen bestätigten, daß am Kratergrund eine beachtliche Menge Eis vorhanden war, das vermutlich von einem Kometen stammte. Der Pilot der zweiten Mondumkreisung war Clark C. Flipper.

Cyr hörte, wie Tifflor sagte: »Rhodan startete am Sonnabend, dem 19. Juni 1971, zum Mondflug. Das war ein Datum, das ein technikbegeisterter Zehnjähriger nie vergißt.«

»Ein paar Tage nach dem geplanten Start der *Bumper* von Vandenbergh.«

»In Vandenbergh gab es vielleicht eine kleine Landepiste für Privatpiloten, nie und nimmer aber einen professionellen Raketenstartplatz«, erwiderte Tifflor grinsend auf den Einwand Aescunnars. »Noch etwas mehr als ein Monat bis Atlans Schlafbeginn. Also ...«

Wenn etwas schiefgehen kann, geht es schief – Murphys Gesetz bestätigte sich einmal mehr, als in Vandenbergh die Abschlußchecks durchgeführt wurden. Die Hiobsbotschaft traf am 2. Juni ein: kompletter Ausfall der Steuerelektronik; sofortiger Ersatz war zu beschaffen, sonst mußte der Start am 14. abgesagt werden. Ich rief General Furthenmueller an, der alle nur denkbare Hilfe versprach, führte eine Reihe weiterer Telefonate und flog dann umgehend nach Miami, wo der Sitz jener Firma war, die die elektronischen Steuerungen für uns entwickelt und geliefert hatte und dem Konsortium angehörte, zu dem auch TEFTRIS zählte.

Die Leiterin der Entwicklungsabteilung, Sheila Orsima, meine Ansprechpartnerin, sagte rasche Lieferung zu – zwei Tage, und die Geräte konnten verladen werden. Sie war neu in der Firma, zunächst in der Computerabteilung beschäftigt gewesen; ich kannte sie bislang nur dem Namen nach, und sie schien mehr als geschäftliches Interesse an mir zu entwickeln.

Mit ihrem weißen, langen Haar sah Sheila Orsima wie eine Arkonidin aus; sie erinnerte mich an meine erste Liebe nach der Iprasa-Ausbildung, an Sinyagi von Etthorkhal. Noch niemals war mir eine Frau wie Sheila begegnet, die in solcher Vollendung jenem weiblichen Schönheitsideal entsprach, an das ich mich wahrscheinlich so genau erinnerte, weil die Zeit, in der es gegolten hatte, für mich eine Zeit der beruflichen Erfolge und der Anerkennung gewesen war, etwas, wonach ich mich ebenso zurücksehnte wie nach dem Wiedersehen mit Leuten meiner Art. Sheila vermittelte mir vom ersten Augenblick unserer Bekanntschaft an das

Gefühl, die Wiederkehr dieser Zeit stünde unmittelbar bevor. Anders vermochte ich mir nicht zu erklären, wieso ich ihrer Einladung nach Key Largo, beim Essen in einem teuren, eleganten Restaurant, ausgesprochen blind folgte. *Wie ein Kalb zum Metzger!* Sheila Orsima behauptete, ich würde etwas finden, was meine kühnsten, phantastischsten Träume überstiege.

Und so stand ich am nächsten Tag im heißen Sand, wunderte mich über mich selbst und rätselte über ihr Versprechen, das mich hierher zwischen die knarrenden Palmenstämme von Key Largo gebracht hatte; auf den Parkplatz des aufgelassenen Campingareals. Dort standen unsere Automobile nebeneinander im Schatten. Sheila winkte. Sie stand zwischen zwei Palmen und rief mir etwas zu, aber die Atlantikbrandung in meinem Rücken und das Plätschern des Wassers der Florida Bay auf der entgegengesetzten Seite machten ihre Worte unverständlich.

Sheilas Kleidung lag über einer Strandtasche, sie selbst trug einen hellblauen Bikini und darüber ein weißes Herrenhemd, dessen Säume sie über dem Bauch zusammengeknotet hatte. Ich ging auf sie zu, aber sie drehte sich um und ging zu einem niedrigen Bauwerk. Eine Bö hob feinen Sand in die Höhe, drehte ihn zu einem Schleier und ließ die Konturen verschwimmen. Sheila verließ den Strand auf eine Weise, die mir sagte, daß sie ein klares Ziel hatte. Ihr Körper wurde von zwei Schatten begleitet. Sie erwartete, daß ich ihr folgte.

Ich schloß die Augen, als mich der hochgeschleuderte Sand traf, und begann zu laufen. Drei Meter vor mir tauchte Sheila in den Doppelschatten des Gebäudes, als mich ein zweiter Sandwirbel traf und zum Stehenbleiben zwang. In meinen Ohren begann ein Rauschen, lauter als die Brandung, und ich spürte ein schmerzhaftes Ziehen im Hinterkopf. Der Extrasinn wisperte: *Es war nicht nur Sympathie, die dich hierhergebracht hat!*

Sheila war stehengeblieben. Es war eine Art massiv gebautes Blockhaus, von verwilderten Palmen und Bananenbüschen umgeben, mit einer Bohlentür und geschlossenen Fensterläden aus soliden Brettern. Dunkelbrauner Lack blätterte an vielen Stellen ab. Als ich näher heranging, erkannte ich, daß das angebliche Holz, täuschend nachgeahmt, aus Metall bestand. Konnte es Arkonstahl oder eine vergleichbare Legierung sein? Mein Verdacht, daß Sheila mich nicht hierherbestellt hatte, um heitere Strandgespräche zu führen, wuchs. Sie lehnte höchst dekorativ an der Tür.

»Ein ziemlich stabiles Strandhaus, Sheila«, sagte ich. »Ich hoffe, Sie haben den Schlüssel?«

Sheila lächelte rätselhaft. »Warten Sie bitte eine Minute, Olaf.«

Sie stieß sich von der falschen Bohlentür ab und ging nach rechts. Vom Anblick des Doppelschattens irritiert, zögerte ich etwas zu lange. Insgeheim hatte ich erwartet, daß Sheila meine wahre Identität kennen würde. Ich folgte ihr, umrundete das Haus in wenigen Sekunden, machte kehrt und lief in entgegengesetzter Richtung. Aber Sheila war verschwunden. Ich lehnte mich gegen den Türrahmen und hörte die Stimme des Logiksektors: *Vorsicht, Arkonide! Dies ist kein Scherz oder Trick einer Barbarin!*

Ich schüttelte den Kopf und lauschte der Atlantikbrandung. Daß Sheila, abgesehen von ihrem Aussehen, eine Arkonidin sein könnte, war nur ein Verdacht, den ich schon nach einem Wimperschlag verwarf. Ich legte die Hand auf den Zellaktivator und dachte wieder einmal an ES. Was sonst? Sollte ich umkehren und mit dem geliehenen Wagen nach Key West fahren? Oder nach Sheila suchen? Neugierde und ein deutliches Gefühl, etwas Entscheidendes zu versäumen, stritten in meinen Gedanken. Ich trat nach einem Stein, sah mich um und entdeckte nur meine eigenen Fußspuren. Langsam ging ich zur Tür, rüttelte an der Klinke: abgeschlossen. Ich hatte nichts anderes erwartet.

Noch einmal suchte ich den Strand des Inselchens ab. Ich war allein; ich holte aus und trat mit voller Dagor-Kraft unterhalb der Klinke gegen die Tür. Nach dem dritten Tritt sprang sie auf. Ich hatte mir keine Gedanken darüber gemacht, was die Hütte enthielt, aber als das Licht ins Innere des Gebäudes fiel, glaubte ich, einen riesigen Kristall zu erkennen, der etwa zwei Drittel des Raumes ausfüllte. Ich machte zögernd einige Schritte, sah drei rhombische Flächen und erahnte drei weitere; also ein Rhomboeder. Mit Sicherheit war das kein einfacher Kristall, sondern das Erzeugnis einer hochentwickelten Technik und ganz bestimmt nicht der arkonidischen. Ich schloß die Tür bis auf einen Spalt, sicherte sie nach kurzer Überlegung mit einem schweren Strandkiesel und ging auf das Rhomboeder zu. Diffuse, rätselhafte Helligkeit glomm auf. Sie stammte aus den sechs Seiten des etwa drei Meter hohen Kristalls und nahm zu.

»Ich bin verwirrt und aufgeregt«, sagte ich laut. »Und jetzt werfe ich selbst mehr als nur zwei Schatten.«

In der Helligkeit wuchsen die Rhombenflächen in drei Dimensionen weiter. Der Kristall mutierte zu Darstellungen, die plastische Bilder zeigten. Meine Verwirrung wurde nicht geringer, denn in den Holoprojektionen vermochte ich keine Einzelheiten zu erkennen. Inzwischen rechnete ich fest damit, daß sich ES auf charakteristische Weise melden würde, und ich wartete auf das unhörbare, gewaltige Gelächter. Oder sollte ich hinausgehen und alles vergessen? *Du brächtest es nicht fertig!* sagte der Extrasinn. Ich zuckte mit den Schultern und wartete.

Unterdessen hatte ich das Rhomboeder einmal umrundet, blieb stehen und konzentrierte mich auf einen Kubus. Nach einiger Zeit nahm ich nur noch das wahr, was er zeigte. Allmählich konnte ich Einzelheiten erkennen. Ich hätte nicht entscheiden können, ob es daran lag, daß die Abbildungen selbst deutlicher wurden, oder daran, daß mein Gehirn sich auf unfaßbare Abbildungen einstellte und sie in einer für mein Bewußtsein faßbaren Form interpretierte.

Wenn es sich um eine Verdeutlichung durch Interpretation handelte, dann um eine besonders kraftvolle. Wie anders sollte ich es mir erklären, daß die Abbildungen immer stärker realistisch wirkten?

Sie sind Realität! teilte der Logiksektor mit.

Ich schüttelte den Kopf. *Unsinn!* Abbildungen konnten sich nicht plötzlich in Realität verwandeln. Aber alle Argumente halfen nicht. Kalte Schauer rieselten mir über den Rücken, als ich merkte, wie mein Widerstand erlahmte und wie ich mehr und mehr davon überzeugt war, es mit der Realität zu tun zu haben. Allerdings mit keiner erfreulichen Realität.

Ich stand vor einer Öffnung – und auf der anderen Seite erstreckte sich eine tote Landschaft: ausgebleichter erodierter Boden, so weit das Auge sah. Ein flacher Hügel. Müll dehnte sich zur Linken. Bei genauem Hinsehen entpuppte er sich als Haufen zusammengebrochener Bäume, die halb zerfallen waren, nicht durch Verwesung, sondern durch Wind und Wetter. Der Tod hatte anscheinend nicht vor den

Bodenbakterien haltgemacht, die normalerweise abgestorbene Vegetation zersetzten und zu Humus verarbeiteten.

Rechts davon, mindestens tausend Meter entfernt, gab es ein großes, flaches, bleiches Gebilde, das auf den ersten Blick dem verwitterten Skelett eines monströsen Riesenwesens glich. Auf den zweiten Blick enthüllte es seine wahre Natur; die abbröckelnden, verblichenen Grundmauerreste einer kleinen Ortschaft. Zwischen ihnen gab es rötliche Schutthaufen, die alle irgendeine Gemeinsamkeit hatten. Nach längerem Hinschauen vervollständigte meine Vorstellungskraft diese Gemeinsamkeit zur Rekonstruktion der ursprünglichen Form. Bei den rostigen Schutthaufen hatte es sich einst um Fahrzeuge gehandelt, um gepanzerte Militärfahrzeuge.

Ein eisiger Hauch schien mich von der anderen Seite anzuwehen. Ich wußte plötzlich, was ich sah. Eine Landschaft, die vor Jahrzehnten einem sogenannten Atomschlag ausgesetzt gewesen war. Atomschlag, das war ein Begriff, mit dem viele Menschen so leichtfertig umsprangen, als handelte es sich lediglich um ein Bombardement, das ein wenig wirkungsvoller war als das mit konventionellen Bomben und Granaten. Ahnungslose Barbaren. Sie vermochten sich, trotz Hiroshima und Nagasaki, anscheinend nicht vorzustellen, daß die Feuerstürme von Dresden und Coventry harmlos waren im Vergleich zu den Todesblitzen nuklearer Explosionen heutiger Bomben und Raketen.

Ich fing mich wieder und vermochte darüber nachzudenken, wo diese Todeslandschaft sich befand, die ich sah. Ein Windstoß wirbelte unfruchtbare Asche verbrannter, radioaktiver Erde auf. Als er sich legte, hatte er einen Teil eines auf dem Boden liegenden Verkehrsschilds entblößt. Ich kniff die Augen zusammen, um etwas von der fragmentarisch erhaltenen Aufschrift zu entziffern:

MU... LAN... EN... km

Mich durchfuhr es siedendheiß. Zwar gelang es mir nicht, das Fehlende zu rekonstruieren, aber ich wußte doch sofort, daß ich es mit einer terranischen Sprache zu tun hatte. Diese Ortschaft, deren Skelett ich sah und deren Namen wahrscheinlich einmal auf dem Schild gestanden hatte, war eine Ortschaft auf der Erde gewesen. Hitzestrahlungen, Druckwellen und radioaktive Niederschläge hatten sie und das gesamte Umfeld zerstört, vergiftet und jeden Lebens beraubt. Und wahrscheinlich nicht nur das unmittelbare Umfeld, sondern die Oberfläche des gesamten Planeten. Was bedeutete das? Sah ich einen Ausblick in die Zukunft? In eine Zukunft, in der die Menschheit keine Zukunft mehr hatte?

Ich kämpfte gegen mein Beharrungsvermögen an. Mit Mühe gelang es, meine Füße vom Boden zu lösen und mich von der Öffnung zu entfernen, die den makabren Ausblick auf die Folgen der unsäglichen Dummheit einer intelligenten Spezies geboten hatte. Taumelnd und schweißgebadet erreichte ich die nächste Öffnung; nach einiger Zeit konnte ich meine Furcht vor neuem Grauen überwinden und mich dazu zwingen, durch diese Öffnung zu blicken. Ich atmete auf: Diesmal wurde mir kein Ausblick auf die Folgen eines Atomkrieges präsentiert, sondern ich sah eine vor Saft und Kraft strotzende friedliche Landschaft. Vor mir dehnte sich eine Sommerwiese mit kniehohem Gras und zahllosen bunten Blumen. Dahinter ragte die dunkelgrüne Wand eines Tannenwalds auf, der nicht die Spur des beginnenden Waldsterbens zeigte, das die Zentrale Positronik nach Auswertung Hunderter Sonnenbilder diagnostiziert hatte.

Der Anblick schlug mich so in seinen Bann, daß ich durch die Öffnung trat und mehrere Meter über die Wiese ging, bis es mir bewußt wurde. Verwundert und beunruhigt blieb ich stehen und drehte mich um. Hinter mir setzte sich die Wiese etwa hundertfünfzig Meter weit fort und endete am Sandstrand eines Sees. Von der Öffnung, durch die ich gekommen war, vermochte ich nichts zu sehen. Dabei war ich höchstens fünf Schritt weit gegangen.

Eine Falle! wisperte der Logiksektor.

Wenigstens kein Traum! gab ich zurück, nahm die Warnung dennoch ernst, obwohl ich nicht daran glaubte, daß es sich um eine Falle handelte. Langsam ging ich in gerader Linie zurück. Nach fünf Schritten blieb ich stehen. Vor mir war ein Flimmern in der Luft. Ich streckte die Arme aus und sah, wie die Hände im Flimmern verschwanden. Die Öffnung war noch vorhanden, und so verwarf ich den ersten Gedanken an sofortige Rückkehr. Ich konnte der Versuchung nicht widerstehen, mich genauer in dem Land umzusehen, in dem ich mich befand – und ich befürchtete, es könnte mir nicht mehr zugänglich sein, wenn ich es verließ. Der Rückweg dagegen schien mir offenzustehen, sofern ich sicherstellte, daß ich den Übergang jederzeit wiederfand.

Dafür ließ sich etwas tun. Ich zog aus der Innentasche meines Jacketts den dunkelblauen Kugelschreiber, der auch als Kugelschreiber funktionierte, aber mit Erzeugnissen arkonidischer Mikrotechnik aus meinem Tiefsee-Stützpunkt präpariert worden war. Nachdem ich den Knopf eingedrückt und den »Zierring« gedreht hatte, mußte ich den Knopf zur Hälfte herausziehen. Danach strahlte der Mikro-Impulsgeber im hinteren Drittel der Mine kontinuierlich alle zweieinhalb Sekunden ein schwaches Signal aus, das ich mit dem in meiner Armbanduhr verborgenen Empfänger bis auf eine Entfernung von etwa fünfzig Kilometern empfangen konnte, was mir eine einwandfreie Einpeilung des Senders ermöglichte.

Ich legte den Kugelschreiber einen Meter vor dem Flimmern auf die Wiese, dann entfernte ich mich hundert Meter von ihm, schaltete den Empfänger ein und registrierte den in der Datumsanzeige des Zifferblatts pulsierenden Lichtfleck. Ich wandte mich dem Waldrand zu und überlegte, wie ich in möglichst kurzer Zeit soviel wie möglich über dieses Land beziehungsweise diese Welt herausbekommen könnte; aus unerfindlichen Gründen war ich ziemlich sicher, daß mein Aufenthalt hier zeitlich befristet war.

Da vernahm ich ein leises Surren – als ich in die betreffende Richtung blickte, sah ich eine Art Gleiter, der aus dem tiefblauen Himmel schräg auf mich zuschwebte. Eigentlich ein Anachronismus, denn es konnte auf der Erde keinen Gleiter geben, kein Atomkrieg stattgefunden haben – dennoch hatte ich bei der ersten Öffnung die Spuren einer solchen Untat gesehen. Warum sollte ich dann auf dieser Erde – und ich zweifelte nicht daran, daß es sich um die Erde handelte – keinen Gleiter sehen? Die Ausblicke schienen auf der Zeitlinie in die Zukunft verschoben zu sein, oder es handelte sich um *Parallelwelten!*

Das Fahrzeug landete wenige Meter von mir entfernt, aber es berührte den Boden nicht, sondern blieb ein paar Zentimeter darüber schweben. Es war ein seltsamer Anblick, denn das eiförmige, etwa vier Meter hohe Gebilde schwebte mit dem stumpfen Ende über dem Boden, während das spitze Ende in den Himmel zeigte. Jemand, der es gewohnt war, daß Fahrzeuge in ihrer Längsachse parallel zum Boden ausgerichtet waren, mußte sich angesichts dieses Anblicks in einer verkehrten Welt vorkommen.

»Zu Diensten, Herr«, drang aus dem Mittelteil des Gleiters eine neutral klingende Stimme. Sie sprach ein verfremdetes Englisch, aber es würde nicht schwierig sein, auch kompliziertere Sätze zu verstehen. Langsam ging ich auf das Riesenei zu.

»Wohin kannst du mich bringen?« erkundigte ich mich.

»Zu jedem gewünschten Ziel, Herr«, antwortete das Fahrzeug ausgesucht höflich. Gleichzeitig öffnete sich die mir zugewandte Seite. Ich blickte in einen Raum mit rötlich leuchtenden Wänden und einer Mittelbank, auf der vier Personen Platz gefunden hätten.

Sekundenlang spürte ich die Versuchung, ein Ziel zu nennen, das nicht auf der Erde lag. Aber ich wußte nicht, ob ich von einer Kolonie auf einem der Jupitermonde genau hierhergelangen könnte, was die Voraussetzung dafür war, daß ich den Peilsender und damit den Übergang wiederfand. Noch weniger wußte ich, wie der Rechner des Gleiters reagieren würde, wenn ich ein extraterrestrisches Ziel nannte.

»Ich möchte in die nächste Stadt gebracht werden«, erklärte ich. »Oh, ich habe den Namen vergessen. Wie heißt sie doch gleich?«

»Stuart, Herr.«

Ich konnte mit dem Namen nicht gleich etwas anfangen, deshalb, weil es meines Wissens eine Stadt Stuart nicht gab – beziehungsweise nicht mehr gab. Die einzige Stadt Stuart, die ich kennengelernt habe, war im Jahre 1933 in Alice Springs umbenannt worden.

Mitten in der zentralaustralischen Wüste ...! Ich hatte mich hingesetzt, als es mich hochriß, weil mir jäh klargeworden war, daß sich die zentralaustralische Wüste schlecht mit dem Bild von grünen Wiesen, einem See und Nadelwald vereinbaren ließ, das ich zuvor gesehen hatte. Die Öffnung in der Außenhülle des Fahrzeugs schloß sich in dem Moment, in dem ich aussteigen wollte, um mir die Umgebung noch einmal anzusehen.

»Bitte, nimm wieder Platz, Herr!« sagte das Fahrzeug emotionslos. Fast automatisch gehorchte ich.

»Wie weit ist Stuart entfernt?« erkundigte ich mich tonlos.

»Dreieinhalb Gigawatt, Herr.«

Ich war noch dabei, die Antwort zu verarbeiten, als sich die Passagierkabine mit weißem Nebel füllte. Für ein paar Sekunden fürchtete ich, er könnte sich um betäubendes oder giftiges Gas handeln, doch dann nahm ich undeutlich die Helligkeit eines Lichtblitzes wahr, der durch den Nebel stark abgemildert wurde; ich begriff, daß das der einzige Zweck des Nebels war. Er sollte die Augen vor einer eventuellen Blendwirkung schützen.

Dreieinhalb Gigawatt! wisperte der Logiksektor. Vor mir öffnete sich das Fahrzeug – und ich verstand, was geschehen war. Das Transportgerät stand mitten in Stuart beziehungsweise Alice Springs. Das sah ich, obwohl diese Stadt mit der gleichnamigen Stadt, die ich kannte, so gut wie keine Ähnlichkeit besaß. Aber ich sah die Macdonnell Ranges und auf der entgegengesetzten Seite der Ansiedlung den Aussichtspunkt Anzac Hill – und diese geographischen Punkte waren markant genug, um nicht verwechselt zu werden.

Was dazwischen lag, hätte ich niemals für Stuart oder Alice Springs gehalten, denn es war nichts anderes als ein wabenförmiges Muster fensterloser, würfelförmiger Gebäude und schmaler Straßen, die aus je zwei gegenläufigen Transportbändern bestanden. Links und rechts davon gab es je einen vier Meter breiten betonierten Kanal; von beiden Wasseradern ging ein Netz kleinerer Kanäle ab, die offenkundig zur Bewässerung der Obst- und Gemüsekulturen dienten, die ebenso verglast waren wie die Hauptkanäle.

Zögernd verließ ich das Transportgerät; halb bewußt registrierte ich, daß es in ihm keine Spur von Nebel gab. Als mir diese Tatsache klar wurde, drehte ich mich um und musterte das Gerät von außen. Es sah genauso aus wie das, in das ich eingestiegen war, dennoch war es nicht dasselbe. Die Farbe der Außenhülle verriet es. Sie war beim ersten Gerät silbergrau gewesen; bei diesem war sie hellgrün. Unwillkürlich streckte ich meine Hände und spreizte die Finger – und starrte sie prüfend an, ob sie sich etwa verändert hätten; sie sahen aus wie immer.

Ich hatte die Transmission unbeschadet überstanden. Erleichtert atmete ich auf. Meine Erregung klang allmählich ab, und ich konnte wieder klarer denken. Es gab keinen Zweifel mehr daran, daß ich in der Nähe des Übergangs in einen Transmitter gestiegen war und nach meiner Wiederverstofflichung einen anderen, auf Empfang geschalteten Transmitter verlassen hatte. Und die dreieinhalb Gigawatt waren der Energieaufwand gewesen, der zur Durchführung dieses Transportes getrieben worden war. Gleichzeitig schienen die Menschen den Energieaufwand einer Transmission auch als Maßstab für Entfernungen zu benutzen. Leider war mir das nicht möglich, da ich die entsprechende Umrechnungstabelle nicht kannte. Ich stutzte, wischte mit der Hand über die Augen.

Mit mir stimmte etwas nicht. Wie hätte ich sonst seelenruhig Überlegungen anstellen können, die in meiner Lage zweitrangig waren?

Endlich merkst du es! meldete sich der Logiksektor. *Du bist in eine Falle gegangen. Flieh, solange du noch fliehen kannst!*

Ich ging nicht darauf ein. Statt dessen eilte ich auf das nächste würfelförmige Gebäude zu. Als ich es einmal umrundet hatte, wußte ich, daß es nicht nur fenster-, sondern auch türenlos war, aber nicht unzugänglich – ich behielt recht, denn als ich die rechte Hand auf die Außenwand legte und Druck ausübte, entstand vor mir plötzlich eine rechteckige Öffnung. Ich taumelte hindurch, fing mich und wirbelte herum, um einem Angriff rechtzeitig begegnen zu können. Doch es gab keinen Angriff.

Die vier Menschen, die sich in dem offenbar einzigen Raum des Gebäudes aufhielten, lagen bewegungslos auf dunkelbraunen Konturlagern und waren durch transparente »Deckel« von ihrer Umwelt abgekapselt. Ich runzelte nachdenklich die Stirn und musterte die Kabel, die durch die Deckel führten und in Elektroden endeten, die mit Saugern an die rasierten Schädel der Menschen geklebt waren. Sie schienen ihnen Wahrnehmungen zu vermitteln; angenehme Wahrnehmungen, denn die Gesichter verrieten, daß ihre Besitzer wunschlos glücklich oder doch zumindest zufrieden waren.

Ich holte tief Luft. Natürlich waren diese vier nicht wirklich glücklich oder zufrieden, denn die angenehmen Wahrnehmungen wurden ihnen nur mittels elektrischer Impulse vorgetäuscht, die die entsprechenden Hirnrindenfelder reizten. Aber warum? War Alice Springs oder Stuart in dieser Zukunfts-Perspektive keine normale Stadt, sondern ein Großklinikum für psychisch Erkrankte, die hier mit Hilfe synthetischer Glückswahrnehmungen behandelt wurden? *Zukunfts-Perspektive? Woher hast du diesen Begriff?*

Es war nur ein Gedanke!

Aber im nächsten Moment erkannte ich, daß diese Erklärung zu einfach war. Es hatte sich nicht um einen zufälligen Gedanken gehandelt, sondern um eine Eingebung – und zwar von dritter Seite, denn woher hätte ich gleichzeitig mit diesem Begriff wissen sollen, daß hinter jeder Fläche des Rhomboeders eine andere Zukunfts-Perspektive lauerte und daß sie aus ihrem latenten Zustand zur Realität erwachte, sobald man sie betrat? Ich war sicher, daß es sich um ein Werk von ES handeln mußte. Aber was bezweckte ES damit? *Es kann nicht im Sinn von ES sein, daß negative Zukunfts-Perspektiven realisiert werden,* sagte der Logiksektor. *Ganz im Gegenteil!*

Mich durchlief es siedendheiß. Die Erinnerung an das unterkühlte, falsche Lachen, damals, im Venus-Orbit, klang mir plötzlich in den Ohren. *Wenn nicht ES, dann offenbar Anti-ES?! Auf den Widerpart muß die negative Zukunfts-Perspektive zurückzuführen sein!*

Ich drehte mich um und legte die Hand auf die Innenwand. Einen Augenblick lang fürchtete ich, sie könnte geschlossen bleiben, so daß ich hier gefangen wäre. Doch sie öffnete sich anstandslos. Ich stürmte hinaus – und atmete auf, als ich den eiförmigen Transmitter noch an Ort und Stelle stehen sah. Wenigstens war mir der Rückweg nicht versperrt. Ich fiel in die normale Gangart zurück und sah mich um, während ich auf das Gerät zuging.

Diesmal waren die Obst- und Gemüsekulturen nicht so verlassen wie zuvor. Aber es waren keine Menschen, die in ihnen arbeiteten. Es waren Roboter. Überhaupt sah ich nirgends auch nur einen Menschen. Existierten alle Menschen in dieser Zukunfts-Perspektive vielleicht so wie die vier, die ich in dem Gebäude gesehen hatte? Wenn es so war, konnte ich sie nur bedauern, denn dann hatten sie ein echtes Leben gegen ein Pseudoleben eingetauscht und vegetierten in einem eingebildeten Paradies dahin. Bedrückt stieg ich in das Gerät, nachdem sich die Öffnung in der Hülle gebildet hatte.

»Zu Diensten, Herr«, klang die Vocoderstimme auf.

Ich setzte mich auf die Mittelbank und sagte: »Bring mich dorthin, wo ich hergekommen bin!«

»Nenne mir den Ort, Herr!« erwiderte das Gerät. Ich erschrak, denn diese Aufforderung machte mir klar, daß es nicht so einfach sein würde, an den Übergangspunkt zurückzukehren, wie ich mir das vorgestellt hatte.

»Weißt du nicht, woher ich gekommen bin?« erkundigte ich mich.

»Doch, Herr«, sagte das Gerät. »Aus einem mobilen Transmitter. Ich könnte dich selbstverständlich zu ihm zurückschicken, aber ich muß dich darauf aufmerksam machen, daß er ständig unterwegs ist und nicht dort gewartet hat, wo er dich aufnahm.«

»Das ist egal«, erklärte ich; ich nahm als selbstverständlich an, daß der mobile Transmitter die Daten des Ortes gespeichert hatte, an dem ich ihn betreten hatte, so daß er mich dorthin zurückbringen konnte. Dichter Nebel füllte den Transmitter. Undeutlich nahm ich einen Lichtblitz wahr, dann verschwand der Nebel. Ich war im Zieltransmitter verstofflicht worden.

»Zu Diensten, Herr.«

»Bring mich dorthin, wo du mich aufgenommen hast!« befahl ich.

»Das ist nicht möglich, Herr.«

»Warum nicht?«

»Wir registrieren Ortsdaten niemals«, lautete die Antwort. »Aber wenn du mir den Ort nennst, zu dem du geschickt werden willst, kann ich dich zu einem der dort stationierten Transmitter senden.«

»Ich fürchte, dort ist kein Transmitter stationiert«, erwiderte ich. »Und der Ort dürfte auch keinen Namen haben, denn er ist nicht identisch mit einer Ansiedlung.«

»Ich habe verstanden, Herr«, sagte das Gerät. »Mein Vorschlag lautet, mir die Ansiedlung zu nennen, die dem Ort am nächsten liegt.«

»Stuart«, entfuhr es mir. Im nächsten Augenblick fluchte ich laut; mir wurde klar, daß es nichts nützen würde, wenn ich nach Stuart zurückkehrte. Von dort war ich gekommen – und zu Fuß nach jenem Ort zu suchen, war wohl kaum das Wahre. Da kam mir eine Idee. »Bring mich zur Insel Key Largo!«

»Sofort, Herr.«

Als das Gerät sich mit weißem Nebel füllte, fragte ich mich, welcher Teufel mich geritten hatte, daß ich mich nach Key Largo befördern ließ. Doch das war nicht mehr zu ändern. Als der Nebel verschwand und ich wiederverstofflicht war, sprang ich auf – und als sich eine Öffnung vor mir auftat, stürmte ich ins Freie.

Ein kurzer Rundblick genügte, um mir zu sagen, daß ich mich tatsächlich auf Key Largo befand, denn der Empfangstransmitter stand nahe bei einer charakteristischen Küstenlinie. Alles andere stimmte jedoch mit meinen Erinnerungen nicht überein. Es gab weder sonnenhungrige Urlauber, obwohl vor mir einer der wenigen feinsandigen Strände dieser Insel lag, noch den Overseas Highway, obwohl diese Schnellstraße, die alle neunundzwanzig Inseln der Florida Keys miteinander verband, ganz in der Nähe hätte vorbeiführen müssen.

In deiner Realgegenwart! korrigierte mein Logiksektor.

Unwillkürlich zog ich den Kopf zwischen die Schultern. Nachdem ich die Richtung ermittelt hatte, in der ich gehen mußte, trabte ich los. Dabei versuchte ich, sowenig wie möglich zu denken, da ich mich vor den Resultaten fürchtete; die Erlebnisse hatten mich vorübergehend demoralisiert.

Als ich dort vorüberkam, wo – in einer anderen Welt – der Key Largo Campground gelegen hatte, preßte ich die Lippen zusammen, denn es gab keinen Campingplatz, dafür aber ein Schachbrettmuster aus den Straßen und Häusern, wie ich sie in Stuart kennengelernt hatte. Es war also doch so, daß alle Menschen dahinvegetieren wie die vier, die ich in Stuart gesehen hatte.

Ich lief schneller. Wenig später erreichte ich die Palmengruppe, bei der Sheila Orsima mich erwartet hatte – in einer anderen Welt und in einer anderen Zeit. Es hätte wenig Sinn gehabt, weiter zu gehen, denn außer der Palmengruppe gab es nichts zu sehen. Das Haus mit dem Rhomboeder existierte hier nicht. Meine verzweifelte Hoffnung, es zu finden und durch eine seiner Flächen in meine Welt und in meine Zeit zurückkehren zu können, schwand dahin. Resigniert ließ ich mich zu Boden sinken. Wenn nicht ein Wunder geschah, würde ich nur in dieser Wahnsinnswelt bleiben müssen, sie würde obendrein zur einzigen Realität werden, in die die Zukunft der Menschheit einfloß. Und es war ein Werk von Anti-ES!

Es dauerte einige Zeit, bis ich mit einer Dagorübung meine Gedanken geklärt hatte und meine Verzweiflung einer nüchternen Betrachtung gewichen war. Es gelang mir sogar, im Palmenschatten einzuschlafen.

Mitten in der Nacht wachte ich auf und spürte, daß sich außer mir noch ein anderes Wesen auf diesem Strandabschnitt befand. Ich schlich zwischen den Palmen vorwärts und glaubte eine vage Silhouette zu erkennen, als mich plötzlich eine unsichtbare Kraft packte, in die Luft und bis zum Meer schleuderte. Ich versank im Wasser, kam prustend hoch, wurde von einer Welle mitgerissen und hatte für Sekunden genug damit zu tun, festen Boden unter den Füßen zu finden, so daß mir keine Zeit für Überraschung oder Verwirrung bleibt. Die Zeit, bis ich mich zum Strand vorgekämpft hatte, reichte dem Extrasinn, eine logische Erklärung abzugeben.

Paranormale Kräfte! Telekinese!

Ich nickte, schlich mich wieder an den Fremden heran, trat aber auf einen dürren Ast, der vernehmlich knackte. Ich zerbiß einen Fluch und rief: »Halt! Tun Sie das nicht schon wieder! Lassen Sie mich mit Ihnen reden, bitte!«

»Ich tue überhaupt nichts – als hier herumzuliegen«, erwiderte der Fremde. »Kommen Sie gefälligst so hierher, daß ich Sie sehen kann!«

»Natürlich«, versicherte ich, ging weiter und hoffte, daß der Mondschein ausreichte, den Unbekannten zu beruhigen.

»Halt!« rief er. »Ich bin bewaffnet.«

Ich blieb stehen, spreizte die Finger und zeigte die leeren Handflächen. Im bleichen Licht entdeckte ich neben dem Mann einen umgeworfenen Rollstuhl – und fragte mich unwillkürlich, was ein Rollstuhlfahrer hier am Strand verloren hatte, in einer Welt, wo alle Menschen im Pseudoglück lagen. In den Händen hielt der Mann etwas, das eine Statuette sein konnte; knapp einen halben Meter groß, die Arme entsprangen dem Kopf, das Material schimmerte türkisfarben.

»Ich bin unbewaffnet«, sagte ich. »Und Sie sind es auch. Aber mit Ihrer Parafähigkeit brauchen Sie gar keine Waffe. Außerdem will ich Ihnen nur helfen.«

»Parafähigkeit?« Seine Verblüffung war nicht geheuchelt.

»Telekinese«, sagte ich grimmig. »Das war eine reife Leistung, mich über eine Entfernung von hundert Metern ins Meer zu schleudern. Ich hatte keine Ahnung, daß es auf der Erde so starke Mutanten gibt. Allerdings ...«

Ich stutzte. Wie kam ich dazu, von der Erde im vertrauten Sinne zu sprechen? Das hier war doch eine Zukunfts-Perspektive. Der Gelähmte starrte die Statuette an, so daß er nicht bemerkte, daß ich zu ihm trat. Er zuckte zusammen, als ich ihm hoch half und behutsam in den Rollstuhl setzte.

»Danke.« Er wirkte verlegen. »Ich war mir gar nicht bewußt, daß ich Sie ...« Er stockte, fragte dann: »Wer sind Sie?«

»Mein Name ist ... Olaf Peterson.« Fast hätte ich *Atlan* gesagt. Der Mann war ein aufmerksamer Beobachter; ich war sicher, daß er mir den Namen nicht glaubte.

Bei seinen nächsten Worten konnte ich die Überraschung kaum verbergen: »Ich suche jemanden, der Atlan heißt.«

»Warum suchen Sie diesen ...?« Ich wich aus, sah ihn aufmerksam an; die dunkle Haut und das schwarze Haar, im Nacken zum Zoff gerafft, waren vielleicht Hinweis darauf, daß er indianischer Abstammung war. »Wie war der Name noch?«

»Atlan. Und das sind Sie!« Seine Stimme klang selbstsicher; er hatte keinen Zweifel. Warum sollte er mich aber suchen? Woher kam er überhaupt? »Aber keine Sorge. Ich werde es niemandem verraten. Ich bin übrigens James Lokoshan.«

Ich räusperte mich und lächelte. »Angenehm, Mister Lokoshan.«

Er erwiderte den festen Händedruck – als Rollstuhlfahrer war er diesbezüglich kein Schwächling. Ich musterte Lokoshan eine Weile prüfend, nickte dann und sagte: »Also gut, ich bin Atlan. Aber woher kennen Sie meinen Namen? Wer hat Sie geschickt?«

»Es tut mir leid, aber ich kann Ihnen so gut wie keine Auskünfte geben, Mister Atlan. Ich bin nur hierhergekommen, um Ihnen zu helfen, das Verhängnis von der Menschheit abzuwenden.«

Ich kniff die Augen zusammen; obwohl meine Gedanken klar waren und die Zusammenhänge ein stimmiges Bild ergaben, schien es einen Schleier zu geben. Verdammt, wie hatte der Mann sich genannt? Es wollte mir nicht mehr einfallen. Es war auch nicht wichtig, denn nun gab es neue Hoffnung. »Du gehörst nicht in diese negative Zukunfts-Perspektive«, sagte ich. »Vielleicht ist doch noch nicht alles verloren. Hat ES dich geschickt?«

Der Mann sah aus, als sei ihm plötzlich übel. Mit schlecht gespielter Verwunderung wiederholte er: »ES?«

Ich lächelte. »Das war nicht schwer zu erraten. Nachdem ich mir darüber klargeworden bin, daß Anti-ES diese Falle gestellt hat, kann jeder, der mir helfen will, nur von ES geschickt worden sein.«

»Ich verrate nichts!« Er sah sich um, schien sich erst jetzt bewußt zu werden, daß er sich nicht in der Welt befand, aus der er stammte. Eine Welt, die durchaus zu seiner werden konnte, wenn wir ihre Realisierung nicht verhindern konnten. Er blickte die Statuette an wie ein Lebewesen und fragte: »Was müssen wir dazu tun?«

Während ich noch nach Luft schnappte, blitzte und krachte es ringsum, so daß ich für einen Augenblick glaubte, die Welt ginge unter. Als ich wieder sehen konnte, erkannte ich zwischen Palmen und wilden Bananenstauden das »Blockhaus«. Der Mann im Rollstuhl zeigte mit einer Hand darauf, mit der anderen tippte er auf die Sensorleiste der Armlehne. Ich begriff und lief neben dem summenden Rollstuhl her. Gleichzeitig erreichten wir die Hütte. Durch die offene Tür strahlte Licht. Der Mann rollte hinein, ich folgte. Der Kristall war noch da, alle Flächen bis auf eine waren dunkel. Das stereoskopische Bild zeigte Key Largo im hellen Tageslicht mit der Silhouette des Overseas Highway im Hintergrund. Das Bild wurde größer; wieder blitzte und donnerte es ohne den Anschein eines Gewitters ...

Ein tiefes Seufzen erklang unter der SERT-Haube. Für Augenblicke stockte Atlans Redefluß. Es schien ihm Mühe zu bereiten, sich zu erinnern. Mehrmals setzte er zum Sprechen an, sagte schließlich:

»Ich fühlte mich sonderbar benommen, als ich in der Morgendämmerung zum aufgelassenen Parkplatz ging. Ich sah mich suchend um, legte die Hand an die Augen. Das drängende Gefühl, etwas wichtiges vergessen zu haben, schnürte mir fast die Kehle zu. In der nächsten Sekunde war auch das vergessen. Ich tippte mir an die Stirn und schalt mich einen Spinner. Entgegen meiner Erwartung schwieg der Logiksektor. Der Automotor heulte auf, ich fuhr mit durchdrehenden Reifen davon. Etwas zwang mich, möglichst schnell möglichst viel Distanz zwischen mich und diesen Ort zu bringen, der mir nachhaltiges Schaudern bereitete, ohne daß ich gewußt hätte, warum ... In der Firma traf ich dann eine Sheila Orsima mit dem Aussehen einer grauhaarigen Sechzigjährigen. Schon am nächsten Tag saß ich in einer spartanisch eingerichteten, von General Furthenmueller geschickten Militärmaschine mit der Ersatzelektronik und war auf dem Weg nach Westen ... Wenn Sie nach Querverweisen suchen, Professor, rufen Sie die Begriffe *Patulli Lokoshan und Großer Erbgott Lullog* ab. Der Kamashite ist uns beim Flug nach Gruelfin und auch später erheblich mit diesem Ding auf die Nerven gegangen. Aber das ist eine andere Geschichte ...«

In Cyrs Arbeitsraum atmeten die Zuhörer tief durch und sahen einander betroffen an. Tifflor durchbrach das Schweigen als erster: »Also doch! Anti-ES! Mir scheint, wir haben soeben den Höhepunkt miterlebt – Anti-ES hat eingegriffen, doch der Versuch, negative Zukunfts-Perspektiven zu realisieren, scheiterte. Nicht zuletzt dank Atlan.«

Auch Cyr glaubte langsam zu verstehen und betrachtete die rasch aufgerufene Notiz auf einem Monitor:

Im Jahr 3456 kam es zum sogenannten Kosmischen Schachspiel zwischen ES und Anti-ES, in dessen Verlauf es zu einer Bewährungsprobe für Perry Rhodan und seine Freunde in einem Parallel-Universum kam. Im Jahr 3458 endete diese Auseinandersetzung mit einer Niederlage für Anti-ES.

Seither wurden zahlreiche wissenschaftliche Hypothesen und Theorien über den Sinn und die Hintergründe der Existenz zweier sich so antagonistisch gegenüberstehender Wesenheiten entwickelt, die doch beide auf einer qualitativ höheren Stufe der Evolution stehen als die Menschheit.

In früherer Zeit ahnte niemand etwas von der Existenz von ES und Anti-ES. Dennoch gab es, beispielsweise in der chinesischen Mythologie, Hinweise darauf, daß die Menschen früherer Zeitalter um das Geheimnis des »ewigen« Kampfes zwischen den beiden Wesenheiten und seine Auswirkungen auf das Schicksal der Menschen gewußt hatten.

Sie stellten sich die Antagonisten als kosmische Grundprinzipien namens Yang und Yin vor, von denen das Dasein durchdrungen wäre. Yang wurde als männlich, licht und warm charakterisiert, Yin als weiblich, dunkel und kalt. Aber die alte Mythologie betonte weniger die Gegensätzlichkeit der beiden Grundprinzipien als ihr Zusammenspiel. Sie postulierte auch, daß jeder Mensch eine Yang- und eine Yin-Seele besäße, daß also die kosmische Auseinandersetzung nicht nur zwischen den beiden Verkörperungen dieser Grundprinzipien stattfände, sondern permanent in jedem einzelnen Menschen ...

Den Männern blieb keine Zeit für Gespräche: Atlan berichtete weiter.

17.

Die Sikorsky HSS-2, allwettertauglich, mit den futuristischen Darstellungen von Raketen, Raumschiffen und Spacemen, im Flash-Gordon-Stil gemalt, senkte sich knatternd und turbinenheulend auf das Flugfeld. Der Pilot landete fachmännisch, schaltete die General-Electric-Turbinen ab, drehte sich um und hob den Daumen. Wilhelma und ich gurteten uns los, warteten, kletterten die herangefahrene Gangway hinunter und sahen dem weißlackierten Jeep entgegen, der in schärfstem Tempo auf uns zukam. Vom Landeplatz aus waren leere Startgerüste und Hallen zu sehen, aber nirgendwo unsere kostbare Rakete. Am Steuer des Jeeps saß Billy Plichter, der den Motor abwürgte, sich herausschwang und uns überschwenglich begrüßte.

»Ich bring' euch nachher auch zum Hotel!« rief er. »Aber zuerst zu unserem Weltall-Baby. Dort hinten ...«

Aus dem Helikopter wurde unser Gepäck heruntergereicht. Ich verstaute es im Jeep. Wilhelma setzte sich auf den Beifahrersitz, und Billy fuhr mit krachenden Gängen und ruckender Kupplung an.

Am Ende einer Reihe alter, teilweise demontierter Startgerüste stand »unser« Projektil, aufrecht, durch dicke Kabel und Schläuche mit dem Startturm und den Inspektionsbühnen verbunden, trotz des Umstandes, daß die Sonne schien, von Dutzenden Scheinwerfern und Tiefstrahlern ausgeleuchtet. Plichter raste darauf zu, bremste kurz vor dem Sperrgitter und hob den Arm.

»Gestern war Generaltest. Jede Schraube funktioniert. Dort hinten ist der Startbunker, dort sehen wir dem Start und allem anderen zu. Wollt ihr gleich ins Hotel?«

»Nein. Darf ich aufs Gerüst?« fragte ich. Billy schlug die flache Hand an seine Stirn und zog zwei in transparenten Kunststoff eingeschlossene Kärtchen mit unseren Namen aus einer Jackentasche.

Er heftete sie uns an und sagte: »Du mußt den Jungens sagen, wer du bist, Olaf. Seit sie die Teile des Instrumententrägers gesehen haben, schwärmen sie von TEFTRIS.«

Ich grinste, ging die Rampe hinauf, stellte mich vor und schüttelte einige Hände, dann nahm ich den offenen Drahtkäfig-Aufzug, der mich zur Trennungsfuge zwischen Raketenspitze und Sonde brachte.

Die Verkleidung samt der komplizierten Absprengvorrichtung lag auf einem Montagetisch, die Spitze war durch eine Plastikverkleidung geschützt. Der Logiksektor sagte: *Beeindruckende Arbeit. Denk an Ricos Warnung!*

Ich stellte einige knappe Fragen und erhielt von den Spezialisten knappe, zufriedenstellende Antworten. Ich war zufrieden, als der Anzug vor der untersten Rampe knarrend anhielt.

Die Laufräder und auch die Schienen der Montagegerüste glänzten wie frisch gefettet.

Langsam ging ich zum Jeep, schlug Billy auf die Schulter und sagte: »Sieht alles verdammt gut aus, Billy. Ins Hotel, ja?«

»Ja. Die Hotelbar, da trifft sich fast jeden Abend unser Team. Wir wohnen mit den Spezialisten zusammen, ganz passabel in dem alten Army-Wohnheim.«

Wilhelma betrachtete die Häuser, Gärten und Bäume entlang der Hauptstraße, als führen wir langsam in einer Kutsche über die Pariser Prachtstraßen. Das Hotel war zehn Minuten weit entfernt, wir waren angemeldet, unsere Zimmer empfingen uns mit der erwarteten eisigen Klimatisierung.

Noch sechsundneunzig Stunden, sagte der Extrasinn.

»Ich kann's erkennen«, sagte ich, als wir uns umgezogen hatten und zum Speisesaal gingen. »Dein erwarteter Kulturschock ist ausgeblieben.«

»Ich glaube, ich war zu lange in der Wüste«, sagte Wilhelma und drückte lachend meine Hand. Ihre Sonnenbräune und das weiße Leinenkleid bildeten einen aparten Gegensatz; fast alle Männer drehten sich nach ihr um; einige pfiffen leise. »Ich muß mich Schritt um Schritt an die Großstadt gewöhnen.«

»Ein erstklassiges Essen ist der beste Einstieg – vorausgesetzt, die Küche arbeitet gut.«

Während wir aßen, füllte sich das Restaurant; das Essen war amerikanisch, aber trotzdem gut, der Wein passabel, wenn auch zu kalt. Nach und nach stellten sich die Angehörigen unseres Teams ein, und erwartungsgemäß unterhielten wir uns bis nach Mitternacht in der Bar über technische Details und den Pressrummel, der sich spätestens nach der Landung General Furthenmuellers einstellen würde.

Einige unserer Ingenieure hatten ihre Frauen einfliegen lassen. Sie wohnten im Hotel und versprachen, sich um Wilhelma zu kümmern. Nach dem späten Frühstück holte mich Billy ab, und ich lernte nacheinander alle wichtigen Männer des Vandenbergh-Projekts kennen, einige ihrer nicht minder wichtigen Sekretärinnen, die Kantine, den Presseraum und den Startbunker. Die Menge der Überwachungsgeräte war ebenso beeindruckend wie die lässige Professionalität der Fachleute, die vor ihnen saßen; die Schautafeln an der Stirnwand des Raumes waren bereit, die Startuhr lief bereits – rückwärts! Ich war vom Boot und dem Transmitter durch einen mehr als dreistündigen Hubschrauberflug getrennt und testete an diesem Tag viermal das Funktionieren des Kombiarmbandes. Nachts, an der Seite der schlafenden Wilhelma, hörte ich den Wetterbericht für Kalifornien. Über Hawaii schien sich ein Wirbelsturm oder zumindest ein Sturmtief zu entwickeln.

Glücklicherweise konzentrierten sich die Pressevertreter ebenso wie die Fernsehleute auf Furthenmueller, der mit wenigen Worten und einigen Schaubildern, emsig Stöße von Pressetexten verteilend, die TEFTRIS-Mission als rein wissenschaftliches Experiment ankündigte – was sogar vollständig der Wahrheit entsprach, und nun schien die Zeit plötzlich zu rasen bis zum sogenannten »Startfenster«, dessen Optimum für neun Uhr abends, kalifornische Ortszeit, errechnet worden war; das lunare Perigäum für den 17. Juni betrug exakt 369.320 Kilometer.

Wilhelma saß zwischen Billy Plichter und mir in der ersten Reihe der Besuchergalerie, zwei Plätze neben mir kauerte nagelknabbernd und schwitzend General Furthenmueller, der dem Abschuß noch mehr entgegenfieberte als ich. Auf eineinhalb

Dutzend Monitoren konnten wir die *Bumper* in Ausschnitten, als Ganzes und aus unterschiedlichen Aufnahmewinkeln sehen. Sie stand allein neben dem Startturm, gleißend angestrahlt; die Montagekanzeln waren einen Kilometer weit zur Seite gefahren worden. Die fünf zigarrenförmigen Booster schimmerten metallisch, der Raketenkörper war in weiße, gelbe und schwarze Rechtecke eingeteilt. Die Uhr zeigte: *x-time minus 35 Min 09 ... 08 ... 07 Sec.*

»Blamiert uns nicht!« Furthenmueller schien zu beten. Ich grinste und dachte vage an meine Gefühle in meiner Venus-Primitivrakete. »Blamiert uns bloß nicht!«

»Der Fehler, der den Absturz oder das Desaster verursacht, liegt immer in einem Fünfzig-Cent-Bauteil«, rief ich ihm zu. »Unsere Bauteile waren viel teurer.«

Er grinste unbehaglich zurück. Meine Bemerkung schien ihm kein rechter Trost zu sein. Ich wußte es, und auch der Logiksektor gab mir recht: *Ihr alle habt beste Arbeit abgeliefert!*

»Wenn du meinst ...«, brummte ich. Aber meine Handflächen wurden feucht, als ich las: *x-time minus 17 Min 35 Sec.* Die Zeit lief, meine Gedanken rasten: Näherte sich der Sturm der Baja? War die ARCA wirklich so vertäut, daß sie sich – sie lag im sichersten Teil der hintersten Bucht – nicht losreißen konnte, und: *x-time minus 4 Min 26 Sec ...*

Das Murmeln der Unterhaltungen hörte auf, die Geräte blinkten heftiger, und der Chef der Mission drückte seine Zigarette aus. Die Raumbeleuchtung wurde in vier Segmenten abgeschaltet, und jetzt konzentrierte sich jeder auf die Bilder, auf das angestrahlte, karierte, phallische Ding dort draußen, und plötzlich zählte jemand die Startsequenz herunter.

»Zehn ... neun ... alle Systeme go ... sieben ... sechs ... fünf ... vier ... drei ... wir haben Zündung! ... zwei ... eins ...«

Aus den Boostern und dem Haupttriebwerk brachen Flammen. Hellgrauer und weißer Rauch breitete sich nach allen Seiten aus. Die Kontrollkabel wurden abgesprengt und schlugen gegen den Startturm, der Haltearm war zur Seite geschwenkt, und jemand brüllte: »Wir haben Lift off!«

Die *Bumper* erhob sich aus der riesigen Rauchwolke, glitt am Startturm entlang in die Höhe, wurde schneller, stand noch immer absolut senkrecht auf den Feuerstrahlen, wurde abermals schneller, stieg, ließ den Rauch hinter sich, stieg noch immer; der Boden bebte. Jemand schrie durch das Dröhnen, das den Betonklotz vibrieren ließ: »Sämtliche Werte absolut perfekt! Alle Systeme arbeiten korrekt!«

Die Rakete und die Flammen wurden kleiner, im letzten Sonnenlicht hoch über dem Boden blitzte das Projektil auf, und der riesige Rauchschweif färbte sich rot. »Booster-Abwurf ... jetzt!«

Die Flamme schien kleiner zu werden. Auf dem Radarbild lösten sich fünf Pünktchen und kippten langsam nach fünf Richtungen. Unaufhaltsam stieg die Rakete bis zur Trennung der zweiten und der ersten Stufe. Auch die Trennung war perfekt, obwohl nur noch die Teleskoplinsen ein kleines, zitterndes Lichtpünktchen zeigten.

Mein Herzschlag beruhigte sich erst, als kurz vor dem Ausbrennen der oberen Raketenhälfte sich die Sonde löste, von der Feststoffrakete einige hundert Meter weiter und senkrecht höher geschoben, während die Verkleidung, ebenfalls gleichzeitig, abgesprengt wurde. Die TEFTRIS-Männer saßen an der Fernsteuerung, und als ich hörte: »Brennschluß der zweiten Stufe – jetzt!«, übernahmen sie die Fernsteuerung.

Unten begannen sie zu schreien und Zigarren zu verteilen. Wilhelma warf sich mir um den Hals und küßte Billy. Furthenmueller versuchte dröhnend und schwitzend, mir die Handknochen zu zerquetschen und die Schulter zu zertrümmern. Ich wandte mich halb um und deutete auf die Monitoren.

Dort hatten die Bilder gewechselt.

Die Kamera aus der Spitze des Instrumententrägers war nach hinten gerichtet. Sie zeigte: Aus den Düsen der Triebwerke brachen halbkugelförmig gerundete weiße Gasmassen. Kontrollichter blinkten, die zur Erde gerichteten Flackerlichter begannen zu arbeiten. Die Bildübertragung arbeitete, als würde der Flug im Nebenraum gefilmt. Und hinter unserer Sonde sahen wir die oberste Raketenstufe taumeln, sahen rote Abendwolkenwirbel und – einen Ausschnitt des Planeten. Langsam begann die Sonde zu rotieren, und die Vorauskamera zeigte, daß sie auf den Rendezvouspunkt zuflog: Der Mond kam ins Bild und verschwand langsam wieder daraus. Die Farben und Details blieben stechend klar, und jeder von uns stellte sich vor, mit welcher Kraft die halbatomaren Triebwerke die Stützmasse und das Projektil beschleunigten. Langsam trat so etwas wie ein ehrfürchtiges Schweigen ein.

Jeder gratulierte jedem. Brennschluß war in 490 Kilometer Höhe gewesen. Man hatte die ausgebrannten Booster ins Meer einschlagen sehen. In einer Stunde würde unsere Sonde in guten Fernrohren als blinkendes Punktchen zu sehen sein, in großen astronomischen Instrumenten würde man sie optisch verfolgen können, bis sie hinter der Krümmung des Mondes verschwand. Und als ich den Bunker verließ, begannen die anderen Instrumente zu senden: Partikeldichte, Van-Allen-Belt, Magnetlinien, kosmische Partikel, Temperatur, Radioaktivität in der Nähe der Düsen, stellare Aufnahmen, Sonnenwind ... und immer wieder Bilder der Erde, die unmerklich kleiner wurde und ihre Rundung schärfer zu erkennen gab.

»Heute nacht, geliebter Olaf«, flüsterte Wilhelma auf dem Weg zum Hotel, »werden wir einander mit raketenhafter, lunarer Leidenschaft verwöhnen, nicht wahr?«

»Wir werden es zweifellos versuchen.« Wir steuerten zielbewußt die Hotelbar an und bestellten zuunächst Cola und Soda: Die schlimmen Dinge würden erst später mit Billy und der Mannschaft über uns hereinbrechen. »Wenn sich die Regierung oder eine überstaatliche Organisation entschließen, diese Patente anzuwenden, sind alle TEFTRIS-Leute zu schwindelerregendem Reichtum verdammt. Sogar ich.«

Es gelang uns, in Ruhe zu essen und dem triumphalen Treffen in der Hotelbar rechtzeitig zu entkommen. Ich hörte und sah den Wetterbericht im Fernsehgerät der Hotellobby: Der Sturm hatte sich östlich der hawaiianischen Inseln gesammelt und driftete langsam nach Südosten; noch hatten sich keine Wirbel gebildet. Vielleicht sah ich ihn bei Tageslicht auf den Monitoren unserer Sonde. Während der langen, leidenschaftlichen Nacht sagte mir Wilhelma Fergusen, daß sie sich durchaus vorstellen könnte, das folgende halbe Jahrhundert auch an Bord der ARCA verbringen zu können, in jedem Fall mit mir zusammen. Ich dachte wieder an Ricos Warnung, den Sturm, das Boot und daran, daß bis Sonntag vormittag fast jede Stunde im voraus verplant war. Die Sonde war auf dem Weg zum Mond, und jede Farbaufnahme des Erdtrabanten würde eine Sensation sein.

»Ich muß spätestens am Sonntag, noch vor Sonnenuntergang, wieder im Camp sein, General. Es sieht so aus, als würde der schwere tropische Sturm genau das Camp treffen.« Ich stützte mich schwer auf Furthenmuellers Schreibtisch. »Bitte, General, sorgen Sie dafür, daß meine Begleiterin und ich rechtzeitig zurückgeflogen werden. Sie ist Stützpunktärztin. Wir haben neunzig Kinder, Frauen und Männer dort; alles teuer bezahlte Fachkräfte.«

Er nickte langsam. Auf sämtlichen Geräten von Vandenberghs Airbase wechselten in endloser Folge die Bilder der sich verkleinernden Erde und des anwachsenden Mondes. Auch hier im Büro stand ein riesiger Fernseher.

Furthenmueller sagte: »Aber Ihr Team bleibt noch hier.«

»Bis zum Ende der Mission, bis zum Verglühen in der obersten Erdatmosphäre«, sagte ich. »Ist der Hubschrauber am Sonntag ab Mittag stand by?«

»Wo sind Sie zu erreichen, Peterson?«

»Nachts im Hotel. Tagsüber in der Nähe des Teams. Billy Plichter richtet mir alles aus, was er erfährt.«

»Ich organisiere das, verlassen Sie sich drauf.«

In der Hotelhalle hatte der General mich mit einer nicht endenwollenden Reihe Bourbon auf Eis beglückwünscht und gesagt, daß die Vereinigten Staaten solche Männer wie jene des TEFTRIS-Teams brauchten; der Barmixer vergegenwärtigte sich mein horrendes Trinkgeld und füllte ab dem zweiten Glas für mich bernsteinfarbenen Tee zwischen die Eiswürfel. Ob ich die Triebwerke verkleinern und vergrößern könnte, ob man sie im Orbit zusammenbauen könnte, ob das Camp etwas brauche ... der General hätte mir den Grand Canyon geschenkt und den Mount Rushmore dazu, wenn ich ihn darum gebeten hätte. Seine wasserhellen Augen verschlangen Wilhelma, deren makelloser Ausschnitt begeisternder war als der Anblick jahrmillionenalter Weltenkörper. Jetzt kannte Furthenmueller meine dringende Bitte und konnte zeigen, ob ich statt dem Berg mit den Präsidentengesichtern wenigstens einen aufgetankten Sikorsky mit Piloten bekam.

ENZYCLOPAEDIA TERRANIA: ... fand der Start der STARDUST I am Sonnabend, 19. Juni 1971, um 03 Uhr 02 Minuten von Nevada Fields statt. 03.22 Min: Übergang in freien Fall nach dem Abwurf der 2. Stufe. Geschwindigkeit zu diesem Zeitpunkt: 26,59 km/sec. Entfernung zum Mond betrug ca. 380.000 Kilometer. 07.04 Uhr: Beginn der Bremsmanöver, 07.24 Uhr: Einschwenken in Pol-zu-Pol-Umlaufbahn und insgesamt 5 Umkreisungen. 12.00 Uhr: Beginn des Landeanflugs, Landung geplant: 12.15 Uhr nahe Newcomb-Krater, Südpolnähe; durch Abwehr-Einwirkung des arkonidischen Kreuzers landete Major Rhodan erst um 12.18 Uhr, beschädigte dabei eine Landestütze. Vor dem Ausstieg wurde starke Radioaktivität gemessen, was die EVA vorläufig verhinderte. Erst am Sonntag, 20. Juni, wurde das Mondschiff verlassen ...

Der Sturm begann sich zum Wirbelsturm zu entwickeln, änderte geringfügig seine Richtung und nahm an Geschwindigkeit zu. Die Sondenkameras zeigten ihn als halbe, sich verengende Spirale.

Ich saß mit Malvers und Plichter in der Kantine, aß Spiegelei mit gebratenem Schinken und trank viel zu dünnen Kaffee, als das Kombiarmband fast unhörbar leise summte, aber heftig vibrierte. Ich entschuldigte mich, unterdrückte den Impuls, quer durch die Kantine zu spurten, und schaltete das Gerät erst ein, als das Summen durchdringend wurde; ich stand im Schatten der Zugmaschine eines überschweren Trucks.

»Atlan hier. Es scheint dringend, Rico?«

»Es ist dringend. Ständig werden die Funkimpulse, die ich von der Sonde empfange, von Sprechfunkverkehr gestört. Sie sprechen amerikanisch. Die STARDUST ist am lunaren Südpol gelandet. Mehr kann ich nicht aus den Funkfetzen herausfiltern.«

»Verstanden. Ich ziehe die Konsequenzen. Was zeigt die Spionsonde im Desert-Camp?«

»Leichter bis starker Westwind. Wellenhöhe noch unbedenklich. Aber der Sturm – du hast von ihm gehört? – nähert sich diesem Teil der Küste. Ich schätze rund 72 Stunden, bis er an der Baja ist, wenn er nicht die Richtung ändert oder sich auflöst.«

»Ich bin, höchstwahrscheinlich, Sonntag nachmittag im Camp.«

»Ich überwache alles. Die Empfangstransmitter der Station sind bereit. Soll ich dir den letzten Gleiter mit Mapuhi und einem Transmitter entgegenschicken?«

»Noch nicht notwendig. Weiter wie bisher, Rico.«

»Selbstverständlich, Atlan.«

Ich ging zurück, weder mehr noch weniger beunruhigt. Erst in unmittelbarer Nähe der ARCA würde, konnte ich mich sicher fühlen. Die Sonde verließ nachts ihre erste Zirkumlunarbahn und schwenkte in eine bodennähere Bahn über sonnenbeschienenem Gebiet ein: Auch die Treibstoffmenge war von mir – der Zentralen Positronik – richtig errechnet worden. Der Kaffee war inzwischen kälter als die Eier, und ich holte mir eine neue Portion mit mehr Schinken.

Die Reparatur der STARDUST-I-Landestütze, gab die ENZYCLOPAEDIA zur Auskunft, *dauerte rund fünf Tage und war am Freitag, dem 25. Juni, beendet: Gleichzeitig wurden die Vorbereitungen zum Ausschleusen, der Montage und der Ausrüstung des Mondpanzers vorangetrieben. Die Mannschaft schlief abwechselnd in Kurzintervallen. Die Reparatur verlief ohne Schwierigkeiten ...*

Eine Unterhaltung war in der dröhnenden, unbequemen Sikorsky nicht möglich. Wilhelma und ich saßen diesmal hinter dem Piloten und genossen den Ausblick durch die großen Kanzelscheiben.

Als ich voraus die riesige Bucht erkannte, verlor ich ein wenig von der inneren Unruhe, denn Meer und Land waren klar zu erkennen; es wütete kein Sandsturm. Aber das Barometer war gefallen. Die Sikorsky wurde bis zur Küste geflogen, bog nach rechts ab und ging tiefer, folgte dem Ufer bis zu der Bucht mit dem Steg und drehte abermals, bis wir mitten über dem Lager waren und im großen weißen Landekreis aufsetzten.

Ich bedankte mich bei dem Piloten und lud ihn in die Kantine ein, aber er hatte Befehl, sofort umzukehren. Wahrscheinlich warteten Angehörige aus dem Troß des Generals auf ihren Transport. Ein Mechaniker holte uns ab und fuhr uns zu unseren Quartieren, während hinter uns der Helikopter lärmend startete und Sand aufwirbelte.

Wilhelma verschwand in ihrem Haus, um auszupacken, ich ging später zum Bürotrakt, um Liegengebliebenes aufzuarbeiten. Das Barometer fiel weiter. Im leeren Büro rief ich Rico und erfuhr:

Der Sturm näherte sich mit gleichbleibend großer Kraft. Die Amerikaner hatten tatsächlich die STARDUST gestartet; dieser Funkverkehr hatte vermutlich in die Frequenzen unserer Sonde durchgeschlagen. Die ARCA lag sicher am Steg. Ein alter, rostiger Tanker näherte sich in der Bay. Ich sah auf den Kalender: Er war angekündigt, brachte Treibstoff und Nachschub und holte zwei kleine Planierraupen ab.

ENZYCLOPAEDIA: Sonnabend, 26. Juni: Nach 24 Stunden Ausrüstung und Montage des Mondpanzers folgte für das Team eine achtstündige Schlafperiode. In der Nacht vom Sonntag zum Montag, um ein Uhr, starteten Reginald Bull und Perry Rhodan mit dem »Mondpanzer« in die zuvor festgelegte Richtung.

Wilhelma und ich saßen nebeneinander auf der weißen Kunstledercouch, hatten vor uns die beiden Fernsehgeräte und sahen die Wiederholungen alter Bildsequenzen und die aktuellen Bilder, die von unserer Instrumentensonde stammten. Der große TV-Empfänger im NTSC-System (die Amerikaner übersetzten es mit »Never The Same Color!«) zeigte die offiziellen Bilder; auf der Bildfläche des tragbaren Apparates, von Mapuhi und den Werkstätten »veredelt«, erschienen, ebenfalls ohne Ton, die Aufnahmen der Sondenkameras und die Zusammenstellungen, die Rico aus der Kuppel sendete. Das Bild war stabiler und um eine Potenz besser und farbschärfer als das des großen Apparates.

»In ein paar Stunden werden wir zusehen, wie die Sonde in der Lufthülle verglüht«, sagte ich leise und zufrieden. »Die letzten Bilder werden feurige Impressionen wiedergeben.«

»Und trotz des Riesenerfolges bist du etwa so ruhig wie ein gereizter, eingesperrter, hungriger Puma.« Wilhelma betrachtete die herrlichen Ansichten des Barbarenplaneten ebenso hingerissen wie alle anderen im Camp, Manolito eingeschlossen. »Was beschäftigt dich so, Olaf, daß du nicht zur Ruhe kommst?«

»Für dich und andere klingt es vielleicht übertrieben.« Ich sah den Rotwein an, als sei er ein hochwirksames Gift. »Ich denke an den bevorstehenden Weltuntergang. Mit wenigen Prozenten des angehäuften Nuklearwaffenarsenals können sie den Planeten zerstören und alles Leben vernichten. Außerdem beunruhigen mich der Sturm und der Wellengang in der Bucht, der mein Schifflein kaputtmachen könnte.«

»Weltuntergang. Pessimist. Sie werden es nicht wagen.«

»Ich kenne sie anders. Sieh dir die Bilder genau an – es könnten die letzten dieser Art von dieser herrlichen Welt sein.«

Kopfschüttelnd nippte sie am Wein.

Die TEFTRIS-Instrumentensonde hatte bis auf einen Punkt jede Aufgabe mit geradezu arkonidischer Perfektion erledigt. Ein Datenstrom war zur Erde gefunkt worden. Nach zwei Dutzend Umkreisungen des Mondes war jede Handbreit des beleuchteten Teiles photographiert worden, und die Kartierung des dunklen Teiles erfolgte im Radarbereich. Über der Rundung der halb zugewandten Seite hatte sie den Kurs geändert und war auf einer ballistischen Bahn zur Erde zurückgerast.

Seit sieben Stunden umkreiste sie, der Helligkeit folgend, den Globus auf einer Neunzig-Minuten-Bahn und übertrug strahlende Bilder. Ich wußte fast alle Zeiten auswendig und wartete auf das Bremsmanöver, das mit dem letzten Restchen Treibstoff ausgeführt werden würde; dann zerstörte die Reibungshitze das Projektil.

Wilhelma deutete gähnend auf die TV-Empfänger. »Wie lange wird die Sonde noch senden?«

Ich blickte auf meine Uhr und sagte: »Noch zwei Umkreisungen. 180 Minuten, also drei Stunden. Dann schildert sie selbst, wie sie sich auflöst. Wie die Flügel des Ikarus in der Sonne.«

»Bis dahin bin ich in deinem Arm eingeschlafen.«

»Es ist nicht der schlechteste Ort angesichts all dieser Drohungen«, meinte ich versonnen. »Vielleicht erhalten wir die Chance, eine größere Sonde mit besseren Instrumenten zu den Planeten zu schicken – zum Saturn und Jupiter.«

Nachdem die Sonde verglüht war und den anschließenden Siegesfeiern würde Billy Plichters Team zurückkommen, und wir konnten weiter versuchen, die selbstgestellten Aufgaben voranzutreiben. Ich bezweifelte diese logisch erscheinende Entwicklung und wartete förmlich darauf, daß mich Rico in den Überlebenszylinder zurückrief. Wenn eine Bombe auf den Weg geschickt wurde, würde ich es als einer der ersten erfahren.

»Würde dir die vage Vorstellung, der weibliche Teil zweier Überlebender der Atomkatastrophe zu sein, große Schwierigkeiten bereiten?« Ich sah Wilhelma von der Seite an.

Sie dachte lange darüber nach, den Blick auf den Bildschirmen, dann drehte sie den Kopf und sagte: »Ich und du, Olaf? Die einzigen Überlebenden? Irgendwo wie die blinden Lurche in einer tiefen Höhle? Und wenn wir hinausgekrochen sind und kein anderer, nichts anderes mehr lebt außer Ameisen und Asseln und ein paar Tiefseefischen – nein. So möchte ich nicht leben müssen. Nein!«

Eine klare Antwort, sagte der Extrasinn. *Du hast keine Möglichkeit, die Katastrophe zu verhindern. Du mußt überleben!*

Wilhelma schlief ein. Ich trug sie zum Bett und zog die dünne Decke über ihre Schultern. Ich schaltete den großen Empfänger auf einen Kanal, der in Dreißigminutenabständen Nachrichten sendete, und betrachtete fast ausschließlich die Sondenbilder: Sogar der Beginn der Selbstauslöschung ergab schaurig-schöne Aufnahmen. Frühmorgens fiel auch ich todmüde ins Bett.

ENZYCLOPAEDIA: ... erreichten Reginald »Bully« Bull und Kommandant Perry Rhodan den arkonidischen Kreuzer {THORA (→ gesondertes Stichwort, Kasten Seite 1099) und CREST} nach einer 24stündigen Fahrt am Montag, dem 28. Juni. Eine zehnstündige Untersuchung der Arkoniden durch Eric Manoli schloß sich an ... Die STARDUST wurde per Traktorstrahl geholt, landete neben dem Arkonkreuzer, wurde beladen und startete um etwa 13 Uhr zurück zur Erde. Wiedereintritt in die Erdatmosphäre nach 14stündigem Flug am Dienstag, 29. Juni, 03.00 Uhr (Eastern Time, Washington, zugleich 16.00 Uhr Ortszeit in der Wüste Gobi). Die Landung erfolgte ca. 16.30 Uhr nahe dem Goshun-Salzsee ... Die Asiatische Föderation stellte ihr geschichtlich bedeutendes 24-Stunden-Ultimatum, das um 20.00 Uhr Ortszeit Gobi am 30. Juni 1971 endete ...

Cyr Aescunnar drehte sich zu seinen Gästen um und zeigte auf den Arkoniden unter der SERT-Haube. Der Platz an Cyrs wandlanger, stets überquellender Regalanlage, an der die hundertfach korrigierte Zeittafel gehangen hatte, war leer, alle farbigen Notizzettel waren verschwunden; die letzten Daten standen unverrückbar fest.

Ghoum-Ardebil war gekommen, nach ihm KHAMSIN-Kommandant Sarab Lavar. Oemchèn Orb versorgte sie mit Snacks, Sandwiches und Getränken. Tekener schien, bedächtig sprechend, die gehörten und diskutierten Eindrücke zu rekapitulieren.

»Es ist müßig, sich weiterhin skeptische Gedanken zu machen: Auch die Scheinwelt – verglichen mit den für uns wirklichen Geschehnissen –, in der sich Atlan und Rico befanden, besaß ihre eigene, nachvollziehbare Logik. Sie war an einigen Stellen ebenso fadenscheinig wie die Realität; wie jede Realität, muß man wohl sagen. Vom Flug der TEFTRIS-Sonde erfahren wir in diesem Raum zum erstenmal, vielleicht tobte der Sturm in beiden Wirklichkeiten. Für diese Zeit fiktive Komponisten, ein konkurrierendes Apollo-Programm, Vier-Sterne-General Furthenmueller, eine geboosterte Zweistufenrakete, die es so nie gab, all das ... perfekt, wie von ES auf WANDERER nachgespielt! Beziehungsweise von Anti-ES inszeniert! Die zweite, überdeckende Wirklichkeit gab Atlan Grund zur Unsicherheit und zu Zweifeln, aber darüber hinaus keine Chance. Er hätte gewarnt sein müssen. Aber sogar der Extrasinn konnte mit dem Hinweis des Unter-Hinter-Unbewußten wenig anfangen, jenen ›zwei Schatten‹, weil die Manipulation zu tiefgreifend war.«

»Wir wissen nicht, wann Anti-ES den Rhomboeder-Kristall installierte und ab wann genau die negativen Zukunfts-Perspektiven ihre Wirkung entfalteten«, ergänzte Tifflor nachdenklich. »Mir scheint allerdings, daß Atlan zumindest unbewußt auf sie reagierte; sogar schon, bevor er nach Key Largo kam: Wie sonst wäre seine extrem gesteigerte Angst vor dem nuklearen Holocaust zu erklären? Wer weiß, was ihm Anti-ES beim Besuch der falschen Venus ... hm, ›einpflanzte‹? Irgendeine Essenz blieb jedenfalls haften und sorgte für Unwohlsein und Furcht.«

Cyr sagte leise: »Bevor es in den Endspurt geht, möchte ich in diesem kleinen Kreis auf die vorläufige Zusammenfassung und Endauswertung der Hyperphysiker und ihrer Kollegen verweisen. Auf mögliche Vorbehalte brauche ich nicht einzugehen.«

Tekener grinste. »Sicher nicht.«

Cyr wies auf einen Monitor, die Männer beugten sich vor und lasen.

HINTERGRUND I: SCHWARM/CYNOS; *Daten gem. Aussagen Imago II alias Nostradamus:*

»Die ursprüngliche Aufgabe des Schwarms war, Intelligenz in alle von ihm besuchten Galaxien zu bringen. Die Cynos wachten über den Schwarm. Wir wissen nicht, wer die Erbauer des Schwarms waren, aber sie müssen Interesse daran gehabt haben, den Völkern des Universums Intelligenz zu bringen. Die Karties waren den Erbauern des Schwarms wegen ihres Zugvogeltriebes sehr willkommen, zumal dieses Volk schon seit undenklichen Zeiten die Technik der Groß- und Massentransition besitzt. Dann wurde der Schwarm immer größer und begann mit seiner Wanderung durch das Universum. Er zog von Galaxis zu Galaxis.

Ich habe die Katastrophe vor einer Million Jahren persönlich miterlebt, genau wie mein Bruder. Die Karduuhls übernahmen die Macht. Nach unserer Flucht aus dem Schwarm hatten wir mit einem schnellen Absterben der Götzen gerechnet. Bestenfalls zweitausend Jahre hätten sie unserer Ansicht nach regieren können. Doch dann entdeckten die Karduuhls die lebenserhaltende Wirkung des honigfarbenen Sekrets, das von den jungen Karties ausgeschieden wird. Für die Götzen war es ein Aktivierungselixier, das sie unsterblich machte. Der Schwarm hat einen festen Rundkurs.

Mein Bruder und ich warteten, nachdem wir erkannten, daß wir vorher nicht mehr eingreifen konnten. Wir wechselten uns in unserer Tätigkeit ab. Während einer von uns Vorbereitungen für die Rückkehr des Schwarms traf, schlief der andere in der Energiegruft im Südpol der Erde. Die vielen anderen Cynos, die nicht zur Versteinerung gezwungen worden waren, verteilten sich auf den Welten der Galaxis und pflanzten sich normal fort. Nach dem jeweiligen kulturellen und technischen Stand beeinflußten die Cynos die Völker der Galaxis. In ihrem eigenen Interesse taten sie dabei Dinge, die sicher nicht immer den Beifall der einzelnen Völker gefunden hätten. Unser Vorhaben, die Rückeroberung des Schwarms, durfte durch nichts gefährdet werden. Doch es gab auch Cynos – und es gibt sie noch –, die das eigentliche Ziel vergessen haben. Sie möchten das heimliche Imperium in seiner jetzigen Form erhalten. Sie haben sich dran gewöhnt, in dieser Weise zu leben ...«

HINTERGRUND II: ES und Anti-ES

Es bleibt unklar, wann die Auseinandersetzung zwischen diesen Wesenheiten begann; ihren Höhepunkt erreichte sie jedenfalls in den Jahren 3456 bis 3458 und endete mit einer Niederlage von Anti-ES. Weil auch damals Parallel-Universen eine Rolle spielten, liegt die Vermutung nahe, daß die von Atlan berichteten Ereignisse (Parallelwelt, negative Zukunfts-Perspektiven) maßgeblich auf das Wirken von Anti-ES zurückzuführen sind. Gleichfalls könnten viele der in der Frühzeit von Atlan bekämpften Androiden von Anti-ES geschickt worden sein, statt durch »Nachlässigkeit/Unaufmerksamkeit« ES' von Wanderer geflüchtet. Wie wir aus dem Kosmischen Schachspiel wissen, gehörte zu den Regeln, daß es nicht zum direkten Eingreifen der Wesenheiten kommen sollte bzw. ihre Existenz überhaupt durfte nicht erkannt werden.

Um dem Handeln von Anti-ES entgegenzuwirken, blieb ES folglich keine andere Wahl, als einen »Paladin« zu bestellen, der in seinem Auftrag handelte – und hier bot sich unzweifelhaft Atlan an, der kurz vor der Atlantis-Katastrophe von ES den Zellaktivator überreicht bekam. Atlan erledigte die Aufgaben, seine Erinnerungen wurden – unter anderem aus o.g. Gründen – blockiert; daß ES auch in der Gegenwart gegen eine Weiterverbreitung ist, dürfte mit der aktuellen Lage zu tun haben: Immerhin ist die Galaxis von einer machtvollen Gruppe besetzt und ein Ende der Herrschaft des *Hetos der Sieben* noch nicht abzusehen. Wie weiter unten aufgeführt wird, ist davon auszugehen, daß Anti-ES sich mehr oder weniger natürliche Vorgänge zunutze machte, als es die Parallelwelten in seinem Sinne einsetzte.

Die Ereignisse Mitte des 20. Jahrhunderts legen den Schluß nahe, daß im Zuge der Auseinandersetzung Rhodans Mondlandung »verhindert« – sprich: Teil einer nicht länger maßgeblichen Wirklichkeit – werden sollte. Die Konsequenzen liegen auf der Hand: Die galaktische Geschichte hätte ohne Rhodan und Terra einen ganz anderen Verlauf genommen, ganz im Sinne von Anti-ES! Um nur ein Beispiel zu nennen: Noch heute gäbe es dann vermutlich das Schreckensregime der *Meister der Insel* ...

HINTERGRUND III: Jenseitswelten und der Dreißig-Planeten-Wall

Erster maßgeblicher Bruchpunkt scheint hierbei, wie schon an anderer Stelle aufgeführt, die Vernichtung Zeuts durch die Haluter gewesen zu sein: Das Verschwinden des PEW-Metalls schuf zusammen mit der Großtransmitter-Verbindung zum galaktozentrischen Sonnensechseck jene potentielle Kontaktspur, die unter anderem auch Miracle streifte. Wann genau der Cyno Nonfarmale sie zu nutzen begann, bleibt unbekannt, daß er es tat, ist lt. Atlans Schilderungen eine Tatsache.

In Atlans Jugend fand sein erster Besuch des Dreißig-Planeten-Walls statt; u.a. kam es zur zeitversetzten Begegnung mit dem varganischen Bewußtseinskollektiv Ngulh. Kurz zuvor vernichtete Ischtar den Antimaterie-Kometen, was ursächlich im Zusammenhang mit dem Durchbruch zum Roten Universum der Druuf und in der Folge mit dem Untergang von Atlantis stehen dürfte. Alle Berechnungen belegen, daß damit auch die verstärkte Überlappung parachron-paralleler Welten begann, wobei offenbleiben muß, inwieweit die Effekte gegebenenfalls von Anti-ES forciert wurden und ob Nonfarmale vielleicht in dessen »Auftrag« handelte, genau wie Atlan in dem von ES. Hauptdivergenzpunkte, soweit sie bislang erkannt wurden, sind neben der Santorin-Thera-Katastrophe die falsche Venus, die andere Mars-Atmosphäre sowie die spätestens seit dem 19. Jahrhundert gravierender werdenden Unterschiede im Zeitablauf, sprich das Aufsplitten in Parallelwelten, wobei zunächst mehr von einem »verschmierten Überlappen« als von klarer Trennung gesprochen werden muß.

Nach der Krakatau-Katastrophe und der kurzzeitigen Reaktion lemurischer

Geräte muß sich die »Kontaktspur« gefestigt haben, so daß schließlich die konkrete Verbindung nach Miracle entstand. Wiederum kann eine Einflußnahme von ES respektive Anti-ES nicht ausgeschlossen werden; die in der Kuppelstation geschaffene Würfelmaschine scheint jedoch Ngulh, nun Neg Gulucch, als neuer Trägerkörper zu dienen, und die besondere hyperphysikalische Konstellation des künstlichen Systems der dreißig Planeten dürfte maßgeblicher Teil einer Langzeitplanung gewesen sein: Die Betonung der Schutzfunktion weist auf den Schwarm und dessen Wiedererscheinen hin, womit wieder der Bogen zu den Cynos geschlagen wäre.

Der endgültige Abbruch der Miracle-Verbindung und der Kristall-Rhomboeder von Key Largo sind Höhepunkte der Entwicklung; was bleibt, ist das »Einschwenken« Atlans auf die uns vertraute Wirklichkeit, vermutlich endend mit seinem Erwachen im Jahr 2040 und der Begegnung mit Rhodan ...

»Viele Fragen bleiben offen«, sagte Tifflor und runzelte die Stirn, »trotzdem ergibt sich so etwas wie ein roter Faden, der bislang Unverständliches miteinander verknüpft.«

»Der Kreis schließt sich«, sagte Cyr leise. »Und wir und Atlan müssen erkennen, daß er deutlich mehr als 10.000 Jahre umspannt – ein gewaltiger Bogen, der sogar kosmisches Geschehen wie Schwarm und dergleichen tangiert.«

»Wer hätte das gedacht?« Tekener zuckte mit den Schultern und wies auf die Bildfläche an der Wand. »Atlan erlebt gerade den 30. Juni. Was geschah – in seiner Welt – bis zum 22. Juli? Haben Sie das schon auf Ihrer famosen Zeittafel, Prof?«

»Geschaffen in vorauseilender Datensicherheit.« Cyr grinste. Tifflor sagte, leise lachend:

»Dürfen wir sie sehen, Cyr?«

»Bitte. Dort!« Cyr tippte mit langem Zeigefinger effektvoll auf eine Taste des Keyboards und zeigte auf den Monitor. Die Zeittafel baute sich auf und hob sich langsam, zum Mitlesen, dem oberen Rand des Monitors entgegen; schweigend lasen die Versammelten:

Zeittafel für die „Annalen der Menschheit"

nach Arkon	irdische Zeit	NUvA	Tiefschlafdauer		
(n.A.) (Umrechnungsfaktoren 1,182 bzw. 0,846)	(n.Chr.)	(nach Untergang von Atlantis)			Quellen: Wof Marl Starco und Riarne Riv-Lenk: AUFSTIEG UND NIEDERGANG DES ARKONIDISCHEN IMPERIUMS, aus dem Arkonidischen übersetzt (2114), Interkosmo-Ausgabe, IMPERIUMS-Verlag, Terra. 98. von 1000 numerierten Exemplaren. (s. auch: Unterlagen des USO-Historischen Korps)
18596	Frühjahr 1550 bis 1552	9550 bis 9552	27 Jahre	Dauer: ca. 2 Jahre	(Die Masken der Erinnerung)
18607	1563 bis Ende 1565	9563 bis 9565	11 Jahre	Dauer: ca. 2,5 Jahre	
18627	Herbst 1587 bis 1590	9587 bis 9590	22 Jahre	Dauer: ca. 2,5 Jahre	
18646	Mitte 1609 bis 1611	9609 bis 9611	19 Jahre	Dauer: ca. 2 Jahre	(Balladen des Todes)
18664	Anf. 1630 bis Ende 1633	9630 bis 9633	19 Jahre	Dauer: ca. 3,5 Jahre	
18677	Frühjahr 1645 bis 1648	9645 bis 9648	12 Jahre	Dauer: ca. 3 Jahre	(Kontinent des Krieges)
18681	1650 bis 1652	9650 bis 9652	2 Jahre	Dauer: ca. 2 Jahre	(Die unsichtbaren Pforten)
18698	Frühj. 1670 bis Ende 1671	9670 bis 9671	18 Jahre	Dauer: ca. 1,5 Jahr	+ (Die Königsmörder)
18720	Mitte 1696 bis Ende 1698	9696 bis 9698	24,5 Jahre	Dauer: 2 Jahre	(Atlan und die Selbstmörder) + (Samurai von den Sternen)
18724	1701 bis Mitte 1702	9701 bis 9702	2,5 Jahre	Dauer: ca. 1 Jahr	
18726	Feb. 1704 bis Okt. 1709 *("Zeitsprung": 13.8.1705 bis 7.7.1708)*	9704 bis 9709	ca. 1,5 Jahre	Dauer: fast "6" Jahre *"real" fast 3 Jahre*	
18732	Mai 1710 bis 8.10.1715	9710 bis 9715	0,5 Jahre	Dauer: ca. 5,5 Jahre	(Der Arkonide und der Sonnenkönig)
18769	1.12.1755 bis Juli 1757	9755 bis 9757	40 Jahre	Dauer: ca. 1,5 Jahre	(Der Bruder des Roboters)
18778	1765	9765	8 Jahre	Dauer: 0,5 Jahre	+ (Die Psi-Falle)
18781	1.3. 1768 bis Jan. 1769	9768 bis 9769	ca. 2,5 Jahre	Dauer: ca. 11 Monate	
18798	14.7.1789 bis Ende Dez. 1794	9789 bis 9794	20 Jahre	Dauer: ca. 5,5 Jahre	(Die Königsmörder)
18806	15. 3.1798 bis Aug. 1800	9798 bis 9799	ca. 3 Jahre	Dauer: ca. 1,5 Jahre	(Das Buch der Kriege)
18812	1.10.1805 bis April 1806	9805 bis 9806	5 Jahre	Dauer: 0,5 Jahre	
18818	30.4.1812 bis Feb. 1813	9812 bis 9813	6 Jahre	Dauer: ca. 1 Jahr	
18825 18829 18833 18837 18842 18846 18850 18854	1820 1825 1830 1835 1840 1845 1850 1855	9820 9825 9830 9835 9840 9845 9850 9855	} je 5 Jahre	Dauer: *jeweils nur kurzes Erwachen und Besuch der Ophir-Universität*	
18858	5.1.1860 bis 10.7.1865 *("Zeitsprung": 21.4.1861 bis 14.11.1864)*	9860 bis 9865	ca. 5 Jahre	Dauer: ca. "5,5" Jahre *"real" ca. 2 Jahre*	(Die Höhlen des Zukunft)

nach Arkon	irdische Zeit	NUvA	Tiefschlafdauer		
(n.A.) (Umrechnungsfaktoren 1,182 bzw. 0,846)	(n.Chr.)	(nach Untergang von Atlantis)			Quellen: Wof Marl Starco und Riarne Riv-Lenk: AUFSTIEG UND NIEDERGANG DES ARKONIDISCHEN IMPERIUMS, aus dem Arkonidischen übersetzt (2114), Interkosmo-Ausgabe, IMPERIUMS-Verlag, Terra. 98. von 1000 numerierten Exemplaren. (s. auch: Unterlagen des USO-Historischen Korps)
18875	1.2.1880 bis 15.1.1885 *("Zeitsprung": 26.5.1881 bis 16.4.1883)*	9880 bis 9885	15 Jahre	Dauer: "5" Jahre *"real" ca. 3 Jahre*	(Im Zentrum des Feuersturms)
	(15.1.1885 bis 17.5.1915: Unklare Berichtslage - evtl. mehrmaliges Erwachen und Aufenthalt auf MIRACLE?)		ca. "30" Jahre (?)	Dauer: ?	
18905	17.5.1915 bis 5.1.1919	9915 bis 9919	ca. 5 Jahre	Dauer: ca. 3,5 Jahre	
18913	ab 1924 *(Unklare Berichtslage: Wechselnder Aufenthalt MIRACLE und Erde; evtl. einige Jahre Tiefschlaf?)* 2.11.1964 bis 24.1.1968: *MIRACLE-Aufenthalt* 6.6.1968 bis März *MIRACLE-Aufenthalt* 2.11.1970 bis 17.11.1970: *MIRACLE-Aufenthalt*			Dauer: "46" Jahre (?)	(Palast der Legenden) + (Die letzte Maske) + (Die Armageddon-Maschine)
18952	bis 22.7.1971	9971	Beginn letzter Tiefschlaf	*Bewußt erlebte Gesamtzeit: ca. 270 Jahre*	
19011	2040	10040	69 Jahre	*fortan permanent:* • Imperator Gonozal VIII. von April 2044 bis 31.12.2114 • ab 1.7.2115 Lordadmiral der USO; Amt erloschen am 31.12.3499 • Prätendent des NEI ab 3500, seither alle 10 Jahre wiedergewählt	(Der Einsame der Zeit)

Der Sturm raste mit schwerem Regen auf Kalifornien zu, drehte weit draußen über dem Meer nach Süden ab und löste sich vor der mexikanischen Küste auf, regnete über Guatemala und El Salvador ab und endete, wie es schien, in harmlosen Regenfällen und Starkwind. Das Team war stolzgeschwellt von Vandenbergh zurückgekommen, und wir arbeiteten neu motiviert an den Plänen der Planetensonde weiter. Ich atmete auf, fuhr zum Steg und sah, als ich die Belegtaue überprüfte, den alten Küstenfrachter näher kommen.

»Entwarnung, was den Sturm betrifft, Atlan.« Ricos Stimme kam aus den beiden Lautsprechern des breiten Uhrenarmbandes. »Die kalifornischen Wetterberichte haben einen hohen Grad an Zuverlässigkeit. Aber« – seine Stimme drückte seine Bedenken aus – »jede Regierung, die über Nuklearwaffen verfügt, hat die Militärs angewiesen, den Finger auf die Auslöseknöpfe zu legen. Ich habe vierzehn Spionsonden unter Schwierigkeiten postiert und rufe ihre Daten ab: Es wäre sicherer, wenn du – möglicherweise nur vorübergehend – den Schutz der Kuppel aufsuchen würdest.«

»Ich bleibe noch. Ich überprüfe gerade den getarnten Gleiter und den Transmitter und bleibe in der Nähe.«

»Ich sehe dich. Ich bleibe bereit.«

»Ich auch, Rico.«

Ich hatte darüber nachgedacht, das »Boot« mit den Antigravelementen aus dem Wasser zu heben und zwischen Felsen vor dem Sturm in Sicherheit zu bringen; jetzt erübrigte sich diese Maßnahme. Ich testete alle Systeme und sah nachher zu, wie der Küstenfrachter Anker warf und seine Position auf der anderen Seite des Steges einnahm und schließlich die Bugklappe heruntersenkte. Ich steckte die Zündschlüssel in die Brusttasche, lief über den Steg und schwang mich in den Jeep.

ENZYCLOPAEDIA TERRANIA: Die Ereignisse beginnen, sich überstürzend, ihre eigene Gesetzmäßigkeit zu entwickeln. Am Mittwoch, dem 30. Juni, warf ein AF-Bomber eine Atombombe auf den arkonidischen Energieschirm neben dem Goshunsee. Der Schirm wehrte sie ab, aber Allan D. Mercants Agent, Major Perkins, starb dabei drei Stunden vor Ablauf des Ultimatums. Die überzeugende Demonstration des arkonidischen Strahlgeschützes warf in der Sahara nahe des Ahaggar-Gebirges einen Krater von 50 Kilometern Durchmesser auf; dieser Effekt erzeugte Paralyse der Außenpolitik und verhinderte den sofortigen Atomkrieg; das Datum des Ultimatums verstrich ... Die Vernichtung der STARDUST durch (➔) Leutnant Klein wird geplant; er verläßt Peking und ...

Zwischen all der Arbeit, in der Julihitze, schafften Wilhelma und ich es tatsächlich, ein paar Tage Bootsferien zu machen, während der Frachter seine Ladung löschte: Benzin für Autos, Diesel für die Stromaggregate, die ununterbrochen liefen und das Camp mit elektrischer Energie versorgten, Kanister voller Zweitaktergemisch für die Boots-Außenbordmotoren und zahllose Container voller Getränke, Nahrungsmittel und Artikel des täglichen Bedarfs, mit einigen Drehbänken und Maschinen, Einzelteilen und Werkzeug. Washington hatte noch nicht über den Bau einer Sonde zu den Planeten entschieden; dies war ein Prozeß, der lange dauern mochte. Aber das Desert-Camp wurde weiterhin finanziert. Ständig störten uns Radio-, Magazin- und Fernsehreporter, die in Hubschraubern einfielen und jeden, dessen sie ansichtig wurden, mit Fragen belästigten, unzählige Photos machten und lange Filme drehten.

Wilhelma und ich entkamen an einem heißen Mittag der vorläufig letzten Crew, die uns und die ARCA eine Weile mit dem Helikopter verfolgte, dann aber abdrehte.

Wir fuhren, wohlausgerüstet, von einer unserer Lieblingsbuchten zur anderen, überquerten den Golf und strapazierten unsere Mägen mit mexikanischem Essen und Tequila, schwammen und lagen in der Sonne; ich las Wilhelma lange Passagen aus Miltons »Verlorenem Paradies« vor und kommentierte sie mit Shakespeare-Zitaten, wenn sie Schwierigkeiten hatte, den gereimten Text völlig zu verstehen: Sie war begeistert, befremdet, hingerissen.

Ricos Sonden maßen eine drastisch gestiegene atmosphärische Radioaktivität über der Gobi-Wüste an, die wir uns nicht erklären konnten. Trotz der Erfahrung, daß die Baja und der lange Meeresarm mit allen ihren Erscheinungen mich beruhigten, mir wieder den Eindruck vermittelten, fernab aller bedrohlichen Entwicklungen zu leben, auf einer Halbinsel der Zeitlosigkeit, dachte ich unausgesetzt an detonierende Interkontinentalraketen, atomare Pilzwolken, brennende Wälder und den langen atomaren Winter.

»Von dieser Idee bist du offenbar besessen«, sagte Wilhelma an einem heißen Nachmittag. »Schön, daß du mich überhaupt noch wahrnimmst!«

»Sei nicht ärgerlich«, antwortete ich und warf die Schwimmflossen in die Plicht. »Zur Zeit verbringen wir vierundzwanzig Stunden am Tag zusammen. Meine Besorgtheit gilt dir und mir und dann erst dem Rest der Menschheit!«

»Zugegeben.« Sie sah die Sonnenöl-Flasche an, als sei es eine entsicherte Handgranate. »Nicht überall ist es so friedlich wie hier. Seit so vielen Jahren zielen sie aufeinander mit ihren verdammten Raketen. Bisher hat keine die Rampen oder die Silos verlassen. Warum ausgerechnet morgen über übermorgen?«

»Sie würden auch die Arkon ...«, begann ich, zuckte die Schultern und angelte Taucherbrille und Schnorchel aus der Tasche. »Sie würden auch aus Stolz und Hochmut glauben, daß derjenige, der zuerst schießt, am längsten überlebt. Vergessen wir dieses Thema – schnorchelst du mit mir, wenn du mit dem Eincremen fertig bist?«

»Endlich! Klar! Die zweite gute Idee seit Mitternacht, Kollege Peterson.«

»Danke, Kollegin Fergusen.«

Minuten später hielten wir die Masken fest und ließen uns von der Badereling fallen, tauchten inmitten zahlloser Blasen auf und paddelten entlang des Bugankertaus schräg zum sandigen Boden der Bucht hinunter.

ENZYCLOPAEDIA: ... versprach nur Haggards Anti-Leukämie-Serum Rettung für den erkrankten Crest. Mittwochmorgens brach Bull in einem Helikopter nach Australien auf und erreichte am 8. Juli abends Port Darwin. Für die Rückreise wurde eine Jacht beladen und war nach drei Tagen auslaufbereit. Montags starb Clark G. Flipper beim Verhör ...

Sonntag, 18. Juli: Die Yacht lief in Hongkongs Hafen ein, drei Tage später erreichten Bull und Haggard die STARDUST. Die weltpolitische Situation eskalierte: Für den nächsten Tag, 12 Uhr Ortszeit, verlangte Peking rückhaltlos Aufklärung, sonst würden mit allen Konsequenzen die diplomatischen Beziehungen abgebrochen. Das war praktisch eine ungeschriebene Kriegserklärung. Moskau und Washington reagierten mit gleichartigen Gebärden der nuklearen Drohung ...

Der nächste Sturm bildete sich westlich der panamesischen Kanalzone, fegte an Costa Rica entlang, nahm an Stärke zu, verwüstete Managua, ließ mühelos die Schiffe im Golf von Tehuantepec kentern und kräftigte sich entlang der heißen Hänge der Sierra Madre del Sur. Die Barometernadeln rasten zitternd in weitem Bogen von rechts nach links und verharrten dort. In Guadalajara deckte der Sturm, abwechselnd heiß-trocken und kühl-regnerisch, vierzig Prozent der Dächer ab und verwüstete die Baja de Banderas. Zwischen Cabo Falso und Los Mochis türmten sich die ersten großen Wogen und wurden in den Golf von Kalifornien hineingetrieben. Ich erwachte um elf Uhr nachts vom Summen des Kombiarmbandes, sprang aus dem Bett und rannte halbnackt, im Bademantel, hinaus zum Rand des Pools. Der Stoff peitschte in der dunklen Neumond-Nacht um meine Schenkel, die Luft war voller Sand: *Südsturm!*

»Atlan hier. Eine neue Warnung?«

»Wenn euch der Sturm trifft, ist der ARCA-Gleiter gefährdet, und somit bist es auch du.«

»Ich spüre den Sturm bereits«, sagte ich. »Abgesehen von unwillkommenen planetaren Gewalten ... wie verhalten sich die Nuklearmächte?«

Die Antwort ließ auf sich warten. Einzelne heiße Böen fuhren über das Camp dahin. Ein durchdringender Summer erschütterte dröhnend-knarrend die Nacht, Lichter wurden eingeschaltet; ich sah die Scheinwerfer der Wagen von Dorrmans Wächtern. Rumpelnd schlossen sich Hallentore, nachdem zwei kleine Flugzeuge von der Piste gerollt waren. Braune Schleier wirbelten vor den milchigen Lichtkreisen der Beleuchtungskörper vorbei. Endlich sagte Rico:

»Donnerstagmittag Ortszeit wird Peking den Befehl zum Abschuß der Nuklearraketen geben. Fast zur gleichen Zeit, also noch heute um 23 Uhr Ortszeit Washington, feuert die NATO zurück. Moskau – dortige Ortszeit gleich sieben Uhr, schaltet sich mit seinem Arsenal ebenfalls ein. Das Ziel sind zunächst der Goshunsee und die dortigen Aktivitäten. Ich habe alles nachrechnen lassen. Die Zentrale Positronik hat, was bisher nie geschah, eine Wahrscheinlichkeit für den Ausbruch des Großen Nuklearkrieges von 94,8 Prozent errechnet. Atlan! Flüchte! Aktiviere den Transmitter! Nimm, wenn du es für richtig hältst, Wilhelma mit! Aber – Mapuhi und ich, wir sind fast handlungsunfähig, wir sind positronisch paralysiert vor ... Sorge!«

Ich sagte laut: »In ein, zwei Stunden hast du meine Entscheidung. Das Gegengerät in der Kuppel ist bereit?«

»Seit Stunden. Auf dein Gerät mehrmals eingepeilt und justiert.«

»Ich lasse das Armband eingeschaltet. Deine Sonde kann mich sehen. Du wirst miterleben, was geschieht. Der Sturm wird stärker.«

»Er wütet über den Islas Tiburon und Angel de la Guarda!«

»Verdammt! Das ist fast zu nahe!«

Ich kämpfte mich durch heulende Sirenen, blinkende Lampen, Sturmböen, Sandwirbel, losgerissene Schirme und wirbelnde Stühle, Handtücher, irgendwelche Fetzen, Tische und Wassertropfen aus dem Pool zur Haustür zurück. Der Sturm riß sie mir aus der Hand und schmetterte sie gegen die Hausmauer. Der donnernde Krach und meine Flüche, als ich sie wieder schloß, weckten Wilhelma. Ich rannte in den Wohnraum und begann mich anzuziehen.

»Das Boot ist in Gefahr«, rief ich. »Frag mich nicht, woher ich das weiß – die Welt geht unter. Ich frage dich jetzt, ganz ehrlich und ernsthaft, Wilhelma Fergusen, ob du mit mir gehen, dich in Sicherheit bringen willst, vielleicht auch nur, hoffentlich, vorübergehend?«

»Ich geh' mit dir zur ARCA.«

»Gut. Zieh dich sturmfest an, Schönste!«

Seit der Rückkehr aus Vandenbergh hatte ich sicherheitshalber zwei Taschen gepackt. Mein Überlebenspotential war groß; ich kannte alle Einzelheiten. Was mich und meine wirkliche Identität als Alien verraten konnte, befand sich in den Behältern; Psychostrahler, Waffen, miniaturisierte lebenserleichternde Systeme ... alles. Ich knotete die dicken Bootsschuhe, steckte Brillen und Bootshandschuhe in die Tasche der wasserfesten Jacke, hörte das Horn der LAZYSHARK, des rostigen Frachters, aufgeregte Signale geben und wartete ungeduldig darauf, daß sich Wilhelma anzog. Plötzlich übertönte ein ratterndes, rasselndes Geräusch in ohrenbetäubender Lautstärke allen Lärm: Regen oder Hagel peitschte aus Süden über die winzige Siedlung. Draußen wütete der Orkan; er hatte jetzt also das Ende des Golfes erreicht.

CHAOS! Warnsummer, Sirenen, wild umherkurvende Wagen, Licht aus allen Fenstern, wütender Schlagregen, das Heulen und Jaulen des Sturms, herausgerissene Pflanzen, dahinschießende Spinifexballen, hastende Menschen, Schreie im Durcheinander, kleine, blitzschnell anwachsende Pfützen, erstickende Hitze, hohe Luftfeuchtigkeit, Sand und Kies in spiraligen Wirbeln, das Dampfhorn der LAZYSHARK, ein weißer Jeep, der vor meiner Terrasse hielt. Der Sturm riß die Scharniere meiner Haustür aus der Wand und wirbelte das scheinbar federleichte Blatt wie ein Geschoß in die Finsternis davon.

Dorrman brüllte vom Fahrersitz: »Ihr verdammtes Boot, Chef! Der Frachter reißt sich wahrscheinlich los. Kommen Sie!«

In meinem Rücken taumelte Wilhelma ins Freie. Ich warf die Taschen ins Fahrzeug, sprang zurück, fing Wilhelma auf, die in einem modischen Regenmäntelchen mit angeschlagener, leuchtfarbengesäumter Kapuze herunterstolperte und sich von mir in den Beifahrersitz zwängen ließ. Ich krachte zwischen die Taschen, fluchte, schlug Dorrman auf die Schulter und schrie: »Zum Steg, Soldat! Danke!«

»Bin Captain. Schon gut. Wir retten Ihren Kahn, Chef.«

Er fuhr wie ein Geisteskranker und schien trotz der Staubwälle, die uns überrollten, den Weg genau zu sehen. Rechts und links gischteten dreckige Fontänen aus Sand und Wasser zischend zur Seite. Wir fuhren auf die diffuse Helligkeit am Strand zu; der Frachter hatte alle Scheinwerfer eingeschaltet, aus dem schlanken Schornstein wolkte hellgrauer, stinkender Dieselrauch. Mindestens zehn Personen rannten brüllend mit Tauschlingen und Stahltrossen umher und suchten feste Punkte und Plätze, um den Frachter zu belegen. Eine Ankerkette rasselte klirrend, mit einem nervzerfetzenden Geräusch, über Deck und durch irgendeine Klüse.

»Das war's!« brüllte Dorrman: »Die ARCA ist noch heil.«

»Danke. Werd' ich Ihnen nie vergessen!«

Ich packte die Taschen, rannte den schwankenden Steg entlang und warf sie ins Boot, kehrte um und half Wilhelma aus dem engen Sitz. Unverändert raste der Regensturm, abwechselnd heiß und kalt, zwang uns, tief gebeugt zu stapfen; Hand in Hand rannten wir zur ARCA.

»Willst du etwa ablegen? In diesen Weltuntergang hinein?« schrie Wilhelma.

»Ich fliege über den Wellen!« brüllte ich zurück. Die ARCA hob und senkte sich polternd neben dem Steg, zerscheuerte dröhnend die Fender, riß ruckend an den Tauen. Das Heck des Frachters hatte sich losgerissen und trieb im Sturm auf das Ende des Steges zu. Wir kletterten ins Boot, ich kippte zwei Dutzend Schalter, startete die Motoren und koppelte den Generator ein; vierzehn Scheinwerfer leuchteten nach allen Seiten, als der Steg zu wanken begann. Ich zog eine Waffe aus der triefenden Tasche und gab Wilhelma die kleine Bordaxt.

»Wenn ich's sage, hackst du die Taue hier an Bord, im Heck, entzwei! Entschlossen und rechtzeitig! Manöver des letzten Augenblicks. Verstanden?«

Sie nickte. Der Extrasinn brüllte: *Mach keinen Fehler, Arkonide! Der Gleiter ist stärker als der Sturm!*

Das Heck der LAZYSHARK drückte die Pfähle des Stegendes zur Seite, zerbrach die Bohlen und war keine zehn Meter von der ARCA entfernt. Ich schaltete die Antigravelemente ein, spürte und sah, wie der Bootskörper sich aus den schäumenden, gischtenden Wellen hob, schrie: »Jetzt! Los!« und feuerte Energiestrahlen auf die Haltetaue ab, die Teile der Reling, aber auch die Trossen zerschnitten. Wilhelma drosch im strömenden Regen auf die Hecktaue ein; die Ankerkette schmolz in dem Augenblick, an dem der Steg splitternd knickte und halb unter Wasser gedrückt wurde. Die ARCA stieg vier Meter hoch, schwebte vorwärts, drehte sich und schob den Bug gegen den Sturm.

»Aufhören!« Ich steuerte nach links, zum Land, um den Bug des Frachters herum und in die ungefähre Richtung des offenen Wassers; ich konnte nur wenig Einzelheiten erkennen. Nun war die Luft voller Tropfen, aber ohne Sand und peitschenden Staub. Wilhelma ließ die Bordaxt fallen und starrte mich an, als sähe sie Gespenster.

»Langsam, mit voller Maschinenleistung, hinter den Strahlen der Suchscheinwerfer her, ertastete ich das Steuerbordufer und lenkte den Gleiter auf die Felsen zu, über die schäumendes Regenwasser rann. In der Fassung meiner Uhr blinkten Leuchtfelder wie rasend. Rico! Ich hob einen Teil des Pultes hoch und aktivierte mit äußerster Sorgfalt den Transmitter.

Wilhelma kam in die Kabine und löste den Knoten der Schnur, von der die Kapuze gehalten wurde. Wir konnten miteinander sprechen, ohne brüllen zu müssen. Sie war bis in die Tiefe ihres Verstandes erschrocken, desorientiert, förmlich verstört, als sie erschüttert mit ansehen mußte, wie das Boot schwebte.

»Noch einmal!« rief ich und drehte mich um. »Zum letztenmal! Willst du mit mir gehen? Bald starten die Atomraketen! In zwanzig Minuten bin ich endgültig verschwunden. Du kannst mit mir zusammen alt werden – entscheide dich!«

Die Wellenkämme schmetterten gegen den Kiel der ARCA. Ich hob den Blick und sah, wie der Frachter, von drei Ankern und zwei überdehnten Landtauen im Bugbereich gehalten, unter den gellenden Sturmstößen weiter herumschwang und den Steg, die Poller, die beiden einsamen Lampen, Tauwerk, Bohlen, Bretter und alles übrige aus dem Meeresboden riß, kippte, unter Wasser drückte und mit der langsam laufenden Schraube zermalmte. Neun Minuten später, und die ARCA samt Transmitter läge zerquetscht inmitten des eisernen und hölzernen Schotts. Ich steuerte mit vollem Schub bis zur Bucht, bog in Regenschauern, im heulenden Sturm, der den Gleiter zur Seite drückte und zittern ließ, in den Windschutz des zerklüfteten Felsenkamms. Ein Blick: Der Transmitter zwischen den Maschinen und dem Bugteil unter Deck war eingeschaltet, justiert und getestet; die Maschinen, die nicht mehr wassergekühlt wurden, begannen gefährlich zu überhitzen. Ich bugsierte die ARCA rückwärts, bis sie in den wenigen Quadratmetern einigermaßen ruhigen Kehrwassers lag, und wartete; drei Minuten später hörte das Kreischen des Generators auf, und die Betriebstemperatur sank fast auf den normalen Wert.

»Ich bin nicht nur der Chef dieses Projekts«, sagte ich und tastete nach Wilhelmas Hand. »Ich bin ein wenig anders; erfahrener. Was du siehst, ist technisch leicht erklärbar. Keine kommunistisch-leninistische Magie, Liebste. Mein Vorschlag: Wenn wir den Atomschlag überleben, setze ich dich an jedem Punkt der Welt ab, den du aussuchst. Wenn nicht, sind wir beide Adam und Eva 1972 oder 2000 oder so. Nur wir zwei. Du hast drei Minuten Zeit, dich zu entscheiden.«

Ihre Blicke huschten umher: von den Instrumenten zur Bodenluke, die sich hydraulisch gehoben hatte, zu den Felsen, über deren Oberkante das stürmische Verhängnis kreischte, den Wellen, die im Scheinwerferlicht schäumend-überkippende apokalytische Bedrohung darstellten, über mein Gesicht, die nasse Kleidung, zurück zum Bild der Zerstörung entlang des Steges, wieder zu meinem Gesicht, in meine Augen; sie machte eine unschlüssige Bewegung und sagte dann, laut, aber in einem Tonfall, den ich von ihr noch nie gehört hatte:

»Nein. Nicht wie die Höhlenlurche, Olaf Peterson oder wie immer du heißen magst. Es mag in deinen Ohren idiotisch klingen – ich fürchte mich vor dieser Art Zukunft.«

»Ich fürchte mich auch, aber ich kenne sie, und auch du hast nur ein Leben.«

»Sei es, wie es sei: Setz mich dort drüben ab! Der Sturm wird vergehen. Ich werde unsere Nächte nie vergessen, ebensowenig wie die Buchten, die Wale und deinen Schlangenledergürtel.«

»Dein unwiderruflich letztes Wort?«

»Ja.«

Sie stellte sich neben mich, während ich die ARCA aus dem Wasser hob und, die Diesel im Leerlauf, auf eine geschützte Stelle zuschwebte. Ihre Arme lagen um meine Schultern, ihre Wange preßte sich an meine Wange, und bevor sie das Boot verließ, küßte sie mich.

»Wenn du aus deiner Grottenolmhöhle kommst und mich noch willst, nach deinen Nuklearphantasien ... du weißt, wo du mich findest, Olaf. Leb wohl!«

Sie kletterte über das Heck auf die Badeleiter, sprang in den Sand und kauerte sich zwischen den Felsen in ein tiefes Loch, fast eine Höhle. Ich hielt ihre Beweggründe für schwachsinnig, ich glaubte, sie ebenso zu lieben wie sie mich, ich hätte sie niederschlagen und mitschleppen sollen, aber ich empfand Hochachtung vor ihrem Entschluß. Barbaren, Menschen, Frauen – unbegreifliche Wesen. Der Extrasinn rief: *Keine zeitraubenden philosophischen Erörterungen. Rette dich! Verwische deine wenigen Spuren!*

Ich senkte die ARCA eine Elle tief ins Wasser, schob die Fahrthebel langsam nach vorn und schaltete die Scheinwerfer ab. Die ARCA fuhr halb, halb schwebte sie geradeaus. Ich zerrte die triefenden Taschen in die Kabine, ließ sie in den Maschinenraum fallen, analysierte das Radarbild und kippte die drei Schalter des Autopiloten oder der Selbststeuerungsanlage. Ich winkelte den linken Arm an und sprach in die Mikrophone:

»Bereit, Rico? Ich komme!«

»Alles bereit, Atlan. Wir warten. Du wirst den Gleiter zerstören?«

»Durch Kollision.«

Rüttelnd und ratternd, von Wellenkamm zu Wellenkamm, in den Regenböen und gegen den Sturm fahrend und schwebend, bewegte sich die ARCA auf das nördliche Kap der nächsten Insel zu. Ich kletterte in den heißen Maschinenraum, roch schmorende und überhitzte Verbindungen, packte die Taschen und warf sie durch die glühenden Transmitterschenkel, zwischen denen statt des Kettenkastens und sämtlicher Werkzeuge nur das schwarz flirrende Transportfeld zu sehen war. Dann holte ich tief Luft und duckte mich unter den Stringern. Der dritte Schritt brachte mich über die Schnittlinie.

Zwölf Minuten lang schüttelte sich die ARCA im Sturm, korrigierte ihren Kurs nach links und rechts, nahm an Geschwindigkeit zu, jagte durch die tosende Nacht, verfolgt von einer Spionsonde, deren Linsen von Salzwassertropfen immer wieder getrübt wurden, raste geradeaus nach Südsüdost und prallte in menschenleerer Gegend, mitten in schmetternden Brandungswogen, mit verheerender Wucht und Geschwindigkeit frontal gegen das nördliche Kap der langgestreckten Insel. Die grelle, laute Detonation, die das halb schwimmende, halb schwebende Gefährt in eine Million unkenntlicher Trümmer zerschmetterte, verhallte im Orkan.

Ich wartete nur wenige Sekunden auf Rico. Als wir die Bildschirme, Monitoren und Holoprojektionen erreichten, ließ ich mich keuchend in den Sessel vor dem Hauptterminal fallen und versuchte, das Chaos zu systematisieren: Ununterbrochen liefen über sämtliche Bildflächen aktuelle Nachrichten und die analytischen Zusammenschnitte der Roboter. Ich blendete, nachdem ich die Speicher der Zentralen Positronik ausgeschaltet hatte, die Flut der gegenwärtigen Informationen aus und fragte, um Fassung und Übersicht bemüht: »Was ist wirklich los? Ich habe auch im Desert-Camp viel wirres Zeug gehört ...«

»Deine geschätzten Barbaren, Kapitän der Jahrhunderte. Wir können uns darauf verlassen, daß sie im entscheidenden Augenblick mit nachtwandlerischer Sicherheit das Falsche tun. Sie beginnen den Planeten zu vernichten.«

Ich begann die Kälte blanken Entsetzens zu spüren. Rico tippte auf einige Tasten, korrespondierte lautlos mit Speichern und Rechnern. Mapuhi Toader brachte frische Kleidung, einen Imbiß und Getränke.

»Major Rhodan kam vom Mond zurück«, sagte Rico. »In der Wüste Gobi entstand eine *Energiekuppel.* Alle Regierungen haben Abschußbefehle ihrer Nuklearprojektile gegeben. Jede Sekunde können die ersten Raketen starten. Das ultrahelle, ultraheiße atomare Unheil wird über die Menschheit und den Planeten hereinbrechen!«

Ich schloß die Augen, versank einige Atemzüge lang in totale Konzentration und rief dann nacheinander und in exakt chronologischer Reihenfolge die Bilderfolgen und Kommentare ab. Ich sah den gigantischen Krater nahe dem Ahaggar-Massiv, hörte unablässig von Ultimaten, Drohungen, Beschwichtigungsversuchen, Truppenaufmärschen; schließlich ächzte ich: »Schießen Sie etwa auf Major Rhodan und sein Mondvehikel?«

»Mit großer Wahrscheinlichkeit. Er weigert sich, seine aufsehenerregende Entdeckung auf dem Erdtrabanten der Allgemeinheit bekanntzugeben. Die starken, sogenannten Energieschutzschirme in der Gobi dürften das ausgesuchte Ziel unzähliger Raketen sein. Das scheinen noch Vermutungen zu sein, keine Tatsachen.«

Energieschutzschirme? Welchem Geheimlabor war, ohne daß ich geholfen hatte, diese epochale Erfindung geglückt? Ich entnahm den Nachrichten, daß die Asiatische Föderation ihren zweiten Nachrichtensatelliten gestartet hatte; von einem Startplatz in Zentralchina. Ebenso wie ich entfesselten Rico und Mapuhi das gesamte Spektrum ihres Könnens und unserer Nachrichtentechnik. Selbst Hörfunkprogramme waren stark gestört. Sonnenflecken? Solarpartikelsturm? Buchstäblich rund um den Planeten, soviel entnahm ich der phonetischen Wirrnis, würde in begängstigend kurzer Zeit die Entscheidung fallen – dann breitete sich atomares Inferno aus. Starteten die großen Machtblöcke ihre Raketen, würden die kleineren Staaten nicht zögern – dieses Ende war programmiert.

»Warum haben wir keine Bilder vom Geschehen?« fragte ich.

Rico entfernte sich einige Schritte vom Schaltpult. »Einer unserer Satelliten, Tek-Eins-Alpha, wurde, zufällig oder gezielt, abgeschossen. Beide anderen lieferten wenig brauchbare Bilder. Ständig überlagern sich Funkwellen, überall um den Planeten scheint jedes Funkgerät in Dauerbetrieb zu sein. Hier sind wir sicherer als jedes Besatzungsmitglied aller tief getauchten Unterseeboote.«

»Das ist wahr«, brummte ich. »Sämtliche aktuellen Nachrichten, die noch einigermaßen verständlich sind, widersprechen einander. Oder sind die Berichterstatter schon tot?«

Unsere Geräte – die Kontrollen bewiesen ihr Funktionieren – hatten bisher weder Seebeben, schwere Erdbeben, elektromagnetische Pulse oder entsprechend heftige Detonationen innerhalb der Lufthülle angemessen. Das Extrahirn flüsterte: *Ich bin ratlos! Deine letzte Überlebensmöglichkeit, Atlan: Flucht in den Biotiefschlaf!*

Ich zuckte hilflos mit den Achseln. Quälende Unsicherheit breitete sich aus.

Stundenlang bemühten wir uns, Informationen hereinzubekommen, von denen wir die Wahrheit erfahren konnten. Selbst die Linsen der Spionsonde über dem Camp waren blind. Ich vermochte, während ich sie zu steuern versuchte, ihren

Standort nicht mehr herauszufinden. Die Rundum- und Richtmikrophone arbeiteten, und überraschend deutlich hörten wir dann in aufgeregte Gespräche hinein: »... unbegreiflich. Kann es nicht geben ...«

Schroffes Gelächter. Jemand erklärte, ein solcher Unsinn sei ihm noch nie unter die Augen gekommen. Eine dunkle Frauenstimme – Wilhelma Fergusen! – fiel ein. Das Gelächter erstarb abrupt.

»Wie bitte?« fragte ein Mann bestürzt. Ich erkannte Billy Plichters Stimme. »Sie wollen behaupten, das entspräche auch nur annähernd der Wahrheit?«

Ärger lag in der Stimme der Frau. Im Hintergrund sang leise John Baez-Seeger: *»... we shall overcome ...«,* jene berühmte Komposition von Singh Boncard. Dann wieder das dröhnende Lachen; es konnte nur Hiob sein. Niemand lachte so über irgendwelche Nichtigkeiten wie Hiob Malvers.

»Quatsch!« stellte eine andere Stimme fest. Captain Dorrman. »Halluzinationen oder was weiß ich. Man wird sie zur Landung gezwungen haben. Ihr wißt doch alle, wie das drüben gemacht wird, oder?«

Hiob ließ sich wieder vernehmen. Er lachte wieder. Wenn er doch nur einmal, um der Verständlichkeit willen, sein unmotiviertes Lachen unterdrücken könnte! Ich hatte ihn nie leiden können – das glaubte er zu Unrecht wenigstens bis zum letzten Tag –, jetzt aber bestimmt nicht; dieser kleine, rundliche Typ mit rosigen Wangen und kalten Augen. Wenn in meiner Abteilung, was selten der Fall war, etwas schiefging, steckte garantiert Hiob Malvers dahinter, sagten sie.

»Ruhe!« sagte jemand mit meiner Stimme wütend, und ich erkannte im gleichen Augenblick die Natur dieses Textes. »Zum Teufel! Haltet endlich Ruhe! Es kann vorerst gleichgültig sein, ob die Landung freiwillig erfolgte oder nicht.«

»Sicher«, brummte Billy Plichter. »Okay, fangen wir an. Wie war das nun, Olaf? Wieso muß unsere neue TEFTRIS-Gleichung generell unrichtig sein? He, Olaf, was ist denn nun ...?«

Ich hatte mich an die Aufnahme erinnert. Wir standen hinter den dicken Bleiglasscheiben des unterirdischen Labors. Im Testraum donnerte mein Triebwerk und spie mit höchster Antriebsenergie schwach radioaktiven Dampf aus. Zusammen mit sämtlichen Meßwerten war auch unsere Unterhaltung aufgenommen worden.

Die Spionsonde hing nun unsichtbar irgendwo im Hauptlabor.

Plötzlich hörte ich über dem Durcheinander der Gespräche Wilhelmas Stimme; sie stöhnte und sagte leise, offenbar näher an den Sondenmikrophonen: »Warum bist du nicht hier, Olaf, verdammt? Nicht bei mir, meine ich ... ausgerechnet jetzt, da ...«

Hiob Malvers lachte, stieß einen fürchterlichen Fluch aus und brüllte: »Was ist das ...? Sehen Sie das Ding dort, Dorrman? Das sind die kommunistischen Spione, sage ich ...«

Ehe die Mikrophone zerstört wurden, übertrugen sie einen dumpfen, überlauten Krach. Ich begriff: Offensichtlich hatte die Sonde den Schutz des Deflektorfeldes verloren, und der Chef des Wachkommandos hatte seine schwere Waffe zielsicher abgefeuert.

Ich nahm die Blicke von den Schirmen, richtete sie auf Rico und Mapuhi und sagte: »Mohave-Wüste, Nagasaki, Hiroshima. Wird jetzt alles so ausgelöscht? Ich bin jetzt sicher, daß du mich tatsächlich in der letzten Sekunde geholt hast. Angesichts dessen, was wir jetzt wissen, scheine ich und jedermann im Desert-Camp auf einer Insel der unwissend Seligen gelebt zu haben.«

»Auch Yodoyas Inselchen, Beauvallon, der Gleiter-Versteckfels der Oase, die Ruinen des Lechturms oder Carundel Mill, ebenso wie das Camp – alle jene schönen Orte des Planeten werden, wenn sie nicht verbrennen und verglast werden, für Jahrtausende verseucht sein, Atlan.« Rico sprach, als deklamiere er aus der Apokalypse des Johannes. »Sie leuchten nachts. Radioaktiver Staub wird jahrzehntelang, wie die Gase des Krakatoa, in den Wolken und Jetströmen den Planeten umrunden; der radioaktive Winter wird lange dauern. Was überlebt, wird mutieren. Alles Sterben wird unvorstellbar qualvoll sein. Nur du bist in Sicherheit.«

Ich hörte, was er sagte, aber ich verstand nur die Hälfte. Ich ließ die Sessellehnen los und setzte mich mit gekreuzten, untergeschlagenen Beinen auf den weichen Boden. Nicht ohne Schwierigkeiten regulierte ich meinen Atemrhythmus. In mir schrie eine Stimme, die ich nicht erkannte:

chaos! inferno! *chaos! Apokalypse!* Chaos! *CHAOS!* **Untergang!**

Ich sagte leise und scharf betont: »Kristallprinz Atlan! Erster Gründer einer Barbarenkolonie nach dem ultimaten Desaster; Kosmonaut und Hochenergie-Ingenieur, ARK SUMMIA-Besitzer.« Fast unmerklich langsam drangen Ruhe und Ausgeglichenheit von außen an mich heran, in mich hinein, breiteten sich in meinen Körperzellen aus. Atem und Herzschlag beruhigten sich, die quälenden Gedanken blieben.

»Kosmopsychologe und psychosomatischer Expansionsplaner! Welch makabre Titelfolge! Kosmo-Kolonisator-Infrastrukturplaner!« Ich hörte mich flüstern. Viel zu laut. Ich zog mich in mich selbst zurück, die Umwelt wurde unwichtig, die klaren Strukturen kreatürlicher Logik fingen an, meine Empfindungen zu beherrschen. Wohltuende, entkrampfende Kühle erfaßte mich. Wieder wisperte ich: »Gonozal-Erbe, Kosmo-Stratege, Stellartaktiker – was würde Bauchaufschneider Fartuloon an deiner Stelle tun?«

Ruhe. Starre. Stille. Ich war allein mit mir im Universum und befand mich, doppelt geschützt, in absoluter Sicherheit, es gab keinen Grund zur Furcht. In der stoischen Bewegungslosigkeit aller Körperfunktionen, eingesponnen in den Kokon des reinen Ichs, arbeiteten die Gedanken langsam wie das Räderwerk einer großen Planetenuhr. Nur die wirklich wichtigen Überlegungen, die das reine Überleben sicherten, blieben übrig; das Gerüst der Existenz. Ich sprach nicht, flüsterte nicht einmal, aber etwas tief in mir faßte Gedanken in Worte und Richtsätze.

Die Menschheit vernichtet sich selbst. Sie braucht weder Hüter noch Paladin; das ist vorbei. In der Kuppel, schlafend, bist du sicher, selbst wenn sich der Tiefseeboden bewegt. Auf Miracle würdest du, wenn es noch möglich wäre, noch sicherer sein. Entwickle ein Überlebenskonzept, Arkonide, und handle! Handle richtig! Nur dein Überleben zählt, sonst nichts.

Luft schmerzte in den Lungen. Ich öffnete die Augen und sah das besorgte Gesicht Ricos und die vielen Monitoren. Einige waren blind, der Rest arbeitete nur zweidimensional, zeigte Störungslinien oder die Einstelldiagramme. Ich stand auf und sagte kühl und beherrscht, wieder völlig: »Ich habe soeben meine unbezahlte Stellung als Paladin der Menschheit fristlos gekündigt.«

Ohne hörbare Bewegung in der Stimme sagte der Robot: »Das ist dir schon einige Male passiert. Sind die Arbeitsschutzgesetze so lausig?«

»Ja. Ich werde mich langsam auf den langen Schlaf vorbereiten. Laß mich ... siebzig oder fünfundsiebzig Jahre schlafen und baue eine neue Struktur der Beobachtungsmöglichkeiten auf. Wenn mein Masochismus groß genug ist, werde ich beschließen, den mutierten Barbaren eines radioaktiv verseuchten Planeten aus dem Gröbsten heraushelfen. Zehn Jahrtausende Anstrengungen und Gefahren – ZAP! *Whamm!* Weg. *Vergeblich.*«

Wir verließen die Kuppel, Mapuhi starrte hinter uns her. Wir erreichten meine privaten Räume, und Rico hielt mich auf. Er bewies, daß er Gespür für bedeutungsvolle Augenblicke und genügend Stil gelernt hatte, nahm zwei Gläser, schüttete in eines drei Finger hoch uralten Armagnac und träufelte ins andere etwa ein Dutzend Tropfen. Er lehnte sich gegen die Louis-XV.-Intarsienkante des Arbeitstisches.

»In der Tiefe der zenverstärkten Dagorversunkenheit weißt du, Gebieter, daß ich das Wissen der langen Zeit gespeichert und verarbeitet habe, mit übervollen Speichern verglichen und mit der Zentralpositronik abgestimmt und vernetzt habe.«

Er roch hingebungsvoll am antiken Weinbrand. Ich trank mit Bedacht und sagte: »Ich weiß.«

»Um ein für allemal den Extrakt einer langen Zeit, vieler Rückschläge und des jüngst Erlebten zu ziehen, sind wir alt genug. Du glaubst deiner treuen Maschine, wenn sie sagt: Ich verstehe und weiß, was dieser Augenblick für dich bedeutet?«

»Ich glaube dir.«

»Es gab viele Anfänge, fast endlos viele Bemühungen. Es ist bitter, erkennen zu müssen, daß aller Ärger, alle Arbeit, die vielen Anstrengungen und tausend Masken nicht das durch Dummheit provozierte Ende des Planeten verhindert haben. Draußen, über uns, tobt das letzte Inferno. Wir werden einen neuen Anfang finden. Ich helfe dir.«

»Es gibt keinen Besseren.« Der Odem des Getränks hatte sich ausgebreitet. Ich deutete in die Richtung der Rampe zu den Schlaftanks. »Ich danke dir, Rico. Dir und Mapuhi.«

Ich war aus allen Träumen gefallen und hatte alles verloren, was ich zu besitzen und geschafft zu haben glaubte. In wenigen Stunden verließ ich zum zweitenmal den Teil dieser Welt, in dem ich bewußt mit all meinen Fähigkeiten gewirkt hatte. Nun waren alle Kämpfe und Schlachten geschlagen, und ich hatte auch den langen, verlustreichen Krieg endgültig verloren. Der Gipfelpunkt meiner Leidensfähigkeit war überschritten; ich dachte nicht einmal mehr daran, mir die Bilder der verwüsteten Erde anzusehen. Irgendwann, todmüde und nicht mehr nüchtern, den seines silbernen Jaguarkopfes entkleideten Zellschwingungsaktivator auf der Brust, streckte ich mich inmitten weißer Geräte auf einem kühlen, weißen Lager unter weißen Decken aus.

Der tiefste, einsamste Schlaf begann.

Epilog I

Ich beginne zu denken, also BIN ICH; ich existiere also und erwache aus dem Schlaf. Die Gedanken kämpfen sich langsam, tastend, durch ein visköses Verstandsmedium, und nur der Zellverband meines Körpers ist sich amöbenhaft des Umstandes bewußt, daß der Biotiefschlaf beendet ist. Die Schwäche ist gleich groß und gleichartig, ob der Schlaf nun ein halbes Jahr oder fünf Jahrhunderte gedauert hat; das Aufwachen hat kaum Ähnlichkeit mit dem Erwachen aus mehrstündigem Schlaf der Nacht, dem wohltuenden Schlaf aus wohliger Müdigkeit. Mein Körper und die auftauenden Sinne nehmen wahr, mit der gleichen geringen Menge Instinkt und Gefühl wie Rädertierchen und Mehrzeller, daß sich summende, tickende, schemenhaft erkennbare Dinge mit dem gefühllosen Subjekt beschäftigen, das sich als ICH definierte.

Neben mir zischte etwas, der ziehende Schmerz in meinem Oberschenkel verging, wohlige Wärme durchrieselte meinen Körper. Vor meinen Augen wallten langsam feurige Nebel, die Schmerzen hinter den Schläfen wurden zu dumpfem Pochen. Ich öffnete die Augen und sah dicht vor mir eine große Fläche in strahlender Helligkeit. Stimmen erklangen, ich hörte sie, verstand kaum ein Wort wirklich.

»... kann es nicht geben.«

Schroffes Gelächter. Jemand erklärte, ein solcher Unsinn sei ihm noch nie unter die Augen gekommen.

»Wie bitte? Sie wollen behaupten, das entspräche auch nur annähernd der Wahrheit?«

»Quatsch. Halluzinationen oder was weiß ich. Man wird sie zur Landung gezwungen haben. Ihr wißt doch alle, wie das drüben gemacht wird, oder?«

Wieder dieses Lachen.

»Ruhe!« sagte ich wütend und erkannte im gleichen Augenblick die Natur dieses Textes; eine Wiederholung der Erinnerung. »Zum Teufel, haltet endlich Ruhe! Es kann uns vorerst gleichgültig sein, ob die Landung freiwillig erfolgte oder nicht.«

»Sicher«, brummte Billy Plichter. »Okay, fangen wir an. Wie war das nun, Olaf? Wieso muß die neue TEFTRIS-Gleichung generell unrichtig sein? He, Olaf, was ist denn ...?«

Das Bild verflimmerte plötzlich, Ziffern erschienen auf dem Monitor; jemand verkündete feierlich: »Die Zeit ist um, Gebieter.«

»Wie bitte?« fragte ich mit schwerer Zunge.

»Die Zeit ist um, Gebieter.« Die gleiche Stimme drang an mein Ohr.

Diesmal klang sie nicht mehr so feierlich. Ich erkannte einen Roboter, das Plastangesicht verbindlich gefaltet. Rico oder Mapuhi? Er lächelte. Ich blinzelte zu ihm hinauf, bis ich die Augen gefunden hatte; die Farbe vermochte ich noch nicht zu bestimmen.

»Hallo«, flüsterte ich mit tauben Lippen, »ist das Rico?«

»Das ist Rico, Gebieter. Die Zeit ist um. Ich war gezwungen, dich aufzuwekken. Genau neunundsechzig Jahre ...«

»Nur neunundsechzig Jahre? Ich hatte für siebzig justiert. Was ist los?«

»Nur neunundsechzig Jahre, Gebieter.«

Weshalb war Rico so steif, so fremd? Während ich über mein schwaches Erinnerungsvermögen und die Bedeutung der Antworten nachzudenken versuchte, spürte ich die Wärme des Zellschwingungsaktivators auf meiner Brust und dämmerte in einen Schlaf hinüber, von dem ich hoffte, er möge erholsam sein. Aber im Traum erschütterte mich dieses bekannte und oft verfluchte Gelächter. ES meldete sich und sprach zu mir, und ich wußte augenblicklich, daß ich diesen Traum vergessen würde.

Du hast dich wacker geschlagen, Paladin und Hüter der Menschheit. Das Lachen wurde fast sanft, verständnisvoll. *Noch glaubst du, die lange Zeit und alle Versuche hätten sich nicht gelohnt. Du denkst, die Erde sei radioaktiv verseucht, unbewohnbar und unbewohnt. Du wirst eine große Überraschung erleben, Arkonide! Der lange, einsame Weg durch die Zeit ist zu Ende; ein wichtiger neuer Punkt der Entwicklung ist erreicht. Ich habe mir deshalb ein letztes Mal erlaubt, in deinen Schlafrhythmus einzugreifen. Dank deiner Hilfe nahm die Welt jenen Weg, der sich als positive Zukunfts-Perspektive erweisen wird. Und du, mein Freund, wirst es erleben ...*

Das Gelächter brandete über mich hinweg, klang zum fernen Säuseln aus und blieb, als ich erwachte, als verwirrende Assoziation haften. Ich mußte an Hiob Malvers denken, an sein unmotiviertes Lachen ...

Laute, getragene Musik hallte durch den Kuppelraum. Auf Monitoren, Bildschirmen und Holoprojektionen erkannte ich Szenen aus der wirklichen Welt hoch über unseren Köpfen. Eine Einblendung zeigte Ansichten aus meinen privaten Räumen, in denen sich Ricos Subrobots bewegten. Sie wurden von einem zweiten android aussehenden Roboter kontrolliert. Schlagartig kam die Erinnerung zurück; ich keuchte auf.

»Mapuhi Toader!«

»Ich warte, neutral und androgyn gestaltet, auf deine Entscheidung über mein endgültiges Aussehen.« Der Robot verneigte sich und lächelte in die Linsen. »Willkommen, Gebieter!«

Ich seufzte, betrachtete die Bilder und blieb eine Stunde lang still liegen. Ich dachte dabei über die Gründe nach, die mich zu diesem Tiefschlaf verleitet hatten: Die Verantwortlichen der großen Staatenblöcke hatten die Nerven verloren! Ich war vom Albtraumplaneten geflohen, im Überlebenszylinder verschwunden, als in Asien die ersten Raketen mit Atomsprengköpfen gestartet werden sollten. Ich verstand meine Stimme bereits, konnte artikulieren; ich sagte: »Sind das Bilder von der Planetenoberfläche?«

»Sie sind nicht aktueller als neunundsechzig Jahre. Mühsam genug war es, die notwendigen Lenkungs-Arbeiten auszuführen. Alle drei Fernseh-Relaisstationen wurden von Flugzeugen abgeschossen. Wir waren darüber informiert, daß ein Start der Spionsonden-Aufnahmesphären sinnlos sein müsse, da die Luft des Planeten von Kriegsmaschinen wimmelte. Wir hatten jedoch deine Befehle erhalten, von der Zentralen Positronik übermittelt.«

»Der Transmitter und der Gleiter im Versteckfelsen der sogenannten Oase? Und der noch besser versteckte Ausstiegsschacht auf Yodoyas Inselchen, das Vergrabene Haus? Mapuhi hätte einen Vorstoß wagen können.«

»Der Gleiter ist möglicherweise unversehrt. Aber die Steuereinheiten des Transmitters sprechen nicht an. Fehlfunktion.« Rico hob in einer fast menschlichen Bewegung die Schultern. »Du hast verboten, den Planeten auf dem Weg über Yodos Transmitter zu betreten. Da auf den Südseeatollen schwere nukleare Testexplosionen stattfanden, hätte nicht einmal ich mich in die radioaktive Glut hinausgewagt. Meine Positronik wäre binnen Minuten ausgebrannt gewesen.«

»Ich höre alles.« Meine Gedanken wirbelten in krausen Bahnen. »Ich verstehe nichts.«

»Du bist noch zu schwach, Atlan. Die zweite Stärkungsperiode beginnt eben erst.«

Ich resignierte; gegen Ricos einwandfrei logisch begründete Einwände kam ich nur selten an. Er führte mich zu dem mächtigen Drehsessel vor den Zentralpulten, und bevor ich wieder einschlief, widmete ich mich den Kontrollen sämtlicher Einrichtungen der Überlebensanlage.

Ich war optisch und erst recht akustisch von der Oberfläche abgeschnitten. Ich erkundigte mich beim Zentralgestirn nach Meßergebnissen. Wenn die Kontinente radioaktiv verseucht waren, bestand die Möglichkeit, daß auch die Meeresströmungen schädliche Partikel mit sich führten. Während die Batterie der Reanimationsgeräte sich mit mir beschäftigte und meinen Körper kräftigte, während ich milchiges Mineralwasser und scheußlichen Brei aus Aufbaustoffen, Vitaminen und Medikamenten auch ohne Magensonde zu mir nehmen konnte und als unter Solarlampen mein Körper Giftstoffe und Schlacken ausschwitzte, wurden meine Erinnerungen schärfer und präziser:

TEFTRIS-Desert-Camp, der *Bumper*-Start in Vandenbergh, die detonierende Spionsonde, Dr. Wilhelma Fergusen, der letzte Falkensaurier, der getarnte Transmitter-Gleiter, die ARCA, das Chaos des ausbrechenden Letzten Krieges und nun die Gegenwart. Ich wußte, daß ich auf dem schnellsten Weg nach *oben* mußte! Vielleicht konnte ich noch helfen; vielleicht konnte ich einige Überlebende mit Nahrungsmitteln und Medikamenten versorgen. Wir waren in jeder Hinsicht gut versorgt. Unter Umständen lag es an mir, dem Hüter des – ausgestorbenen, mutierten? – Planeten, dem Rest der Menschheit einen neuen Start zu ermöglichen. Der Extrasinn setzte zu einer Warnung an: *Denk an die zwei Schatten! Deine Vorstellungen können abgrundfalsch sein! Nähere dich der Oberfläche mit äußerster Vorsicht!* Von tiefer Unruhe erfüllt, verließ ich die Kontrollkuppel des Arkonstahl-Zylinders. In meinem Schädel hämmerte es: »Helfen!«

Siebzehn bewußte Tage und Nächte später saß ich allein am gedeckten Tisch, umgeben von den holographischen Bildern der Illusionslandschaft. Mapuhi hielt sich im Hintergrund, Rico, der inzwischen wieder sein Miracle-Borgasen-

Gesicht trug, bediente mich. Ich durfte zum erstenmal eine größere Menge warmer, fester Nahrung und Wein zu mir nehmen. Die Bilderfolgen der längst zerstörten Spionsonden zeigten mir Teile der Baja California, das Boot, kleine Buchten, Wilhelmas herrlichen, braungebrannten Körper, und während ich kleine Schlucke kalifornischen Rotweines trank, den Rico erstaunlicherweise über siebzig Jahre hinweg gerettet hatte, überdachte ich meine stark eingeschränkten Möglichkeiten. Ich würde durch die Notschleuse aussteigen müssen, im schweren, unbequemen Strahlenschutz-Kombianzug, durch den Schutzschirm unangreifbar, ohne schwere Bewaffnung, mit einem Psychostrahler, mit dessen Hilfe ich angreifende Haie im Wasser und vielleicht mutierte Bestien an Land verscheuchen konnte; was würde ich sehen, wenn ich am Strand der vulkanischen Insel São Miguel auftauchte?

»Eine Einöde, ohne Baum und Strauch, mit verglasten Hängen und einer bemoosten Oberfläche, als wären die Vulkane wieder ausgebrochen und Atlantis ein zweites Mal versunken.« Ich ließ von Rico das Weinglas füllen und aß weiter und starrte immer wieder Wilhelma an, und die Menge der Erinnerungen an die vier letzten Monate auf der Planetenoberfläche wuchs.

Mit Rico besprach ich das weitere Vorgehen. Das wichtigste war, eine stabile Transmitterverbindung aufzubauen, und die Möglichkeit, Gleiter und robotische Helfer benutzen zu können, draußen, oben, in der nuklear verseuchten Öde des dritten Planeten, der Larsafs Stern umkreiste.

Atlan schwieg. Die SERT-Haube hob sich und schwenkte zur Seite. Der Arkonide stand auf und sah in die Objektive.

»Der Rest ist bekannt«, sagte er. »Im Jahr 2040 stieg ich auf unbefriedigend primitive Weise auf, wurde von einem Atomunterseeboot aufgefischt, manipulierte die Mannschaft und erfuhr, daß es keine radioaktive Erde gab, daß Perry Rhodan der Erste Administrator des Solaren Imperiums war, in die Geschichte der Galaxis einzugreifen begann und ... nach Arkon geflogen war! Wie die Freundschaft zwischen Perry und mir, damals Skörld Gonadson aus Greenville, Maine, begann, in der Space-Jet und beim wahnwitzigen Durst-Marathon, darf ich ebenfalls als bekannt voraussetzen; einige Seiten der ENZYCLOPAEDIA TERRANIA sind diesen Erinnerungen gewidmet.«

Er begann zu lächeln; ein sarkastisches Grinsen wurde daraus. Im Hintergrund sammelten Reinigungsroboter Atlans Kleidungsstücke und seine Toilettenartikel in eine Tragetasche.

»Ich verlasse die Gewölbe der Chmorl-Universität und bedanke mich für die gastliche Aufnahme bei der Historischen Fakultät. Ab morgen bin ich wieder unter meiner privaten Adresse zu erreichen, in drei, vier Tagen sitzt der Prätendent wieder in der Administration und denkt über das Hetos der Sieben nach.«

Er winkte, griff nach vorn und schaltete Mikrophone und Linsen ab. An Cyr Aescunnars Arbeitsplatz verwandelte sich die Holoprojektion in ein großes, schwarzes Viereck. Cyr senkte den Kopf, drehte nach einer Weile seinen Sessel herum und sagte: »Das Ende vieler langer Geschichten – aber vielleicht gibt es noch eine Gelegenheit, Atlan gezielt zu befragen.«

»Ich sorge dafür, daß Sie erfahren, was zur Abrundung bestimmter Fragen nötig ist.« Tifflor nickte. »Gönnen wir unserem allseits verehrten Herrn Prätendenten noch ein paar friedliche Tage.«

Welches Schicksal erlitten Rico und Mapuhi? Wurden die Anlagen der Kuppelstation desaktiviert? Was geschah mit dem treuen, zuverlässigen Höchstleistungsrobot, dessen immenser Wissensschatz ebenso faszinierend war wie seine Neigung, an wertvollem Alkohol zu riechen? Das waren die Fragen, die Cyr Aescunnar sich notiert hatte und die ihm während der letzten Stunden eingefallen waren. Hatte ihn Atlan nach Arkon mitgenommen, und was geschah zwischen Januar und Juli 2115, in der sich Atlan nach allen Informationen auf der Erde aufhielt? Oder hatte sich zwischen Terra und Miracle irgendwann wieder ein Dimensionstor geöffnet? Hatte er vielleicht die Station am Fuß von São Miguel aufgesucht? Oder bewegten sich Rico und Mapuhi als moderne Ahasver in anderen Masken unerkannt zwischen den Bewohnern des ehemaligen Barbarenplaneten?

Epilog II

Auf dem großen Flachdach des Restaurants im Außenring von Sol Town waren schneeweiße Teppiche gespannt. Ein weißes, beleuchtetes Zelt, dessen Spitzdach und Seitenteile von Antigravelementen unverrückbar straff gespannt und festgehalten wurden, schirmte Tisch und Sitze freizügig gegen den Himmel und nach allen Seiten ab. Es schien aus wertvollem weißem Stoff zu bestehen. Auf dem blütenweißen Leinen der kreisrunden Tischplatte war für mehr als etwa eineinhalb Dutzend Personen aufgedeckt worden. Ruhig brannten die Flammen zahlreicher Kerzen.

Scarron Eymundson sagte fast bewundernd: »Das hat dich, Herr Prätendent, nicht nur eine Menge Geld gekostet.«

»Nein. Nicht nur. Auch ein wenig Nachdenken über Arrangement und Menü.« Atlan sah sich um. »Es scheint nichts zu fehlen.«

Der Schnitt von Scarrons Kleid, gewagt klassisch, entsprach der Bedeutung des Abends. Die Gläser und das altsilberne Besteck funkelten im Kerzenlicht.

»Mein Unfall und der lange Prozeß der Heilung haben der Provcon-Faust-Administration ebenfalls erhebliche Mühen und Kosten verursacht.« Atlan lachte. »Was soll ich Sinnvolleres mit meinem Geld anfangen, als meinen Freunden vom KHAMSIN-Team und den anderen, die sich monatelang rührend um mich gekümmert haben, ein kleines Fest zu geben?«

Scarron ließ sich von ihm zu ihrem Sitz führen; Atlan meinte: »Eine Art Dankesschuld. Ich bin froh, daß ich sie einlösen kann – in jeder Hinsicht bestens erholt.«

Scarron sah auf die diamantfunkelnde Ringuhr. »Deine ... unsere Gäste sollten nun kommen. Sonst wird der Champagner warm.«

Atlan grinste und deutete zum Eingang. »Da. Unsere Gäste. Die ersten.«

Auf den sorgfältig und aufwendig verpackten Geschenken standen Namenskarten. Der gläserne Liftzylinder schob sich im Hintergrund des Daches, von dem aus fast die gesamte Stadt zu sehen war, in die Höhe. Atlan murmelte: »Auftritt Roger Chavasse mit Freundin. Ein Wunder geriatrischer Kunstfertigkeit und ein Muster tadelfreien Aussehens.«

Scarron rammte ihren Ellenbogen leicht gegen seine Brustknochenplatte. »Du bist viel älter als er«, flüsterte sie kichernd. »Aber du siehst viel besser aus.«

Roger Chavasse, der durch einen Dialog mit ES während des simulierten EMP-Schocks virtuos die Computer vernetzt und Atlans Leben gerettet hatte, hielt die Hand seiner Freundin Syria Clapsis, Hosteß des Medo-Centers, einer dreißigjährigen Schönheit. Die Frau mit dem lackschwarzen Haar war 97 Jahre jünger als der einstige Chefprogrammierer.

Atlan und Scarron begrüßten sie; durch die Luft schwebte eine schwere Platte, in deren schwachem Kraftfeld Champagner in langstieligen Gläsern seine Kohlensäure verperlte. Fast unhörbar leise, aber stark Fröhlichkeit verbreitend, spielte Musik des französischen Barocks aus Richtlautsprechern.

»Es wird eine lange, heitere Nacht werden, Roger«, sagte Atlan. Er war in einen weißen, uniformähnlichen Anzug gekleidet. »Die besten Köche und die schnellsten Kellner werden dafür sorgen, daß wir während unserer Unterhaltung nicht verhungern.«

»Hocherfreut, Sir, Sie wieder in voller männlicher Funktionsfähigkeit zu erleben«, sagte Chavasse sarkastisch mit seiner Baßstimme. Er schüttelte Atlans Hand und gab Scarron einen Handkuß. »Syria hat, nachdem sie mich kennenlernen durfte, alle Publikationen über den Einsamen der Zeit verschlungen.«

»Es wird«, sagte Scarron mit schmelzendem Lächeln, »ihr hoffentlich nicht den Appetit verschlagen haben.«

Syria Clapsis hatte die Tischkarte mit ihrem Namen gefunden, lachte und erwiderte: »Keineswegs. Seit gestern Mitternacht habe ich gehungert und das Magenknurren mit Absinth unterdrückt.«

Die Männer brachen in dröhnendes Gelächter aus und sahen, daß der uralte Ara-Arzt Ghoum-Ardebil aus dem Lift kam. Atlan ging mit ausgebreiteten Armen auf ihn zu, umarmte ihn und zog ihn ins Kerzenlicht. Der Ara hatte sich in die Kopie eines traditionellen Gewandes seiner Heimat gekleidet. Ghoum begrüßte zuerst Chavasse, dann die anderen und setzte sich mit einem knappen Lächeln.

»Einer der Helden jener zehn Jahrtausende wird heute nicht unter uns sitzen, geistreiche Bemerkungen austauschen und am antiken Armagnac riechen.«

»Der gute, alte, maskenhafte Rico, mit den vielen Namen«, sagte Chavasse. »Wissen Sie, wie es ihm geht, Sir? Und seinem weniger leistungsfähigen Ebenbild, dessen Namen mich stets an einen *kaputten Toaster* erinnerte?«

»Entweder geistern sie auf der verschwunden Erde umher, oder sie hocken trauernd unter der Kuppe, oder sie sind auf Miracle. Darüber später – wenn der Professor da ist.«

Atlan winkte einem Kellner. Der Champagner glitt an den Tisch. »Nimm Champagner und Platz, lieber Freund.«

Neben seiner feuerhaarigen Freundin Veye Gidvani entstieg Julian Tifflor dem Lift, der sofort wieder abwärts fuhr. Tifflor rief betont fröhlich: »Der Chef, der Barbarenhäuptling Perry, kommt heute nicht. Er ist im Dauereinsatz – Erde retten und so.«

»Schade«, knurrte Atlan. »Er wäre ein solch guter Alleinunterhalter.«

Cyr Aescunnar, seine Lebensabschnittsbegleiterin Oemchèn Orb, die schwarzhaarige Mucy Drigene und Djosan Ahar, einst vom Planeten Karthago Zwei, kamen in einer Gruppe. Der beginnende Lärm der Gespräche wurde vom Klingeln der Gläser in silberne Takte zerteilt. Professor Aescunnar schüttelte Atlans Hand und hob ein offensichtlich schweres, halb armlanges und dreißig Zentimeter breites Paket, verpackt in Metallfolie und mit einer monströsen Schleife aus gebrauchter, gelber Printerfolie. Batteriestrom war angelegt worden und ließ sie förmlich brennen.

»Das Geschenk der Historischen Fakultät, Prätendent«, sagte er. »Die Schleife flocht Oemchèn. Wollen Sie's schon auspacken?«

»Später, Cyr«, sagte Atlan lachend. »Der Abend hat noch nicht einmal angefangen.«

Oemchèn Orb hob zwei dicke Bände auf den Tisch, und Tifflor rief: »Schon der zweite fertige Band? Tatsächlich? Meine Damen und Herren – die ANNALEN DER MENSCHHEIT! Von den Sauriern bis zur Steinzeit, von Alpha bis Beta, voll von Atlans Sicht der Weltgeschichte.«

Atlan hob die gebundenen Werke auf, blätterte und sagte kopfschüttelnd: »Muß ich mir jetzt selbst Autogramme geben? Ich seh's mir später genau an, Prof. Ich glaube, dort drüben ist Ihr ...«

Scarron führte die letzten Gäste an ihre Plätze. Eine zweite Antigravscheibe mit gefüllten Gläsern kam heran. Jemand murmelte ehrfürchtig: »Dom Perignon, *extra brut,* carte d'platin, Jahrgang 3458!«

»Wer fehlt noch, Liebster?« sagte Oemchèn. Scarron rief:

»Der Kommandant, der Pilot, Professor Krishnaman, und die Lebengefährtinnen, sofern abkömmlich.«

Sarogh Viss und die glutäugige Haida Khar, gekleidet in Wildleder, Seide und Metallfäden, waren die Nächsten, schließlich erschien Kommandant Sarab Lavar mit einer schlanken, aschblonden Frau, und zuletzt brachte der Lift den Spezialisten für Körperzell-Forschung, Gianni Rajgur Krishnaman und dessen Frau.

Mit zwei Minuten Verspätung folgten Ronald Tekener und dessen unübersehbar weibliche Begleitung.

Als alle Platz genommen hatten, stand Atlan langsam auf, hob ein volles Glas und sagte: »Jeder, der mich etwas besser zu kennen glaubt, weiß, daß ich bei offiziellen Reden stottere und sich meine Sprache mehr nach ihnen richtet. Dies ist ein Treffen von Freunden, die, jeder auf seine Weise, einem schlimmen Ende entkommen sind.«

Er nahm einen Schluck, stieß symbolisch mit den Gästen an und fuhr fort: »Ergo ist meine Rede flüssig. Ich betrachte mich als geheilt und aus eurer Fürsorglichkeit entlassen – ein solcher Anlaß, eine solche Stunde ist nur im Kreis solcher guter, alter Freunde zu genießen. Das Treffen kann nur ein schwacher Versuch sein, mich bei euch allen zu bedanken. Ohne ein paar von euch wäre ich tot, ohne die anderen wäre ich nicht wieder ins Leben zurückgekehrt. Bevor wieder das offizielle Leben über dem kaum geheilten Prätendenten zusammenschlägt wie ein Tsunami, wollen wir in Fröhlichkeit und an diesem einzigartigen Platz unserer neuen Heimat feiern.«

Wieder hob er das Glas, sah nacheinander einem jeden in die Augen und lächelte knapp. Unter der Knopfleiste der weißen Jacke zeichnete sich der Zellaktivator ab.

»Daß ihr euch über so viele Monate hinweg so große Sorgen um mich gemacht habt, war niemals auch nur im entferntesten beabsichtigt. Ich danke jedem von Ihnen, jedem von euch. Und auch den vielen Helfern, die ich nicht einladen konnte – für sie habe ich mir eine Variante ausgedacht. Hoffentlich habe ich niemanden mit meinen Geschichten aus zehn Jahrtausenden gelangweilt.«

Chavasse ließ sich von Syria einen schwarzen Stumpen anzünden, lachte und formte einen tadellosen Rauchring. »Gevatter ES war da anderer Ansicht. Ganz anderer Ansicht, Sir.«

Atlan stimmte in das Gelächter ein, leerte das Glas, ließ es wieder füllen und sah in Cyr Aescunnars Gesicht.

»Zu Ihren, unseren, zu *den* ANNALEN DER MENSCHHEIT, Professor: Ich habe bis zum heutigen Tag, dem 9. März, seit ich in der Katharsis nicht einmal selbst verstand, was ich redete, nicht bewußt die Unwahrheit gesagt. Aber: Fartuloons OMIRGOS-Kristall, die Befürchtung von ES, erkannt zu werden, unterschiedliche Zeitrechnungen nebeneinander, manipulierte Erinnerungen und Ähnlichkeiten und jene eigentümliche Parallelwelt, in der ich und Rico bis fast zur letzten Sekunde gefangen waren – ich weiß bis heute nicht, ob dies dem Wirken von Anti-ES entstammte –, mitunter werden auch Sie auf dem Voiceprinter und trotz der Überprüfung durch Ihre Sechstsemesterstudenten offensichtliche Fehler entdecken. Sorry. Ich konnte es nicht besser.«

»Sir«, sagte Cyr sofort und im gleichen Ernst. »Sie haben mehrmals den Satz gebraucht: *So, wie ich es erlebt habe, erzähle ich es.* Mir geht's ebenso. *So, wie Sie es erzählten, wird es geschrieben ...* und, womöglich, kommentiert. Das finden Sie von Ihnen, über Sie, in den beiden ersten Bänden und vielen, die noch fehlen. Ende meiner offiziellen Antwort. Noch ein Lob, Sir: Sie waren exzellent!«

»Danke.«

»Seid ihr bereit zur Vorspeise?« sagte Scarron. Niemand schien etwas dagegen zu haben.

Der Chefsteward sagte: »Die vorletzte Magnumflasche Dom Perignon Marke *Duc de la temps* aus Seigneur Atlans persönlichem Vorrat. Cocktail aus verschiedenen gäanischen Obstbränden, in Eisschale, mit passierten und gewürfelten Früchten.«

Tifflors Augen bekamen einen schimmernd-sehnsüchtigen Glanz. Er streichelte die Hand seiner Freundin und schnalzte leise. Cyrs Glas war leer und wurde schnell und lautlos abserviert. Die letzten Klänge der Musik irrlichterten ebenso appetitanregend wie der Geruch der Vorspeisen; nun löste heitere Renaissancemusik die Barockfanfaren ab. Streifen gäanischen Tiefsee-Pagashis in Kumqat-Zimt-Vodka-Marinade, Süßwasser-Krill in feuerroter, scharfer Sauce und getoastete, gebutterte Scheiben Knoblauch-Zwiebel-Korinthenbrot standen zur Auswahl. Dazu geeistes Quellwasser. Frühlings-Rosé und schwarze Oliven, deren Kern aus kochender Pfeffermousse bestand, auf der Zunge lautlose Explosionen auslöste und den Magen weit öffnete.

Cyr rang nach Luft und fragte: »Wenn ich die früheren, offiziellen und halboffiziellen und Ihre letzten Schilderungen vergleiche, entdecke ich Deckungsungleichheit. Wie kam es, daß Rico, anscheinend bar jeder humanoiden Verkleidung, Sie um 2040 quasi stotternd begrüßte?«

»Wir beide stotterten. Nur Ricos ›Gesicht‹ war androgyn oder entsprach dem Ur-Roboter von 8000 vor der Zeitwende. Meine Schuld. Rico befand sich in einem unglücklichen Zustand. Er war förmlich überladen, denn er glaubte seinen Hang zur Eigeninitiative unterdrücken zu müssen. Deshalb hatte ich auch keine aktuellen Bilder. Hier zeigten sich – jetzt, im Rückblick, wissen wir's besser – seine positronischen Grenzen. Er arbeitete unterfordert.«

»Andere Unstimmigkeiten? Ein Böswilliger würde sagen: Sie sind Legion.«

»Legion, unzählbar viel, sind auch die Minuten dieser Nacht. Ich ahne die nächsten Fragen. In meinem Leben nach dem Treffen mit Perry Rhodan, ebenso wie vor dem OMIRGOS, spielten Miracle und der Dreißig-Planeten-Wall noch eine Rolle. Amoustrella und Silent Thunder habe ich nie wieder getroffen; ich hörte heroische Legenden und phantastische Sagen einer märchenhaften *Mondam*. In den USO-Jahren gab es eine Korvette namens AMOUSTRELLA.«

Fast lautlos räumten Stewards und Hostessen Gläser, Besteck, Teller und Schalen ab, aktivierten die Energiezellen der Platzteller und zeigten die Auswahl des nächsten Ganges. Drigene, liebenswert, zurückhaltend und trotz ihrer Ausbildung noch schüchtern, fragte mit einem Hauch romantischer Schwermut in der Stimme: »Ist es zutreffend, daß Mondam Gramont und Ihr Enkel starben, so, wie Sie es berichtet haben?«

»Nein«, sagte Atlan sehr leise. »Es waren ihre robotischen Doppelgänger Lilith und Boog. Über ihr weiteres Schicksal – wie eben gesagt.«

In das Schweigen hinein kamen die fröhlichen Stewards und brachten den ersten Gang. Kleine Weingläser füllten sich mit Sol-Town-Westhang, Brut, 3501, mit artifiziellem Cassis. Mikrohummer auf Schinken à la Chartreuse d'Parma, Scalopps-Muscheln im Speckmantel, mit feinem Kandis, im Blätterteiggitter und Zellkultur-Filets, in Essigbutter gedünstet ... Cyr begann, obwohl die Portionen keinerlei Ähnlichkeit mit denen eines römischen Bacchanals hatten, an Neros lukullische Exzesse zu denken. Die Bezeichnungen erinnerten ihn an etwas wie Überlebenstraining oder Atlans erste Tage auf Larsaf III.

Scarron lächelte in sich hinein. Sie war glücklich, schien alle Schatten der Eifersucht auf zehntausend Jahre exotischer Gespielinnen abgeworfen zu haben. Einige Zeit lang war nur das diskrete Klappern des Bestecks zu hören, das sich mit dem Pseudocarpaccio beschäftigte, das auf überbackenen Teigwaren (à la Marco Polo?) lag und mit Splittern eßbaren Travertin-Mooses bestreut war. Dazu: Esboli (Est! Est! Est!) vom Gäa-Kontinent Pront, Latifundia Aercto-Tanam '22.

»Was passierte mit Yodoyas Inselchen?« fragte Syria Clapsis. »Für mich war es ein Inseltraum. Symbol für Sein außer der Zeit.«

Atlan pfiff anerkennend durch die Zähne und starrte Tekener, der seinen Blick kühl und mit seinem charakteristischen Mundwinkel-Grinsen erwiderte, starr in die Augen. »Auch für mich. Oder uns. Wenn es die Erde noch gibt, gibt es auch noch das Vergrabene Haus, den Transmitter-Ausstieg. Ich habe da so eine Version, über die ich besser nicht laut reden sollte. Eines nicht zu fernen Tages – in der Vergangenheit – krabbelte Rico dort hinaus, klaute ein Raumschiff, suchte und fand mich und flog zum G.R.A.L., dem *Großen Rund Allen Lebens,* wie andernorts der Dreißig-Planeten-Wall genannt wird. Aber ihr kennt ja meine romantische Ader. Ich vermische hier sicherlich Wunschdenken mit Wahrheit. Wenn ich's denn wüßte – das ist eine andere Geschichte.«

Der nächste Gang wurde serviert. Ein fruchtiger Rotwein, der so wie jener ferne kalifornische Wein schmecken mochte, tanninarm, spiegelte das Licht der Sterne. Die Zeltstoffe waren scheinbar verschwunden oder wirkten jetzt, als wären sie aus entspiegeltem Glas. Atlan packte Cyrs Geschenk aus und hielt, wie Moses die Gesetzestafeln, zwei Bronzeplatten mit allen Daten seines Schlafens und Erdenwallens in der Hand: feingravierte Duplikate der finalen Zeittafeln Aescunnars, derentwegen er Hunderte Stunden nicht geschlafen hatte.

»Ein herrliches Geschenk, Professor!«

Hoch über Mount Chmorl warf eine Gleiterbesatzung die ersten Feuerwerkskörper ab, die lautlos zu Funkengarben in allen Farben zerstoben. Ein kleines Raumschiff, das zur Landung ansetzte, feuerte schwache Ladungen seiner Geschütze zurück in den Weltraum, wo sie sich entlang der Magnetlinien zu leuchtenden Polarlichtern verdünnten.

»Die arkonidische Tiefseestation gibt es noch immer? Rico bewacht sie?«

Cyr war fasziniert von der Vorstellung. Daß auf der jetzt verschwundenen Erde, abgesehen von den wenig erforschten Hinterlassenschaften der Lemurer auf dem Grund der Meere, eine solch perfekt ausgerüstete Station, ein Hort und Speicher von Milliarden und abermilliarden Informationen existierte, reizte nicht nur seine Phantasie. Tifflor und Tekener erging es ebenso.

»Die Vorstellung, daß dieser famose Rico sich wünscht, er könne mit Atlan reden und etwas an der Situation ändern«, sagte Professor Krishnaman und beugte sich vor, »diese Vorstellung reizt mich.«

»Das ist heute nicht zu kontrollieren und überhaupt schwer festzustellen«, brummte Tekener. Atlan schien nicht gesonnen, weitere Informationen über jene Zeit zu geben oder Spekulationen zu unterstützen. Aescunnar, in Jahrtausenden denkend und die Vergangenheit mit beiden Händen zusammenraffend, überlegte, ob er Atlan bitten sollte, etwas über die »verschwundenen Jahre« auf Miracle zu fragen. Als der nächste Gang serviert wurde, entschied er sich dagegen.

Plötzlich rief Syria: »Sie sind wirklich der beste Nichtterraner der Erde, Atlan.«

Chavasse tätschelte ihr Knie und sagte leise: »Ich glaube, du trinkst ab jetzt Mineralwasser, Schätzchen!«

»Du hast uns seinerzeit wirklich schön an unseren markanten Nasen herumgeführt, Partner Arkonide. Wenn ich an deine Triebwerksversuche denke, die Zeit nach deinem Wiederaufstieg ...« Tifflor lachte in sich hinein.

»Ihr habt nichts Besseres verdient.« Atlan betrachtete ungerührt die Reste des Weines im Glas und machte ein vollkommen unbeteiligtes Gesicht. »Hätte Rhodan erfahren, was ich auf diesem Planeten angestellt habe, würde er sich selbst entleibt haben. Bevor es das Rad gab, gab es Atlan. Und Rico.«

»Wahr gesprochen«, lispelte Rajgur Krishnamans Frau und kippte ihr leeres Glas um.

Wieder schwärmten Purser und Stewardessen aus. Über dem durchsichtigen Zelt zuckten Laser lautlos ihre tanzenden Muster in den schwarzen Himmel über diesen Teil Gäas. Niemand hatte die Feier bestellt, aber jedermann schien froh darüber zu sein, daß Atlan wieder die Verantwortung trug. Chavasse, dem Zynismus näher war als Ironie, der sich bisher tadelfrei zurückhielt, würde eine Jahrespension dafür gegeben haben, wenn jetzt plötzlich Rico mit Gascognerbart aufträte und seine trefflich-treffenden Bemerkungen ins versiegende Gespräch träufelte; Tekeners Freundin schien dieser Vorstellung noch mehr Heiterkeit abgewinnen zu können. Der nächste Gang wurde aufgetragen.

Krabbenkuchen mit Basilikum-Senf-Hugurets-Ramsang-Sauce, oder Brustfleisch des Gemeinen Provcon-Termitenschrecks, einem katzengroßen Amphibium, oder Birdbaisse à la huntress, mit passiertem Mango, Linsenparfait und Perkölt aus freilebenden Champignons und dem zarten Fleisch vom Sumpfrind, Metaschwein, Kyberkalb, Rennturkey und Gletscheraal. Es roch und dampfte, der massive Rotwein war ein »Violetter Ramsang nouveau '62« und lief wie brennender Honig aus dem Liquitainer.

Sarogh Viss sagte: »Verdammt! Das ist der Luxusmampf des Jahrzehnts.«

»Schmeckt's?« erkundigte sich Tekeners Begleiterin. Ghoum-Ardebil versenkte seinen Blick in ihr umfangreiches Dekolleté. Über dem Zelt platzten donnernd violette Rosen, die sich während sieben Sekunden entfalteten und verwelkten; flüchtige pyrotechnische Geschöpfe aus der Finsternis. Eine schwer wiederholbare Stimmung, eine Leichtigkeit der Gedanken und Empfindungen ergriff nicht nur die Tafelnden, sondern auch die dahinhuschenden jungen Damen und Herren, ausnahmslos Flottenangehörige, die wieder Schüsselchen, Teller, Besteck, Gläser, Servietten, Chavasses Zigarrenasche und Sarab Lavars Zahnstocher abservierten.

Platten voller Snacks wurden auf dem Tisch verteilt: Früchteragout in polymerisierten Saltimbocca-Teig, in Lavendelrauch gebeizter Kampfkarpfen in einem Bett aus wildem Reis, Schmorbraten aus dem Widerrist des gäanischen Yakbullen, terranische Erdbeeren (aus hydroponischer Nachzucht) mit Pfeffer, crème fraîche, gerösteten Pinienkernen und in Grappamelasse geschwenkt; die meisten Gäste schöpften die heiße Macédoine Aus-Vielen-Provcon-Früchten über das Kefir-Mokka-Eis, das eine Temperatur von 30 Kelvin aufwies. Eine Batterie fantastisch geformter Flaschen erschien: Liköre, Magenbitter, Wein- und Obstbrände in jeder vorstellbaren Farbvariante zwischen transparent und rußschwarz. Cyr probierte einen Corbezzuolo-Gallus-Zidram und Plätzchen aus Hirse, Sorghum und Kichererbsen; vorzüglich!

Dann, nach einer langen Gesprächspause, während der die Musik von späteren Komponisten gespielt wurde – nichts Gesungenes, nur sinfonische Werke –, von Boncard, Gray, George Nancar und anderen, näherten sich Brote, Brötchen, Formgebäck, salzige und süße Scheiben und eine Platte Käse, deren Namen mehr einem exotischen stellaren Register als einer Speisekarte glichen; eine schwebende Granitplatte voller Genüsse.

Langsam umkreisten kleinere Antigravtabletts voller Gläser und Flaschen im Rücken der Sitzenden die Tafel.

Chavasse grollte herausfordernd: »Was soll das werden?«

»Ein seliges Besäufnis«, sagte Ardebil und strich über sein Bäuchlein. »Ich trinke, um gegenzusteuern, schon seit Stunden Mineralwasser. Nieren, Leber, Gesichtshaut – die Damen wissen schon, warum.«

»Wir wissen alles«, sagte Scarron. Sie war das beste Beispiel dafür, daß der Druck von allen Beteiligten und am meisten von Atlan gewichen war. »Bisher verlief der Abend angenehm, Geliebter.« Atlan nickte und betrachtete sinnend den Rauch, der aus der Mischung zweier Obstbrände in seinem Glas aufstieg. »Kein Streit, keine Prügelei, kein Blut, keine Tränen ...«

»Kommt noch«, sagte Haida Khar.

»Wenn am Fuß dieses Gastmahls die Crêpe-Manufaktur damit anfängt«, sagte Krishnaman, »das mühsam gezähmte Haar unserer Damen zu entflammen, gibt's reichlich Ärger.«

Einige Gäste begannen, ihre Geschenke auszupacken. Cyr paßte auf, schwieg, machte sich seine Gedanken. Er hatte gesagt, Atlan sei exzellent. Richtig. Auch wenn ihm Scarron geholfen hatte, was er unterstellte, hatte sich der Arkonide mit zehntausendjähriger Erfahrung abermals qualifiziert. Jeder schien mit seinem Geschenk zufrieden, freute sich, daß haarscharf sein Geschmack getroffen worden war: Die höchste Kunst des Schenkens.

Über den Gästen peitschten lautlos Laserstrahlen über Sol Town hinweg, bogen sich entlang von Kraftfeldern und verknoteten sich miteinander. Cyr Aescunnar hob den Kopf und betrachtete die vielfarbigen, lautlosen Farbexplosionen über Sol Towns Gebäuderingen und Parks. Jeder einzelne Funken strahlte scharf und klar unterscheidbar; keine synästhetischen Kurzeindrücke, dachte er, kein verstärktes und gekreuztes Sinnesempfinden. Sollte es etwa der Erwartungsdruck gewesen sein, der weniger seine Sinne als Teile des Verstandes oder irgendwelche Sinnesleistungen befallen hatte?

Er blickte in Oemchèns Augen, dann über ihre Schulter und die Brüstung der Terrasse hinweg auf die unzählbar vielen Lichter der Stadt: Von photoaktiv refraktiver Keratektomie oder positronisch provoziertem Astigmatismus spürte er nichts, nicht einmal einen Anflug von brennenden oder tränenden Augen. Also doch ein psychologisch bedingter Effekt? Er sah Atlan an – jedes einzelne Bild blieb scharf, er konnte es fixieren, alle Orientierungspunkte fand er bei mehrmaligem Hinsehen an derselben Stelle, und keine einzige Oberfläche wurde scheinbar halb durchsichtig oder offenbarte ihr technisches Innenleben.

Er drückte Oemchèns Hand und flüsterte: »Nicht nur Schönheit ist im Auge des Betrachters; desjenigen, der dich ansieht.«

»Der Professor macht Komplimente?« Oemchèn lächelte. Cyr holte tief Luft und sagte leise:

»Nur dir, Liebste. Aber in meinen Augen und auf den seltsamen Wegen zwischen Netzhaut und Gehirn scheinen seit Atlans famosen letzten Erzählungen die Bezüge auch wieder reibungs- und störungslos zu sein.«

»Das freut mich für dich, für uns«, sagte sie und lächelte. »Ich war ziemlich sicher, daß diese ... Überempfindlichkeit viel mit deinen ANNALEN zu tun hatte.«

»Ich war nicht ganz sicher.« Cyrs Rundblick, ohne jedes Blinzeln, umfaßte die Kulisse der nächtlichen Stadt. »Aber wenn ich meine Erleichterung darüber ausdrücken wollte, könnte ich sofort aufspringen und ein Freudengeheul ausstoßen.«

»Warte noch.« Oemchèn legte den Arm um seine Schulter. »Es würde jetzt die Feier empfindlich stören.«

Das Team der Crêpes rückte mit Feuer, Pfannen und Likör an; abermals verschwanden überflüssige Teller vom Tisch.

Atlan und Scarron schoben, nachdem sie einen der exzellenten Teigfladen, Durchmesser etwa vierzig Zentimeter, gegessen hatten, ihre Sitze zurück, betrachteten Hand in Hand die Freunde und sahen deren Zufriedenheit; Atlan flüsterte in Scarrons Ohr:

»Alle sind satt. Keiner ist wirklich betrunken. Jeder ist guter Laune. Ihr Lächeln drückt Zufriedenheit aus. Die Geschenke waren richtig – und die abenteuerliche Einförmigkeit des Lebens beginnt in achtundvierzig oder zweiundsiebzig Stunden. Alles in Ordnung, meine schöne, mitunter unsichere oder eifersüchtige Geliebte?«

»Alles. Endlich.«

»Nun denn: In memoriam.« Atlan hob eines seiner letzten Gläser dieses Abends.

»Nun denn, mein überlebender, überzeugender Freund?«

»Nun ist die lange, schöne, aufregende und schmerzliche Geschichte eines Planeten zu Ende erzählt. Was willst du mehr? Besser: Was kann man mehr verlangen?«

Während mitunter Flammen aus der Crêpe-Pfanne schlugen, versenkte Scarron ihren Blick in Atlans rötlich gesäumte Augen. »Verlangen? Nicht mehr. Anderes, Liebster – ich will dich. Normal, gesund, überbeschäftigt und in meiner Nähe.«

Atlan küßte sie. »Kannst du haben. Was übermorgen früh passiert, weiß nicht einmal ES. Ich bin auch deswegen hier, Scarron, weil ich einen dicken schwarzen Schlußstrich unter meine Erinnerungen ziehen muß. Sonst hört es nie auf, dieser innere Kampf zwischen Vergangenheit, Gegenwart und Zukunft, der nie endet und dessen graue, furchtbare Truppen stets aus der Vergangenheit kommen.«

Sie sprachen so leise, daß keiner der Versammelten sie verstehen konnte. Scarron blieb skeptisch. Sie ahnte und schöpfte ihr Wissen nicht aus den vergangenen Monaten, sondern aus vielen anderen Publikationen, die Cyr ihr zugänglich gemacht hatte, daß die eine oder andere zukünftige Déjà-vu-Situation ihren Geliebten dazu bringen würde, andere Geschichten zu erzählen; die seiner fernen Jugend oder des G.R.A.L.-Kreises. Sie war nicht Amoustrella Gramont, nicht Monique, keine der vielen Schönen, Toten, Erinnerungs-Skulpturen, die längst Staub waren.

Sie hielt Atlans Hand, holte tief Luft, ließ die Blicke über die Freunde gleiten und fühlte sich wohl, warm und geborgen zwischen anderen Menschen gleich ihr, mitten in der lebendigen Gegenwart.

Eine große, kühle Ruhe senkte sich zugleich mit den letzten Farbschleiern der Feuerwerkskörper über sie. Atlan schien dies zu spüren und zog sie an sich; sie lehnte sich gegen seine Schulter und flüsterte: »Der Kreis, Atlan. Er hat sich geschlossen.«

Er wußte nicht mehr als sie. »Es hat sich sicherlich ein Kreis geschlossen. Ich weiß so vieles über die Vergangenheit, Scarron. Aber über die Zukunft weiß ich nichts. Wir müssen es abwarten.«

Über dem Zeltdach spaltete ein Keil aus Helligkeit die Schwärze bis zu den Sternen auf. Ein Raumschiff mit unbekanntem Ziel hob ab und erfüllte die Nacht mit markerschütterndem Dröhnen. Als es längst verschwunden war, zitterte der Nachhall über Sol Town hinweg. Scarron flüsterte: »Was immer geschieht, Atlan – wirst du mir so treu sein wie deinen großen Lieben? So viele waren es nicht.«

Atlan schien nicht lange zu überlegen brauchen. Er lächelte in ihre skeptischen Blicke hinein und sagte leise: »Weil ich mir selbst treu bin und bleibe, Scarron, werde ich auch dir – und auch den Freunden hier und andernorts – treu bleiben. Glaubst du das einem uralten Arkoniden?«

Sie schien das Webmuster des Tischtuches zu studieren, starrte den Rest Obstbrand im Glas an, dann ihre Finger, schließlich die Gesichter der Freunde. Sie hob den Kopf, sah in Atlans Augen und nickte.

»Ich glaube einem Arkoniden, der erst vor wenigen Tagen gewiß sein konnte, daß er den eigenen Tod und seine Erinnerungen überlebt hat. Ja, ich glaube dir, Atlan.«

Er nickte, hob die Hand und schnippte mit den Fingern. Das Zelt verwandelte sich langsam wieder in eine Hülle, die die Außenwelt verdeckte und ausschloß. Kerzenflammen flackerten. Die Stewards räumten ab; danach standen zwischen den Kerzen auf dem Tisch nur noch Gläser, Flaschen und die schwarzroten Gäarosen der Dekoration.

Atlan lauschte einige Atemzüge lang den Unterhaltungen, stützte sein Kinn in die Handfläche und sagte: »Ich denke ... Nein: Ich bin sicher. Ich war ehrlich in meinen Schilderungen. Und wenn ich in fast 1600 Jahren etwas vergessen haben sollte, dann geschah's nicht mit Absicht. Geh hinüber zum alten Ara und den anderen und bitte, daß sie noch bleiben.«

Im gleichen Augenblick stand Ghoum-Ardebil auf und sagte: »Arkonide! Bei Aralon! Ich bin müde und uralt. Mir fällt ein – ich muß gehen.«

Die Freunde packten ihn und nötigten ihn lautstark, zu bleiben: Es sei ein historischer Augenblick und eine unwiederholbare Nacht. Er zog die knochigen Schultern unter seinem weißen, metallbedampften Burnus in die Höhe, sah sich scheu um, blickte den lächelnden Arkoniden an und setzte sich zögernd. Er rief: »Ich bleibe. Aber nur, wenn uns Atlan noch etwas von ›verschwundenen Jahren‹ erzählt!«

Atlan grinste auf unnachahmliche Art. »Darauf kannst du lange warten, mein Freund.«

»Wie lange?«

»Das weiß niemand. Freiwillig erzähle ich nichts davon.«

»Du bist sicher?«

»Ja. Vielleicht«, sagte der Arkonide ernst. »Irgendwann sind auch die größten

Geheimnisse der Vergangenheit unwichtig; niemand versteht sie mehr, weil alles so unendlich lange her ist.«

Der Ara lächelte. Eineinhalb Dutzend Menschen sahen ihn an, als erwarteten sie von ihm, nicht von Atlan, eine Offenbarung. Er sagte: »Wenn du erzählst, was du erzählst – es ist für mich, als sei es gestern geschehen.«

»Aber nicht für mich«, sagte Atlan entschieden. »Und deswegen wird alles, was ich von mir gebe, ein tiefes, beredtes Schweigen sein.«

Sie tauschten über die Breite des Tisches hinweg lange, prüfende Blicke. Ghoum-Ardebil fragte: »Bist du sicher, Arkonide?«

»Ja, Ara. Völlig«, sagte Atlan. Er sah aus, als wolle er sich ungewöhnlich lange an dieses Versprechen halten. Einige Kerzen erloschen, mit wenigen Handgriffen verringerten die Stewards den Durchmesser des Tisches und rückten die Sitze näher heran; der gemütliche Teil der langen Nacht begann.

ENDE

Perry Rhodan
Band 63 und Band 64
letzter Band aus dem Zyklus »Der Schwarm«
Perry Rhodan
Das Tabora
Perry Rhodan
Die Stimmen der Qual
erster Band aus dem Zyklus »Die Altmutanten«
Band 63
Das Tabora
416 Seiten
DM 29,80/öS 218,-/sfr 27,50
ISBN 3-8118-2083-4
MOEWIG
Band 64
Die Stimmen der Qual
416 Seiten
DM 29,80/öS 218,-/sfr 27,50
ISBN 3-8118-2084-2
MOEWIG
Jetzt überall, wo es Bücher gibt!
Perry Rhodan
HOMEPAGE
Internet: http://www.Perry-Rhodan.net
Perry Rhodan-Infoline: 0190-190 136 12 Pfg./6 Sek.

ATLANS REISEN

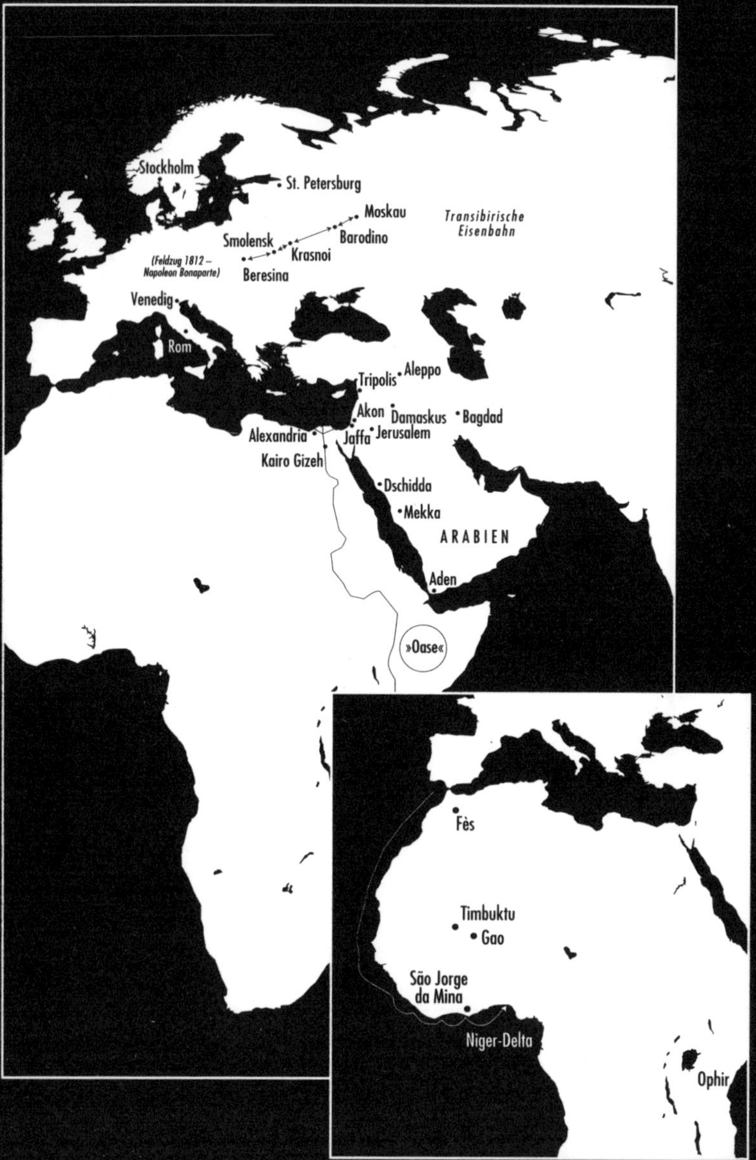